KB068230

The Reversal

THE REVERSAL

Copyright ⓒ 2010 by Hieronymus, Inc.
This edition published by arrangement with Little, Brown, and Company,
New York, New York, USA.
All rights reserved.

Korean translation copyright ⓒ 2016 by RH Korea Co., Ltd.
Korean translation rights arranged with Little, Brown, and Company,
New York, New York, USA through EYA (Eric Yang Agency).

이 책의 한국어판 저작권은 EYA(Eric Yang Agency)를 통한
Little, Brown and Company 사와의 독점계약으로
한국어 판권을 '㈜알에이치코리아'가 소유합니다.
저작권법에 의하여 한국 내에서 보호를 받는 저작물이므로 무단전재와 무단복제를 금합니다.

MICHAEL CONNELLY

Vol. 03

MICKEY HALLER SERIES

The Reversal
파기환송

마이클 코넬리 지음 | 전행선 옮김

알에이치코리아

Media Review

"코넬리는 진짜 범죄에 관한 박진감 넘치는 글을 써낸다. 그의 범죄소설이 정말 실화처럼 느껴지는 것은 그 사건들이 결코 끝나지 않기 때문이다."_뉴욕 타임스

"매력적으로 잘 읽히고 영리하고 감성적으로도 만족스러운 《파기환송》은 이 도시 내에서 코넬리의 위상이 거의 문화적 기구의 역할에 맞먹는다는 사실을 확인시켜준다."
_《로스앤젤레스 타임스》

"또 한 편의 뛰어난 법정 스릴러다."_샌디에이고 유니언-트리뷴

"법정 스릴러이자 경찰 소설이며, 동시에 한 가족에게 일어난 비밀스러운 사건을 다루는 소설로도 읽을 수 있는 매우 혹독한 작품이다."_마이애미 헤럴드

"첫 문단부터 독자를 사로잡는다. 하지만 책의 내용이 예기치 않았던 절정을 빠르게 통과해 나간 후 또 다른 싸움에 뛰어들면, 그제야 독자들은 비로소 이 작품의 성공이 전혀 우연에 기댄 것이 아니라는 사실을 깨닫게 된다."_덴버 포스트

"코넬리는 경찰 업무와 법적 절차의 현실적인 세부 사항을 주인공들의 사사로운 감정과 개인적인 삶 속에 버무려 넣는 데 있어서 타의추종을 불허한다. 그럼으로써 심지어 어두운 측면을 다루며 그 안에 존재하는 암울한 아름다움을 환기시키는 동안에도 긴장감을 놓치지 않게 한다."_월스트리트 저널

"눈길을 뗄 수가 없다. (코넬리가) 어디로 향하는지 정확히 알았다고 생각하는 순간, 그는 눈가리개를 획 젖히고 유턴을 해버린다. 그 점이 바로 그를 흥미로운 작가로 만드는 요소이며, 우리가 그의 작품을 사랑하는 이유이다."_허핑턴 포스트

"마이클 코넬리는 가장 뛰어난 범죄소설 작가다."_뉴요커

"마이클 코넬리의 책은 (두 주인공이 함께 등장하든 떨어져 있든 간에) 읽고 나면 늘 보상이 따른다. 그리고 무쇠 같은 플롯과 생기 넘치는 인물들이 등장하는 이번 작품은 그의 최고 작품 중 하나라 할 만하다."_시애틀 타임스

"늘 그래 왔지만, 코넬리는 플롯, 뉘앙스, 등장인물, 대사, 이 중 어느 것 하나 빠짐없이 뛰어난 솜씨로 전달한다."_북페이지

"한 편의 천재적인 범죄소설. 정성스레 차려놓은 음식처럼, 그의 작품은 결과물만큼이나 그 준비과정도 경이롭다. 코넬리를 소설의 장인으로 만드는 요소는 그가 자기 자신과 자신의 등장인물을 끊임없이 재창조해 나간다는 점이다."_TheDailyBeast.com

"호흡을 멈추게 하는 긴장감……. 코넬리는 동시대 범죄소설 작가들 중에 가장 뛰어난 인물이며,《파기환송》은 그의 작품 중에서도 최고의 경지를 보여준다."_세인트피터즈버그 타임스

"코넬리는 지속적으로 진화해가는 주인공에게 매번 새로운 깊이를 부여한다. 그리고 이제는 미키와 함께 계속 등장시키고 있다. 이런 점이 바로 코넬리가 왜 최고 중의 최고이며, 현존하는 범죄소설 작가들 중에 가장 한결같은 작가인지 잘 알려주는 요소이다."_사우스 플로리다 선-센티널

"코넬리는 현대 범죄소설의 대가라는 자신의 명성을 확고히 다지는 이야기를 쓰는 작가이다. 이 작품은 독자를 지속적으로 놀라게 할 뿐 아니라, 매우 예리한 주인공의 통찰력을 보여준다."_라이브러리 저널

Contents

1부 퍼프 워크

01 지검장과의 거래 성사 **011** / 02 특별검사로서의 첫 미팅 **023** / 03 기자회견 **028** / 04 용의자 호송 **038** / 05 수사기록 일지 **047** / 06 증인과 증거물품 **062** / 07 보석 심리 **075** / 08 사라진 증인 추적 **093** / 09 검사와 변호사 사이 **102** / 10 매디 보슈와의 일상 **111** / 11 증거개시 자료 **122** / 12 포트 타운센드 **132** / 13 주요 증인의 확보 **150**

2부 미로

14 SIS 감시일지 **159** / 15 브리트만 판사와의 첫 만남 **170** / 16 레트로 작전 **178** / 17 수사관 해리 보슈의 활약 **184** / 18 용의자 프로파일링 **198** / 19 공판 전 재정 신청 **212** / 20 연쇄살인의 징후 **231** / 21 클라이브 로이스의 마지막 한 방 **247** / 22 우드로 윌슨 드라이브 7203 **258** / 23 두 남녀의 불길한 방문 **274** / 24 재판 전 회합 **283**

3부 진실 찾기와 공정한 평결

25 미키 할러의 선제공격 **297** / 26 망자의 증언 **318** / 27 존재하지도 않는 씨앗

322 / 28 피고 측 증인 목록 **333** / 29 정의의 수레바퀴 **342** / 30 트럭에서 발견된

머리카락 **354** / 31 DNA 분석 결과 **372** / 32 산타모니카 방파제 **388** / 33 무대에

선 두 여인 **402** / 34 그해 여름에 있었던 일 **412** / 35 '할러 저택'에서의 저녁식사

424 / 36 보슈의 전략 **432**

4부 침묵하는 증인

37 변호인 측의 모두진술 **443** / 38 '진실'의 다른 버전 **460** / 39 카드로 만든 집

471 / 40 총격 사건 **483** / 41 판결 전 검찰 측 의견 **495**

5부 급습

42 작전 지휘본부 **505** / 43 10번 배심원 **510** / 44 방파제 아래의 지하 감옥 **514**

6부 마지막에 남은 것들

45 다시 멀홀랜드 드라이브 **521**

감사의 말 **531**

고마운 마음과 함께
섀넌 번에게 바칩니다.

1부

퍼프 워크

01 지검장과의 거래 성사

지난번 마지막으로 워터 그릴에서 식사했을 때, 나는 아내와 그 내연남을 계획적으로 잔혹하게 살해한 어느 의뢰인과 마주 앉아 있었다. 피해자는 둘 다 얼굴에 총알을 맞았다. 내 의뢰인은 소송에서 스스로를 변호하기 위해서가 아니라, 자신이 무죄임을 완벽하게 증명해내어 바닥으로 추락해버린 명성을 회복하고자 내게 변호를 맡긴 사람이었다. 그리고 이번에 나는 심지어 그보다도 더 조심스럽게 상대해야 할 어떤 인물과 마주 앉아 있었다. 그는 로스앤젤레스 카운티 지방검사장 게이브리얼 윌리엄스였고, 나는 그와 식사를 하는 중이었다.

겨울이 중반쯤 지난 매우 청명한 날이었다. 식사 자리에는 윌리엄스 지검장뿐 아니라, 그가 매우 신망하는 정통한 법률 고문이자 그의 보조이기도 한 조 리델도 함께였다. 식사는 오후 1시 30분으로 예정돼 있었다. 그 시간이면 검사들 대부분이 안전하게 형사재판소 건물로 돌아가 있을 때이기에 지검장이 어둠의 진영에 속한 인물과 은밀히 접선을 벌인다 해도 따가운 시선을 받을 염려가 없었기 때문이다. 그 어둠의 진영에 속한 인물이 바로 나, 저주받은 자들의 수호자, 미키 할러였다.

시내에서 점심식사를 하기에는 워터 그릴만큼 괜찮은 장소도 드물었다. 음식도 맛있고 분위기도 좋았으며 식탁 간 간격도 널찍해서 사적인 밀담을 나누기에 더없이 좋았다. 시내의 레스토랑 중에서는 가장 뛰어난 와인 목록을 소장하고 있기도 했다. 그리고 이곳에서는 양복 상의를 그대로 입고 앉아 있으면 웨이터가 와서 검은 냅킨을 무릎에 펼쳐주기까지 했다. 고객이 직접 손을 움직여 귀찮은 일을 할 필요가 없도록 만전을 기하는 곳이었다. 검찰 측은 카운티 세금으로 마티니를 주문했고, 나는 레스토랑에서 공짜로 제공하는 물을 고수했다. 윌리엄스는 진을 두 모금 홀짝이고 올리브 하나를 먹은 후에야 왜 우리가 사람들의 시선이 미치지 않는 시간대에 은밀히 만나고 있는지 털어놓았다.

"미키, 자네에게 제안이 하나 있네."

나는 고개를 끄덕였다. 그 정도는 아침에 리델이 전화를 걸어와 점심을 함께하자고 제안하면서 이미 털어놓은 사실이었다. 나는 이 만남에 동의한 후, 곧장 여기저기 전화를 걸어봤다. 윌리엄스 지검장의 제안이 무엇일지 대충 짐작이라도 할 만한 내부 정보를 조금이라도 긁어모아 볼 요량이었다. 하지만 윌리엄스를 직속상관으로 두고 있는 내 첫 번째 전처조차도 무슨 일 때문인지 모르고 있었다.

"말씀하세요, 경청하고 있습니다." 내가 말했다. "검사장이 직접 찾아와서 뭔가 제안을 건네는 일이 매일 있는 흔한 일은 아니지 않습니까. 그렇지만 제 의뢰인 때문에 절 만나자고 하신 게 아니라는 사실 정도는 짐작하고 있습니다. 현재는 위에 계신 분의 관심을 끌 만한 그런 의뢰인은 없는 것 같거든요. 게다가 맡고 있는 사건도 몇 건 안 됩니다. 그러니 시간은 많습니다."

"그래, 자네 말이 맞네." 지검장이 말했다. "자네 의뢰인에 관한 제안은 아니야. 실은 자네가 맡아줬으면 하는 소송이 하나 있어서 왔네."

나는 다시 고개를 끄덕였다. 이제야 무슨 일인지 알 것 같았다. 검사들이란 무슨 이유에서든 피고 측 변호사가 필요해지기 전까지는 그들을 죽어라 미워만 하는 자들 아니던가. 나는 윌리엄스에게 자녀가 있는지는 잘 몰랐지만, 그가 나름의 조사를 통해 내가 청소년 범죄 관련 사건은 다루지 않는다는 사실쯤은 알고 있으리라 짐작했다. 따라서 그의 아내가 관련된 사건이 분명하다는 생각이 들었다. 어쩌면 그가 비밀로 하려 하는 상점 내 절도나 음주운전에 관한 것일지도 모르는 일이었다.

"누가 마약이라도 했습니까?"

내가 물었다. 윌리엄스가 리델을 바라보더니 둘이 함께 미소를 주고받았다.

"아니, 그런 일은 아니네." 지검장이 말했다. "내 제안이란 이거야. 자네를 고용하고 싶네, 미키. 자네가 검찰을 위해 일해줬으면 좋겠어."

리델의 전화를 받은 이래로 내 머릿속에는 계속 이런저런 생각이 꼬리에 꼬리를 물고 떠올랐다. 하지만 검사로 고용된다는 생각은 잠시 스쳐 지나간 적도 없었다. 지금까지 나는 형사변호사협회의 정식회원으로 20년 넘게 활동해왔다. 그리고 그 기간 동안 검찰과 경찰을 향해 꾸준히 의심과 불신을 키워왔다. 물론 니컬슨 가든스에 수감돼 있는 비행 청소년들이 그들에게 품은 악감정에는 감히 명함도 못 내밀겠지만, 어쨌든 검사들이 나를 자신들 대열에 합류시키고 싶어하지 않게끔 하기에는 충분한 정도였다. 너무도 간단명료하게 그들은 나를 원치 않았고, 나 역시도 그들과 엮이고 싶지 않았다. 물론 아까 언급했던 내 전처와 현재 LA 경찰국 수사관으로 근무하는 내 이복형, 그 둘만은 예외였다. 난 그들에게만은 무슨 일이 있어도 등을 돌리지 않을 터였다. 어쨌거나 검사들 중에서도 특히 윌리엄스, 그는 우선 정치인으로 통하는 사람이었고, 검사라는 직업은 그

다음이었다. 그 때문에 더욱 위험했다. 비록 법조계에 발을 들인 후 잠시 검사로 재직하기는 했어도, 그는 20여 년간 인권변호사로 활약했던 인물이었다. 그러다가 외부인사로 들어와 지방검사장직에 입후보하여 경찰과 검사를 향한 반(反)정서 물살에 올라타 마침내 지검장직에 당선되었다. 나는 냅킨이 무릎 위에 덮이는 순간부터 값비싼 점심에 매우 신중한 태도를 보이기 시작했다.

"지검장님을 위해 일하라는 뜻인가요?" 내가 물었다. "정확히 뭘 하면서요?"

"특별검사로. 이번 한 번만이야. 자네가 제이슨 제섭 사건을 맡아줬으면 하네."

나는 오랫동안 그를 바라봤다. 처음에는 큰 소리로 웃어넘길까 생각했다. 행여 영리하게 지어내서 던지는 농담 같은 것일지도 모르지 않는가. 하지만 바로 그때, 나는 그 제안이 결코 농담이 아니라는 사실을 알아차렸다.

"제가 제섭을 기소하기를 바라시는 겁니까? 듣기로는 기소할 거리가 전혀 없다고 하던데요. 그 건은 날개 없는 오리나 마찬가지 아닙니까. 그냥 총으로 쏴서 먹어버리면 되잖아요."

윌리엄스가 고개를 저었다. 그의 태도는 내가 아니라 마치 자기 자신에게 무언가를 납득시키려는 사람 같았다.

"다음 주 화요일이 그 살인사건 기일이네." 그가 말했다. "그날 난 검찰에서 제섭 사건을 재심리할 예정이라는 사실을 발표할 거야. 그때 자네가 기자회견장에서 내 옆에 서 있었으면 하네."

나는 의자에 등을 기대고 앉아 두 사람을 바라봤다. 성인이 되고 나서 삶의 꽤 오랜 기간을 나는 법정을 마주 보고 선 채 배심원, 판사, 증인, 그리고 검사의 표정을 읽어내려 애쓰며 보냈다. 그리고 표정을 읽어내는 실력이 꽤 괜찮다고 자부해왔다. 하지만 그날 식탁에 앉아 있는 동안에는 내게서 채 1미터도 떨어지지 않은 곳에 마주해 있는 윌리엄스와 소위 그의 법률보조라는 사람의 표정을 도저히 읽어낼 수가 없었다.

제이슨 제섭은 아동살해범으로 유죄 선고를 받고 20년 이상을 감옥에서 보냈다. 그리고 한 달 전, 캘리포니아 대법원이 원심을 파기하고 그의 사건을 로스앤젤레스 카운티 법원으로 되돌려 보냈다. 그러니 이제 검찰이 할 수 있는 일은 그 사건을 재심리하거나, 제섭을 무죄방면하거나 둘 중 하나였다. 그 파기환송은 제섭이 감방에서 자신이 직접 작성한 서류들을 이용해 20년에 걸쳐 부단히 사법 투쟁을 벌여온 덕택에 얻어낸 것이었다. 사실 항소장, 여타의 운동, 항의, 그리고 찾아낼 수 있는 모든 사법적 도전을 통해 그 자칭 변호사는 자신의 무죄를 주장해왔다. 하지만 주 법원이나 연방 법원 쪽에서는 아무런 반응도 보이지 않았다. 그러다가 마침내 '유전자 정의 프로젝트'라는 이름으로 알려진 한 변호사 단체의 관심을 끌게 되었다. 그들이 제섭의 사건을 인계받았고, 결국 피해 아동의 원피스에서 발견된 정액의 유전자를 검사해보라는 법원의 명령을 받아냈다. 제섭은 그 어린 여자아이를 목 졸라 살해한 혐의로 기소되어 유죄판결을 받았다.

당시는 형사재판에서 DNA 분석이 이용되기 전이었다. 20여 년이 지난 후에 수행된 DNA 분석은 아이의 원피스에 묻어 있던 정액이 제섭의 것이 아니라 신원을 알 수 없는 누군가의 것이라는 사실을 증명해냈다. 비록 검찰은 제섭이 유죄라는 사실을 반복적으로 주장했지만, 이 새로운 정보가 제섭의 입장이 유리하도록 국면을 전환시키고 말았다. 주 연방 대법원은 DNA 분석 결과와 그 외의 다른 증거와 재판 기록의 불일치를 이유로 들어 제섭의 사건을 파기환송했다.

여기까지는 나도 이미 제섭의 사건과 관련하여 알고 있는 내용이었는데, 대체로 신문 기사나 법원에 흘러다니는 소문을 통해 들은 것이었다. 아직 법원에서 내려온 완전한 판결문을 읽어보지는 않았지만,《로스앤젤레스 타임스》에 실린 판결문 일부는 읽어봤기에, 나는 법원의 판결이 과거 첫 재판에서 경찰과 검찰이 저지른 위법행위뿐 아니라, 제섭이 오랜 기간 자신의 결백을 주장해온 내용을 반향하는 매우 통렬한 결정이라는 사실을 알고 있었다. 오랫동안 피고 측 변호를 맡아온 한 사람으로서, 나는 솔직히 그 결정으로 검찰이 대중매체에 혹독히 당하는 모습을 기쁜 마음으로 바라보지 않았다고는 말하지 못하겠다. 심보가 못되어 남의 불행을 고소히 여기는 것이라 말해도 상관없다. 사실 그 사건은 나와 아무런 관련이 없었고, 현 검찰 수뇌부에도 1986년 그 사건을 맡았던 사람들이 하나도 남아 있지 않았다. 하지만 그렇다고 내 감정이 변하는 것은 아니었다. 이유인즉, 근래에는 변호사 측의 승소율이 현저히 낮았기에 다른 변호인의 성공과 검찰 측의 패배에 변호사들이 늘 공동의 기쁨을 느끼는 정서가 만연했기 때문이다.

대법원의 판결은 한 주 전에 발표되었다. 그것은 이제 60일 내에 검찰이 제섭 사건을 재심할지 아니면 그를 무죄방면할지 결정해야 한다는 뜻이었다. 대법원 판결 이래로 제섭의 이름이 뉴스에 오르내리지 않은 날은 단 하루도 없었던 듯했다. 그는 샌쿠엔틴 교도소로 전화를 걸거나 그리로 직접 찾아가는 기자들을 상대로 자신의 무죄를 주장하면서 자기를 교도소에 집어넣은 경찰과 검사를 무차별 사격하는 인터뷰를 수도 없이 해댔다. 그 와중에 몇몇 할리우드 명사와 프로 운동선수는 제섭이 처한 곤경에 공감해 그를 지지하고 나섰다. 그리고 이미 그는 부당하게 투옥해 있던 그 오랜 세월 동안 입은 피해를 보상받기 위해 시와 카운티를 상대로 수백만 달러의 손해배상을 청구해놓은 상태였다. 대중매체의 관심이 끊임없이 이어지는 이 시기 동안, 그는 영원히 지속될 듯한 한바탕의 토론회를 열어놓고, 이를 대중의 영웅이라는 위상으로 자신의 위치를 승격시키는 데 이용하고 있었다. 그러니 마침내 그가 교도소에서 풀려나는 날에는 그 역시도 명사가 되어 있을 터였다.

사건의 세부적인 내용에 관해서는 아는 바가 거의 없는 상태였기에, 나는 제이슨 제섭이 사반세기 동안 억울하게 고통받아야 했던 무고한 사람이라는 인상을 지울 수가 없었다. 따라서 앞으로 그가 대법원의 판결 덕분에 무엇을 얻게 되든 그걸 가질 만한 충분한 자격이 있다고 생각했다. 하지만 내가 아무리 그 소송에 관해 아는 바가 없다 해도, 제섭의 앞길을 열어준 그 DNA 증거 덕분에 이미 그 소송은 검찰 측의 패배나 마찬가지라는 사실 정도는 알고 있었다. 따라서 제섭을 재심한다는 생각은 그 자체로 정치적인 마조히즘을 만천하에 드러내는 것이나 다를 바 없을 터였다. 그런데 그 생각이 윌리엄스와 리델이 속한 두뇌집단에서 나왔다는 사실이 믿기지 않았다.

그렇지만 만약에…….

"지검장님이 아는 사실 중에 제가 모르는 게 있나요?" 나는 물었다. "그리고 《로스앤젤레스 타임스》에 실리지 않은 사실 중에는요?"

윌리엄스가 자신 있는 미소와 함께 대답하기 위해 식탁 앞으로 몸을 기울였다.

"제섭이 유전자 정의 프로젝트의 도움을 받아 알아낸 사실은 피해자의 옷에 묻어 있던 DNA가 그의 것이 아니라는 정도야." 지검장이 말했다. "제섭은 청원자라서 그게 누구의 DNA인지 밝혀내는 일은 그의 소관이 아니었던 거지."

"그래서 지검장님이 그걸 DNA 자료은행에 돌려봤다는 거군요."

윌리엄스가 고개를 끄덕였다.

"그랬지. 그리고 일치하는 걸 찾아냈네."

윌리엄스의 입에서 더는 아무 정보도 나오지 않았다.

"그렇군요. 그게 누군가요?"

"자네가 이 사건에 합류하지 않는 한은 말해줄 수 없네. 계속 비밀에 부쳐야 할 필요가 있거든. 하지만 우리가 찾아낸 정보가 DNA 문제를 무효화시킬 소송 전략으로 연결되리라는 사실을 나는 믿어 의심치 않네. 그렇게 되면 예전 소송과 관련된 나머지 사항은, 물론 나머지 증거도 마찬가지고, 전부 다 손상되지 않은 채로 남아 있을 거라는 말일세. 처음 그의 유죄판결을 받아냈을 때, 우리는 그의 DNA 증거가 필요치 않았어. 그리고 이번에도 여전히 필요치 않을 거야. 1986년과 마찬가지로 우리는 지금도 제섭이 이 범죄를 저지른 범인이라고 확신하네. 따라서 그를 기소하지 않는다면, 나는 내 의무를 태만히 하는 셈이지. 유죄판결을 받아낼 확률이 어떻게 되든, 정치적인 추락의 가능성이 있든 없든, 그리고 이 사건을 바라보는 대중의 시선이 어떻든 간에 문제가 되지 않아."

윌리엄스는 내가 아니라 마치 카메라를 바라보고 있기라도 하듯 말을 해나갔다.

"그렇다면 그냥 그를 기소하면 되지 않나요?" 내가 물었다. "왜 저를 찾아오신 거죠? 3백 명이나 되는 실력 있는 법률가가 검사장님을 위해 일하지 않습니까. 이 사건을 맡기기만 한다면 열 일 제쳐두고 달려들 만한 사람이 벤 나이스에만 여럿 된다는 걸 저도 아는데요. 그런데 왜 저를 찾아오셨어요?"

"왜냐하면 이 사건의 경우 검찰에 속해 있는 사람은 기소할 수가 없거든. 자네도 그 주장에 대해 읽거나 들어봤으리라 생각하네. 이 사건에는 부정이 개입된 정황이 있어서 특별검사제(검찰의 수사를 공정하게 하기 위해 검찰이 아닌 행정부와 독립된 사람에게 수사 및 기소 등 검사 역할을 수행하도록 하는 제도 – 옮긴이)를 시행하기로 했으니 무조건 외부에서 데려와야 해. 당시 그 소송과 관련됐던 사람이 현재 검찰에 단 한 명도 남아 있지 않다는 사실 따위는 아무 상관이 없네. 무조건 검찰 소속이 아닌 누군가……."

"그게 바로 검찰총장이 하는 일 아닙니까." 내가 말했다. "특별검사가 필요하다면, 그쪽에 가서 알아보셔야죠."

방금 나는 지검장의 눈을 정통으로 찌른 참이었고, 식탁에 둘러앉은 모두가 그 사실을 알고 있었다. 게이브리얼 윌리엄스가 이 소송에 관여해달라고 검찰총장을 찾아간다는 것은 있을 수도 없는 일이었다. 캘리포니아에서 검찰총장직은 선거로 선출되는 자리였다. 그리고 이 지역에서 정치적으로 행세깨나 한다는 인물은 너 나 할 것 없이 모두 윌리엄스의 다음 정착지가 주지사 관저나 그에 상응할 만큼 높은 정치고원이라 생각하고 있었다. 검찰총장은 앞으로 그가 정치를 해나가는 데 있어 잠재적인 경쟁 상대가 될 인물이었다. 그런데 그에게 윌리엄스 자신을 공격하는 데 이용할 수도 있는 그런 소송 건을 넘겨준다는 것은 가당치도 않은 일이었다. 이번 사건이 아무리 오래된 소송 건이라 해도 마찬가지였다. 정치판이든 법정이든 삶 속에서든 적의 손에 몽둥이를 들려주어서는 안 되는 법이다. 언제 그가 돌아서서 나를 두들겨 팰지 아무도 모르기 때문이다.

"이 건으로는 검찰총장의 도움을 받지 않을걸세." 윌리엄스가 감정이 전혀 드러나지 않는 어조로 말했다. "그래서 자네를 찾아온 거 아니겠나, 미키. 자네야말로 유명하고 존경받는 형사소송 변호사 아닌가. 난 자네가 이 사건에서 다분히 독립적이라는 사실을 대중이 신뢰하리라 생각하네. 그러니 자네가 소송에서 이겨 유죄판결을 받아낸다면 그 사실을 믿고 받아들일 거란 말일세."

내가 윌리엄스를 빤히 바라보는 동안, 웨이터가 주문을 받기 위해 우리 테이블로 다가왔다. 내 시선을 전혀 외면하지 않은 채 윌리엄스가 웨이터에게 물러나 있으라고 지시했다.

"저는 이 사건에 별로 관심을 기울여오지 않았습니다." 내가 말했다. "누가 제섭의 변호를 맡았습니까? 친한 동료가 담당 변호사라면 맞서 싸우기가 좀 어려울 것 같군요."

"지금 현재로서는 유전자 정의 프로젝트 측 변호사와 민사 변호사가 전부네. 형사 변호사는 아직 구하지 않았는데, 사실 제섭은 우리 쪽에서 기소를 전적으로 포기하기를 바라고 있거든."

나는 고개를 끄덕였다. 그렇다면 장애물 하나는 제거된 셈이었다.

"하지만 우린 그에게 놀라운 선물을 안겨줄 생각이네." 윌리엄스가 말했다. "재심을 청구해서 놈이 꿈에서 깨어나게 만들 거야. 그건 놈이 저지른 짓이야, 미키. 그게 자네가 정말 알아야 할 모든 것이라고. 지금도 그 어린 여자아이는 죽은 채로 땅속에 묻혀 있어. 그게 검사들이 알아둘 필요가 있는 모든 진실이야. 사건을 맡게. 이 사회를 위해, 그리고 자네 자신을 위해 뭔가를 해보게. 누가 알겠나, 자네도 이 일이 좋아져서 계속 검사직에 머물고 싶을지. 만약 그렇게 된다면, 우린 반드시 그 가능성이 현실이 되도록 함께 애써볼 거야."

나는 리넨 식탁보 위로 시선을 떨어뜨리고 그의 마지막 말을 가만히 생각해봤다. 그 순간 나는 의지와는 전혀 상관없이 법정에 앉아 있는 딸아이의 모습을 떠올렸다. 아이는 피고 쪽이 아니라 방청석 쪽을 향해 서 있는 내 모습을 지켜보고 있었다. 윌리엄스는 내가 이미 결정을 내렸다는 사실을 알아차리지 못하고 계속 말을 이었다.

"물론 난 자네에게 시간당 수임료를 지불하지 못하네. 하지만 자네가 이 사건을 맡게 된다면 그건 어차피 돈 때문은 아닐 거라 생각하네. 자네에게 사무실과 비서를 제공하지. 그리고 뭐든 필요하면 말만 하게. 과학이든 법의학이든 모든 걸 적극적으로 지원하겠네. 전부 최고의……."

"검찰청 내에 사무실은 필요 없습니다. 어차피 그쪽과는 독립돼 있어야 할 테니까요. 철저히 자율적으로 움직여야만 합니다. 더는 점심식사 초대도 없는 겁니다. 함께 기자회견을 하고 나면, 그다음에는 저를 그냥 내버려두십시오. 소송을 어떻게 진행할지는 제가 결정합니다."

"좋아. 자네 개인 사무실을 이용하게. 단, 증거를 그곳에 쌓아두지 않는다는 조건이야. 그리고 물론, 소송에 관한 건 모두 자네가 결정하게."

"그리고 제가 이 사건을 맡는다면, 차석 검사는 제가 직접 뽑겠습니다. 담당 수사관도 LA 경찰국에서 제가 직접 불러 쓰겠습니다. 제가 믿을 수 있는 사람들로요."

"차석 검사는 내부 사람을 쓸 텐가, 외부 사람을 쓸 텐가?"

"내부에 있는 사람입니다."

"그렇다면 우리가 지금 얘기하는 사람이 자네 전처인 것 같군."

"맞습니다. 그녀가 맡아준다는 전제하에요. 그리고 만약 우리가 이 건에서 유죄평결을 받아낸다면, 매기 맥퍼슨을 밴 나이스에서 빼내 시내에 있는 강력계에 넣어주십시오. 그곳이 매기가 있고 싶어하는 곳이니까요."

"뭐, 대답이야 쉽게 할 수 있겠……."

"그게 제 조건입니다. 받아들이시든가, 아니면 오늘 이 만남은 없던 일로 하겠습니다."

윌리엄스가 리델 쪽을 흘낏 바라봤다. 그러자 이른바 그의 법률보조가 거의 알아차리기도 어려울 만큼 살짝 고개를 끄덕여 승인의 의사를 표현했다.

"좋네." 윌리엄스가 내 쪽으로 시선을 돌리며 대답했다. "그럼 그 제안을 받아들이지. 자네가 이겼고, 맥퍼슨도 소송에 참여하는 거야. 거래가 성사된 거네."

그가 식탁 너머로 손을 뻗어왔고, 나는 그 손을 잡고 악수했다. 윌리엄스가 미소를 지었지만, 나는 웃지 않았다.

"국민을 위해 헌신하는 검사 미키 할러라……." 그가 말했다. "잘 어울리는군."

국민을 위해 헌신한다. 그 말에 나는 기분이 좋아져야 했다. 내가 뭔가 숭고하고 정의로운 대의에 동참한 느낌이 들어야 했다. 하지만 나는 내 안에 그어놓은 어떤 선을 막 넘어서 버린 듯한 꺼림칙한 기분을 느꼈다.

"멋지군요."

내가 말했다.

02 특별검사로서의 첫 미팅

2월 12일 금요일, 오전 10시

해리 보슈는 형사재판소 건물 18층에 있는 지검장실 앞쪽 접견실을 향해 걸어갔다. 그는 안내직원에게 이름을 알려주고 나서 오전 10시에 게이브리얼 윌리엄스 지검장과 약속이 돼 있다고 말했다.

"실은 회의실 A에서 미팅이 예정돼 있습니다." 안내원이 앞쪽에 놓인 컴퓨터 화면을 확인한 후 말했다. "저 문으로 나가서 오른쪽으로 쭉 복도 끝까지 걸어가세요. 거기서 다시 오른쪽으로 꺾어지면 왼편으로 회의실 A가 보일 겁니다. 문에 팻말이 붙어 있어요. 다들 기다리고 계십니다."

안내원 뒤쪽의 패널을 덧댄 목재 벽에 나 있는 문이 윙 소리와 함께 열렸고, 보슈는 그 문을 통과했다. 그는 '다들' 기다리고 있다는 말이 의아스러웠다. 전날 오후에 지검장의 비서를 통해 연락받은 후, 그는 무슨 일 때문에 자신이 호출되었는지 알아보려 했지만 그럴 수가 없었다. 검찰에서 비밀을 유지하리라는 사실쯤은 짐작하고 있었지만, 그래도 보통은 약간의 정보가 새어나오는 법이다. 그런데 보슈는 자신이 한 명이 아닌 다수의 사람들과 미팅이 예정돼 있다는 사실도 건물 내부에 들어설 때까지 모르고 있었다.

안내원의 설명대로 길을 따라가서 '회의실 A'라는 팻말이 붙은 문 앞에 도착했다. 문을 한 번 노크하자 안에서 여성의 목소리가 들려왔다.

"들어오세요."

안으로 들어가자 한 여성이 여덟 개의 의자가 놓인 회의용 탁자 앞에 홀로 앉아 있었다. 서류와 파일, 사진, 노트북 컴퓨터 한 대가 여자 앞에 쫙 펼쳐져 있었다. 여자의 얼굴은 희미하게 낯익은 듯했지만, 어디서 봤는지는 기억나지 않았다. 짙은 색 곱슬머리로 얼굴을 감싸고 있는 매력적인 여성이었다. 눈매는 매우 예리해 보였다. 그 눈이 보슈가 문에 들어서는 순간부터 계속 그의 모습을 쫓았다. 여자는 친절하면서도 지극히 호기심을 드러내는 미소를 지어 보였다. 마치 그가 모르는 무언가를 자신은 알고 있다고 말하는 듯했다. 복장은 여성 검사들의 전형적인 복장이라 할 만한 짙은 감색 파워수트(power suit, 1980년대부터 유행하기 시작한 여성 정장 스타일로 남성복 요소를 여성복에 도입해 당시 사회적 진출이 늘어나던 여성의 지위 향상을 의복에 반영한다는 데 의의를 둔 복장-옮긴이)를 입고 있었다. 보슈는 그녀가 누구인지 정확히 기억해낼 수 없었지만, 아마도 카운티 검사들 중 한 명이리라 짐작했다.

"보슈 형사님?"

"네, 맞습니다."

"어서 오세요. 이쪽으로 앉으시죠."

보슈는 의자 하나를 끌어당겨 여자의 맞은편에 앉았다. 그리고 탁자 위에 놓인 사진 한 장을 바라봤다. 대형 쓰레기 수거함 안에 유기된 어린아이의 시신을 찍은 범죄 현장 사진이었다. 여자아이였고, 소매가 긴 파란색 원피스를 입고 있었다. 발은 맨발이었고, 건설 폐자재와 쓰레기 더미가 수북이 쌓인 곳에 누워 있었다. 사진의 하얀색 테두리가 누렇게 변색

된 것으로 보아 오래된 사진임이 틀림없었다.

여성이 사진 위로 파일 하나를 내려놓더니 탁자 너머로 손을 뻗어 악수를 청했다.

"전에는 뵌 적이 없는 것 같아요." 여자가 말했다. "저는 매기 맥퍼슨입니다."

보슈는 그 이름을 들은 기억이 났지만, 어디서 혹은 어떤 소송 건에서였는지는 기억해낼 수 없었다.

"카운티 검사예요." 그녀가 계속 말을 이었다. "제이슨 제섭 소송에서 검찰 측 차석 검사를 맡았습니다. 수석 검사는……."

"제이슨 제섭이요?" 보슈가 물었다. "그 건을 소송으로 가져갈 겁니까?"

"네, 그럴 거예요. 다음 주에 공식 발표할 예정인데, 그때까지는 비밀로 해주시길 바랍니다. 수석 검사님이 좀 늦으시는 것 같은데, 죄송……."

문이 열리는 소리에 보슈는 고개를 돌렸다. 미키 할러가 회의실 안으로 들어섰다. 보슈는 그를 다시 한 번 바라봤다. 할러가 누구인지 몰라서 그런 것이 아니었다. 그들은 이복형제이기에 보슈는 할러의 모습을 쉽게 알아봤다. 그러나 검찰 건물 안에서 할러의 모습을 본다는 것은 도저히 말이 되지 않는 상황 중의 하나였다. 할러는 범죄를 저지른 피고 측을 대변하는 변호사였다. 검찰에 있는 그의 모습은 개 우리에 들어간 고양이만큼이나 어울리지 않았다.

"알아요." 할러가 말했다. "지금 무슨 생각 하는지. '이게 대체 뭔 일이야'라고 생각했죠?"

할러는 미소를 지으며 맥퍼슨이 앉아 있는 쪽으로 탁자를 돌아가 의자 하나를 끌어당겼다. 그제야 보슈는 자신이 맥퍼슨이라는 이름을 어떻게 아는지 기억해냈다.

"두 사람……." 보슈가 말했다. "결혼했던 사이잖아, 맞지?"

"맞아요." 할러가 대답했다. "8년간 근사한 결혼생활을 했었죠."

"그런데 지금 이 상황은 어떻게 된 거야? 전처가 제섭을 기소하는데, 자네가 그를 변호한다는 건가? 그건 이해의 상충 같은데?"

할러의 미소가 환한 웃음으로 변했다.

"만약 우리가 반대편에서 소송한다면 그때는 이해의 상충이 되겠죠, 해리. 그렇지만 우린 반대편에 선 게 아닙니다. 제섭을 기소하는 측이에요. 둘이 함께요. 내가 수석이고, 매기가 차석입니다. 그리고 괜찮다면 해리가 우리의 수사관이 되어주었으면 해요."

보슈는 완전히 넋이 나간 표정이었다.

"잠깐. 할러, 자네는 검사가 아니잖아. 이건 말이…….."

"특별검사예요. 그러니 합법적인 거라고요. 그렇지 않다면 내가 여기 앉아 있을 리가 없잖아요. 우린 제섭을 잡아넣을 겁니다. 그러니 해리가 우릴 도와줬으면 좋겠어요."

"지금까지 내가 들었던 바에 따르면, 이번 사건은 내가 돕는다고 별반 달라질 게 없을 것 같은데. 혹시 제섭의 DNA 검사 결과가 조작됐다는 말을 하려는 게 아니라면 말이지."

"아니요, 그런 말을 하려는 게 아니에요." 맥퍼슨이 말했다. "우리도 자체적으로 검사해서 확인해봤는데, 결과는 정확해요. 피해자의 옷에 묻은 DNA는 그의 것이 아니에요."

"하지만 그게 이 소송에서 검사 측이 지게 되리라는 의미는 아니죠."

할러가 재빨리 덧붙였다. 보슈는 맥퍼슨에서 할러 쪽으로, 다시 할러에서 맥퍼슨 쪽으로 시선만 이리저리 옮길 뿐이었다.

그는 확실히 뭔가를 놓치고 있었다.

"그렇다면 그건 누구의 DNA지?"

그가 묻자, 맥퍼슨이 대답하기 전에 할러 쪽을 흘깃 바라봤다.

"아이의 양아버지요." 그녀가 말했다. "양아버지는 이미 죽었지만, 우리는 왜 그의 정액이 의붓딸의 원피스에서 발견되었는지, 그 이유를 알려줄 만한 설명이 반드시 있으리라고 믿어요."

할러가 다급하게 탁자 맞은편으로 몸을 기울였다.

"어린 소녀의 살해범으로 여전히 제섭을 기소할 수 있는 여지를 남겨주는 그런 설명이죠."

보슈는 잠시 생각에 잠겨 자기 딸아이의 모습을 떠올려봤다. 세상에는 치러야 할 고난과는 상관없이 반드시 잡아 가둬야만 할 몇몇 특정한 종류의 악마가 있었다. 아동 살해범은 그 목록 중에서도 가장 높은 곳에 이름이 올라 있는 악마였다.

"좋아." 그가 말했다. "나도 끼지."

03 기자회견

검찰에는 기자회견장이 하나 있었다. 하지만 차 데스 맨슨 사건에 관한 발표 이후로는 전혀 개보수를 하지 않은 상태였다. 따라서 목재 패널을 덧댄 벽은 뿌옇게 색이 바래 있었고, 구석자리에 걸려 있는 깃발들은 축 늘어져 있었다. 덕분에 행사가 열릴 때마다 검찰의 진정한 힘과 권위가 모두 착각에 불과하다는 느낌을 주는 데 한몫 단단히 해왔다. 검사는 어떤 소송에서도 약자인 적이 없었다. 그런데 어쩐 일인지 기자회견장에만 들어서면 검찰이 사무실에 새로 페인트칠할 경비조차도 없는 궁색한 집단인 듯한 인상을 받았다.

그리고 어쨌든 그 궁색한 배경이 제섭 기소 건에 관한 결정을 발표할 때도 일조를 했다. 이제 이 신성한 정의의 전당이 생긴 이래로, 아마도 처음으로, 검찰은 약자 역할을 맡을 예정이었다. 제이슨 제섭의 재심 결정은 위험천만하면서도 실패가 눈에 훤히 들여다보이는 도박이나 다름없었다. 기자회견장 앞쪽에서 게이브리얼 윌리엄스 지검장과 나란히 서서, 밀집해 있는 비디오카메라와 밝은 전등 불빛과 기자를 마주하고 있는 동안,

나는 그제야 내가 얼마나 끔찍한 실수를 저질렀는지 깨달았다. 딸아이와 전처의 환심을 사고 나 자신의 비위를 맞추고자 이 소송 건을 맡기로 한 내 결정은 재난과도 같은 결과를 이끌어내고야 말 터였다. 나는 불꽃 속에 화하고 말리라.

무엇보다도 그날의 기자회견은 매우 드물게 목격할 수 있는 장면이었다. 언론은 제섭 이야기의 끝을 보도하기 위해 모여 있었다. 그들은 검찰이 제이슨 제섭은 재심의 대상이 아니라는 발표를 하리라고 예측했다. 지검장이 사과 성명을 내지야 않겠지만, 적어도 있는 증거를 없다고 밀하지는 못하지 않겠는가. 그러니 오랜 세월 부당하게 옥살이를 한 이 남자를 상대로 다시 소송이 벌어질 리는 없었다. 그의 사건은 끝을 맞이할 테고, 대중의 관점은 물론이고 법률적 견지에서 보더라도 제섭은 마침내 자유롭고도 결백한 남성으로 거듭나게 될 터였다.

언론은 완전한 비밀 같은 것을 믿지 않았다. 따라서 보통은 그런 일이 일어나면 제대로 대응조차 하지 못했다. 하지만 우리의 윌리엄스 지검장이 그들 모두를 보기 좋게 속여 넘겼다는 사실에는 의심의 여지가 없었다. 지난주 내내 우리는 팀을 짜서 여전히 이용할 수 있는 증거들을 검토하며 매우 은밀히 움직여왔다. 새어 나간 이야기는 단 한 마디도 없었는데, 아마도 형사재판소 건물 안에서는 처음 있는 일 터였다. 내가 문으로 들어서는 순간 날 알아본 기자들의 이마에 주름살이 잡히는 것을 보며 나는 그들이 품은 의심의 기미를 알아차렸다. 하지만 윌리엄스는 마이크와 디지털 녹음기가 화환처럼 장식된 연단 발언대 앞으로 성큼성큼 걸어나가 조금의 머뭇거림도 없이 최후의 결정타를 날렸다.

"24년 전 오늘, 일요일 아침에 12살의 멜리사 랜디는 핸콕 파크에 있는 자신의 집 정원에서 납치되어 잔인하게 살해되었습니다. 그 후 신속한 수사를 통해 검찰은 제이슨 제섭을 용의자로 지목했습니다. 그는 체포되었고, 재판에 회부되어 가석방 없는 무기징역을 선고받았습니다. 하지만 그 유죄판결은 2주 전 연방 대법원에 의해 파기되어 검찰로 환송되었습니다. 저는 오늘 로스앤젤레스 카운티 검찰이 멜리사 랜디의 살인사건으로 제이슨 제섭을 재심하기로 결정했다는 사실을 발표하기 위해 이 자리에 나왔습니다. 유괴와 살인 혐의는 아직도 유효합니다. 검찰은 법이 허용하는 최대한도의 절차를 적용하여 다시 한 번 제이슨 제섭을 기소할 것입니다."

그가 자신의 발표 내용에 적절한 엄숙함을 부여하기 위해 잠시 뜸을 들였다.

"아시다시피, 대법원은 첫 번째 기소 기간 동안 부정행위가 저질러졌음을 밝혀냈습니다. 물론 그것은 현 검찰 행정부가 구성되기 이전, 지금으로부터 20년도 더 된 시점에 발생한 일입니다. 그럼에도 저는 정치적인 갈등 상황을 피하고, 현 검찰 측에서 추호라도 부적절한 조치를 취하고 있다는 의심을 받지 않기 위해, 이 사건을 맡아 소송을 진행할 특별검사를 임명했습니다. 많은 분들이 지금 제 오른쪽에 서 있는 분을 이미 알고 계실 겁니다. 마이클 할러 씨는 20년 동안 로스앤젤레스에서 명망 높은 형사 변호인으로 활동해왔습니다. 그는 공정하고 존중받는 변호사협회의 일원이기도 합니다. 그가 이번 임명을 수락했으니, 오늘부터 이 사건의 책임을 맡아 소송을 진행해 나갈 것입니다. 소송 건에 대해 언론과 대화하지 않는 것이 검찰의 정책이지만, 할러 씨와 저는 이 사건의 세부 사항과 증거를 침해하지 않는 선에서 몇 가지 질문에 기꺼이 답해드릴 용의가 있습니다."

우리를 향해 질문을 퍼부어대는 목소리가 방 안에 합창처럼 울려 퍼지기 시작했다. 윌리엄스가 양팔을 들어 올려 진정하라는 신호를 보냈다.

"한 번에 하나씩만 하죠. 그쪽 기자분부터 시작합시다."

그가 첫 번째 줄에 앉아 있는 한 여성을 가리켰다. 이름은 기억나지 않지만, 나는 그녀가 《타임스》지 기자라는 사실을 알아챘다. 윌리엄스는 자신이 우선순위에 두고 있는 언론을 지목했다.

"《타임스》지에서 나온 케이트 솔터스 기자입니다." 그녀가 기꺼운 태도로 말했다. "DNA 증거가 제이슨 제섭의 범죄 혐의를 벗겨주었는데, 어떻게 그를 다시 기소할 결정을 내리게 됐는지 말씀해주시겠습니까?"

회견장으로 들어서기 전에, 윌리엄스는 명확히 나를 향해 던지는 질문이 아닌 이상 자신이 기자들의 질문과 발표를 모두 책임지겠다고 말했다. 그는 이 기자회견이 자신을 위한 쇼라는 사실을 확실히 하고 싶어했다. 그러나 나는 이 사건이 내 소송이라는 사실을 명확히 해야겠다고 마음먹었다.

"그건 제가 답변하겠습니다." 이렇게 대답하고 나는 연설대와 마이크쪽으로 몸을 기울였다. "유전자 정의 프로젝트 팀이 수행한 DNA 검사는 피해자의 옷에서 검출된 체액이 제이슨 제섭의 것이 아니라는 사실만을 알려줄 뿐입니다. 그것이 그가 범죄에 연루돼 있다는 사실까지 무효화시키는 것은 아니죠. 그게 바로 차이점입니다. DNA 검사는 단지 배심원이 고려할 만한 추가적인 정보를 제공할 뿐입니다."

나는 다시 등을 펴고 똑바로 섰고, 윌리엄스는 '나 엿 먹일 생각 말게'라는 시선으로 날 노려봤다.

"그럼 누구의 DNA입니까?"

누군가 소리쳐 물었다. 윌리엄스가 재빨리 몸을 앞으로 숙여 답변했다.

"이번 증거에 관한 질문에는 답변하지 않을 것입니다."

"미키, 왜 이 사건을 맡기로 했나요?"

이 질문은 회견장 뒤쪽, 불빛이 비치지 않는 곳에서 나왔기 때문에, 목소리의 주인공이 누구인지 볼 수 없었다. 나는 다시 마이크 앞으로 나가몸을 숙였고 윌리엄스는 어쩔 수 없이 뒤로 물러나야 했다.

"좋은 질문입니다." 내가 말했다. "확실히 제가 소위 말해 법정 통로의 반대편에 서게 되는 상황은 그리 흔히 있을 법한 일이 아닙니다. 하지만 저는 이 사건이야말로 제가 반드시 반대편으로 넘어가 있어야만 할 일이라고 생각했습니다. 저는 캘리포니아에서 법조계에 종사하는 한 사람이자, 변호사협회에 소속된 자랑스러운 임원이기도 합니다. 우리는 이 나라의 헌법과 법률을 수호하며 정의와 공정을 추구하겠다고 맹세했습니다. 변호사의 의무 중 하나는 사리사욕에 휘둘리지 않고 공정한 대의를 따르는 것입니다. 이 사건이 바로 그런 경우에 해당합니다. 누군가는 멜리사 랜디를 대변해야 합니다. 저는 이 사건의 증거를 검토해봤고, 제가 옳은 편에 섰다고 생각합니다. 판결은 합리적인 의혹을 넘어서는 증거에 달려 있습니다. 저는 이 소송에 그런 증거가 존재한다고 생각합니다."

윌리엄스가 다가와서 내 팔 위에 한 손을 올려놓고 나를 마이크에서 조심스럽게 떼어놓았다.

"증거에 관한 내용은 더 이상 답변드릴 수가 없습니다."

그가 재빨리 말했다.

"제섭은 이미 감옥에서 24년을 보냈습니다." 솔터스가 말했다. "1급 살인에 대한 유죄판결로 받은 복역 기간보다는 훨씬 짧은 기간이기는 합니다. 하지만 지금 상황에서 보자면 그는 이미 복역한 기간만으로도 법정을 그대로 걸어서 빠져나가게 되리라 모두가 예상하고 있습니다. 윌리엄스 검사장님, 그를 재심하는 데 또다시 비용과 노력을 들이는 것이 정말 그만한 가치가 있다고 생각하십니까?"

기자가 질문을 채 마치기도 전에, 나는 그녀와 윌리엄스 사이에 이미 모종의 거래가 있었다는 사실을 알아차렸다. 솔터스 기자가 소프트볼을 던지면, 윌리엄스는 그 공을 공원 밖으로 쳐내는 것이 그들의 합의이리라. 그러면 그는 11시 뉴스와 조간신문에 근사하고 정의로운 모습으로 비치게 될 터였다. 기자가 이 거래에 응한 목적은 이번 사건의 증거와 소송 전략을 빼내기 위한 것이 분명했다. 나는 그 순간 이것이 내 사건이고 내 소송이며 내 거래라는 사실을 확실히 못 박기로 했다.

"그런 건 아무 문제도 되지 않습니다."

나는 선 자리에서 옆으로 몸을 빼내며 큰 소리로 말했다. 모든 시선이 내 쪽으로 향했다. 심지어 윌리엄스의 시선조차도.

"마이크에 대고 말씀해주시겠어요, 미키?"

역시 불빛이 미치지 않는 뒤쪽에서 아까와 같은 목소리가 말했다. 그는 미키라는 이름으로 부를 만큼 나를 잘 알았다. 나는 마치 농구 경기에서 리바운드를 노리고 뛰어가는 파워 포워드처럼 윌리엄스를 옆으로 밀치며 다시 한 번 마이크 앞으로 움직였다.

"아동 살해는 감수해야 할 위험의 정도가 얼마나 크든 간에 반드시 법의 허용치를 최대한으로 적용해 기소해야 하는 범죄입니다. 여기에는 승리한다는 보장 같은 것은 없습니다. 하지만 그 점이 이번 결정을 내리는 데 어떤 영향을 미치지는 않았습니다. 우리의 판단 척도는 합리적 의혹이고, 저는 이 사건에 합리적 의혹을 품을 만한 여지가 충분하다고 믿습니다. 따라서 우리는 증거의 총합이 이 남자가 그 끔찍한 범죄를 저질렀음을 드러내 보여주리라 믿습니다. 범죄가 저질러진 당시로부터 얼마나 오랜 시간이 지났고, 얼마나 오랫동안 그가 갇혀 있었는지 따위는 상관이 없습니다. 그는 반드시 기소되어야만 합니다.

제게도 당시의 멜리사보다 약간 나이가 많은 딸아이가 하나 있습니다……. 사실 첫 재판에서 주 정부는 사형을 구형했지만, 배심원단이 그에 반대했기에 판사가 무기징역을 선고했다는 사실을 사람들은 기억하지 못합니다. 그건 그때고, 지금은 다릅니다. 우리는 이번에도 그에게 사형을 구형할 것입니다."

윌리엄스가 내 어깨에 손을 얹고 나를 마이크에서 잡아당겼다.

"음, 너무 앞서가지 말도록 합시다." 그가 재빨리 말했다. "우리는 그에게 사형을 구형할지에 관해서는 아직 확실히 결정한 바가 없습니다. 그 결정은 차후에 내리게 될 것입니다. 하지만 할러 씨가 매우 타당하고 정확한 답변을 해드렸습니다. 이 사회에서 아동 살해보다 더 끔찍한 범죄는 없습니다. 우리는 검찰의 힘과 수단이 미치는 한도 내에서 멜리사 랜디를 위해 반드시 정의를 추구할 것을 약속합니다. 참석해주셔서 고맙습니다."

"잠시만요."

중간에 앉아 있는 기자들 중 한 명이 말했다. "그렇다면 제섭은요? 그는 언제쯤 재판을 받기 위해 이곳으로 옵니까?"

윌리엄스는 나를 마이크에서 떨어트리기 위해 일부러 발언대 양 끄트머리에 양손을 얹어놓았다.

"오늘 아침 일찍 로스앤젤레스 경찰이 제임스 제섭을 샌쿠엔틴 교도소에서 인계받아 이곳으로 호송해오고 있습니다. 도착하면 시내에 있는 교도소에 투옥될 예정이고, 그럼 소송이 진행될 것입니다. 그의 유죄판결은 파기환송되었지만, 혐의는 아직 그대로 남아 있습니다. 현재로서는 우리도 더는 알려드릴 것이 없습니다."

윌리엄스가 뒤로 물러나 내게 문 쪽으로 가라는 신호를 보냈다. 그리고 내가 움직여 마이크에서 멀어질 때까지 기다렸다가 내 뒤로 다가와 문을 통과해 나가는 동안 귀에 대고 속삭였다.

"한 번만 더 그런 식으로 했다가는 그 자리에서 바로 파면해버릴 테니 그런 줄 알게."

나는 계속 걸음을 옮겨놓으며 고개를 돌려 그를 바라봤다.

"제가 뭘 했다는 겁니까? 이미 답변을 정해놓은 지검장님의 질문에 대신 답변한 거 말인가요?"

우리는 복도를 따라 걸어갔다. 리델이 페르난데스라는 검찰의 언론 대변인과 함께 기다리고 있었다. 그러나 윌리엄스는 나를 그들 쪽에서 멀리 떨어지도록 복도 끝으로 밀고 갔다. 그리고 여전히 소곤대는 목소리로 말을 이었다.

"각본에서 벗어나지 않았나. 다시 한 번 그러면 끝장인 줄 알게."

내가 갑자기 걸음을 멈추고 돌아서자, 윌리엄스는 거의 나를 밟고 지나갈 뻔했다.

"보세요, 저는 지검장님의 꼭두각시가 아닙니다." 내가 말했다. "청부인이라고요. 잊으셨어요? 그런데 계속 저를 이런 식으로 대하시면, 뜨거운 감자를 오븐용 장갑도 없이 맨손으로 들고 계셔야 할 줄 아세요."

윌리엄스는 나를 뚫어져라 노려봤다. 확실히 아직 내게 할 말이 남은 모양이었다.

"그리고 사형 어쩌고 하는 얘기는 대체 무슨 헛소리야?" 그가 물었다. "우린 아직 그 건에 관해서는 고려해보지도 않았고, 자네는 그 주제에 관해 떠들어댈 인가도 얻지 않았어."

그는 나보다 덩치도 크고 키도 컸다. 그 커다란 몸으로 지검장은 내 공간을 침범해 들어오며 나를 벽 쪽으로 밀어붙였다.

"이 얘기가 분명히 제섭의 귀에까지 들어갈 겁니다. 그럼 그도 계속 생각해보겠죠." 내가 말했다. "그러다 우리가 운이 좋으면 그가 거래를 제안해올 테고, 그럼 소송까지 갈 필요도 없는 거 아닙니까. 물론 민사도 마찬가지고요. 돈도 절약되고 얼마나 좋아요. 사실 이 모든 게 그것 때문 아닙니까, 맞죠? 돈 말이에요. 우리가 유죄판결을 받아내면, 그는 민사를 진행할 수 없게 될 테니까요. 지검장님과 시, 양쪽 다 몇백만 달러를 절약하게 되겠죠."

"돈은 이번 소송과 아무 상관도 없네. 이건 정의를 찾기 위한 거야. 그리고 뭐가 어찌 됐던 간에 자넨 늘 나와 상의해서 절차를 진행해야 해. 상관을 공격해대는 짓은 하지 말라고."

물리적인 위협처럼 빨리 질리는 것도 없었다. 나는 손바닥을 펴서 그의 가슴에 대고 내게서 떨어지도록 밀어냈다.

"예, 그거야 그렇지만, 지검장님은 제 상관이 아닙니다. 제겐 상관 같은 게 없어요."

"정말 그런가? 아까도 말했듯이 난 지금 당장 이 자리에서 자네를 파면할 수도 있어."

나는 손가락으로 복도 저편 기자회견장으로 통하는 문 쪽을 가리켰다.

"예, 그러면 정말 꼴이 보기 좋겠네요. 방금 고용한 특별검사를 바로 파면해버리면요. 닉슨이 워터게이트 사건 때 그러지 않았던가요? 닉슨이 했을 때는 다들 뭐라고 했는지 모르겠네요. 그냥 지금 안으로 들어가서 기자들에게 말해버릴까요? 제 생각에는 아직 카메라가 몇 대 남아 있을 것 같거든요."

윌리엄스는 자신이 처한 곤경을 깨닫고 잠시 머뭇거렸다. 나는 손가락 하나 움직이지 않고 그를 벽 쪽으로 물러나게 했다. 지금 나를 파면해버린다면 그는 다음 선거에서 전혀 당선될 가능성이 없는 완전한 바보처럼 보일 터였고, 본인도 그 사실을 알고 있었다. 그가 내 쪽으로 가까이 몸을 기울였고, 일대일 대결 안내서에나 나올 법한 낡아빠진 위협을 써먹는 동안 그의 속삭임은 점점 더 낮아졌다.

"날 가지고 놀 생각 같은 건 꿈에도 하지 말게, 할러."

"그럼 지검장님도 제 사건에 콧물 빠트리지 마세요. 이 소송은 선거운동이 아닙니다. 돈 때문에 하는 것도 아니고요. 이건 살인에 관한 거예요, 보스. 제가 유죄판결을 받아내길 바란다면, 그냥 멀찍이 물러서 계세요."

나는 적당히 기분을 맞춰주기 위해 그를 보스라고 불러주었다. 윌리엄스가 입을 굳게 다물고 오랫동안 나를 빤히 바라봤다.

"그럼 우리 둘 다 서로의 입장을 이해한 것 같군."

그가 마침내 말했고, 나도 고개를 끄덕였다.

"예, 그런 것 같습니다."

"이 사건에 관해 언론과 얘기하기 전에, 반드시 내 승인부터 얻어야 하네, 알았나?"

"알겠습니다."

윌리엄스가 돌아서서 복도를 따라 걸어갔다. 그 뒤로 그의 수행단이 따라갔다. 나는 복도에 그대로 남아서 그들이 걸어가는 모습을 지켜봤다. 솔직히 말하자면, 나는 세상 그 누구보다도 사형제도에 반대하는 사람이다. 내 의뢰인 중에 사형을 선고받은 자가 있다거나 그런 사건을 변호했던 경험이 있어서 그런 것은 아니다. 단지 소위 문명사회라는 곳에서는 사회 그 자체가 살인을 저질러서는 안 된다는 쪽에 믿음을 두고 있기 때문이다.

하지만 어찌 된 일인지 이번에는 그러한 믿음도 내가 사형이라는 위협을 일종의 칼날처럼 사용하는 것을 막지 못했다. 복도에 홀로 서 있는 동안, 나는 어쩌면 그런 태도가 나를 더 나은 검사로, 내가 할 수 있다고 생각하는 것보다 훨씬 더 뛰어난 검사로 만들어줄지도 모른다고 생각했다.

04 용의자 호송

2월 16일 화요일, 오후 2시 43분

그것은 소송이 진행되는 과정 중에 맛볼 수 있는 최고의 순간 중 하나였다. 뒷좌석에 수갑을 채운 용의자를 태우고 시내를 운전해가는 일, 그보다 더 멋진 순간은 없었다. 물론 소송 막바지에 유죄판결이라는 궁극적인 보상을 받는 순간도 그에 못지않았다. 법정 안에서 마지막 평결이 낭독될 때, 현실이 모두를 충격에 빠트리고 죄수의 눈에 죽음의 그림자를 드리우는 모습을 바라보는 것, 그 또한 멋진 순간이기는 했다. 그러나 용의자를 호송해가는 순간이 늘 그보다 훨씬 더 근사했다. 더욱 직접적이고 사적이지 않은가. 따라서 보슈는 늘 그 순간을 최대한 만끽했다. 추격전도 끝났고, 쉴 새 없이 몰아붙여 온 수사 과정도 이제 검찰의 신중한 보폭과 발맞추어 나갈 참이었다.

그러나 이번에는 좀 달랐다. 장장 이틀 동안 보슈는 그 무엇도 만끽할 수 없었다. 그와 그의 파트너 데이비드 추는 전날 코르테 마데라로 운전해서 101번 도로상에 있는 모텔에 투숙해 하룻밤을 보냈다. 아침에 그들은 샌쿠엔틴 교도소로 가서 수감돼 있는 제이슨 제섭을 그들에게 넘겨주라는 법원 명령서를 제시하고 수감자를 차에 태워 로스앤젤레스로 돌아왔다. 너무 말이 많은 파트너와 함께, 가는 데 7시간 오는 데 7시간이 걸린 여정이었다. 물론 돌아오는 길에는 거의 입을 열지 않는 용의자도 함께였다.

그들은 이제 샌페르난도 계곡 등성이에 있었고, LA 시내에 있는 시 교도소까지는 1시간 남짓한 거리가 남아 있었다. 보슈는 장시간의 운전으로 허리가 아팠다. 가속페달을 힘껏 밟아댄 탓에 오른쪽 종아리 근육도 쑤셔왔다. 시에서 내준 차에는 자동 주행속도 유지 장치가 장착되어 있지 않았다.

추가 자신이 운전하겠다고 했지만, 보슈는 그 제안을 거절했다. 추는 심지어 고속도로에서도 거의 종교적인 열정으로 제한속도를 지켜 운전했다. 보슈는 허리 통증과 그것이 불러오는 불안감을 감수하고 남은 1시간 동안 고속도로를 운전해갈 작정이었다.

다른 걱정은 다 제쳐두고, 그는 어쩐 일인지 거꾸로 진행되는 듯한 이번 사건에 관해 곰곰이 생각하며 불편한 침묵을 유지한 채 차를 운전해갔다. 그는 이 사건에 합류한 지 겨우 며칠밖에 되지 않았기에 사건과 관련된 사실을 충분히 숙지할 만한 기회가 거의 없었다. 그런데 벌써 사건 용의자를 차에 태우고 데려가는 중이었다. 보슈가 보기에 이번 사건은 체포가 먼저 이루어진 듯했다. 다시 말해, 제섭을 교도소에 집어넣고 난 후까지도 수사가 제대로 시작조차 되지 않을 듯한 느낌이었다.

그는 시계를 확인해보고 예정된 기자회견이 지금쯤 끝났으리라 확신했다. 그의 계획은 4시에 할러와 맥퍼슨을 만나 계속 사건에 관해 논의하는 것이었다. 그러나 제섭을 시 교도소에 데려다주고 오면 약속에 늦을 듯했다. 또한 증거품 상자 두 개가 그를 기다리고 있었기에, LA 경찰국 기록 보관소에도 들러야 했다.

"선배님, 왜 그러세요. 뭐 잘못된 거라도 있어요?"

보슈는 추를 흘낏 돌아봤다.

"아니, 그런 거 없어."

용의자 앞에서 마음속에 있는 말을 털어놓을 수는 없는 일이었다. 게다가 그와 추는 파트너가 된 지 채 1년도 되지 않았다. 그것은 추가 보슈의 태도를 보고 그의 마음을 읽어내려면 아직 멀었다는 뜻이었다. 반면, 그는 추가 점점 불편해하고 있다는 사실을 정확히 알아차렸다. 하지만 상대가 그 사실을 눈치채지 않기를 바랐다.

그때 제섭이 뒷자리에서 입을 열었다. 스탁턴을 벗어났을 때 화장실에 들러달라고 요청하는 말 이후로는 처음이었다.

"잘못된 건 바로 당신 선임이 이 사건에 대해 쥐뿔도 모른다는 거야. 또 잘못된 건, 그가 이 소송이 완전히 엉망진창이라 자기는 여기에 전혀 끼고 싶어하지 않는다는 거지."

보슈는 백미러를 통해 제섭을 바라봤다. 손에는 수갑이 채워져 있었고, 양쪽 발목에는 족쇄가 채워져서 사슬에 연결돼 있었기에 그는 앞쪽으로 몸을 약간 웅크린 자세였다. 머리는 삭발을 하고 있었는데, 이는 다른 죄수들에게 위협적인 모습을 보이고자 하는 죄수들 사이에서는 흔한 머리 모양이었다. 보슈는 제섭의 경우에는 확실히 그 의도가 효과를 나타냈으리라 짐작했다.

"난 당신이 묵비권을 행사하려는 줄 알았는데, 제섭. 본인이 그렇게 말하지 않았나?"

"그래, 맞아. 그냥 입 꾹 처닫고 변호사나 기다릴 거야."

"변호사는 지금 샌프란시스코에 있을걸. 나 같으면 그동안 가만히 입 다물고 참지는 않을 텐데."

"그가 누군가에게 연락할 거야. 유전자 정의 프로젝트는 전국에 회원이 있거든. 우린 이 소송에 임할 준비가 돼 있다고."

"정말? 정말 당신이 준비됐다고? 그럼 감방에서 다른 교도소로 이송될 줄 알고 미리 짐이라도 챙겨뒀다는 건가? 혹시 집으로 가게 될 줄 알고 감방을 비운 거 아니었어?"

제섭은 그 질문에 답할 말이 없었다. 보슈는 101번 도로로 접어들었다. 이제 타후엔가 도로를 통과해 할리우드로 들어갔다가 시내로 나가게 될 터였다.

"유전자 정의 프로젝트와는 어떻게 엮이게 된 거야, 제섭?" 보슈는 계속 대화를 이어가기 위해 다시 물었다. "당신이 그들에게 도움을 청한 거야, 아니면 그들이 당신에게 접촉한 거야?"

"웹사이트라는 게 있지 않나, 이 사람아. 내가 청원서를 보냈더니, 그들이 내 사건에서 구린내가 난다는 걸 알아본 거지. 그래서 사건을 맡기로 했고, 덕분에 내가 지금 여기 있는 거야. 검찰이 이번 소송에서 이길 거라고 생각한다면, 당신들 전부 제대로 쓴맛을 보게 될 테니 두고 보라고. 지난번에는 내가 빌어먹을 검찰 때문에 완전히 신세를 조졌지만, 그런 일은 두 번 다시 일어나지 않을 거야. 두 달 후면, 이 사건은 모두 끝나. 지금까지 감방에서 24년을 썩었는데, 그깟 두 달 더 못 버티겠어? 그래 봐야 앞으로 출간할 내 자서전의 판권 가격만 더 올라가는 거지 뭐. 그러니 오히려 내가 당신과 그 지검장이라는 양반에게 고마워해야 할 것 같군."

보슈는 백미러를 통해 다시 한 번 제섭을 흘낏 바라봤다. 일반적인 경우라면 그는 수다스러운 용의자를 좋아했다. 대개 그들은 자기 자신을 감방으로 곧장 보내버릴 쓸데없는 소리를 지껄여댔기 때문이다. 그러나 제섭은 너무 영리하고, 너무 조심스러웠다. 사용하는 단어도 매우 신중하게 골랐으며, 범죄 그 자체에 대해서는 일절 언급하지 않았다. 그러니 보슈가 이용해먹을 만한 실수를 저지를 턱도 없었다.

이제 보슈는 창밖을 뚫어져라 바라보는, 백미러에 비친 제섭의 모습을 바라봤다. 그가 무슨 생각을 하는지는 알 수 없었다. 눈은 마치 죽은 사람의 눈 같았다. 목에는 교도소 잉크로 새겨놓은 문신 끄트머리가 목깃 바깥으로 삐죽이 튀어나와 있었다. 어떤 단어의 일부 같았지만, 정확히 무슨 글자인지는 알 수 없었다.

"LA에 온 걸 환영해, 제섭." 추가 고개를 돌리지 않은 채 말했다. "꽤 오랜만에 온 거지, 안 그런가?"

"까불지 말라고, 짱깨 양반." 제섭이 대꾸했다. "모든 게 조만간 끝날 거야. 그러면 난 밖으로 걸어나가서 해변에 앉아 있을 거라고. 긴 서프보드나 하나 사서 높은 파도나 타고 놀아야지."

"너무 자신 말라고, 살인자 양반." 추가 말했다. "당신이 질 거야. 우리도 쉽사리 포기하지는 않을 작정이거든."

추는 일부러 제섭을 자극하고 있었다. 말실수를 하게끔 유도하려는 것이었다. 그러나 추는 아마추어에 지나지 않았고, 제섭은 그가 상대하기에 너무 영리했다.

보슈는 자그마치 6시간 동안이나 침묵 속에 달려왔음에도, 그들의 주거니 받거니 하는 말싸움이 지겹게 느껴졌다. 그는 차량의 라디오를 켰고, 검찰의 기자회견 보도의 끄트머리를 들을 수 있었다. 그는 제섭도 들을 수 있도록 소리를 키웠고, 추도 입을 다물었다.

"윌리엄스 지검장과 할러 특별검사는 증거에 대해 언급하기를 거부했지만, 그들이 연방 대법원과는 달리 DNA 분석 결과에 그다지 깊은 인상을 받지 않았음을 보여주었습니다. 할러 씨는 피해자의 원피스에 묻어 있던 DNA가 제섭의 것이 아니라는 사실을 인정했습니다. 하지만 그는 그 분석 결과가 제섭이 그 범죄와 관련돼 있다는 혐의까지 완전히 벗겨주는 것은 아니라고 말했습니다. 할러 씨는 매우 유명한 형사 변호사입니다.

그리고 이번 사건은 그의 경력에서 첫 살인사건 기소가 될 예정입니다. 오늘 아침 그의 목소리에는 전혀 거리낌이라고는 없었습니다. '우리는 이번에도 그에게 사형을 구형할 것입니다.'"

보슈는 라디오 소리를 줄이고 거울 속을 다시 들여다봤다. 제섭은 여전히 창밖을 응시하고 있었다.

"어떤가, 제섭? 검사가 예수의 주스(마이클 잭슨이 아동 성추행 혐의로 고소당했을 때 증언대에 선 소년이 잭슨과 여행할 당시 그가 콜라 캔 안에 포도주를 부어 '예수의 주스'라며 자신에게 마시라고 주었다는 증언에 빗대어 제섭을 '아동 성추행범'이라 지칭하는 표현이다 – 옮긴이)를 잡아넣으러 갈 모양이군."

제섭이 짜증스럽다는 듯이 대꾸했다.

"가증스러운 짓거리일 뿐이야. 게다가 캘리포니아 주는 이제 사형 같은 건 시키지 않아. 사형수 감방이 무슨 뜻인지 아나? 그건 독방에 들어가서 TV도 맘대로 보고, 전화도 마음대로 쓰고, 좋은 음식에 면회객도 얼마든지 받을 수 있다는 뜻이지. 맘대로 하라 그래. 사형을 구형하든가 말든가, 꼴리는 대로 하라고. 그래 봐야 아무 소용 없을 테니까. 재심 자체가 다 개소리야. 전부 다 개판이라고. 이건 다 돈 때문이야."

제섭의 마지막 말이 꽤 오랫동안 공중에 붕 떠 있었고, 보슈는 한참 만에야 그 말을 낚아챘다.

"무슨 돈?"

"내 돈. 당신도 잘 봐둬. 검찰 측에서 내게 거래를 하자고 접근할 거야. 내 변호사가 그렇게 말했어. 형량을 거래해서 이미 복역한 햇수로 대체하자고 말할 거라고. 그러면 나한테 돈을 안 줘도 될 테니까. 그게 바로 검찰이 재심하는 이유야. 당신들 둘은 그저 배달부에 지나지 않아. 멍청한 택배 기사라고."

보슈는 아무 말도 하지 않았다. 그는 제섭의 말이 사실인지 궁금했다.

제섭은 시와 카운티를 상대로 수백만 달러의 보상금을 청구하는 민사소송을 제기했다. 그렇다면 정말 이번 소송이 보상금을 주지 않으려고 일부러 취하는 정치적인 움직임에 지나지 않는 것일까? 양 정부기관은 자가보험을 들어뒀다. 배심원들은 얼굴 없는 거대 기업이나 관료기구를 불쾌할 만큼 엄청난 금액의 손해배상으로 무너뜨려 버리는 것을 좋아한다. 검찰과 경찰이 부당하게 무고한 남자를 24년 동안이나 감옥에 가둬뒀다고 믿는 이상, 배심원의 관대함을 바라기는 이미 틀려먹은 상황이었다. 그리하여 만약 여덟 자리 숫자에 해당하는 보상판결이라도 나온다면 시와 카운티가 그 금액을 반씩 나누어 지불한다고 해도 양쪽의 재원은 철저하게 거덜 나버릴 터였다.

하지만 만약 그들이 제섭을 꼼짝달싹 못 하게 붙잡아두고 거래에 응하도록 조종할 수만 있다면, 그래서 자유를 얻는 대가로 죄를 인정하게 할 수만 있다면, 민사소송은 진행할 필요도 없어진다. 제섭이 잔뜩 기대를 품고 있는 책이나 영화 판권도 마찬가지로 물거품이 돼버릴 터였다.

"꽤 그럴듯한 각본이지, 안 그래?"

제섭이 말했다. 보슈는 다시 백미러 쪽으로 시선을 돌렸고, 이번에는 제섭이 그의 얼굴을 유심히 살피고 있다는 걸 알아차렸다. 그는 눈길을 다시 도로 쪽으로 돌렸다. 그때 전화기가 진동했고, 보슈는 외투 주머니에서 전화기를 꺼내 들었다.

"제가 받을까요?"

추가 물었다. 운전 중에 통화하는 것이 도로법 위반이라는 사실을 그에게 상기시키려는 말이었다. 하지만 보슈는 그의 말을 무시하고 전화를 받았다. 갠들 부서장이었다.

"해리, 얼마나 왔나?"

"101번 도로를 빠져나가는 중입니다."

"좋아. 미리 알려줄 게 있어서 전화했네. 지금 기자들이 잔뜩 몰려와 있어. 빗질이라도 좀 하고 오게."

"알았습니다. 그런데 이번에는 추가 데리고 들어갈 겁니다."

그는 추를 흘낏 바라봤지만, 이유를 설명하지는 않았다.

"좋도록 해." 갠들이 말했다. "그런 다음에는 어떻게 할 건가?"

"묵비권을 행사한다고 했으니, 신원만 신고하면 됩니다. 그런 다음에 저는 전략회의실로 가서 검사를 만나보려고요. 질문할 게 좀 있거든요."

"해리, 검찰에서 확실한 증거를 갖고 있기는 한 거야?"

보슈는 거울로 다시 뒤쪽의 제섭을 확인했다. 그는 다시 창밖을 바라보고 있었다.

"모르겠습니다. 알게 되면 바로 연락드릴게요."

몇 분 후, 그들은 교도소 뒤편 주차장으로 차를 몰고 들어갔다. 몇 대의 TV방송국 카메라가 나와 있었고, 안으로 들어가는 문 쪽으로 이어지는 경사로 위에 기자와 카메라 기자 들이 줄지어 늘어서 있었다. 추가 허리를 꼿꼿하게 펴고 앉았다.

"퍼프 워크(Perp Walk, 수갑을 채운 범죄 용의자를 법 집행관이 인도해가는 장면을 잠시 언론에 노출시키는 일 – 옮긴이)네요, 선배님."

"그래. 자네가 데리고 들어가."

"선배님도 같이 들어가시죠."

"아니, 난 여기 있을게."

"정말 안 가실래요?"

"나올 때 내 수갑이나 잊지 말고 챙겨 나와."

"알겠습니다."

주차장은 송신 안테나를 최고 높이로 뽑아놓은 언론사 밴들로 꽉 차 있었다. 그러나 그들은 경사로 앞쪽 공간을 비워놓은 채 기다리는 중이었다. 보슈가 그 앞에 차를 댔다.

"좋아, 다시 들어갈 준비 됐지, 제섭?" 추가 물었다. "어디 나가서 멋지게 한번 걸어보실까."

제섭은 아무 말도 하지 않았다. 추가 문을 열고 먼저 밖으로 나갔고, 그 다음에 제섭이 내릴 수 있도록 뒷문을 열어주었다.

보슈는 차 안에 앉아서 이어지는 광경을 지켜봤다.

05 수사기록 일지

2월 16일 화요일, 오후 4시 14분

매기 맥퍼슨과 한때 결혼해서 살았던 적이 있다는 사실이 가장 뿌듯하게 느껴지는 순간 중 하나는 법정에서 그녀와 정면으로 마주 보고 서지 않아도 된다는 사실을 깨달을 때다. 이혼한 부부는 이해의 상충 관계가 형성되기에 한 사건에서 서로 반대편에 설 수가 없었다. 덕분에 나는 그녀의 손에 완전히 패배해 망신당할 위기를 여러 번 무사히 넘길 수 있었다. 매기는 내가 법조계에 몸담은 이래로 만났던 검사들 중에서 그 맞수를 찾기 어려울 만큼 실로 대단한 실력의 검사였다. 사람들이 매기 맥퍼슨을 괜히 매기 '맥퍼어스(McFierce)'라고 부르는 게 아니었다.

이제 처음으로 우리는 법정의 같은 편에서 같은 탁자 앞에 나란히 앉아 소송을 진행하게 되었다. 그러나 처음에는 정말 근사한 일처럼 느껴지던 것(매기를 위해서도 대단히 훌륭하고 긍정적인 보상이 되어주리라 기대되던 일)이 벌써부터 이가 안 맞아 덜컹거리고 다루기 어려운 골칫덩이로 변해가고 있었다. 매기는 자신이 차석 검사라는 사실을 꺼림칙해하기 시작했다. 사실 그럴 만도 했다. 그녀는 뛰어난 검사였다. 마약 거래상부터 좀도둑, 강간범, 살인자에 이르기까지 수없이 많은 범죄자들을 철창 안에 가두었다. 나 역시도 수많은 소송에 참여하기는 했지만, 검사로 법정에 서는 것은 처음이었다. 매기는 생판 초짜 검사를 지원하는 역할이었고, 그런 사실이 결코 달갑지 않았던 것이다.

우리는 회의실 A에서 커다란 탁자 위에 소송 파일을 펼쳐놓고 앉아 있었다. 윌리엄스는 내가 개인 사무실에서 이번 소송 건을 처리해도 좋다고 했지만, 솔직히 현재로서는 그 방법이 그다지 실용적이지 않았다. 나는 집 외에는 사무실이라 부를 만한 공간이 없었다. 대개는 내 링컨 타운카 뒷자리를 사무실 대신 사용했기에 제이슨 제섭 사건에 참여하는 사람들이 함께 사용하기에는 적절치 않았다. 나는 내 소송 매니저에게 시내에 임시 사무실을 마련해달라고 부탁했지만, 그것도 며칠은 걸릴 일이었다. 그래서 당분간은 이 회의실을 이용해야 했다. 우리는 시선을 내리깔고 긴장한 채 앉아 있었다.

"매기." 내가 입을 열었다. "악당을 기소하는 일에 관한 한, 당신이 나보다 훨씬 더 뛰어나다는 사실은 나도 얼마든지 순순히 인정할 수 있어. 그렇지만 지금 이 상황은 악당을 기소하는 일이 정치와 만났기 때문에 벌어진 거잖아. 그래서 정치 실세들이 나를 수석 검사 자리에 올려놓은 거라고. 우리가 원하든 원치 않든 어쩔 수 없이 이렇게 할 수밖에 없어. 내가 이 일을 하겠다고 했고, 당신을 차석으로 붙여달라고 했어. 만약 당신 생각에 우리가……."

"난 그냥 재판이 진행되는 동안 내가 당신 서류가방이나 들고 따라다녀야 한다는 사실이 내키지 않을 뿐이야."

매기가 말했다.

"아니, 그럴 일은 없어. 기자회견이나 외부에 보이는 모습은 어쩔 수가 없겠지. 그렇지만 난 우리가 2인조 팀으로 정말 손발이 잘 맞을 거라고 생각해. 당신도 내가 하는 만큼 똑같이 수사를 진행하게 될 거야. 아니, 보나 마나 나보다 훨씬 더 많이 하겠지. 이번 재판이라고 해서 달라질 건 없어. 우리가 함께 전략을 짜고 그걸 멋지게 연출해내면 되는 거라고. 하지만 당신이 날 좀 믿어줘야 해. 법정에서 어떻게 해야 할지는 나도 잘 알아. 이번에는 단지 자리만 바꿔 앉았을 뿐이라고."

"그 부분이 바로 당신이 잘못 알고 있는 지점이야, 미키. 변호인석에 앉아 있으면, 당신은 오직 한 사람, 당신의 의뢰인만 책임지면 돼. 하지만 검사가 되면, 당신은 전 국민을 대변하는 거야. 따라서 부담도 훨씬 커지는 거라고. 그래서 그걸 '입증책임(법률 소송에서 사실을 입증할 책임이 있는 자[검찰이 기소하면 입증책임은 검찰에게 돌아간다]가 이를 증명하지 못할 경우 법률적 판단에서 불이익, 즉 패소의 위험부담을 떠안게 되는 것을 의미한다–옮긴이)'이라고 하는 거야."

"뭐라고 부르든 상관없어. 만약 당신 생각에 내가 이걸 맡아서는 안 될 것 같다면, 그건 나한테 불평할 일이 아니야. 복도를 따라가서 당신 상관한테 건의하라고. 그렇지만 그가 나를 이 사건에서 손 떼게 하는 날에는 당신도 역시 그만둬야 해. 그렇게 되면 당신은 남은 경력 내내 다시 밴 나이스로 돌아가 있어야겠지. 그게 당신이 원하는 거야?"

매기는 아무 대답도 하지 않았지만, 그 자체가 질문에 대한 답이었다.

"좋아, 그럼." 내가 말했다. "이제 서로 머리끄덩이 잡고 흔들어대는 건 그만하고 이 서류들이나 검토해보자, 알았지? 기억해둬, 난 여기 유죄판결 받아낸 횟수나 세고, 출세나 해보자고 온 게 아니야. 나한테는 검사로서 처음이자 마지막 사건이라고. 그러니 우리 둘 다 같은 걸 원하는 거야. 그래, 당신이 날 도와줘야 해. 하지만 당신도 내 도움을……."

전화기가 진동하기 시작했다. 나는 전화기를 꺼내 탁자 위에 내려놓았다. 화면에 뜨는 번호는 모르는 번호였지만, 나는 매기와의 대화에서 빠져나가고 싶었기에 전화를 받았다.

"할러입니다."

"이봐, 믹, 나 어땠어?"

"누구세요?"

"스틱스야."

스틱스는 지역 뉴스 방송국이나 가끔은 대형 방송국에 비디오 영상을 제공하는 프리랜서 비디오 작가였다. 나는 그의 본명도 기억하지 못할 만큼 오랫동안 그와 알고 지내온 사이였다.

"무슨 얘길 하는 거야, 스틱스? 나 지금 바빠."

"기자회견 말이야. 내가 자네한테 질문했잖아."

나는 그제야 불빛 뒤쪽에서 내게 질문을 던져댄 기자가 바로 스틱스였다는 사실을 깨달았다.

"아, 그래, 그래, 잘했어. 정말 고마워."

"이제는 자네가 재판하면서 날 좀 도와야 해, 알았지? 혹시 쓸 만한 정보가 있으면 미리 좀 건네주고 그러라고, 알았어? 독점으로 줘야 해."

"그래, 걱정 붙들어 매, 스틱스. 내가 생각하고 있을게. 그렇지만 지금은 가봐야 해."

나는 전화를 끊고 수화기를 다시 탁자 위에 올려놓았다. 매기는 휴대용 컴퓨터에 뭔가를 입력하고 있었다. 가만 보니 좀 전의 불편한 분위기는 가신 듯했지만, 나는 다시 그 분위기로 돌아갈까 봐 걱정이 됐다.

"뉴스 방송국에서 일하는 친구였어. 재판이 시작되면 그 친구 도움이 필요할지도 몰라."

"우린 부정한 거래 같은 건 하지 않아. 검찰은 변호사보다 윤리 기준이 훨씬 더 높다는 걸 알아두라고."

나는 고개를 절레절레 흔들었다. 매기를 이길 수는 없었다.

"쓸데없이 넘겨짚지 말라고. 난 부정한 거래 같은 거 하자는 말 꺼낸 적도……."

문이 열리더니 해리 보슈가 양손에 커다란 상자 하나씩을 들고 등으로 문을 밀치며 안으로 들어왔다.

"미안해요. 늦었습니다."

그가 말했다. 그러고는 상자를 탁자 위에 내려놓았다. 둘 중 커다란 상자 쪽은 기록 보관소에서 반출해온 증거품 보관상자라는 것을 알 수 있었다. 작은 쪽에는 사건수사에 관한 경찰문서가 들어 있으리라.

"이 살인사건 상자를 찾는 데 사흘이 걸렸어. 86년 통로가 아니라 85년 통로에 놓여 있더라고."

그가 나를 먼저 쳐다보고 매기를 바라본 다음 다시 나를 바라봤다.

"그래, 내가 놓친 게 뭔가? 전략회의실에서 전쟁이라도 벌어진 거야?"

"재판 전략에 관해 논의하고 있었는데, 우리 두 사람 관점이 정반대더라고요."

"안 봐도 알겠네."

그가 탁자 끝에서 의자를 끌어당겨 앉았다. 가만 보니 아직 할 말이 남은 듯했다. 보슈는 살인사건 수사기록 상자의 뚜껑을 열고 세 개의 아코디언 파일을 탁자 위에 꺼내놓았다. 그리고 상자를 바닥에 내려놓았다.

"자네도 모르지는 않겠지만, 믹, 우리가 서로 많이 다르기는 해……. 하지만 어쨌든 나를 이 작은 드라마에 끌어들이기 전에, 그래도 미리 몇 가지 사항은 귀띔해줬어야 하는 거 아닌가?"

"예를 들어서?"

"예를 들어서 이 빌어먹을 재판이 순전히 돈 때문이지 살인사건 때문은 아니라는 사실 같은 거 말이야."

"대체 무슨 말이에요? 돈이라니요?" 보슈는 아무 대답도 없이 나를 빤히 바라보기만 했다. "지금 제섭의 소송에 관해 얘기하는 거 맞아요?"

"맞아." 그가 말했다. "내가 오늘 제섭을 차로 호송해오는 동안 그와 굉장히 흥미로운 대화를 나눴거든. 그러고 나니 우리가 그를 거래에 응하게만 할 수 있다면, 그가 시와 카운티를 상대로 제시한 손해배상 청구 소송은 그냥 날아가 버리게 된다는 사실을 깨달았지. 살인을 저지른 범인은 자신이 무고하게 옥살이를 했다고 시를 고소할 수도, 주장할 수도 없게 되니까. 그래서 내가 알고 싶은 사실은 우리가 여기 앉아서 정말 하는 일이 뭐냐는 거야. 살인 용의자를 재판에 회부하겠다는 건가, 아니면 시와 카운티가 몇백만 달러를 절약하게끔 도와주겠다는 건가?"

보슈가 던진 말을 곰곰이 생각해보는 매기의 자세가 뻣뻣하게 굳어가고 있음이 눈에 선히 보일 정도였다.

"지금 농담하시는 거죠?" 그녀가 말했다. "만약 그게……."

"잠깐, 잠깐." 내가 끼어들었다. "잠시 진정 좀 하고 갑시다. 내 생각에 그건 검찰이 고려하는 패가 아니에요. 나도 그 생각을 안 해본 건 아닙니다. 하지만 윌리엄스는 이번 소송에서 형량 거래를 하게 되리라는 얘기는 단 한 마디도 하지 않았어요. 재판으로 가져가야 한다고 했어요. 실은 방금 해리가 언급한 것과 같은 이유 때문에 보나 마나 재판으로 가게 될 거라고 얘기한걸요. 제섭은 복역한 기간이나 다른 무슨 조건을 들이대더라도 절대 거래에 응해오지 않을 겁니다. 그러면 자신이 가질 게 아무것도 없잖아요. 책도 영화도 시에서 주는 보상금도. 만약 그가 돈을 원한다면, 반드시 재판으로 가서 이겨야 해요."

매기는 내 설명 쪽이 훨씬 수긍이 간다는 듯이 천천히 고개를 끄덕였다. 그러나 보슈는 전혀 의구심이 풀리지 않은 눈치였다.

"그렇지만 윌리엄스가 어떤 식으로 나올지 자네가 어떻게 알지?" 그가 물었다. "자넨 외부 사람이야. 자네를 데리고 들어와서 살살 달래 원하는 방향으로 나아가게 한 뒤, 자신은 뒤로 물러나 앉아서 사태가 돌아가는 걸 가만히 지켜만 볼 수도 있는 거라고."

"그 말이 맞아요." 매기가 끼어들었다. "제섭은 아직 변호사도 없어요. 변호사를 구하는 순간 그는 협상부터 시도하려 할 거예요."

나는 진정하라는 신호로 양손을 들어 올렸다.

"들어봐, 오늘 기자회견에서, 나는 우리가 제섭에게 사형을 구형하게 될 거라고 말했어. 그건 단지 그가 어떻게 반응하나 보려고 던진 말이었다고. 윌리엄스는 내가 그럴 거라고 예상도 못 하고 있었기에, 나중에 나를 복도에서 벽으로 밀어붙이더니 그건 아직 고려해보지 않은 결정이라고 말하더군. 나는 그건 단지 전략의 일부일 뿐이라고, 제섭이 거래에 대해 생각해보길 바라서 한 말이었다고 얘기했어. 그랬더니 윌리엄스가 잠시 생각해보더라고. 거래에 대해 생각하고 있지 않았던 거야. 만약 그가 민사소송을 날려버리기 위해 거래할 생각이었다면, 내가 그 생각을 바로 읽어냈을 거야. 난 사람들 표정을 읽어내는 데엔 귀신이거든."

나는 보슈가 여전히 확신을 얻지 못했다는 사실을 알아차렸다.

"작년 일을 떠올려봐요. 홍콩에서 온 두 남자가 해리를 중국행 비행기에 태우려 했잖아요. 그때 내가 그들 표정을 바로 읽어내서 실수 없이 일 처리했던 거 기억 안 나요?"

나는 보슈의 두 눈에 승인의 빛이 서리는 것을 보았다. 그 중국 이야기는 해리가 내게 갚을 빚이 하나 있다는 사실을 떠올리게 하는 일화였다.

"좋아." 그가 말했다. "그럼 이제 뭘 하면 되지?"

"우린 제섭이 재판까지 갈 거라고 생각해요. 확실한 내용은 그가 변호사를 구하는 대로 알게 되겠죠. 하지만 우린 지금부터 미리 준비를 시작해야 합니다. 만약 내가 그의 변호사라면, 신속한 재판의 권리를 절대로 포기하지 않을 테니까요. 난 검찰이 제시간에 준비를 마치도록 마구 밀어

붙여서 그 사람들이 항복하거나 입을 다물게 할 겁니다."

나는 손목시계의 날짜를 확인했다.

"내 계산이 맞는다면, 재판까지 우리에게는 48일이 남아 있어요. 그 사이에 할 일이 엄청나게 많습니다."

우리는 서로를 바라보며 잠시 조용히 앉아 있었고, 나는 곧 매기에게 주도권을 넘겼다.

"매기는 이 사건에 관한 검찰 측 서류를 검토하느라 지난주 내내 바쁘게 보냈어요. 해리가 좀 전에 가져온 상자에 들어 있는 서류의 내용과 많은 부분이 겹칠 겁니다. 그렇다면 매기가 1986년 재판에서 제기된 사건 내용에 관해 한번 훑어 내려가는 것부터 시작하면 어떨까요? 내 생각에는 그게 이번 재판에서 우리가 뭘 해야 할지 살펴보기 위한 좋은 시작점이 될 것 같거든요."

보슈가 승인의 고갯짓을 했고, 나는 매기에게 시작하라는 신호를 보냈다. 그녀는 자신의 노트북 컴퓨터를 앞으로 끌어당겼다.

"좋아요. 우선 몇 가지 기본적인 사항부터 말씀드릴게요. 이 건은 사형을 구형했던 사건이라서 배심원 선정이 재판 기간 중에 가장 긴 시간을 잡아먹었어요. 거의 3주나 걸렸죠. 재판 그 자체는 7일이 소요됐습니다. 그다음에 첫 평결에 도달하는 데까지 사흘, 사형 국면에서 2주가 소요됐죠(미국의 경우 검찰이 사형을 구형한 재판에서 배심원들은 피의자에게 죄가 있는지 결정하는 'guilt phase'를 먼저 거치고, 죄가 있다는 평결에 도달하면 사형을 구형할지 결정하는 'death penalty phase'를 거치게 된다—옮긴이). 하지만 1급 살인사건 재판에서 양측의 논거를 펴고 증언을 듣는 데 7일밖에 걸리지 않았다는 것은, 제가 생각하기에는 너무 빠른 것 같아요. 미리 준비된 결론이라고밖에는 생각할 수가 없죠. 그리고 변호인 측은…… 아니, 실은 거의 변호라고 할 만한 것도 없었고요."

매기는 마치 피고를 형편없이 변론한 책임이 내게 있기라도 하다는 듯이 나를 바라봤지만, 사실 1986년이면 나는 아직 법대를 졸업하지도 않은 어린 나이였다.

"누가 변호를 맡았지?"

내가 물었다.

"찰스 버나드." 그녀가 대답했다. "내가 캘리포니아 변협에 문의해봤어요. 이번에는 그가 제섭의 변호를 맡지는 않을 거예요. 이미 1994년에 세상을 떴거든요. 검사를 맡았던 개리 린츠 역시 사망한 지 오래됐고요."

"난 둘 다 기억 안 나. 판사는 누구였지?"

"월터 색빌이야. 오래전에 은퇴했지만, 난 그분 기억나. 굉장히 엄한 분이었어."

"나도 그와 사건 몇 개를 함께한 적이 있어요." 보슈가 거들었다. "검찰 측이든 변호인 측이든 헛소리라고 생각되는 주장은 인정해주지 않았을 겁니다."

"계속하지."

내가 말했다.

"좋아요. 검찰 측 이야기는 이렇습니다. 멜리사 랜디의 가족, 그러니까 당시 12살이었던 우리의 피해자 멜리사와 13살 먹은 언니 세라, 엄마 레지나, 그리고 양아버지 켄싱턴은 핸콕 파크에 있는 윈저 대로변에 살았어요. 집은 윌셔에서 북쪽으로 한 블록쯤 더 가서 트리니티 연합교회 인근에 있었습니다. 당시만 해도 그 교회에는 일요일마다 6천 명의 신도들이 모여들어서 두 번의 오전 예배에 참가했다고 해요. 교회에 참석하는 신도들의 차가 핸콕 파크 전역에 주차돼 있었던 건 말할 필요도 없겠죠. 그 때문에 밀려드는 수많은 차량과 주차 문제로 일요일마다 골치를 썩던 인근 거주민들이 결국에는 지치다 못해 시청에 건의하게 됐다고 합니다. 그 결

과, 주말에도 마을 일대에는 거주민 외엔 주차할 수 없도록 하는 규제가
생겨버렸죠. 도로변에 주차하면 주차 위반 딱지를 발급받게 되었는데, 윈
저 지역도 여기에 포함됐어요. 이렇게 되자 시는 견인트럭 도급업자와 계
약을 맺었고, 일요일 아침이면 그 차들이 상어처럼 먹잇감을 찾아 마을
일대를 돌아다니게 됩니다. 앞유리에 거주민 주차스티커를 붙이지 않은
차량은 죄다 그들의 먹잇감이었죠. 견인트럭은 불법주차 차량을 열심히
끌어갔습니다. 그리고 그것이 바로 우리의 용의자 제이슨 제섭을 우리 앞
에 불러오게 되는 계기가 되죠."

"그도 견인트럭 기사였군."

내가 말했다.

"맞아. 시 도급업자 밑에서 일하는 기사였는데, 그 도급업체 이름이 아
드바크 토잉(Aardvark Towing, '땅돼지 끌기'라는 의미―옮긴이)이었어. 귀여
운 이름이긴 하지만, 철자 덕분에 전화번호부 첫 페이지에 떡하니 들어
있을 이름이잖아. 당시만 해도 여전히 전화번호부를 사용했을 테니까."

나는 보슈를 흘낏 바라봤다. 얼굴에 나타난 반응으로 보아하니 그는 지
금도 인터넷 대신 전화번호부를 이용하고 있음이 틀림없었다. 물론 매기
는 그 사실을 눈치채지 못했고, 계속 말을 이어갔다.

"사건이 일어난 날 아침에 제섭은 핸콕 파크를 순찰하는 중이었어요.
우연찮게도 당시 멜리사의 가족은 뒷마당에 수영장을 만들던 중이었죠.
켄싱턴 랜디는 영화음악을 만드는 작곡가였는데, 당시 꽤 잘나갔던 모양
이에요. 그래서 집에 수영장을 만들기로 했고, 그 때문에 뒷마당에는 커
다란 구멍이 뚫려 있었죠. 마당 한편에는 흙무더기도 잔뜩 쌓여 있었고
요. 부부는 딸아이들이 그곳에 나가는 걸 싫어했대요. 위험하기도 했고,
또 그날 아침에는 딸들이 교회에 가려고 원피스를 예쁘게 차려입고 있었
다고 해요. 랜디 가족의 집은 앞마당도 꽤 넓었습니다. 양아버지는 딸아

이들에게 가족이 다 함께 교회에 갈 예정이니 몇 분만 밖에 나가서 너희끼리 놀고 있으라고 했죠. 큰딸 세라에게 동생을 잘 살피라고 말하는 것도 잊지 않았고요."

"그들이 트리니티 연합교회에 다녔나?"

내가 물었다.

"아니, 베벌리 힐스에 있는 새크리드 하트 성당에 다녔어. 어쨌든, 아이들이 자기들끼리만 밖에 있던 시간은 약 15분 정도였다고 해요. 그동안 엄마는 여전히 위층에서 준비하고 있었고, 애들과 함께 있기로 했던 양아버지는 안에서 TV를 보고 있었죠. ESPN에서 방영하는 밤사이에 진행된 운동경기 보도였는지 뭔지는 모르지만 그때 방송 중이던 걸 보고 있었겠죠. 그리고 애들에 관해서는 까맣게 잊고 있었던 겁니다."

보슈가 고개를 저었고, 나는 그가 느끼는 감정을 고스란히 느낄 수 있었다. 아버지의 행위를 비난하고자 하는 몸짓이 아니라, 그런 일이 얼마나 쉽게 일어날 수 있는지 이해하고, 또 작은 실수가 얼마나 치명적인 결과를 불러올 수 있는지 잘 아는 부모의 두려움에서 나오는 반응이었다.

"얼마나 시간이 흘렀을까, 그는 비명소리를 듣습니다." 매기가 말을 이었다. "현관 밖으로 달려나가 보니, 앞마당에는 큰딸 세라만 있었어요. 아이는 어떤 남자가 멜리사를 데리고 갔다고 비명을 질러대는 중이었죠. 양아버지는 거리 위쪽으로 달려가 보지만 어디에도 딸아이의 흔적은 보이지 않습니다. 그렇게 아이는 사라져버린 거예요."

매기는 감정을 추스르느라 거기서 잠시 말을 멈추었다. 방 안에 있는 모두에게 어린 딸이 있었기에, 당시 멜리사의 가족 모두에게 불어닥친 그 가혹한 삶의 시련을 이해할 수 있었다.

"경찰에 신고가 들어갔고, 반응도 빨랐습니다." 그녀가 계속했다. "핸콕 파크 지역이었으니까요. 뉴스 속보도 몇 분 만에 빠르게 보도됐죠. 곧장 수사관도 파견됐고요."

"그럼 이 모든 일이 다 벌건 대낮에 일어났다는 겁니까?"

보슈가 묻자 매기가 고개를 끄덕였다.

"오전 10시 40분쯤 일어난 일이에요. 랜디 가족은 11시 미사를 드리러 갈 예정이었대요."

"목격자도 전혀 없었어요?"

"잊으셨어요? 거긴 핸콕 파크잖아요. 키 큰 울타리가 곳곳에 세워져 있고, 사방에 높은 벽이며 수많은 사유지가 있는 곳이에요. 그곳 거주민들은 세상을 소외시키는 데 도가 튼 사람들이라고요. 세라가 비명을 지르기 전까지는 아무도 어떤 소리도 못 들었고, 아이가 비명을 지른 후에는 너무 늦어버린 거죠."

"랜디 가족의 집에는 벽이나 울타리가 없었나요?"

"북쪽과 남쪽 토지 경계선에는 1.8미터 높이의 산울타리가 쳐져 있었지만, 도로 쪽으로는 아무것도 없었어요. 세워놓은 이론에 따르면 당시 제섭이 견인트럭을 몰고 그 집 앞을 지나다가 마당에서 혼자 놀고 있는 멜리사를 본 거예요. 그래서 충동적으로 범죄를 저지른 거죠."

우리는 비통하기 그지없는 뜻밖의 운명적인 발견에 관해 생각하며 잠시 조용히 앉아만 있었다. 견인트럭 한 대가 우연히 어느 집 앞을 지나간다. 운전사가 홀로 놀고 있는 연약하기 그지없는 어린 소녀를 목격한다. 그 순간 그는 아이를 납치해 어딘가로 끌고 갈 수 있겠다고 생각한다.

"그럼……." 보슈가 마침내 입을 열었다. "어떻게 그를 체포한 겁니까?"

"담당 수사관들은 그곳에 채 1시간도 있지 않았어요. 도랄 클로스터 형사와 그의 파트너 채드 스타이너였는데, 그들도 내가 확인해봤어요. 스타이너 형사는 사망했고, 클로스터는 퇴직했는데, 지금은 치매 말기라고 해요. 이제는 아무 도움도 안 될 겁니다."

"젠장."

보슈가 말했다.

"어쨌든 그들은 신속하게 현장에 도착해서 빠르게 움직였어요. 세라와 면담해보니, 아이는 납치범이 환경미화원 복장을 하고 있었던 걸로 묘사했다고 해요. 심층면담을 통해 알아낸 바에 따르면, 아이가 목격한 남자는 시 환경미화원 복장과 비슷한 상하의가 붙은 더러운 작업복을 입고 있었답니다. 세라는 쓰레기수거 트럭이 지나는 소리를 들었지만, 동생과 술래잡기 놀이를 하느라 키 큰 울타리 뒤에 숨어 있어서 트럭을 직접 보지는 못했다고 진술했어요. 문제는 그날이 일요일이었다는 겁니다. 일요일에는 쓰레기를 수거하지 않거든요. 하지만 양아버지가 세라의 말을 듣고는 이런저런 정황을 맞춰본 후에 일요일 아침이면 견인트럭이 거리 위아래를 순찰하고 다닌다고 말한 거죠. 그것이 가장 큰 단서가 된 거예요. 형사들은 시 도급업체 목록을 빼들고 견인차량 보관소를 방문해 다니기 시작했어요.

월셔 골목길을 맡은 도급업체는 셋이었죠. 그중 하나가 아드바크 토잉입니다. 형사들은 그곳에 가서 월셔 골목길을 돌아다니는 트럭이 모두 석 대라는 사실을 전해 듣습니다. 운전사들이 소집되었고, 그중에 제섭도 끼어 있었죠. 다른 두 명의 기사는 데릭 윌번과 윌리엄 클린턴이에요. 정말로요(빌 클린턴 대통령의 본명이 윌리엄 제퍼슨 클린턴이고, 윌리엄의 애칭이 빌이다—옮긴이). 어쨌거나 그들은 각각 불려가서 심문을 받았지만, 의심스러운 점은 발견되지 않았어요. 전과 조회도 해봤는데, 제섭과 클린턴은 깨끗하게 나왔고, 윌번은 체포 기록이 한 번 있었어요. 강간미수로 2년 전에 체포됐지만, 기소까지는 가지 않았죠. 물론 그것만으로도 경찰서로 호송해가서 범인 지목을 위한 용의자 대열에 세워놓기에는 충분했지만, 문제는 아이가 여전히 실종 상태라서 공식적인 절차를 따를 시간이 없었고,

용의자 대열을 구성할 시간도 없었다는 겁니다."

"그럼 보나 마나 아이의 집으로 곧장 데리고 갔겠군요." 보슈가 말했다. "선택의 여지가 없었을 테니까. 수사가 계속 진행되도록 하려면 그 길밖에 없었을 겁니다."

"맞아요. 하지만 클로스터 형사는 자신이 살얼음판 위에 서 있다는 사실도 명확히 알고 있었어요. 세라가 월번을 지목하게끔 이끌어갈 수도 있었지만, 그랬다가는 지나친 암시를 통해 아이의 동조를 얻어낸 것으로 간주되어 재판에서 지게 될 가능성도 덩달아 커지니까요. 아시잖아요, '이 사람이 그 사람이니?'라고 물어보면 안 된다는 거. 그래서 클로스터는 차선책을 선택했죠. 세 명의 운전기사에게 작업복을 입게 해서 랜디 가족의 집으로 데려간 겁니다. 셋 다 20대 백인이었죠. 그들은 모두 회사에서 제공한 작업복을 입고 있었어요. 클로스터는 납치된 아이가 살아 있을 때 찾기를 바라면서 절차를 빠르게 진행시켰어요. 세라 랜디의 침실은 집 앞쪽의 2층에 있었어요. 클로스터는 아이를 방으로 데려가서 베니션블라인드 사이로 창밖의 거리를 내다보게 했죠. 그리고 파트너에게 무전을 쳐서 두 대의 순찰차에 나눠 타고 있는 세 명의 견인트럭 기사를 길에 나란히 서게 하라고 지시합니다. 하지만 세라는 월번을 지목하지 않았어요. 대신 제섭을 지목하며, '저 사람이 그 사람'이라고 말합니다."

매기는 잠시 멈춰서 앞에 펼쳐놓은 서류를 들춰보며 수사기록 일지를 확인했다.

"아이가 그를 지목한 것이 1시였어요. 정말 빠르게 진행된 거죠. 소녀가 사라진 지 겨우 두 시간 남짓 되었으니까요. 그들은 제섭을 심문하기 시작합니다. 그렇지만 그는 한 가지도 포기하지 않았어요. 전부 부인했죠. 그렇게 형사들이 제섭을 심문하며 아무것도 얻어내지 못하고 있던 중에 바로 그 전화가 걸려왔던 겁니다. 소녀의 시신이 윌셔에 있는 엘레이 극장 뒤편에 있는 쓰레기 수거함에서 발견됐다는 소식이었어요. 거긴 윈저 대로에 있는 랜디 가족의 집에서 10블록쯤 떨어진 곳입니다. 나중에 밝혀진 사인에 따르면 아이는 손으로 목이 졸려 사망했습니다. 성폭행을 당한 흔적은 없었고, 입이나 목 안에서 정액도 발견되지 않았습니다."

매기는 거기서 사건 요약을 잠시 멈췄다. 그리고 보슈를 바라보고 이어서 날 바라보면서 죽은 소녀를 애도하며 침울하게 고개를 끄덕였다.

06 증인과 증거물품

보슈는 매기가 마음에 들었고, 그녀가 이야기를 전달하는 방식도 만족스러웠다. 그는 이 사건이 이미 매기의 감정을 자극하고 있음을 알아차렸다. 매기 맥피어스. 그것이 사람들이 매기를 부르는 이름이 아니던가. 더 중요하게는, 그것이 매기가 자기 자신을 바라보는 방식이기도 했다. 보슈는 매기와 함께 사건 조사에 참여한 지 아직 한 주가 지나지 않았지만, 매기를 만나고 채 1시간도 되지 않아서 그 사실에 충분히 공감했다. 그녀는 비밀을 알고 있었다. 이번 재판이 관례나 절차에 관한 것이 아니라는 비밀. 법학이나 전략에 관한 것도 아니라는 비밀. 그녀는 세상 저편에 어둠이 존재한다는 사실을 알고 있었다. 이번 재판은 바로 그 어둠을 잡아채서 안으로 끌어들이는 것에 관한 일이었다. 끌어들여 우리의 것으로 만들어야 했다. 내면의 불길로 벼리어 양손에 들고 맞서 싸울 수 있는 무언가 날카롭고 강한 무기로 바꾸어야 했다.

가차 없이.

"제섭은 변호사를 요구하고 더는 아무런 진술도 하지 않았습니다." 맥퍼슨이 사건 요약을 다시 시작했다. "처음에 사건은 피해자 언니의 지목과 증거물건 중심으로 구성됐어요. 증거물건은 제섭의 견인트럭 좌석 틈새에서 찾아낸 피해자의 머리카락 세 가닥이었죠. 아마 그가 아이를 목조를 때 그곳에 떨어졌을 겁니다."

"소녀에게서 발견된 것은 없나요?" 보슈가 물었다. "제섭이나 트럭에서 묻어 나온 건 아무것도 없었어요?"

"재판에 쓸 만한 건 전혀 없었어요. DNA가 피해자의 옷에서 발견됐지만, 그건 이틀 후에 조사가 시행됐죠. 그리고 그 옷은 사실 피해자 언니의 옷이었어요. 동생이 그날 빌려 입었다고 해요. 그리고 옷의 앞쪽 솔기에서 작은 정액 침전물 하나가 발견된 거예요. 혈액형을 검사하기는 했지만, 아시다시피 당시에는 DNA가 형사소추할 수 있는 증거가 아니었잖아요. 혈액형은 A형이었어요. 인간의 혈액형 중에 두 번째로 많은 종류이고, 인구 34퍼센트의 혈액형이기도 하죠. 제섭의 혈액형도 A형이었지만, 그래 봐야 그를 용의선상에 포함시키는 역할밖에 하지 못했죠. 그래서 검사는 재판에서 그 증거를 제시하지 않기로 했어요. 괜히 내밀어 봤자 로스앤젤레스 카운티 한 곳만 해도 혈액기부자 중에 백만 명 이상이 A형이라는 사실을 변호사가 배심원단에게 지적해 보여줄 수 있는 좋은 기회만 제공할 테니까요."

보슈는 그녀가 자신의 전남편에게 다시 한 번 시선을 보내는 것을 바라봤다. 마치 전국의 모든 변호사가 저지르는 법정 혼란의 책임이 그에게 있기라도 하다는 듯한 태도였다. 해리는 그제야 두 사람의 결혼생활이 왜 파국을 맞을 수밖에 없었는지 이해할 수 있을 것 같았다.

"세상이 얼마나 변했는지 놀라울 따름입니다." 할러가 말했다. "지금은 DNA 하나만 가지고도 재판을 열었다 접었다 하잖아요."

"계속할게요." 맥퍼슨이 말했다. "검찰에게는 머리카락 증거와 목격자 증언이 있었어요. 또한 제섭에게는 기회도 있었습니다. 그 동네 일대를 잘 알았고, 살인사건이 일어난 날 아침에 그곳에서 일하고 있었으니까요. 동기에 관해서라면, 제섭의 배경을 조사해본 결과 그가 어린 시절에 아버지에게 신체적인 학대를 당했고 정신병성 행위도 했었다는 사실이 드러났습니다. 이러한 내용 중 많은 부분이 사형 국면에서도 공식적인 증거로 제시됐어요. 하지만 당신이 성급하게 달려들까 봐 먼저 짚고 넘어가는데, 범죄 경력은 전혀 없었어."

"그리고 피해자를 성폭행한 증거도 전혀 없다는 거죠?"

보슈가 물었다.

"강간이나 성추행 증거는 전혀 없었어요. 그렇지만 성적인 동기에서 비롯된 범죄라는 사실에는 의심의 여지가 없죠. 일단 정액만 따로 제쳐두고 보면, 이 사건은 매우 전형적인 통제형 범죄였어요. 가해자가 자신의 힘으로는 거의 통제할 수 없다고 느끼는 세계 속에서 일시적으로 통제할 대상을 찾아냈던 거죠. 그는 충동적으로 행동했어요. 당시에는 피해자의 원피스에 묻어 있던 정액도 같은 퍼즐을 구성하는 한 조각으로 취급했어요. 검찰 측 이론은 그가 아이를 죽이고 나서 혼자 자위를 하고는 나중에 자기 몸에 묻은 정액을 닦아내면서 실수로 아이의 옷에 정액 한 방울을 떨어뜨렸다는 것이었죠. 그런데 그 얼룩은 일부러 묻혀놓은 것 같았어요. 방울로 떨어진 게 아니라, 뭉개져 있었거든요."

"우리가 DNA 검사로 발견한 사실이 그 의문점을 설명하는 걸 도와주겠군."

할러가 말했다.

"그럴지도 모르지." 맥퍼슨이 대답했다. "하지만 새로운 증거는 나중에 토의하기로 하자. 지금은 1986년 당시 검사 측이 가지고 있던 건 뭐고, 알고 있던 건 뭐였는지에 대해서만 얘기했으면 좋겠어."

"그래, 좋아. 계속해봐."

"그게 바로 증거 목록에 있던 건데, 검찰 측 주장에서는 빠져 있었어요. 재판이 열리기 두 달 전, 검찰은 카운티 교도소에서 제섭의 옆 감방에 수감돼 있다는 한 남자의 전화를 받게 됩니다. 그는……."

"교도소 밀고자군." 할러가 끼어들었다. "교도소 밀고자 중에 진실을 말하는 인간은 한 놈도 만나본 적이 없어. 그런데 그런 인간들이 건네는 정보를 이용하지 않는 검사도 여태 만나본 적이 없지."

"계속해도 될까?"

맥퍼슨이 분개한 듯이 물었다.

"아, 물론이지."

할러가 대답했다.

"펠릭스 터너라는 자였는데, 마약 사범으로 카운티 교도소를 어찌나 자주 들락날락했던지 교도관들만큼이나 그 안의 돌아가는 사정을 잘 알아서 아예 교도소 잡역부 일을 하게 했다고 해요. 그가 강력사범 수감자들에게 식사를 가져다주는 일을 맡아 했어요. 그리고 수사관들에게 제섭이 자기에게 오직 살인자만이 알 수 있는 범죄의 세부적인 사항들을 털어놓았다고 제보한 거예요. 그래서 그를 정식 면담했는데, 정말로 언론에 공개되지 않았던 범죄의 상세 내용을 알고 있더랍니다. 예를 들어, 피해자의 신발이 벗겨져 있었다거나, 아이가 성폭행은 당하지 않았다던가, 아이의 원피스로 범인이 정액을 닦았다던가 하는 내용 말이에요."

"그래서 검찰 측은 그의 말을 믿었고, 그를 스타 증인으로 만들었다는 말이군."

할러가 말했다.

"검찰은 그의 말을 믿었어요. 그래서 그를 재판에 증인으로 세웠죠. 그렇지만 스타 증인으로 만든 건 아니었어. 어쨌든 그의 증언은 상당히 중요했어요. 하지만 4년 후,《타임스》지는 **펠릭스 '더 버너' 터너, 전문적인 교도소 밀고자**(버너[the burner]는 마약중독자를 의미하는 속어적 표현이다-옮긴이)라는 기사를 1면에 실었어요. 그가 7년이라는 기간 동안 검찰을 위해 16개의 다른 사건에 관한 증언을 해왔고, 그것이 그의 범죄 혐의와 형량을 엄청나게 축소하는 결과를 불러왔을 뿐 아니라, 개인 감방을 사용하고, 좋은 직업을 얻고, 충분한 담배를 제공받는 등의 여유로운 혜택을 누리게 해주었음을 폭로하는 내용이었죠."

보슈도 그 충격적인 추문을 기억하고 있었다. 1990년대 초반 그 사건이 터지면서 검찰의 위상은 상당히 흔들렸고, 교도소 정보원을 증인으로 이용하는 데도 변화를 불러왔다. 그것은 1990년대 지방 법 집행기관이 감수해야 했던 여러 불명예스러운 사건 중 하나가 되었다.

"터너는《타임스》지의 조사에서 신임을 잃었죠. 소문에 따르면 그가 교도소 밖의 사설탐정을 고용해서 범죄에 관한 정보를 모아 자신에게 가져오게 했다고 해요. 두 분 다 기억하시겠지만, 그 사건 이후 검찰이 교도소에서 흘러나오는 정보를 사용하는 방식이 많이 바뀌었습니다."

"충분히 바뀌지는 않았지." 할러가 말했다. "교도소 밀고자와 완전히 관계를 끊어버린 건 아니니까. 그렇지만 끊어야 맞는 거지."

"제발 지금은 이 사건에만 집중하면 안 될까?"

맥퍼슨이 말했다. 할러의 거들먹거리는 태도에 있는 대로 짜증이 난 눈치였다.

"아, 물론이지." 할러가 말했다. "자, 집중하자고."

"좋아, 그럼.《타임스》지가 그런 내용을 폭로했을 때쯤에는 제섭이 유죄판결을 받고 샌쿠엔틴에 복역한 지 이미 한참이 지났을 때였어요. 그리고 물론 그는 경찰과 검찰 측의 직권남용을 들어 항소를 제기했죠. 하지만 좀처럼 빠르게 처리되지 않았어요. 항소심 재판부는 검찰이 터너를 증인으로 이용한 것이 터무니없는 실수에 해당한다는 사실에는 동의했지만, 터너의 증언이 배심원단의 평결을 바꾸게 할 정도의 영향력을 발휘하지는 않았다고 판단했죠. 나머지 증거만으로도 무기징역을 선고하기에는 충분하다 못해 차고 넘쳤다는 거예요."

"그래서 그걸로 끝이었군." 할러가 말했다. "그냥 도장을 쾅 찍어버린 거네."

"흥미로운 사실이 하나 있는데,《타임스》지의 폭로가 있은 지 1년 후에 펠릭스 터너가 웨스트 할리우드에서 시체로 발견됐다는 겁니다." 맥퍼슨이 말했다. "그 사건은 지금까지도 해결되지 않았어요."

"뿌린 대로 거둔 게지."

할러가 덧붙였다. 그리고 그 말이 잠시 토론을 중단시켰다. 보슈는 그 순간을 이용해 토론을 다시 증거 쪽으로 이끌어가 계속 머릿속에 담아두었던 몇 가지 질문을 던져보기로 마음먹었다.

"그 머리카락 증거물은 지금도 확인해볼 수 있는 건가요?"

그 질문에 맥퍼슨은 잠시 펠릭스 터너에 관한 건을 접어두고 증거물 쪽으로 되돌아갔다.

"네, 아직 보관돼 있어요." 그녀가 말했다. "사건은 24년 전에 일어났지만, 계속 도전의 대상이 되어왔잖아요. 어찌 보면, 지금 우리도 제섭이 교도소 내에서 벌여온 자가 변론 덕을 보고 있다고 할 수 있죠. 그가 끊임없이 법원에 영장과 재심을 청구해온 덕에, 재판에 쓰인 증거물이 전혀 손상되거나 파기되지 않았으니까요. 물론 그렇게 해서 마침내 제섭이 피해자의 원피스에 묻어 있던 DNA를 분석할 수 있는 허가를 받아낸 거지만, 우리도 여전히 그때 사용했던 모든 증거를 보관하고 있어서 지금 그걸 사용할 수 있는 거예요. 그는 사건 첫날부터 그 머리카락 증거가 경찰이 미리 트럭에 심어놓은 것이라고 주장했어요."

"내 생각에는 이번 재판에서 제섭 측이 내놓을 변론도 첫 재판에서 내놓은 변론과 별반 다를 게 없을 것 같아요." 할러가 말했다. "피해자의 언니가 제섭이 불리한 상황에서 잘못된 지목을 했고, 그때부터 평결까지 재판이 일사천리로 진행됐다. 또한 물리적인 증거가 한참 부족하다는 사실에 직면한 경찰은 피해자의 머리카락을 견인트럭에 심어두었다, 정도겠죠. 사실 1986년 재판 당시에는 배심원단 앞에서 그 주장이 잘 먹혀들지 않았을 겁니다. 하지만 그 후 미국은 1992년 로드니 킹과 폭동 사건도 경험했고, O. J. 심슨 사건, 램퍼트 비리 사건, 그 외에도 경찰을 에워싸고 일어난 여러 논란의 여지가 있는 사건들을 겪어왔어요. 그러니 이제는 그 주장이 상당히 잘 먹혀 들어갈 겁니다."

"그렇다면 우리가 이길 확률은 어느 정도나 될까?"

보슈가 물었다. 할러는 대답하기 전에 탁자 너머로 맥퍼슨을 바라봤다.

"지금까지 우리가 알고 있는 사실을 근거로 판단해보면……." 그가 말을 이었다. "솔직히 내가 법정 반대편 통로에 서 있다면 이길 승산이 훨씬 크겠다는 생각이 들어요."

보슈는 맥퍼슨의 표정이 어두워지는 것을 보았다.

"그렇다면 다시 건너가지 그러나?"

할러는 고개를 저었다.

"아니요, 흥정은 이미 끝났어요. 밑지는 거래일지도 모르지만, 어쨌든 하기로 했으니 할 겁니다. 게다가 힘과 정의의 편에 설 수 있는 기회가 내게 그리 자주 찾아오는 것도 아니잖아요. 재판에 지더라도 그 개념에 익숙해질 수 있는 기회는 얻게 되겠죠."

그가 전처를 바라보며 미소 지었지만, 그녀는 그의 미소에 화답하지 않았다.

"피해자의 언니는 어때요?"

보슈가 물었다. 맥퍼슨은 그의 쪽으로 시선을 돌렸다.

"증인 말인가요? 그게 바로 우리의 두 번째 문제예요. 아직 살아 있기는 해요. 나이는 37살이고요. 그런데 그녀를 찾아내는 게 문제입니다. 부모의 도움도 받을 수가 없거든요. 친아버지는 그녀가 일곱 살 때 사망했어요. 어머니는 막내딸이 살해당한 지 3년 만에 그 무덤 앞에서 자살했고, 양아버지는 알코올중독으로 얻은 간부전증으로 간이식 수술 차례를 기다리던 중에 사망했습니다. 그게 6년 전이에요. 검찰에 있는 수사관 한 명을 시켜서 컴퓨터로 세라 랜디의 행적을 찾아보게 했지만, 양아버지가 사망한 것과 같은 시점에 샌프란시스코에서 갑자기 그 흔적이 끊겨버렸어요. 불법 약물 소지죄로 보호관찰을 받고 있었는데, 그것도 같은 해에 끝났거든요. 기록을 살펴보니 두 번 결혼했다가 이혼한 경력이 있고, 마약과 경범죄로 체포된 경력도 여러 번 되더군요. 그러고 나서, 아까 말했듯이, 흔적도 없이 사라져버렸어요. 사망하지 않았으면, 마약을 완전히 끊었을 겁니다. 이름을 바꿔버렸다 해도 지난 6년 새에 다시 체포가 되었다면, 지문이 남아 있어서 흔적을 남기지 않을 수 없었을 테니까요. 그런데 아무것도 남아 있지 않아요."

"세라 랜디를 찾지 못하면 우리 측에 승산이 별로 없을 것 같은데." 할러가 말했다. "24년이라는 세월을 거슬러 올라가서 그가 진짜 범인이라고 손가락질해줄 수 있는, 아직까지 살아 있는 사람이 반드시 필요하게 될 거라고."

"내 생각도 그래요." 맥퍼슨이 말했다. "그녀가 열쇠예요. 배심원단은 그녀가 증인석에 나와서 어린 시절에 자신은 절대로 실수하지 않았다고, 그때도 확신했고 지금도 여전히 확신한다고 말하는 걸 들을 수 있어야만 해요. 만약 우리가 세라 랜디를 찾지 못해서 그런 장면을 보여줄 수 없다면, 희생자의 머리카락 증거도 그냥 사라져버리는 거고, 재판도 거기서 끝나는 거예요. 제섭 쪽은 DNA 증거를 가지고 있으니, 그게 재판의 으뜸 패가 돼버리겠죠."

"그럼 우린 파멸의 길을 걷게 되는 거지."

할러가 말했다. 맥퍼슨은 아무 대꾸도 하지 않았고, 할 필요도 없었다.

"걱정 말아요." 보슈가 말했다. "내가 찾아낼게요."

두 명의 검사는 그를 바라봤다. 때가 때이니만큼 그가 공수표를 남발할 리는 없었다. 보슈는 진심이었다.

"만약 살아만 있다면……." 그가 말했다. "내가 찾아낼 겁니다."

"좋아요." 할러가 말했다. "그럼 그게 해리가 가장 우선적으로 해야 할 일이 됐네요."

보슈는 자신의 열쇠 꾸러미를 꺼내 거기에 매달려 있는 작은 접이식 칼을 열었다. 그리고 증거품 상자의 붉은 봉인을 잘라냈다. 그는 그 안에 뭐가 들어 있는지 전혀 알지 못했다. 24년 전에 재판에서 제시되었던 증거물은 아직 검찰 증거물 보관실에 보관돼 있었다. 그러니 이 상자에는 재판에 사용되지 않은 다른 증거들이 담겨 있을 터였다.

보슈는 주머니에서 라텍스 장갑 한 쌍을 꺼내 끼고 상자를 열었다. 맨 위에는 피해자가 입었던 원피스가 담긴 종이봉투가 얹혀 있었다. 놀라운 일이었다. 그는 피해자가 입었던 옷이라면 배심원단의 동정적인 반응을 이끌어내기 위해 당연히 재판에서 증거물품으로 사용되었으리라 짐작하고 있었다.

종이봉투를 여니 방 안에 곰팡내가 번져 나갔다. 그는 원피스를 꺼내서 어깨 부분을 잡아 위로 들어 올렸다. 세 사람 모두 아무 말이 없었다. 보슈는 어린 소녀가 살해당하던 순간 입고 있던 옷을 들고 있는 것이었다. 앞쪽에 짙은 파란색 리본이 달린 푸른색 원피스였다. 앞쪽 솔기 부분에서 사방 15센티미터 사각형 모양으로 옷감이 잘려나가고 없었다. 정액이 묻어 있던 자리였으리라.

"이게 왜 여기 있을까?" 보슈가 물었다. "이걸 재판에서 증거물로 제시하지 않은 걸까요?"

할러는 아무 말도 하지 않았다. 맥퍼슨은 뭐라고 대답해야 할지 생각하며 앞으로 몸을 기울여 원피스를 가까이 살펴봤다.

"내 생각에는…… 잘린 부분 때문에 재판에 제시하지 않은 것 같아요. 이 원피스를 보여줬다면 변호사는 잘린 부분에 대해 물어봤을 테죠. 그럼 혈액형 검사로 질문이 이어졌을 테고요. 검찰은 증거물 제시기간 동안 그 질문에 도달하지 않으려 했거든요. 그러니 이 원피스를 입은 피해자가 범죄 현장에 버려져 있는 사진에 의존했을 거예요. 변호인 측에서 제시할 때까지 내버려두기로 했는데, 그쪽에서도 전혀 언급하지 않았던 거죠."

보슈는 원피스를 접어 탁자에 내려놓았다. 상자 안에는 검은색 에나멜 가죽 구두 한 쌍도 들어 있었다. 그의 눈에는 너무도 작고 슬퍼 보이는 신발이었다. 두 번째 종이봉투에는 피해자의 속옷과 양말이 들어 있었다. 같이 들어 있는 연구실 보고서에는 동봉한 증거물품에 체액, 머리카락, 섬유 조각 등이 붙어 있는지 조사를 마쳤으나, 아무것도 발견하지 못했다는 내용이 적혀 있었다.

상자 바닥에는 장식물이 달린 은제 목걸이가 비닐봉지 안에 들어 있었다. 그는 플라스틱 장식물을 자세히 들여다보았고, 그 위에 인쇄된 모양이 곰돌이 푸라는 사실을 알아차렸다. 또 하나의 봉지에는 고무줄에 하늘색 구슬이 엮인 팔찌 하나가 들어 있었다.

"이게 다군요."

그가 말했다.

"감식반에 가져가서 다시 한 번 검사해달라고 해야겠어요." 맥퍼슨이 말했다. "어떤 새로운 결과가 나올지 누가 알겠어요. 24년간 기술력이 엄청나게 발전했잖아요."

"그건 내가 처리하죠."

보슈가 말했다.

"그건 그렇고, 신발은 어디서 찾은 거죠? 범행 현장을 찍은 사진을 보면 피해자의 발에는 신발이 없었잖아요."

맥퍼슨이 물었다. 보슈는 상자 뚜껑 안쪽에 테이프로 붙여놓은 증거물품 보고서를 읽었다.

"여기 적힌 내용으로는 시체 밑에 있었다고 하네요. 아마 목 졸릴 때 트럭에서 벗겨졌을 겁니다. 살해자가 신발 먼저 수거함에 던지고 아이의 시체를 그 위에 던져놓았겠죠."

상자에 들어 있는 물품들을 보며 자연스레 떠오른 이미지가 결정적으로 검사팀 모두를 침울하게 만들었다. 보슈는 조심스럽게 물품들을 다시 상자 안에 집어넣기 시작했다. 목걸이가 들어 있는 봉지를 가장 나중에 집어넣었다.

"딸아이가 곰돌이 푸를 멀리하게 된 시기가 몇 살쯤 돼요?"

그가 물었다. 할러와 맥퍼슨은 서로를 바라봤다. 할러는 대답하지 않았고, 대신 맥퍼슨이 답했다.

"대여섯 살쯤 됐을 때부터요. 그건 왜요?"

"우리 집 애도 그때쯤이었어요. 그런데 12살 먹은 아이가 곰돌이 푸 목걸이를 하고 있었나 봐요. 그게 좀 의아해서요."

"그걸 준 사람이 의미 있어서 그럴지도 몰라요." 할러가 말했다. "우리 딸 헤일리도 내가 5년 전에 선물한 팔찌를 여전히 끼고 다니거든요."

맥퍼슨은 마치 그 주장에 반박이라도 하려는 듯이 그를 바라봤다.

"물론 늘 끼고 다니는 건 아니고." 할러가 재빨리 대꾸했다. "이따금씩 하는 거지만, 어쨌든 내가 데리러 갈 때 가끔 끼고 있더라고요. 어쩌면 그

목걸이도 친아빠가 죽기 전에 선물한 걸지도 모르죠."

맥퍼슨의 컴퓨터에서 낮게 띵 하는 소리가 울렸고, 그녀는 이메일을 확인했다. 그리고 다시 말을 잇기 전에 화면을 잠시 동안 들여다봤다.

"제100호 법정에서 열리는 오후 기소인부절차 처리를 담당하고 있는 존 리버스에게 온 메일이에요. 제섭이 형사 변호사를 선임했고, 존이 제섭의 보석청문회 일정을 검토 중인가 봐요. 제섭은 시 교도소에서 마지막 버스를 타고 올 예정이래요."

"변호사가 누구야?"

할러가 물었다.

"아마 당신 마음에 들걸. 클레버(Clever) 클라이브 로이스가 무료로 사건을 맡았어. 유전자 정의 프로젝트가 소개했다고 하네."

보슈는 그 이름을 알고 있었다. 로이스는 카메라 앞에 설 기회라면 절대 놓치지 않고 찾아가서 법정에서는 절대 허용되지 않을 모든 정보를 대중 앞에 쏟아내는, 언론이 사랑해 마지않는 법정의 스타였다.

"당연히 무료로 하겠지." 할러가 말했다. "마지막에는 결국 다 보상받고도 남을 테니까. 신문 기사와 그럴듯한 헤드라인으로. 그게 바로 클라이브가 중요하게 생각하는 전부라고 할 수 있거든."

"난 그와는 한 번도 법정에서 다퉈본 적이 없어." 맥퍼슨이 말했다. "정말 기대되는걸."

"제섭의 보석청문회가 정말 예정돼 있는 거야?"

"아직은 아니야. 그렇지만 클라이브 로이스가 법원 서기와 얘기 중이래. 리버스는 자기가 그 건을 처리해도 좋을지 우리한테 물어온 거야. 그는 제섭의 보석에 반대할 생각이래."

"아니야, 우리가 해야지." 할러가 말했다. "가자."

맥퍼슨이 컴퓨터를 닫는 동시에 보슈도 증거품 상자의 뚜껑을 닫았다.

"같이 갈래요?" 할러가 그에게 물었다. "우리의 적이 누구인지 한번 보고 싶지 않아요?"

"난 좀 전까지 그와 7시간이나 함께 있다가 왔어, 기억 안 나?"

"할러는 제섭을 말하는 게 아닐걸요."

맥퍼슨의 말에 보슈가 고개를 끄덕였다.

"아니, 그래도 난 사양할게요." 그가 말했다. "이걸 가져가서 돌려주고 증인 추적부터 해야 할 것 같아요. 세라 랜디를 찾으면 바로 알려줄게요."

07 보석 심리

2월 16일 화요일, 오후 5시 30분

제100호 법정은 형사재판소 건물 내에서 가장 큰 방으로, 오전과 오후에 한 번씩 열리는 기소인부절차 진행을 위해 따로 지정된 곳이었다. 한마디로 그곳은 지방 형사재판소 내의 쌍둥이 방청객 유입 지점이라 할 수 있었다. 죄지은 사람이라면 누구라도 24시간 내에 판사 앞에 불려 나와 기소인부절차를 통과해야만 했다. 그리고 그때는 피의자의 가족과 친구, 친지 등이 다 들어와 앉을 수 있도록 형사재판소 건물 내에서도 가장 큰 방청석이 필요했다. 제100호 법정은 피의자가 체포 후에 처음 모습을 드러내는 곳이었다. 당연히 그때는 피의자를 사랑하는 사람들이 그가 앞으로 헤쳐나가야 할 길고 통렬하며 힘겨운 여정에 대해 아직 아무것도 모르고 있을 시기였다. 기소인부절차가 진행되는 법정에서는 엄마, 아빠, 아내, 처제, 고모, 삼촌, 심지어 한두 명의 이웃 사람들까지 피고에게 지지의 몸짓을 보이기 위해, 그리고 그의 체포에 분노를 표출하기 위해 모습을 드러내는 것이 흔한 일이었다. 하지만 그 후 18개월이 흘러 재판이 마침내 마지막 선고만을 남겨둔 시점이 되었을 때, 그때도 피고가 사랑하는 연로한 어머니가 법정에 나와 앉아 있어 준다면 그건 무척이나 운 좋은 축에 들었다.

법정문의 반대편에는 보통 온갖 유형의 변호사들로 발 디딜 틈 없이 붐볐다. 반백의 노련한 전문가들, 머리가 벗어진 민사 전문 변호사들, 번드르르한 기업 변호사들, 경계심을 늦추지 않는 검사와 언론의 사냥개들이 통로에 우글우글 모여 서 있거나 피의자들이 들어가 있는 유리 칸막이벽에 기대서서 자신의 의뢰인과 소곤소곤 대화를 나누기도 했다.

이 개미소굴의 재판을 담당하게 될 판사는 맬컴 파이어스톤이었다. 그는 고개를 숙이고 앉아 있었는데, 날카로운 어깨선이 매년 해가 지날 때마다 위로 튀어 올라와 이제는 거의 귓불 끝에 닿을 듯했다. 입고 있는 검은 법복은 마치 접힌 날개처럼 보였다. 덕분에 그의 전체적인 인상은 사법체계의 피 묻은 쓰레기 더미 위에 올라앉아 식사를 하기 위해 초조하게 기다리는 한 마리 독수리를 연상케 했다.

파이어스톤은 오후 3시부터 시작해 구금자 목록에 인원이 많을 경우 밤늦은 시간까지도 계속 이어지는 오후 기소인부심 절차를 담당했다. 그러니 당연하게도 그는 일을 빨리빨리 처리하는 것을 선호하는 법률가였다. 그러지 않았다가는 일감에 치여 뒤처질 위험을 각오해야 했다. 이곳에서 정의란 무슨 일이 있어도 멈추지 않는 컨베이어벨트 앞에 서 있는 조립라인 노동자일 뿐이었다. 파이어스톤은 집에 가고 싶었다. 변호사들도 집에 가고 싶었다. 모두가 어서 끝내고 집에 가고 싶었다.

나는 매기와 함께 법정에 들어섰고, 즉시 왼쪽에 설치된 1.8미터 높이의 울타리 안에 카메라가 설치돼 있는 것을 알아차렸다. 한 번에 여섯 명씩 불려 들어오는 피의자들을 한데 모아두는 유리 칸막이 맞은편 위치였다. 기자회견장과는 달리 노려보는 듯한 환한 조명 같은 것은 없었다. 그렇지만 친구 스틱스는 이번에도 모습을 드러냈다. 그에게 스틱스라는 별

명을 부여해준 카메라 삼각대를 설치하는 중이었다. 그가 나를 알아보고 고개를 끄덕였고, 나도 마찬가지로 고개를 끄덕여 응답했다.

매기가 내 팔을 톡톡 두드리고는 검사 측 탁자 앞에 다른 세 명의 검사와 함께 앉아 있는 한 남자를 손가락질해 가리켰다.

"저쪽 끝에 있는 사람이 리버스야."

"알았어. 난 서기에게 확인해볼 테니까, 당신은 가서 그와 얘기를 나눠봐."

"확인할 필요 없어, 할러. 당신이 검사잖아, 잊었어?"

"아, 그렇군. 깜빡했어."

우리는 검사 측 탁자를 향해 걸어갔고, 매기가 나를 리버스에게 소개했다. 그는 아직 초짜 검사였는데, 일류 로스쿨을 졸업한 지 몇 년 되지도 않을 듯했다. 내가 보기에 그는 검찰 내의 정치적 상황을 이용하며 때를 기다리다가 기회가 오면 사다리를 기어 올라가 기소인부심절차 법정이라는 지옥의 불구덩이를 벗어날 궁리를 하고 있었다. 그러니 내가 통로를 가로질러 가서 검찰이 현재 담당하고 있는 황금반지를 거머쥔 것은 그에게 전혀 도움이 되지 않는 일이었다. 몸짓만 봐도 그가 날 얼마나 경계하고 있는지 알 수 있었다. 그가 보기에 나는 탁자를 잘못 골라 앉은 것이었고, 닭장 안에 들어가 있는 여우나 다름없었다. 그리고 이 심리절차가 채 끝나기도 전에, 그는 자신이 품은 의혹이 전혀 허황된 것이 아님을 알게 될 터였다.

형식적인 악수를 나누고 나서, 나는 고개를 돌려 클라이브 로이스를 찾았다. 그는 동료로 보이는 한 젊은 여성과 대화를 나누며 난간 맞은편에 앉아 있었다. 그들은 바짝 다가앉은 채 서류가 두툼하게 들어 있는 폴더를 열어 들여다보는 중이었다. 나는 손을 쭉 뻗은 채로 그에게 가까이 다가갔다.

"클라이브 '더 배리스터(법정 변호사—옮긴이)' 로이스, 어떻게 지냈나, 친구?"

그가 고개를 들어 올렸고, 곧 보기 좋게 그을린 얼굴에 환한 미소를 지었다. 나무랄 데 없는 신사처럼, 그가 내 손을 잡기 전에 먼저 자리에서 일어났다.

"미키, 잘 지냈나? 어쩌지 이걸, 정말 안타깝네. 이번에는 우리가 반대편에 앉아 싸우게 된 것 같군."

나는 그가 안타깝다고 말하기는 해도, 정말 안타까워하지는 않는다는 사실을 잘 알았다. 로이스는 늘 이길 만한 의뢰인만을 골라잡아 자신의 경력을 쌓아왔다. 만약 이번 소송을 통해 엄청난 무료 광고 효과와 또 한 번의 승리를 확신하지 않았다면 그는 절대로 무료 변론을 감행해서 과도한 언론의 관심 속으로 걸어 들어가는 위험을 감수하지 않았을 터였다. 그는 이기기 위해 이 사건을 맡았고, 지금 짓는 미소 뒤에는 날카로운 이빨이 숨겨져 있었다.

"나도 안타깝게 생각하네. 게다가 자네 솜씨 정도면 내가 이 통로 맞은편으로 건너오기로 결정한 날을 후회하게 만들지 않을까 싶은걸."

"글쎄, 우리 둘 다 공익의 의무를 다하려 애쓰는 것 아니겠어, 안 그런가? 자네는 지검장을 도우려는 거고, 난 수갑 찬 제섭을 도우려는 거고."

로이스는 50평생 중 절반이 훌쩍 넘는 기간을 미국에서 살아왔음에도, 여전히 영국식 억양을 사용했다. 그것이 그에게 매우 문화적이면서 독특한 분위기를 가져다주었고, 덕분에 사람들은 그가 극악무도한 범죄 혐의로 기소당한 사람들을 대변하는 변호사라는 사실을 잠시 망각하곤 했다. 로이스는 개버딘 천에 알아보기도 어려울 만큼 옅은 초크 자국이 남은 양복을 조끼까지 갖춰 입고 있었다. 보기 좋게 그을린 대머리는 부드럽게 빗질해 넘겼고, 수염은 검게 염색해 깔끔히 정리해둔 모습이었다.

"뭐, 그렇게 볼 수도 있겠지."

내가 말했다.

"이런, 내가 결례를 저질렀군. 미키, 이쪽은 내 동료 드니스 그레이던 씨라네. 나를 도와 제섭 씨를 변론할 거야."

그레이던이 자리에서 일어나 내 손을 강하게 잡고 악수했다.

"반갑습니다."

내가 말했다. 그리고 매기가 근처에 서 있으면 소개시켜주려고 주변을 둘러봤다. 그러나 그녀는 검사 측 탁자에서 리버스와 함께 있었다.

"그럼……." 내가 로이스를 보고 말했다. "자네 의뢰인도 오늘 심리 대상 목록에 올라갔나?"

"물론이지. 이번 그룹 다음에 나오는 그룹 중에 첫 번째로 할 거야. 내가 이미 뒤에 가서 만나고 왔지. 우린 보석을 청구할 준비를 마쳤네. 그렇지만 시간이 몇 분밖에 주어지지 않을 테니, 우리 잠시 복도에 나가서 얘기 좀 나눌 수 있을까?"

"그럼 물론이지. 지금 나가자고."

로이스는 동료에게 법정 안에서 기다리다가 다음 피의자 그룹이 유리 칸막이 안으로 불려 나오면 우릴 데리러 오라고 말했다. 나는 로이스를 따라 방청객 열 사이에 있는 통로를 지나 문으로 걸어갔다. 그리고 차단 장치를 지나 복도로 나갔다.

"차 한잔 하겠나?"

로이스가 물었다.

"그럴 시간은 안 될 것 같은데. 무슨 얘기야, 클라이브?"

로이스가 팔짱을 끼고 심각한 표정을 지었다.

"이 말은 꼭 해야겠는데, 믹, 난 자네를 망신 주려는 의도는 전혀 없어. 우린 친구고 변협 동료이기도 하잖나. 그렇지만 자넨 지금 전혀 이길 승산이 없는 싸움에 끼어든 거야, 맞지? 그러니 어쩌면 좋겠나?"

나는 미소를 지으며 복도에 서 있는 사람들을 위아래로 훑어봤다. 우리에게 관심을 보이는 사람은 아무도 없었다.

"지금 자네 의뢰인이 답변 협상을 하려 한다는 말이 하고 싶은 건가?"

"정확히 그 반대네. 이 재판에서 협상 같은 건 없을 거야. 지검장이 잘못된 선택을 한 거니까. 그리고 그가 여기서 어떤 책략을 사용할지는 물론이고, 자네를 장기의 졸(卒)처럼 사용하고 있다는 것도 너무 확실하지 않나. 난 자네가 굳이 제이슨 제섭을 재판까지 몰고 가겠다고 고집을 부린다면, 그건 스스로를 망신 주는 행위에 지나지 않는다는 사실을 알려주고 싶을 뿐이야. 전문가의 도리로 자네에게 이 얘기를 꼭 해줘야겠다는 생각이 들어서 말이지."

내가 미처 대답하기도 전에, 그레이던이 법정 밖으로 나와 재빨리 우리 쪽으로 다가왔다.

"첫 번째 모둠에 속한 의뢰인 중에 하나가 아직 준비가 안 돼서, 제섭이 방금 안으로 불려 왔어요."

"금방 들어가지."

로이스가 말했다. 그녀는 잠시 망설였지만, 곧 자신이 법정 안으로 들어가기를 상관이 바란다는 사실을 알아차렸다. 그레이던이 문으로 들어가자 로이스가 다시 내게로 관심을 돌렸다. 하지만 그가 말하기 전에 내가 먼저 입을 열었다.

"그 도리와 관심을 표해줘서 고맙네. 그렇지만 만약 자네 의뢰인이 재판으로 가길 바란다면, 재판을 받게 해줘야지. 우린 준비됐네. 그러니 누가 망신당하고, 누가 감옥에 갈지는 한번 지켜보면 되지 않겠나."

"아주 좋은 생각이군. 좋아, 그럼 경기를 기대해보겠네."

나는 그를 따라 안으로 들어갔다. 법정은 개회 중이었고, 나는 통로를 따라 걸어 들어가다가 내 업무 비서이자 두 번째 전처 로나 테일러가 붐비는 방청석 끄트머리에 앉아 있는 모습을 보았다. 나는 그녀에게 몸을 기울여 귀에 대고 속삭였다.

"아니, 여기서 뭐 하는 거야?"

"중요한 순간인데, 나도 와서 봐야지."

"대체 어떻게 안 거야? 나도 15분 전에야 연락받았는데."

"KNX 방송국도 마찬가지일걸. 난 사무실 좀 알아보려고 일찍부터 밖에 나와 있었는데, 라디오에서 제섭이 오늘 법정에 출두한다고 하더라고. 그래서 와봤지."

"음, 어쨌든 와줘서 고마워, 로나. 사무실은 어떻게 돼가? 나 얼른 이 건물에서 좀 벗어났으면 좋겠거든."

"여기서 나가면 세 군데 정도 들러볼 생각인데, 그러면 충분할 거야. 내일 마지막으로 장소 정해서 알려줄게, 알았지?"

"좋아, 그럼……." 그때 서기가 제섭의 이름을 부르는 소리가 들렸다. "나 얼른 가봐야겠다. 나중에 얘기해."

"어서 가, 가서 혼쭐을 내주라고, 미키!"

나는 검사 측 매기 옆자리에 나를 기다리는 빈자리가 하나 남아 있는 것을 발견했다. 리버스는 게이트(재판에 참여하는 인원이 들어가는 공간과 방청석을 분리해주는 낮은 울타리에 달린 출입문—옮긴이)에 기대 있는 자리로 옮겨 앉아 있었다. 로이스는 유리 칸막이벽 쪽으로 다가가 자신의 의뢰인과 소곤거리며 대화를 나누는 중이었다. 제섭은 위아래가 붙은 주황색 죄수복을 입고 있었으며 차분하고 침착해 보였다. 그는 로이스가 귀에 소곤거리는 모든 말에 고개를 끄덕여 보였다. 제섭은 내가 예상하던 모습보다 다소 젊어 보였다. 그 오랜 세월을 교도소에 수감돼 있었으니 당연히 외모에도 큰 변화가 생겼으리라 짐작했지만, 그는 겨우 마흔 정도로밖에 보이지 않았다. 게다가 오랜 교도소 생활을 한 죄수들과는 달리 전혀 파리해 보이지도 않았다. 물론 피부는 창백했지만, 건강해 보였다. 유난히 갈색으로 그을린 로이스 옆에 서 있어도 전혀 뒤지지 않을 건강함이었다.

"어디 갔다 왔어?" 매기가 조용히 물었다. "나 혼자 해야 하는 줄 알았잖아."

"제섭의 변호사와 잠깐 밖에서 얘기 좀 나누고 왔어. 고소장은 꺼내기 편한 데 둔 거지? 기록을 위해 읽어야 할지도 모르니까."

"고소장은 읽을 필요 없어. 그냥 일어나서 제섭이 도주 가능성이 있고, 사회에 위험한 존재라고 말하기만 하면 돼. 그는……."

"그렇지만 난 그가 도주할 것 같지는 않은데. 그의 변호사가 방금 나한테 자기들은 만반의 준비가 돼 있고, 답변 협상 같은 건 관심 없다고 말했거든. 제섭은 돈을 원해. 그리고 그가 그 돈을 손에 쥘 수 있는 유일한 길은 어떡하든 이 소송에 뛰어들어서 이기는 것뿐이야."

"그래서?"

매기는 무척이나 놀란 듯한 표정을 지으며, 앞에 수북이 쌓여 있는 파일 더미를 내려다봤다.

"매기, 당신 철학은 '모든 걸 다 논쟁하고 절대로 용서치 말라'라는 거 잘 알지만, 내 생각에 여기서는 그 방법이 먹힐 것 같지 않아. 내게 전략이 있으니까……."

매기가 고개를 돌리더니 내게 가까이 몸을 기울였다.

"그럼 난 당신과 당신의 전략과 당신의 대머리 친구 변호사에게 모든 걸 맡겨두고 빠지면 되겠군."

그녀가 의자를 뒤로 밀고 바닥에 놓아둔 서류가방을 손에 쥐고는 자리에서 일어섰다.

"매기……."

그길로 매기는 입구 쪽으로 가서 법정 뒷문을 향해 걸어갔다. 나는 그녀가 나가는 것을 가만히 지켜봤다. 이런 식의 상황이 결코 기분 좋지는 않았지만, 앞으로 재판을 진행하기 위해서는 어떻게든 검사로서 우리 사이의 관계를 정립해 적절한 선을 그을 필요가 있다는 생각이 들었다.

제섭의 이름이 불리자, 로이스가 공식적인 기록을 위해 자신의 신분을 밝혔다. 그다음에는 내가 일어서서 내 입에서 나오리라고는 상상조차 해본 적이 없는 단어들을 말했다.

"검찰 측 대리인, 마이클 할러 검사입니다."

심지어 파이어스톤 판사까지도 앉은 자리에서 고개를 들더니 돋보기 너머로 나를 바라봤다. 모르긴 해도 아마 몇 주 만에 처음으로 그의 법정 안에서 특이한 일이 벌어진 것이 분명했다. 골수 피고 측 변호사가 검찰을 대변하겠다고 서 있으니 말이다.

"그럼, 신사분들, 여기는 기소인부절차 법정이고 내 앞에는 여러분이 보석에 관해 논의하고 싶어한다는 메모가 놓여 있군요."

제섭은 24년 전에 살인과 아동 유괴 혐의로 기소되었다. 대법원이 그의 유죄판결을 파기환송하기는 했지만, 그 혐의까지 완전히 무효화시킨 것은 아니었다. 기소를 철회하고 안 하고의 여부는 검찰의 결정 여부에 달려 있었다. 따라서 그는 여전히 당시의 혐의로 법정에 서 있었고, 24년에 걸친 무죄 항변도 여전히 그 자리에 남아 있었다. 그의 사건은 이제 재판으로 나아가기 위해 법정과 담당 판사가 배정되어야 했다. 보석 협의는 보통 그 시점까지 미뤄졌지만, 제섭은 로이스를 통해 파이어스톤 판사 앞으로 이 건이 넘어가도록 밀어붙였다.

"존경하는 재판장님." 로이스가 말했다. "제 의뢰인은 이미 24년 전에 기소 인정 여부 절차를 밟았습니다. 오늘 우리가 하고자 하는 것은 보석 안에 대한 논의입니다. 또한 이 사건을 재판에 회부하고자 합니다. 제섭 씨는 자유와 정의의 심판을 받기 위해 너무도 오랜 기간을 기다려왔습니다. 따라서 신속한 재판을 치를 자신의 권리를 포기할 의사가 전혀 없습니다."

나는 이것이 로이스의 판단에 따른 결정이라는 사실을 알았다. 내가 변호사였더라도 당연히 취했을 조치였기 때문이다. 범죄 혐의로 기소된 피의자는 누구라도 신속한 재판을 치를 권리가 보장된다. 그러나 대부분의 재판은 소송준비 시간을 필요로 하는 변호사의 요청이나 묵인하에 연기되고 미뤄진다. 압박을 가하려는 전략하에, 로이스는 신속한 재판 법령을 보류하지 않을 것이다. 사건과 증거는 24년이나 묵은 것이고, 또한 중요 증인의 행방도 전혀 알 길이 없는 상황에서, 검사 측을 재촉하는 것이야 말로 신중할 뿐 아니라, 가장 쉬운 결정이기도 하지 않은가. 대법원이 제섭의 사건을 파기환송한 바로 그 순간부터 검찰 측의 시계는 이미 돌기 시작했다. 그 시점부터 제섭을 다시 재판에 회부하기까지 검찰에게는 60일밖에 주어지지 않았다. 그리고 그중 12일이 이미 지나가 버렸다.

"법정과 판사 배정을 위해 서기에게 이 사건을 넘기겠습니다." 파이어스톤이 말했다. "그리고 내 생각에 보석 문제는 배정받은 판사가 처리하는 게 좋을 것 같군요."

로이스는 대답하기 전에 잠시 생각을 정리했다. 그러면서 카메라에 좀 더 좋은 각도로 잡히기 위해 몸을 살짝 돌리는 것도 잊지 않았다.

"재판장님, 제 의뢰인은 24년 동안이나 억울하게 옥살이를 했습니다. 그리고 이것은 단지 제 의견이 아니라 대법원의 견해이기도 합니다. 따라서 대법원은 그가 다시 한 번 재판에 임할 수 있도록 교도소에서 방면하여 이곳에 데려다놓았습니다. 보석 결정을 다음번 심리로 넘기는 것은 정의의 구현과는 아무런 상관이 없고 오로지 돈과 정치만이 관련된 책략의 일부일 뿐입니다. 또한 한 남자의 자유를 부당하게 구속한 책임을 회피하려는 몸짓과 전혀 다를 바 없습니다. 그러니 보석 결정을 다음 심리로 미루는 것은 제이슨 제섭을 20년 이상이나 괴롭혀온 정의의 졸렬한 모방을 지속해 나가는 것입니다."

"잘 알겠습니다."

파이어스톤은 여전히 뭔가에 분개하고 짜증이 난 듯 보였다. 조립라인은 이미 돌아가기 시작했다. 그는 적어도 75개 이상의 이름이 적힌, 처리해야 할 사건 일람표를 눈앞에 펼쳐놓고 있었다. 그리고 8시가 되기 전에 퇴근해서 집에 돌아가고 싶은 마음이 굴뚝같을 터였다. 그러려면 제때 그 사건들을 처리해야만 했다. 그런데 로이스는 재판을 기다리는 동안 제섭이 풀려나 돌아다녀도 될지에 관한 자신의 요청을 관철시키기 위해 시간이 얼마나 소요되든 끝없이 긴 주장을 해대며 판사의 시간을 잡아먹을 준비가 돼 있었다. 그러나 로이스는 물론이고 파이어스톤 판사도 이제 곧 놀라운 경험을 하게 될 참이었다. 만약 그가 저녁시간에 맞춰 집에 돌아가지 못한다면, 그건 절대로 내 탓이 아닐 터였다.

로이스는 판사에게 OR를 요청했다. 다시 말해, 제섭에게 무보석금 석방을 허하고 오직 자진 출두 서약만을 담보로 그를 풀어줄 것을 청했다. 이 제안은 단지 시작에 불과했다. 로이스는 자신이 성공하기만 한다면, 제섭의 자유에는 큰돈이 따라붙게 되리라고 기대를 단단히 하고 있었다. 살인 용의자에게 자진 출두 서약만으로 보석을 허할 수는 없었다. 드문 경우에 살인사건에서도 보석이 허용되기는 하지만, 그 경우 보통 엄청난 보석금이 따라붙었다. 제섭이 지지자들의 기부를 받든, 혹은 앞으로 쓰거나 찍을 책이나 영화 판권 계약을 통해서 필요한 돈을 구하든, 그건 보석 논의 자체와는 아무 상관이 없었다.

로이스는 내가 매기에게 대략적으로 언급했던 내용과 같은 이유를 들어서 제섭에게 도주 위험이 있는 것으로 간주되어서는 안 된다고 역설하며 자신의 주장을 마무리 지었다. 제섭은 도주에는 관심이 없었다. 그의 유일한 관심사는 24년간의 억울한 옥살이 이후 누명을 벗기 위해 싸우는 것이었다.

"현재 제섭 씨는 법정에 서서 다시 한 번, 그리고 영원히, 자신의 결백을 주장하고 싶을 뿐입니다. 그는 검찰의 실수와 직권남용 탓에 아무 죄 없는 자신이 악몽 같은 대가를 치러야만 했다는 사실을 입증하고자 하는 목적 외에는 그 무엇에도 관심이 없습니다."

로이스가 이야기하는 내내 나는 유리 칸막이벽 안에 서 있는 제섭을 바라봤다. 그는 카메라가 자신을 비추고 있다는 사실을 알고 있었기에 적절히 분개한 표정을 유지했다. 그런 노력에도 불구하고 그의 눈 속에 드러난 분노와 적개심은 가릴 수 없었다. 24년이라는 복역 기간이 그것을 영구적인 표정으로 만들어버린 것이다.

파이어스톤은 노트에 무언가 적어 넣기를 끝내고 내 의견을 물어왔다. 나는 자리에서 일어나서 판사가 나를 바라볼 때까지 기다렸다.

"말씀하세요, 할러 검사."

그가 재촉했다.

"판사님, 제섭 씨가 거주지를 입증할 서류를 제출할 수 있다는 조건하에, 검사 측도 이번에는 보석에 반대하지 않겠습니다."

파이어스톤은 내 대답이 자신이 생각하기에 내 입에서 나오리라 예측하고 있던 대답과는 정반대 지점에 위치한다는 사실을 머릿속에서 처리하느라 꽤 오랫동안 나를 응시했다. 법정에 앉은 모든 변호사들이 충격에서 벗어나 내 대답을 이해하는 동안 법정 안의 소곤거림은 더욱 낮게 잦아들었다.

"내가 제대로 이해한 게 맞아요, 할러 검사?" 파이어스톤이 말했다. "살인사건 재판에서 OR 보석에 반대하지 않는다는 겁니까?"

"맞습니다, 존경하는 재판장님. 검찰 측은 제섭 씨가 재판에 자진해서 출두하리라 전적으로 기대하고 있겠습니다. 제섭 씨에게 돈이 없다면, 보석금도 청구하지 않겠습니다."

"재판장님!" 로이스가 소리 질렀다. "할러 검사가 순전히 언론의 관심을 겨냥해 쓸데없는 장난을 쳐서 재판에 영향을 미치는 것에 이의를 제기합니다. 지금 제 의뢰인은 다른 의도가 전혀……."

"무슨 말인지 알겠습니다, 로이스 변호사." 파이어스톤이 끼어들었다. "하지만 내 생각에는 로이스 변호사도 카메라를 향해 장난을 칠 만큼 쳤다는 판단이 서는군요. 그러니 그 문제는 이쯤에서 그만 접어둡시다. 검찰 측의 반대가 없다면, 나는 제섭 씨가 서기에게 거주지 증명 서류를 제출하는 것을 조건으로, 자진 출두 서약만으로 보석을 허가하겠습니다. 제이슨 제섭 씨는 그의 사건이 할당된 법원의 허가 없이 로스앤젤레스 카운티를 벗어날 수 없습니다."

그러고 나서 파이어스톤 판사는 서기에게 재판을 위해 제섭의 사건을 다른 법정으로 재지정하라고 지시했다. 그러고 나서 마침내 우리는 파이어스톤 판사의 궤도에서 벗어날 수 있었다. 그도 이제 조립라인을 재가동해 제시간에 저녁을 먹으러 집에 들어갈 수 있을 터였다. 나는 매기가 탁자 위에 남겨두고 간 파일을 집어 들었다. 로이스는 난간 앞의 좌석으로 돌아가서 가죽 서류가방에 파일을 던져 넣고 있었다. 그의 젊은 동료는 그를 돕는 중이었다.

"그래, 기분이 어떤가, 믹?"

그가 물었다.

"검사가 돼보니 어떠냐고 묻는 거야?"

"그래, 통로 맞은편에 앉으니 어떠냐고."

"솔직히 말하면 그다지 많이 다른 것 같지 않아. 오늘은 계속 절차만 밟왔잖아."

"내 의뢰인이 여길 걸어서 나가게 했다고 자네 상관에게 욕깨나 먹겠군."

"농담도 이해하지 못하면, 다 나가서 죽어야지. 자네 의뢰인이나 깨끗하게 지내도록 잘 지켜봐, 클라이브. 안 그랬다가는 난 정말 끝장나는 거니까. 제섭도 마찬가지고."

"그건 걱정하지 말라고. 우리가 잘 돌볼게. 솔직히 지금 자넨 제섭 걱정이나 하고 있을 때가 아니잖아."

"그게 무슨 말이야, 클라이브?"

"증거도 많지 않고, 주요 증인은 찾을 수가 없고, DNA 분석 결과는 사건을 송두리째 말아먹었잖아. 미키, 자네는 타이태닉호의 선장이야. 게이브리얼 윌리엄스가 자넬 그 자리에 앉힌 거라고. 난 심지어 자네가 윌리엄스에게 어떤 약점을 잡혔기에 그러나 궁금하기까지 하다니까."

그가 말하는 도중, 나는 갑자기 한 가지 사실이 궁금해졌다. 대체 그가 사라진 증인에 대해서는 어떻게 알았을까? 물론 나는 그에게 묻지 않았고, 지검장이 내 약점을 잡고 있니 어쩌니 하는 말에 반박도 하지 않았다. 대신 그동안 수도 없이 상대해왔던, 과하게 자신감 넘치던 다른 검사들 흉내를 냈다.

"자네 의뢰인에게 바깥세상에 나와 있을 때 실컷 즐기라고 일러두라고, 클라이브. 평결이 내려지면 다시 감방으로 들어가야 할 테니까."

로이스가 서류가방을 찰칵 소리가 나게 닫으며 미소를 지어 보였다. 그러고는 대화의 주제를 바꾸었다.

"증거개시 자료에 관해서는 언제 얘기를 나눌 수 있겠나?"

"자네가 원하는 시간에 언제라도 연락해. 오늘 아침에 자료를 정리하기 시작했으니까."

"잘됐네. 그럼 곧 보자고, 믹. 알았지?"

"그래, 언제라도 괜찮다니까, 클라이브."

그는 법정 경찰 쪽으로 발길을 옮겼다. 자기 의뢰인의 방면에 관한 기록을 보려는 것이 분명했다. 나는 게이트를 밀고 나가서 기다리고 있는 로나와 함께 법정을 나섰다. 밖에서 나를 기다리고 있는 것은 몇 명의 기자와 카메라였다. 기자들은 내가 보석에 반대하지 않은 사실에 관해 소리 높여 질문을 퍼부어댔지만, 나는 아무 대답도 하지 않겠다고 말하고는 그 옆을 지나쳐버렸다. 그들은 같은 자리에서 로이스가 나오기를 기다리며 남아 있었다.

"난 잘 모르겠어, 미키." 로나가 속을 털어놨다. "제섭의 무보석금 석방을 지검장이 어떻게 생각할 것 같아?"

그녀가 질문을 던지는 순간, 주머니에 들어 있던 내 전화기가 삑삑거렸다. 나는 법정에서 전화기를 꺼놓지 않았다는 사실을 그제야 깨달았다. 법정이 개회해 있는 동안 전자기기가 재판을 방해하는 상황을 파이어스톤이 어떻게 바라보느냐에 따라 달라질 문제이기는 하지만, 어쨌든 상당히 값비싼 대가를 치르고도 남을 큰 실수이기는 했다.

액정화면을 보면서, 나는 로나에게 말했다.

"지금은 모르지만, 곧 알게 될 것 같은데."

나는 전화기를 들어 올려 LA 카운티 검찰청이 발신처라는 사실을 로나가 알 수 있게 해주었다.

"전화 받아. 난 뛰어갈게. 조심해, 미키."

그녀가 내 볼에 키스하고는 승강기 벽감 쪽으로 향해갔다. 나는 전화를 받았다. 그리고 내 예상이 적중했다는 사실을 알아차렸다. 발신인은 게이브리얼 윌리엄스였다.

"할러, 자네가 지금 무슨 짓을 저질렀는지 알고 있기는 한 거야?"

"무슨 말씀이세요?"

"내 부하 직원 하나가 그러는데, 방금 자네가 제섭의 OR 방면을 허락했다던데?"

"네, 맞습니다."

"그럼 다시 물어보지. 자네가 지금 무슨 짓을 저질렀는지 알고 있기는 한 거야?"

"지검장님, 제 얘기 좀 들어보세요……."

"아니, 자네가 내 말을 듣게. 난 방금 자네가 친한 변호사 친구에게 그가 원하는 것을 일부러 던져준 건지, 아니면 그저 멍청해서 그런 짓을 저지른 건지 잘 모르겠네. 하지만 살인자를 그냥 걸어나가게 해서는 절대로 안 되는 거야. 내 말 무슨 뜻인지 알겠나? 그러니 이제, 다시 법원으로 걸어 들어가서 보석 심리를 새로 열어주기를 바란다고 요청하게."

"아니요, 그렇게 안 할 겁니다."

윌리엄스가 다시 입을 열기까지 최소한 10초는 될 듯한 불편한 침묵이 흘렀다.

"내가 지금 자네 말을 제대로 들은 건가, 할러?"

"지검장님이 제대로 들은 건지는 저도 잘 모릅니다. 그렇지만, 저는 심리를 다시 열어달라고 요청하러 들어가지 않을 겁니다. 지검장님이 반드시 이해하셔야 할 게 있습니다. 이 사건이 들어 있는 더러운 꾸러미를 제게 던져준 사람은 지검장님이 맞습니다. 하지만 사건을 맡은 이상, 저는 최선을 다해야 합니다. 검찰이 가지고 있는 증거는 24년이나 묵은 거예요. 게다가 DNA 검사 결과로 그 사건 옆구리에 커다란 구멍이 하나 뚫렸고, 유일한 증인은 어디 있는지도 찾을 수가 없습니다. 그건 다시 말해서 이 재판을 꾸려가기 위해 저는 할 수 있는 일은 뭐든 다 해야 한다는 뜻입니다."

"그런데 그게 용의자를 교도소 바깥으로 내보내는 것과 무슨 상관이 있는가?"

"모르시겠어요? 제섭은 24년 동안이나 갇혀 있었습니다. 지금 이 상황은 학교를 졸업하는 것과는 차원이 다릅니다. 그가 교도소 안에 있을 때 뭘 했을 거라고 생각하십니까? 지금 그의 상황은 그때보다 더 안 좋아요. 밖에서 돌아다니게 해주면, 분명히 사고를 치고 말 겁니다. 그가 사고를 치면, 당연히 우리에게 도움이 될 테고요."

"그럼 다시 말해서, 자네는 이자가 바깥에서 돌아다니는 동안 일반 시민이 위험에 처하도록 하겠다는 거군."

"아니요. 왜 그런가 하니, 지검장님이 LA 경찰국에 연락해서 이 친구를 감시하게 하실 테니까요. 그렇게 되면 아무도 다칠 일이 없을 테고, 사고가 터지기 전에 경찰이 개입해서 그를 잡아버리면 되지 않겠습니까."

다시 수화기 저편에 침묵이 흘렀지만, 이번에는 수화기를 막고 누군가와 대화를 나누는 듯한 소리가 들려왔다. 나는 윌리엄스가 자신의 조력자인 조 리델과 상의를 하고 있으리라 짐작했다. 수화기 너머로 다시 목소리가 들려왔을 때는, 어조가 단호하기는 했지만 분노의 기색은 사라지고 없었다.

"좋아, 난 자네가 이렇게 해줬으면 좋겠네. 이런 식의 결정을 내리고 싶을 때는 나에게 먼저 와서 상의하도록 하게, 알겠나?"

"그런 일은 없을 겁니다. 독립적으로 일을 처리할 특별검사를 원하신 거잖아요. 제가 바로 그런 사람입니다. 그러니 사실을 받아들이고, 저를 그냥 내버려두세요."

다시 한 번 침묵이 흐르더니, 곧 아무 말도 없이 전화가 끊겼다. 나는 전화기 폴더를 덮고 클라이브 로이스가 법정에서 나와 몰려 있는 기자와 카메라 사이로 걸어 들어가는 모습을 잠시 지켜봤다. 경험 많은 노련한 전문가처럼 그는 모두가 자리를 잡고 서서 렌즈 초점을 맞출 때까지 잠시 기다려주었다. 그러고는 앞으로 계속하게 될, 즉흥연설처럼 보이지만 실은 언론 브리핑을 위해 신중하게 준비한 많은 연설 중 첫 번째 연설을 하기 시작했다.

"제가 보기에 검찰은 겁을 집어먹은 모양입니다."

그가 말을 시작했다. 그의 입에서 나오리라 예상하고 있던 말이었다. 그러니 나머지 말은 들을 필요도 없었다.

나는 걸음을 옮겼다.

08 사라진 증인 추적

2월 17일 수요일, 오전 9시 48분

어떤 이들은 발견되지 않기를 바란다. 그들은 대책을 강구한다. 나아간 흔적을 지우기 위해 자신이 남긴 발자국 위로 나뭇가지를 끌어다 덮는다. 또 어떤 사람은 그저 도망만 다닌다. 그들은 지나온 자리에 어떤 흔적이 남았는지 신경 쓰지 않는다. 중요한 사실은 과거가 그들 뒤에 남아 있으며, 그들은 계속 그것으로부터 도망치고자 한다는 것이다.

일단 검찰 수사관의 자료를 과거로 거슬러 올라가며 확인하는 작업에 돌입한 지 두 시간 만에 보슈는 멜리사 랜디의 언니이자 사라진 증인인 세라의 현재 이름과 주소를 찾아냈다. 그녀는 멀리 있는 나뭇가지를 끌어다 덮어놓지 않았다. 그저 가까이 놓인 것들만 이용했고, 계속 움직여 다닐 뿐이었다. 샌프란시스코에서 그녀의 행적을 놓쳤던 검찰 수사관은 단서를 찾기 위해 다시 행적을 뒤밟는 일을 하지 않았다. 그게 바로 실수였다. 그 수사관은 앞으로만 나아갔고, 결국 흔적을 놓쳐버리고 말았다.

보슈도 전임자들과 마찬가지로 세라 랜디라는 이름과 1972년 4월 14일이라는 생년월일을 컴퓨터 자판에 두들겨 넣는 일부터 시작했다. 검찰의 다양한 검색엔진은 보슈가 입력한 정보가 법 집행기관과 사회에서 충돌을 일으키는 지점을 수도 없이 제공했다.

우선 1989년과 1990년에 마약 관련 혐의로 체포된 기록이 있었다. 그건은 아동복지 담당부서에서 조용히 호의적으로 처리되었다. 그러나 세라는 1991년 후반 비슷한 혐의로 체포되었고, 그때는 청소년복지 부서의 영향력과 이해의 선을 넘어가 버렸다. 그리고 1992년에도 같은 혐의로 두 번 더 체포되었다. 이때는 보호관찰과 일정 기간의 재활프로그램 입소형을 받았지만, 그 이후 몇 년 동안은 전자개인정보를 전혀 남기지 않았다. 또 하나의 검색사이트를 통해 보슈는 1990년대 초반 로스앤젤레스에서 그녀가 머물렀던 일련의 주소를 찾을 수 있었다. 그는 그 주소들이 집세도 싸고 마약을 구하기도 매우 쉬운 주변부 지역에 속해 있다는 사실을 알아차렸다. 세라가 이용하는 불법 약물은 뇌세포를 엄청나게 태워 없애버리는 크리스털 메스(메스암페타민 가루) 종류였다.

덤불 뒤에 숨어 있다가 어린 동생이 살인자의 손에 잡혀가는 모습을 지켜봐야 했던 세라 랜디의 흔적은 거기서 끝나 있었다.

보슈는 살인사건 수사기록 상자에서 꺼내온 첫 번째 파일을 열어 세라의 증인정보 서류를 살펴봤다. 그는 세라의 사회보장번호를 찾아내서 생년월일과 함께 검색엔진에 넣어 돌렸다. 그러자 새로운 이름 두 개가 튀어나왔다. 1991년부터 등장한 세라 에드워즈와 1997년부터 사용한 세라 위튼이었다. 여자가 성을 바꾸는 경우는 보통 결혼했음을 알리는 것이니, 검찰 수사관이 그녀에게 두 번의 결혼 경력이 있다고 보고한 사실을 뒷받침하는 정보였다.

세라 에드워즈라는 이름으로도 체포는 계속되었다. 여기에는 두 번의 도둑질과 한 번의 매춘 권유 혐의도 포함돼 있었다. 그러나 이 체포 소식도 상당히 멀리까지 전해진 모양이었다. 그리하여 그동안의 사연이 충분히 슬펐던 덕분에, 세라는 이번에도 징역형을 선고받지는 않았다.

보슈는 체포 때마다 찍힌 범인 식별용 얼굴 사진을 하나하나 클릭해보 았다. 모두 머리 모양과 색깔만 다를 뿐 젊은 여성의 얼굴이었는데, 눈동 자만은 변함없이 상처받고 반항적인 시선을 쏘아 보내고 있었다. 어떤 사 진에서는 왼쪽 눈 밑에 시퍼런 멍이 들어 있었고, 턱선을 따라 아물지 않 은 상처가 나 있었다. 사진들이 그녀의 삶을 가장 잘 이야기해주는 듯했 다. 마약과 범죄와 함께 바닥으로 곤두박질치는 삶이었으리라. 치유될 수 없는 내면의 상처와 죄책감이 결코 누그러지지 않은 것이다.

세라 위튼이라는 이름으로도 체포 경력은 변함없이 이어졌다. 단지 지 역만 바뀔 뿐이었다. 대부분의 검사와 판사는 판결전조사(판결을 내리기 전 에 양형의 합리화를 꾀하고자 하는 조사 제도-옮긴이)를 통해 확인할 수 있는 그녀의 굴곡진 삶에 연민을 느꼈다. 따라서 여러 번 반복해서 새로운 기 회를 주려 애써왔다. 하지만 이제 세라도 자신이 그들에게 점점 더 받아 들이기 어려운 존재가 되어가고 있다는 사실을 깨달았다. 그녀는 샌프란 시스코 북부로 이주했고, 거기서도 다시 잦은 체포가 이어졌다. 마약과 경범죄, 이런 식으로 여러 개의 죄목이 한꺼번에 붙었다. 보슈는 범인 식 별용 사진을 확인했고, 이제는 살아온 세월보다 훨씬 더 나이 들어 보이 는 여인을 볼 수 있었다. 아직 서른도 되지 않았지만 족히 마흔은 넘어 보 이는 얼굴이었다.

2003년에 그녀는 마약소지 혐의로 기소되어 유죄를 인정받은 후 샌마 티오 카운티 교도소에서 6개월 형을 선고받아 처음으로 수감 생활을 했 다. 그 기록은 세라가 교도소에서 4개월을 복역하고 제재형 재활 프로그 램에 입소했다는 사실을 알려주었다. 그게 사법제도상의 기록에 남은 그 녀의 마지막 흔적이었다. 그 이후 그녀의 이름이나 사회보장번호로 체포 된 기록은 없었으며, 50개 주 중 어느 곳에서도 운전면허증을 신청한 기록 역시 보이지 않았다.

보슈는 미해결 사건 전담반에서 일할 때 배운 몇 가지 다른 디지털 조작 방식을 시도해보았다. 그곳에서 사용하던 인터넷 추적 방식은 거의 예술의 경지에 올라 있다 해도 과언이 아니었다. 하지만 그런 방식으로도 아무런 흔적을 찾아낼 수 없었다. 세라는 사라져버린 것이다.

컴퓨터를 옆으로 밀쳐두고, 보슈는 사건 수사기록 상자에서 파일을 꺼내 들었다. 그리고 세라를 추적하는 데 도움이 될 만한 단서를 찾으며 서류를 빠르게 훑어 내려갔다. 곧 세라의 출생증명서 사진을 찾아냈고, 거기에 여러 개의 단서가 들어 있었다. 그 사진을 보았을 때, 보슈는 동생의 살인사건이 일어나던 당시 세라가 엄마와 양아버지와 함께 살고 있었다는 사실을 기억해냈다.

출생증명서에 기록된 이름은 세라 앤 글리슨이었다. 그는 세라의 생년월일과 함께 그 이름을 컴퓨터에 입력했다. 그 이름으로는 아무런 범죄기록도 확인할 수 없었다. 하지만 6년 전에 발급되어 두 달 전에 갱신된 워싱턴 주 운전면허증을 찾아낼 수 있었다. 사진을 확인해보니 일치했다. 하지만 거의 아닌 듯 보이기도 했다. 보슈는 오랫동안 사진을 들여다봤다. 세라 앤 글리슨이 전보다 훨씬 젊어졌다는 사실을 두고 맹세라도 할 수 있을 것 같았다.

그는 세라가 고된 삶을 뒤로하고 떠난 것이리라 짐작했다. 그녀는 자신을 뒤바꿔줄 뭔가를 찾아냈던 것이다. 어쩌면 재활치료에 성공했는지도 모른다. 혹은 아이를 가졌을 수도 있다. 그게 무엇이든 간에 그녀의 삶을 보다 나은 쪽으로 바꿔놓은 것이 분명했다.

보슈는 그녀의 이름을 다른 검색엔진에 한 번 더 돌려보았고, 그 이름 아래로 공과금과 위성방송 요금이 부과되고 있음을 알아냈다. 주소는 세라의 면허증에 있는 것과 같았다. 보슈는 마침내 그녀를 찾았다고 확신했다. 포트 타운센드. 그는 구글에 들어가 그 단어를 입력했다. 곧 워싱턴 북서쪽 모퉁이에 있는 올림픽 반도 지도가 화면에 떴다. 세라 랜디는 이름을 세 번이나 바꾸고 미국 본토의 가장 *끄트머리*까지 도망쳤지만, 그는 그녀를 찾아냈다.

보슈가 전화기로 손을 가져가는 도중에 전화벨이 울렸다. LA 경찰국 특별수사대(SIS)의 사령관 스티븐 라이트 부서장이었다.

"15분 전에 제섭 주변으로 감시팀을 배치했다는 걸 알려주려고 전화했네. 한 개 부대가 다 투입됐고, 매일 아침 자네에게 감시일지가 전달될 거야. 그 외에 달리 필요한 게 있거나 감시에 참여하고 싶으면 언제든 연락하게."

"고맙습니다, 부서장님. 그럴게요."

"사고가 터지기를 바라자고."

"그럼 더 바랄 나위가 없겠죠."

보슈는 전화를 끊었다. 그리고 매기 맥퍼슨에게 전화를 걸었다.

"몇 가지 알려드릴 게 있어요. SIS가 제섭의 감시를 시작했습니다. 윌리엄스 지검장에게 알려드리세요."

그는 매기가 대답하기 전에 작은 웃음소리를 들은 듯한 기분이었다.

"참 역설적이지 않아요?"

"그러네요. 어쩌면 저들이 제섭을 죽여서 끝내버릴지도 모르니까요. 그러면 우린 더는 재판에 관해 걱정할 필요도 없겠죠."

특별수사대는 SWAT팀을 포함해서 LAPD에 속한 그 어느 팀보다도 작전 수행 중 살상률이 높았음에도 40년 이상이나 존재해온 매우 뛰어난 감시반이었다. SIS는 '정점에 있는 포식자,' 다시 말해, 경찰의 손에 현행범으로 체포되어 저지되지 않는 한 절대로 근절되지 않을, 강력 범죄를 저질렀다고 의심받는 용의자를 은밀히 감시하는 데 투입되었다. 감시의 대가라 할 수 있는 SIS 대원들은 용의자를 미행하다가 그가 사회에 치명적인 영향을 미칠 새로운 범죄를 저지르는 순간 체포 작전에 돌입했다.

맥퍼슨이 언급한 역설이란 게이브리얼 윌리엄스가 지검장 선거에 나와 당선되기 전에는 인권변호사였다는 사실을 의미하는 것이었다. 심지어 그는 수많은 사건에서 총격 작전을 벌인 것에 대해 특별수사대를 고소하기까지 했었다. 그들의 전략이 용의자가 경찰과 치명적인 대립을 할 수밖에 없도록 의도적으로 고안되었다는 주장이었다. 그는 어느 타미스 패스트푸드 가맹점 바깥에서 네 명의 도둑을 죽음으로 몰아간 SIS 총격에 소송을 제기하는 발표를 하며 특별수사대에 '죽음의 수사대'라는 이름을 붙여주기까지 했다. 그런데 그때 그 죽음의 수사대가 지금은 제섭을 상대로 한 소송에서 이기기 위한 수단이자, 윌리엄스의 정치적인 성장에 밑거름이 되어줄 책략으로 이용되는 중이었다.

"형사님이 그의 일거수일투족을 보고받게 되는 건가요?"

맥퍼슨이 물었다.

"매일 아침, 감시 보고서를 받게 될 겁니다. 그리고 만약 무슨 일이 생기면 내게 곧장 연락이 올 테고요."

"완벽하네요. 또 다른 건 없나요? 제가 지금 좀 바빠서요. 앞서 말했던 사건 중 하나를 처리해야 하고, 또 조금 있으면 심리도 하나 시작할 참이거든요."

"아, 예. 증인을 찾았습니다."

"어머, 대단하세요! 어디 있던가요?"

"워싱턴에요. 올림픽 반도 북쪽 끝자락. 포트 타운센드라는 곳입니다. 출생증명서에 적혀 있는 이름을 쓰고 있더라고요. 세라 앤 글리슨. 그리고 거기서 약 6년 정도 깨끗하게 살아온 것 같습니다."

"그건 우리에게 좋은 일이네요."

"그렇지 않을지도 몰라요."

"왜요?"

"내가 보기에, 그녀는 어린 시절 핸콕 파크에서 벌어졌던 그 사건에서 달아나는 데 삶의 대부분을 소비한 것 같거든요. 만약 세라가 마침내 포트 타운센드에서 깨끗한 삶을 살아가게 됐다면, 과거의 아픈 기억을 들춰내는 것에 전혀 관심이 없을지도 모릅니다. 무슨 말인지 아실 거예요."

"자기 동생 일이잖아요?"

"그래요. 그리고 지금 우린 24년 전에 일어난 일에 대해 얘기하고 있습니다."

맥퍼슨은 한참 동안 아무 대꾸도 않다가 마침내 입을 열었다.

"그건 세상을 너무 냉소적으로 바라보는 것 같은데요. 언제 그녀를 만나러 가실 예정이세요?"

"될 수 있으면 빨리 가려고요. 그렇지만 우선은 딸아이하고 일정을 좀 조율해봐야 합니다. 제섭을 데리러 샌쿠엔틴 교도소에 다녀올 때는 딸애를 친구 집에서 하루 묵게 했는데, 거기에 다시 보내면 안 될 것 같거든요. 그런데 금세 또 출장을 가야 하잖아요."

"듣고 보니 죄송하네요. 워싱턴에는 저도 함께 갈게요."

"아닙니다, 혼자 가도 돼요."

"혼자 가셔도 되는 건 저도 알아요. 그렇지만 여자와, 그리고 검사와 함께 가면 좀 더 도움이 될 거예요. 게다가 갈수록 세라 랜디가 이 재판에서 열쇠 같은 존재가 돼가고 있잖아요. 그러니 반드시 우리 측 증인으로 만들어야 해요. 우리와의 접촉이 매우 중요한 일이 될 거라고요."

"난 30년 동안이나 증인들과 접촉해왔어요. 그러니 내 생각에는……."

"제가 여기 있는 여행사에 연락해서 준비해놓을게요. 그러면 함께 가면서 소송 전략에 관해 대화도 나눌 수 있을 거예요."

보슈는 잠시 가만히 있었다. 자신이 맥퍼슨의 마음을 돌릴 수 없다는 사실을 잘 알았다.

"그럼 그렇게 하시죠."

"좋아요. 제가 미키에게 상황 전달하고 여행사에도 접촉할게요. 아침 비행기를 예약하면 될 거예요. 저는 내일 아침에 아무 일정도 없어요. 혹시 형사님 일정이 너무 빠듯한 건 아닌지 모르겠네요. 저는 다음 주까지 기다리고 싶지 않거든요."

"어떻게든 일정을 비워보죠."

보슈는 맥퍼슨에게 전화를 건 세 번째 이유가 있었지만, 일단 그 문제는 접어두기로 했다. 그녀가 워싱턴 여행 준비를 떠맡자, 그는 수사 진행 과정에 관해 그녀와 이야기를 나누어야 한다는 사실에 웬지 겁이 났다.

그들은 전화를 끊었고, 보슈는 레이철 월링에게 뭐라고 말해야 할지 곰곰이 생각하느라 손가락으로 책상 모서리를 두드리며 앉아 있었다.

잠시 후, 그는 휴대전화를 꺼내서 전화를 걸었다. 전화번호는 외우고 있었다. 놀랍게도 그녀는 즉시 전화를 받았다. 그는 레이철이 화면에 뜬 자신의 이름을 보고 음성 메시지로 넘어가게 놔두리라고 예상했다. 그들의 관계는 오래전에 끝났지만, 여전히 강렬한 감정의 여운이 남아 있기 때문이었다.

"오래간만이에요, 해리."

"그래요, 레이철. 잘 지냈어요?"

"그럼요, 당신은요?"

"나도 잘 지냈죠. 저기, 사건 때문에 전화했어요."

"그러시겠죠. 해리 보슈는 절대로 이런저런 경로를 통하는 법이 없죠. 늘 직통으로 가잖아요."

"이건 다른 경로로는 정보를 얻을 수가 없어요. 그리고 당신을 신뢰하기 때문에, 그리고 무엇보다도 당신의 의견을 존중하기 때문에 전화했다는 거 잘 알잖아요. 몇 개 경로를 통해 콴티코에 있는 범죄 심리 분석관을 소개받았는데, 전화로만 통화했어요. 그뿐 아니라, 두 달 동안 뭘 질문해도 다시 전화를 안 해줘요. 당신이 나라면 어떻게 하겠어요?"

"아…… 보나 마나 당신과 똑같이 하겠죠."

"또 한 가지, 난 FBI가 공식적으로 개입하는 걸 원치 않아요. 그냥 당신의 의견과 조언이 필요할 뿐이에요, 레이철."

"어떤 사건인데요?"

"아마 당신도 마음에 들어할 거예요. 24년 전에 발생한 12살짜리 소녀 살해사건이거든요. 한 남자가 그 사건으로 유죄판결을 받고 수감됐었는데, 지금 그를 재심하게 됐어요. 그래서 그 범인의 심리 분석이 검찰 측에 도움이 될 것 같다는 생각이 들어요."

"혹시 이게 뉴스에 나왔던 제섭 사건이에요?"

"맞아요."

보슈는 그녀가 관심을 갖게 되리라는 사실을 알고 있었다. 레이철의 목소리에서 그 사실을 감지할 수 있었다.

"좋아요. 그럼, 가진 걸 다 건네줘요. 시간은 얼마나 줄 수 있어요? 나도 본업이 있는 사람이에요, 알잖아요."

"이번에는 서두를 필요 없어요. 에코 파크 사건 때와는 다르다는 뜻이에요. 내가 내일 출장을 가는데, 며칠 걸릴지도 몰라요. 그러니 며칠은 시간이 있는 거죠. 지금도 밀리언달러 극장 위쪽 같은 집에 살아요?"

"맞아요."

"좋아요. 내가 그리로 상자를 가져다줄게요."

"기다리고 있을게요."

09 검사와 변호사 사이

형사재판소 건물 13층, 제124호 법정 옆에 있는 유치장에는 내 의뢰인 카시우스 클레이 몽고메리 외에는 아무도 없었다. 그는 구석자리에 놓인 긴 의자 위에 침울하게 앉아 내가 돌아온 것을 보고도 일어나지 않았다.

"미안해. 늦었어." 그는 아무 말도 하지 않았다. 내 존재를 알아차리지도 못했다는 듯 굴었다. "이거 왜 이래, 캐시. 어디 다른 데로 이송되거나 그런 것도 아니잖아. 카운티 교도소에서 기다리나 여기서 기다리나 다를 게 뭐가 있어?"

"카운티에는 TV라도 있잖아."

그가 나를 올려다보며 말했다.

"좋아. 그렇다면 오프라 윈프리 쇼를 놓쳐서 이러는군. 제발 이쪽으로 좀 가까이 오면 안 되겠어. 우리 둘 사이에 주고받을 얘기를 이렇게 소리를 빽빽 질러가며 해야겠느냐고."

그가 자리에서 일어나 철창 쪽으로 다가왔다. 나는 철창에서 1미터쯤 떨어져 빨간 줄이 그어진 그의 맞은편에 섰다.

"당신이 소리를 질러가며 얘기하든 말든 난 상관 안 해. 어차피 다 나가고 들을 사람도 없잖아."

"얘기했잖아, 미안하다고. 하루 종일 너무 바빴어."

"그래, 그랬겠지. 게다가 TV에 나오는 유명인사가 됐는데, 나처럼 하찮은 검둥이가 뭐 그리 대수겠어."

"그건 또 무슨 말이야?"

"당신이 TV에 나오는 거 봤다고. 이제 검사라면서? 이게 대체 무슨 빌어먹을 경우야?"

나는 고개를 끄덕였다. 확실히 내 의뢰인은 그날의 마지막 심리 시간까지 자기 차례를 기다리고 앉아 있는 것보다 내가 변절자가 되어 돌아왔다는 사실이 더 걱정스러운 모양이었다.

"들어봐, 이 사람아. 내가 지금 해줄 수 있는 말은 나도 그 일을 어쩔 수 없이 맡았다는 거야. 난 검사가 아니야. 피고 측 변호사라고. 자네 변호사잖아. 그렇지만 이따금 검찰 측에서 무언가를 부탁해올 때가 있는데, 그게 거절하기가 무척이나 어려워."

"그럼 난 어떻게 되는 건데?"

"어떻게 되긴 뭐가 어떻게 돼? 난 여전히 자네 변호사라니까, 캐시. 그리고 우린 지금 중요한 결정을 내려야 하잖아. 오늘 심리는 잠깐이면 끝날 거야. 그것도 아주 기분 좋게. 재판 날짜만 정하면 그걸로 끝이니까. 그렇지만 우리의 검사 헬먼 씨는 자기가 제안한 협상안이 오늘까지만 유효하다고 말한다는 거지. 만약 우리가 샴페인 판사에게 재판에 임할 준비가 됐다고 오늘 말한다면, 그 거래는 없던 일이 되고, 우리는 재판으로 가는 거야. 어때, 이 문제에 대해 좀 더 생각해보겠어?"

몽고메리가 철창 사이에 고개를 기댔지만 아무 말도 하지 않았다. 나는 그가 결정을 내릴 수 없는 입장이라는 사실을 깨달았다. 그는 47살이고 살아오면서 이미 9년이라는 세월을 감방 안에서 보냈다. 그리고 지금은 무장 강도죄와 신체에 치명적인 손상을 입힌 폭행죄로 기소되어 나락으로 추락할 위기에 놓여 있었다.

경찰에 따르면, 몽고메리는 로디아 가든스 빈민 주택단지 내에 있는, 차를 타고 돌아다니며 물건을 구할 수 있는 마약 시장을 찾아가 구매자 행세를 했다. 그렇지만 돈을 지불하는 대신 총을 빼들어 마약상이 가진 약과 현찰을 내놓으라고 협박했다. 그러자 마약상이 그의 총을 빼앗으려 하다가 총이 발사되고 만 것이다. 갱단의 일원이기도 한 다넬 힉스라는 그 마약상은 현재 휠체어 신세를 지고 있으며, 앞으로 남은 평생 동안 그 위에서 지낼 수밖에 없는 처지였다.

빈민 주택단지가 일반적으로 그렇듯이, 그곳 주민들은 아무도 수사에 협조하지 않았다. 심지어 피해자조차도 자신은 무슨 일이 일어났는지 전혀 기억나지 않는다고 진술했다. 갱단 동료들이 나름의 방식으로 정의를 실현해주리라 믿었기에 침묵 쪽을 선택한 것이었다. 하지만 어찌 됐건 경찰은 수사를 진행했다. 주택단지 입구에 설치된 비디오카메라를 판독해 내 의뢰인의 차량을 확인해서 숨겨둔 차량을 찾아냈고, 차량 문짝에서 피해자의 혈흔을 발견했다.

그다지 강력한 증거는 아니었지만, 우리 쪽에서 검찰의 협상을 끌어내기에는 충분했다. 만약 몽고메리가 검찰의 제안을 받아들인다면 그는 3년 형을 선고받고 대략 2년 6개월 정도 복역하면 풀려날 수 있었다. 만약 그가 도박하기로 결정해서 재판 마지막에 유죄판결을 받게 된다면, 최소한 15년은 꼼짝없이 감방에서 썩게 될 터였다. GBI(신체에 치명적인 손상을 입힌 폭행죄)와 강도행위 중에 무기를 사용했다는 혐의가 합해졌으니 거의 구원의 가능성이 보이지 않았다. 게다가 무엇보다도 나는 주디스 샴페인 판사가 총기 범죄에 전혀 관대하지 않다는 사실을 알고 있었다.

나는 의뢰인에게 검찰의 제안을 받아들이라고 권유했다. 내게는 쉬운 결정이었지만, 사실 형을 살게 될 사람은 내가 아니지 않은가. 몽고메리는 결정을 내릴 수가 없었다. 3년이라는 형기가 너무 길어서 그런 것이 아니었다. 문제는 피해자 힉스가 바로 크립 갱단의 일원이라는 사실이었다. 크립은 캘리포니아 주 전역의 모든 교도소에 세력이 뻗쳐 있는 갱단이었다. 비록 3년 형을 받고 들어가 있어도 그것은 사형이나 마찬가지였다. 몽고메리는 자신이 살아나올 수 있으리라 확신하지 못했다.

"자네에게 무슨 말을 해줘야 할지 모르겠군." 내가 말했다. "우리에겐 상당히 좋은 제안이야. 검사가 이 건을 재판까지 끌고 가고 싶어하지 않아. 법정에 서고 싶어하지 않는 피해자를 굳이 거기다 끌어다 놓고 싶지 않은 거야. 그랬다가는 도움이 아니라 오히려 해를 입히는 꼴이 될지도 모르니까. 그래서 최대한 선심을 베풀어서 가장 짧은 형기를 제시하는 거라고. 하지만 모든 건 자네에게 달렸어. 자네가 결정해야 해. 앞으로 2주 정도 시간이 있고, 그 이후로는 끝이야. 어쨌든 몇 분만 있으면 법정에 나가야 해."

몽고메리는 고개를 저으려고 했지만, 이마가 창살 사이에 눌려 움직이지 않았다.

"지금 그건 무슨 뜻이야?"

내가 물었다.

"다 필요 없다는 뜻이야. 우리가 이길 확률은 전혀 없는 거야? 내 말은, 이제 당신은 검사잖아. 나 좀 잘 봐달라고 위에 말을 넣어줄 수는 없어?"

"그건 완전히 다른 문제야, 캐시. 난 그런 일은 안 해. 자네가 선택해. 3년을 받든가, 아니면 재판으로 가는 거야. 그리고 전에도 말했듯이 재판으로 가도 뭔가 방법이 있기는 할 거야. 검찰 측에서 무기를 찾아내지도 못했고, 피해자는 진술을 거부하고 있잖아. 하지만 여전히 자네 차에 묻어 있는 혈흔이 문제야. 그리고 검사 측은 총격 직후에 자네가 차를 운전해서 로디아를 빠져나가는 비디오 영상도 가지고 있잖아. 물론 자네가 얘기했던 대로 그렇게밖에 할 수 없었다고 배심원을 설득할 수도 있겠지. 정당방위였다고. 거기에 약을 사러 갔었는데, 그가 자네 돈뭉치를 보고는 그걸 빼앗으려다가 그렇게 됐다고 말이지. 어쩌면 배심원단도 그 말을 믿을지 몰라. 특히 피해자가 증언을 안 하려 하고 있으니까. 그리고 설사 그가 증언을 하더라도 자네 말을 더 믿을지도 모르지. 일단 변론을 시작하면 난 그가 수도 없이 묵비권을 행사하도록 만들 작정이거든. 그럼 배심원들은 그가 증언대에 올라서기도 전에 그를 마치 알 카포네라도 되는 듯이 생각하게 될 거라고.”

“알 카포네가 누군데?”

“지금 장난해?”

“아니야, 정말 몰라서 그래. 누군데?”

“신경 쓰지 마, 캐시. 어쨌든 자네가 원하는 게 뭐야?”

“우리가 재판으로 가도 정말 상관없는 거지?”

“물론이지. 단지 틈이 너무 벌어져 있어서 문제야, 무슨 말인지 알지?”

“틈이 벌어져?”

“검사가 지금 자네에게 제안하는 형량과 만약 우리가 재판에서 졌을 때 선고받게 될 형량 사이에 틈이 너무 벌어져 있다고. 최소한 12년 정도는 예상하고 있어야 해, 캐시. 그 기간을 도박에 걸기에는 너무 길잖아.”

몽고메리가 철창에서 뒤로 물러났다. 이마에는 두 개의 쇠파이프 자국이 찍혀 있었다. 그가 다시 양손으로 철창을 움켜쥐었다.

“중요한 건, 3년이든 15년이든, 감방에 들어가는 날에는 난 절대 살아서 나오지 못한다는 거야. 놈들은 교도소마다 살인청부업자를 두고 있어. 그렇지만 카운티 교도소는 체계가 잡혀 있어서 모두가 독방을 쓰고 감시도 철저하거든. 거기라면 무사히 지낼 수 있지."

나는 고개를 끄덕였다. 하지만 문제는 형량이 1년 이상이면 무조건 주립 교도소로 가야 한다는 점이었다. 카운티 교도소 체계는 재판을 기다리거나 단기복역 형을 받은 죄수들을 위한 것이었다.

"좋아, 그럼 우린 재판으로 가야겠네."

"그래, 내 생각도 그래."

"조금만 기다리고 있어. 잠시 후면 법정에 들어갈 거야."

나는 법정으로 통하는 문을 조용히 두드렸고, 법정 경찰이 문을 열었다. 개정 중이었고, 샴페인 판사는 다른 사건을 심리 중이었다. 나는 우리 사건의 검사가 난간을 등지고 앉아 있는 것을 확인하고 협상을 위해 그쪽으로 다가갔다. 이 사건으로 나는 필립 헬만 검사와는 처음 만났는데, 그는 상당히 합리적인 사람이었다. 나는 마지막으로 한계 형량을 시험해보기로 했다.

"어이, 미키, 이젠 우리가 동료라는 소식을 들었습니다."

그가 미소를 지으며 말했다.

"일시적으로만 그런 거죠." 내가 말했다. "평생 검사로 살고 싶은 생각은 없어요."

"잘됐네요, 나도 경쟁심을 품을 필요는 없겠어요. 그럼 우리 사건은 어떻게 하면 좋을까요?"

"한 번만 더 생각해주셨으면 합니다."

"미키, 이러지 말아요. 내가 크게 선심을 베풀었다는 거 알잖아요. 여기서 더는……."

"아니, 됐습니다. 맞아요, 정말 관대한 제안이었어요, 필. 나도 그 사실에 정말 고마워하고 있어요. 내 의뢰인도 마찬가지예요. 단지 내 의뢰인은 그 제안을 받아들일 수 없다는 게 안타까울 뿐입니다. 형량이 얼마가 되든 간에 주립 교도소에 발을 들여놓는 날이 그에게는 사형집행일이나 마찬가지거든요. 크립이 그를 없애버릴 거라는 사실을 우리 둘 다 잘 알고 있잖아요."

"우선, 난 그 사실을 몰라요. 그리고 두 번째로, 만약 그게 그의 생각이라면, 애초에 크립의 돈을 강탈하고 그 단원에게 총질하지 말았어야 하는 겁니다."

나는 동의한다는 의미로 고개를 끄덕였다.

"좋은 지적이에요. 그렇지만 내 의뢰인은 정당방위였다는 주장을 고수할 겁니다. 피해자가 먼저 총을 뽑은 거예요. 그러니 내 생각에는 재판으로 가야 할 것 같네요. 가서 피해자가 전혀 원치도 않는 정의를 피해자를 위해 구현해달라고 배심원단에게 청해보세요. 검사님이 강요하면 그도 증인석에 올라가겠지만, 올라가서 그러겠죠, 아무것도 기억 안 난다고."

"그럴지도 모르죠. 그렇지만 어쨌든 총을 맞은 건 그 사람입니다."

"예, 그리고 어쩌면 배심원단도 그 사실에는 수긍할지 모르겠네요. 내가 유서 깊은 그의 범죄 이력을 들춰내면 더욱 수긍하게 될지도 모르고요. 난 전채요리 삼아 그에게 직업이 뭐냐고 질문할 겁니다. 저와 일하는 조사관 시스코가 찾아낸 사실에 따르면, 그는 12살에 어머니가 길거리로 내몰았을 때부터 마약을 팔아왔다고 하는군요."

"미키, 이 얘기는 이미 한 번 한 거잖아요. 원하는 게 뭡니까?"

나는 '젠장 다 집어치우고, 그냥 재판으로 갑시다'라는 말을 막 입 밖으로 내려던 참이었다.

"내가 원하는 게 뭐냐고요? 난 검사님이 그 눈부신 경력을 시작부터 말아먹지 않도록 확실히 해두고 싶은 거예요."

"뭐요?"

"이봐요, 친구, 당신은 젊은 검사잖아요. 좀 전에 경쟁 같은 거 하고 싶지 않다고 말했던 거 기억 안 나요? 그리고 당신이 원치 않는 게 또 하나 있잖아요. 밟고 오를 성공의 사다리 발판을 하나 잃어버리는 거. 그러니 초반부터 이 게임에서 지면 되겠습니까? 이 건은 그냥 놔버리자고요. 그래서 말인데, 카운티 교도소에서 1년과 손해배상. 손배 금액은 검사님이 정하세요."

"지금 농담해요?"

검사가 이 말을 너무 크게 하는 바람에 판사까지 우리 쪽으로 시선을 돌렸다. 그제야 그는 목소리를 낮췄다.

"지금 나 가지고 놀겠다는 겁니까?"

"그런 거 아닙니다. 잘 생각해보시면, 이게 정말 좋은 해결책이에요, 필. 모두에게 득이 되지 않습니까."

"그렇다고 칩시다. 하지만 내가 그 제안을 내밀면 샴페인 판사가 뭐라고 할 것 같아요? 피해자는 평생을 휠체어에 앉아 살아야 합니다. 판사가 절대 승인하지 않을 거예요."

"우리가 안으로 들어가자고 요청해서 둘 다 판사를 설득하는 겁니다. 몽고메리는 재판을 해서 정당방위였다고 주장하고 싶어하는데, 사실 검찰 측도 피해자가 전혀 협조하지 않아서 상당히 의구심이 든다. 그리고 그가 갱단의 고위간부라는 사실도 좀 꺼림칙하다고 말하는 거죠. 주디스 샴페인 판사도 전에 검사였잖아요. 그러니 이 상황을 이해할 겁니다. 그리고 솔직히 말해 검사님의 마약상 피해자보다는 내 의뢰인 몽고메리에게 훨씬 동정심을 크게 느낄걸요."

필립 헬만은 오랫동안 생각에 잠겨 있었다. 진행 중이던 심리가 끝났고, 샴페인 판사는 법정 경찰에게 몽고메리를 데려오라고 일렀다. 그의 사건이 오늘 처리해야 할 마지막 심리였다.

"지금 결정하든가, 아니면 더는 기회가 없어요, 필."

내가 재촉했다.

"좋아요, 합시다."

그가 마침내 대답했다. 그리고 자리에서 일어나 검찰 측 탁자 쪽으로 걸어갔다.

"존경하는 재판장님." 그가 낮은 목소리로 말했다. "피의자를 데려오기 전에, 안으로 들어가 잠시 이 건에 대해 논의할 수 있을까요?"

법정에서 일어날 수 있는 모든 경우를 적어도 세 번 이상 목격해온 노련한 판사 주디스 샴페인은 이맛살을 찌푸렸다.

"공식 기록으로 기재해야 합니까?"

"그럴 필요까지는 없을 듯합니다." 헬만이 말했다. "이 사건의 양형 거래조건에 대해 논의하고 싶습니다."

"물론이죠, 갑시다."

판사가 자리에서 내려와 자신의 집무실을 향해 걸어갔다. 헬만 검사와 나도 그 뒤를 따라갔다. 우리가 서기의 책상 옆에 있는 문 옆에 막 다다랐을 때, 나는 젊은 검사 쪽으로 몸을 기울여 소곤거렸다.

"몽고메리가 그동안 갇혀 있던 기간까지 복역 기간에 더해서 차감받는 거죠?"

헬만이 가던 길을 멈추고 나를 돌아봤다.

"지금 그 말……."

"농담이에요."

내가 재빨리 말했다. 그리고 항복의 의미로 양손을 들어 올렸다. 헬만이 인상을 찌푸리고는 다시 돌아서서 판사실로 향했다. 나는 한번 찔러봐서 나쁠 건 없다는 생각이었다.

10 매디 보슈와의 일상

2월 18일 목요일, 오전 7시 18분

조용한 아침식사였다. 매들린 보슈는 숟가락을 시리얼 그릇에 담그기는 했지만, 입 안으로 가져가는 양은 얼마 되지 않았다.

보슈는 아빠가 하룻밤 출장 가는 것 때문에 딸아이가 화난 것이 아니라는 사실을 알았다. 또한 자기를 데려가지 않아서 화난 것도 아니었다. 그는 딸이 아빠의 잦은 출장으로 생겨나는 자유 시간을 즐기기 시작했다고 믿었다. 딸아이가 화난 이유는 그가 집을 떠나 있는 동안 아이의 안전을 위해 취해놓은 조치 때문이었다. 딸아이는 이제 14살이었지만, 외모로만 봐서는 24살이라고 해도 믿을 정도였다. 그러니 집에 혼자 남아 스스로 알아서 자신을 돌보는 것이 아이의 첫 번째 선택이었다. 두 번째는 거리 위쪽에 사는 가장 친한 친구 집에서 지내는 것이었다. 그리고 마지막 선택이자 별로 택하고 싶지 않은 선택이 바로 학교 교감선생님이 집으로 와서 자신을 돌봐주는 것이었다.

보슈는 딸아이가 스스로를 돌보기에 전혀 부족함이 없지만, 자신은 아직 딸을 방치할 만한 단계에 미치지 못했다는 사실을 잘 알았다. 그들은 함께 살기 시작한 지 몇 달밖에 되지 않았고, 그것도 딸애가 엄마를 여의고 나서부터였다. 그러니 딸애가 아무리 열정적으로 자신은 만반의 준비가 됐다고 주장해도, 보슈는 아직 딸애를 놓아줄 마음의 준비가 되지 않은 상태였다.

그는 마침내 수저를 놓고 말했다.

"아빠 좀 봐, 매디. 내일은 학교도 가야 하잖아. 지난번에 로리네 집에서 묵었을 때 둘 다 밤새 잠도 안 자고 놀다가 제시간에 못 일어나서 수업도 빼먹고 양쪽 부모는 물론이고 학교 선생님들까지 화나게 했던 거 너도 기억할 거야."

"다시는 안 그런다고 했잖아요."

"그건 좀 시간을 두고 생각해보자. 내가 뱀브로 선생님께 로리가 집에 와서 함께 있는 건 괜찮다고 말해두고 갈게. 그렇지만 자정까지만이야. 둘이 모여서 숙제를 하든 뭘 하든 마음대로 해."

"교감선생님이 내내 감시하고 있을 텐데, 걔가 퍽이나 여기 와서 있고 싶겠어요. 고마워서 몸 둘 바를 모르겠네요, 아빠."

보슈는 웃음을 터뜨리지 않으려고 무진장 애써야 했다. 이 일은 딸아이가 결국 아빠와 함께 살아야만 하게끔 만들었던 지난 10월에 있었던 사건에 비하면 아무것도 아니었다. 매들린은 지금도 정기적으로 심리 상담 치료를 받고 있었지만, 엄마의 죽음을 받아들이게끔 돕는 일은 아직도 요원해 보이기만 했다. 보슈는 그 심각한 문제 대신에 자녀보육에 관해 논쟁하라고 한다면 언제든지 기꺼운 마음으로 할 수 있었다.

그는 시계를 확인했다. 이제 출발해야 할 시간이었다.

"음식 가지고 장난치는 거 다 됐으면, 그릇 개수대에 가져다 둬. 나갈 시간이 됐어."

"장난치는 거 다 된 게 아니라 다 끝낸 거예요, 아빠. 정확한 단어 좀 사용하세요."

"그건 아빠가 미안. 시리얼 가지고 장난치는 거 다 끝냈니?"

"네."

"좋아, 가자."

보슈는 침대 위에 놓아둔 여행가방을 들고 나오기 위해 식탁에서 일어나 방으로 들어갔다. 길어봐야 하룻밤 묵는 정도가 되리라 예상하고 짐도 가볍게 챙겨두었다. 운이 좋다면, 오늘 밤 집으로 향하는 마지막 비행기를 탈 수 있을지도 몰랐다.

그가 방에서 나왔을 때, 매디는 책가방을 어깨에 멘 채 문 옆에 서 있었다.

"준비됐지?"

"아니요. 난 그냥 건강을 위해 여기 서 있는 거예요."

그는 딸에게 가까이 걸어가 아이가 피하기 전에 얼른 정수리에 키스했다. 물론 딸아이는 빠져나가려고 시도했지만, 실패했다.

"잡았다."

"아빠아아아!"

둘 다 밖으로 나온 후, 그는 문을 걸고 머스탱 뒷자리에 가방을 던져 넣었다.

"집 열쇠 챙겼지?"

"네!"

"그냥 확인차 물어본 거야."

"우리 안 가요? 나 지각하고 싶지 않아요."

그들은 차 안에 앉아 침묵 속에 언덕을 내려갔다. 학교 앞에 거의 다 도착했을 때, 보슈는 수 뱀브로의 모습을 볼 수 있었다. 차량 하차 지점에 서서 하차하는 아이들을 움직여 천천히 학교 안으로 들여보내는 등 질서 유지 활동을 하고 있었다.

"매디, 아빠가 출장 가 있는 동안 해야 하는 일 알지? 전화하고 문자하고 동영상 보내고, 네가 잘 지내는지 확인시켜줘야 해."

"나 내릴 거예요."

매들린은 교감선생님이 자리 잡고 있는 위치에 채 다다르기도 전에 얼른 문을 열었다. 그리고 차에서 내려 뒷자리에 내려놓은 책가방을 집어 들었다. 보슈는 아이가 정말 괜찮다는 신호가 잡힐 때까지 기다렸다.

"조심해서 다녀오세요, 아빠."

괜찮다는 신호였다.

"너도 몸조심해, 아가."

아이가 문을 닫았다. 그는 창을 내리고 수 뱀브로 앞으로 차를 몰았다. 그녀가 열린 창문 쪽으로 몸을 기울여왔다.

"안녕하세요, 수. 애가 좀 삐쳐 있지만, 오후쯤 되면 풀릴 겁니다. 집에 오로라 스미스를 데려와서 놀아도 좋지만, 너무 늦게까지 있으면 안 된다고 했거든요. 누가 알겠어요, 같이 숙제라도 할지."

"매들린은 걱정 말아요, 해리."

"부엌 카운터 위에 수표 적어뒀고, 혹시 필요할까 봐 현찰도 좀 올려놨어요."

"고마워요, 해리. 혹시 여행이 하룻밤 이상으로 길어질 것 같으면 연락주세요. 난 그래도 상관없어요."

보슈는 백미러를 흘깃 바라봤다. 한 가지 묻고 싶은 것이 있었기에 혹시 뒤쪽에 차가 밀려 있지는 않은지 확인해본 것이었다.

"왜 그래요, 해리?"

"음, 뭘 끝내는 걸 그냥 다 됐다고 하면 틀린 겁니까? 내 말은, 어법에 어긋나는 건가요?"

수는 미소를 감추려고 애썼다.

"매들린이 고쳐준 거라면, 자연스러운 과정이니까 너무 신경 쓰지 마세요. 기분 나빠하지 않아도 돼요. 학교에서 그렇게 가르치니까, 집에 가서 누군가에게 써먹어보고 싶은 거예요. 무언가를 끝냈느냐고 물어보는 게 정확한 표현이지만, 다 됐냐고 물어봐도 다들 알아듣잖아요."

보슈는 고개를 끄덕였다. 그의 차선에 있는 누군가가 경적을 울려댔다. 얼른 아이를 내려주고 출근해야 하는 아빠이리라 보슈는 짐작했다. 그는 수에게 고맙다는 의미로 손을 흔들며 차를 뺐다.

매기 맥퍼어스는 전날 밤 보슈에게 전화를 걸어 버뱅크에서 출발하는 비행 편이 없어서 LAX에서 출발하는 직항 편을 타야 한다고 알려왔다. 그 말은 출근시간대의 끔찍한 도로를 운전해 로스앤젤레스 국제공항까지 가야 한다는 의미였다. 보슈는 할리우드 고속도로 바로 위쪽에 있는 비탈길에 살았지만, 그 고속도로는 그가 공항에 도착하는 데 전혀 도움을 줄 수 없는 유일한 고속도로였다. 대신 그는 하일랜드 도로를 타고 할리우드로 들어가 라 시에네가로 넘어갔다. 볼드윈 힐스 근처 유전 지역이 병목 지점이라 그곳을 통과하는 동안 그는 여유시간을 모두 허비하고 말았다. 그곳에서 보슈는 라 티헤라로 접어들었고, 공항에 도착해서는 요금이 저렴한 주차장에 차를 대고 셔틀버스를 타고 들어갈 시간이 없어서 어쩔 수 없이 가까이에 있는 값비싼 주차장 중 한 곳에 차를 대야만 했다.

카운터에서 법 집행관 서류 양식을 채워 제출하고, TSA(교통안전청)의 보안 검색을 통과한 후, 그는 비행기가 마지막 승객을 태우고 있을 때 가까스로 탑승구에 도착했다. 주변을 둘러봤지만, 맥퍼슨은 보이지 않았다. 아마도 먼저 비행기에 올라탔을 듯했다.

그는 비행기에 타면 의무적으로 통과해야 하는 승무원들의 환영 행렬을 지나 조종석으로 가서 배지를 보여주고 운항 승무원들과 악수를 나누었다. 그런 다음 비행기 뒷좌석 쪽으로 향했다. 그와 맥퍼슨은 통로를 사이에 두고 비상구석을 배정받았다. 그녀는 톨 사이즈 스타벅스 컵을 손에 들고 이미 자리에 앉아 있었다. 일찌감치 도착해 있었음이 분명했다.

"시간 맞춰 못 오시는 줄 알았어요."

맥퍼슨이 말했다.

"그럴 뻔했어요. 어떻게 그렇게 일찍 왔어요? 나처럼 딸이 있잖아요."

"어젯밤에 미키에게 데려다줬죠."

보슈는 고개를 끄덕였다.

"비상구석이라, 좋네요. 어느 여행사 이용해요?"

"아주 좋은 여행사요. 그래서 내가 처리하겠다고 한 거죠. 형사님 이름 적어서 LA 경찰국으로 청구서 보낼게요."

"행운을 빌어요."

보슈는 다리 뻗을 공간을 확보하기 위해 가방을 위쪽 보관함에 집어넣었다. 다시 자리에 앉아 안전띠를 착용한 후에, 그는 맥퍼슨이 두 개의 두툼한 파일을 좌석 앞쪽 주머니에 찔러 넣어둔 것을 보았다. 그는 꺼내놓은 것이 아무것도 없었다. 파일은 가방에 들어 있었지만, 그것을 꺼내고 싶은 생각은 없었다. 그가 뒷주머니에서 수첩을 꺼내고는 맥퍼슨에게 질문하기 위해 통로 쪽으로 막 몸을 기울이려는 찰나, 승무원이 통로를 따라 걸어와 그의 앞에 서서 허리를 구부리고는 작은 소리로 물었다.

"형사님이시죠?"

"예, 맞아요. 무슨 문제……."

그가 더티 해리의 대사를 채 끝마치기도 전에, 승무원이 그에게 일등석에 비어 있는 자리가 있어서 그곳으로 좌석을 바꿔주겠다고 제안했다.

"아, 정말 고맙습니다. 기장님께도 감사드려요. 그렇지만 그냥 여기 앉을게요."

"무료로 해드리는 거니까 전혀……."

"아니요, 그래서 그러는 게 아니에요. 보시다시피, 제가 여기 이 여성분과 동행이거든요. 이분이 제 상관입니다. 그리고 저는, 아니, 그러니까 우리는 가는 동안 수사 건에 관해 계속 얘기를 나눠야 합니다. 사실 이분은 검사님이세요."

승무원이 그의 설명을 잠시 머릿속에서 정리하더니 고개를 끄덕이고는 실질적인 결정권이 있는 사람들에게 상황을 알리기 위해 비행기 앞쪽으로 걸어가기 시작했다.

"난 기사도가 다 사라진 줄 알았어요." 맥퍼슨이 말했다. "나와 함께 있겠다고 일등석을 포기하다니 말이에요."

"생각해보니, 검사님이 앉도록 해드렸어야 했어요. 그게 진짜 기사도였을 거예요."

"어, 저기 승무원이 다시 오는데요."

보슈는 고개를 들어 통로 쪽을 바라봤다. 아까의 그 미소 짓던 승무원이 그들 쪽으로 돌아오고 있었다.

"몇 분의 승객께 양해를 구하고 자리를 좀 움직여서 두 분이 함께 앉을 자리를 마련했습니다. 이쪽으로 오세요."

그들은 일어서서 앞으로 향해갔다. 보슈는 위쪽 보관함에서 가방을 내려 들고 맥퍼슨을 따라갔다. 그녀가 뒤돌아보며 미소와 함께 말했다.

"명예에 손상을 입은 내 기사님이로군요."

"맞아요."

보슈가 말했다. 자리는 첫 번째 열에 나란히 준비돼 있었다. 맥퍼슨이 창가 쪽으로 들어가 앉았다. 그들이 자리에 앉자마자, 비행기가 시애틀까지 3시간을 날아가기 위해 하늘로 이륙했다.

"저기……." 맥퍼슨이 말했다. "미키 말로는 우리 애가 형사님 딸을 한 번도 만나본 적이 없다고 하던데요?"

보슈가 고개를 끄덕였다.

"맞아요. 그 상황을 변화시켜볼 필요가 있겠어요."

"물론이죠. 듣기로는 둘이 동갑이고, 두 분이 서로 사진을 교환해봤는데, 생긴 것도 똑 닮았다고 하더군요."

"음, 애 엄마가 사실 검사님과 많이 닮았어요. 머리카락 색이며, 눈동자 색 같은 거요."

불같은 성격도, 라고 보슈는 생각했다. 그가 전화기를 꺼내 전원을 켰다. 그리고 딸 매디의 사진을 맥퍼슨에게 보여주었다.

"어머, 놀라운데요." 그녀가 말했다. "친자매라고 해도 믿겠어요."

보슈는 딸의 사진을 바라보며 대꾸했다.

"지난 한 해는 딸아이에게 너무 힘든 시간이었어요. 엄마를 여의고 바다를 건너 내게 왔거든요. 친구들도 다 두고 떠나온 거죠. 그래서 그동안은 아무것도 재촉하지 않고 아이가 하는 대로만 내버려뒀어요."

"그럼 더욱이 이곳에도 가족이 있다는 사실을 알려줘야겠네요."

보슈는 그저 고개만 끄덕였다. 작년에 그는 자신의 이복동생이 그들의 두 딸을 만나게 하기 위해 수도 없이 걸어왔던 전화를 그저 피하기만 했다. 그는 두 사촌 소녀가 가까워질지도 모른다는 가능성 때문에 자신이 그 만남을 회피하는 것인지, 아니면 두 이복형제의 관계가 친밀해질까 봐 두려워서 그러는 것인지 확신할 수 없었다.

딸들에 관한 대화를 마무리 지을 때가 됐음을 감지한 맥퍼슨은 자신의 탁자를 펴고 파일을 꺼내놓았다. 보슈도 전화기 전원을 끄고 한쪽으로 치워두었다.

"그럼 이제 본격적으로 업무에 돌입하는 건가요?"

그가 물었다.

"조금만 할게요. 미리 준비해두고 싶거든요."

"세라 랜디에게 어느 정도까지 얘기하실 작정이세요? 난 그냥 범인 지목에 관해서만 얘기하면 어떨까 생각했거든요. 그걸 확정 짓고 나서 다시 증언할 의향이 있는지 보는 거죠."

"DNA 얘기는 안 하고요?"

"그렇죠. 그러면 증언하겠다고 대답해놓고 금방 안 하겠다고 마음을 바꿀 수도 있거든요."

"그렇지만 자신이 어떤 상황에 발을 들여놓게 되는 건지 그녀도 알아야 하는 거 아닐까요?"

"결국에는 알아야겠죠. 물론입니다. 그렇지만 오랜 시간이 지났잖아요. 제가 흔적을 조사해봤는데, 정말 힘든 시간도 많이 보내고 시련도 많이 겪었더라고요. 그런데 지금은 그걸 다 극복하고 상당히 잘 살아가고 있는 것처럼 보여요. 어쨌든 거기 도착하면 알게 되겠죠."

"그러면 그때그때 상황을 봐가면서 처리하도록 하죠. 그래도 되겠다는 생각이 들면, 그때 모든 걸 얘기하는 거예요."

"그럼 때가 되면 검사님이 결정하세요."

"그래도 한 가지 다행인 건, 세라 랜디가 딱 한 번만 증언하면 된다는 거예요. 예심도 필요 없고, 대배심도 필요 없잖아요. 제섭은 1986년에 이미 재판을 받았고, 대법원이 파기환송한 건 그 재판이 아니니까요. 그러니 우린 곧장 재판으로 가면 돼요. 세라 랜디도 한 번만 출석하면 더는 불려다닐 필요가 없죠."

"잘됐네요. 그럼 그녀가 증언대에 서면 검사님이 심문하시겠네요."

"그럴 거예요."

보슈는 고개를 끄덕였다. 맥퍼슨이 할러보다 훨씬 뛰어난 검사라는 의미를 담은 끄덕임이었다. 어쨌든 이번 사건은 검사로서 할러의 첫 재판이 아니던가. 해리는 검찰 측의 가장 중요한 증인을 맥퍼슨이 다루게 되리라는 사실이 내심 기뻤다.

"나는 어떻게 되는 겁니까? 내 증언은 누가 담당할 거죠?"

"그건 아직 결정 안 된 것 같아요. 미키는 제섭도 증언대에 오를 거라고 예상하고 있어요. 그래서 그걸 기다리고 있거든요. 그렇지만 형사님은 누가 맡을지 아직 얘기해보지 않았어요. 내 생각에 형사님은 1심 때부터 나온 선서 증언을 배심원에게 수도 없이 읽어주셔야 할 것 같아요."

그러고 나서 맥퍼슨은 파일을 닫았다. 사전 준비는 이쯤에서 마무리하자는 몸짓 같았다.

나머지 비행시간 동안 그들은 딸들에 관해 이야기를 나누거나 좌석 주머니에 꽂혀 있는 잡지를 뒤적거렸다. 비행기는 예정보다 일찍 시택 공항에 도착했고, 그들은 차를 렌트해서 북쪽으로 출발했다. 운전은 보슈가했다. 차에는 GPS가 장착돼 있었지만, 맥퍼슨의 여행 담당 직원도 검사가 포트 타운센드까지 헤매지 않고 갈 수 있도록 온갖 지도와 필요 물품을 준비해주었다. 그들은 시애틀까지 운전해간 다음 퓨젓사운드 만을 건너기 위해 여객선에 올라탔다. 배 안에 차를 세우고 내린 후, 그들은 커피를 마시기 위해 갑판에 마련된 커피숍으로 갔다. 창문 가까이에 탁자 하나가 비어 있었다. 보슈가 창밖을 멍하니 바라보고 있을 때, 맥퍼슨이 뛰어난 관찰력으로 그를 놀라게 했다.

"행복하지 않으신가 봐요, 맞죠?"

보슈는 그녀를 바라보며 어깨를 으쓱했다.

"좀 별난 사건이에요. 24년이나 지난 시점에서 이미 수감된 악당을 교도소 밖으로 빼내 처음부터 다시 시작하고 있잖아요. 이런 사건에 행복할 이유가 없죠. 내가 보기에는 정말 이상해요, 안 그런가요?"

맥퍼슨이 살짝 미소를 지어 보였다.

"난 사건 얘기를 하는 게 아니에요. 형사님에 관해 얘기하는 거죠. 평소에도 그리 행복한 분이 아니잖아요."

보슈는 커피 잔을 내려다봤다. 탁자 위에 올려놓은 잔을 그는 양손으로 잡고 있었다. 배가 흔들리기 때문이 아니라, 날씨가 춥기 때문이었는데, 커피 잔의 온기가 몸과 마음을 모두 따뜻하게 해주었다.

"아."

그가 말했다. 둘 사이에 긴 침묵이 흘렀다. 그는 대체 이 여인에게 어떤 모습을 드러내야 할지 알 수 없었다. 맥퍼슨을 알게 된 지 겨우 한 주밖에 되지 않았지만, 그녀는 이미 그를 세심하게 관찰하고 있었다.

"지금 당장은 행복해하고 있을 시간이 없어요."

그가 마침내 입을 열었다.

"미키가 홍콩 사건에 관해서, 그리고 형사님의 딸에게 일어났던 일에 관해서 자신이 어떻게 느끼는지 얘기해줬어요."

보슈는 고개를 끄덕였다. 그러나 그는 매기가 전체 이야기를 다 알지는 못한다는 사실을 알고 있었다. 매들린과 자신 외에는 그 누구도 모르는 내용이었다.

"예." 그가 대답했다. "딸애가 그곳에서 정말 안 좋은 일을 겪었어요. 그래서 그런 것 같아요. 딸애를 행복하게 해줄 수만 있다면, 나도 행복하겠죠. 하지만 그게 언제가 될지는 아직 잘 모르겠네요."

그는 시선을 들어 맥퍼슨을 바라봤고, 그녀의 표정에서 연민을 보았다. 그가 미소 지었다.

"그래요, 우리 두 사촌 아이들을 만나게 해줍시다."

보슈는 화제를 바꾸기 위해 말했다.

"당연히 그래야죠."

그녀가 대꾸했다.

11 증거개시 자료

2월 18일 목요일, 오후 1시 30분

《로스앤젤레스 타임스》는 제이슨 제섭이 24년 만에 자유의 몸이 된 첫 날에 관해 매우 긴 기사를 다루었다. 기자와 사진기자가 이른 새벽 베니스 해안에서 그를 만났다. 48살의 제섭은 그곳에서 어린 시절 취미였던 파도타기를 다시 시도했다. 처음 몇 번은 임대한 긴 서프보드 위에서 휘청거렸지만, 곧 두 발을 단단히 짚고 파도 위로 나아갔다. 제섭이 보드 위에 똑바로 서서 두 팔을 쫙 펼치고 얼굴을 하늘로 향한 채 곡선을 그리며 파도를 타는 사진이 신문 1면의 한가운데를 차지했다. 그 사진은 20년 동안 교도소 철봉에 매달리는 것이 어떤 일을 해낼 수 있는지 자랑스럽게 보여주었다. 제섭의 몸에는 근육이 밧줄처럼 칭칭 감겨 있었다. 그는 만반의 준비를 갖춘 모습이었다.

해변을 떠나 그다음에 찾아간 목적지는 케첩을 원하는 만큼 듬뿍 뿌린 감자튀김과 햄버거를 먹을 수 있는, 웨스트우드에 자리한 '인 앤 아웃'이라는 체인점이었다. 점심을 먹은 후, 제섭은 시내의 한 상점 전면에 위치한 클라이브 로이스의 사무실을 찾아갔다. 그곳에서 그는 형사와 민사 두

가지 소송에서 그를 대리할 변호사들과 2시간 동안 회의를 했다. 회의 내용은 신문에 공개되지 않았다.

오후에는 할리우드에 있는 차이니즈 극장에서 〈셔터 아일랜드(Shutter Island)〉라는 영화를 보며 시간을 보냈다. 그는 네 사람이 먹어도 충분할 만큼 양이 엄청나게 많은 버터 팝콘을 사서 한 톨도 남기지 않고 모두 먹어치웠다. 그런 다음 다시 베니스 해안으로 돌아갔다. 고등학교 시절 함께 서핑했던 친구의 도움으로 그 근처 아파트에 방 하나를 빌려 사용하고 있었기 때문이다. 그날은 그의 결백함에 대한 믿음을 한순간도 놓아버린 적이 없는 몇 명의 후원자들과 함께 해변에서 바비큐 파티를 하는 것으로 막을 내렸다.

나는 책상 앞에 앉아 신문의 안쪽 두 면을 장식하고 있는 제섭의 컬러 사진들을 찬찬히 들여다봤다. 신문은 매우 심혈을 기울여서 그의 이야기를 보도하고 있었다. 완전한 자유를 얻기 위해 고군분투해온 제섭의 여행 막바지에 기자가 바치는 존경의 냄새도 솔솔 풍겨 나왔다. 감옥에서 풀려난 무고한 죄수 이야기는 신문 기사로는 대적할 상대가 없는 무적의 소재였고, 《로스앤젤레스 타임스》는 제섭의 석방을 어떻게든 자신들의 명예로 삼으려고 애쓰고 있었다.

가장 큰 사진 속의 제섭은 인 앤 아웃의 탁자 위에 빨간 플라스틱 쟁반을 얹어둔 채 그 앞에 앉아 뻔뻔스러울 만큼 환한 미소를 짓고 있었다. 쟁반 위에는 케첩과 녹은 치즈에 질식해버릴 듯이 보이는 더블-더블 사이즈의 감자튀김이 한가득 놓여 있었다. 밑의 설명에는 다음과 같은 말이 적혀 있었다.

이 남자는 왜 미소 짓고 있을까? 12시 05분-제섭은 24년 만에 처음으로 더블-더블을 먹는다.

다른 사진들에도 마찬가지로 간단한 설명이 덧붙여 있었다. 영화관에서 커다란 팝콘을 껴안고 있는 사진, 바비큐 파티에서 맥주잔을 높이 들어 올리고 있는 사진, 고교 동창을 껴안고 있는 사진, '로이스 합동 법률사무소'라는 글자가 적힌 유리문을 지나 걸어가는 사진 등이었다. 기사의 어조나 사진에서는 제이슨 제섭이 지금도 12살 먹은 소녀를 살해한 살인범으로 기소된 상태라는 사실을 전혀 감지할 수 없었다.

기사는 제섭이 '법적 문제'가 해결될 때까지 아직 미래를 계획할 수 없는 상황에서 주어진 자유를 만끽하는 내용을 다루고 있었다. 내 생각에이는 국면을 전환하기에 상당히 영리한 방법이었다. 납치와 살인 죄로 기소되어 재판을 기다리고 있는 상황을 싸잡아 '법적 문제'라고 언급하다니.

나는 브로드웨이에 새로 구한 사무실 안에 로나가 임대해서 가져다 놓은 책상 위에 신문을 크게 쫙 펼쳐놓았다. 우리는 브래드버리 건물 2층에 세 들어 있었는데, 형사재판소 건물에서 세 블록 떨어진 곳이었다.

"벽에 뭐라도 좀 걸어놓지 그러나."

고개를 들어보니 클라이브 로이스였다. 점심을 사오라고 로나를 필립스 레스토랑에 보내놓은 까닭에 아무런 제재도 받지 않고 접견실을 통과해 들어왔던 듯했다. 로이스가 임시로 쓰고 있는 사무실 벽을 손가락질로 가리키며 말했다. 나는 신문을 접어서 1면을 들어 보였다.

"방금 24×24 크기의 서프보드를 타는 예수님 사진을 주문했어. 그게 오면 벽에 걸어놓으려고."

로이스가 책상 앞으로 다가와 신문을 집어 들더니 1면에 있는 제섭의 사진을 유심히 들여다봤다. 마치 처음 본다는 듯한 태도였지만, 우리 둘다 그렇지 않다는 것쯤은 잘 알고 있었다. 세간에는 자신의 법률사무소 이름이 유리 출입문에 떡하니 붙어 있는 사무실 사진을 신문에 실어주는 대가로 뇌물을 제공하는 변호사들이 있다는 얘기가 심심치 않게 떠돌고 있었고, 로이스는 그 소문과 매우 깊은 관련이 있는 사람이었다.

"그래, 기사 하나는 정말 잘 뽑아냈지, 안 그래?"

그가 신문을 건네주었다.

"그런 것 같군. 자네가 맡은 살인자들이 태평스럽게 지내는 게 마음에 든다면야 뭐." 로이스는 아무 대꾸도 하지 않았고, 나는 말을 이었다. "자네가 무슨 꿍꿍인지 나도 다 알아, 클라이브. 왜냐하면 나라도 그렇게 했을 테니까. 그렇지만 판사만 정해지면, 난 자네에게 제재를 가해달라고 가서 부탁할 거야. 자네가 배심원 후보자들을 오염시키는 걸 그냥 두고 보지만은 않을 작정이니까."

로이스는 마치 내가 생각지도 못했던 뜻밖의 말이라도 했다는 듯이 인상을 찌푸렸다.

"이건 신문사에서 지들 맘대로 써낸 거야, 믹. 언론을 통제할 수는 없는 법이잖아. 제섭은 방금 감옥에서 풀려났고, 자네가 마음에 들어하든 안 하든, 어쨌든 그건 뉴스거리라고."

"맞아. 그리고 자네는 독점 기사를 주는 대가로 제섭을 신문에 전시할 수도 있겠지. 그렇게 함으로써 잠재적인 배심원의 마음에 원하는 씨앗을 심어놓을 수 있을 테니까. 그래, 오늘은 제섭을 위해 어떤 계획을 세워놓으셨나? 5번 채널의 모닝쇼에서 제섭이 공동사회라도 보는 건가? 아니면 주 박람회에서 열릴 예정인 칠리 요리대회 심사위원으로 참가라도 하는 건가?"

"솔직히 말하자면, 오늘은 NPR에서 그와 함께 다니고 싶어했지만, 내가 제재를 했다네. 싫다고 했어. 그러니 판사에게 이 사실도 꼭 알려주길 바라네."

"우와, 정말 NPR에 싫다고 했다는 거야? 그게 실은 NPR를 듣는 사람들이 대부분 배심원 의무에서 제외된다는 사실 때문이 아니었을까? 혹은 그보다 더 좋은 대안이 있었던 건 아니고?"

로이스가 다시 인상을 찌푸렸다. 내가 진실이라는 창으로 정곡을 찌른 듯했다. 그가 주변을 둘러보더니 매기의 책상 앞에 있는 의자를 잡아당겨, 나와 마주 앉기 위해 내 책상 앞으로 끌어왔다. 일단 자리에 앉아 다리를 꼬더니 입을 열기 전에 옷매무새부터 정리했다.

"그래, 어디 한번 말해보지, 믹. 검찰청에서 떨어져 나와 외부의 다른 건물에 자리 잡고 앉아 있으니 정말 지검장의 견해와는 상관없이 독립된 판단이라도 내릴 수 있을 것 같은가? 정말 사람들이 앞으로 자네가 상관의 지시에 휘둘리지 않고 독자적으로 재판을 진행해 나가리라 믿을 거라고 생각하는 거야? 지금 자넨 모두를 속이고 있는 거라고, 안 그래?"

나는 그를 바라보며 미소를 지었다. 로이스는 나를 자극하려 하고 있었지만, 그 노력은 별 효과를 거두지 못했다.

"다시 한 번 정식으로 말해두겠는데, 클라이브, 이번 재판에서는 내 위에 상관 같은 거 없어. 나는 게이브리얼 윌리엄스와는 관계없이 독립적으로 일하는 거야." 그러고 나서 나는 방 안을 가리켰다. "난 법원이 아니라 여기 있고, 이 사건에 관한 모든 결정은 바로 이 책상 위에서 내려질 거야. 그렇지만 지금은 내 결정이 그다지 중요하지 않아. 중요한 결정을 내려야 할 사람은 바로 자네라고, 클라이브."

"그래, 그게 무슨 결정인데? 답변 협상?"

"바로 그거야. 오늘 내가 특별 제안을 하지. 오직 5시까지만 유효할 거야. 자네 의뢰인이 유죄를 인정하면, 나는 사형을 철회하고, 형량 결정은 우리 둘 다 주사위를 판사에게 넘기는 거야. 누가 알겠나, 이미 복역한 기간만으로 제섭이 자유의 몸으로 걸어나가게 될지."

로이스가 친근한 미소를 지으며 고개를 저었다.

"내 확신컨대, 그렇게 하면 이 도시의 실세들은 기뻐서 어쩔 줄 모르겠지. 그런데 어쩌나, 내가 자넬 실망시켜야 할 것 같은데, 믹. 내 의뢰인은 유죄를 인정할 의사가 전혀 없거든. 그리고 그건 무슨 일이 있어도 변하지 않을 거야. 사실 나는 지금쯤이면 자네가 재판으로 가는 게 얼마나 부질없는 짓인지 깨닫고 그냥 고소를 철회하지 않으려나 기대하고 있었거든. 자네는 이번 재판에서 못 이겨, 믹. 캘리포니아 주는 이 사건에서 질 수밖에 없어. 그런데 재수 없게도 자네가 이 사건을 맡겠다고 자처하고 나서서 골치만 아프게 된 거라고."

"글쎄, 그건 어디 두고 보면 알겠지, 안 그래?"

"그야 물론이지."

나는 책상 가운데 서랍을 열어 컴퓨터 디스크 한 장이 들어 있는 초록색 플라스틱 통 하나를 꺼냈다. 그리고 그것을 책상 너머 로이스 쪽으로 밀었다.

"이걸 가지러 자네가 직접 올 리는 없다고 생각했어, 클라이브. 수사관을 보내거나 직원을 보낼 줄 알았지. 할 일이 쌓여 있을 텐데, 안 그런가? 그 와중에 언론 홍보 활동도 해야 하잖아."

로이스가 천천히 디스크를 집어 들었다. 플라스틱 케이스 위에는 '증거 개시 자료 1'이라는 글자가 적혀 있었다.

"음, 오늘 우리가 서로를 좀 거칠게 비난한 것 같지 않나? 2주 전까지만 해도 자네 역시 우리 중의 하나였잖아, 믹. 변협의 일개 회원."

나는 뉘우침의 고개를 끄덕였다. 그에게 한 방 맞은 기분이었다.

"미안하네, 클라이브. 아마도 검찰의 힘이 내게도 영향을 미치는 모양이야."

"사과는 받아들이지."

"그리고 괜히 여기까지 오느라 시간 낭비하게 한 것도 미안해. 전화로도 얘기했듯이, 그게 오늘 아침까지 우리가 수집한 전부야. 대부분은 예전 파일과 보고서에서 나왔어. 난 증거자료 가지고는 자네에게 장난치지 않을 거야, 클라이브. 내가 자네 입장에서 그런 경우를 한두 번 당해봤어야 말이지. 그러니 우리 측이 얻으면, 자네도 얻게 될 거야. 그렇지만 지금은 그게 다야."

로이스가 디스크 케이스로 책상 모서리를 톡톡 두드렸다.

"증인 목록은 없는 거야?"

"있기는 하지만, 현재로서는 1986년 증인 목록하고 거의 똑같아. 내 수사관 이름을 집어넣고, 이름 몇 개는 제외시켰어. 피해자 부모처럼 이미 사망한 사람들."

"당연히 펠릭스 터너도 제외됐겠군."

나는 이상한 나라의 앨리스에 나오는 체셔 고양이처럼 히죽거리며 웃었다.

"고맙게도 자네 역시 그를 재판에 불러낼 기회는 얻지 못할 거야."

"그래, 안타까운 일이지. 놈을 주립 교도소에 처넣을 기회를 얻으면 정말 기분이 최고였을 텐데."

나는 고개를 끄덕여주었다. 하지만 로이스가 영국식 속어 표현이 아닌 순수한 미국식 표현을 사용했기 때문은 아니었다. 그가 터너를 향해 발산해내는 좌절감에 공감했기 때문이었다. 오랫동안 변호사 생활을 해왔기 때문에 나 역시도 피고 측을 대변했다면 그가 느끼는 감정을 그대로 느꼈을 게 분명했다. 이번 재판에서는 첫 재판에서 다루어진 내용은 전혀 언급되지 않을 전망이었다. 새로운 배심원들은 당시 재판에서 어떤 일이 있었는지 전혀 알지 못할 예정이었기 때문이다. 바꿔 말하자면, 그것은 검찰 측이 사기꾼 교도소 정보원을 이용하는 심각한 죄를 저질렀음에도 그 사실이 이번 검찰 측의 재판에 전혀 영향을 미치지 않으리라는 의미였다.

나는 화제를 바꿔야겠다고 마음먹었다.

"이번 주말에 자네에게 디스크를 한 장 더 건네줄 수 있을 거야."

"그래, 어떤 걸 전해줄지 정말 기대가 되는군."

빈정거리는 말투였다.

"한 가지만 반드시 기억하라고, 클라이브. 증거개시 자료는 양방향 통행로야. 자네가 30일 시한을 넘기면 우린 판사를 만나러 가야 한다고."

증거 규칙에 따르면 양측은 재판이 시작되기 30일 이전에 모든 증거자료를 교환해야만 했다. 이 마감시한을 지키지 못하면 제재가 가해지는데, 판사가 피해 측이 재판을 준비할 수 있도록 좀 더 시간을 주게 되어 당연히 재판 일정이 연기될 수밖에 없는 빌미를 제공했다.

"그거야 물론이지. 그리고 자네도 짐작하겠지만, 우린 이 자료가 어떤 중요한 국면의 전환 같은 걸 이루게 해줄 거라 기대하지는 않았네." 로이스가 말했다. "따라서 우리 측 변론은 아직 걸음마도 못 뗀 갓난아기 수준이지. 그렇지만 나도 증거 가지고 자네와 장난치고 싶은 생각은 없어, 믹. 우리 측에 증거로 제시할 만한 자료가 생기면, 즉시 자네 측에도 디스크가 넘어올 거야."

솔직히 말해서 나는 변호인 측이 대대적인 변론에 착수할 계획이 아닌 이상, 일반적으로 검찰 측에 건네줄 만한 증거자료가 거의 없다는 사실을 잘 알고 있었다. 하지만 로이스가 얼마나 교활한지 알고 있었기에 경고의 의미로 한 말이었다. 사건이 오래된 만큼 그는 제섭의 알리바이를 확인시켜줄 증인이나 생각지도 못했던 뜻밖의 증거 같은 것을 파헤치려 하고 있을 터였다. 만약에 그런 게 발견된다면 나는 그것이 법정에 제출되기 전에 알고 싶었다.

"그렇게 해주면 고맙지."

내가 말했다. 그때 그의 어깨너머로 사무실에 들어오는 로나의 모습이 보였다. 손에는 갈색 종이봉투 두 개가 들려 있었다. 그중 하나에는 프렌치 딥 샌드위치가 들어 있을 터였다.

"어머, 오실 줄은……."

로이스가 자리에 앉은 채로 뒤돌아봤다.

"아, 사랑스러운 로나. 어떻게 지냈어요, 자기?"

"안녕하세요, 클라이브. 디스크 전달받으셨네요."

"네, 받았어요. 고마워요, 로나."

나는 로이스의 영국식 억양과 격식을 차린 말투가 때때로 더욱 노골적이 된다는 사실을 눈치챘는데, 특히 매력적인 여성 앞에서는 그 정도가 심해졌다. 나는 그것이 의식적으로 하는 행위인지 궁금했다.

"마침 샌드위치가 두 개네요, 클라이브." 로나가 말했다. "하나 드시고 가실래요?"

하지만 그에게 관대함을 베풀기에는 때가 좋지 않았다.

"아니야, 이 친구 방금 일어나려던 참이었어."

내가 재빨리 거들었다.

"맞아요, 자기. 가야 해요. 그렇지만 식사 청해줘서 정말 고마워요."

"밖에 있을 테니 필요하면 불러요, 미키."

로나가 접견실로 나가고 등 뒤로 문이 닫혔다. 로이스는 다시 내 쪽으로 돌아앉아 낮은 목소리로 말했다.

"로나하고 헤어진 건 자네 일생일대의 실수야, 믹. 저 여자야말로 진짜 자네에게 필요한 수호신이라고. 그리고 이제는 한 무고한 남자에게서 그가 오랫동안 당연히 누렸어야 할 자유를 빼앗기 위해 첫 번째 아내였던 할러 부인과 힘을 합치다니, 이거 근친상간의 냄새가 물씬 풍기는데, 안 그런가?"

나는 그냥 오랫동안 그를 바라봤다.

"더 할 말 있나, 클라이브?"

그가 디스크를 들어 올렸다.

"오늘은 이거 받았으니 할 일은 다 한 거지."

"잘됐네, 나도 할 일이 좀 있거든."

나는 사무실에서 접견실까지 그와 함께 걸어나가 밖으로 배웅하고 문을 닫았다. 그리고 돌아서서 로나를 바라봤다.

"기분이 묘하지 않아?" 그녀가 말했다. "이쪽 편에 서 있으려니. 검사 쪽말이야."

"맞아, 그래."

로나가 샌드위치 봉지 하나를 들어 올렸다.

"뭐 좀 물어봐도 되겠어?" 내가 물었다. "아까 누구 샌드위치를 로이스에게 주려고 한 거야, 내 거야, 당신 거야?"

로나가 정색하는 표정으로 나를 바라보다가 곧 민망한 미소를 지어 보였다.

"예의상 말한 거야, 알겠어? 어쨌든 당신이랑 나랑 나눠 먹으면 되겠다고 생각하기는 했지."

나는 고개를 저었다.

"프렌치 딥 샌드위치는 아무한테도 주지 마. 특히 변호사에게는 안 돼."

나는 그녀의 손에서 봉지를 낚아채듯 잡아 들었다. 그리고 최선을 다해 영국식 억양을 흉내 내며 말했다.

"고마워요, 자기."

로나가 웃음을 터트렸고, 나는 샌드위치를 먹기 위해 내 사무실로 걸어 들어갔다.

12 포트 타운센드

2월 18일 목요일, 오후 3시 31분

포트 타운센드에 도착해 여객선에서 차를 운전해 내려온 후, 보슈와 맥퍼슨은 렌트한 차량의 GPS가 알려주는 방향을 따라 세라 앤 글리슨의 운전면허증에 적힌 주소를 찾아갔다. 길은 빅토리아 양식의 작은 바닷가 마을을 통과해 나아갔고, 그다음에는 좀 더 크고 외딴 도시풍의 마을로 들어섰다. 글리슨의 집은 인근 마을의 빅토리아 양식 건물과는 전혀 느낌이 다른 물막이 판자를 대어 만든 작은 집이었다. 형사와 검사는 현관문 앞에 나란히 서서 문을 두드리고 대답을 기다렸다.

"회사에 출근했거나 외출했을지도 모르겠어요."

맥퍼슨이 말했다.

"그럴 수도 있겠죠."

"시내로 가서 방을 먼저 잡아둘까요? 그리고 5시쯤 다시 돌아오죠."

보슈는 시계를 확인했다. 학교가 막 끝났을 시각이었고, 매디는 분명히 수 뱀브로와 집으로 향하고 있을 터였다. 그는 딸아이가 침묵으로 교감선생님을 대접하고 있으리라 짐작했다.

그는 현관에서 물러나 집 모퉁이 쪽으로 걸어가기 시작했다.

"어디 가세요?"

"뒤쪽 좀 돌아보려고요. 잠깐이면 돼요."

그러나 모퉁이를 돌자마자 보슈는 집 뒤쪽으로 100미터쯤 떨어진 곳에 또 하나의 구조물이 서 있는 것을 보았다. 창문이 없는 헛간이나 차고 같았다. 특이한 점은 굴뚝이 있다는 것이었다. 굴뚝에서 연기가 올라가고 있었지만, 지붕선 위로 뻗어 있는 두 개의 검은 파이프에서는 연기가 올라가지 않았다. 두 대의 승용차와 밴 한 대가 닫힌 문 앞에 주차되어 있었다.

보슈는 가만히 서서 오랫동안 지켜보기만 했고, 결국에는 맥퍼슨도 집 모퉁이를 돌아 그가 있는 곳으로 왔다.

"뭐가 이리 오래 걸려요?"

보슈는 손을 들어 올려 그녀를 조용히 시키고는 앞쪽에 서 있는 건물을 가리켰다.

"저게 뭐죠?"

맥퍼슨이 작은 소리로 물었다. 보슈가 미처 대답하기도 전에, 창고 미닫이문 하나가 스르륵 열리더니 사람 하나가 밖으로 나왔다. 젊은 남자나 청소년 같았다. 온몸을 다 덮는 긴 앞치마를 옷 위에 걸치고 있었다. 그가 팔꿈치까지 올라가 있는 무거운 장갑을 벗고는 담배에 불을 붙였다.

"젠장."

맥퍼슨이 스스로 자신의 질문에 답이라도 하듯 내뱉었다. 보슈는 몸을 숨기기 위해 다시 집 모퉁이 쪽으로 뒷걸음질 쳤다. 그리고 맥퍼슨을 옆으로 잡아끌었다.

"세라의 체포 경력이 전부 다, 그러니까 그녀가 사용하던 마약이 다 크리스털메스였어요."

그가 속삭였다.

"아주 죽여주네요." 맥퍼슨이 작은 소리로 되받았다. "우리의 유일한 증인이 마약 제조업자라니."

담배를 피우던 젊은 남자가 헛간 안에서 부르는 소리에 돌아섰다. 그리고 피우던 담배를 바닥에 던져 발로 밟아 끄고는 안으로 들어갔다. 안에서 문을 홱 잡아끌어 닫았지만, 문은 완전히 닫히지 않고 15센티미터 정도 열린 채로 있었다.

"갑시다."

보슈가 말했다. 그렇게 말하고 그가 움직이기 시작했지만, 맥퍼슨이 그의 팔에 손을 얹었다.

"기다려요. 지금 무슨 말을 하는 거예요? 포트 타운센드에 전화부터 걸어요. 경찰과 지원 병력을 요청하는 게 먼저예요, 안 그래요?" 보슈는 잠시 아무 말도 안 하고 그녀를 빤히 바라봤다. "이리로 오는 도중에 마을에서 경찰서를 봤어요."

맥퍼슨은 마치 지원 세력이 기다리고 있다가 기꺼이 달려오리라는 사실을 그에게 확신이라도 시키려는 듯이 말했다.

"지원을 요청해도 그리 협조적이지 않을 겁니다. 마을에 도착하자마자 찾아가서 얼굴도장을 찍지도 않았잖아요." 보슈가 말했다. "오자마자 세라를 체포할 테고, 그러면 우리는 마약제조 혐의로 재판을 기다리는 범죄자를 주요 증인으로 확보하는 거라고요. 그게 제섭 재판의 배심원들에게 어떤 영향을 미칠 것 같아요?"

맥퍼슨은 대답하지 않았다.

"내 말대로 해요." 그가 말했다. "검사님은 여기서 기다리고, 내가 가서 확인만 하고 올게요. 차량이 석 대니까, 분명히 제조자도 셋일 겁니다. 내가 처리할 수 없을 것 같으면, 그때 지원을 요청하죠."

"분명히 무장하고 있을 거예요. 혼자 들어…….

"아니요, 무장은 안 했을 겁니다. 내가 먼저 확인해보고, 상황이 심각하면 그때 포트 타운센드에 전화하기로 해요."

"난 그러고 싶지 않아요."

"이게 우리한테는 최선이에요."

"뭐가요? 어떻게요?"

"곰곰이 생각해봐요. 그리고 내 신호를 기다리고 있어요. 만약 상황이 잘못되면, 바로 차에 타서 여길 빠져나가요."

그가 자동차 열쇠를 들어 올렸고, 맥퍼슨은 어쩔 수 없이 그것을 받아 들었다. 보슈는 자신이 한 말을 맥퍼슨이 생각해보고 있다는 사실을 알 수 있었다. 검찰 측에 돌아갈 이점. 만약 타협이 가능한 상황에서 그들이 이 증인을 잡게 된다면, 검찰 측은 그녀가 협력하고 증언하게끔 이끌어가는 데 필요한 영향력을 얻을 수 있게 된다.

보슈는 맥퍼슨을 그곳에 남겨두고 조개껍데기 조각을 깔아놓은 헛간 쪽으로 이어지는 길을 따라 걸어가기 시작했다. 감시자가 있을지도 모른다는 생각에 보슈는 일부러 몸을 숨기려고 하지 않았다. 그는 자신이 전혀 위협적인 존재가 아니라 방금 길을 잃어버려서 방향을 물어보러 찾아가는 사람인 양 외투 주머니에 양손을 찔러 넣었다.

부서진 조개껍데기 때문에 아무 소리도 내지 않고 조용히 헛간에 접근할 방법은 전혀 없었다. 하지만 헛간에 가까이 다가가는 동안 그는 안쪽에서 시끄러운 음악 소리가 울려 나오는 것을 들을 수 있었다. 로큰롤이었지만, 곡명은 정확히 알 수 없었다. 묵직한 기타 연주와 쿵쿵거리는 드럼 소리가 들려왔다. 약간 복고풍 느낌도 났다. 마치 오래전에 들어본 음악 같았는데, 어쩌면 베트남에서 들어봤을지도 몰랐다.

보슈가 빠끔히 열린 문에서 약 6미터 정도 떨어진 거리에 다다랐을 때,

문이 두 자 폭으로 더 열리더니 아까의 그 젊은이가 다시 밖으로 나왔다. 가까이에서 보니 청년의 나이는 스물한두 살 정도 된 듯했다. 청년이 밖으로 나온 순간 보슈는 그가 아까 피우다 만 담배를 마저 피우기 위해 나온 것이 분명하다고 짐작했다. 몸을 피하기엔 이미 너무 늦은 듯했다. 청년이 보슈를 보았다.

그러나 젊은이에게서는 주저하거나 놀란 듯한 기미가 전혀 보이지 않았다. 담뱃갑에서 담배 한 개비를 톡톡 쳐서 꺼내는 동안, 그는 호기심 어린 눈초리로 보슈를 바라봤다. 땀을 심하게 흘리고 있었다.

"차는 집 앞에 대셨어요?"

그가 물었다. 보슈는 그에게서 3미터쯤 떨어진 곳에 멈춰 서서 주머니에 찔러 넣었던 손을 꺼냈다. 그리고 집 쪽을 돌아보는 대신 청년에게 계속 시선을 못 박은 채 대답했다.

"아, 그래요. 거기 대면 안 되나요?"

그가 물었다.

"아니요, 그렇지만 대부분 그냥 헛간 앞까지 차를 몰고 들어오거든요. 세라가 보통 그렇게 하라고 일러놓아서요."

"아, 난 그 얘기를 못 들어서요. 세라 안에 있나요?"

"예, 있어요. 들어가세요."

"그래도 되겠어요?"

"그럼요, 오늘 작업은 거의 다 끝났어요."

보슈는 자신이 앞서 짐작했던 그런 상황으로 걸어 들어가는 것이 아니라는 생각이 들기 시작했다. 그제야 그는 뒤를 흘낏 돌아봤고, 집 모퉁이에서 헛간 쪽을 바라보고 있는 맥퍼슨을 보았다. 이 방법이 최선은 아닌 줄 알았지만, 그는 그냥 돌아서서 열린 문 쪽으로 향했다.

안으로 들어서는 순간 뜨거운 열기가 훅 끼쳐왔다. 헛간 안쪽은 마치 오븐 속 같았는데, 그럴 만한 이유가 있었다. 보슈가 처음 목격한 것은 주황색 불길이 활활 타오르는 거대한 용광로의 열린 문이었다.

그 열기의 원천에서 3미터도 채 떨어지지 않은 곳에 또 다른 청년 하나와 좀 나이가 들어 보이는 여성 하나가 서 있었다. 그들도 역시 전신을 덮는 앞치마와 두꺼운 장갑을 착용한 모습이었다. 남자는 강철 집게를 이용해 강철 파이프 끝에 붙어 있는 커다란 녹은 유리를 단단히 붙잡고 있었다. 여자는 목제 블록과 집게를 이용해 유리의 모양을 만드는 중이었다.

그들은 마약 제조자가 아니라 유리공예 기술자였다. 여자는 얼굴을 보호하기 위해 용접마스크를 쓰고 있었다. 따라서 얼굴을 알아볼 수는 없지만, 보슈는 그녀가 세라 앤 글리슨이 분명하다고 확신했다.

보슈는 다시 문으로 나가서 맥퍼슨에게 신호를 보냈다. 안전하다는 신호였지만, 거리가 멀어서 그녀가 제대로 알아들었을지 확신할 수가 없었다. 그는 안쪽으로 들어오라는 신호로 그녀에게 손을 흔들었다.

"무슨 일인데요?"

담배 피우는 청년이 물었다.

"아까 말했던 안에 있는 여자분이 세라 글리슨 씨 맞죠?"

보슈가 물었다.

"예, 맞아요."

"그분과 얘기를 좀 나눴으면 하는데."

"작업하던 것 마무리해야 하니까 좀 기다리셔야 해요. 유리가 부드러울 때 멈추면 안 되거든요. 저거 만들려고 거의 4시간 동안 작업했어요."

"얼마나 더 기다려야 할까요?"

"1시간 정도요. 그렇지만 작업하는 동안에도 세라와 얘기는 나눌 수 있어요. 물건 주문하시려고요?"

"그 정도면 괜찮을 것 같아요. 기다릴 수 있어요."

맥퍼슨이 렌트한 차를 몰고 헛간 앞으로 와서 차에서 내렸다. 보슈는 그녀를 위해 문을 열어주고는 그들이 헛간 안에서 벌어지는 일을 잘못 짐작하고 있었다는 사실을 조용히 설명해주었다. 그리고 헛간이 유리공예 작업장이라는 사실도 알려주었다. 그는 조용히 대화를 나눌 만한 장소로 글리슨을 데려갈 기회를 얻기 전까지 그들이 어떻게 행동해야 할지에 대해 맥퍼슨에게 설명했다. 그녀는 고개를 절레절레 흔들며 미소 지었다.

"세상에, 지원 병력과 함께 저길 치고 들어갔으면 어쩔 뻔했어요?"

"아마 유리깨나 깨트렸을걸요."

"그리고 엄청 열 받아 뚜껑이 확 열린 증인도 한 명 확보했겠네요."

그녀는 차에서 완전히 빠져나왔고, 보슈는 안으로 팔을 뻗어 계기반 앞쪽에 얹어두었던 파일을 집어 들었다. 그는 그것을 보이지 않게 가지고 들어가기 위해 외투 속으로 넣어 팔 밑에 끼웠다.

그들은 작업장 안으로 들어갔다. 글리슨은 장갑을 벗고 마스크도 위로 접어 올려 얼굴을 드러낸 채로 그들을 기다리고 있었다. 아마도 담배 피우던 청년이 잠재적인 고객이 찾아왔다고 알린 모양이었다. 보슈는 우선 세라 글리슨이 그렇게 믿도록 내버려둘 생각이었다. 그녀만 다른 곳으로 데려가 대화를 나눌 수 있기 전까지는 진실을 말하고 싶지 않았다.

"저는 해리고, 이쪽은 매기예요. 이런 식으로 쳐들어와서 죄송합니다."

"아, 아니에요. 괜찮습니다. 우린 오히려 고객이 우리가 작업하는 모습을 볼 수 있기를 바라고 있었어요. 실은 지금 주문받은 프로젝트를 중간쯤 진행하고 있던 참이라 다시 작업으로 돌아가야 해요. 여기서 기다리실 수 있다면, 제가 작업과정에 관해 좀 설명드릴 수도 있습니다."

"그럼 정말 좋겠네요."

"일단 뒤로 멀리 물러나 계세요. 굉장히 뜨거운 재료를 다루는 일이라서요."

"예, 알겠습니다."

"어디서 오셨어요? 시애틀?"

"아뇨, 캘리포니아에서 왔어요. 집에서 꽤 멀리 왔죠."

고향을 언급한 것이 글리슨에게 걱정스러운 마음을 불러일으켰을지는 모르지만, 얼굴 표정만 봐서는 전혀 속마음을 알 수 없었다. 그녀가 미소 짓는 얼굴 위로 마스크를 다시 내리고 장갑을 낀 다음 작업으로 돌아갔다. 그 후 40분 동안 보슈와 맥퍼슨은 글리슨과 두 명의 조수가 유리 작품을 마무리하는 모습을 지켜봤다. 그동안 세라 글리슨은 세 명의 구성원이 각자 다른 임무를 맡고 있음을 설명하면서 계속 작업과정에 관한 이야기를 들려주었다. 청년 중 한 명은 유리를 부는 사람이었고, 다른 한 사람은 유리를 끊는 사람이었다. 글리슨은 총괄책임을 맡은 감독관이었다. 그들이 작업하는 작품은 시애틀에 있는 레이니어 와인이라는 사업체가 건물 로비에 걸어놓을 생각으로 주문한 커다란 조각품의 일부였는데, 구체적으로 1.2미터 길이의 커다란 포도 잎 모양의 세공품이었다.

글리슨은 역시 자신의 최근 이력에 대해서도 이야기했다. 그녀는 시애틀의 유리공예 예술가 밑에서 도제로 3년간 일했으며, 개인 작업장을 연 지는 겨우 2년밖에 되지 않았다고 했다. 보슈에게는 모든 것이 매우 유용한 정보였다. 그는 글리슨이 직접 자신의 이야기를 들려주며 부드러운 유리를 세공하는 모습을 지켜봤다. 글리슨의 표현대로라면, 그들은 색을 모아들였다. 또한 지극히 아름답고 섬세하면서 동시에 붉고 뜨겁게 불타오르는 재료로 모양을 만들어내기 위해 무겁고 거친 연장을 사용했다.

용광로에서 뿜어져 나오는 열기는 숨이 막힐 지경이어서 보슈와 맥퍼슨은 둘 다 외투를 벗어야만 했다. 글리슨은 용광로가 1,300도까지 끓어오른다고 설명했고, 보슈는 예술가들이 그 엄청난 열기 앞에서 그토록 오랜 시간을 일할 수 있다는 사실에 경이로움을 느꼈다. 그들이 공예품을 재가열해서 미세한 층을 만들어내기 위해 반복적으로 통과시키는 작은 입갱, 즉 글로리홀은 마치 지옥문처럼 불타올랐다.

마침내 그날의 작업이 모두 끝나고 작품이 마무리 가마에 안착되었을 때, 글리슨은 두 명의 조수에게 퇴근 전에 작업장을 청소하라고 일렀다. 그리고 자신이 씻고 올 동안 보슈와 맥퍼슨에게 사무실에 가서 기다려줄 것을 청했다.

사무실은 휴게실로도 사용하고 있었다. 탁자 하나와 의자 네 개, 파일 캐비닛, 물품 보관용 사물함이 드문드문 놓여 있었고, 작은 부엌도 갖춰져 있었다. 탁자 위에는 바인더가 하나 놓여 있었고, 그 안에는 지금까지 작업실에서 제작돼 나간 유리공예품 사진이 비닐에 한 장씩 끼워져 있었다. 맥퍼슨은 사진들을 유심히 들여다보며, 여러 번 매혹된 표정을 지어 보였다. 보슈는 외투 안에 넣어서 가져온 파일을 꺼내 바로 들춰볼 수 있도록 탁자 위에 내려놓았다.

"무에서 유를 창조할 수 있다니, 정말 근사한 것 같아요." 맥퍼슨이 말했다. "나도 이런 재주가 있으면 좋을 텐데."

보슈는 대답할 말을 생각해봤지만, 그가 입을 열기도 전에 문이 열리며 세라 글리슨이 들어왔다. 커다란 마스크와 앞치마와 장갑이 사라지고 나니, 그녀의 모습은 보슈의 예상보다 훨씬 작아 보였다. 세라 글리슨은 키가 채 150센티미터도 안 되는 듯했고, 가녀린 뼈대로 봐서는 몸무게도 40킬로그램이 안 나갈 것 같았다. 그는 어린 시절의 정신적 외상이 때로는 성장을 저해한다는 사실을 잘 알고 있었다. 따라서 세라 글리슨이 어린아이의 체격을 한 여성처럼 보인다고 해도 그리 이상한 일이 아니었다.

뒤로 땋아놓았던 적갈색 머리칼이 이제는 풀어 내려와서 짙은 푸른색 눈동자와 지친 얼굴을 감싸고 있었다. 세라는 청바지에 나막신을 신고, 'Death Cab'이라는 글자가 인쇄된 검은 티셔츠를 입고 있었다. 그녀가 냉장고 쪽으로 곧장 발걸음을 옮겼다.

"마실 것 좀 드릴까요? 술 종류는 없지만, 시원한 걸 드시겠다면……."

보슈와 맥퍼슨은 괜찮다고 사양했다. 해리는 글리슨이 사무실 문을 열어놓은 채 들어왔다는 사실을 알아차렸다. 누군가 작업실 바닥을 비질하는 소리가 들렸다. 그는 그쪽으로 다가가 문을 닫았다.

글리슨이 물 한 병을 손에 들고 냉장고에서 돌아섰다. 그리고 보슈가 문을 닫는 모습을 보았고, 즉시 얼굴에 염려의 표정이 스치고 지나갔다. 보슈가 진정하라는 의미로 한 손을 들어 올리며 다른 한 손으로는 경찰 배지가 들어 있는 지갑을 꺼냈다.

"글리슨 씨, 괜찮습니다. 우린 로스앤젤레스에서 왔고, 잠시 얘기를 좀 나눴으면 합니다."

그가 배지 지갑을 열어 그녀 앞으로 들어 올렸다.

"무슨 일이죠?"

"저는 해리 보슈고, 이쪽은 LA 카운티 검찰청 소속 검사 매기 맥퍼슨입니다."

"왜 거짓말을 했어요?" 그녀는 화가 나 있었다. "주문할 물건이 있다고 했잖아요."

"아뇨, 실은 우린 아무 말도 안 했습니다. 조수분, 그러니까 유리 끊는 분이 그럴 거라고 짐작한 거죠. 우리는 여기 왜 찾아왔는지에 관해 아무 말도 하지 않았습니다."

글리슨이 점점 더 날카롭게 경계의 날을 세우는 것이 눈에도 보일 지경이었다. 보슈는 자신과 맥퍼슨이 그녀에게 접근할 기회는 물론이고, 그녀를 증인으로 확보할 기회도 날려버렸다고 생각했다. 하지만 바로 그때 글리슨이 앞으로 걸어오더니 그의 손에서 배지 지갑을 낚아챘다. 그러고는 그것을 찬찬히 들여다보고, 신분증도 살폈다. 누군가 그의 손에서 배지를 채가는 일은 매우 드문 경우였다. 오랜 세월을 경찰로 재직해왔지만, 채 다섯 번도 일어나지 않았던 일이었다. 그는 글리슨의 시선이 신분증에 못 박혀 있는 것을 보았고, 그제야 그는 자신이 얘기했던 이름과 신분증에 적힌 이름 사이의 차이점을 그녀가 알아차렸다는 사실을 깨달았다.

"해리 보슈라고 하지 않으셨어요?"

"그냥 짧게 해리라고들 불러요."

"히에로니머스 보슈. 그 화가의 이름에서 따온 건가요?"

보슈가 고개를 끄덕였다.

"돌아가신 부친이 그의 그림을 좋아하셨거든요."

"실은 저도 좋아해요. 부친께서 내면의 악마에 관해 뭔가 좀 아시는 분이었나 봐요. 그래서 형사님 모친께서 아버님을 좋아하셨던 게 아닐까요?"

"저도 그렇게 생각합니다. 맞아요."

그녀가 배지 지갑을 다시 건네줬고, 보슈는 이제 글리슨의 마음이 진정됐다는 사실을 감지했다. 자신과 이름이 같은 화가 덕분에 불안과 걱정의 순간이 지나간 것이다.

"왜 저를 찾아오셨죠? 저는 10년 이상 LA에 발도 들이지 않았는데요."

보슈는 만약 그녀가 진실을 말하는 것이라면, 세라 글리슨은 양아버지가 병석에 누워 죽어가는 순간에도 그곳에 찾아가지 않았다는 것을 알아차렸다.

"그냥 얘기 좀 나누고 싶어서 왔습니다." 그가 말했다. "이제 다시 앉아도 될까요?"

"무슨 얘기요?"

"동생분에 관해서요."

"내 동생이요? 아니, 난…… 이보세요, 대체 무슨 일인지 정확히……."

"아직 모르고 계시는군요?"

"뭘 몰라요?"

"우선 앉으시죠. 제가 말씀드리겠습니다."

마침내 그녀가 식탁 겸용 탁자 쪽으로 다가가 의자에 앉았다. 그리고 주머니에서 담뱃갑을 꺼내 담배 한 개비에 불을 붙였다.

"미안해요. 이게 내게 남은 마지막 중독이에요. 그런데 두 분 표정이 꼭 '나도 하나 피우고 싶어요'라고 말하는 것 같네요."

그 후 10분 동안 보슈와 맥퍼슨은 그들이 찾아온 경위를 설명하면서 사유를 얻기 위해 제이슨 제섭이 밟아온 여정을 간략하게 줄여서 들려주었다. 글리슨은 그의 소식에 거의 아무런 반응도 보이지 않았다. 눈물도 분노도 없었다. 제섭을 감옥에서 빼내준 DNA 검사 결과에 대해서도 아무런 질문이 없었다. 단지 자신은 캘리포니아에 있는 지인들과 전혀 연락하지 않고 지내왔고, 집에 TV도 없으며, 신문도 보지 않는다고 설명했다. 그런 것들은 그녀가 일에 몰두하고 중독에서 회복되는 데 걸림돌 역할만 할 뿐이라고 덧붙였다.

"우린 그를 재심할 예정이에요, 세라." 맥퍼슨이 말했다. "그래서 당신 도움이 필요할 것 같아 여기까지 찾아왔어요."

보슈는 세라가 움츠러들고 있음을 느꼈다. 그들이 무슨 말을 할지, 그리고 그 충격이 어느 정도나 될지 가늠해보려 애쓰는 듯했다.

"너무 오래전 일이에요." 그녀가 마침내 대답했다. "내가 첫 소송에서 말했던 걸 그냥 사용하면 안 되나요?"

맥퍼슨이 고개를 저었다.

"그럴 수가 없어요, 세라. 새로운 배심원단은 심지어 과거에 재판이 한 번 열렸었다는 사실조차도 알아선 안 돼요. 알게 되면 각 증거의 중요도를 받아들이는 데 영향을 미치니까요. 또한 피고에게 편견을 갖게 되기 때문에, 유죄평결이 내려져도 유효하지 않게 되죠. 그래서 만약 첫 재판의 증인들이 모두 죽었거나 살아 있다 해도 정신적으로 문제가 있다면, 우린 첫 공판에서 그들이 증언한 기록을 배심원단에게 읽어줄 수는 있지만, 그때도 그것의 출처는 밝히지 않아요. 하지만 그런 경우가 아니고 지금 세라처럼 증언할 수 있는 상태라면, 반드시 법정에 출두해서 증언해야만 해요."

보슈는 세라가 맥퍼슨의 대답을 이해하기는 했는지도 알 수 없었다. 그녀는 단지 먼 산을 바라보듯 멍하니 앉아 있을 뿐이었다. 말할 때조차도, 시선은 저 멀리 떨어진 초점에서 헤어 나오지 않았다.

"난 그때 이래로 평생 그날을 잊으려 하며 살아왔어요. 그 순간을 잊기 위해 수많은 시도를 했죠. 한때는 삶에 변화를 불러오겠다고 마약을 이용하기도 했어요. 게다가 난…… 아니, 신경 쓰지 마세요. 그냥 지금 드릴 수 있는 말은, 내가 별 도움이 되지 않으리라는 거예요."

맥퍼슨이 대답하기 전에 보슈가 끼어들었다.

"우선 그런 건 생각지 말고……." 그가 말했다. "세라가 기억하는 것에 대해 잠시 얘기해보도록 해요, 알았죠? 그래서 만약 도저히 못 하겠다 싶으면, 안 하면 되는 겁니다. 당신은 피해자예요, 세라. 우린 또다시 당신을 희생시키고 싶은 마음이 없어요."

그는 세라가 대답하기를 잠시 기다렸지만, 그녀는 탁자 위에 놓인 물병만 아무 말 없이 빤히 바라보고 앉아 있었다.

"우선 그날부터 시작해보죠." 보슈가 말했다. "동생이 납치되던 그 끔찍한 순간으로 다시 돌아가지는 않을게요. 하지만 제섭을 지목하던 순간은 떠올려볼 수 있겠죠?"

그녀가 천천히 고개를 끄덕였다.

"유리창 너머로 바라보던 일을 기억해요. 우린 위층에 있었어요. 내가 밖을 내다볼 수 있도록 형사가 블라인드를 살짝 열었죠. 그들은 날 볼 수 없었어요. 그 남자들이요. 그는 모자를 쓴 사람이었어요. 경찰이 그가 모자를 벗게 했고, 그 순간 난 바로 그 사람이라는 걸 알아봤어요. 그건 기억나요."

보슈는 '모자'라는 세부 사항에 고무되었다. 사건기록부를 검토할 당시는 물론이고 맥퍼슨이 사건을 요약할 때도 모자에 관해서는 전혀 듣지 못했다. 그러니 글리슨이 그 사실을 기억하고 있다는 것은 상당히 좋은 징조였다.

"어떤 모자를 쓰고 있었죠?"

그가 물었다.

"야구 모자요." 글리슨이 말했다. "파란색이었어요."

"다저스 팀 모자요?"

"그건 잘 모르겠어요. 그 당시에도 몰랐다는 생각이 들어요."

보슈는 고개를 끄덕이고는 다음 질문으로 넘어갔다.

"내가 여러 장의 용의자 사진을 보여준다면, 그중에서 동생을 데려간 남자를 찾아낼 수 있나요?"

"현재 그 남자가 어떻게 생겼는지 알아볼 수 있겠느냐는 건가요? 글쎄요, 그건 확신 못 하겠어요."

"아니, 지금 말고요." 맥퍼슨이 말했다. "우리가 재판에서 필요한 건 세라가 당시에 했던 지목이 정확했다는 걸 확인하는 거예요. 따라서 당시의 사진들을 보여줄 겁니다."

글리슨은 잠시 주저하다가 대답했다.

"물론이에요. 그동안 내가 나 자신에게 못할 짓을 수도 없이 해왔는데도, 그 남자의 얼굴만은 절대로 잊을 수가 없어요."

"그래요. 그럼 한번 보죠."

보슈가 탁자 위에 파일을 펼쳐놓는 동안, 글리슨은 피우던 담배를 마저 피우고 나서 새 담배에 불을 붙였다.

파일 속에는 같은 나잇대의 건장하고 혈색 좋은 여섯 남자의 범인 식별용 흑백사진이 들어 있었다. 그 안에는 제섭의 1986년도 사진도 포함돼 있었다. 보슈는 지금이 이번 소송의 승패를 좌우하는 중요한 순간이라는 사실을 알았다.

사진은 세 장씩 두 줄로 세워졌다. 제섭의 사진은 아랫줄 가운데였다. 구멍은 다섯 개. 제섭이 놓인 자리는 늘 보슈에게는 행운의 자리였다.

"충분히 생각해보세요."

그가 말했다. 글리슨은 물을 한 모금 마시고 병을 옆으로 내려놓았다. 그리고 탁자 앞으로 몸을 기울여 사진에서 30센티미터 정도 떨어진 곳까지 얼굴을 들이밀었다. 시간은 오래 걸리지 않았다. 그녀는 주저 없이 제섭의 사진을 선택했다.

"이 사람을 잊고 싶었어요." 그녀가 말했다. "하지만 그럴 수가 없었어요. 늘 내 마음 뒤쪽에 남아 있었어요. 그늘진 뒤편에."

"지금 선택한 사진이 아닐지도 모른다는 의심은 전혀 들지 않나요?"

보슈가 물었다. 글리슨은 몸을 앞으로 기울여 다시 바라봤다. 그러고는 고개를 저었다.

"아니요, 이자가 그자예요."

보슈는 맥퍼슨을 바라봤고, 그녀는 살짝 고개를 끄덕였다. 정확한 지목이었고, 그들이 제대로 해냈다는 의미였다. 한 가지 빠진 것은 글리슨이 감정을 드러내지 않았다는 점이었다. 어쩌면 24년이라는 세월이 그녀에게서 모든 감정을 앗아가 버렸는지도 몰랐다. 해리는 펜을 꺼내 글리슨에게 건네주었다.

"지금 선택한 사진 밑에 서명과 날짜를 적어주시겠어요?"

"왜요?"

"세라가 이 사람을 지목한 게 분명하다는 사실을 확인하는 겁니다. 그럼 법정에서 훨씬 확고한 증거로 도움이 될 거예요."

보슈는 세라가 자신이 올바른 사진을 찾은 게 맞는지 되묻지 않았다는 사실을 인지했다. 그럴 필요가 없었던 것이다. 그 사실이 두 번째로 그녀의 기억이 정확함을 증명해 보였다. 또 하나의 좋은 징조였다. 세라가 펜을 다시 돌려주자, 보슈는 파일을 덮어서 옆으로 밀어두었다. 그는 다시 맥퍼슨 쪽을 바라봤다. 이제부터가 어려운 과정이었다. 사전 합의에 따르면, DNA에 관한 얘기를 지금 꺼낼지, 아니면 글리슨이 증인으로 나서겠다는 마음을 확고히 할 때까지 기다릴지의 여부는 맥퍼슨이 정하기로 했었다.

맥퍼슨은 뜸 들이지 않기로 마음먹었다.

"세라, 지금 상의해야 할 두 번째 문제가 있어요. 방금 전 우린 이 남자가 석방돼서 새로 재판을 받을 수 있게 해준 DNA에 관해 얘기했었어요. 그리고 그의 자유가 일시적인 것이길 바란다는 말도 했었죠."

"네."

"우리가 그 DNA 분석표를 가지고 캘리포니아 자료은행에 넣어서 돌려봤어요. 그랬더니 일치하는 게 나왔어요. 동생의 원피스에 묻어 있던 정액은 바로 세라의 양아버지 것이었습니다."

보슈는 세라의 표정을 유심히 살폈다. 얼굴은 물론이고 눈동자에도 놀란 기색이라고는 전혀 떠오르지 않았다. 이 정보는 그녀에게 전혀 새로운 소식이 아니었다.

"2004년에 주 정부는 흉악범으로 체포된 모든 용의자의 DNA를 채취하기 시작했어요. 같은 해 세라의 아버지도 뺑소니로 상해를 입혀 흉악범으로 체포됐었거든요. 신호를 무시하고 달리다가……."

"양아버지요."

"네, 뭐라고요?"

"방금 '세라의 아버지'라고 하셨잖아요. 그 사람은 내 아버지가 아니에요. 양아버지였어요."

"내가 실수했네요. 미안해요. 결론은 켄싱턴 랜디 씨의 DNA가 자료은행에 있었고, 그게 원피스에 묻어 있던 샘플과 일치했다는 겁니다. 확인할 수 없었던 사항은 그 샘플을 발견했을 당시 그게 원피스에 얼마나 오랫동안 묻어 있었는가 하는 점이에요. 그게 살인사건이 일어났던 날 묻은건지, 한 주 전에 묻었는지, 아니면 한 달 전인지 우리는 알 수가 없어요."

세라는 자동조종장치에 의존해 비행하는 조종사 같았다. 그곳에 있었지만, 그곳에 없기도 했다. 그녀의 눈은 그들이 들어와 있는 방 너머 어딘가 먼 곳을 응시하고 있었다.

"우리에게도 이론은 있어요, 세라. 당시 동생의 시신을 부검한 결과를 보면, 동생은 살인자에게는 물론이고 그날 사건이 일어나기 이전 그 누구에게도 성적으로 폭행당하지 않았어요. 우리는 또한 피해자가 입었던 원피스가 세라, 당신의 것이라는 사실도 알아요. 멜리사는 그저 그 옷이 좋아서 그날 아침 우연히도 빌려 입었던 거죠."

맥퍼슨이 말을 멈췄지만, 세라는 아무 말도 하지 않았다.

"재판에 들어가면 우리는 원피스에서 발견된 정액에 관해 설명해야만 해요. 그러지 못하면, 그건 정액이 살인자의 것이라고 가정하는 셈이 되고, 그러면 살인자는 세라의 양아버지가 되는 거예요. 그럼 우린 재판에서 지고, 진짜 살인자인 제섭은 자유의 몸이 되어 걸어나가게 되겠죠. 당신도 그걸 원치는 않을 거예요, 안 그런가요, 세라? 사실 세상에는 아무리 12살짜리 소녀를 죽인 살인마라도 24년간 복역했다면 그걸로 죗값은 충분히 치른 거라고 생각하는 사람들이 있어요. 그들은 우리가 왜 다시 재판하려 하는지 이해하지 못해요. 하지만 난 그렇게 생각하지 않는다는 걸 세라가 알아줬으면 좋겠어요. 절대로 그렇게 생각지 않아요."

처음에 세라 글리슨은 아무 대꾸도 하지 않았다. 보슈는 눈물을 예상했지만, 그녀는 울지 않았다. 그는 세라의 감정이 정신적 외상과 고단한 삶 때문에 무뎌진 것은 아닐까 궁금해지기 시작했다. 어쩌면 작은 몸집을 감출 수단으로 내적 강인함을 길러온 것일지도 몰랐다. 어느 쪽이든 간에, 마침내 세라가 입을 열었을 때, 그녀의 목소리는 너무나도 단조로웠다. 진심에서 우러나오는 말을 하고 있다고 생각하기 어려울 만큼 아무런 감정도 읽어낼 수가 없었다.

"내가 늘 그 생각을 하고 있었던 것 알아요?"

그녀가 말했다. 맥퍼슨은 앞으로 몸을 기울였다.

"뭐라고요, 세라?"

"그날 그 남자가 세 사람을 죽였다는 생각이요. 내 동생, 엄마…… 그리고 나. 우리 셋 다 도망치지 못했어요."

그리고 긴 침묵이 흘렀다. 맥퍼슨은 천천히 손을 뻗어 글리슨의 팔을 꼭 잡아주었다. 위안거리라고는 없는 상황에서 작은 위안이나마 주고자 하는 몸짓이었다.

"미안해요, 세라."

맥퍼슨이 속삭였다.

"괜찮아요." 세라가 말했다. "다 털어놓을게요."

13 주요 증인의 확보

2월 18일 목요일, 오후 8시 15분

딸아이는 벌써 제 엄마가 해주는 밥을 그리워하기 시작했다. 엄마가 출장 간 지 겨우 하루밖에 지나지 않았는데 말이다. 딸애가 반쯤 먹다 남긴 샌드위치를 쓰레기통에 집어넣어서, 대체 내가 그릴에 구워 만든 치즈샌드위치가 얼마나 맛이 없기에 이러나 생각하고 있을 때 전화기가 울리기 시작했다. 매기가 이동 중에 걸어온 전화였다.

"좋은 소식이 있으면 말해봐."

내가 인사말을 대신해 물었다.

"당신이 우리 예쁜 딸내미와 하룻밤을 보낼 수 있게 됐어."

"그래, 그거 정말 좋은 소식이네. 애가 내 요리를 좋아하지 않는다는 사실만 빼면. 그러니 이제 그 외에 좋은 소식이 있으면 들려줘."

"우리의 주요 증인이 합류하기로 했어. 증언할 거야."

"범인 지목은 했어?"

"했어."

"세라 글리슨이 DNA에 대해서도 얘기했어? 우리 이론과 맞아떨어져?"

"얘기했고, 맞아떨어져."

"그런데도 이리로 와서 재판에 참석해 증언하기로 했다는 거지?"

"맞아, 그럴 거야."

나는 12볼트짜리 전류가 전신을 훑고 지나는 듯한 전율을 느꼈다.

"좋은 소식이 무더기로 생긴 거네, 매기. 혹시 안 좋은 소식은 없고?"

"음……"

나는 돛에서 바람이 빠지는 듯한 기분을 느꼈다. 세라가 지금도 마약중독자이거나, 혹은 그녀를 재판에 불러올 수 없도록 막아서는 뭔가 다른 문제가 있다는 말을 듣게 될 것만 같았다.

"뭐가 음이야?"

"음, 물론 그녀의 증언에 몇 가지 난관이 있기는 해. 하지만 세라의 입장은 확고해. 그녀는 생존자고, 증언을 통해 그 사실을 보여줄 거야. 그런데 한 가지 부족한 게 있어. 바로 감정이야. 살면서 너무도 많은 일을 겪느라 기본적으로 감정이 완전히 메말라버린 것 같아. 울지도, 웃지도 않아. 정확히 한가운데에 멈춰서 있어."

"그건 우리가 어떻게 해볼 수 있을 거야. 가르쳐주면 되지."

"그래, 하지만 상당히 조심스럽게 접근해야 해. 세라가 지금 상태 그대로 증언대에 나가면 안 된다고 말하는 게 아니야. 단지 너무 밋밋하다고 할까. 그 외에는 다 괜찮아. 당신도 세라가 마음에 들 거야. 우리가 제섭을 감옥에 집어넣도록 그녀가 확실히 도움을 줄 것 같아."

"정말 끝내준다, 매기. 정말이야. 그리고 당신이 재판에서 그녀를 증인 심문하기로 한 것도 여전히 유효한 거지?"

"그래, 내가 할게."

"로이스가 마약으로 그녀를 공격할 거야. 기억력이 감퇴했느니 어쩌니 하고, 생활방식이 문란하니 어쩌니 하면서……. 어떤 걸로 공격해오더라도 맞설 수 있도록 만반의 준비를 해야 해."

"그럴게. 그럼 당신이 보슈 형사와 제섭을 맡는 거야. 여전히 그가 증언대에 설 거라고 생각하는 거지?"

"제섭 말이야? 반드시 서야지. 로이스는 그러지 않고서는 배심원단을 설득할 수 없다는 사실을 잘 알아. 24년이나 지난 사건인데 당연하지. 그래서 더더욱 내가 그를 맡아야 해. 보슈도 내가 맡고."

"적어도 보슈에게는 뭘 맡겨도 전혀 걱정할 필요가 없잖아."

"클라이브도 그 사실에 대해 곧 알게 되겠지."

"그게 무슨 뜻이야?"

"무슨 뜻이냐 하면, 클레버 클라이브 로이스를 과소평가하면 안 된다는 거야. 왜, 검사들이 늘 그러다가 당하잖아. 자신감에만 차 있으면, 상대의 공격에 무방비 상태가 되는 거라고."

"대단히 고맙군요, F. 리 베일리(F. Lee Bailey, O. J. 심슨의 변호인이었다―옮긴이) 씨. 명심하겠습니다."

"오늘 보슈는 어때?"

"보슈는 보슈지 뭐. 당신은 뭐 알려줄 소식 없어?"

나는 부엌에서 거실로 통하는 문 쪽을 살펴봤다. 헤일리는 커피탁자 위에 숙제를 펼쳐놓고 소파 위에 앉아 있었다.

"음, 한 가지 있어. 판사가 배정됐어. 브리트만, 112호 법정이야."

매기는 대답하기 전에 잠시 생각해보는 듯했다.

"양쪽 모두 아무 이득도 얻지 못할 것 같네. 정확히 중립을 지키는 판사잖아. 절대 검사든 피고 측 변호사든 어느 편에도 서지 않지. 단, 훌륭하고 심지 굳은 민사 변호사는 예외고. 그러니 양측 모두 판사 덕 보기는 그른 것 같네."

"우와, 공명정대한 판사라. 생각만 해도 대단한걸." 그녀는 대답이 없었다. "판사실에서 첫 회합이 열릴 거야. 수요일 아침 8시, 재판 시작 전에. 여기에 무슨 의미가 있다는 생각 안 들어?"

그것은 판사가 자신의 집무실에서 비공식적으로, 그리고 언론의 카메라를 피해 검사와 변호사를 만나 사건에 대해 논의하고 싶어한다는 것을 의미했다.

"좋은 징조 같네. 보나 마나 언론과 재판 절차에 관해 규칙을 정해두려 할 거야. 내 생각에는 그녀가 군기를 바짝 잡아 재판을 엄하게 운영하려고 작정한 것 같아."

"그래, 나도 그렇게 생각했어. 수요일에 시간 돼? 참석할 수 있겠어?"

"일정을 확인해봐야겠지만, 아마 될 거야. 이 재판 일정 말고 다른 건 다 지워버리려고 하고 있거든."

"오늘 로이스에게 첫 증거개시 자료를 넘겨줬어. 대부분 1심에서 나온 증거들을 합해놓은 거야."

"30일 마감 기한까지 넘기지 않고 좀 잡아둘 수도 있었잖아."

"그래, 하지만 그래서 무슨 득이 되는데?"

"요는 전략이지. 일찍 자료를 건네줄수록 그가 재판을 준비할 시간을 더 많이 주게 되는 거니까. 로이스 변호사는 신속한 재판권을 포기하지 않음으로써 우리를 압박해오려고 할 거야. 그러니 당신도 그 압박을 그대로 갚아주려면 마지막 순간까지 우리가 손에 쥔 걸 보여주지 않아야 하는 거야. 재판 시작 30일 전까지."

"다음번에는 그 사실 꼭 기억할게. 그렇지만 이번에 넘긴 건 정말 기본적인 사항들이야."

"세라 글리슨도 증인 목록에 들어 있어?"

"그래, 하지만 1986년에 사용하던 세라 랜디라는 이름으로 들어가 있어. 그리고 주소도 옛날 주소를 줬어. 클라이브는 우리가 그녀를 찾아낸

걸 몰라."

"마지막에 어쩔 수 없이 정보를 넘겨야 하는 순간까지는 그렇게 알고 있게끔 내버려두자. 세라가 괴롭힘을 당하면서 위협받는다는 느낌을 받게 하고 싶지 않아."

"재판에 증인으로 출두하기 위해 이쪽으로 와야 하는 것에 관해서는 세라에게 어떻게 얘기했어?"

"재판에는 이틀 정도 출석하면 될 테고, 거기에 오가는 시간을 더하면 될 거라고 했어."

"그 정도는 문제가 안 된대?"

"그게…… 현재 세라가 자기 사업을 하고 있는데, 시작한 지 2년밖에 되지 않았거든. 그리고 지금 굉장히 큰 프로젝트 하나를 진행하고 있기는 한데, 천천히 진행하는 건이라 괜찮다고 했어. 그렇지만 우리도 세라가 정확히 필요한 시점에 그녀를 데려오는 게 좋을 것 같아."

"아직 포트 타운센드에 있어?"

"응, 세라와 면담을 끝낸 지 이제 겨우 한 시간 정도 됐어. 저녁 먹을 거 간단히 사서 호텔로 들어왔어. 오늘 하루가 정말 길게 느껴지네."

"그럼 내일 올 거야?"

"계획은 그래. 하지만 2시 전에는 비행기를 탈 수가 없어. 여객선을 타고 나가야 하거든. 그게 공항으로 갈 수 있는 유일한 교통편이야."

"알았어. 그럼 내일 아침에 호텔 떠나기 전에 전화해. 혹시 증인과 관련해서 내게 뭔가 다른 생각이 떠오를 수도 있으니까."

"알았어."

"증인이 말하는 거 둘 중 하나가 받아 적기는 했어?"

"아니, 그러면 세라가 긴장할 것 같아서."

"그럼 녹음은?"

"그것도 안 했어. 같은 이유로."

"잘했어. 어떻게든 이 사실은 증거 목록에서 오랫동안 제외시켜두고 싶거든. 보슈에게 아무것도 적어두지 말라고 해. 세라가 범인을 지목할 때 이용했던 사진 여섯 장은 로이스에게 복사해줘야겠지만, 더는 없어. 그걸로 끝이야."

"그래, 내가 보슈에게 말할게."

"언제? 오늘 밤, 아니면 내일?"

"무슨 질문이 그래?"

"아니야, 신경 쓰지 마. 더 전할 말은 없는 거지?"

"그래."

이런 상황에 미리 대비했어야 하는데, 실수하고 말았다. 내 치졸한 질투심이 나도 모르게 불시에 튀어나와 버린 것이다.

"나, 우리 딸한테 잘 자라고 인사하고 싶어."

"아, 그렇지." 나는 전신에서 안도감이 터져 나오는 기분이었다. "전화 바꿔줄게."

나는 전화기를 헤일리 쪽으로 쳐들었다.

"딸, 엄마야."

2부

미로

14 SIS 감시일지

2월 23일 화요일, 오후 8시 45분

둘 다 조용히 제 할 일만 했다. 보슈는 식탁 끄트머리에 앉아서, 딸은 그 반대편 끝에 앉아서. 그는 처음 넘어온 SIS 감시일지를 보고 있었고, 아이는 교과서와 노트북 컴퓨터를 앞에 펼쳐놓고 숙제를 하는 중이었다. 그들은 가까이 있었지만, 아주 가깝지는 않았다. 제섭 사건은 보슈가 과거의 증인들을 추적하고 새로운 증인을 찾아내려 애쓰는 동안 그의 일상을 온통 차지해버렸다. 최근 며칠간 그는 딸과 거의 시간을 보내지 못했다. 자신을 낳아준 부모와 마찬가지로 매들린도 뒤끝이 장난 아니었기에, 학교 교감선생님의 보호 아래 하룻밤을 홀로 지내게끔 남겨졌던 그 사소한 사건을 그냥 용서하고 넘어가려 하지 않았다. 딸아이는 침묵으로 아빠를 상대했고, 벌써 14살이나 되었으니 그 방면에는 전문가였다.

SIS 감시일지 역시 보슈에게 당혹스러움만 안겨주었다. 그 안에 들어 있는 내용 때문이 아니라, 그것이 그의 손에 너무 늦게 도착한 까닭이었다. 일지는 전형적인 관료행정체계를 통과해서 전달되었다. SIS 사무국에서 RHD(강도 및 살인사건 전담반―옮긴이) 사무실로, 그다음에는 보슈의 상관에게 전달되어 그의 서류함에 사흘이나 들어 있다가 마침내 보슈의 책상 위로 오게 된 것이었다. 결론만 얘기하자면, 그는 제이슨 제섭의 감시가 시작되고 나서 첫 사흘간 작성된 일지를 손에 들고 있었다. 그것은 다시 말해, 뭔가 일이 터져도 그는 사흘에서 엿새쯤 지난 후에야 그 사실을 인지하게 되리라는 얘기였다. 아무리 생각해도 절차가 너무 느렸다. 상황을 바꾸기 위해 뭔가 조치를 취해야만 했다.

일지는 감시 대상이 움직인 날짜, 시간, 장소를 간단히 설명하고 있었다. 대부분의 항목은 설명이 딱 한 줄밖에 없었다. 사진이 함께 딸려왔지만, 감시당한다는 사실을 제섭이 알아차리지 못하게 하려고, 대부분 상당히 먼 거리에서 찍은 것이었다. 따라서 자유롭게 시내를 돌아다니는 제섭의 모습이 모래알만 하게 나와 있었다.

보고서를 다 읽고 나니, 제섭이 이미 공적인 삶과 사적인 삶을 따로 구분해 살아가기 시작했다는 느낌이 들었다. 낮 동안 그는 언론과 합세하여 교도소 바깥의 삶을 다시 익히는 자신의 모습을 공공연히 선전하고 다녔다. 운전을 다시 익히고, 음식 메뉴를 선택하고, 단번에 5킬로미터나 되는 거리를 조깅하는 등. 그러나 밤이 되면 완전히 다른 모습의 제섭이 나타났다. 사람들의 시선이나 카메라에 의해 여전히 감시당하고 있다는 사실을 알아차리지 못한 채, 그는 빌린 차를 타고 홀로 여행을 떠났다. 도시의 구석구석을 뒤지고 다녔다. 술집도 가고, 스트립클럽도 갔으며, 매춘부의 집도 찾아갔다.

이런 활동 중에서도 보슈의 관심을 가장 크게 끈 것이 하나 있었다. 자유를 찾은 지 사흘째 되던 날, 제섭은 산타모니카 산맥 꼭대기까지 구불구불 이어져 올라가는 멀홀랜드 드라이브를 운전해갔다. 그 길은 도시를 절반으로 가르고 있었다. 낮이든 밤이든, 멀홀랜드 드라이브는 도시에서 볼 수 있는 가장 근사한 풍경을 제공했다. 그러니 제섭이 거길 찾아간 것은 그리 놀랄 일도 아니었다. 그곳에는 남북으로 도시의 아른거리는 야경을 바라볼 수 있도록 전망대가 몇 곳 설치돼 있었다. 두말할 필요 없이 기운을 북돋우는 장관을 볼 수 있었다. 보슈도 과거에 몇 번 찾아간 적이 있었다.

그러나 제섭은 전망대에는 단 한 곳도 들르지 않았다. 그는 프랭클린 캐니언 공원 입구 근처 도로에 차를 세웠다. 그러고는 차에서 내려 폐장한 공원 안으로 몰래 숨어 들어갔다.

이 때문에 SIS의 감시는 난관에 봉착했다. 공원이 텅 비어 있었기에, 감시대원들이 너무 가까이 붙게 되면 발각될 위험이 컸기 때문이었다. 이 부분에서 보고서는 그 어느 일지보다 간결했다.

2010/02/20─01:12. 용의자가 프랭클린 캐니언 공원으로 들어감. 블라인드 맨 산책로 시작 지점, 북동쪽 모퉁이 소풍 탁자 주변에서 관찰됨.

2010/02/20─02:34. 용의자가 공원을 떠나 멀홀랜드 드라이브 서쪽에서 405번 고속도로를 타고 가다가 남쪽으로 향함.

그 후에 제섭은 베니스 해변에 있는, 자신이 방 한 칸을 빌려 쓰고 있는 아파트로 돌아갔고, 그곳에서 밤새 머물렀다.

일지에는 공원에 있는 제섭의 모습을 촬영한 후 프린트한 적외선 사진 한 장도 끼워져 있었다. 어둠 속에서 소풍 탁자 앞에 앉아 있는 모습이었다. 그저 앉아만 있었다.

보슈는 사진을 탁자 위에 내려놓고 딸을 바라봤다. 아이는 그와 마찬가지로 왼손잡이였다. 평가지에 수학 문제를 풀고 있는 듯했다.

"왜요?"

딸애는 죽은 엄마의 촉을 그대로 물려받았다.

"어, 너 지금 온라인에 접속해 있니?"

"네, 뭐 필요하세요?"

"프랭클린 캐니언 공원 지도 좀 띄워볼래? 멀홀랜드 드라이브 근처야."

"이것만 마저 하고요."

그는 아이가 수학 문제 계산하던 것을 끝낼 때까지 참을성 있게 기다려주었다. 보나 마나 그 문제들은 그의 이해력에서 몇 광년은 떨어져 있을 게 분명했다. 지난 넉 달 동안 그는 딸애가 숙제를 도와달라고 청해오면 어쩌나 하는 두려움 속에서 살아왔다. 아이의 학업 능력은 그의 실력과 지식을 이미 오래전에 추월해 있었다. 따라서 그 영역에서 그는 거의 무용지물에 가까웠기에 다른 영역, 특히 관찰이나 자기방어기제 같은 영역에서 아이를 도와주는 데 집중해왔다.

"됐어요."

딸애가 연필을 내려놓고, 컴퓨터를 가운데로 끌어당겼다. 보슈는 시계를 확인했다. 9시가 다 돼가고 있었다.

"여기요."

매디가 화면을 아빠 쪽으로 돌리고 컴퓨터를 탁자 아래쪽으로 밀었다. 공원은 보슈가 생각했던 것보다 컸다. 멀홀랜드 남쪽에서 콜드워터 캐니언 대로 서쪽까지 쭉 이어져 있었다. 지도 모퉁이에 적힌 기호 설명 표에 따르면 면적은 605에이커였다. 보슈는 할리우드 힐스의 요지에 있는 공공보호구역의 면적이 그 정도로 넓은지 전혀 깨닫지 못한 채 살아왔다. 지도에는 산책할 수 있는 여러 오솔길과 소풍 장소가 표시돼 있었다. 북동쪽에 있는 소풍 장소는 블라인더맨 산책로 끝부분에 위치해 있었다. 그는 SIS 일지에 적힌 '블라인드 맨'이라는 말은 '블라인더맨'을 잘못 적은 게 분명하다는 생각이 들었다.

"뭐예요?"

해리가 딸을 바라봤다. 이틀 만에 처음으로 딸이 대화를 시도하고 있었다. 그는 이 기회를 놓치지 않으리라 마음먹었다.

"음, 우리가 이자를 감시하고 있거든. 특별수사대에 속한 감시 전문가들이 얼마 전에 감옥에서 풀려난 이자를 몰래 따라다니는 거야. 오래전에 어린 소녀를 살해한 자거든. 그리고 무슨 이유에선지는 모르지만 이자가 이 공원에 가서 소풍 탁자에 앉아 있다가 왔어."

"그래서요? 보통 사람들이 공원에 가면 하는 일 아니에요?"

"그런데 그게, 이자가 여길 찾아간 시간이 한밤중이었거든. 공원도 문을 닫는데, 몰래 들어가서…… 그냥 거기 앉아만 있었다니까."

"어릴 때 그 공원 근처에서 자란 거 아닐까요? 어쩌면 어린 시절 추억의 장소들을 찾아다니고 있는지도 모르잖아요."

"그런 것 같진 않아. 우리는 그가 리버사이드 카운티에서 성장했다는 사실을 알고 있거든. LA에는 서핑하러 잠깐씩 다녀가곤 했던 것 같은데, 멀홀랜드와는 아무 관련성을 찾아내지 못했어."

보슈는 다시 한 번 지도를 찬찬히 살펴보다가, 공원으로 들어가는 입구가 공원 위쪽과 아래쪽에 하나씩 있다는 사실을 알아차렸다. 제섭은 위쪽 입구를 통해 들어갔다. 일부러 그 소풍 구역과 블라인더맨 산책로를 찾아간 게 아니라면, 굳이 위쪽 입구까지 찾아 올라갈 필요가 없는 일이었다.

그는 컴퓨터를 딸 앞쪽으로 다시 밀어주었다. 그리고 다시 한 번 시계를 확인했다.

"숙제는 다 된 거니?"

"다 '끝낸 거니'예요, 아빠. '숙제는 다 끝냈니'라고 물어보거나, 아니면 다 했느냐고 물어봐야 해요."

"미안, 숙제는 다 끝냈니?"

"한 문제만 더 풀면 돼요."

"좋아. 나 얼른 전화 한 통만 할게."

라이트 부서장의 휴대폰 번호는 감시일지에 적혀 있었다. 보슈는 그가 집에 들어가 있을 테고, 전화를 걸어 사생활을 방해하면 짜증을 낼지도 모른다고 생각했지만, 그래도 전화를 걸어보기로 했다. 그는 딸이 마지막 수학 문제를 푸는 것을 방해하지 않기 위해 자리에서 일어나 거실로 갔다. 그리고 휴대전화로 서장의 전화번호를 눌렀다.

"특별수사대 라이트 부서장입니다."

"부서장님, 해리 보슈입니다."

"어쩐 일인가, 보슈?"

짜증 난 목소리는 아니었다.

"댁에 계실 텐데 이렇게 불쑥 전화해서 죄송합니다. 상의드릴 게 좀 있어서……."

"집에 있는 거 아니야. 자네가 수사하는 친구하고 같이 있네."

보슈는 놀랐다.

"무슨 일이라도 있습니까?"

"아냐, 야간 근무가 더 재미있는 것 같아서."

"제섭은 지금 어디 있는데요?"

"베니스 해변에 있는 타운하우스라는 술집에 들어가 있네. 아는 곳인가?"

"가본 적이 있습니다. 제섭은 혼자 있나요?"

"그렇기도 하고 아니기도 해. 들어갈 때는 혼자였지만, 곧 사람들이 알아봤거든. 술이야 맘껏 마시지 못하겠지만, 보나 마나 헤픈 여자 하나쯤은 골라잡아 나오겠지. 아까도 말했지만, 밤 근무가 훨씬 재미있다니까. 우리가 잘하고 있는지 확인하려고 전화했나?"

"아닙니다. 부서장님께 몇 가지 말씀드리고 싶은 게 있어서요. 감시일지를 보는 중이었는데, 우선은 제가 이걸 좀 더 빨리 전달받을 방법이 없을까요? 사흘 전부터 내내 일지가 들어오길 기다리고 있었거든요. 또 한 가지는 프랭클린 캐니언 공원 건입니다. 그가 왜 거기에 들렀다고 생각하세요?"

"언제 간 걸 말하는 건가?"

"그가 거길 두 번이나 갔나요?"

"실은 세 번 갔어. 나흘 전에 처음 갔고, 어제와 그제 연달아 또 갔지."

보슈는 제섭이 대체 무슨 꿍꿍이를 꾸미고 있는지 전혀 짐작할 수 없었기에 이 정보가 무척이나 흥미로웠다.

"어제와 그제는 거기서 뭘 했습니까?"

매디가 식탁에서 일어나 거실로 들어왔다. 그리고 소파에 앉아 보슈가 수화기에 대고 나누는 대화 소리에 귀를 기울였다.

"첫날 했던 것하고 똑같이 했네." 서장이 말했다. "안으로 몰래 들어가서 같은 소풍 구역으로 갔지. 그러고는 뭔가를 기다리는 사람처럼 거기 가만히 앉아 있었어."

"뭘 기다려요?"

"자네가 얘기해보게, 보슈."

"저도 그럴 수 있었으면 좋겠네요. 매일 밤 같은 시각에 갔습니까?"

"30분 안팎으로 시차를 두고."

"매번 멀홀랜드 쪽 입구로 들어갔고요?"

"맞아. 안으로 숨어 들어가서 같은 길을 따라 올라가 같은 소풍 구역으로 갔네."

"왜 반대편 입구를 통해 들어가지 않았는지 궁금한데요. 그게 안으로 들어가기가 훨씬 용이했을 텐데 말입니다."

"멀홀랜드 드라이브를 운전해가면서 야경 바라보는 걸 좋아하는지도 모르지."

부서장의 말도 상당히 일리가 있었기에 보슈는 그것도 고려해볼 필요가 있다고 생각했다.

"부서장님, 대원들에게 다음번에 그가 거기 들어가면 제게 전화해달라고 일러놔 주실래요? 시간은 몇 시가 됐든 상관없습니다."

"전화는 할 수 있지만, 자네가 직접 공원에 들어가서 제섭 가까이로 접근할 수는 없어. 그건 너무 위험해. 우리가 감시하고 있다는 걸 노출시키고 싶지는 않네."

"그 점은 이해합니다. 어쨌든 꼭 전화하라고 전해주세요. 그냥 알고 싶어서 그럽니다. 그리고 일지에 관한 건 어떻게 하실 건가요? 제가 조금만 빨리 받아볼 수 있는 방법이 없을까요?"

"원한다면 매일 아침 자네가 직접 SIS로 와서 가져가도 돼. 이미 알아차렸겠지만, 일지는 오후 6시부터 다음 날 오후 6시까지를 하루 주기로 잡고 작성하네. 그날그날의 일지는 다음 날 아침 7시에 상부에 올리거든."

"좋습니다, 제가 직접 가지러 가죠. 정보 주셔서 고맙습니다."

"그럼 쉬게."

보슈는 전화를 끊었다. 그는 제섭이 프랭클린 캐니언 공원에 가서 대체 무엇을 하는 것인지 궁금했다.

"부서장님이 뭐래요?"

매디가 물었지만, 보슈는 잠시 뜸을 들였다. 그리고 매번 사건을 맡아 처리하는 동안 자신이 무슨 일을 하는지 아이에게 속속들이 다 말해줘도 되는 것일지 백 번째로 다시 생각해봤다.

"내가 맡은 용의자가 지난 이틀 동안에도 밤마다 그 공원에 갔었다는구나. 매번 뭔가를 기다리며 거기 앉아 있기만 했대."

"뭘 기다려요."

"그건 아무도 모르지."

"혹시 다른 사람들로부터 멀리 떨어져서 철저히 혼자가 될 수 있는 장소에 가고 싶었던 게 아닐까요?"

"그럴지도 모르지."

대답은 했지만, 보슈는 그럴 것 같지 않다는 생각이 들었다. 그는 제섭이 하는 일은 모두 계획하에 진행되는 것이리라 믿었다. 따라서 그 계획이 무엇인지 알아내야만 했다.

"난 숙제 다 끝냈어요." 매디가 말했다. "〈로스트(Lost)〉 같이 보실래요?"

그들은 TV에서 5년간 방영한 분량쯤 되는 드라마 DVD를 천천히 훑어 나가는 중이었다. 〈로스트〉는 비행기 추락으로 남태평양의 한 무인도에 살아남은 몇 명의 사람들에 관한 이야기였다. 보슈는 매번 지난번에 본 내용을 기억해내기도 벅찼지만, 딸이 워낙 푹 빠져 있는 까닭에 함께 보기는 했다.

그러나 지금 당장은 TV를 볼 시간적 여유가 없었다.

"좋아, 딱 한 편만 보자." 그가 말했다. "그런 다음 자러 들어가는 거야. 아빠는 또 일해야 해."

아이가 미소 지었다. 기분이 좋아진 모양인지, 이 순간만큼은 아빠가 쓰는 말의 문법적인 오류도 부모의 도를 넘은 참견도 다 잊은 듯했다.

"틀어봐." 보슈가 말했다. "그리고 지난번에 어떤 내용이었는지 말해줘."

5시간 후에, 보슈는 심한 난기류에 흔들리는 제트기 안에 앉아 있었다. 딸아이는 그의 옆쪽 빈자리가 아니라 통로 맞은편에 앉아 있었다. 그들은 통로 쪽으로 팔을 뻗어 손을 맞잡았지만, 비행기의 흔들림이 계속해서 두 사람을 떼어놓았다. 그는 딸의 손을 끝까지 잡고 있을 수가 없었다.

그가 자리에 앉은 채 뒤쪽을 돌아보는 순간, 비행기 뒤쪽이 잘리더니 떨어져 나갔다. 보슈는 진동 소리에 잠에서 깨어났다. 침대 옆 탁자로 팔을 뻗어 전화기를 잡았다. 그리고 애써 목청을 가다듬으며 전화를 받았다.

"보슈입니다."

"SIS 대원 시플리라고 합니다. 전화드리라고 전달받아서요."

"제섭이 공원에 있나?"

"예, 공원에 들어갔습니다. 그런데 오늘 밤엔 다른 쪽입니다."

"어디지?"

"멀홀랜드 쪽 프라이먼 캐니언입니다."

보슈도 프라이먼 캐니언을 알았다. 프랭클린 캐니언에서 10분쯤 떨어진 곳이었다.

"거기서 뭘 하고 있나?"

"그냥 오솔길을 따라 걷고 있습니다. 다른 공원에서와 마찬가집니다. 그렇게 길을 따라 걷다가 자리를 잡고 앉습니다. 그런 다음에는 아무것도 하지 않고 한참 앉아 있다가 공원을 떠나는 게 보통입니다."

"알았네."

보슈는 빛을 뿜어내는 시계를 바라봤다. 2시 정각이었다.

"나오실 겁니까?"

시플리가 물었다. 보슈는 제 방에서 자고 있는 딸애를 떠올렸다. 나갔다가 애가 일어나기 전에 돌아와도 될 터였다.

"음…… 아니, 딸애만 있어서 두고 나갈 수가 없네."

"예, 편하실 대로 하세요."

"자네 근무는 몇 시에 끝나지?"

"7시쯤이요."

"그럼 그때 다시 전화 좀 주겠나?"

"예, 원하시면 그러겠습니다."

"매일 아침 자네 교대 시간이 끝날 때마다 전화를 주게. 그리고 그가 다닌 곳을 좀 알려줘."

"어…… 예, 그러죠. 알겠습니다. 그런데 뭐 좀 여쭤봐도 될까요? 이자가 어린 소녀를 죽인 게 맞나요, 그런가요?"

"맞네."

"그리고 그 사실을 확신하고 계신 겁니까? 제 말은, 그러니까 그 사실에 의심의 여지가 없나요?"

보슈는 세라 글리슨과의 면담을 떠올렸다.

"난 전혀 의심하지 않네."

"좋습니다. 이제 안심이 되네요."

보슈는 시플리가 무슨 말을 하고자 하는지 이해했다. 확신을 얻고 싶은 것이리라. 만약 상황이 제섭에게 치명적인 공격을 가해야 한다고 지시한다면, 그들이 누구를 그리고 무엇을 조준해야 할지 확실히 알아야 하지 않겠는가. 그가 살인범이라는 사실 외에는 어떤 말도 필요치 않았다.

"고맙네, 시플리." 보슈가 말했다. "나중에 또 통화하세."

보슈는 전화를 끊고 다시 베개 위로 고개를 뉘었다. 그는 비행기에 관한 꿈을 다시 떠올렸다. 딸에게 손을 내밀었지만, 아이의 손을 잡을 수 없던 그 상황을.

15 브리트만 판사와의 첫 만남

2월 24일 수요일, 오후 8시 15분

다이앤 브리트만 판사는 자신의 집무실에서 우리를 반갑게 맞이했고, 커피와 쇼트브레드 쿠키를 대접했다. 형사법원 판사가 베풀기에는 매우 이례적인 접대였다. 참석자는 나와 차석 검사 매기 맥퍼슨, 그리고 클라이브 로이스였다. 그는 동료 변호사 없이 혼자 오기는 했지만 두둑한 배짱만큼은 확실히 챙겨왔는지, 커피 대신 뜨거운 차를 마셔도 되겠느냐고 판사에게 부탁했다.

"음, 이렇게 모이니 정말 좋군요." 우리가 컵과 컵받침을 손에 들고 책상 앞에 모두 자리를 잡고 앉자 판사가 말했다. "제 법정에서는 여러분 중에 누구도 직무 수행하는 모습을 본 적이 없는 것 같네요. 그러니 내 방에서 조금은 격식을 차리지 않고 시작해보는 것도 괜찮겠다 싶었습니다. 그렇지만 필요하다면 언제든 법정으로 나가서 공식적으로 처리할 수도 있고요."

그녀가 미소 지었지만, 우리 중에는 그 미소에 화답하는 사람이 없었다.

"우선 나는 법정에서 지켜야 할 예의를 매우 중요하게 생각한다는 말부터 해야겠네요." 브리트만이 계속 말을 이었다. "그러니 내 앞에서 직무를 수행하는 검사와 변호사도 그렇게 해주길 바랍니다. 나는 이 재판이 증거와 진실로 활기를 띠어주기를 기대하겠습니다. 하지만 예의와 법적 도리를 넘어서는 그 어떤 시도나 행위도 결코 묵과하고 지나치지 않을 겁니다. 이 점을 양측 모두 명확히 이해해주시기 바랍니다."

"물론입니다, 존경하는 재판장님."

매기가 대답했고, 나와 로이스는 고개를 끄덕였다.

"좋아요. 그럼 언론보도 범위에 관해 얘기해보죠. 언론은 과거 고속도로 위에서도 O. J. 심슨을 따라다니던 헬리콥터처럼 이 사건 위를 끊임없이 맴돌 거예요. 거기엔 의심의 여지가 없습니다. 현재 세 군데 지역 제휴 통신망과 다큐멘터리 제작사 한 곳, 그리고 데이트라인 NBC에서 내게 신청서를 보내왔습니다. 모두가 이 재판의 전 과정을 카메라에 담고 싶어해요. 물론 배심원단만 안전하게 보호될 수 있다면, 난 그렇게 하는 데 아무 문제가 없다고 봅니다. 내 걱정은 법정 밖에서 발생할 수 있는 그 외의 활동에 있습니다. 이 문제에 관해 혹시 의견 있으신 분 있나요?"

나는 잠시 기다렸으나, 아무도 말이 없기에 입을 열었다.

"재판장님, 이 사건의 특성상, 그러니까 24년이나 지난 사건을 재심한다는 특성상, 언론의 관심이 이미 지나칠 만큼 높아졌습니다. 따라서 언론이라는 여과지를 통해 이 사건을 인식하고 있지 않은 12명의 배심원과 2명의 대체 인원을 확보하는 데 보나 마나 큰 어려움을 겪을 것이라 예상됩니다. 제 말은, 이미 우린 서핑을 하며 《타임스》지 1면을 장식한 피고의 모습을 보았고, 레이커스 팀 경기에서 농구 경기장 맨 앞줄에 앉아 있는 그의 모습도 목격했습니다. 그러니 무슨 수로 이번 재판에 전혀 편파적이지 않은 배심원을 찾아내겠습니까? 언론은 로이스 변호사의 전폭적인 도움에 힘입어 피고를 가엽고 박해받은 무고한 사람으로 그려내고 있을 뿐,

현재 증거가 그에게 얼마나 불리한지에 대해서는 눈곱만큼도 알지 못합니다."

"재판장님, 이의 있습니다."

로이스가 말했다.

"자넨 이의를 제기할 수가 없어." 내가 말했다. "여긴 법정이 아니야."

"자넨 얼마 전까지만 해도 피고 측 변호사였어, 믹. 유죄가 입증될 때까지는 피의자에게 무슨 일이든 일어날 수 있는 거 아닌가?"

"그는 이미 유죄가 입증됐어."

"캘리포니아 주 대법원은 이 소송에서 정의의 왜곡이 있었다고 판단했네. 그게 자네가 주장하는 바인가?"

"들어봐, 로이스. 난 변호사야, 그 말은 맞아. 하지만 유죄가 입증되기 전까지는 무죄가 추정된다는 사실은 자네가 법정에서 들이대야 할 잣대이지, 〈래리 킹 라이브 쇼(Lany King Live)〉에 나가서 떠들어댈 말이 아니라고."

"우린 〈래리 킹 라이브 쇼〉에는 아직 나가지 않았네."

"보셨죠, 판사님, 제 얘기가 무슨 뜻인지? 로이스 변호사가 원하는 것은……."

"신사분들, 그만하세요!"

브리트만이 말했다. 그러고는 우리의 격해진 감정이 가라앉기를 잠시 기다렸다.

"이건 한편으로는 대중의 알 권리를 지켜주면서 다른 한 편으로는 언론에 오염되지 않은 배심원과 방해받지 않는 재판과 정의로운 결과를 우리에게 제공해줄 안전장치를 찾아내야 하는 매우 전형적인 상황이에요."

"그렇지만, 존경하는 재판장님." 로이스가 서둘러 입을 열었다. "우린 언론이 이 재판을 파고드는 것을 금지할 수는 없습니다. 언론의 자유는 미국 민주주의의 주춧돌입니다. 그리고 저는 한 발 더 나아가서, 이번 재심을 가능하게 한 판결 자체에 재판장님과 검찰 측이 주의를 기울여주시길 간청합니다. 대법원은 첫 재판에서 증거가 심히 부족했다는 점을 발견했을 뿐 아니라, 제 의뢰인을 고발한 검찰의 부패한 방식도 크게 책망했습니다. 그런데 이제는 언론이 이 사건을 들여다보지 못하도록 막으려는 건가요?"

"참 나, 이거 왜 이러세요." 매기가 어이없다는 듯이 말을 받았다. "우린 지금 언론의 접근을 전면 봉쇄해야 한다거나, 당신이 옹호하는 그 숭고한 언론의 자유를 내팽개쳐버려야 한다는 얘기를 하는 게 아니잖아요. 핵심은 그게 아니라고요. 변호사님은 지금 미리 언론을 조작해서 배심원 선정 예비 청문회에 영향을 미치려 하고 있다고요."

"그건 말도 안 되는 얘기입니다!" 로이스가 소리 질렀다. "그래요, 내가 언론의 요청에 응하기는 했습니다. 그건 맞아요. 하지만 뭔가에 영향을 미치겠다는 의도는 전혀 없었습니다. 존경하는 재판장님, 이건 정말이지……."

판사의 책상에 뭔가 날카롭게 부딪히는 소리가 들렸다. 그녀가 장식용 펜 꽂이에서 조약돌 하나를 집어 들어 책상의 목제 표면 위로 세게 내리친 것이었다.

"그만 진정들 하시죠." 브리트만이 말했다. "그리고 개인적인 공격은 자제하도록 합시다. 앞서 말했지만, 양쪽 모두를 만족시킬 만한 대체 수단이 있어야 해요. 나는 언론의 입에 재갈을 물릴 생각은 전혀 없습니다. 하지만 진행 중인 재판에 책임감 있는 태도로 임하지 않는다는 생각이 들 경우 검찰 측과 피고 측 양쪽 대리인에게 함구령을 내릴 겁니다. 우선은 무엇이 책임감 있는 행동이고, 언론과의 책임감 있는 상호작용이 될지 여러분 각자가 결정하게끔 하는 것으로 시작해볼까 합니다. 그렇지만 누구든 이 지시사항을 위반할 경우 매우 빠르게 불리한 제재를 받게 되리라는 사실을 기억하세요. 사전 경고는 없습니다. 선을 넘으면 그 즉시 끝입니다."

판사는 잠시 말을 멈추고 대응을 기다렸다. 아무도 입을 열지 않았다. 그녀는 황금 펜 옆의 특별 제작된 받침대에 집어 들었던 조약돌을 내려놓았다. 그리고 이전의 친근한 목소리로 돌아와 다시 말을 이었다.

"좋아요." 그녀가 말했다. "그럼, 모두 이해했으리라 믿습니다."

브리트만 판사는 이제 재판과 밀접한 관련이 있는 다른 사항들로 옮겨가 보자고 말했다. 그리고 그녀의 첫 번째 정류장은 재판 날짜였다. 판사는 양측 모두에게 앞으로 기간이 6주도 남지 않았는데 일정대로 재판에 임할 준비가 되겠느냐고 물었다. 로이스는 다시 한 번 자신의 의뢰인은 신속한 재판을 치를 법적 권리를 포기하지 않으리라고 답변했다.

"검찰 측이 증거개시 자료를 가지고 계속 장난만 치지 않는다면, 피고 측은 4월 5일이면 재판에 임할 준비가 될 겁니다."

나는 고개를 저었다. 도저히 당할 수가 없는 친구라는 생각이 들었다. 그동안 나는 증거개시 절차가 예정대로 진행되게 하려고 나름 애써왔다. 그런데 로이스는 판사 앞에서 마치 내가 사기꾼이라도 되는 듯한 인상을 심어주기로 결정한 것이다.

"장난이라고?" 내가 말했다. "판사님, 저는 이미 로이스 변호사에게 첫 번째 증거 파일을 넘겼습니다. 하지만 판사님도 아시겠지만, 이건 양방향 통행로나 마찬가지입니다. 그런데 검찰 측은 변호인에게서 아직 아무런 자료도 받지 못했습니다."

"판사님, 저는 첫 재판 자료에서 나온 증거 파일과 1986년 증인 목록만을 건네받았을 뿐입니다. 이건 증거개시 절차의 정신과 규칙을 완전히 전복시키는 행위나 다름없습니다."

브리트만이 나를 바라봤고, 나는 로이스가 성공적으로 점수를 올렸다는 사실을 인정해야 했다.

"그게 사실입니까, 할러 검사?"

판사가 물었다.

"그렇지 않습니다, 존경하는 재판장님. 증인 목록에는 빠진 사람도 있고 추가된 사람도 있습니다. 게다가 저는……."

"이름 하납니다." 로이스가 끼어들었다. "이름 하나를 끼워 넣었는데, 그는 지금 할러 검사의 수사를 돕고 있는 수사관입니다. 얼마나 대단합니까. 마치 제가 검찰 측 수사관이 증인으로 나올 줄 전혀 몰랐다는 듯이 말이에요."

"글쎄요, 지금 상황에서는 그게 저희가 확보한 유일한 새 이름이라서요." 매기가 우리의 싸움에 기세 좋게 끼어들었다. "존경하는 재판장님, 검찰은 재판 개시 30일 전까지 모든 자료를 전달해야 할 의무가 있습니다. 그런데 제 계산에 따르면 재판까지는 아직 40일이나 남아 있습니다. 로이스 변호사는 아직 때가 되지도 않았는데, 증거자료를 건네주려 애쓰는 검찰 측의 성실한 노력에 대해 불평해대고 있을 뿐입니다. 가만 보니 로이스 변호사에게는 아무리 성실하게 굴어봐야 욕만 먹게 되는 것 같습니다."

판사는 책상 왼쪽 벽에 걸린 달력을 바라보며 이제 그만 하라는 신호로 손을 들어 보였다.

"내가 보기에 맥퍼슨 검사가 핵심을 짚은 것 같네요." 판사가 말했다. "너무 성급한 불평이었어요, 로이스 변호사. 양쪽 모두 증거자료를 넘기는 기한은 이번 주 금요일, 3월 3일입니다. 그때 문제가 생기면 다시 얘기하도록 하죠."

"알겠습니다, 재판장님."

로이스가 온순하게 대답했다. 나는 팔을 뻗어 매기의 손을 잡고 공중으로 번쩍 치켜들어 승리의 악수라도 나누고 싶은 심정이었지만, 그래서는 안 될 듯했다. 하지만 어쨌든 로이스를 상대로 1점이라도 얻었다는 사실만은 기쁘기 그지없었다.

공판 전에 논의해야 하는 몇 가지 일반적인 사항에 대해 좀 더 이야기를 나눈 후, 회의는 끝났다. 우리는 법정을 통과해 밖으로 나가기 위해 판사의 집무실을 걸어 나왔다. 법정에서 나는 서기와 몇 마디 나누기 위해 잠시 걸음을 멈췄다. 그녀와 친한 사이는 아니었지만, 로이스와 함께 법정 밖으로 걸어나가고 싶지 않았다. 어느 순간 감정이 폭발해버릴까 봐 겁이 났는데, 그거야말로 정확히 그가 원하는 바일 터였다.

그가 법정 뒷문을 통과해 나가자마자, 나는 대화를 멈추고 옆에 서 있던 매기와 함께 밖으로 향했다.

"놈의 엉덩이를 제대로 걷어차 줬어, 매기 맥피어스." 내가 말했다. "물론 말로 그랬다는 거지."

"재판에서 그렇게 해야지 지금은 아무 소용 없어."

"걱정 마, 그렇게 될 거야. 당신이 증거 목록 채우는 것 좀 맡아서 해줬으면 좋겠는데. 가서 검사들이 하는 대로 뭐든 해봐. 있는 대로 다 쌓아올려 보라고. 자료가 너무 많아서 뭐가 중요하고 누가 중요한지 로이스가 절대로 알아차리지 못하게 만들어버려."

매기가 돌아서서 등으로 문을 밀며 미소를 지어 보였다.

"이제야 발동이 걸린 모양이네."

"그래야지."

"세라는 어떻게 할까? 우리가 그녀를 찾았다는 걸 로이스도 알아차리게 될 거야. 그리고 영리하다면 우리가 자료를 넘길 때까지 기다리지 않겠지. 분명히 자기 수사관을 시켜서 찾아보게 할걸. 그럼 세라의 행적이 드러날 텐데. 보슈가 그걸 증명해 보였잖아."

"그걸 막기 위해 우리가 할 수 있는 일이 별로 없잖아. 말이 나와서 말인데, 오늘 아침에 보슈는 어디 있는 거야?"

"전화가 왔었는데, 뭔가 확인할 게 좀 있대. 나중에 올 거야. 세라에 관한 내 질문에 아직 답 안 해줬잖아. 세라가 증인 서는 건……."

"어쩌면 피고 측을 위해 일하는 다른 방문객이 찾아갈지도 모른다고 세라에게 미리 귀띔해줘. 그리고 원하지 않으면 아무하고도 얘기 안 해도 된다는 것도 알려주고."

우리는 복도로 나가서 승강기 쪽으로 향했다.

"만약 그들과 얘기를 안 하려고 하면, 로이스가 판사에게 또다시 항의해댈걸. 세라가 주요 증인이잖아, 미키."

"그래서? 세라가 원치 않는다면 판사도 억지로 말하게 강요할 수 없어. 그동안 로이스는 준비할 시간을 다 허비하겠지. 그는 아까 안에서 판사에게 했던 것처럼 장난을 치려고 들 거라고. 그러니 우리도 그대로 해주면 돼. 있잖아, 이렇게 하면 어떨까? 제섭과 감방을 함께 썼던 모든 재소자들을 증인 목록에 다 집어넣는 거야. 그럼 그의 수사관들도 한동안은 정신 못 차리겠지."

매기의 얼굴에 환한 미소가 떠올랐다.

"지금 그 말 진심이구나, 그렇지?"

우리는 붐비는 승강기 안으로 끼어들었다. 매기와 나는 키스를 나눌 수 있을 만큼 가까이 서 있었다. 나는 그녀의 눈을 바라보며 말을 이었다.

"왜냐하면, 지고 싶지 않거든."

16 레트로 작전

2월 24일 수요일, 오전 8시 45분

학교에 딸을 내려준 후, 보슈는 차를 돌려 우드로 윌슨을 따라 올라가서 집을 지나쳐 원하는 목적지로 갔다. 그곳은 사람들이 멀홀랜드 드라이브 위쪽 교차로라고 부르는 곳이었다. 멀홀랜드와 우드로 윌슨은 둘 다 길고 구불구불한 산길이었다. 두 길은 산 아래쪽과 맨 꼭대기에서 두 번 교차했다. 따라서 인근 사람들은 위쪽, 아래쪽 교차로라는 표현을 썼다.

산꼭대기에서 보슈는 오른쪽으로 차를 꺾어 멀홀랜드 드라이브로 올라섰고, 로럴 캐니언 대로를 만나는 지점까지 계속 차를 몰아갔다. 그리고 그 지점에서 차를 멈춰 세우고 휴대전화를 꺼냈다. 그는 시플리가 알려준 SIS 파견 경사의 전화번호를 눌렀다. 그의 이름은 윌먼이었고, 현재 SIS 감시 상황을 알고 있는 대원이었다. 언제라도 SIS 감시대는 서로 관련 없는 네댓 개의 사건 임무를 동시에 진행했다. 순서를 정하기 위해 각 임무마다 암호명이 주어졌기에, 용의자들의 진짜 이름은 무전을 통해 절대로 새어나오지 않았다. 제섭의 감시 임무는 오래된 사건과 재심이 관련돼 있다는 뜻에서 작전 레트로('Retro'에는 '복고풍'이나 '다시'라는 의미가 있다-옮긴이)라는 암호명으로 불리고 있었다.

"RHD의 보슈라고 하네. 내가 레트로 사건을 이끌고 있는데, 지금 용의자가 자주 출몰하는 장소 중 하나에 와 있거든. 그래서 용의자의 현재 위치가 어디인지 알았으면 해서 전화했네. 그와 마주치지 않아야 하거든."

"잠깐만 기다리십시오."

수화기를 내려놓는 소리가 전화기 저편에서 들려왔다. 그리고 곧 경사가 제섭의 위치를 묻는 무전 대화 소리가 들려왔다. 무전 응답이 보슈의 전화기까지 도달했을 때는 잡음으로 전혀 알아들을 수가 없었다. 그는 경사의 공식적인 대답을 기다렸다.

"레트로는 현재 포켓에 들어가 있습니다." 그가 즉시 보슈에게 보고해왔다. "낮잠을 자고 있는 것 같다고 합니다."

포켓에 들어가 있다는 말은 집에 있다는 의미였다.

"그럼 안전하군." 보슈가 말했다. "고맙네, 경사."

"언제든 연락만 주십시오."

보슈는 전화를 끊고 차를 출발시켜 다시 멀홀랜드 드라이브를 탔다. 몇 군데의 만곡부를 지난 후, 그는 프라이먼 캐니언 공원에 도착해 안으로 들어갔다. 보슈는 아침 일찍 야간 팀과 주간 팀이 감시 임무를 교대할 때 시플리와 통화했다. 그는 제섭이 다시 한 번 프랭클린 캐니언과 프라이먼 캐니언을 둘 다 방문했다고 보고했다. 보슈는 대체 제섭이 무슨 꿍꿍이인지 궁금해 죽을 지경이었다. 그리고 그 호기심은 제섭이 한때 랜디 가족이 살았던 윈저에 있는 집 앞을 운전해 다녔다는 보고를 듣고 나서 거의 극에 달했다.

프라이먼 캐니언은 매우 험준하고 깎아지른 공원으로 경사가 가파른 여러 갈래의 산책로가 나 있었으며, 꼭대기에 올라가면 평지 주차장과 전망대가 있었다. 멀홀랜드에서 그리 멀지 않은 곳이었다. 이전에 몇 번 방문한 적이 있어서 풍광은 별로 낯설지 않았다. 그는 차가 북쪽을 향하도록 주차했다. 눈앞에 샌페르난도 계곡의 전망이 펼쳐져 있었다. 공기는 말할 수 없이 깨끗했고, 계곡을 가로질러 샌가브리엘 산맥까지 절경이 이어졌다. 1월에 끝난 한 주간의 잔인한 폭풍이 하늘을 맑게 씻어놓아서, 스모그는 움푹 팬 계곡 기슭을 이제 겨우 기어오르는 중이었다.

몇 분 후, 보슈는 차에서 내려서 제섭이 20분 동안 앉아 아래쪽 야경을 바라봤다고 시플리가 알려주었던 긴 의자 쪽으로 다가갔다. 그리고 그곳에 앉아 제섭이 무엇을 보았는지 확인했다. 보슈는 증인과 11시에 약속이 있었다. 그때까지 1시간 이상이 남아 있었다.

제섭이 앉았던 자리에 앉아 있어도 보슈는 용의자가 그 산기슭 공원을 자주 찾아서 대체 무엇을 했는지 전혀 감을 잡을 수 없었다. 그는 멀홀랜드 드라이브를 따라 내려가 프랭클린 캐니언으로 가보기로 했다.

마찬가지로 프랭클린 캐니언 공원도 복잡한 도시 한가운데에 자리해서 거대한 자연 속 휴식처 역할을 하고 있었다. 보슈는 SIS 일지에도 적혀 있고 시플리의 보고에서도 언급됐던 소풍 장소를 발견했지만, 다시 한 번 공원이 제섭에게 무엇을 제공했는지는 파악할 수 없었다. 그는 블라인더 맨 산책로의 시작지점을 발견했고, 가파른 경사 때문에 다리가 아파오기 시작할 때까지 길을 따라 올라갔다. 그리고 방향을 돌려 다시 주차장과 소풍 장소가 있는 곳으로 걸어갔지만, 여전히 제섭이 그곳을 찾은 이유는 알 수 없었다.

돌아오는 길에 보슈는 등산로가 커다란 플라타너스 고목을 에둘러 내려가는 지점을 발견했다. 그리고 바닥에 드러난 고목의 뿌리 두 가닥 사이에 뭔가 잿빛이 도는 하얀색 물질이 솟아올라 있음을 알아차렸다. 가까이 다가가 보니 촛농이었다. 누군가 그곳에서 양초를 태웠던 것이다.

공원에는 담배와 성냥 사용을 금하는 금연 표지판이 사방에 붙어 있었다. 산불이야말로 공원의 최대 위협이니 당연한 일이었다. 그런데 누군가 나무 밑동에서 양초를 태웠던 것이다.

보슈는 제섭이 전날 밤 공원에 있을 때 양초를 피웠을 가능성이 있는지 시플리에게 전화해서 물어보고 싶었지만, 별로 좋은 생각이 아니라는 걸 알고 있었다. 시플리는 조금 전에 야간 근무를 끝냈으니, 보나 마나 잠자리에 들었을 터였다. 보슈는 저녁때까지 기다렸다가 전화해보기로 했다.

그는 제섭이 그 주변에 있었을지도 모른다는 생각에 또 다른 증거를 찾아보려고 나무 주변을 둘러보았다. 최근에 동물이 나무 아래로 굴을 몇 군데 파놓은 듯했다. 그것 말고 다른 활동의 흔적은 보이지 않았다.

등산로를 빠져나와 소풍 장소가 위치해 있는 빈터로 들어섰을 때, 보슈는 쓰레기통 뚜껑을 열고 그 안을 들여다보고 있는 공원 삼림 경비원을 발견했다. 보슈는 그에게 다가갔다.

"안녕하십니까?"

삼림 경비원이 손에 든 쓰레기통 뚜껑을 몸에서 멀찍이 떼어낸 채로 휙 돌아봤다.

"예, 안녕하십니까!"

"죄송합니다, 놀라게 할 생각은 없었는데. 제가…… 그러니까 저 등산로를 따라 걷다 보니까 커다란 고목 하나가 서 있던데, 제 생각에는 플라타너스 같더군요. 그런데 누군가 그 아래서 양초를 태운 것처럼 보여요. 그래서 혹시……."

"어딘가요?"

"블라인더맨 산책로 위쪽이요."

"안내 좀 해주실래요?"

"그게, 저는 그쪽으로 다시 올라가지 않을 거라서요. 등산에 어울리지 않는 신발을 신고 있거든요. 등산로 한가운데 서 있는 커다란 나무예요.

금방 찾으실 겁니다."

"공원에서 불을 피우면 절대로 안 되는데!"

경비원이 자신의 주장을 강조하기 위해 쓰레기통 뚜껑을 세게 쾅 하고 내리닫으며 말했다.

"그러게요. 그래서 제가 내려와서 알려드리는 겁니다. 한 가지 여쭤보고 싶은 게 있는데, 누군가 숲에서 그런 짓을 할 만큼 그 나무에 특별한 사연이라도 있는 걸까요?"

"이곳에 있는 모든 나무는 특별합니다. 공원 전체가 특별해요."

"예, 저도 그건 압니다만, 그래도 저 나무……."

"신분증 좀 보여주시겠습니까?"

"뭐라고요?"

"신분증이요. 선생님 신분증을 좀 봤으면 합니다. 셔츠에 넥타이까지 매고 '등산에 어울리지 않는 신발'을 신은 사람이 등산로를 오가는 상황이 제가 보기엔 좀 수상쩍어서요."

보슈는 고개를 저으며 배지 지갑을 꺼냈다.

"자요, 이게 신분증입니다."

그가 지갑을 열어서 들어 올린 후 경비원이 잠시 살펴볼 수 있도록 기다려주었다. 보슈는 그의 제복 명찰에 브로레인이라는 이름이 적힌 것을 보았다.

"됐습니까?" 보슈가 물었다. "그러니 이제 내 질문에 대한 답을 들을 수 있나요, 브로레인 경관?"

"저는 경관이 아닙니다. 삼림 경비원이에요." 브로레인이 대답했다. "혹시 이게 수사의 일환인가요?"

"아니, 이건 그냥 등산로에 서 있는 나무에 관한 내 질문에 당신이 대답해주면 되는 상황이에요." 보슈는 자신이 걸어 내려왔던 방향을 손으로 가리켰다. "알아듣겠어요?"

그가 물었지만, 브로레인은 고개를 저었다.

"죄송합니다만, 형사님은 지금 제 근무 영역에 들어와 계십니다. 그러니……."

"아, 이보게, 실은 자네가 내 수사 영역에 들어와 있는 거야. 어쨌든 도와줘서 고맙네. 지금 있었던 일은 내 보고서에 적어 넣도록 하지."

보슈는 그에게서 멀어져 차를 주차해놓은 곳으로 걸어가기 시작했다. 브로레인이 뒤에서 부르는 소리가 들렸다.

"제가 아는 한, 그 나무에는 특별한 점이 없습니다. 그냥 나무예요. 보시 형사님."

보슈는 뒤돌아보지 않고 손을 흔들었다. 그는 브로레인이 마음에 들지 않았고, 그 이유 항목에 '형편없는 읽기 능력'도 추가해 넣었다.

1⁷ 수사관 해리 보슈의 활약

2월 24일 수요일, 오후 2시 15분

변호사로서의 나의 성공은 전혀 준비돼 있지 않은 검찰 측이 내 움직임에 놀라는 상황에서 주로 찾아왔다. 정부에서 하는 일은 전부 판에 박힌 듯이 돌아간다. 법을 위반한 자들에게 공소를 제기하는 일도 다르지 않다. 최근 검사직을 맡게 된 사람으로서 나는 이 사실이 몹시 걱정되었고, 정례적인 처리에 따르는 안락함이나 위험에 절대로 굴복하지 않으리라 맹세했다. 또한 클레버 클라이브 로이스의 움직임에 대비하고 기다리는 정도에서 만족하지 않으리라 나 자신에게 약속했다. 나는 그의 움직임을 미리 예측할 작정이었다. 그가 무언가를 하기 전에 미리 그에 대해 알고 있겠다고 다짐했다. 그리고 나무 속에 숨어 멀리서도 적을 하나씩 차례대로 솜씨 좋게 쓰러트릴 수 있는 저격수가 될 참이었다.

이러한 다짐이 내 사무실에서 자주 열리는 전략회의 시간에 매기 맥피어스와 나를 하나로 묶어주었다. 그리고 오늘 오후 우리의 토론은 로이스가 제기할 공판 전 재정 신청의 주요 항목이 무엇이 될지에 초점이 맞춰졌다. 우리는 그가 소를 각하시키기 위한 재정 신청을 내리라는 사실을 알고 있었다. 우리가 토론한 내용은 로이스가 어떤 근거로 그 발의안을 제출하느냐 하는 거였다. 나는 모든 경우의 수에 대비하고 싶었다. 흔히들 말하길, 전투 상황에서 매복하고 있는 저격수는 가장 먼저 적의 지휘관과 무전병, 그리고 군의관을 없애는 방법으로 적의 정찰대를 습격한다고 한다. 만약 그가 이 임무를 완수한다면, 남은 정찰대는 공황 상태에 빠져 흩어지기 때문이다. 이것이 바로 로이스가 재정 신청을 하자마자 내가 재빨리 해치우고 싶은 일이었다. 나는 재빠르게 움직여서 그의 논거를 철저히 무너뜨리고, 피고가 자신이 곤란한 지경에 처했음을 강하게 인식하도록 만들고 싶었다. 만약 내가 제섭에게 두려움을 심어줄 수만 있다면, 어쩌면 우린 재판까지 갈 필요도 없을지 몰랐다. 그의 인정만이 남을 터였다. 유죄 인정. 그리고 그것은 재판에 승리하는 것만큼이나 검찰 측에는 좋은 일이었다.

"내 생각에 그는 예심 없이는 제섭의 혐의도 더는 유효하지 않다고 주장하려 할 거야." 매기가 말했다. "그 사실이 그에게는 한 번에 사과를 두 입 베어 무는 기회를 줄 거라고. 우선 판사에게 소송을 각하해달라고 요청하고, 그게 받아들여지지 않으면 적어도 예심이 열리게끔 해달라고 요청하겠지."

"하지만 파기돼서 내려온 건 재판의 평결이야." 내가 말했다. "딱 재판까지만 영향을 미치는 거라고. 그래서 우리가 다시 재판을 하려는 거잖아. 예심은 지금도 유효해."

"그래, 그게 바로 우리 측의 주장이 될 테지."

"좋아, 그럼 그건 당신이 처리해. 또 뭐가 있지?"

"문제가 거론될 때마다 계속 이런 식으로 나더러 처리하라고 던져주면, 난 더는 다양한 각도에서 바라보지 않을 거야. 이게 벌써 당신이 던져준 세 번째 사안이야. 그리고 내 계산에 따르면 당신은 아직 하나밖에 안 맡왔어."

"좋아, 그럼 다음번에 나오는 사안은 종류 불문하고 내가 맡지. 뭐가 있는데?"

매기가 미소를 지었고, 그제야 나는 제 발로 매복 장소에 뛰어들었음을 알아차렸다. 그러나 매기가 방아쇠를 당기기도 전에, 사무실 문이 열리더니 보슈가 노크도 없이 들어왔다.

"종소리가 날 살렸네." 내가 말했다. "해리, 어서 와요."

"내가 목격자를 데려왔는데, 두 사람도 들어둬야 할 내용이 있어. 우리에게 유리한 한 수가 될 것 같아. 과거 재판에서는 검찰이 그를 이용하지 않았거든."

"누군데요?"

매기가 물었다.

"빌 클린턴이요."

보슈가 대답했다. 나는 그 이름이 이번 사건과 관련된 누군가의 이름이라는 사실을 즉각 깨닫지 못했다. 그러나 매기는 사건의 세부 사항을 검토하고 정리했던 까닭에 그가 누구인지 알았다.

"제섭과 함께 일했던 견인트럭 운전사 중에 한 사람이잖아요."

보슈가 그녀를 손가락으로 가리켰다.

"맞아요. 당시 아드바크 토잉에서 제섭과 함께 일했던 사람이죠. 지금은 올림픽 인근 라브레아에서 차량 정비소를 운영하고 있어요. 정비소 이름이 프레지덴셜 모터스(Presidential Motors, 대통령의 차량이라는 의미 – 옮긴이)예요."

"어련하겠습니까." 내가 말했다. "그가 증인으로 나서면 우리에게 뭘 해줄 수 있는데요?"

보슈가 문 쪽을 가리켰다.

"지금 로나와 함께 접견실에 앉아 있네. 안으로 들어오라고 해서 그가 직접 얘기하게 하면 어떨까?"

나는 매기 쪽을 바라봤고, 그녀도 반대할 의사가 없어 보였다. 나는 보슈에게 클린턴을 데리고 들어오게 했다. 밖으로 나가기 전에 보슈는 목소리를 낮추고 자신이 클린턴의 정보를 범죄 데이터베이스에 돌려봤는데 깨끗했다는 사실을 알려주었다. 범죄 기록이 없다는 뜻이었다.

"아무것도 없었어." 보슈가 말했다. "심지어 주차 위반 벌금 밀린 것도 없더군."

"잘됐네요." 매기가 말했다. "얼른 그가 뭐라고 말하는지 들어보고 싶네요."

그길로 보슈는 접견실로 나갔다가 곧 50대 중반쯤 돼 보이는, 키 작은 남자 하나를 데리고 들어왔다. 푸른색 작업복 바지와 가슴 부분에 타원형 주머니가 붙은 셔츠를 입고 있었다. 그가 빌이었다. 머리는 깔끔하게 빗어 넘기고, 안경은 쓰지 않은 모습이었다. 나는 그의 손톱 밑에 기름때가 끼어 있는 것을 보았지만, 그 정도는 배심원 앞에 나가기 전에 얼마든지 깔끔하게 교정할 수 있는 사항이었다.

보슈가 벽에 붙여놓은 의자 하나를 끌어당겨 방 한가운데 내 책상을 마주 보는 위치에 가져다 놓았다.

"앉으세요, 클린턴 씨. 이제 저희가 몇 가지 질문을 할 겁니다."

그가 말했다. 그러고는 내 쪽으로 고개를 끄덕여 지휘권을 넘겨주었다.

"우선 클린턴 씨, 이곳으로 와서 저희와 대화하는 데 동의해주셔서 정말 감사드립니다."

클린턴이 고개를 끄덕였다.

"괜찮아요. 지금 가게도 별로 안 바쁘거든요."

"가게에서는 주로 어떤 일을 하세요? 전문 분야가 있으신가요?"

"예, 우리 가게는 차량 복원을 주로 합니다. 대부분은 영국제 차량이에요. 트라이엄프 사 차량이나 MG, 재규어 같은 수집 가치가 있는 종류들이죠."

"그렇군요. 트라이엄프 TR 250은 요즘 얼마나 하죠?"

자신이 전문적으로 다루는 차량에 대해 내가 심상치 않은 지식을 갖고 있다는 사실에 놀랐는지 클린턴이 고개를 들어 나를 바라봤다.

"모양에 따라 다릅니다. 작년에 정말 근사한 녀석을 2만5천 달러에 팔았어요. 복원하는 데만 거의 1만2천 달러가 들었죠. 거기다 시간과 인력도 엄청나게 들였고요."

나는 고개를 끄덕였다.

"고등학교 때 저도 그걸 끌고 다녔는데, 팔지 말걸 그랬다는 후회가 드네요."

"딱 한 해 동안만 출시했던 차종이에요. 1968년에요. 그래서 수집가들이 가장 좋아하는 품목 중 하나입니다."

나는 고개를 끄덕였다. 거기까지가 내가 그 차에 관해 알고 있는 전부였다. 나는 목제 계기반과 컨버터블 때문에 그 차를 좋아했다. 주말이면 그것을 몰고 말리부까지 가서, 서핑도 하지 않으면서 서핑용 해안에서 시간을 보내곤 했던 추억이 떠올랐다.

"그럼 이제 1968년에서 1986년으로 건너뛰어 볼까요?"

클린턴이 어깨를 으쓱해 보였다.

"예, 물론입니다."

"괜찮으시다면, 여기 맥퍼슨 씨가 선생님이 말씀하시는 걸 좀 받아 적겠습니다."

클린턴이 다시 어깨를 으쓱했다.

"그럼, 시작해보죠. 멜리사 랜디가 살해당하던 날에 관해 얼마나 잘 기억하고 계신가요?"

클린턴이 양손을 펼쳐 보였다.

"음, 그게, 사실 그날 일어났던 일 때문에 정말 잘 기억하고 있어요. 그 어린 여자애가 살해당했는데, 알고 보니 나와 함께 일했던 동료가 저질렀던 사건이잖아요."

"굉장히 충격을 받으셨겠네요."

"예, 한동안 그 생각이 뇌리에서 떠나질 않았습니다."

"그러고는 그 사실을 아예 기억 속에 묻어버리셨나요?"

"아니요, 그러지 않았어요……. 한동안 그 생각에 사로잡혀 있다가 시간이 지나면서 조금 덜 생각하게 된 거죠. 내 사업도 시작하고 그랬으니까요."

나는 고개를 끄덕였다. 클린턴은 진지하고 진실해 보였다. 이제 시작이었다. 나는 보슈를 바라봤다. 그리고 그가 이미 황금이 분명하다고 믿을 만한 덩어리들을 클린턴에게서 끄집어냈다는 사실을 알 수 있었다. 나는 그가 바통을 이어받기를 바랐다.

"클린턴 씨." 보슈가 말했다. "당시 아드바크 토잉에서 무슨 일이 벌어졌는지 이분들께 조금만 들려주세요. 사업이 얼마나 악화돼 있었는지 같은 내용 말입니다."

클린턴이 고개를 끄덕였다.

"예, 당시엔 우린 상황이 별로 좋지 않았어요. 그 시작은 거주민 증명 스티커 없이는 윌셔 주택가 골목길에 아무도 차를 댈 수 없다는 법안이 통과된 시점이에요. 사실 그 법안 덕분에 처음에는 엄청나게 차량을 견인해갈 수 있었죠. 그래서 일요일 아침이면 그곳으로 가서 교회에서 예배를 보기 위해 길에 세워놓은 차들을 다 끌어왔어요. 당시 코리시 씨가 사장이었는데, 우리가 워낙 차량을 많이 끌어가니까 견인차 운전사도 하나 더 고용하고 심지어 시간외수당도 지급하기 시작했어요. 신났었죠. 똑같은 계약을 한 견인 회사가 두 군데 더 있었기 때문에, 우린 경쟁이 붙어서 더 열심히 견인을 해댔어요. 꼭 팀별로 점수를 내는 게임을 하는 것 같았다니까요."

클린턴은 자신이 제대로 얘기하고 있는지 확인하기 위해 보슈 쪽을 바라봤다. 그는 고개를 끄덕이고는 계속하라고 말해주었다.

"그러다가 갑자기 사정이 안 좋아졌어요. 사람들이 정신을 차리고 더는 무단 주차를 하지 않게 된 겁니다. 누군가 말하길, 교회에서 윌셔 북쪽에는 주차하지 말라고 신도들에게 안내했다고 해요. 그래서 우리는 할 일이 넘쳐나다가 갑자기 일이 너무 없는 상태가 돼버렸죠. 급기야 코리시 씨는 임금도 삭감하고 한 명이나 심지어 두 명을 해고해야 할 것 같다고 하더군요. 그러고는 우리의 업무수행 능력을 평가해서 그걸 기반으로 결정을 내리겠다고 했어요."

"살인이 일어났던 날과 관련해 봤을 때, 사장이 언제쯤 그 말을 했습니까?"

보슈가 물었다.

"바로 그 직전이었어요. 우리 셋 다 거기 있었으니까요. 그러니까 그때는 아직 아무도 해고되지 않았을 때였죠."

다시 내 쪽으로 지휘권이 넘어왔고, 나는 사장의 선전포고가 트럭 운전사들 사이의 경쟁 구도에 어떤 영향을 미쳤는지 클린턴에게 물었다.

"음, 분위기가 험악해졌어요. 우린 동료 사이였지만, 그래도 직장을 잃을 수는 없으니까요. 그때부터 갑자기 서로를 미워하게 된 거죠."

"그럼 제이슨 제섭은 어떻게 반응했습니까?"

"그 친구는 정말로 무서워졌어요."

"부담감 때문에 그랬을까요?"

"그럼요, 그가 꼴등이었거든요. 사장이 전광게시판을 설치해서 견인해 오는 차량 수를 세기 시작했는데, 그가 가장 적었어요."

"그 사실 때문에 기분이 안 좋았겠네요?"

"당연하죠, 엄청나게 기분 나빠했어요. 어찌나 재수 없게 구는지 같이 일할 수가 없을 정도였다니까요. 말을 험하게 해서 죄송합니다."

"살인사건이 일어나던 날에는 그가 어떻게 행동했는지 기억나세요?"

"조금요. 보슈 형사님께도 얘기했듯이, 그는 자기 맘대로 거리를 찜하기 시작했어요. 예를 들어 '윈저는 내 구역이니까 들어오지 마' 이런 식으로요. 라스팔마스와 루선도 자기 거라고 하질 않나, 어쨌든 그랬죠. 그래서 나와 데릭은, 참 데릭이 나머지 운전사 한 명이었는데, 우리는 그런 규칙이 어디 있느냐고 그러지 말라고 했죠. 그러자 제섭은 '좋아, 그럼 그 동네에서 차를 한 대라도 끌어가 봐, 무슨 일이 생기는지 한번 보자'라고 했어요."

"협박까지 한 겁니까?"

"예, 협박이라고 할 수 있죠. 맞아요, 협박이었어요."

"윈저 지역도 그가 자기 것이라고 주장했던 곳이 확실한가요?"

"예, 맞아요. 그가 윈저도 자기 거라고 했어요."

이것은 정말 좋은 정보였다. 피고의 심적 상태를 파헤쳐 보여줄 수 있기 때문이었다. 물론 월번이나 코리시가 아직 살아 있고 증인으로 나설 수 있어서 추가적인 협력을 해준다면 모를까, 그것 없이는 공식 기록으로 남기는 데 좀 어려움이 있을지도 모르는 정보이기는 했다.

"그가 혹시 그 위협을 실행해 보인 적이 있나요?"

매기가 물었다.

"아니요." 클린턴이 대답했다. "그렇지만 그렇게 말했던 날이 바로 그 아이가 살해당한 날이었어요. 그날 체포돼버렸으니 실행에 옮길 새도 없었죠. 사실 난 그가 잡혀가는 걸 보면서도 그다지 기분 나쁘지 않았어요. 나중에 코리시 씨는 데릭이 범죄 기록을 속였다는 사실을 알고 그를 해고 했어요. 그래서 나만 남았죠. 난 거기서 4년을 더 근무하면서 돈을 모아 내 사업을 시작했고요."

전형적인 미국식 성공담이었다. 나는 매기에게 다른 질문이 있을지도 몰라 잠시 기다렸지만, 그녀는 아무 말도 없었다. 그래서 내가 다시 질문 했다.

"클린턴 씨, 24년 전에 이런 얘기를 경찰이나 검사와 하신 적이 있나요?"

클린턴이 고개를 저었다.

"아니요, 꼭 그런 건 아니에요. 내 말은 당시 사건을 담당했던 수사관과 대화를 나누기는 했어요. 그가 내게 여러 가지 질문을 했죠. 하지만 날 법 정에 부르거나 하지는 않았어요."

왜냐하면 당시 검찰은 당신이 필요치 않았거든, 하고 나는 생각했다. 하지만 지금 나는 당신이 필요해.

"제섭이 협박의 말을 했던 날이 살인사건이 일어났던 날이라는 걸 어떻 게 그렇게 확신하죠?"

"그냥 그날이라는 걸 알아요. 같이 일하던 동료가 살인죄로 체포당하는 일이 매일 일어나는 건 아니잖아요. 그래서 그날을 기억해요."

그는 자신의 말을 강조라도 하듯이 고개를 끄덕였다.

나는 혹시라도 우리가 놓친 게 있을지도 모른다는 생각에 도움을 청하 는 시선으로 보슈 형사를 바라봤다. 그는 내 신호를 알아듣고 지휘권을 넘겨받았다.

"클린턴 씨, 아까 제게 제섭과 함께 경찰차를 타고 윈저로 가는 동안 있 었던 일에 관해 얘기해줬잖아요. 그걸 이분들께도 들려주겠어요?"

클린턴이 고개를 끄덕였다. 그는 매우 쉽게 이끌어갈 수 있는 사람이었고, 그것은 또 하나의 좋은 징조였다.

"음, 그때는 데릭이 범인이라고 거의 확실시되던 시점이었어요. 경찰은 그렇게 믿고 있었죠. 그는 범죄 기록이 있었고, 그 사실에 대해 거짓말했는데 경찰이 밝혀냈거든요. 그 사실이 그를 첫 번째 용의자로 만든 거예요. 그래서 데릭은 경찰차 뒷좌석에 혼자 타고, 나와 제섭은 다른 차에 함께 탔죠."

"어디로 데려가는지 경찰이 얘기해주던가요?"

"추가로 질문할 게 있다고 해서, 우린 경찰서로 가는 줄만 알았어요. 우리 차 안에는 경관 두 명이 타고 있었는데, 그들이 우리를 죽 세워놓고 용의자 지목을 하게 될 거라는 얘기를 서로 주고받았고, 그게 우리 귀에도 다 들렸죠. 제이슨이 그것에 관해 물어보니까, 경찰은 별일 아니라면서 그냥 작업복 입은 남자가 몇 명 필요할 뿐이라고 했어요. 목격자가 데릭을 지목하는지 보려고 한다면서요."

클린턴은 여기서 말을 멈추고 뭔가를 기대하는 듯한 시선으로 보슈를 바라보다가 차례로 나와 매기 쪽으로 시선을 돌렸다.

"그래서 무슨 일이 있었습니까?"

내가 물었다.

"제섭이 두 명의 경찰관에게 이런 식으로 우릴 용의자 대열에 세워놓을 수는 없다고 항의했어요. 그러자 경찰은 자신들은 그저 명령에 따를 뿐이라고 했죠. 그래서 우리는 윈저로 갔고, 어느 집 앞에 차가 멈춰 섰어요. 경찰들이 차에서 내리더니 담당 수사관에게 다가가 대화를 나눴죠. 담당 수사관은 다른 수사관들과 함께 서 있었어요. 제이슨과 나는 창문 밖을 내다봤지만, 목격자나 다른 사람은 볼 수 없었죠. 그때 담당 수사관이 집 안으로 들어가더니 다시 밖으로 나오지 않았어요. 우리는 무슨 일이 일어나고 있는 건지 전혀 알 수 없었죠. 그때 제섭이 내게 모자를 빌려달라고 했어요."

"클린턴 씨의 모자를요?"

매기가 물었다.

"예, 내 다저스 모자요. 나는 그 모자를 항상 쓰고 다녔거든요. 그런데 제이슨이 우리가 차를 타고 그 집에 도착했을 때 미리 와서 기다리고 있던 다른 경찰 중에 자기가 아는 사람이 있다면서 그 모자를 빌려달라고 했어요. 전에 어떤 차를 견인하면서 그 경찰과 싸움이 붙은 적이 있는데, 만약 그가 자기를 알아보면 골치 아파지지 않겠느냐는 거였죠. 그런 식으로 말하면서 모자를 빌려달라고 했어요."

"그래서 어떻게 했습니까?"

내가 물었다.

"뭐 그때는 그게 별일 아니라고 생각했어요. 나중에 알게 된 사실을 그때는 전혀 몰랐으니까요. 제 말이 무슨 뜻인지 아시죠? 어쨌든 그래서 그에게 모자를 주니까 그걸 쓰더군요. 그런 다음 경찰이 우리를 데리러 차 있는 곳으로 왔어요. 내가 모자를 벗고 그가 내 모자를 썼다는 사실은 알아채지 못한 것 같더라고요. 그들은 우릴 차에서 내리게 했고, 우린 그들을 따라가 데릭 옆에 나란히 섰습니다. 그곳에 서 있는데, 경찰 하나가 무전으로 명령을 받았어요. 맞아요, 그게 생각나요. 그러고는 그가 돌아서서 제섭에게 모자를 벗으라고 했어요. 그는 시키는 대로 했고, 몇 분 뒤에 그곳에 서 있던 경찰들이 전부 제섭을 에워싸더니 그에게 수갑을 채웠죠. 예, 데릭이 아니라 그에게 말이에요."

나는 클린턴에게서 시선을 돌려 보슈를 바라봤고, 다시 매기를 바라봤다. 그녀의 표정에서 모자 이야기가 얼마나 중요한지 읽을 수 있었다.

"그런데 정말 웃긴 게 뭔지 아세요?"

클린턴이 물었다.

"아니요, 뭔데요?"

내가 물었다.

"그 모자를 돌려받지 못했다는 거예요."

그가 미소를 지었고, 나도 미소로 답했다.

"음, 오늘 진술을 다 마치고 나면 우리가 새 모자를 하나 사드려야겠네요. 이번에는 제가 중요한 질문을 하나 할 겁니다. 오늘 이곳에서 저희에게 해준 얘기를 제이슨 제섭의 재판정에 나가서 증언해줄 수 있나요?"

클린턴은 잠시 생각해보는 듯하더니 고개를 끄덕였다.

"예, 할 수 있어요."

그가 말했다. 나는 자리에서 일어나 책상을 돌아가서 그의 쪽으로 팔을 뻗었다.

"이제 저희가 증인 한 명을 확보했네요. 정말 고맙습니다, 클린턴 씨."

우리는 악수를 나누었고, 그다음에 나는 보슈에게 몸짓을 해보였다.

"보슈 형사님, 우리가 질문을 다 한 게 맞는지 여쭤봐야겠는데요?"

그도 역시 자리에서 일어났다.

"예, 우선은 다 한 것 같네요. 제가 클린턴 씨를 가게에 다시 태워다주고 오겠습니다."

"좋습니다. 다시 한 번 감사드립니다, 클린턴 씨."

클린턴이 자리에서 일어섰다.

"그냥, 빌이라고 부르세요."

"예, 그러겠습니다, 약속하죠. 선생님을 빌이라고, 그리고 우리의 증인이라고 부르겠습니다."

모두가 나의 꾸민 듯한 거창한 말투에 웃음을 터뜨렸고, 곧 보슈는 클린턴을 사무실 밖으로 안내했다. 나는 책상을 다시 돌아가서 자리에 앉았다.

"그래, 모자에 관해 얘기해봐."

내가 매기를 보며 말했다.

"상당히 밀접한 관련이 있어." 그녀가 말했다. "우리가 세라를 면담했을 때, 그녀는 클로스터가 침실에서 거리 쪽으로 무전을 쳤다고 얘기했어. 그러자 경관이 제섭에게 모자를 벗게 했대. 그리고 그때 비로소 세라는 그를 범인으로 지목했다는 거야. 그래서 보슈가 사건 파일을 다 뒤져서 제섭의 체포 당시 소지품 목록을 찾아냈지. 다저스 모자가 거기 있더라고. 우린 아직도 그의 소지품을 추적하고 있는데, 24년이나 지난 시점이라 다 찾아내기가 쉽지 않아. 그 모자가 샌쿠엔틴까지 갔을지도 모르는 거지. 어쨌든 우리가 모자를 찾지 못한다 해도, 소지품 목록은 가지고 있으니까."

나는 고개를 끄덕였다. 이것은 여러 단계에서 도움이 되는 중요한 사실이었다. 우선은 증인들이 독립적으로 서로 협력하고 있음을 보여주었고, 다음으로는 너무 오랜 세월이 흘러 기억에 의존한 증언은 신뢰할 수 없다는 피고 측의 주장에 금이 가게 할 수 있었다. 마지막으로는, 그리고 앞서도 언급했듯이, 피고의 심적 상태를 보여주는 중요한 증거이기도 했다. 제섭은 자신이 범인으로 지목될 위기에 처했다는 사실을 알고 있었다. 누군가 자신이 소녀를 납치하는 모습을 본 것이다.

"그래, 좋아." 내가 말했다. "클린턴의 초기 진술에 대해서는 어떻게 생각해? 운전기사들 사이에 어떻게 경쟁이 붙었고, 또 누군가 한 명이, 아니 어쩌면 두 명이 해고될 위기에 처해 있었다는 사실 말이야?"

"다시 한 번, 그것도 범인의 심리 상태를 상당히 잘 보여주는 증거지. 제섭은 압박감에 시달리고 있었고, 그걸 밖으로 표출했던 거야. 어쩌면 이 사건 자체가 그 때문에 일어났을지도 모르지. 그렇다면 증인 목록을 좀 줄여도 되겠어."

나는 고개를 끄덕였다.

"당신이 보슈에게 클린턴을 찾아가 면담하라고 했어?"

매기가 고개를 저었다.

"혼자 알아서 한 거야. 정말 실력 하나는 끝내주는 것 같아."

"그래, 나도 알아. 단지 앞으로 뭘 할 작정인지 미리 조금만 귀띔해줬으면 좋겠어."

18 용의자 프로파일링

2월 25일 목요일, 오전 11시

레이철 월링은 시내에 있는, 유리로 마감한 고층 건물 내의 한 사무실에서 만나기를 원했다. 보슈는 그 주소로 찾아가 승강기를 타고 34층으로 갔다. 프랑코, 베세라 & 이추리스 합동 법률사무소의 문은 잠겨 있었다. 그는 문을 두드렸다. 레이철이 즉각 대답하고는 고급스러운 사무 공간 안으로 그를 안내했다. 변호사도, 사무원도, 아무도 없었다. 그녀가 회사의 중역회의실로 그를 이끌었다. 안에는 커다란 타원형 탁자가 놓여 있었고, 그 위에는 한 주 전에 그가 전달했던 상자와 파일 들이 놓여 있었다. 두 사람은 안으로 들어갔고, 그는 바닥부터 천장까지 통유리로 되어 있는 창가로 다가갔다. 시내가 한눈에 내려다보였다.

보슈는 시내에서 이렇게 높은 곳까지 올라와 본 적이 없었다. 다저스 구장과 그 너머 풍경까지 훤히 볼 수 있었다. 그는 도심의 공관지구가 어디쯤 되는지 확인하고 로스앤젤레스 타임스 건물 옆에 유리로 외관을 마감한 석유공사 건물이 있는 것도 보았다. 그다음에 보슈의 눈은 에코 파크 쪽으로 향했다. 그러자 그곳에서 레이철 월링과 함께했던 날이 떠올랐다. 당시 그들은 여러 의미에서 한 팀이었다. 하지만 이제는 먼 과거의 일처럼 느껴졌다.

"여긴 뭐 하는 곳이에요?" 그가 레이철에게 등을 돌린 채 여전히 전망을 바라보며 물었다. "다들 어디 갔어요?"

"원래 아무도 없어요. 여긴 그냥 지금 세탁 함정수사에 사용되는 곳이에요. 그러니 늘 비어 있죠. 실은 이 건물 절반이 비어 있어요. 경기가 안 좋잖아요. 여긴 실제 법률사무소였지만, 망해 나간 곳이에요. 그래서 우리가 빌려 쓰고 있어요. 운영회에서는 정부 보조금을 받으니 좋고요."

"마약에서 들어오는 돈을 세탁하는 겁니까? 아니면 총기류?"

"그런 얘기는 해줄 수 없다는 거 알잖아요, 해리. 몇 달만 있으면 신문에서 읽을 수 있을 거예요. 내 말 믿어요. 그때 정리해보면 될 거예요."

보슈는 문에 붙어 있던 회사 이름을 기억해내며 고개를 끄덕였다.

프랑코, 베세라 & 이추리스(Franco, Becerra & Itzuris) : FBI. 영리하군.

"여기 운영회가 다음 세입자에게 이곳이 FBI가 악당을 때려잡기 위해 사용했던 장소라는 사실을 알려줄지 궁금하군요. 그 악당의 친구들이 살피러 다시 찾아올지도 모르는데."

레이철은 아무 대답도 하지 않았다. 단지 그에게 자리에 앉으라고 말했다. 그는 자리에 앉아 맞은편에 자리 잡고 앉는 레이철을 찬찬히 바라봤다. 그녀는 평소와 달리 머리칼을 풀고 있었다. 물론 머리칼을 풀어헤친 모습을 전에도 보긴 했지만, 근무 중에는 처음이었다. 짙은 색 곱슬머리가 얼굴 가장자리를 덮고 있어서 짙은 색 눈동자에 직접적으로 시선이 가게 만들었다.

"회사 냉장고가 비어 있어요. 아니면 뭐라도 대접했을 텐데."

"괜찮아요."

그녀가 상자를 열고 보슈가 주었던 파일들을 꺼내놓기 시작했다.

"레이철, 이 일을 맡아줘서 정말 고마워요." 보슈가 말했다. "이게 당신 삶을 너무 많이 방해하지 않았기를 바라요."

"이게 무슨 일이에요. 재미있었어요. 그렇지만 해리 당신이 내 삶 속으로 다시 들어오는 건 솔직히 방해가 돼요."

보슈가 전혀 기대하지 못했던 대답이었다.

"무슨 뜻이에요?"

"나 지금 만나는 사람이 있어요. 그에게 당신에 관해서도 얘기했어요. 단발이론(형사 해리 보슈 시리즈 9권 《로스트 라이트》 144페이지 내용 참조)이며, 전부 다요. 그래서 내가 당신을 위해 이 일을 하며 여러 날 밤을 보낸다는 사실에 기분 나빠하고 있어요."

보슈는 무슨 말을 해야 할지 알 수 없었다. 레이철 월링은 늘 자신이 하는 말 속에 표면적인 의미보다 훨씬 깊은 의미를 담아 전달하곤 했다. 그래서 그는 지금 레이철이 들려준 말 외에 더 고려해야 할 사항이 있는 것은 아닐지 확신할 수 없었다.

"미안해요." 그가 마침내 말했다. "이게 그냥 일 때문이고, 난 그저 당신의 전문적인 의견이 필요했을 뿐이라는 것도 얘기했어요? 내가 당신을 신뢰하고 있고 당신이 이 방면에서 최고이기 때문에 내가 당신을 찾아간 거라는 사실은요?"

"그도 알아요. 내가 이 분야에서 최고라는 건. 하지만 그런 건 상관없어요. 그냥 일이나 해요."

그녀가 파일을 열었다.

"전처가 죽었어요." 그가 말했다. "작년에 홍콩에서 살해당했어요."

그는 자신이 왜 이 사실을 이런 식으로 갑작스럽게 털어놓는지 알 수 없었다. 레이철은 고개를 들어 날카로운 시선으로 그를 바라봤고, 보슈는 그녀가 미처 모르고 있었음을 직감했다.

"아, 세상에, 미안해요." 보슈는 세부적인 사항을 털어놓지 않기로 마음 먹고 그저 고개만 끄덕였다. "그럼 딸은요?"

"지금 나와 함께 살아요. 잘 지내기는 하지만, 그동안 많이 힘들어했어 요. 이제 겨우 넉 달 됐거든요."

그녀는 고개를 끄덕였고, 방금 보슈가 한 말을 되새기는 동안 점차 좌 절감을 느끼는 모양이었다.

"당신은요? 당신에게도 힘든 시기였을 것 같은데요?"

그는 고개를 끄덕였지만, 딱히 대답할 말이 떠오르지 않았다. 이제는 딸을 온전히 자신의 삶 속에 들여놓기는 했지만, 너무 끔찍한 대가를 치 른 후였다. 그는 자신이 꺼낸 주제임에도, 더는 말을 이어갈 수가 없었다.

"저기⋯⋯." 그가 말했다. "너무 이상하네요. 내가 왜 갑자기 이런 얘기 를 꺼내서 당신을 당황하게 했는지 모르겠어요. 아까 단발이론에 관해 언 급했는데, 나도 그 얘기를 당신에게 해줬던 게 기억나요. 그 얘기는 다음 에 다시 할 수 있을 거예요. 내 말은 당신이 원한다면요. 그러니 지금은 사건 얘기를 하죠. 그래도 되겠죠?"

"네, 그럼요. 난 당신 딸 생각을 하고 있었어요. 엄마를 잃고 살던 곳을 떠나 이렇게 멀리까지 와 있는 거잖아요. 내 말은, 당신과 함께 사는 게 괜찮기는 하겠지만⋯⋯ 서로 조율할 게 많을 것 같아서요."

"그래요. 하지만 흔히들 애들은 회복력이 좋다고 하는데, 정말 그렇더 라고요. 딸애도 이미 친구를 여럿 사귀고 학교에서도 잘하고 있어요. 우 리 둘 다 많은 것을 조율해야 했지만, 딸애는 힘든 상황을 잘 헤쳐 나온 것 같아요."

"그럼 당신은요?"

보슈는 대답하기 전에 잠시 그녀의 시선을 마주 봤다.

"난 벌써 헤치고 나와 앞서가고 있는걸요. 딸애가 함께 있잖아요. 그애가 내 삶에서 최고의 선물이에요."

"그렇다니 기뻐요, 해리."

"정말이에요."

마침내 레이철이 시선을 돌리고 상자에서 파일과 사진을 마저 꺼내놓았다. 보슈는 그녀의 변화하는 모습을 볼 수 있었다. 레이철은 즉시 FBI 범죄 심리 분석관으로 돌아가 자신이 발견한 것을 보고할 준비를 갖추었다. 그는 주머니에 손을 집어넣어 수첩을 꺼냈다. 표면에 수사관 배지 모양이 양각된, 접힌 가죽지갑 안에 들어 있었다. 그는 수첩을 열고 적을 준비를 했다.

"사진부터 시작할게요."

그녀가 말했다.

"그래요."

레이철이 쓰레기 수거함에 놓인 멜리사 랜디의 시체를 찍은 사진 넉 장을 꺼내 보슈 쪽을 향하도록 펼쳐놓았다. 그런 다음 부검 사진 두 장을 더 꺼내 그 옆에 일렬로 늘어놓았다. 어린아이의 시체 사진을 들여다보는 일은 늘 보슈가 감당하기에 힘든 일이었다. 그런데 이 사진들은 심적으로 그를 더 힘들게 했다. 보슈는 한참 동안 사진을 빤히 바라보다가 가슴속에서 커다란 덩어리 하나가 역류해 올라오는 느낌을 받았다. 그리고 그것이 다름 아니라 시체가 버려진 방식, 즉 다른 곳이 아닌 쓰레기 수거함에 아이의 시신을 던져놓았다는 사실 때문임을 깨달았다. 어린 소녀의 시신을 그런 식으로 버린다는 것은, 희생자에 대한 어떤 선언이자 그 아이를 사랑했던 사람들에 대한 모욕이라는 생각이 들었다.

"저 쓰레기 수거함." 보슈가 입을 열었다. "저게 범인이 던지는 어떤 선언이라고 생각지는 않아요?"

월링이 마치 그런 가능성은 처음 고려해본다는 듯이 동작을 멈췄다.

"실은 난 다른 방향으로 접근해보려 해요. 내 생각에는 거의 즉흥적으로 선택한 장소 같거든요. 그러니까 계획돼 있던 게 아니라는 거죠. 그는 자신이 목격되지 않으면서 시체도 즉각 발견되지 않을 그럴 장소가 필요했어요. 극장 뒤편에 대형 쓰레기 수거함이 있다는 사실은 미리 알고 있었을 테고, 그래서 그리로 갔던 거죠. 뭔가를 선언하고자 한 게 아니라, 단지 편리해서 그곳에 버렸던 거예요."

보슈는 고개를 끄덕였다. 그는 앞으로 몸을 숙이고 수첩에 뭔가를 적어 넣었다. 클린턴을 다시 찾아가서 그 쓰레기 수거함에 관해 질문해야 한다는 사실을 상기하기 위한 내용이었다. 엘레이 극장은 아드바크 토잉의 견인트럭 기사들이 일하던 윌셔 골목길에 있었다. 그러니 트럭 기사들도 그 쓰레기 수거함에 대해 알고 있었을 가능성이 컸다.

"미안해요. 의도했던 방향에서 출발했어야 하는데, 내가 괜한 소리를 해서 방향이 틀어졌네요."

그가 메모를 적으며 말했다.

"괜찮아요. 내가 소녀의 사진에서 출발하려 한 이유는 이 범죄가 처음부터 잘못 이해된 것 같다는 생각이 들어서예요."

"잘못 이해돼요?"

"음, 초동수사를 이끌었던 수사관들이 범죄 현장을 너무 액면 그대로 받아들인 것 같아요. 그러니까 그 현장을 용의자가 미리 의도한 살인을 저지른 결과물로만 바라본 거죠. 다시 말해, 제섭이 그 소녀를 잡아가기는 했는데, 그의 의도가 처음부터 아이를 목 졸라 살해하고 쓰레기 수거함에 버리는 것이었다고 해석한 거예요. 이건 그 당시에 사건을 분석해서 작성한 프로파일인데, 기록에 남은 다른 범죄들과 제섭의 사건을 비교해보기 위해 FBI와 캘리포니아 사법부에도 제출했던 자료예요."

레이철이 파일을 열어 24년 전에 클로스터 형사가 준비했던 장황한 프로파일과 의견서 양식을 꺼냈다.

"클로스터 수사관은 제섭을 엮어 넣을 수 있는 비슷한 범죄 유형을 찾고 있었어요. 하지만 아무 자료도 찾지 못했고, 그걸로 끝이었죠."

보슈는 며칠에 걸쳐 당시 사건 파일을 검토했었기에 월링이 들려주는 내용은 다 알고 있었다. 하지만 그는 방해하지 않고 레이철이 발견한 사실을 다 이야기하도록 내버려두었다. 분명히 도중에 그가 모르는 새로운 사실을 들고 나오리라는 느낌이 들었기 때문이다. 그것이 바로 그녀의 아름다움이자 기교였다. FBI가 그 사실을 제대로 인식하지 못하고 그녀의 능력을 최대한으로 이용하지 못한다 할지라도 상관없었다. 보슈는 그 사실을 알고 있었기 때문이다.

"나는 처음에 범죄 유형을 불완전하게 분석한 데서 이 사건의 오류가 비롯됐다고 생각해요. 게다가 당시에는 자료은행이 지금처럼 정확하지도, 그렇다고 포괄적이지도 않았잖아요. 사건을 바라보는 각도가 처음부터 잘못됐으니, 막다른 길에 다다른 것도 당연한 일이죠."

보슈는 고개를 끄덕이며 빠르게 메모를 적어갔다.

"그래서 사건의 개요를 다시 작성해봤어요?"

그가 물었다.

"최대한 노력했어요. 그리고 시작점은 바로 여기예요. 이 사진들. 소녀의 부상을 한번 살펴보세요."

보슈는 탁자 위로 몸을 구부려 첫 줄에 있는 사진을 바라봤다. 하지만 소녀의 몸에서 부상은 발견할 수 없었다. 시체는 거의 꽉 차 있는 쓰레기 수거함 속으로 위험하게 던져져 있을 뿐이었다. 아마도 극장 안에 무대를 다시 설치하거나 개보수 공사가 있었던 모양인지, 대형 쓰레기 수거함에는 공사 잔해들이 가득 차 있었다. 톱밥, 페인트 깡통, 자르거나 꺾인 작은 나무 조각 들이었다. 벽판을 조각조각 뜯어내거나 비닐을 찢어놓은 쓰레기도 보였다. 멜리사 랜디는 쓰레기 수거함의 한쪽 구석에서 하늘을 보며 누워 있었다. 보슈는 아이의 몸은 물론이고 원피스에서도 피 한 방울 찾아볼 수 없었다.

"어떤 부상을 얘기하는 거죠?"

그가 물었다. 월링이 자리에서 일어나 앞으로 몸을 숙였다. 그러고는 보슈가 주목해주기를 바라는 각 사진의 부위를 펜 끝으로 지적해 보였다. 우선 피해자의 목에 피부가 변색된 부분을 동그랗게 표시했다.

"목 부상이요." 그녀가 말했다. "잘 보면 목의 오른쪽 부위에 타원형의 멍 자국이 있고, 그 반대편에도 역시 커다란 멍이 들어 있어요. 이건 아이가 한 손으로 목이 졸렸다는 사실을 증명해주죠."

그녀는 자신이 무슨 설명을 하고 있는지 보여주기 위해 다시 펜을 이용했다.

"오른쪽이 엄지손가락 자국이고 왼쪽이 네 손가락이 닿은 부분이에요. 한 손만 사용했어요. 그렇다면 왜 한 손만 썼을까요?"

레이철이 뒤로 기대앉았고, 보슈도 사진에서 떨어지며 뒤로 기대앉았다. 멜리사가 한 손으로 목이 졸렸다는 사실은 보슈도 이미 알고 있었다. 그것은 클로스터의 초기 살인사건 개요서에도 들어 있던 내용이었다.

"24년 전 경찰의 주장은 제섭이 자신의 왼손으로 자위행위를 하는 동안 오른손으로 아이를 목 졸라 죽였다는 거였어요. 그리고 그 논리는 피해자의 원피스에서 정액이 수집됐다는 단 한 가지 사실에 근거했죠. 정액은 제섭과 혈액형이 같은 누군가가 그 원피스에 묻힌 것이라서, 경찰은 그게 제섭의 정액이라고 추측했던 거예요. 지금까지는 이해되죠?"

"예, 이해했어요."

"좋아요. 그런데 문제는 지금 우린 그 정액이 제섭의 것이 아니라는 사실을 안다는 거죠. 그러니 1986년에 세워진 기본적인 범죄의 개요나 이론이 틀렸다는 거예요. 그뿐만 아니라 파일에 끼워져 있는 그의 글씨 샘플에 따르면 그는 오른손잡이인데, 오른손잡이들은 자위도 거의 항상 오른손으로 한다는 사실이 연구를 통해 증명됐거든요."

"그런 연구들도 해요?"

"더한 연구도 있어요. 아마 들으면 놀랄걸요. 적어도 난 이 사실을 온라인에서 검색하면서 굉장히 놀랐으니까요."

"나도 인터넷이 뭔가 좀 이상한 녀석이라는 건 알아요."

레이철이 미소를 지었지만, 그와 나누는 대화의 주제에 관해서는 전혀 당황스러워하지 않았다. 사실 그리 새로울 것도 없는 대화였다.

"연구자들은 별의별 걸 다 연구해요. 예를 들어, 사람들은 대변 보고 나서 어느 손으로 엉덩이를 닦나, 그런 연구도 한다니까요. 솔직히 그 연구 논문을 찾아 읽었는데, 정말 흥미롭더라고요. 그렇지만 지금 내가 하는 말의 주요 논지는 수사가 처음부터 잘못됐다는 거예요. 그 살인은 성적 행위 도중에 일어난 게 아니에요. 이제 다른 사진을 몇 장 보여줄게요."

레이철이 탁자 너머로 손을 뻗어, 펼쳐놓았던 사진을 한군데로 모아 한쪽 옆으로 치워놓았다. 그러고 나서 살인사건이 일어나던 날 제섭이 운전했던 견인트럭 내부를 찍은 사진들을 펼쳐놓았다. 사실 그 트럭에는 이름이 있었는데, 그것이 계기반 위에 등사돼 있었다.

"좋아요. 사건이 일어나던 날, 제섭은 마틸다를 운전 중이었어요."

월링이 말했다. 보슈는 그녀가 꺼내놓은 석 장의 사진을 자세히 들여다봤다. 견인트럭의 운전석 차량은 매우 깔끔하게 정돈돼 있었다. 당시만 해도 GPS가 없었기에 토머스 브라더스 지도가 계기반 위쪽에 가지런히 정리돼 놓여 있었고, 보슈가 보기에 땅돼지(아드바크)처럼 보이는 작은 동물 봉제인형이 백미러에 매달려 있었다. 차량 중간의 계기반 위에는 세븐일레븐에서 판매하는 대용량 음료 컵이 꽂혀 있었고, 오른쪽 사물함 문에는 '그래스 혹은 애스, 공짜로는 안 태워줌('Grass or Ass'는 히치하이커가 고속도로에서 차를 세워 탈 경우 차주에게 대마초[grass]나 성적인 대가[ass]라도 지불해야 한다는 의미를 전달하는 속어 표현—옮긴이)'이라고 쓰인 스티커가 붙어 있었다.

역시 아까의 믿음직한 펜으로 월링은 사진의 한 부분에 동그라미를 그렸다. 계기반 아래 받쳐놓은 경찰 스캐너, 즉 무전 도청기였다.

"이게 대체 무슨 의미인지 고려해본 사람 있어요?"

보슈는 어깨를 으쓱했다.

"그 당시엔 무슨 의미였는지 나도 모르겠어요. 그렇다면 지금은요?"

"좋아요. 제섭은 시에서 허가받은 차량 견인 회사인 아드바크 토잉 소속의 운전기사였어요. 하지만 그 회사가 허가받은 유일한 견인 회사는 아니었죠. 그러니 당연히 회사 간 경쟁이 치열했을 테고요. 운전기사들은 경찰이 사고나 주차 위반에 관해 무전하는 소리를 도청했던 거예요. 그럼으로써 경쟁에서 우위를 점할 수 있을 테니까요, 안 그래요? 그런데 문제는 모든 견인트럭이 스캐너를 가지고 무전을 도청하면서 다른 트럭보다 먼저 일거리를 맡으려고 했다는 거죠."

"그렇군요. 그래서 그게 무슨 의미인데요?"

"음, 우선 납치부터 살펴보자고요. 목격자 증언이나 모든 정황을 살펴보면 그날의 범죄는 미리 계획되었다거나 인내심을 가지고 때를 기다린 그런 범죄는 아니었다는 게 분명해요. 단지 충동적으로 저지른 범죄였어요. 그건 초동수사에서 내린 결론이 맞아요. 범행 동기가 된 요인에 관해서는 길게 얘기할 수도 있지만, 우선은 뭔가가 제섭으로 하여금 통제 불가능한 행동을 하게끔 만들었다는 정도만 얘기하고 넘어갈게요."

"범행 동기 요인에 관해서는 내가 추측하는 바가 있어요."

보슈가 말했다.

"좋아요. 그 얘기도 들어봤으면 좋겠어요. 그렇지만 지금은 일단 일종의 내적 압박감이 도저히 거부할 수 없는 어떤 충동을 제섭의 내부에 불러일으켜서 그 소녀를 납치하게 만들었다고만 가정해보자고요. 그는 소녀를 데려와 트럭에 태웠어요. 하지만 아이의 언니가 덤불 속에 숨어 있다가 비명을 지르리라는 사실은 꿈에도 생각지 못했던 거예요. 그래서 그는 아이를 납치해서 차에 실은 채로 운전해서 거리를 빠져나가게 돼요. 하지만 몇 분 만에 차 안에 있는 경찰 스캐너에서 아동 유괴에 관한 보고를 듣게 되는 겁니다. 그 순간 제섭은 자신이 무슨 짓을 저질렀고 어떤 곤경에 처했는지 비로소 깨닫게 되죠. 그는 상황이 그런 식으로 빠르게 전개되리라고는 상상도 못 했을 거예요. 그래서 바로 정신을 차리게 됐겠죠. 이제는 계획이고 뭐고 살길을 모색해야만 했을 거예요. 목격자를 없애기 위해서는 소녀를 죽여야만 했을 테고, 체포를 면하려면 시체를 어딘가에 감춰야만 했겠죠."

보슈는 그녀의 이론을 이해하고 고개를 끄덕였다.

"그러니까 당신 말은, 당시 일어났던 범죄는 그가 의도했던 것이 아니라는 거군요."

"맞아요. 그는 원래 계획을 다 포기해야 했어요."

"그럼 클로스터가 비슷한 사건을 찾기 위해 FBI를 찾아갔을 때, 그는 완전히 잘못된 방향으로 나아갔던 거군요."

"이번에도 맞아요."

"그렇지만 그에게 정말 계획이라는 게 있기는 했을까요? 좀 전에는 이게 충동적으로 저지른 범죄라고 얘기했잖아요. 제섭은 기회를 보자마자 몇 초 만에 일을 저질렀어요. 그에게 대체 무슨 계획이 있었겠어요?"

"사실 그는 매우 복잡하고 완벽한 계획을 짜두었을 가능성이 커요. 이런 종류의 살인자들은 이상성욕의 소유자들이에요. 완벽한 성 심리 경험을 구축해놓고 있죠. 환상 속에서 아주 세부적인 사항까지 다 구상해두는 거예요. 그리고 이미 예상했을 테지만, 거기에는 고문과 살인이 자주 관련돼 있어요. 이상성욕은 환상 속에 일궈놓은 그들 삶의 일부라서 마침내 그 욕망이 행동으로 나타나는 지점까지 계속 극대화되어가요. 결국 그들이 선을 넘어 그 욕망을 행동으로 옮기는 시기가 오면, 희생자를 납치하는 행위 자체는 전혀 아무런 계획 없이 즉흥적으로 일어날 수도 있는 거죠. 하지만 살인의 단계는 그렇지 않아요. 안타깝게도 피해자는 오랜 시간 동안 살인자가 마음속으로 실행하고 또 실행했던 각본 속으로 떨어져 들어가게 되는 거니까요."

보슈는 수첩을 바라보다가 어느새 자신이 받아 적기를 멈추었다는 사실을 깨달았다.

"좋아요. 하지만 당신은 일어나지 않은 일에 관해 얘기하고 있잖아요." 그가 말했다. "제섭은 계획을 포기했어요. 그는 스캐너에서 납치 보고를 들었고, 그것이 그를 환상 속에서 끄집어내어 현실로 나오게 만들었다면서요. 그는 소녀를 죽이고 시체를 가져다 버린 다음, 발각되지 않기만을 바랐죠."

"맞아요. 그러니까 방금 당신이 말한 것처럼, 수사관들이 이 사건의 요소들을 다른 사건의 요소들과 비교하려고 했을 때, 그들은 사과를 오렌지에 비교한 것이나 마찬가지였어요. 비슷한 점을 전혀 발견하지 못했고, 그러니 이게 단 한 번의 충동적인 범행이라고 믿어버린 거죠. 그렇지만 나는 그 의견에 동의 안 해요."

보슈는 사진에서 시선을 들어 레이철의 눈을 바라봤다.

"그럼 그가 전에도 유사한 범행을 저질렀다고 생각하는 거예요?"

"나는 그가 전에도 이런 식의 범죄를 저질렀다는 이론이 설득력 있다고 봐요. 그러니 제섭이 다른 납치 사건과도 관련돼 있다는 걸 당신이 발견한다고 해도 난 전혀 놀라지 않을 거예요."

"당신은 지금 24년 전 일어난 사건에 관해 얘기하고 있는 거예요."

"알아요. 그리고 지금까지 일어났던 미해결 살인사건과 제섭의 관련성은 찾아볼 수 없을 테니, 지금 우리가 얘기하는 사건은 아이들이 살해된 경우가 아니라, 실종되거나 가출한 것으로 결론 난 경우가 되겠죠. 다시 말해, 범죄 현장이라고 볼 만한 장소도 전혀 드러나지 않았고, 사라진 아이들도 결코 찾아내지 못한 사건 말이에요."

보슈는 한밤중에 제섭이 멀홀랜드 드라이브 공원을 방문해온 사실을 떠올렸다. 그는 이제야 비로소 제섭이 어떤 나무 아래에 촛불을 켜놓았던 이유를 알아낼 수 있을지도 모르겠다는 생각이 들었다.

그리고 바로 그때, 그보다 더 끔찍하고 놀라운 생각이 불쑥 떠올랐다.

"혹시 제섭과 같은 유형의 인간이 아주 오래전에 저지른 범죄를 현재의 환상을 만족시키는 데 이용할 수도 있다고 생각해요?"

"당연히 그럴 거예요. 그는 오랫동안 감옥에 갇혀 있었는데, 그것 말고 다른 방법이 뭐가 있겠어요?"

보슈는 갑자기 엄청난 긴박감을 느꼈다. 그들이 하나의 살인사건을 다루고 있는 게 아니라는 사실이 점차 확실해지면서 밀려오는 긴박감이었다. 만약 월링의 이론이 정확하다면, 그리고 자신이 그 이론을 의심할 이유가 전혀 없다면, 제섭은 연쇄살인범이었다. 그리고 그가 24년 동안 얼음 속에 갇혀 있었다 해도, 현재는 도시를 자유롭게 돌아다니고 있었다. 그러니 그가 과거에 저질렀던 치명적인 행위 쪽으로 자신을 몰아가고 싶은 압박감과 충동에 굴복하기까지는 그리 오랜 시간이 걸리지 않을 것이 분명했다.

보슈는 빠르게 결단을 내렸다. 다음번에 제섭이 다시 생활고의 압박에 시달려 살인을 저지르고 싶은 충동에 압도된다면, 보슈는 그를 파괴하기 위해 바로 그 자리에 서 있으리라 다짐했다.

눈동자에 다시 초점이 잡혔을 때, 그는 레이철이 이상하다는 표정으로 자신을 바라보고 있음을 깨달았다.

"전부 다 정말 고마워요, 레이철." 그가 말했다. "이제 가봐야겠어요."

19 공판 전 재정 신청

3월 4일 목요일, 오전 9시

오늘 열리는 것은 공판 전 재정 신청을 다루는 청문회 자리에 불과했지만, 법정에는 사람들이 꽉 차 있었다. 수많은 법원 관계자들과 언론, 상당수의 변호사들도 역시 자리를 잡고 앉아 있었다. 나는 검찰 측 탁자 앞에 매기와 함께 앉아 그동안 논의했던 우리 측의 주장을 다시 한 번 살펴볼 예정이었다. 브리트만 판사 앞에 제기할 모든 문제는 이미 다 훑어서 서면으로 제출해놓은 상태였다. 오늘은 판사가 그 사항들에 관해 세부적인 질문을 던지고 판결을 내리기 위해 모인 자리였다. 나는 점차 불안해지기 시작했다. 클라이브 로이스가 제기한 재정 신청은 전부 틀에 박힌 평범한 것이었고, 매기와 나는 그에 대해 매우 단호한 답변을 제출해놓았다. 또한 구두 논쟁에도 충분히 대비되어 있었다. 하지만 이런 식의 심리는 아무도 예측하지 못했던 결과를 불러올 수 있는 시간이기도 했다. 지금까지 몇 차례나 나는 이런 식의 공판 전 회합 심리에서 검찰에게 맹공격을 당한 경험이 있었다. 게다가 가끔은 이런 심리에서 판사가 내리는 판결로 재판은 시작도 못 하고 사건의 승패가 갈리기도 했다.

나는 의자에 등을 기댄 채로 뒤쪽을 바라보다가 재빨리 법정을 둘러보고는, 관람객 속에 섞여 있는 한 변호사를 향해 가식적인 미소를 지어 보이며 고개를 끄덕였다. 그리고 매기 쪽으로 고개를 돌렸다.

"보슈는 어디 있어?"

내가 물었다.

"아무래도 참석 안 할 것 같아."

"왜? 지난주 내내 어디서 뭘 하는지 볼 수도 없었잖아."

"뭔가 작업하는 게 있는 모양이야. 어제 전화해서는 오늘 공판에 자기도 꼭 참석해야 하는 거냐고 묻기에, 그렇지 않다고 대답해줬어."

"그 뭔가 작업한다는 게 제섭 사건과 관련 있어야 할 텐데."

"나한테 그렇다고 했어. 그리고 곧 우리 앞으로 가져오겠대."

"그럼 다행이네. 재판은 4주만 있으면 시작이니까."

나는 왜 보슈가 내가 아닌 매기에게 전화를 걸기로 했는지 궁금했다. 그러자 보슈뿐 아니라 매기에게도 갑자기 화가 났다.

"내 말 들어봐. 포트 타운센드로 잠깐 여행을 다녀오는 동안 둘 사이에 무슨 일이 있었는지는 잘 모르겠지만, 보슈가 당신보다는 나한테 전화를 걸었어야 하는 거 아니야?"

매기가 마치 심술 난 아이를 상대하듯이 고개를 절레절레 흔들었다.

"저기, 걱정 붙들어 매둬도 돼. 보슈도 당신이 수석 검사라는 사실은 잘 알고 있어. 단지 매일 업무 보고를 할 상대로는 당신이 너무 바쁘다고 생각했을 거야. 그리고 좀 전에 포트 타운센드에 관해서 당신이 했던 말은 그냥 넘어가 주겠어. 그렇지만 이번 한 번만이야. 다시 한 번 이런 식의 암시를 줬다가는, 그땐 정말 골치 아픈 상황에 말려들 줄 알아."

"알았어, 미안해. 난 그냥……."

내 관심은 통로 맞은편 변호인 측 탁자에 로이스와 함께 앉아 있는 제섭에게로 향했다. 그는 히죽거리는 표정으로 나를 노려보는 중이었는데, 계속해서 나와 매기를 바라보며, 어쩌면 우리 대화를 엿들었을지도 모를 일이었다.

"잠깐만 실례할게."

이렇게 말하고 나는 자리에서 일어나 피고 측 탁자 쪽으로 다가갔다. 그리고 몸을 숙여 물었다.

"내가 뭐 도와줄 거라도 있나, 제섭?"

제섭이 채 입을 열기도 전에 그의 변호사가 끼어들었다.

"내 의뢰인과 대화하지 말게, 믹." 로이스가 말했다. "뭔가 요구할 게 있으면, 날 통해서 하라고."

변호사의 제재 움직임에 더욱 대담해진 제섭의 얼굴에 능글맞은 미소가 다시 떠올랐다.

"그냥 가서 앉으시지." 제섭이 말했다. "당신하고는 전혀 할 말이 없으니까."

로이스가 조용히 하라는 의미로 한 손을 들어 올렸다.

"내가 알아서 할 테니, 가만히 있어요."

"저치가 날 협박했잖아요. 판사에게 항의해야 한다고요."

"내가 알아서 할 테니, 조용히 하라고 했잖아요." 제섭이 팔짱을 끼고는 의자에 등을 기댔다. "믹, 무슨 문제라도 있나?"

로이스가 물었다.

"아니, 문제는 무슨. 그냥 자네 의뢰인이 날 쳐다보는 태도가 마음에 안 들어서."

나는 참지 못하고 동요하고 만 나 자신에게 화가 난 채로 다시 검사 측 탁자로 돌아갔다. 그리고 자리에 앉아서 배심원단 좌석에 설치돼 있는 합동 중계용 카메라를 바라봤다. 브리트만 판사는 재판의 전 과정은 물론이고 그에 앞서 열리는 모든 심리 과정도 카메라에 녹화할 수 있도록 승인해주었다. 하지만 합동 중계용 카메라 한 대만을 이용하도록 했다. 그리고 모든 방송국 채널과 통신망이 그 녹화 파일을 사용할 수 있었다.

몇 분 후 판사가 자리를 잡고 앉아 심리 시작을 알렸다. 하나씩 차례대로 우리는 변호인 측의 재정 신청을 훑어나갔고, 판사는 대부분 별다른 고민 없이 우리 쪽의 손을 들어주는 판결을 내렸다. 가장 중요한 한 가지 재정 신청은 증거 부족으로 소를 각하해달라는 틀에 박힌 청구였지만, 판사는 이 역시도 별다른 언급 없이 거부했다. 로이스가 발언권을 요구하자, 판사는 이 문제에 대해 더 이상 논의할 필요성을 느끼지 못한다고 딱잘라 거절했다. 매우 단호한 꾸짖음이었다. 나는 비록 겉으로는 판사의 판결도 모두 틀에 박히고 지루하다는 듯이 반응하기는 했지만, 내심 기분이 좋아 어쩔 줄 몰랐다.

판사가 세부적으로 논의하고 싶어했던 단 한 가지 판결은, 로이스 변호사가 자신의 의뢰인이 화장으로 목과 손가락에 새긴 문신을 가리고 법정에 출두해도 되게끔 허락해달라는 매우 엉뚱한 요청이었다. 로이스는 판사에게 제출한 재정 신청에서 제섭의 문신은 그가 24년 동안 부당하게 복역하는 동안 얻게 된, 감옥에 수감된 죄수들이라면 모두 다 할 수밖에 없는 문신이라고 주장했다. 그리고 배심원들이 그 문신을 보게 되면 제섭이 불리해질 수 있다고 말했다. 그의 의뢰인은 피부색 화장품으로 그것을 가리고 싶어하며, 자신은 검찰 측이 배심원단 앞에서 문신에 대해 언급하는 것을 판사가 금지해주길 바란다고 간청했다.

"지금까지 이런 재정 신청은 처음 받아본다는 사실을 솔직히 인정해야겠군요." 판사가 말했다. "일단 내 의견은 화장을 허락하고 검찰이 문신으로 관심을 끌어가는 것을 금하고 싶습니다. 그렇지만 검찰 측에서는 그 재정 신청에 이의를 제기하고 있어요. 그런 조치를 취하게 되면 그의 문신 속에 담긴 내용과 역사에 관해 불충분한 정보를 배심원단에게 전달하게 된다는 거죠. 이 문제에 관해 좀 더 할 말이 있습니까, 로이스 변호사?"

로이스가 자리에서 일어나 피고 측에 있는 자기 자리에서 법정 쪽을 향해 말을 시작했다. 나는 그쪽을 바라보다가 자연스럽게 제섭의 손 쪽으로 시선을 옮겼다. 그의 손가락 관절에 새겨져 있는 문신이 로이스의 가장 큰 걱정거리라는 사실을 나는 잘 알고 있었다. 목에 있는 문신은 칼라가 있는 셔츠를 입으면 대충 가릴 수 있었기에 법정에 양복을 입고 나오면 해결될 일이었다. 양쪽 손의 손가락 네 개씩을 가로질러서 그는 자신의 감정을 대변하는 'FUCK THIS(상황에 따라 여러 의미로 해석될 수 있으나 기본적으로는 어떤 일에 관심을 잃었거나 상대의 말이나 행동이 마음에 안 들 때 거칠게 내뱉는 욕설이다-옮긴이)'라는 글자를 새겨놓았다. 로이스는 배심원들이 그 문신을 확실히 인지하게끔 내가 손을 쓰리라는 사실을 알고 있었던 것이다. 제섭이 자신을 변호하기 위해 증언대에 선다면, 문신으로 새겨놓은 그 감정이 가장 큰 걸림돌이 되리라는 사실은 의심의 여지가 없었다. 왜냐하면 로이스는 내가 별일 아니라는 듯이 처리하든, 혹은 단호하게 처리하든 간에 어떡하든 배심원단이 그 문신에 담긴 그의 정서를 읽어내게끔 만들고 말리라는 사실을 잘 알았기 때문이다.

"존경하는 재판장님, 이 문신들은 제섭 씨가 무고하게 교도소에 갇혀 복역 생활을 해나가는 동안 얻게 된 것이며, 따라서 공허한 경험의 산물에 지나지 않는다는 것이 바로 변호인의 입장입니다. 교도소는 매우 위험한 장소입니다, 재판장님. 게다가 수감자들은 그들 자신을 보호하기 위해 여러 대책을 강구합니다. 때로 그 대책은 다른 재소자를 위협하도록 고안되거나 그들 간의 유대감을 드러내기 위한 수단으로 강구된 문신으로 발현됩니다. 죄수들 간에 실제로 유대감이 있든 없든, 또 그들이 그것을 믿든 안 믿든 그런 것은 전혀 상관이 없습니다. 이 문신을 배심원단이 보게 될 경우, 피고는 의심의 여지 없이 불리한 위치에 서게 될 것입니다. 따라서 이 문신을 감출 수 있게 허락해주시기를 간청합니다. 그리고 한 가지 덧붙이고 싶은 것이 있습니다. 검사 측의 반대는 단지 재판을 연기하기 위한 단순한 전략에 지나지 않습니다. 그러니 변호인 측은 이 사건에서 정의의 실현이 지연되지 않도록 이 결정을 단호히 밀고 나갈 것입니다."

매기가 재빨리 자리에서 일어섰다. 재정 신청에 대한 답변을 서면으로 처리하는 일을 담당했기에 법정에서 직접 맞서는 일도 매기의 몫이었다.

"존경하는 재판장님, 변호인의 비난에 대해 제가 답변해도 되겠습니까?"

"잠깐만요, 맥퍼슨 검사. 우선은 내가 몇 마디 하겠습니다. 로이스 변호사, 좀 전에 했던 마지막 진술에 대해 좀 더 설명해주시겠어요?"

로이스가 겸손하게 고개를 조아렸다.

"예, 물론입니다, 브리트만 판사님. 피고는 현재 문신 제거 시술을 받고 있는 중입니다. 하지만 이것은 상당히 시간이 걸리는 일이라 재판 전까지 끝낼 수가 없습니다. 따라서 화장으로 문신을 가리겠다는 우리 측의 단순한 요청을 반대함으로써, 검찰은 문신 제거 시술이 끝나는 시점으로 재판을 연기하려는 것입니다. 하지만 이는 신속한 재판에 관한 법규를 뒤엎으려는 시도에 불과합니다. 검찰의 입장에서는 매우 실망스럽겠지만, 신속한 재판권은 변호인 측이 첫날부터 절대 포기하지 않겠노라 선언한 권리입니다."

판사가 고개를 돌려 매기 맥퍼슨를 바라봤다. 이제 그녀의 차례였다.

"존경하는 재판장님, 지금 들으신 말은 단지 변호를 위해 억지로 꾸며낸 사실에 지나지 않습니다. 검찰 측은 단 한 번도 변호인 측의 신속한 재판에 관한 요구에 반대한 적이 없습니다. 사실 검찰 측은 이미 만반의 준비를 갖추고 있습니다. 따라서 변호인의 주장은 기괴하고 불쾌하기까지 합니다. 검찰 측이 이 재정 신청에서 진정으로 반대하는 부분은 피고가 자신의 참모습을 가장하도록 허락받게 되는 상황입니다. 재판은 진실을 찾아가는 과정입니다. 한데 화장으로 자신의 본모습을 가릴 수 있게 허락하는 것은 진실을 찾아가는 여정에 모욕이나 다름없습니다. 이상입니다, 존경하는 재판장님."

"판사님, 제가 답변을 해도 되겠습니까?"

여전히 일어서 있던 로이스가 재빨리 말했다. 브리트만 판사는 매기의 주장에서 몇 가지를 받아 적으며 잠시 멈춰 있었다.

"아니요. 그럴 필요 없을 것 같네요, 로이스 변호사." 그가 마침내 말했다. "이제 판결을 내리겠습니다. 제섭 씨는 문신을 가려도 좋습니다. 만약 피고가 자기 자신을 위해 증언대에 오르기로 한다면, 검찰은 배심원단 앞에서 이 문제를 거론해서는 안 됩니다."

"알겠습니다, 재판장님."

매기가 말했다. 그리고 겉으로는 전혀 실망한 기색을 드러내지 않고 자리에 앉았다. 많은 판결 중에 피고 측의 손을 들어준 단 한 가지 판결에 지나지 않기 때문이었다. 나머지는 다 검찰 쪽에 유리하게 판결이 났다. 이 정도 손해는 최악의 경우와 비교한다면 경미한 수준이었다.

"좋습니다." 판사가 말했다. "이제 모든 문제를 처리한 것 같군요. 이번에는 변호인 측에서 할 말이 없나요?"

"예, 존경하는 재판장님." 로이스가 다시 자리에서 일어서며 말했다. "피고 측은 새로 제출하고 싶은 재정 신청이 하나 있습니다."

그가 피고 측 탁자에서 걸어 나와 새로운 재정 신청 복사본을 판사에게 먼저 제출하고 우리에게도 한 장짜리 재정 신청 서류를 매기와 나에게 각각 하나씩 건네주었다. 매기는 글을 무척이나 빨리 읽었는데, 그 재능이 유전적으로 딸아이에게도 전해져서, 아이는 학교 과제를 해나가는 틈틈이 한 주에 두 권씩 책을 읽어냈다.

"이거 완전히 재수 없어."

내가 서류의 제목도 채 읽기 전에 매기가 작은 소리로 소곤댔다. 하지만 나도 재빨리 그녀를 따라잡았다. 로이스는 변호인단에 새로운 변호사 한 명을 추가해 넣었고, 그가 제기한 재정 신청은 이해의 상충을 들어 매기는 검사팀에 속할 자격이 없으니 자격을 박탈해야 한다는 내용이었다. 새로운 변호사의 이름은 데이비드 벨이었다.

매기는 재빨리 고개를 돌려 방청석 쪽을 훑어봤다. 내 시선도 그녀를 따라갔고, 그곳에 데이비드 벨이 있었다. 두 번째 줄 끝자리였다. 나는 보자마자 그를 알아봤다. 우리가 결혼생활을 끝낸 지 몇 달 되지 않았을 때, 그가 매기와 함께 있는 모습을 본 적이 있었다. 딱 한 번이었는데, 내가 딸을 데리러 그녀의 아파트를 방문했을 때, 그가 문을 열어주었다.

매기는 다시 고개를 돌리고 판사에게 진술하기 위해 자리에서 일어서려 했지만, 내가 그녀의 어깨에 손을 올려 일어서지 못하게 잡았다.

"이건 나한테 맡겨둬."

내가 말했다.

"아니, 기다려." 그녀가 급하게 속삭였다. "10분 휴정을 신청하려는 거야. 먼저 우리끼리 상의할 게 있어."

"내가 하려던 게 바로 그거야." 나는 자리에서 일어서 판사를 향해 말했다. "존경하는 재판장님, 재판장님과 마찬가지로 저희도 이 서류를 이제 막 받았습니다. 일단 가지고 가서 서면으로 답변을 제출하는 방법도 있겠지만, 실은 지금 이 자리에서 논의하고 싶습니다. 만약 판사님께서 짧막한 휴정을 선언해주신다면, 저희도 답변 준비를 할 수 있을 듯합니다."

"15분이면 되겠습니까, 할러 검사? 지금 다른 심리가 하나 대기하고 있으니, 우선 그거부터 처리하고 다시 돌아오면 될 것 같군요."

"감사합니다, 존경하는 재판장님."

브리트만의 말은 우리가 검사석을 떠나면 다른 검사가 판사와 함께 다른 사건을 처리하게 되리라는 의미였다. 우리는 펼쳐놓았던 파일과 매기의 컴퓨터를 뒤로 밀어 탁자 위에 자리를 마련해놓은 후, 자리에서 일어나 법정 뒷문으로 향했다. 우리가 지나가는 동안 벨이 손을 들어 매기의 관심을 끌었지만, 그녀는 그를 무시하고 그냥 지나쳐버렸다.

"위층으로 갈래?"

우리가 문을 통과해서 나오는 동안 매기가 물었다. 그 말은 검사실로 올라가겠느냐는 뜻이었다.

"승강기를 기다리고 있을 시간이 없어."

"계단으로 가면 돼. 세 개 층만 올라가면 되잖아."

우리는 빌딩 계단실 쪽으로 걸음을 옮겼고, 막 방화문을 통과해 나갔을 때 내가 그녀의 팔을 붙잡았다.

"여기서 얘기해도 될 것 같네." 내가 말했다. "벨 문제는 어떻게 하면 좋을지 말해봐."

"아, 빌어먹을. 저 인간은 평생 살인사건은 고사하고 형사사건도 맡아본 적이 없어."

"그래, 당신도 같은 실수는 두 번 하지 말았어야지."

매기가 잡아먹을 듯이 나를 노려봤다.

"그게 대체 무슨 뜻이야?"

"신경 쓰지 마. 그냥 썰렁한 농담 한 거야. 문제에 집중하자고."

매기는 가슴 앞으로 단단히 팔짱을 꼈다.

"이건 내가 생전 듣도 보도 못한 가장 비열한 짓이야. 로이스는 나를 사건에서 빼버리려고 벨을 끌어들인 거야. 그리고 벨은…… 그가 나한테 이런 짓을 하다니 도저히 믿을 수가 없어."

"그래, 보나 마나 무지개 저편에 놓여 있을 황금 항아리에 손이나 한번 담가보자고 이 일에 뛰어들었을 거야. 우리도 이런 일이 생길지 모른다는 사실을 미리 예측했어야 하는데."

나도 전에 사용한 적이 있는 방어 전술이기는 했지만, 이렇게 노골적으로는 아니었다. 만약 판사나 검사가 마음에 들지 않을 경우, 그들이 사건에서 손 떼게 하는 방법 중 하나가 바로 그들과 이해의 상충관계에 있는 누군가를 팀에 불러들이는 것이다. 피고의 변호사 선임 권리는 헌법상 보장되는 것이기에, 보통은 판사나 검사가 소송에 참여할 자격을 박탈당하게 된다. 이번 재정 신청은 로이스의 간교함을 드러내는 선택이었다.

"지금 그가 무슨 짓을 하려는지 알지?" 매기가 물었다. "당신을 고립시키려는 거야. 로이스는 당신이 차석 검사 자리에 앉힐 만큼 신뢰하는 유일한 사람이 바로 나라는 걸 알고 있어. 그래서 날 당신에게서 떼어놓으려는 거라고. 나 없이는 당신이 소송에서 패하리라는 걸 아는 거야."

"나에 대한 당신의 자신감이 고마울 따름이야."

"내 말이 무슨 뜻인지 알잖아. 당신은 검찰 측에서 사건을 다뤄본 적이 없어. 나는 당신이 검사직을 완벽하게 수행할 수 있도록 돕기 위해 여기 있는 거잖아. 만약 그가 나를 쫓아내면, 당신의 다음 선택은 누구야? 믿고 맡길 만한 사람이 누가 있을 것 같은데?"

나는 고개를 끄덕였다. 매기가 옳았다.

"좋아, 내게 사실대로 다 말해봐. 벨과는 얼마나 오래 살았어?"

"살았다고? 나는 벨과 같이 산 적이 없어. 7년 전에 잠깐 사귀었을 뿐이야. 두 달도 채 안 됐을 거야. 만약 그가 다르게 말한다면, 새빨간 거짓말이야."

"그렇다면 이해의 상충에 걸리는 게 단지 그와 사귀었다는 사실인 거야, 아니면 뭔가 다른 문제가 있는 거야? 예를 들어, 당신이 뭔가 행동하거나 말한 게 있다거나, 또는 그가 이해의 상충을 일으킬 정도로 뭔가를 알고 있다거나?"

"그런 거 전혀 없어. 단지 데이트를 몇 번 하긴 했지만, 잘 안 됐다고."

"누가 누구를 찼어?"

매기는 잠시 아무 말도 없다가 바닥을 내려다봤다.

"벨이 끝냈어."

나는 고개를 끄덕였다.

"그럼 이해의 상충이라 할 만한 요소가 있네. 그는 당신이 앙심을 품고 있다고 주장할 수 있어."

"여자가 한을 품으면 어쩌고저쩌고하는, 그런 얘기가 하고 싶은 거야? 웃기는 소리 하지 마. 당신네 남자들이란……."

"잠깐 매기, 잠깐만. 내 말은 그게 그들의 주장이라는 거야. 난 동의하지 않아. 사실 나는……."

계단실 문이 열리더니 검사 한 명이 들어와 층계를 올라가기 시작했다. 심리가 휴정되어 우리가 자리에서 일어났을 때, 그 자리를 넘겨받았던 검사였다. 시간은 아직 8분밖에 지나지 않은 시점이었다.

"브리트만 판사는 집무실로 들어갔어요." 그가 우리를 지나치며 말했다. "그러니 아직 시간이 남았습니다."

"고마워요."

나는 그의 발소리가 위층으로 완전히 올라간 것을 확인할 때까지 기다리다가 조용한 목소리로 다시 말을 이어갔다.

"좋아, 내가 어떤 식으로 싸우면 되겠어?"

"판사에게 이건 검찰을 방해하려는 명백한 시도라고 주장해. 변호인 측에서는 데이비드 벨이 어떤 특별한 실력이 있어서가 아니라 나와 사건 전력이 있다는 단 한 가지 사실 때문에 그를 고용했다고."

나는 고개를 끄덕였다.

"좋아, 그리고 또 없어?"

"나도 모르겠어. 지금은 아무 생각도……. 너무 오래전 일이라 그에게 아무런 감정도 느끼지 않는다고, 그러니 전문적인 판단이나 수행 능력에도 아무런 영향을 끼치지 않을 거라고 말해."

"그래, 그래, 알았어……. 그럼 벨은 어때? 내가 경계해야 할 어떤 것을 가지고 있다거나, 알고 있지는 않아?"

그녀는 마치 비열한 반역자라도 보는 듯한 시선으로 나를 바라봤다.

"매기, 난 모든 걸 알고 있어야 해. 그래야 지금 놀란 것 이상으로 또 놀라지 않을 거 아니야, 안 그래?"

"알았어, 하지만 아무것도 없어. 만약에 그가 날 단지 이 사건에서 물러나게 하는 조건으로 수임료를 받는 거라면 보나 마나 지금 상당히 궁색할 거야."

"걱정 마. 게임은 혼자 하는 게 아니야. 가자."

우리는 다시 법정을 향해 걸어갔고, 문을 통과해 들어가는 동안 나는 집무실에 있는 판사를 불러와도 좋다는 신호로 서기에게 고개를 끄덕여 보였다. 그리고 검찰 측 탁자 쪽으로 가는 대신에 로이스가 자신의 의뢰인과 나란히 앉아 있는 피고 측으로 방향을 틀었다. 이제 데이비드 벨은 제섭을 사이에 두고 로이스와 나란히 앉아 있었다. 나는 로이스의 어깨 위로 몸을 숙여 그의 의뢰인도 들을 수 있을 만큼 큰 소리로 속삭였다.

"로이스, 판사가 밖으로 나오면, 자네가 이 재정 신청을 철회할 수 있는 기회를 주겠네. 만약 철회하지 않는다면, 첫째, 난 카메라 앞에서 자네에게 망신을 줄 테고, 그 장면은 디지털 화면으로 영원히 기록돼 남을 거야. 그리고 둘째, 내가 지난주에 자네에게 건넸던 석방과 보상에 관한 제안은 철회될 거야. 영원히."

나는 제섭의 눈썹이 거의 몇 센티미터쯤 위로 치켜 올라가는 모습을 보왔다. 그는 돈과 자유가 관련된 제안에 관해서는 들은 적이 없을 터였다. 그 이유는 난 그런 제안을 한 적이 없었기 때문이다. 그러나 이제 자신은 숨기고 있는 것이 전혀 없다는 사실을 의뢰인에게 증명해 보이는 일은 로이스의 몫이었다. 난 단지 행운을 빌어줄 따름이었다.

로이스는 내 귀환을 환영한다는 듯이 미소를 지어 보였다. 그리고 아무렇지도 않다는 듯이 몸을 뒤로 기대고는 앞에 펼쳐놓은 노트 위로 펜을 던졌다. 황금색 줄이 그어진 몽블랑 펜이었다. 절대로 그런 대우를 받아서는 안 되는 고급 물건이 아니던가.

"이거 정말 재미있어지겠는걸, 안 그런가, 믹?" 그가 말했다. "잘 들어두게. 난 절대로 이 재정 신청을 철회하지 않을 거야. 그리고 만약 자네가 석방과 금전적인 보상에 관해 내게 제안한 것이 있다면, 당연히 내가 그걸 기억하고 있을 텐데 그렇지가 않군."

그렇게 그는 내 허풍을 일축해버렸다. 하지만 의뢰인을 설득해야 할 일은 아직 남아 있었다. 판사가 집무실 문을 통해 나와서 판사석까지 층계 세 단을 올라가고 있었다. 나는 마지막으로 로이스의 귀에 한 번 더 속삭였다.

"자네가 벨에게 얼마를 지불했든 간에, 그 돈은 날린 거야."

나는 검찰 측 탁자 쪽으로 걸어가서 그대로 서 있었다.

판사가 심리를 속개했다.

"좋습니다. 이제 다시 캘리포니아 대 제섭의 재판 기록을 시작하겠습니다. 할러 검사, 피고 측의 최근 재정 신청에 대해 구두로 답변하겠습니까, 아니면 서면으로 제출하겠습니까?"

"존경하는 재판장님, 검찰은 지금…… 이 자리에서 재정 신청에 답변하겠습니다."

"그럼 시작해보세요."

나는 그럴듯하게 분개한 목소리를 내보기로 했다.

"판사님, 저도 평범한 사람이기에 남들만큼 냉소적이라 할 수 있습니다. 하지만 이 재정 신청에 적혀 있는 변호인 측의 전략에는 놀라움을 금치 못하겠다는 말을 해야겠습니다. 사실, 이것은 재정 신청이 아닙니다. 이것은 캘리포니아 검찰의 존재를 부정함으로써 소송 체계를 전복시키려는 너무도 명백한 시도……."

"존경하는 재판장님." 로이스가 벌떡 일어나며 끼어들었다. "저는 할러 검사가 공식 기록과 언론 앞에서 쏟아내는 중상모략 행위에 맹렬히 이의를 제기합니다. 이것은 피고 측이 생각하는……."

"로이스 변호사, 할러 검사가 변호인의 재정 신청에 대해 답변을 하고 난 후에 변호인에게도 기회가 돌아갈 겁니다. 자리에 앉아주세요."

"예, 존경하는 재판장님."

로이스가 자리에 앉고 나서, 나는 어디까지 얘기했었는지 다시 기억을 더듬었다.

"계속하세요, 할러 검사."

"예, 존경하는 재판장님. 이미 아시겠지만, 검찰은 이번 주 화요일에 증거개시 자료를 변호인 측에 넘겨주었습니다. 지금 판사님 앞에 놓인 재정 신청은, 로이스 변호사가 소송이 난관에 부딪히도록 하기 위해 탄생시킨 매우 비양심적인 재정 신청입니다. 그는 캘리포니아 주가 이 소송에서 패해 나가떨어지리라 생각하고 있었습니다. 그런데 지금은 결코 그렇지 않으리라는 사실을 깨닫게 된 겁니다."

"하지만 그게 지금 논의하는 재정 신청과 무슨 관련이 있는 거죠, 할러 검사?"

판사가 성급하게 물었다.

"전부 다 관련이 있습니다." 내가 말했다. "판사님도 판사 쇼핑이라는 말을 들어보신 적이 있을 겁니다. 그리고 지금 로이스 변호사는 검사 쇼핑을 하고 있습니다. 그는 우리가 건네준 증거자료를 검토하는 과정에서 어쩌면 마거릿 맥퍼슨이 검사팀에서 가장 중요한 인물일지도 모른다는 사실을 알게 됐을 것입니다. 그러고는 그 증거들을 소송에 이용하기보다는, 그 증거들을 모아 정리한 검사팀을 쪼개놓음으로써 검찰을 약화시키려는 시도를 하고 있는 것입니다. 보십시오. 이제 소송까지는 4주가 채 남지 않았습니다. 그런데 그는 제 차석 검사를 공격하려는 시도를 하고 있습니다. 그는 형사소송은 물론이고 살인사건 변호에도 경험이 전무하다시피 한 변호사를 고용했습니다. 왜 그랬겠습니까, 판사님? 소위 이해의 상충이라 일컬어지는 이런 상황을 조작할 의도가 아니라면 말입니다."

"존경하는 재판장님?"

로이스가 다시 자리에서 일어섰다.

"로이스 변호사." 판사가 말했다. "기회를 주겠다고 말하지 않았습니까."

판사의 목소리는 명백한 경고의 의미를 전달했다.

"그렇지만 존경하는 재판장님, 저는……."

"앉으세요."

로이스는 자리에 앉았고, 판사는 내게로 다시 관심을 돌렸다.

"재판장님, 이 어이없는 사태는 절박해진 변호인이 궁여지책으로 만들어낸 것입니다. 부디 그가 헌법의 목적을 뒤엎도록 허락지 말아주시기 바랍니다."

마치 시소를 타는 두 사람처럼, 내가 자리에 앉자마자 로이스가 자리에서 벌떡 일어섰다.

"잠깐만요, 로이스 변호사." 판사가 한 손을 들어 올려 로이스에게 다시 자리에 앉으라는 신호를 보내며 말했다. "우선 벨 변호사와 얘기해보고 싶군요."

이제 벨이 자리에서 일어날 차례였다. 그는 옅은 갈색 머리칼에 혈색 좋은 얼굴을 하고 옷도 근사하게 잘 차려입었지만, 나는 그의 눈동자에 서리는 염려의 기색을 읽어낼 수 있었다. 그가 로이스에게 먼저 접근했든, 로이스가 그를 찾아냈든 간에, 판사 앞에 서서 스스로의 입장을 표명하는 일은 그가 전혀 예상치 못했던 일임이 분명했다.

"벨 변호사, 지금까지 내 법정에서 벨 변호사가 변호하는 모습을 볼 수 있는 영광은 내가 아직 누리지 못한 듯하네요. 평소 형사사건도 변호를 하십니까?"

"어, 그게……. 아니요, 판사님, 보통은 안 합니다. 저는 민사 변호를 주로 하고, 서른 건 이상의 소송에서 수석 변호사를 맡아왔습니다. 따라서 법정에서 일어나는 일에 대해서는 누구보다 소상히 알고 있습니다, 존경하는 재판장님."

"그래요, 다행이군요. 그 소송 중에 살인사건 재판은 몇 건이나 되었습니까?"

내가 시동을 걸어놓은 논의가 판사의 개입으로 탄력을 받아 파죽지세로 나아가는 모습을 바라보고 있자니, 거의 환의에 버금가는 기쁨이 느껴졌다. 로이스는 자신의 계획이 값비싼 꽃병처럼 박살 나버리는 모습을 바라보며 몹시 당황한 듯했다.

"그 자체로 살인사건 소송이었던 건은 하나도 없습니다. 하지만 몇 건은 불법행위에 의한 사망 사건이었습니다."

"그건 다른 거죠. 형사재판은 몇 건이나 맡아봤습니까, 벨 변호사?"

"마찬가지입니다, 재판장님. 형사사건은 없었습니다."

"그렇다면 제섭 피고의 변호인단에 합류하게 된 경위는 뭔가요?"

"존경하는 재판장님, 그동안 저는 다양한 재판 경험을 쌓아왔지만, 제 이력이 이 사건과 딱 맞아떨어지는 것은 아니라는 사실을 잘 알고 있습니다. 하지만 제섭 씨는 스스로 변호사를 선택할 권리가 있고…….”

“맥퍼슨 검사와의 사이에 정확히 무슨 이해가 상충한다는 건가요?”

벨은 당황한 듯했다.

“질문은 이해했습니까?”

판사가 물었다.

“예, 존경하는 재판장님. 이해가 상충하는 이유는 저와 맥퍼슨 검사가 한때 친밀한 관계였으며, 지금은 한 재판에서 서로 반대되는 입장에 처해 있기 때문입니다.”

“둘이 결혼했었습니까?”

“아닙니다, 재판장님.”

“그 친밀한 관계라는 게 언제 적 일인가요, 그리고 얼마나 지속됐습니까?”

“7년 전이었고, 약 3개월 정도 지속됐습니다.”

“그 이후로 맥퍼슨 검사와 접촉한 적이 있습니까?”

벨이 마땅한 대답을 떠올리려는 듯 천장을 바라봤다. 매기가 내 쪽으로 몸을 기울여 귀에 대고 소곤거렸다.

“없습니다, 존경하는 재판장님.”

벨이 대답했고, 나는 자리에서 벌떡 일어섰다.

“존경하는 재판장님, 사실을 철저히 공개하기 위해 덧붙이자면, 벨 변호사는 지난 7년간 맥퍼슨 검사에게 크리스마스카드를 보냈습니다. 하지만 맥퍼슨 검사는 단 한 번도 답장을 보낸 적이 없습니다.”

법정 안에 웅성거리는 웃음소리가 번져나갔다. 판사는 그 소리를 무시하고 앞에 놓인 무언가를 가만히 내려다봤다. 필요한 내용은 들을 만큼 들었다는 표정이었다.

“벨 변호사가 걱정하는 이해의 상충이 정확히 어떤 겁니까?”

"음, 판사님, 공개 법정에서 이야기하기에는 좀 꺼려지는 내용이지만, 실은 맥퍼슨 검사와의 관계를 먼저 끝낸 쪽이 바로 저였습니다. 따라서 제가 걱정하는 바는 아직도 남아 있을지 모를 저에 대한 적대감입니다. 그것이 이해의 상충을 불러올 수 있기 때문입니다."

판사는 그 말을 전혀 믿지 않는 듯했고, 법정에 있는 모든 사람들도 마찬가지였다. 분위기는 가만히 지켜보고 앉아 있기 불편할 정도였다.

"맥퍼슨 검사?"

판사가 부르자, 매기가 의자를 뒤로 밀고 자리에서 일어섰다.

"벨 변호사에게 아직도 적대감을 품고 있습니까?"

"아닙니다, 존경하는 재판장님. 적어도 오늘 이전까지는 전혀 그런 마음을 품은 적이 없습니다. 이제 보니 제가 확실히 더 나은 관계 쪽으로 움직여온 게 맞는 모양입니다."

매기의 창이 정확히 급소를 찌르자 우리 뒤쪽에서 또다시 작게 웅성거리는 웃음소리가 퍼져나갔다.

"고맙습니다, 맥퍼슨 검사." 판사가 말했다. "자리에 앉으세요. 그리고 벨 변호사도 앉으세요."

벨은 고맙다는 듯이 자리에 털썩 주저앉았다. 판사가 앞으로 몸을 기울이고 아무런 감정이 실리지 않은 목소리로 판사석 마이크에 대고 말했다.

"이번 재정 신청은 기각합니다."

로이스가 즉시 자리에서 일어섰다.

"존경하는 재판장님, 판결 전에 제게 발언권을 주지 않으셨습니다."

"이건 변호인 측이 제출한 재정 신청입니다, 로이스 변호사."

"하지만 저는 할러 검사의 주장에 반박할……."

"로이스 변호사, 나는 이미 판결을 내렸습니다. 그러니 이 재정 신청에 대해 더는 논의할 필요성을 못 느끼는데요. 변호사는요?"

로이스는 계속 고집을 부려봤자 상황만 더 악화되리라는 사실을 깨달았다. 이쯤에서 손해를 줄이는 게 현명할 터였다.

"감사합니다, 존경하는 재판장님."

그가 자리에 앉았다. 곧 판사는 심리가 끝났음을 선언했고, 우리는 짐을 챙겨 뒷문 쪽으로 향했다. 그러나 로이스만큼 빠르지는 않았다. 그와 그의 의뢰인과 명색이 그의 공동 변호사는 마치 금요일 밤에 마지막 기차를 잡아타려는 사람들처럼 법정을 가르며 달려나갔다. 그리고 이번에는 로이스도 언론과 수다를 떨기 위해 법정 밖에서 잠시 멈추는 선의를 베풀려 하지 않았다.

"변호해줘서 고마워."

승강기 앞에 도착했을 때 매기가 말했다. 나는 어깨를 으쓱해 보였다.

"당신이 스스로를 변호했잖아. 아까 벨에게서 벗어나 더 나은 관계 쪽으로 움직여왔다는 말 진심이었어?"

"그에게서 벗어난 거? 그럼, 물론이지."

나는 매기의 얼굴을 바라봤지만, 소리 내어 말한 것 이상의 의미를 읽어낼 수는 없었다. 승강기 문이 열렸다. 안에는 해리 보슈가 타고 있었다.

20 연쇄살인의 징후

승강기에서 내려서다가 보슈는 할러와 맥퍼슨과 거의 부딪힐 뻔했다.

"끝난 건가?"

그가 물었다.

"좋은 구경 놓쳤어요."

할러가 말했다. 보슈가 재빨리 돌아서더니 문이 닫히기 직전에 한쪽 문을 손으로 잡았다.

"내려갈 텐가?"

"그게 우리 계획이었어요." 할러가 보슈를 향해 짜증스러운 기색을 숨기지 않고 말했다. "심리에는 못 오는 줄 알았어요."

"심리에 참석하려던 게 아니야. 두 사람을 데리러 오는 중이었어."

그들은 함께 승강기를 타고 내려갔고, 보슈는 경찰행정빌딩(PAB)까지 한 블록을 걸어가자고 제안했다. 그가 방명록에 서명해서 두 사람을 방문객 자격으로 건물 안에 들였고, 그들은 강도 및 살인사건 전담반이 있는 5층으로 올라갔다.

"여기엔 처음 와보는 것 같아요." 맥퍼슨이 말했다. "꼭 보험회사 사무실 같은데요."

"맞아요. 이쪽으로 이사하면서 영 분위기를 망쳤어요."

보슈가 대답했다. PAB는 6개월밖에 되지 않은 새 건물이었다. 따라서 조용할 뿐 아니라, 척박한 느낌이 들 정도로 깨끗했다. 하지만 보슈를 포함해서 이 건물에 상주하는 모든 직원들은 시설이 지극히 노후해서 거의 대책이 안 설 정도인 LAPD 본부가 있는 파커센터를 그리워했다.

"저쪽에 내 개인 사무실이 있어요."

그가 전담반원들이 함께 사용하는 공용 공간 저편에 있는 문 하나를 가리키며 말했다. 그리고 열쇠를 꺼내 잠긴 문을 열었다. 그들은 회의실 탁자처럼 생긴 책상이 한가운데에 놓인 널찍한 공간 안으로 들어갔다. 한쪽 벽은 유리로 되어 있어 반원들이 함께 쓰는 공용 공간이 내다보였지만, 보슈가 블라인드를 내려 외부 시선을 차단했다. 반대쪽 벽에는 커다란 화이트보드가 걸려 있었다. 위쪽 여백에는 사진이 가로 방향으로 나란히 붙어 있었고, 각 사진 밑에는 손으로 쓴 메모 쪽지가 다닥다닥 붙어 있었다.

"한 주 내내 이 작업을 하고 있었어요." 보슈가 말했다. "둘 다 내가 어디로 사라져버렸는지 궁금해하고 있었을 겁니다. 그러니 이제 내가 발견한 걸 두 사람에게도 알려줄 때가 된 것 같아요."

맥퍼슨은 문에서 몇 발짝 떨어지지 않은 곳에 멈춰 서서 눈을 잔뜩 찌푸린 채 사진을 바라보느라 보슈에게 자신의 허영기를 제대로 드러내고 있었다. 다시 말해, 그녀는 안경이 필요했지만, 그걸 인정하지 않았다. 보슈는 매기가 안경 낀 모습을 한 번도 본 적이 없었다.

할러는 탁자 쪽으로 다가갔다. 기록 보관소에서 반출해온 상자가 여러 개 놓여 있었다. 그는 천천히 의자 하나를 끌어당겨 자리에 앉았다.

"매기, 자리에 앉지 그래요?"

보슈가 제안하자 그제야 매기는 시선을 거두고 탁자 끝에 있는 의자에 앉았다.

"이게 혹시 내가 생각하는 그런 건가요?" 그녀가 물었다. "다 멜리사 랜디하고 비슷하게 생겼어요."

"음……." 보슈가 다시 입을 열었다. "일단 내가 발견한 사실부터 설명하고, 그다음에 두 사람도 결론을 끌어내 보도록 하죠."

보슈는 앉지 않고 그대로 서 있었다. 그가 탁자를 돌아가 화이트보드 쪽으로 갔다. 등이 보드 쪽을 향하게 선 채 그가 이야기를 시작했다.

"좋아요, 내게 친구가 한 명 있습니다. 전직 범죄 심리 분석관이에요. 지금껏 내가……."

"어디서 일했는데요?"

할러가 물었다.

"FBI. 그런데 그게 문제가 되나? 내가 하려던 말은, 지금껏 내가 봐왔던 그 어떤 분석가보다 실력이 뛰어난 사람이라는 거지. 어쨌든 이 사건에 합류하고 얼마 되지 않아서 나는 비공식적으로 이 사건을 한번 검토해달라고 부탁했고, 그녀는 내 부탁을 들어줬어요. 그리고 그녀의 결론은 1986년에 이 사건이 완전히 잘못된 방향에서 수사가 진행됐다는 겁니다. 그리고 초동수사를 이끌었던 수사관들은 이 사건이 일시적 충동으로 저지른 기회의 범죄라고 봤지만, 그녀는 다른 식으로 보고 있어요. 간단히 말해, 그녀는 멜리사 랜디를 죽인 범인이 이전에도 살인을 저질렀음을 알려주는 징후를 발견해냈습니다."

"자, 시작이군."

할러가 말했다.

"이봐, 할러, 대체 나한테 왜 그런 무례한 태도를 보이는 건지 모르겠군." 보슈가 말했다. "이 사건에 수사관으로 참여해달라고 날 끌어들였던 건 자네였어. 그러니 일단은 내가 알아낸 사실을 다 얘기하도록 가만히 내버려두는 게 어떻겠나? 그런 다음에 자네도 하고 싶은 말을 하면 될 테니. 내 얘기가 말이 된다고 생각하면 실천에 옮기면 되고, 아니라고 생각되면 그냥 없던 일로 하면 돼. 어쨌든 내가 찾아낸 사실을 자네에게 들려주는 건 내 할 일을 하는 거야."

"난 무례한 태도를 보이는 게 아니에요, 해리. 그냥 속으로 생각하고 있던 걸 입 밖으로 소리 내어 말했을 뿐입니다. 마침 재판을 복잡하게 만들 온갖 것들에 대해 생각하고 있었거든요. 지금 보슈가 얘기하는 모든 내용이 로이스에게 넘어가게 된다는 거 몰라요?"

"자네가 이걸 사용할 작정이라면 그렇겠지."

"뭐라고요?"

"증거개시 규칙에 관해서는 자네가 나보다 훨씬 잘 알고 있으리라 생각하는데."

"그래요, 규칙은 알고 있어요. 그렇지만 우리가 이걸 사용하지 않으리라 생각한다면, 대체 왜 우릴 이리로 데려와서 쓸데없이 괜한 걸 보여주는 건데요?"

"그냥 보슈가 알아낸 사실을 들어보는 게 어때?" 맥퍼슨이 말했다. "그럼 왜 그러는지 알게 되겠지."

"그럼 계속해봐요." 할러가 말했다. "어쨌든 난 '자, 시작이군'이라고 한마디 한 죄밖에 없어요. 그건 놀라움을 표현하거나 방향이 바뀌는 걸 인식했을 때 흔히들 쓰는 표현이라고 생각해요. 그게 다예요. 계속해요, 해리. 방해해서 미안해요."

보슈는 잠시 보드 쪽을 흘낏 보고는 다시 두 명의 청중 쪽으로 돌아서서 이야기를 계속했다.

"그러니까 그 범죄 심리 분석관 친구는 제이슨 제섭이 멜리사 랜디 이

전에도 살인을 저질렀으며, 이전 범죄들은 매우 성공적으로 은폐한 게 분명하다고 생각해요."

"그래서 해리가 그걸 조사해봤군요."

맥퍼슨이 말했다.

"예, 조사했어요. 두 사람도 초기에 수사를 담당했던 클로스터 형사가 매우 빠르게 수사를 진전시켰다는 사실을 기억할 겁니다. 그도 역시 같은 조사를 했었어요. 문제는 그가 잘못된 범인 프로파일을 사용했다는 겁니다. 그들에게는 원피스에 묻어 있던 정액과 교살, 그리고 접근 가능한 장소에 버려진 시체라는 증거가 있었습니다. 그게 그들이 생각하는 사건의 개요였어요. 따라서 그와 비슷한 사건을 찾아봤지만, 비슷한 걸 찾아낼 수가 없었죠. 서로 관련돼 있다고 볼 만한 사건조차도 없었습니다. 그걸로 끝이었죠. 더는 조사하지 않았으니까요. 그들은 제섭이 단 한 번 범죄를 저질렀으며, 방식이 극도로 비체계적이고 조잡했던 까닭에 붙잡히게 되었다고 믿었습니다."

보슈는 돌아서서 뒤쪽 화이트보드에 일렬로 붙여놓은 사진을 손으로 가리켰다.

"그래서 나는 다른 쪽을 찾아봤어요. 실종 신고는 되었지만, 다시 돌아오지 못한 소녀들을 찾아봤습니다. 가출했거나 납치됐을 가능성이 있는 소녀들이었죠. 제섭은 리버사이드 카운티 출신이기 때문에, 우선 검색 범위에 리버사이드와 LA 카운티를 둘 다 포함시켰습니다. 체포됐을 당시에 제섭의 나이는 24살이었어요. 그래서 기간도 그가 18살이었던 1980년부터 1986년까지로 설정했죠. 피해자 프로파일은 12살부터 18살까지의 백인 소녀로 정했습니다.

"왜 나이를 18살까지 설정한 건가요?" 맥퍼슨이 물었다. "우리 피해자는 12살이었잖아요."

"레이철이 말하길, 아 참, 친구 분석관이 말하길, 이런 범죄자 유형은 때로 자기 나이 또래의 아이들을 첫 범행 대상으로 고르는 경우가 많다고 합니다. 그들은 우선 살인하는 방법을 배우고 나서 자신의 이상성욕이 지시하는 대로 구체적인 목표를 정한다고 해요. 이상성욕이란……."

"그게 뭔지는 나도 알아요." 맥퍼슨이 말했다. "이 모든 조사를 혼자 다 하신 거예요? 아니면 레이철이라는 친구분이 도와줬나요?"

"아니요, 레이철은 프로파일만 작업해줬어요. 조사한 내용을 정리하는 건 내 파트너가 함께 했습니다. 하지만 모든 기록이 완전한 게 아니라서 많이 어렵더군요. 특히 단순 가출로 처리된 사건의 경우는 남아 있는 자료가 없었어요. 그 당시의 가출 사건기록은 아예 다 폐기돼버렸거든요."

"디지털 문서화도 해놓지 않은 거예요?"

맥퍼슨의 질문에 보슈는 고개를 저었다.

"LA 카운티에서는 안 해놓았어요. 기록을 전산화하기 시작했을 때, 과거 사건들은 주요 범죄 기록들만 우선적으로 처리했거든요. 유괴 사건일 가능성이 높지 않다면 가출 사건은 우선순위에 들지 못했죠. 그런데 리버사이드 카운티는 다르더군요. 워낙 범죄율이 낮다 보니까, 모든 기록을 디지털화했어요. 어쨌든 그 당시에 두 군데 카운티에서 우리가 설정해놓은 6년이라는 기간 동안 29건의 사건이 검색에 걸렸어요. 다시 말하지만, 이 사건들은 해결되지 않은 것들이에요. 각각의 사건에서 소녀들은 실종되어 다시 집으로 돌아오지 않았죠. 우리는 찾아낼 수 있는 기록을 다 뽑아봤지만, 대부분 목격자 진술이나 다른 문제들을 고려했을 때 우리가 찾는 사건과는 일치하지 않더군요. 하지만 여기 있는 여덟 개의 사건을 골라낼 수 있었습니다."

보슈가 보드 쪽으로 돌아서서 여덟 명의 미소 짓는 소녀 사진을 바라봤다. 모두 오래전에 사라져버린 아이들이었다.

"나는 제섭이 이 소녀들의 이유 없는 실종과 어떤 관련이 있다고 말하는 건 아니지만, 그럴 가능성이 다분합니다. 매기가 이미 눈치챈 것처럼, 아이들이 하나같이 멜리사 랜디와 닮았어요. 그리고 덧붙이자면, 신체 유형도 비슷합니다. 우리의 피해자와 몸무게는 5킬로그램, 키도 5센티미터 안팎으로 차이 날 뿐입니다."

보슈가 다시 청중을 향해 돌아섰을 때, 맥퍼슨과 할러는 뚫어져라 사진만 바라보고 있었다.

"각 사진 밑에 내가 구체적인 사항들을 적어놓았어요." 그가 말했다. "신체적 특이사항, 실종 날짜나 장소 같은 기본적인 사항들이에요."

"이 중에서 제섭이 알던 사람이 있었나요?" 할러가 물었다. "어떤 식으로든 그와 관련돼 있던 소녀가 있었나요?"

그게 가장 중요한 점이었다. 보슈도 그 사실을 알고 있었다.

"확실한 건 아무것도 없네. 내 말은 지금까지 내가 찾아낸 사실 중에는 그렇다는 거지." 그가 말했다. "그나마 이 중에서 가장 관련 있다고 볼 만한 소녀는 이 아이예요."

그가 돌아서서 왼쪽 첫 번째 사진을 가리켰다.

"첫 번째 소녀. 발레리 슐리히터. 제섭이 어린 시절을 보냈던 리버사이드 카운티의 같은 동네에서 1981년에 실종됐습니다. 당시 그는 19살이었을 테고 소녀는 17살이었죠. 두 사람 다 리버사이드 고등학교에 다녔지만, 제섭이 일찍 학교를 그만두는 바람에 둘이 학교생활을 같이 했던 적은 없는 것 같아요. 어쨌든 발레리는 가정에 문제가 좀 있었기 때문에 가출로 처리됐습니다. 편부모 가정이었거든요. 엄마와 남동생과 함께 살았는데, 고등학교를 졸업하고 한 달쯤 되었을 때 어딘가로 사라져버렸죠.

발레리의 사건은 실종으로 처리되지 않았는데, 가장 큰 이유는 소녀의 나이 때문이었어요. 사라지고 나서 한 달 후에 18세가 되었으니까요. 사실, 아예 수사라고 할 만한 것도 없었습니다. 그냥 아이가 집으로 돌아오나 안 오나 막연히 기다렸을 뿐이에요. 그런데 돌아오지 않았죠."

"발레리 외에는 없습니까?"

보슈가 돌아서서 할러를 바라봤다.

"지금까지는 이게 다네."

"그럼 증거개시 자료에는 포함시키지 않아도 되겠네요. 증거라고 할 만한 것도 없으니까요. 제섭과 이 소녀들 간에는 아무 관련이 없는 거잖아요. 그나마 가장 가까웠던 실종자가 리버사이드 카운티의 소녀인데, 멜리사 랜디보다 다섯 살이나 위예요. 그러니 모든 게 너무 억지로 끼워 맞춘 듯한 느낌이 들잖아요."

보슈는 할러의 목소리에서 안도의 기미를 감지해낼 수 있었다.

"그러게." 그가 대꾸했다. "그리고 아직 내가 얘기하지 않은 또 다른 부분이 있어."

그가 탁자 끝에 놓인 사건기록 상자들 쪽으로 다가가서 파일 하나를 꺼냈다. 그리고 다시 걸어와 맥퍼슨 앞에 그것을 놓았다.

"아시다시피, 우린 제섭이 석방된 날부터 그를 감시하고 있습니다."

맥퍼슨이 파일을 열자, 안에는 8×10 크기의 사진들이 들어 있었다. 감시하는 동안 제섭의 모습을 찍은 사진이었다.

"감시대원들에 따르면 제섭의 일과에는 규칙성이 전혀 없다고 해요. 그래서 매일 24시간 내내 감시하고 있습니다. 그리고 그들 기록에 따르면 제섭은 완전히 다른 두 개의 삶을 영위하고 있어요. 첫째는 그 자신이 소위 '자유를 찾아가는 여정'이라 부르는, 언론에 실리는 공개적인 삶이죠. 카메라를 바라보며 미소 짓는 일부터 햄버거를 먹고 베니스 해안에서 서핑을 하고 토크쇼에 번갈아가며 출연하는 일 등이 여기에 속합니다."

"네, 우리도 그건 잘 알아요." 할러가 말했다. "그리고 그 모든 일의 배후에 그의 변호사가 있다는 사실도요."

"그리고 둘째는 그의 사적인 삶입니다." 보슈가 말했다. "술집에 기어들어가고, 밤늦게 차를 몰고 다니고, 한밤중에 어딘가를 방문하는 등의 일이 여기에 속하죠."

"어딜 방문한다는 거죠?"

맥퍼슨이 물었다. 보슈는 준비해둔 마지막 시각 자료 쪽으로 다가갔다. 산타모니카 산맥 지도였다. 그는 지도를 두 사람 앞에 펼쳐놓았다.

"석방된 이후 제섭은 한밤중에 아홉 번이나, 그것도 매번 다른 시간대에, 베니스에 있는 자신이 얹혀 지내는 아파트에서 나와 산맥 꼭대기에 있는 멀홀랜드까지 운전해갔어요. 거기서 매일 밤 한두 군데의 캐니언 공원을 방문했죠. 프랭클린 캐니언이 가장 자주 들른 곳입니다. 그곳에는 무려 여섯 번을 갔어요. 그렇지만 스톤 캐니언이나 러넌 캐니언은 물론이고, 프라이먼 캐니언에 있는 전망대에도 몇 번씩 다녀갔죠."

"거기서 뭘 하는데요?"

맥퍼슨이 물었다.

"그게, 우선 이 장소들은 모두 공원이라 해가 지면 출입이 통제됩니다." 보슈가 대답했다. "그래서 제섭은 몰래 들어갔어요. 시간대는 다 새벽 2~3시경이었고요. 안으로 들어가서는 그냥 가만히 앉아만 있습니다. 뭔가 골몰히 생각하는 거예요. 몇 차례는 촛불까지 켜두었는데, 보통은 늘 같은 장소예요. 등산로나 나무 옆 같은 데. 너무 어둡기도 하고 가까이 가면 발각될 위험이 있어서 그곳에 있는 사진은 못 찍었어요. 이번 주에 내가 두어 차례 SIS를 찾아가서 함께 감시했는데, 겉으로 보기에는 그냥 명상을 하는 것 같더군요."

보슈가 지도에 있는 공원 네 곳에 동그라미 표시를 했다. 각 공원은 멀홀랜드 드라이브상에 자리해 있고, 공원들 사이의 거리도 가까웠다.

"이 사실에 관해서도 그 범죄 심리 분석관과 얘기해봤어요?"

할러가 물었다.

"물론 해봤지. 그녀도 나와 같은 생각을 하더군. 무덤을 방문하고 있다는 거야. 망자와…… 그러니까 자신의 피해자와 대화를 나누기 위해서."

"아, 젠장……."

할러가 말했다.

"그래."

보슈가 대답했다. 할러와 맥퍼슨이 보슈의 수사 경과가 암시하는 바를 곰곰이 생각해보는 동안 긴 침묵이 흘렀다.

"해리, 그럼 그 장소들을 누군가 파헤쳐보기는 했나요?"

맥퍼슨이 물었다.

"아뇨, 아직은 아니에요. 제섭이 계속 그곳을 방문하고 있기 때문에, 모두 삽을 들쳐 메고 떼거리로 몰려가 야단법석을 떨고 싶지 않았어요. 그러면 제섭이 뭔가를 눈치채게 될 텐데, 아직은 그런 위험을 감수할 수가 없잖아요."

"맞아요. 그렇다면 방법은……."

"시체 수색견이요. 그래요, 어제 수색견을 위장시켜서 그곳으로 데리고 가봤죠. 우린……."

"개를 어떻게 위장시켜요?"

할러가 물었다. 그 말에 보슈가 웃음을 터트렸고, 방 안의 긴장감도 어느 정도 풀려나갔다.

"내 말은, 개 두 마리를 경찰차가 아닌 일반 차량에 태우고 정복이 아닌 사복 차림의 대원들이 데리고 갔다는 말이지. 다시 말해, 우린 그냥 개를 산책시키는 사람처럼 보이려고 했지만, 실은 그것 자체도 문제였어. 공원 등산로에는 개를 데리고 들어갈 수 없더라고. 어쨌든 우린 할 수 있는 수단을 다 강구해서 안으로 들어갔다 나왔네. 안에 들어갈 때는 SIS에 연락해서 제섭이 멀홀랜드 근처에 없다는 사실을 확인했고. 그는 서핑을 하는 중이었어."

"그래서요?"

맥퍼슨이 기다리지 못하고 물었다.

"그 개들은 인간의 시체가 썩는 냄새를 감지하면 그냥 그 자리에 눕도록 훈련돼 있어요. 그리고 소위 말해 100년이 지난 냄새도 감지해낼 수 있을 만큼 뛰어난 녀석들이죠. 어쨌든 공원 내에 제섭이 다녀갔던 네 곳의 장소 중에 세 곳에서는 개들이 전혀 반응을 보이지 않더군요. 그런데 나머지 한 곳에서는 두 마리 중에 한 마리가 반응을 보였어요."

보슈는 맥퍼슨이 의자에서 몸을 돌려 할러를 바라보는 모습을 지켜봤다. 할러도 그녀를 바라봤고, 둘 사이에는 마치 침묵의 대화가 오가는 듯했다.

"그런데 이 특정 수색견이 지금까지 허위 반응을 보인 사례가 적지 않다는 겁니다. 다시 말해서, 세 번 중에 한 번 정도는 잘못된 긍정 반응을 보인다는 거죠." 보슈가 말했다. "다른 한 마리의 개는 같은 자리에서 전혀 반응을 보이지 않았거든요."

"그렇군요." 할러가 말했다. "우리에게 더 얘기해줄 게 있나요?"

"그게 바로 내가 자네들을 이리로 초대한 이유야." 보슈가 말했다. "이제 그 장소들을 파봐야 할 시점에 도달하지 않았나 싶어서. 적어도 개가 반응을 보였던 장소 한 곳이라도. 하지만 그렇게 한다면, 제섭이 그 사실을 알아챌 수도 있다는 위험을 감수해야 하고, 그렇게 되면 제섭은 우리가 자신을 감시하고 있다는 것도 알아차리겠지. 그리고 우리가 그 장소를 파봤는데 거기서 시체가 나온다면, 그게 제섭을 고소할 만큼 충분한 근거가 될까?"

할러는 차석 검사의 의견에 따르겠다는 의미를 확실히 전달하기 위해 맥퍼슨이 몸을 앞으로 바짝 내밀자 자신은 뒤로 몸을 기댔다.

"발굴 작업을 하는 것은 법적으로 아무런 문제가 없다고 봐요." 마침내 매기가 말했다. "공원은 공공재산이니 법적으로 그걸 제재할 근거가 아무것도 없죠. 수색영장 같은 것도 필요 없어요. 그렇지만 보아하니 허위 양성 반응일 확률이 상당히 높은 그 개의 반응에만 근거해서 지금 당장 그곳을 파보자는 건가요? 그냥 재판이 끝날 때까지 기다리면 안 될까요?"

"아니면 재판 진행 중에 해봐도 될 듯해요."

할러가 말했다.

"또 질문이 있어요. 이게 훨씬 답하기 어려워요." 맥퍼슨이 말했다. "논의를 위해, 일단 한 군데, 아니 네 군데 모두에 시체가 묻혀 있다고 가정해보죠. 그래요, 제섭의 행위는 자신이 한밤중에 방문하는 장소의 땅 밑에 무엇이 묻혀 있는지 잘 인식하고 있음을 확실히 드러내는 듯 보여요. 하지만 그게 제섭이 저지른 짓이라는 증거가 될 만한 게 있나요? 거의 없어요. 그를 고발할 수는 있겠죠, 그건 가능해요. 하지만 그래 봐야 제섭은 지금 우리가 알고 있는 사실을 기반으로 해서 얼마든지 자신을 방어할 수 있을 거예요. 당신도 내 말에 동의하지, 마이클?"

할러는 앞으로 몸을 기대고 고개를 끄덕였다. 그리고 매기의 의견을 이어받았다.

"경찰이 땅을 파서 저 소녀들 중 한 명의 시체를 발굴했다고 가정해봐요. 그래서 그애의 신원을 확인했다 해도, 물론 찾아내기만 한다면 반드시 그래야 하겠지만, 어쨌든 그때도 여전히 그애의 죽음과 제섭을 관련시킬 만한 증거는 아무것도 없어요. 지금 해리가 가진 거라고는 그 매장 장소를 알고 있는 그의 유죄지식뿐이라고요. 물론 그게 중요한 증거이기는 하지만, 그것만으로 제섭을 법정까지 끌고 갈 수 있을까요? 난 잘 모르겠어요. 이런 상황이라면 나는 검사 측이 아니라 차라리 변호인 측으로 가겠어요. 내 생각에는 매기 말이 맞아요. 제섭이 그 매장 장소를 어떻게 알고 있는지 설명하는 데 적용할 만한 방어 전략은 수도 없이 많아요. 심지어 허수아비를 하나 만들어낼 수도 있어요. 그 살인을 저지른 누군가가 그에게 희생자들에 관해 얘기해주었다거나, 혹은 억지로 그에게 시체 매장을 돕도록 협박했다거나. 제섭은 24년을 감옥에서 보냈어요. 그동안 얼마나 많은 재소자들을 만나봤겠어요? 수천? 수만? 또 그중에 얼마나 많은 수가 살인자였겠어요? 제섭은 이 모든 일을 감옥에서 마주쳤던 재소자들 중 한 명의 짓으로 떠넘길 수 있어요. 복역 기간 중에 그 매장 장소에 대한 얘기를 들어서, 밖에 나가면 그곳을 찾아가 피해자들의 영혼을 위로해주리라 다짐했다는 얘기를 꾸며댈 수도 있겠죠. 어떤 말이든 다 꾸며낼 수 있어요."

할러가 다시 고개를 저으며 말을 이었다.

"내 결론은 이런 식의 변호는 얼마든지 끝도 없이 꾸며낼 수 있다는 겁니다. 제섭과 관련된 물리적인 증거나 목격자 없이는 문제가 될 소지가 다분해요."

"무덤 속에 그와 관련된 물리적인 증거가 있을지도 모르지 않나?"

보슈가 제안했다.

"그럴 수도 있지만, 만약 없다면요?" 할러가 되물었다. "제섭에게서 자백을 끌어낼 수도 있을지 누가 알겠어요. 하지만 난 그 점에 대해서도 회의적이에요."

그쯤에서 맥퍼슨이 다시 넘겨받았다.

"마이클이 아까 언급했듯이 사체를 찾아낼 경우, 정말 아이들의 신원을 확인할 수 있을까요? 그애들이 얼마나 오랫동안 땅속에 묻혀 있었는지, 그것도 알아낼 수 있을까요? 지난 24년 동안 제섭에게 철갑으로 에워싼

듯 확고한 알리바이가 있다는 사실을 기억해야 해요. 만약 한 구의 유골을 발굴했는데, 그게 적어도 1986년 이전에 땅에 묻혔던 것이라는 사실을 증명해내지 못하면, 제섭은 그대로 걸어나가게 될 거예요."

할러가 자리에서 일어나 화이트보드 쪽으로 걸어가더니 선반 끄트머리에서 마커 하나를 집어 들었다. 그리고 보드의 깨끗한 지점에 동그라미 두 개를 나란히 그려 넣었다.

"이게 우리가 지금 현재 가지고 있는 거예요. 하나는 우리 사건이고, 또 하나는 해리가 가져온 완전히 새로운 사실들이죠. 둘은 분리돼 있어요. 여기에는 앞으로 재판을 진행해야 할 사건이 있고, 이쪽에는 해리의 새로운 수사 건이 있어요. 두 개가 이렇게 분리돼 있으면, 우린 안전해요. 해리의 수사는 우리 재판과 아무 관련이 없으니까, 일단은 이 둘을 계속 분리된 상태로 유지해야 해요. 무슨 말인지 이해하죠?"

"물론이지."

보슈가 대답했다. 할러는 선반에서 지우개를 집어 들어 보드에 그렸던 두 개의 동그라미를 지웠다. 그리고 새로 두 개의 동그라미를 다시 그려 넣었지만, 이번에는 두 개가 반쯤 겹쳐 있었다.

"그런데 만약 해리가 밖으로 나가서 땅을 파고 시체를 발굴한다면? 바로 이렇게 되는 거죠. 우리의 동그라미 두 개가 서로 관련 있는 사건이 돼버리는 겁니다. 그렇게 되면 해리의 사건이 우리의 것이 되고, 우리는 이걸 변호인 측은 물론이고 세상에도 온통 드러내야 해요."

맥퍼슨이 동조의 의미로 고개를 끄덕였다.

"그래, 그럼 어떻게 하면 될까?" 보슈가 물었다. "그냥 포기해?"

"아니요, 우린 포기 안 해요." 할러가 말했다. "단지 신중하자는 거죠. 당분간 둘을 분리해두자는 거예요. 보편적으로 최고라고 인정받는 소송 전략이 뭔 줄 알아요? 간단하고 알기 쉽게 하라. 그러니까 너무 상황을 복잡하게 만들지 말자고요. 두 개의 원을 분리해서 유지하면서 재판을 진행해 이자를 멜리사 랜디의 살인범으로 잡아넣는 겁니다. 그런 다음 재판이 다 되면, 삽을 짊어지고 멀홀랜드 드라이브로 가면 되죠."

"다 끝나면."

"뭐라고요?"

"재판이 '다 끝나면'이라고 말해야지."

"예, 알겠습니다, 교수님."

보슈의 시선이 할러에서 보드 아래쪽에 연결해 그려놓은 동그라미 쪽으로 옮겨갔다. 그의 직감은 보드에 붙어 있는 소녀들 중에 적어도 몇 명은 사진 속의 모습에서 전혀 나이 먹지 않았으리라 말해주고 있었다. 그들은 제이슨 제섭의 손에 살해되어 땅속에 매장된 채 누워 있을 터였다. 보슈는 그 아이들이 여전히 땅속에 묻힌 채로 남아 있어야 한다는 사실에 치를 떨었지만, 아직은 좀 더 기다려야 한다는 사실 역시 잘 알았다.

"좋아." 그가 말했다. "당분간 나는 계속 이쪽을 파보기로 하지. 하지만 친구 분석관이 해준 얘기 중에 자네들이 반드시 알아두어야 할 사항이 한 가지 더 있어."

"아직도 더 있었군요." 맥퍼슨이 말했다. "뭔가요?"

할러가 자기 자리로 돌아가 앉았고, 보슈도 의자를 끌어당겨 자리에 앉았다.

"레이첼 말이 제섭 같은 살인범은 수감 생활을 해도 교화되지 않는다고 합니다. 내면의 암흑이 걷히지 않는다는 거죠. 그냥 그 자리에 남아서 기다리는 거예요. 마치 암처럼. 그러다가 심적 압박을 받으면 다시 밖으로 표출된다고 해요."

"다시 살인을 저지르겠군요."

맥퍼슨의 말에 보슈가 고개를 끄덕였다.

"과거의 피해자를 묻어놓은 무덤을 방문하는 그의 행위는 그 욕구…… 그러니까 새로운 자극이 필요하다는 욕구를 느끼기 전까지만 계속될 거예요. 하지만 그전에라도 심적 압박을 받게 되면, 그 방향으로 움직일 확률이 훨씬 높아지는 겁니다."

"그럼 우리도 서둘러 대비해야겠네요." 할러가 말했다. "그를 바깥세상으로 내보낸 게 바로 나잖아요. 만약 그가 어딘가로 숨어들 것 같다는 의심이 조금이라도 들면, 나한테 바로 알려줘야 해요."

"당연하지." 보슈가 말했다. "제섭이 행동에 들어가는 순간, 우리 손에 바로 체포될 거야."

"언제 또 SIS 감시 작업에 함께 갈 건가요?"

맥퍼슨이 물었다.

"시간이 나면 언제든 갈 거예요. 그렇지만 집에 딸애가 있어서 아이가 친구 집에서 자는 날이나, 집에 누군가 와 있는 날에 나가게 될 겁니다."

"저도 한번 따라가고 싶어요."

"왜요?"

"진짜 제섭의 모습을 보고 싶거든요. 신문이나 TV에 나오는 모습 말고요."

"음……."

"왜요?"

"실은 SIS에 여자 대원이 없어요. 제섭이 움직이는 대로 끊임없이 따라 움직여야 하는 일이라 화장실 갈 틈도 없을 겁니다. 소변도 병에다 볼 정도예요."

"걱정 말아요. 그 정도는 나도 할 수 있어요."

"그럼 일정을 잡을게요."

21 클라이브 로이스의 마지막 한 방

3월 19일 금요일, 오전 10시 50분

접견실에서 로나에게 인사하는 매기의 목소리가 들려왔을 때, 나는 시간을 확인했다. 그녀가 사무실 안으로 들어와 자신의 책상 위에 휴대용 컴퓨터 가방을 내려놓았다. 날렵하고 세련된 디자인의 이탈리아산 가죽 노트북 토트백이었다. 자기 돈으로는 절대 구입할 리 없는 물건이었다. 너무 비싸기도 했지만 너무 새빨갛기도 했다. 대체 누가 사준 것인지 알고 싶었다. 물론 늘 나야 그녀에 대해 알고 싶은 게 수도 없이 많았지만, 매기는 절대로 말해주지 않으려 했다.

하지만 매기가 들고 온 빨간 가죽가방의 출처는 내가 골머리를 앓는 문제 중에서 가장 가벼운 것에 속했다. 이제 13일 후면, 우리는 제섭의 소송에 참여할 배심원단을 선정해야 했고, 클라이브 로이스는 마침내 자신이 날릴 수 있는 최고의 공판 전 재정 신청 펀치를 날린 참이었다. 족히 2.5센티미터 두께는 될 법한 재정 신청 서류가 내 책상 위에 놓여 있었다.

"어디 갔다 온 거야?" 나는 목소리에 노골적인 짜증을 담아 말했다. "휴대전화로 전화했었는데, 안 받던데."

매기는 의자 하나를 끌고 내 책상 앞으로 다가왔다.

"어디 있었느냐고 묻는 게 더 정확하지 않겠어?"

나는 일정 기록표를 보았지만, 아무것도 적혀 있지 않았다.

"대체 무슨 말을 하는 거야?"

"내 전화기는 꺼져 있었어. 왜냐하면 헤일리의 명예 학년수료식에 갔었거든. 애들이 핀을 수여받으려고 한 명씩 호명될 때 전화벨이 울리면 다들 싫어하니까."

"아, 젠장!"

매기가 구두로도 알려주고 초대장을 이메일로 보내주기까지 했던 행사였다. 나는 초대장을 프린트해서 냉장고 문에 붙여두기까지 했다. 하지만 책상 위 일정표나 전화기 캘린더 기능에는 입력해두지 않았다. 이 얼마나 어이없는 일인가.

"당신도 참석했어야 해, 할러. 정말 자랑스러웠을 거야."

"알아, 알아, 내가 다 망쳤어."

"괜찮아. 기회는 아직 많아. 또 망쳐먹든 만회하든 그건 알아서 해."

상처가 되는 말이었다. 차라리 평소대로 날 있는 대로 비난해댄다면 마음이 더 편할 듯했다. 수동적인 공격 기법이 항상 마음에 더 사무치는 법이다. 그리고 매기도 그 사실을 알고 있을 터였다.

"다음번에는 꼭 참석할 거야." 내가 말했다. "약속할게."

매기는 냉소적으로 '물론이지, 할러'라거나 전에 들었던 것과 비슷한 말을 던지지 않았다. 그리고 그 사실이 내 기분을 더 엉망으로 만들었다. 그녀는 그냥 의자에 앉아 업무에 돌입했다.

"그건 뭐야?"

매기가 내 앞에 놓인 서류 뭉치를 고갯짓으로 가리켰다.

"이게 바로 클라이브 로이스의 마지막 한 방이야. 세라 앤 글리슨을 증인에서 제외시켜달라는 재정 신청이지."

"그리고 당연하게도 로이스는 그걸 재판 3주 전 금요일에 가져다 놓았을 테고."

"정확히는 17일 전이지."

"아, 그렇구나. 뭐라고 적혀 있어?"

나는 서류를 돌려 매기 쪽으로 밀어주었다. 커다란 검은색 클립으로 단단히 묶여 있었다.

"이 사건이 결국에는 세라에게까지 이르게 되리라는 사실을 알고는 처음부터 이걸 작업하고 있었던 거야. 그녀는 우리의 주요 증인이고, 그녀 없이는 다른 증거들이 별 소용 없을 테니까. 심지어 트럭에서 찾아낸 머리카락도 정황증거에 불과하잖아. 만약 그가 재판에서 세라만 걷어낼 수 있다면, 소송도 이긴 거나 다름없어."

"나도 무슨 말인지 알아. 그렇지만 대체 무슨 수로 세라를 증인 명단에서 제외하겠다는 거야?"

매기가 서류를 한 장씩 넘겨보기 시작했다.

"9시에 배달돼 왔는데, 분량이 86쪽이나 돼. 그래서 완벽하게 소화하지는 못했어. 쟁점을 두 개로 나누어 설명하는 장황한 내용이더군. 우선 세라가 어린 시절 했던 초기 지목을 공격하고 있어. 상황이 제섭에게 불리했다는 거지. 그리고 그는……."

"그건 이미 논의가 돼서 1심 재판에서 증거로 인정됐고, 항소심에서도 1심 판결이 그대로 유지됐잖아. 지금 로이스는 법정 시간을 낭비하는 거라고."

"그런데 이번에는 조금 다른 각도에서 접근했어. 클로스터가 치매에 걸려서 이번 소송에선 증언할 수 없다는 사실, 당신도 기억할 거야. 그러니 그가 당시 수사에 관해서 들려줄 수도 없고, 스스로를 변호할 수도 없는 상황이지. 그걸 이용해서 로이스는 클로스터가 세라에게 어떤 사람을 지목하라고 미리 알려줬다고 주장하고 있어. 제섭을 지목하라고 시켰다는 거야."

"그 주장을 뒷받침할 만한 증거는 뭔데? 단지 세라와 클로스터가 한 방에 있었다는 사실만 물고 늘어지겠군."

"나도 몰라. 문서에는 적힌 게 없어. 그렇지만 내 추측으로는 그가 제섭에게 모자를 벗게 하라고 무전을 쳤던 사실을 재차 강조할 것 같아."

"그건 상관이 없잖아. 애초에 용의자 대열을 구성했던 건 세라가 데릭 월번이라는 다른 운전자를 지목하는지 보기 위해서였어. 그러니 그가 제섭을 지목하라고 세라에게 시켰다는 주장은 어이없는 수작이라고. 세라가 제섭을 지목한 것은 전혀 예상치 못했던 일이었지만, 매우 자연스럽고 설득력 있었어. 미리 조작하고 자시고 한 게 아니야. 그러니 클로스터가 없더라도 이 정도는 우리 힘으로 얼마든지 해결할 수 있어."

나는 매기의 말이 옳다는 것을 알았다. 그러나 로이스의 첫 번째 공격은 내가 가장 크게 걱정하는 바가 아니었다.

"그건 로이스의 개시 사격에 불과해." 내가 말했다. "두 번째 주장에는 상대도 안 된다니까. 지금 그는 세라가 했던 증언 전부를 신뢰할 수 없는 기억에 근거한다고 해서 다 제외시키려 하고 있어. 과거 그녀의 마약 복용 경력 전부가 이 재정 신청 속에 몽땅 들어 있어. 마지막으로 피웠던 크리스털메스 한 톨에 이르기까지 속속들이 파헤쳐낸 것 같아. 체포 기록이며, 복역 기록은 물론이고, 그녀가 마약을 했다는 사실이나 여러 남자와 동시에 섹스했다는 사실을 구체적으로 증언할 증인까지 확보해뒀어. 그리고 유체 이탈 체험에 대한 그녀의 믿음을 그들이 뭐라고 부르는지까지. 내 생각에 당신과 보슈가 포트 타운센드로 찾아갔을 때, 세라가 그 얘기는 빼먹고 안 한 모양이야. 그리고 무엇보다 가장 중요한 사실은 로이스가 마약중독에 따른 부작용으로 나타나는 기억상실이나 거짓기억 증후군에 대해서는 전문가라는 거지. 그걸 종합해보면, 지금 그가 가지고 있는 게 뭔지 알아? 바로 우릴 끝장내고도 남을 만한 자료라는 거야."

매기는 로이스의 재정 신청 서류 맨 뒤에 딸려온 요약본을 읽어내느라 아무 대답도 하지 않았다.

"로이스는 여기에도 수사관을 두고 있지만, 샌프란시스코에도 개인 수사관이 있어." 내가 덧붙였다. "정말 빈틈없고 철저한 자료야, 매기. 그리고 그거 알아? 로이스는 세라를 면담하기 위해 포트 타운센드에 직접 찾아가는 일 같은 건 아예 시도조차도 하지 않은 듯 보인다는 거야. 지금 세라가 무슨 말을 하든 그건 아무 상관이 없기 때문에 찾아갈 필요가 없다는 거지. 그녀의 말을 신뢰할 수 없다는 거라고."

"그가 자신만의 전문가를 이용한다면, 우리도 그가 찾아낸 사실을 반박해줄 전문가를 찾아내면 돼." 매기가 침착하게 말했다. "이런 일이 있으리라고 예상 못 한 것도 아니잖아. 내가 이미 우리 쪽 전문가들을 준비해뒀어. 그러니 최악의 경우라고 해봐야 무승부야. 당신도 잘 알잖아."

"전문가들은 단지 일부에 지나지 않아."

"괜찮을 거야." 매기가 주장했다. "그리고 이 증인 목록 좀 봐. 세라의 전남편과 이전 남자친구들이잖아. 내 생각에 로이스는 아주 약삭빠르게 그들의 체포 기록은 여기에 포함시키지 않은 것 같아. 이 사람들도 다 마약 중독자야. 얼마든지 세라에게 앙심을 품은 포주나 소아성애병자처럼 보이도록 만들어줄 수 있어. 웬 앙심이냐고? 세라가 그치들을 진흙구덩이에서 그냥 뒹굴게 내버려두고 혼자 떠나서 개과천선했잖아. 첫 번째 남편과 결혼했을 때, 세라는 18살이었고, 남자는 21살이었어. 그녀가 우리한테 말해준 거야. 난 그치를 얼른 데려다가 판사 앞에 앉혀놓고 싶은걸. 내가 보기엔 당신이 너무 과민하게 반응하는 것 같아. 우린 얼마든지 싸울 수 있어. 로이스가 이자들을 소위 증인이랍시고 판사 앞에 앉히게 하자고. 그런 다음에 하나씩 차례로 증인석에서 걷어차 주는 거야. 그래도 한 가지는 당신이 옳아. 이게 로이스의 마지막이자 최고의 한 방이야. 그렇지만 이 정도로는 충분하지 않다는 걸 보여줘야지."

나는 고개를 저었다. 매기는 단지 종이에 적힌 글자들만 보고 있었고, 우리가 들고 있는 검에 가려 보이지 않는 부분이 있다는 사실을 알지 못했다. 다시 말해, 종이에 쓰이지 않은 내용은 전혀 보지 못했다.

"매기, 이건 세라에 관한 거야. 로이스는 판사가 우리의 주요 증인을 쳐내고 싶어하지 않으리라는 사실을 잘 알고 있어. 우리가 그 점에 의존하리라는 사실도 알고 있지. 하지만 만약 세라가 증인석에 오르게 된다면 이게 바로 세라가 겪을 현실이라는 걸 그는 판사에게 통고하려는 거야. 지금까지의 힘겨운 삶, 추악한 과거, 지금껏 피우고 찔러온 마약에 대한 모든 걸 세라가 증인석에 앉아서 다시 한 번 겪어내야 한다는 걸 말하고자 하는 거지. 그런 다음에는 보나 마나 무슨 분야 전문가라는 박사를 불러내서 화면에 녹아버린 뇌 사진을 띄워놓고 이것이 바로 마약이 저지르는 짓이라고 말하게 할 테지. 세라가 그런 일을 겪는 걸 정말 원하는 거야? 그런 걸 받아들일 수 있을 만큼 그녀가 충분히 강하기는 하고? 어쩌면 우리가 먼저 로이스를 찾아가서 형량과 시에서 지불할 보상금에 대해 거래를 제안해야 할지도 몰라. 모두가 용납할 수 있는 선에서 말이지."

매기가 책상 위에 재정 신청 서류를 털썩 내려놓았다.

"지금 장난해? 이까짓 거 때문에 겁을 집어먹은 거야?"

"겁을 집어먹은 게 아니야. 현실적이 되려는 거야. 난 워싱턴에 다녀오지 않았잖아. 그래서 이 여인에 대해 아무런 감이 없어. 이런 일을 다 견뎌낼 수 있을지 모르겠다고. 게다가 우리는 보슈가 조사 중인 일이 있으니 언제든 두 번째 기회를 잡을 수가 있잖아."

매기가 의자에 등을 기댔다.

"보슈가 조사 중인 사건의 경우 뭔가 쓸 만한 증거가 나온다는 보장이 없어. 그러니 우리는 이 재판에 우리가 가진 모든 걸 걸어야 해, 할러. 내가 포트 타운센드에 다시 찾아가서 세라의 손을 좀 더 잡아줄 수도 있어. 어떤 상황에 대비해야 할지 좀 더 얘기해줄 수도 있어. 마음의 준비를 하도록 도울 수 있어. 세라도 이번 일이 소위 말해 아름다운 모습으로 전개되지 않으리라는 사실쯤은 이미 다 이해하고 있다고."

"좋게 말하면 그렇다는 거겠지."

"나는 세라가 강인하다는 걸 알아. 그리고 좀 이상한 말로 들릴지도 모르지만, 더 강해질 필요도 있다고 생각해. 어떻게 보면 이 먼 곳까지 자신의 죄를 속죄하러 오는 거잖아. 이건 그녀의 구원에 관한 거야. 당신도 그 정도는 알잖아."

우리는 서로의 시선을 오랫동안 바라봤다.

"어쨌든 나는 세라가 강한 것 이상이라고 생각하고, 배심원단도 그걸 알아보리라 믿어." 매기가 말했다. "그녀는 생존자야. 그리고 모두가 생존자를 사랑해."

나는 고개를 끄덕였다.

"당신은 사람을 설득하는 재주가 있어, 매기. 그건 타고나는 거지. 내가 아니라 당신이 이 사건의 수석 검사가 되었어야 해. 우리 둘 다 그 사실을 알아."

"그렇게 말해줘서 고마워."

"좋아, 그럼 세라를 다시 찾아가서 이번 재정 신청 청문회에 대비할 수 있게 도와줘. 다음 주쯤 열릴 거야. 그때쯤이면 우리도 증언 일정이 잡혀 있을 테니까, 우리가 언제 데리러 갈지 세라에게 알려주도록 해."

"알았어."

매기가 말했다.

"당신, 주말에 시간 좀 낼 수 있어? 시간이 되면 나와 함께 이 재정 신청에 답변할 내용을 정리하자."

내가 책상 위에 있는 피고 측 재정 신청 문서를 손가락질하며 말했다.

"어, 드디어 보슈가 내일 밤 내가 SIS 감시 작전에 참여할 수 있게 일정을 잡아줬어. 그도 함께 갈 거야. 딸이 친구 집에서 자기로 했나 봐. 그 외에 다른 일정은 없어."

"대체 왜 밤까지 새워가며 제섭을 지켜보려는 거야? 그 일은 경찰이 잘해내고 있잖아."

"전에도 말했지만, 제섭이 아무도 자신을 주시하지 않는다고 생각할 때는 어떤 모습으로 돌아다니는지 보고 싶어. 당신도 함께 가자고 하고 싶지만, 아무래도 헤일리를 봐야 하잖아."

"난 시간 낭비하고 싶지 않아. 그건 그렇고 해리를 만나거든, 이 재정 신청 복사본 좀 가져다주겠어? 아무래도 그가 여기에 등장하는 이름들 중 몇 명을 만나서 진술을 받아봐야 할 것 같아. 모두 다 로이스의 증인 목록에 들어 있는 사람은 아니야."

"그래, 원래가 약삭빠른 인간이잖아. 그들이 여기 나타나기 전까지는 계속 자기 증인 목록에서 제외시켜놓을 거야. 만약 판사가 세라 글리슨의 신뢰성은 배심원들이 판단할 일이라고 말하면서 재정 신청을 기각하면, 그제야 '좋아, 나도 이 사람들을 배심원단 앞으로 불러내 신뢰성을 판단받게 하겠어'라고 말하면서 수정한 증인 목록을 들고 나오겠지."

"그렇게 되면 판사는 그걸 허락해야 하는 거지. 아니면 자신의 판결에 모순되는 행동을 하는 셈이 되니까. 클레버 클라이브, 그 인간은 자기가 뭘 하는지 알고 한다니까."

"어쨌든 내가 복사본을 해리에게 가져다줄게. 그런데 그는 아직도 예전 재판의 증인들을 추적하고 있을 거야."

"그래도 상관없어. 소송은 우선순위로 가는 거니까. 우린 이 사람들의 배경을 완벽하게 알고 있어야만 해. 당신이 보슈와 함께 처리할래, 아니면 내가 보슈와 함께 할까?"

공판 전 단계 의무를 분배하면서 나는 매기에게 피고 측 증인을 심문할 수 있게끔 준비하는 책임을 주었다. 물론 제섭은 제외였다. 만약 그가 증언한다면, 그는 내 차지였다.

"내가 보슈와 얘기해볼게."

매기가 말했다. 그러고는 이맛살을 잔뜩 찌푸렸다. 전에도 본 적 있는 습관이었다.

"왜?"

"아무것도 아니야. 그냥 이걸 어떻게 공격하면 좋을까 생각 중이었어. 우리 쪽에서 재판 전 증거 배제 신청을 내보면 어떨까 싶어. 로이스가 비난받을 만한 치졸한 짓을 더는 못 하게 권한을 제한하는 거지. 만약 세라가 과거에 제섭을 지목했던 것이 현재 그녀의 지목과 일치한다면, 그녀가 사건 이후부터 지금까지 어떻게 살아왔는지 그 사적인 삶은 증인으로서의 신뢰성과는 아무 상관이 없다고 주장하는 거야."

나는 고개를 저었다.

"그럴 경우 내가 변호사라면 당신이 내 의뢰인의 수정헌법 제6조를 누릴 권한, 즉 자신을 고발한 사람을 반대심문할 수 있는 헌법상의 자유를 침해하고 있다고 반박할 거야. 로이스가 이런 짓을 계속한다면 판사도 약간의 제재를 가할 수는 있겠지만, 그렇다고 아예 못 하게 제한하리라는 기대는 하지 마."

내 말이 옳다는 사실을 인정하면서 매기가 입술을 적셨다.

"그래도 시도는 해볼 수 있지." 내가 말했다. "뭐가 됐든 시도해볼 만한 가치는 있으니까. 실은 나도 로이스를 문서의 홍수 속에 빠뜨려버리고 싶어. 그에게 전화번호부만 한 두께의 서류를 던져주자고. 어디 한 번 헤쳐나와보라고."

매기가 나를 바라보며 환하게 미소 지었다.

"왜?"

"난 당신이 화가 나서 정의를 부르짖을 때 정말 좋더라."

"이건 아무것도 아니야. 아직 시작에 불과하다고."

내가 한 걸음 더 나아가기 전에 매기가 시선을 돌렸다.

"이번 주에는 어디다 사무실을 차릴 거야?" 그녀가 물었다. "어디가 됐든 헤일리와 함께 지내야 한다는 거 잊지 마. 우리가 주말 내내 일만 하면 애가 절대로 좋아하지 않을 거라고."

나는 그 점에 대해 잠시 생각해보았다. 헤일리는 미술관 방문을 좋아했다. 하지만 나는 같은 미술관을 여러 번 반복해서 가는 것이 지겹다는 게 문제였다. 아이는 영화도 좋아한다. 그러니 새 영화가 나온 게 있는지 한 번 확인해보고 함께 보러 가도 좋을 듯했다.

"아침에 헤일리를 데리고 우리 집으로 와. 당신은 답변서 작성할 준비를 해오면 되잖아. 그러면 서로 균형을 유지할 수 있을 거야. 오후에는 내가 애를 데리고 영화를 보러 가든 하면 되고, 그때 당신은 SIS와 함께 나가면 되겠지. 어떻게든 일이 되도록 해보자고."

"좋아. 그렇게 하자."

"또는……."

"또는 뭐?"

"아예 오늘 밤에 애를 데리고 와서 우리 딸내미가 두 번째 우등상을 받은 걸 기념하여 조촐한 저녁식사를 함께 하는 방법도 있지. 그럼 이 신청 건도 함께 논의해볼 수 있을 테고."

"그리고 내가 당신 집에서 자고? 그게 당신이 원하는 바야?"

"물론이지, 당신만 좋다면."

"당신이 바라는 거겠지, 할러."

"그래, 바라."

"어쨌든 이번은 첫 번째 우등상이었어. 오늘 밤에 헤일리를 만나려면 그 정도는 제대로 알고 얘기하는 게 좋을 거야."

내가 미소 지었다.

"오늘 밤에? 정말 데리고 올 거야?"

"그럴 생각이야."

"그렇다면 아무 걱정 마. 내가 다 알아서 제대로 할 테니까."

22 우드로 윌슨 드라이브 7203

3월 20일 토요일, 오후 8시

보슈가 검사 한 명이 SIS 감시 임무에 합류하고 싶어한다고 알려왔기 때문에, 라이트 부서장은 자신도 토요일 밤에 함께 근무할 수 있도록 일정을 조정했다. 뿐만 아니라 방문객들에게 제공된 차량의 운전대도 자신이 직접 잡았다. 집합 장소는 베니스였고, 해안에서 여섯 블록 정도 떨어진 곳에 있는 공영 주차장이었다. 보슈는 그곳에서 맥퍼슨을 만나, 그들이 준비를 마치고 기다리고 있다는 무전을 라이트 부서장에게 보냈다. 15분 후, 흰색 SUV 한 대가 주차장으로 들어서서 그들 쪽으로 운전해왔다. 보슈는 맥퍼슨에게 앞좌석을 내주고, 자신은 뒷자리에 올라탔다. 기사도를 발휘한 것이 아니었다. 긴 의자에 앉는 것이 밤새도록 감시를 하면서 팔다리를 자유자재로 뻗을 수 있어 좋았기 때문이다.

"스티브 라이트라고 합니다."

부서장이 맥퍼슨에게 악수를 청하며 말했다.

"매기 맥퍼슨이에요. 합류를 허락해주셔서 고맙습니다."

"별말씀을요. 검찰에서 관심을 가져주면 우리야 늘 고맙죠. 직접 감시까지 참여하시는데, 부디 오늘 고생이 헛되지 않길 빌어봅니다."

"지금 제섭은 어디 있나요?"

"내가 떠나올 때는 애벗 키니에 있는 브리그에 있었어요. 붐비는 장소를 좋아하더라고요. 우리에게야 고마운 일이죠. 안에 대원 두 명이 들어가 있고 거리에 몇 명이 더 배치돼 있습니다. 이제는 우리도 그의 리듬에 익숙해졌죠. 일단 어떤 장소에 들어가면, 제섭은 사람들이 자신을 알아보기를 기다려요. 그러면 사람들이 그에게 술을 사기 시작하거든요. 술을 얻어 마신 후에는 다른 장소로 이동합니다. 만약 아무도 자기를 못 알아본다 싶으면 더 빨리 자리를 옮기고요."

"솔직히 저는 그의 음주 습관보다는 어젯밤의 행적이 더 궁금한데요."

"그가 술을 마시러 밖으로 나왔다는 건 좋은 신호예요." 보슈가 뒷좌석에서 말했다. "둘 사이에 인과관계가 있거든요. 그가 술을 마신 날이면 보통 멀홀랜드를 찾아갑니다."

라이트가 맞는 말이라는 듯 고개를 끄덕이고는 SUV를 주차장 밖으로 몰았다. 그는 전혀 경찰처럼 보이지 않았기 때문에 외모 면에서는 완벽한 감시대원이었다. 나이는 50대 후반이었고, 안경은 끼지 않았으며, 숱 없는 머리에 셔츠 앞주머니에는 늘 두세 개의 펜을 꽂고 다녔다. 덕분에 라이트 부서장은 꼭 회계사처럼 보였다. 하지만 그는 거의 20년 이상 SIS 감시대에 속해 있었고, 감시대의 살상 작전에도 여러 차례 참여한 경력이 있었다. 거의 5년에 한 번씩 《타임스》지는 SIS 감시대에 관한 이야기를 기사로 실었다. 주로 살상 기록을 분석하는 내용이었다. 보슈가 읽은 기억이 있는 지난번 기사에서, 《타임스》지는 라이트 부서장을 'SIS 내의 믿기 어려운 주요 청부 살인자'라고 표현했다. 그 기사를 작성한 기자와 편집자는 그 표현이 비꼬는 의미로 읽히리라 짐작했지만, 라이트 부서장은 그것을 무슨 명예의 훈장이라도 되는 듯이 받아들였다. 그래서 명함에 적힌 자기 이름 아래에 그 별명을 인쇄해 넣었다. 물론 인용 표시를 해서.

라이트는 애벗 키니 대로를 달려 내려가 거리 동쪽 편의 2층짜리 건물에 있는 브리그를 지나쳐갔다. 그는 두 블록을 내려가서 유턴을 했다. 그리고 다시 길을 따라 올라가 술집에서 반 블록쯤 떨어진 곳에 있는 소화전 앞 연석에 차를 댔다.

브리그 바깥에 불을 밝혀놓은 간판에는 링 안에 들어가 빨간 권투장갑을 위로 치켜들고 만반의 준비가 됐음을 알리는 권투 선수가 묘사돼 있었다. 술집 이름만 봐서는 전혀 어울리지 않는 그림이었지만, 보슈는 그 내막을 알고 있었다. 오래전 젊은 시절에 브리그 근처에서 살았던 까닭이었다. 그는 권투 선수가 그려진 간판은 원래 주인에게서 브리그를 사들인 이전 주인이 달아놓은 것이라는 사실을 알았다. 그 사람은 은퇴한 권투 선수였기에 내부도 역시 권투 경기를 주제로 해서 장식해놓았다. 또한 지금 달려 있는 간판도 걸어놓았다. 건물 옆에는 지금도 그 권투 선수와 그의 아내 모습이 담긴 벽화 하나가 그려져 있었지만, 두 사람은 이미 세상을 떠난 지 오래였다.

"여긴 다섯." 라이트가 말했다. "상황이 어떤가?"

그는 머리 위쪽의 차광판에 끼워놓은 마이크에 대고 이야기하는 중이었다. 보슈는 바닥에 위쪽 마이크와 연결된 발로 누르는 단추가 있다는 사실을 알았다. 응답용 스피커는 계기반 아래에 있었다. 차량 안의 무전장치는 감시대원들이 운전 중에 손을 움직이지 않아도 되게끔 설치돼 있었고, 더 중요하게는 그들이 계속 신분을 위장한 채 다닐 수 있도록 도와주었다. 무전기를 손에 들고 이야기하는 것은 내가 경찰이라는 사실을 만천하에 드러내는 결정적 증거가 아니겠는가. SIS는 그런 일에 철두철미했다.

"여기는 셋." 무전기에서 목소리 하나가 울려 나왔다. "레트로는 한두 명 정도와 함께 아직 그 장소에 그대로 있다."

"알았다."

라이트가 말했다.

"레트로라고 했어요?"

맥퍼슨이 물었다.

"우리가 그를 부르는 이름입니다." 라이트가 대답했다. "우리 무전기의 주파수는 대역폭이 상당히 낮고, 연방통신위원회(FCC) 등록소에는 그게 수도전력국 채널이라고 기입돼 있어요. 그렇지만 누가 알겠어요. 그것까지도 누군가 도청하고 있을지. 그래서 무전으로는 감시 대상자의 이름과 그가 있는 장소를 절대 발설하지 않습니다."

"그렇군요."

아직 9시도 안 된 시각이었다. 보슈는 제섭이 빠른 시간 내에 술집을 떠나리라고는 생각지 않았다. 특히 사람들이 술을 사고 있을 때는 더더욱 아니었다. 그들이 차 안에 앉아 있는 동안, 라이트 부서장은 맥퍼슨이 마음에 들었는지 그녀에게 고차원의 감시절차와 기술에 대해 설명해주었다. 분명히 듣고 있기 지겨웠을 테지만, 그녀는 전혀 내색하지 않았다.

"보세요, 일단 용의자의 리듬과 일상적인 움직임을 파악하고 나면 우리도 대응하기가 훨씬 수월해집니다. 이 장소를 예로 들어 설명해볼게요. 브리그는 레트로가 정기적으로 찾아가는 서너 개의 장소들 중 하나예요. 우리는 각 장소마다 각기 다른 대원을 지정해서 제섭이 그곳에 들어가면 우리 대원도 마치 단골손님인 것처럼 그 술집에 드나들게 하고 있습니다. 지금 브리그에 들여보낸 두 명의 대원은 늘 브리그에만 들어가는 대원들이에요. 그리고 또 제섭이 타운하우스로 들어가면 거길 담당하는 두 명의 대원이 따라 들어가고, 마찬가지로 제임스비치에도 두 명의 대원이 배정돼 있습니다. 그런 식이에요. 만약 레트로가 술집 안에서 그들을 알아본다 해도 전에 봤던 사람들이니 그곳 단골이겠지, 라고 생각하게 된다는 거죠. 그렇지만 같은 대원들을 다른 장소에서도 계속 보게 된다면, 그때는 의심을 품겠죠."

"무슨 뜻인지 알겠어요, 부서장님. 굉장히 영리한 방식인 것 같아요."

"스티브라고 부르세요."

"그럴게요, 스티브. 안에 있는 대원들과 대화를 나눌 수 있나요?"

"물론이에요. 그렇지만 그들은 귀머거리입니다."

"귀머거리요?"

"모두 몸에 마이크를 부착하고 있어요. 왜 첩보원들이 다는 그런 거요, 아시죠? 하지만 술집 같은 장소에서 감시 활동을 벌이고 있을 때는 이어폰을 끼지 않습니다. 너무 티가 팍 나니까요. 그래서 가능할 때 자신들 위치를 알려오기는 하지만, 옷깃 아래 숨겨둔 이어폰을 꺼내 착용하지 않는 한 들어오는 무전을 전혀 들을 수 없어요. 안타깝게도 TV에 나오는 것과는 완전히 다릅니다. 드라마 같은 것을 보면 감시대원들이 귓속에 콩알 같은 걸 하나 끼우고 있고, 연결된 선 같은 건 전혀 없잖아요."

"그렇군요. 그럼 감시 임무 중이라도 술집에 들어가면 술을 마시나요?"

"그런 장소에 있는 대원들이 콜라나 물을 주문해서 마시면 의심받기 십상이에요. 따라서 술을 주문하기는 합니다. 하지만 마시지는 않고 들고만 있죠. 다행히 레트로가 붐비는 장소를 좋아하는 덕에 위장 근무를 하기가 수월합니다."

앞좌석에서 잡담이 계속되는 동안, 보슈는 전화기를 꺼내 그의 입장에서 잡담이라 할 만한 대화를 하기 시작했다. 딸에게 문자를 보내기 시작한 것이다. 그는 브리그 근처는 물론이고 술집 안에도 제섭을 바라보는 눈이 여럿이라는 사실을 알았다. 하지만 그럼에도 몇 초에 한 번씩 고개를 들어 술집 문 쪽을 확인했다.

뭐 하고 있어? 잘 놀고 있는 거야?

매들린은 하룻밤 자고 오기로 하고, 친구 오로라 스미스의 집에 가 있었다. 집에서 몇 블록밖에 떨어지지 않은 곳이었지만, 아이가 아빠를 필요로 할 때 보슈는 곁을 지켜줄 수 없을 터였다. 딸애가 마지못해 문자에 답을 해온 건 몇 분이 지나서였다. 하지만 그들 사이에는 약정한 거래사항이 있었다. 아빠의 전화와 문자에 반드시 답을 하든가, 아니면 딸애의 표현대로 그녀의 목줄이나 다름없는 자유 시간을 단축하든가 둘 중 하나를 선택해야 한다는 조건이었다.

아무 일 없어요. 이렇게 매번 확인 안 해도 돼요.

해야 해. 난 네 아빠야. 너무 늦게까지 놀지 마.

알았어요.

그걸로 끝이었다. 짧은 관계 속의 짧은 문답. 보슈는 자신에게 도움이 필요하다는 사실을 알았다. 그는 모르는 게 너무 많았다. 때로 매들린과 보슈의 사이는 괜찮은 듯 보였고, 모든 것이 완벽하게 느껴졌다. 하지만 보슈는 가끔 딸애가 몰래 문을 빠져나가 어딘가로 도망쳐버리고 말리라는 확신이 들기도 했다. 딸과 함께 살아가는 일은 보슈가 상상했던 것 이상으로 딸에 대한 사랑을 키워놓는 결과를 불러왔다. 딸애의 안전에 대한 소망은 물론이고, 아이가 행복한 삶을 살아갔으면 좋겠다는 바람이 늘 그의 마음속으로 거칠게 밀어닥치곤 했다. 아이가 더 나은 삶을 살아가게 하고 과거에서 멀리 떨어질 수 있게 하고자 하는 갈망이 때로는 가슴에 물리적인 통증이 되어 박히곤 했다. 여전히 그는 아이가 앉아 있는 통로 저편으로 손을 뻗을 수가 없었다. 비행기는 이리저리 흔들리기만 했고, 그는 자꾸 아이의 손을 놓쳤다.

보슈는 전화기를 집어넣고 다시 브리그 출입구 쪽을 살폈다. 바깥에는 한 무리의 사람들이 서서 담배를 피우고 있었다. 바로 그때 당구공이 부딪히는 날카로운 소리를 배경으로 목소리 하나가 무전기 스피커에서 흘러나왔다.

"나간다. 레트로가 밖으로 나간다."

"좀 이른 듯한데."

서장이 말했다.

"그가 담배를 피우나요?" 맥퍼슨이 물었다. "그럼 그냥……."

"아니요, 우리가 볼 때는 한 번도 피운 적이 없어요."

보슈는 계속 문 쪽을 주시했고, 곧 문이 안쪽에서 밀리며 밖으로 열렸다. 심지어 먼 거리에서도 제섭임을 확실히 알아볼 수 있는 남자 하나가 밖으로 나와 보도를 따라 걸어갔다. 애벗 키니는 베니스를 가로질러 북서쪽으로 뻗어 나가는 길이었다. 그는 그쪽으로 가고 있었다.

"주차는 어디 했대요?"

보슈가 말했다.

"차는 안 가져왔어." 라이트가 말했다. "여기서 겨우 몇 블록 떨어진 곳에 살잖아. 걸어왔지."

그때부터 그들은 조용히 지켜만 봤다. 제섭은 여러 식당과 커피숍, 갤러리 등을 지나쳐 애벗 키니를 두 블록쯤 걸어갔다. 보도는 사람으로 붐볐다. 상점들은 토요일 밤 장사를 위해 거의 다 열려 있었다. 그는 애버츠 해빗이라는 커피숍으로 들어갔다. 라이트가 대원들에게 무전을 쳐서 그곳으로 들어가라는 지시를 내렸지만, 누군가 안에 발을 들이기도 전에 제섭이 커피를 손에 들고 밖으로 나와 다시 걸음을 옮기기 시작했다.

라이트는 SUV를 출발시켜서 반대 방향으로 향하는 차량들 속으로 섞여 들어갔다. 그리고 두 블록쯤 내려가서 유턴을 했다. 제섭이 혹시라도 뒤돌아서서 걷는 사태가 벌어질지도 모르니 그의 시야에서 멀어진 후에야 방향을 돌린 것이었다. 그동안 라이트는 다른 감시대원들과 계속 무전으로 연락을 주고받았다. 제섭은 자기 주변에 보이지 않는 그물이 쳐져 있음을 알지 못했다. 설사 알고 있다 해도, 그것을 걷어낼 방법은 없었다.

"집으로 향하고 있다." 무전기에서 보고가 들어왔다. "일찍 하루를 마감하려는 듯하다."

1세기 전에 베니스를 건설한 남자 이름을 따서 지은 애벗 키니를 지나, 라이트의 SUV는 이제 브룩스 가를 달렸고 잠시 후에 메인 도로와 교차하는 지점에 이르렀다. 제섭은 메인 도로를 건너가서 차량 통행이 금지된 보행자 도로 중 하나를 따라 걸어갔다. 라이트 부서장은 이 상황에 대비하고 있었기에, 감시 차량 중 두 대에게 제섭이 지나갈 때를 대비해 퍼시픽 가로 가 있으라고 지시했다.

라이트는 브룩스와 메인 교차로에서 차를 세우고 제섭이 보행자 전용 도로를 통과해 퍼시픽 가에 도착했다는 보고가 들어오기를 기다렸다. 2분쯤 지나자 그는 조바심이 나는지 다시 무전을 보냈다.

"레트로는 어디 있나?"

응답이 없었다. 아무도 제섭의 위치를 모르고 있었다. 라이트가 재빨리 대원들 중 하나를 보행자 도로로 들여보냈다.

"둘, 자네가 들어가게. 23번을 이용해."

"알겠습니다."

맥퍼슨이 뒷자리에 앉은 보슈를 바라봤다가 다시 라이트를 바라봤다.

"23번이요?"

"우린 사용할 수 있는 여러 전술을 준비해두고 있습니다. 무전으로 그걸 일일이 설명할 수는 없으니까요." 그러면서 라이트가 앞 유리창을 가리켰다. "저게 23번입니다."

보슈는 빨간색 바람막이 재킷을 입고 절연 처리가 된 피자 가방을 든 한 남자가 메인 도로를 건너 브리즈 가라는 이름의 보행자 전용도로로 들어가는 모습을 보았다. 그들은 기다렸고, 마침내 무전이 들어왔다.

"레트로는 보이지 않습니다. 계속 걸어왔는데, 어디에도……."

무전이 끊어졌다. 라이트는 아무 말도 하지 않았다. 그들은 계속 기다렸고, 아까와 같은 목소리가 다시 돌아와 소곤거렸다.

"레트로와 거의 부딪칠 뻔했습니다. 두 채의 집 사이에서 지퍼를 올리면서 나왔습니다."

"좋아, 그가 자네를 알아봤나?"

라이트가 물었다.

"그랬을 가능성은 없습니다. 제가 브리즈 법원으로 가는 방향을 물어봤더니 이곳이 브리즈 가라고 알려줬습니다. 다른 기미는 전혀 없었습니다. 지금쯤 거리를 통과해 나가고 있을 겁니다."

"여긴 넷. 우리가 따라잡았다. 산후안 쪽으로 가고 있다."

네 번째 차량은 라이트 부서장이 퍼시픽 가에 나가 있으라고 지시했던 두 대의 차량 중 하나였다. 제섭은 고속도로와 해변 사이의 산후안 가에 있는 아파트에 방 하나를 빌려 살고 있었다.

보슈는 복부에 일시적으로 자리 잡았던 긴장감이 풀리기 시작하는 것을 느꼈다. 감시 업무는 때로 감당하기 벅찬 임무였다. 제섭은 소변을 보기 위해 두 채의 주택 사이로 들어갔었고, 그 사건이 감시대원들 사이에 거의 공황 상태나 다름없는 긴장감을 불러일으켰다.

라이트는 퍼시픽과 스피드웨이 사이 산후안 주변으로 대원들을 재배치했다. 제섭은 머물고 있는 2층 아파트에 도착해 열쇠로 문을 따고 안으로 들어갔고, 대원들은 재빨리 자신의 위치로 움직였다. 이제 다시 기다림의 시작이었다.

보슈는 훌륭한 감시자가 되는 데 필요한 주요 자질은 고요 속에 위안을 얻는 능력이라는 것을 과거의 감시업무 경험을 통해 잘 알고 있었다. 어떤 이들은 그 빈 공간을 강박적으로 메우려 했다. 보슈는 한 번도 그래 본 적이 없었고, SIS 대원들도 당연히 그러하리라 믿으며 의심조차 해본 적이 없었다. 그리고 이제는 맥퍼슨이 어떻게 반응할지 궁금했다. 라이트가 들려주던 감시학개론 수업도 끝났으니, 이제 기다리며 지켜보는 일 외에는 아무것도 할 일이 남아 있지 않았기 때문이다.

보슈는 딸에게서 온 문자를 혹여 놓치지는 않았을까 궁금해하며 전화기를 꺼내 들었지만, 화면은 깨끗했다. 그는 또 확인 문자를 보내 딸을 괴롭히지 말자고 다짐하며 전화기를 다시 집어넣었다. 맥퍼슨에게 앞자리를 내어준 그의 천재적인 발상이 이제 그 값어치를 톡톡히 할 시간이었다. 그는 옆으로 돌아앉아 다리를 의자 위에 올려놓고 등을 문에 기댄 채 느긋한 자세로 온몸을 시원하게 뻗었다. 맥퍼슨이 뒤를 흘낏 돌아보고는 차 안의 어둠 속에서 미소 지었다.

"기사도를 발휘하는 줄 알았더니 아니었군요." 그녀가 말했다. "그냥 몸을 길게 펼 수 있는 공간이 필요했던 거네요."

보슈도 미소 지었다.

"들켜버렸군요."

그 후로는 모두가 침묵을 지켰다. 보슈는 라이트가 차로 마중 나오기를 기다리며 주차장에 있는 동안 맥퍼슨이 들려주었던 내용을 생각해봤다. 먼저 그녀는 가장 최근에 변호인 측이 제출한 재정 신청 서류 복사본을 그에게 건네주었고, 그는 자기 차 트렁크에 그것을 집어넣었다. 매기는 그가 여러 증인과 그들의 진술을 조사해서 그들이 재판에 가하는 위협이 얼마나 큰지, 또 그 위협이 오히려 검찰 측에 득이 될 방법은 없는지 찾아볼 필요가 있겠다고 말했다. 또한 로이스가 세라 앤 글리슨의 증인 자격을 박탈하려는 의도로 재정 신청을 냈으며, 자신과 할러가 하루 종일 작업해서 그에 대한 답변을 작성해놓았다는 말도 했다. 이 문제에 대한 판사의 판결이 재판의 승패를 결정할 수도 있었다.

정의와 법이 영리한 변호사에 의해 조작되는 장면을 목격하면 보슈는 늘 기분이 언짢았다. 법을 집행하는 데 있어서 그의 역할은 단순했다. 범죄 현장에서 시작하여 그를 살인자에게로 이끌어주는 증거를 따라갈 뿐이었다. 물론 그 길에도 따라야 할 규칙이 있었지만, 적어도 대부분 깨끗하기는 했다. 하지만 일단 사건이 법정으로 넘어가면, 그것은 다른 모양으로 변해버리곤 했다. 변호사들은 해석과 이론과 절차를 두고 싸웠다. 직선으로 나아가는 것은 아무것도 없는 듯했다. 그렇게 정의는 미로가 되어버렸다.

어떻게 그럴 수가 있지, 하고 보슈는 생각했다. 끔찍한 범죄의 목격자가 법정에서 피의자에 반하는 증언을 할 수 없게 된다고? 그는 35년이 넘도록 경찰 생활을 했지만, 지금도 여전히 어떻게 법체계가 돌아가는지 설명할 수가 없었다.

"여기는 셋. 레트로가 움직인다."

보슈는 하던 생각을 털어버렸다. 몇 초가 흐른 뒤, 다른 목소리가 다른 보고를 해왔다.

"레트로가 차를 몰고 간다."

라이트가 넘겨받았다.

"좋아, 우린 차로 추적할 준비를 마쳤다. 하나 팀, 메인과 로즈 교차로에서 나오고, 둘, 퍼시픽과 베니스 교차로로 움직인다. 레트로가 어디로 향하는지 알아낼 때까지 모두 제자리에서 대기하도록."

몇 분 후 그들은 원하는 답을 얻었다.

"메인 도로 북쪽으로 움직인다. 평소와 같다."

라이트가 대원들을 재배치했고, 신중하게 조직된 차량 감시팀이 제섭과 함께 움직이기 시작했다. 그는 메인 도로에서 피코 쪽으로 나아가다가 10번 고속도로로 빠지는 입구 쪽을 향해 움직였다.

제섭은 동쪽으로 향하다가 405번 도로로 들어가 북쪽으로 향했다. 늦은 시간임에도 405번 도로는 차량들로 붐볐다. 예상대로 그는 산타모니카 산맥을 향하고 있었다. 감시 차량은 라이트의 SUV와 검은색 메르세데스 컨버터블, 뒤쪽 화물칸에 자전거 두 대를 실은 볼보 스테이션왜건, 그리고 흔히 볼 수 있는 일제 세단 두 대 등 총 다섯 대였다. 할리우드 힐스에 있는 특별수사대에 유일하게 없는 차량은 하이브리드뿐이었다. 감시팀은 '흘러가는 상자'라는 감시절차를 이용했다. 목표 차량의 양쪽에 차량 한 대씩, 그리고 앞에 한 대, 뒤에 한 대, 이렇게 네 대가 상자 모양으로 차량을 감싸고 달려가며, 정해진 안무대로 돌아가면서 자리를 바꾸었다. 라이트 부서장의 SUV가 바로 그 감시 상자 뒤에서 만약의 경우에 대비해 따라가는 지원 차량, 즉 '흘러가는 차량'이었다.

가는 내내 제섭은 제한속도를 지키거나 그 이하로 운전해갔다. 고속도로를 타고 올라가서 산꼭대기 쪽으로 나아가는 동안, 보슈는 창밖을 내다보다가 게티 미술관이 한 채의 성처럼 검은 하늘을 배경으로 안갯속에서 우뚝 솟아 있는 모습을 보았다.

제섭이 멀홀랜드 드라이브에 위치한, 늘 찾아가는 장소로 향하기를 기대하면서, 라이트 부서장은 두 팀에게 상자에서 나와 앞으로 움직이라고 지시했다. 그는 감시대가 제섭보다 앞서 멀홀랜드에 올라가 있기를 바랐다. 또한 야간투시경을 가진 지상 팀은 제섭보다 먼저 프랭클린 캐니언 공원 안에 들어가 있기를 바랐다.

예상대로 제섭은 멀홀랜드 쪽으로 빠져나갔고, 곧 산맥의 척추를 따라 동쪽으로 뱀처럼 구불구불 따라 올라가는 2차선 도로를 달리기 시작했다. 라이트는 그 길을 따라갈 때가 감시 차량이 노출될 위험이 가장 크다고 설명했다.

"이 길을 들키지 않고 올라가려면 벌이 한 마리 필요한데, 거기까지는 예산이 허락하질 않아요."

그가 말했다.

"벌이요?"

맥퍼슨이 물었다.

"그것도 암호의 일부인데, 헬리콥터를 의미하죠. 그걸 한 대 이용할 수만 있다면 딱 좋을 텐데 말입니다."

그날 밤 첫 번째 놀라움은 제섭이 프랭클린 캐니언 공원 앞에 차를 세우지 않고 그냥 지나쳐버린 몇 분 후에 찾아왔다. 라이트 부서장은 제섭이 계속 동쪽으로 이동해가는 동안 공원에 들어가 있던 지상팀을 재빨리 불러냈다.

제섭은 콜드워터 캐니언 대로를 속도도 늦추지 않고 지나쳤고, 그다음에는 프라이먼 캐니언 위에 있는 전망대도 그냥 지나쳤다. 그렇게 제섭은 멀홀랜드와 로럴 캐니언 대로 교차로도 서지 않고 통과해서 감시팀을 새로운 영역으로 이끌어가고 있었다.

"제섭이 우리가 따라붙었다는 사실을 알아차렸을 가능성은 얼마나 되나요?"

보슈가 물었다.

"그럴 리가 없네." 라이트가 말했다. "우린 다른 건 몰라도 실력 하나는 견줄 상대가 없으니까. 제섭은 분명히 뭔가 새로운 걸 마음에 두고 있을 거야."

그 후 10분 동안, 추적은 카후엔가 도로를 향해 동쪽으로 계속되었다. 지휘 차량은 감시 차량에서 멀찍이 떨어져 있었기에, 라이트와 두 명의 승객은 무슨 일이 벌어지고 있는지 무전 보고를 통해서만 알 수 있었다.

감시 차량 중 한 대만이 제섭의 차량보다 앞서 달리고 있었고, 나머지는 다 뒤에서 달리는 중이었다. 뒤따라가는 차량들은 계속 돌아가며 위치를 바꾸고 있었기에 제섭의 차량에 비치는 전조등 불빛 배열도 계속 바뀌고 있을 터였다. 마침내 무전 하나가 들어왔고, 그 내용이 보슈를 의자 앞쪽으로 당겨 앉게 만들었다. 마치 정보의 원천에 가까이 다가갈수록 상황이 더 명확하게 이해되기라도 한다는 듯이.

"여기 멈춤 표지판이 있는데, 레트로는 북쪽으로 방향을 틀어 사라졌다. 표지판을 알아보기에는 날이 너무 어둡기는 하지만, 그래도 그냥 무시하고 따라가기에는 너무 위험해서 우리는 일단 멀홀랜드에 멈춰 섰다. 다음에 올라가는 차량은 멈춤 표지판이 나오면 왼쪽으로 꺾어지도록."

"알았다. 우린 왼쪽으로 가겠다."

"기다리라고 하세요!" 보슈가 다급하게 말했다. "그냥 기다리라고 하세요."

라이트가 백미러로 보슈를 바라봤다.

"무슨 다른 생각이라도 있는 건가?"

그가 물었다.

"멀홀랜드에는 멈춤 표지판이 하나밖에 없습니다. 우드로 윌슨 드라이브에 있어요. 내가 압니다. 우드로 윌슨은 아래로 구불구불 내려가다가 하일랜드 아래쪽에 있는 가로등 앞에서 멀홀랜드와 다시 만나게 돼요. 그렇지만 우드로 윌슨은 길이 너무 좁아요. 그리로 차를 보내면 제섭이 추적당하고 있다는 사실을 알아채게 될 겁니다."

"확실한가?"

"물론입니다. 제가 우드로 윌슨에 살잖아요."

라이트는 잠시 생각해보고 나서 무전을 보냈다.

"왼쪽으로 가는 건 취소다. 볼보는 어디 있나?"

"명령이 내려올 때를 기다리고 있습니다."

"좋아, 위로 올라가서 자전거를 타고 좌측으로 돈다. 다가오는 차량 조심하고, 레트로를 주의하라."

"알겠습니다."

곧 라이트의 SUV가 교차로에 도착했다. 보슈는 길가에 서 있는 볼보를 보았다. 자전거 받침대는 비어 있었다. 라이트는 차를 멈추고 무전으로 대원들의 상태를 확인하며 기다렸다.

"하나, 제 위치에 있는가?"

"예, 그렇습니다. 아래쪽 가로등 앞에 있습니다. 레트로는 아직 안 보입니다."

"셋, 위에 도착했나?"

대답이 없었다.

"좋아, 전 대원은 무전이 올 때까지 기다린다."

"무슨 뜻입니까?" 보슈가 물었다. "자전거 팀은요?"

"이어폰을 빼낸 게 분명해. 다시 무전할 수 있으면……."

"여긴 셋." 속삭이는 목소리가 무전을 통해 들려왔다. "그와 거의 가까워졌다. 레트로는 눈을 감고 잠이 들었다."

라이트가 승객들을 위해 해석해주었다.

"전조등을 끄고 움직임을 멈췄다는 뜻입니다."

보슈는 심장이 조여드는 기분이었다.

"그가 차 안에 있는 게 확실합니까?"

라이트가 무전을 통해 질문을 던졌다.

"예, 우리 눈에 보입니다. 계기반 위에서 촛불을 태우고 있습니다."

"지금 있는 장소가 정확히 어딘가, 셋?"

"반쯤 내려온 곳입니다. 고속도로 차량 소리를 들을 수 있습니다."

보슈는 앞좌석 사이로 몸을 있는 대로 밀어 넣었다.

"연석에서 숫자를 읽을 수 있는지 물어보세요." 그가 말했다. "정확한 주소를 알았으면 합니다."

라이트가 보슈의 요구를 전달했고, 거의 1분이 꽉 차게 지난 후에 무전기에서 다시 소곤거리는 소리가 울려왔다.

"너무 어두워서 손전등을 켜지 않고는 연석의 숫자를 읽을 수가 없습니다. 하지만 제섭이 어느 집 앞에 차를 대놓고 있는데 그 집 문 옆에 전등이 하나 달려 있습니다. 외팔보 식으로 설치해서 길 쪽으로 뻗어 나와 있는 겁니다. 그 밑에 있는 번호가 여기서 보면 7203처럼 보입니다."

보슈가 뒤로 물러나 등받이에 무겁게 몸을 기댔다. 맥퍼슨이 고개를 돌려 그를 바라봤다. 서장은 백미러를 통해 바라봤다.

"아는 주소야?"

라이트가 묻자 보슈가 어둠 속에서 고개를 끄덕였다.

"예." 그가 대답했다. "우리 집 주소예요."

23 두 남녀의 불길한 방문

3월 21일 일요일, 오전 6시 40분

딸애는 일요일이면 늦잠을 잤다. 평소에는 난 그것이 무척이나 싫었다. 딸애와 함께 보낼 수 있는 시간이 줄어들기 때문이었다. 기껏해야 격주 주말과 매주 수요일에나 함께 지낼 수 있는데 그런 식으로 시간을 허비하고 싶지 않았다. 그런데 이번 일요일은 달랐다. 나는 기쁘게 아이가 늦잠을 자도록 내버려두었다. 반면, 나는 일찍 일어나서 우리 측 주요 증인을 구하기 위해 재정 신청 서류를 들여다보며 일을 시작했다. 내가 부엌에서 그날의 첫 커피를 잔에 따르고 있을 때, 누군가 현관문을 노크했다. 밖은 아직도 어두웠다. 문을 열기 전에 문에 뚫린 구멍으로 밖을 내다보았다. 다행히 내 전처가 서 있는 것이 보였다. 그녀 뒤에는 해리 보슈가 서 있었다.

하지만 내 안도감은 그리 오래가지 않았다. 문손잡이를 돌리는 순간 그들이 다급하게 문을 밀치며 안으로 들어왔고, 나는 즉시 두 사람에게서 불길한 기운을 감지했다.

"문제가 생겼어."

매기가 말했다.

"무슨 일인데?"

"제섭이 지금 우리 집 앞에 진을 치고 있네." 보슈가 말했다. "놈이 거길 어떻게 찾았고, 대체 무슨 짓을 저지를 작정인지 알아야겠어."

그 말을 하는 동안 보슈는 내게 너무 가까이 다가왔다. 나는 그의 입 냄새와 그가 하는 말의 비난하는 듯한 어조 중에 어떤 게 더 심각한지 가늠할 수가 없었다. 그가 무슨 생각을 하는지 확신할 수는 없었지만, 나는 지금 느껴지는 불길한 기운이 전적으로 그에게서 뿜어져 나오고 있음을 깨달았다.

나는 뒤로 한 걸음 물러났다.

"헤일리는 아직 자고 있어요. 가서 애 방문 좀 닫고 올게요. 부엌에 방금 내려놓은 디카페인 커피가 있어요. 필요하면 카페인 있는 걸로 다시 내려줄게요."

나는 복도를 따라가서 딸애를 확인했다. 아직 잠들어 있었다. 나는 앞으로 격해질 게 분명한 우리의 목소리가 아이를 깨우지 않기를 바라며 방문을 닫아주었다.

다시 거실로 돌아갔을 때도 두 명의 방문객은 여전히 서 있었다. 둘 다 커피를 따르러 가지도 않았다. 보슈는 시내가 바라다보이는 커다란 창을 등 뒤에 두고 서 있어서 검은색 윤곽으로만 보였다. 그 창으로 보이는 전망이 바로 내가 이 집을 사도록 만든 이유였다. 나는 그의 어깨너머 하늘에 서광이 비치는 것을 보았다.

"커피는 안 마셔요?"

그들은 나를 빤히 바라보기만 했다.

"좋아요. 우선 앉아서 얘기를 해보죠."

나는 소파와 의자 쪽을 손으로 가리켰지만, 보슈는 선 자리에서 그냥 얼어붙어 버린 모양이었다.

"어서요, 무슨 일인지 상황을 파악해보자고요."

나는 그들을 지나쳐 걸어가서 창가에 놓인 의자에 자리를 잡고 앉았다. 마침내 보슈가 걸음을 옮겨놓았다. 그가 헤일리의 책가방이 놓인 소파에 가서 앉았다. 매기는 다른 의자에 자리 잡았다. 그녀가 먼저 입을 열었다.

"우리가 증인 목록에 해리의 주소를 적어 넣지 않았다는 사실을 내가 설득하던 중이었어."

"당연하죠. 증거개시 자료에 증인 개개인의 주소는 적어 넣지 않았어요. 해리의 경우 경찰서 주소와 내 주소를 적어 넣었죠. 심지어 전화번호도 경찰행정빌딩의 대표번호를 적었어요. 직통 전화번호도 적어 넣지 않았다고요."

"그렇다면 어떻게 그가 내 집 주소를 알아낸 거지?"

보슈의 목소리에는 아직도 비난 조의 기운이 남아 있었다.

"저기요, 해리. 지금 나와는 아무 상관 없는 일로 날 비난하고 있는 거예요. 나도 놈이 어떻게 해리의 집을 찾아냈는지 몰라요. 하지만 알아내는 게 그리 어렵지는 않았을 거예요. 내 말은, 이러지 말자고요. 인터넷만 뒤지면 별걸 다 찾아낼 수 있는 세상이잖아요. 집이 본인 소유로 돼 있는 거 맞죠? 재산세도 내고, 전기·수도 요금 같은 거 내는 전용 계좌도 있잖아요. 그리고 선거인 명부에, 보나 마나 공화당원이겠죠, 어쨌든 거기에도 등록돼 있을 거 아니에요."

"난 정당 보고 투표 안 하네."

"좋아요. 어쨌든 요점은 누구든 맘만 먹으면 해리의 주소를 찾아낼 수 있어요. 거기다가 이름도 특이하잖아요. 그러니 누구든 주소를 찾고 싶으면 자판 위에……."

"내 이름을 축약 없이 다 적은 거야?"

"나도 어쩔 수 없었어요. 그게 원칙이에요. 지금껏 해리가 증언했던 모든 재판의 증거인 명부에 다 그렇게 적혀 있을걸요. 그건 상관없잖아요. 제섭도 어디가 됐든 인터넷에 접속할 수만 있다면……."

"제섭은 24년 동안 감방에 있었어. 인터넷에 관해서는 나보다도 젬병일 거야. 분명 누군가의 도움을 받았을 테고, 난 그게 로이스라는 데 내기라도 걸겠어."

"그건 확신할 수 없어요."

보슈가 비난하듯이 어두운 시선으로 나를 바라봤다.

"지금 놈을 두둔하는 건가?"

"아니요, 난 누굴 두둔하는 게 아니에요. 단지 지금 당장 어떤 결론에 다다르겠다고 너무 서둘지 말자는 겁니다. 제섭에게는 룸메이트가 있잖아요. 또 대단하지는 않지만, 어쨌든 지금 그는 사회적 명사라고요. 명사들은 보통 사람들을 시켜 그런 일을 할 수 있지 않나요? 그러니 좀 진정하고 한 걸음만 뒤로 물러나서 생각해봐요. 일단 집에서 무슨 일이 있었는지부터 얘기해보죠."

보슈는 약간 기분을 가라앉힌 듯 보였지만, 여전히 침착한 모습과는 거리가 멀었다. 나는 그가 벌떡 일어나서 램프를 집어 던지거나 벽에 주먹을 날려 구멍이라도 뚫어버릴지 모른다고 생각했다. 하지만 다행히도 매기가 입을 열어 이야기를 시작했다.

"해리와 난 SIS 감시 차량에 동승해서 그를 추적하는 중이었어. 우린 그가 밤마다 방문했던 공원들 중 하나를 찾아 올라가는 거라고 생각했지. 그런데 제섭은 그 공원들을 다 지나쳐서 멀홀랜드 드라이브를 계속 따라 올라가는 거야. 우리 차량이 해리가 사는 거리에 도착했을 때, 혹시라도 그에게 들킬까 봐 우린 한참 뒤처져서 따라갔거든. SIS 차량 중에 자전거를 싣고 가던 차량이 있어서 두 명의 대원이 자전거를 타고 계속 제섭을

따라갔지. 그리고 그들이 제섭이 해리의 집 앞에 차를 세워놓고 앉아 있
는 걸 발견한 거야."

"제기랄!" 보슈가 말했다. "딸애가 나랑 살고 있다고. 이 정신병자 같은
놈이……."

"해리, 너무 크게 소리 지르지 말고, 욕은 안 돼요." 내가 말했다. "딸애
가 저 벽 너머에서 자고 있어요. 그러니까 제발 하던 얘기로 돌아가죠. 제
섭이 거기서 뭘 한 거야?"

보슈는 망설였다. 그러나 매기는 아니었다.

"그냥 거기에 앉아 있었어." 매기가 말했다. "한 30분쯤. 그리고 촛불을
켜놓고 있더라고."

"촛불을? 차 안에서?"

"그래, 계기반 위에."

"대체 그게 무슨 의미야?"

"누가 알겠어?"

보슈는 가만히 앉아 있기가 어려운 모양이었다. 소파에서 벌떡 일어서
더니 앞뒤로 걷기 시작했다.

"그리고 30분 후에 차를 몰고 집으로 갔어." 매기가 말했다. "그게 다야.
우린 베니스에서 이리로 곧장 온 거고."

이번에는 내가 일어서서 앞뒤로 걷기 시작했지만, 보슈의 동선에 걸리
지 않도록 주의를 기울였다.

"좋아, 이걸 생각해보자. 그가 대체 뭘 하고 있었던 걸까 한번 생각해보
자고."

"젠장, 우리도 모른다고, 셜록."

보슈가 말했다.

"바로 그게 문제예요." 내가 고개를 끄덕였다. "그런 반응이 나오리라 미

리 예상은 하고 있었다. "그가 자신이 미행당하고 있다는 사실을 알았거나, 혹은 그럴지도 모른다고 의심했으리라 생각할 만한 이유가 있나요?"

"아니, 전혀 없어."

보슈가 즉시 대답했다.

"잠깐만요. 너무 서둘러서 결론 내리지는 말자고요." 매기가 말했다. "나도 계속 그걸 생각하고 있었어요. 왜 감시 초반에 그를 거의 놓칠 뻔했던 일이 있었잖아요. 기억하죠, 해리? 브리즈 가에서?"

보슈가 고개를 끄덕이자, 매기가 그때 상황을 내게 설명해주었다.

"감시대는 베니스의 보행자 전용도로에서 그를 놓쳤다고 생각했어. 그래서 부서장이 대원 한 명에게 피자 상자를 들려서 골목으로 들여보냈더니 제섭이 소변을 보고 나서 집 두 채 사이에서 걸어 나오더래. 아주 아슬아슬했지."

나는 양손을 펼쳐 보였다.

"음, 어쩌면 그거 같네. 그게 의심의 실마리를 줘서, 자기가 감시당하고 있는지 확실히 알아봐야겠다고 생각했을 거야. 만약 미행이 따라붙었을 경우, 담당 수사관의 집 앞에 버티고 서 있는 게 파리 떼를 끌어내기에는 가장 좋은 방법일 테니까."

"그럼 그게 일종의 시험이었다는 건가?"

보슈가 물었다.

"그렇죠. 거기서는 아무도 그에게 접근하지 않았을 거 아니에요?"

"그래, 그냥 혼자 있게 내버려뒀지." 매기가 말했다. "만약 제섭이 차 문을 열고 내렸다면, 얘기는 달라졌겠지만."

나는 고개를 끄덕였다.

"좋아, 그러니 그게 시험이었거나, 아니면 지금 뭔가 일을 꾸미고 있거나 둘 중 하나일 거야. 만약 후자라면 오늘 그의 행동은 일종의 정찰 임무였을 테지. 해리가 어디에 사는지 알고 싶었던 거죠."

보슈가 걸음을 멈추고 창밖을 바라보았다. 이제 하늘은 환하게 밝아 있었다.

"그렇지만 한 가지 명심해야 할 건, 그가 오늘 한 짓이 불법은 아니라는 겁니다." 내가 말했다. "공공도로였고, 석방 조건에도 로스앤젤레스 카운티 내를 돌아다니는 데엔 아무런 제약을 두지 않았어요. 그러니 그에게 무슨 꿍꿍이가 있었든 간에, 해리가 전면에 나서서 자신을 드러내지 않은 건 정말 잘한 일이에요."

보슈는 우리 쪽으로 등을 보인 채 계속 창문 앞에 서 있었다. 나는 그가 무슨 생각을 하는지 알 수 없었다.

"해리." 내가 말했다. "걱정하는 심정은 나도 알아요. 거기에 충분히 공감해요. 하지만 이 일 때문에 너무 기운 빠져 하지 말자고요. 재판 날짜가 바로 코앞으로 다가왔고, 해야 할 일도 있잖아요. 우리가 놈을 기소하면, 놈은 영원히 사라져버릴 테고, 그럼 해리가 어디 사는지 놈이 안다고 해도 문제 될 게 없어요."

"그럼 난 그때까지 뭘 하고 있어야 하지? 밤마다 권총을 차고 앞 베란다에 나가 앉아 있어야 하는 건가?"

"SIS가 그를 24시간 내내 감시하고 있잖아요." 매기가 말했다. "그들을 신뢰하세요?"

보슈는 오랫동안 대답하지 않았다.

"그들은 절대로 놈을 놓치지 않을 겁니다."

마침내 그가 대답했다. 매기가 나를 바라봤고, 나는 그녀의 눈 속에 서린 걱정을 읽어낼 수 있었다. 우리에게도 딸이 있었다. 아무리 뛰어난 감시대라 해도 다른 이들의 손에 딸의 안전을 전적으로 맡겨두기란 쉬운 일이 아닐 터였다. 나는 이 대화가 시작되던 순간부터 내내 생각해왔던 무언가에 대해 잠시 더 생각해보았다.

"이리로 옮겨오면 어때요? 딸과 함께요. 아이는 헤일리의 방을 쓰면 될 거예요. 헤일리는 오늘 엄마 집으로 돌아갈 테니까요. 그리고 해리는 내 서재에서 묵으면 돼요. 침대 겸용 소파가 있는데, 몇 번밖에 사용하지 않았어요. 그렇지만 정말 편해요."

보슈가 창 쪽에서 돌아서서 나를 바라봤다.

"무슨 말인가? 재판이 진행되는 내내 여기 와 있으라는 거야?"

"그게 어때서요? 다음번에 헤일리가 집에 오면 우리 딸아이도 마침내 만날 수 있겠네요."

"좋은 생각이야."

매기가 말했다. 나는 그녀가 딸아이들이 만나게 되었다는 사실을 언급하는 것인지, 보슈와 그의 딸이 나와 함께 지내게 됐다는 사실을 언급하는 것인지 알 수 없었다.

"게다가 난 매일 밤 여기 있잖아요." 내가 말했다. "해리가 SIS 감시 임무로 나가는 날엔 내가 딸을 대신 봐주면 되죠. 특히 헤일리가 여기 와 있는 날은 더 좋을 테고요."

보슈가 잠시 내 제안을 생각해보는 듯하더니, 이내 고개를 저었다.

"아니, 그럴 수는 없네."

그가 말했다.

"왜요?"

내가 물었다.

"그건 내 집이야. 내 가정이라고. 내가 놈에게서 달아나지는 않을 거야. 놈이 내게서 달아나게 만들어주겠어."

"딸아이는 어쩌고요?"

매기가 물었다.

"내 딸은 내가 지킬 수 있어요."

"해리, 한 번만 더 생각해봐요." 매기가 다시 말했다. "딸 생각을 해요. 아이에게 무슨 일이 생기는 걸 원치 않잖아요."

"잘 들어요. 제섭이 내 주소를 가지고 있다면, 여기 주소도 당연히 가지고 있을 겁니다. 여기로 옮겨오는 건 해결책이 아니에요. 그건 단지……단지 놈에게서 달아나는 것밖에 안 돼요. 어쩌면 그게 놈이 원하는 걸지도 몰라요. 내가 어떻게 하는지 보고 싶은 거죠. 그러니 난 아무것도 안할 겁니다. 여기로 옮겨오지 않을 거예요. 내게는 SIS 감시대도 있어요. 그리고 놈이 다시 온다면, 와서 우리 집 앞의 연석을 가로지른다면, 내가 놈을 기다리고 있을 거예요."

"난 그 결정이 마음에 안 들어요."

매기가 말했다. 나는 제섭이 내 주소도 가지고 있을 게 분명하다는 보슈의 말을 곰곰이 생각해봤다.

"나도 마찬가지예요."

내가 말했다.

24 재판 전 회합

3월 31일 수요일, 오전 9시

보슈는 법정에 나갈 필요가 없었다. 실은 배심원을 선정하고 실제 공판을 시작하기 전까지는 그럴 필요가 없었다. 하지만 그는 SIS 감시대와 함께 먼 거리에서 숨어 지켜보기만 했던 제섭을 가까운 거리에서 보고 싶었다. 제섭이 그를 보고 어떤 식이든 간에 반응을 보이는지의 여부도 확인하고 싶었다. 그들이 차를 타고 샌쿠엔틴 교도소에서부터 먼 거리를 함께 여행해온 지 벌써 한 달 반이 지났다. 보슈는 감시 작전이 허락하는 거리보다 가까이에서 그를 보고 싶은 욕구를 느꼈다. 그렇게 해야만 놈에 대한 분노의 불길이 계속 활활 타오르게 할 수 있을 듯했다.

그날은 재판 전 회합이 열리는 날이었다. 판사는 다음 날 있을 배심원 선정 절차를 시작하기 전에 제출된 모든 재정 신청과 이런저런 문제들을 마무리 짓고 매끄럽게 공판으로 나아가고 싶어했다. 일단 재판 일정과 배심원 선정에 관해 토론해야 했고, 양측의 증거물건 목록도 역시 제출받아야 했다.

검찰 측은 전장에 나설 만반의 준비를 마쳤다. 지난 두 주 동안 할러와 맥퍼슨은 사건을 날카롭고 매끈하게 갈아놓았고, 모의 증인 심문도 해보았으며, 모든 증거를 재검토했다. 또한 24년이나 묵은 증거를 꺼내놓을 방법들을 신중하게 궁리해두었다. 그들은 준비가 됐다. 활시위는 팽팽하게 당겨져 있었고, 화살은 날아갈 준비를 마쳤다.

심지어는 사형에 대한 결정도 이미 내려놓았다. 아니, 이미 발표했다. 무슨 뜻인가 하니, 할러는 사형을 언급했던 자신의 발언을 공식적으로 철회했다. 비록 보슈는 할러가 사형을 구형하겠다고 으름장을 놓았던 것은 제섭을 협박하고자 하는 단순한 몸짓에 지나지 않았기에 그럴 필요까지는 없다고 말렸지만, 어쨌든 할러는 그 사실을 발표했다. 그는 타고난 피고 측 변호사였다. 따라서 그가 그 선을 넘게 만들 것은 아무것도 없었다. 기소된 혐의에 유죄판결이 내려진다면, 그것만으로도 제섭은 가석방 없는 무기징역을 살게 될 것이다. 그리고 그것이면 멜리사 랜디를 위한 정의는 충분히 실현될 터였다.

보슈도 역시 준비돼 있었다. 그는 부지런하게 사건을 재조사했고, 증언하게 될 증인들의 위치도 파악해두었다. 그 와중에도 여전히 가능한 한 자주, 딸이 친구의 집에 머물거나 수 뱀브로 교감선생님과 함께 지내는 날이면 SIS 감시 차량에 동승해 나갔다. 그는 맡은 역할을 충실히 수행하면서 할러와 맥퍼슨이 그들 역할을 준비하도록 도왔다. 자신감은 하늘을 찔렀다. 그것이 보슈가 법정에 나가고 싶어하는 또 다른 이유이기도 했다. 그는 이 재판의 시작을 지켜보고 싶었다.

9시가 조금 지나자 브리트만 판사가 법정 안으로 들어와 재판의 시작을 알렸다. 보슈는 검찰석 바로 뒤쪽 난간 앞에 놓인 의자에 앉아 있었고, 할러와 맥퍼슨은 검찰석에 나란히 앉아 있었다. 그들은 보슈에게도 의자를 검찰석 탁자 앞으로 끌어다 놓고 앉으라고 했지만, 그는 뒤에 앉는 편을 택했다. 제섭을 뒤에서, 그리고 옆에서 바라보고 싶은 마음도 있었지만, 두 명의 검사에게서 전해져오는 긴장감도 상당히 부담스러웠다. 판사는 세라 앤 글리슨이 제섭에 반하는 증언을 할 수 있도록 허락할지 판결을 내릴 예정이었다. 할러가 전날 밤 했던 말에 따르면 그 외에 문제 될 사항은 전혀 없었다. 만약 그들이 세라를 증인석에 세우지 못하게 된다면, 재판에서 패하게 될 것은 불을 보듯 뻔했다.

"캘리포니아 대 제섭의 재판 기록을 다시 시작하겠습니다." 판사가 자리를 잡고 앉으며 말했다. "모두 안녕하세요, 좋은 아침입니다."

합창하듯이 '좋은 아침입니다'라는 대답이 울려 퍼진 후에, 판사는 바로 본론으로 들어갔다.

"내일 우리는 재판에 참여할 배심원을 선정하고, 그다음에 공판이 진행될 예정입니다. 따라서 오늘은 소위 말해, 차고를 싹 비워내야 합니다. 그래야 차를 안으로 들이겠죠. 마지막 재정 신청, 보류된 재정 신청, 그리고 증거물건이나 증거, 혹은 다른 사항에 관해서라도 뭔가 할 말이 있는 사람은 누구라도 지금 말씀하셔야 합니다. 우선은 재정 신청이 여러 건 밀려 있으니 그것부터 처리하도록 하죠. 피고가 신체의 특정 부위에 있는 문신을 화장으로 가리게끔 허락한 판결을 재고해달라는 검찰 측의 요청은 기각하겠습니다. 그 건에 대해서는 이미 길게 토론했기 때문에 나는 그 사항에 대해 더는 얘기를 나눌 필요성을 느끼지 못합니다."

보슈는 제섭을 돌아봤다. 그와 보슈는 서로 예각을 이룬 위치에 앉아 있었다. 따라서 그는 피고의 얼굴을 제대로 볼 수 없었다. 하지만 보슈는 제섭이 판사가 내린 그날의 첫 판결에 동의한다는 듯이 고개를 끄덕이는 모습을 보았다.

브리트만 판사는 계속해서 양측이 제기한 비교적 사소한 재정 신청을 하나하나 해결해 나갔다. 그는 양쪽 모두의 요구를 수용하려 애쓰는 듯 보였고, 따라서 어느 한쪽도 완전히 만족시키지 못했다. 보슈는 맥퍼슨이 황색 법률용지에 판사가 내리는 모든 결정에 관해 꼼꼼하게 적어두는 모습을 보았다.

그날의 가장 중요한 판결에 대비하기 위해 내용을 축척해두는 것이었다. 세라는 맥퍼슨의 증인이었다. 다시 말해, 공판에서 그녀가 세라의 증인 심문을 맡아 하기로 되어 있었다. 따라서 이틀 전에 열린 피고 측의 재정 신청에 대한 구두 변론도 그녀가 맡아 했다. 보슈는 그날 청문회에 참여하지 못했지만, 할러에게 전해 들은 바에 따르면, 매기는 증인 자격 박탈에 대한 피고 측의 재정 신청에 대해 제대로 준비한 답변을 거의 한 시간 동안 길게 설파했다고 한다. 그런 다음 그녀는 18쪽 상당의 긴 서면 답변도 제출했다. 검사팀은 변론에 자신이 있었지만, 둘 다 브리트만 판사가 어떤 판결을 내릴지 자신 있게 말할 수 있을 만큼 판사를 잘 안다고는 확신할 수 없었다.

"이번에는……." 판사가 말했다. "검찰 측 증인으로 나설 세라 앤 글리슨의 증인 자격 박탈에 관한 피고 측 재정 신청 차례입니다. 이 신청에 대해서는 이미 논의가 되었고, 양측 다 반론을 제기했습니다. 이제 법원은 이에 대해 판결을 내리겠습니다."

"존경하는 재판장님, 잠시 발언할 수 있겠습니까?"

로이스가 피고석에서 일어서며 말했다.

"로이스 변호사." 판사가 말했다. "나는 이 문제에 더는 논의가 필요하다고 생각지 않습니다. 본인이 재정 신청을 냈고, 그것에 대한 검찰 측의 답변에 대해 반론을 제기할 시간을 드렸지 않습니까. 그런데 또 할 말이 있다는 건가요?"

"알겠습니다, 존경하는 재판장님."

세라 글리슨에 대해 어떤 공격을 덧붙이려 했든 간에, 로이스는 그것을 비밀로 남겨둔 채 다시 자리에 앉았다.

"피고 측의 재정 신청은 기각합니다." 판사가 즉시 말했다. "나는 변호인 측이 배심원단 앞에서 글리슨 씨의 신뢰성을 다루는 데 필요하다고 느낀다면 얼마든지 폭넓은 증인을 세울 수 있도록 허락할 것이며, 더불어 검찰 측 증인에 대해서도 다각도로 심문할 수 있도록 허락할 것입니다. 하지만 본인은 증인의 신뢰성이나 증언의 확실성에 대한 판단은 배심원들이 내릴 일이라고 생각합니다."

잠시 법정 안에 고요가 감돌았다. 마치 모두가 한꺼번에 숨이라도 참고 있는 듯했다. 검찰석이나 피고인석, 그 어느 쪽에서도 반응이 없었다. 보슈는 이번에도 판사가 꼭 정중앙에 자리하는 판결을 내렸다는 사실을 알았다. 양측 모두 뭔가를 얻어 기뻐하고 있을 터였다. 세라 글리슨이 증언할 수 있게 되었으니, 검찰 측은 소송을 완전히 날려버릴지도 모를 위기를 넘겼다. 하지만 판사는 로이스가 그녀를 죽기 살기로 괴롭히도록 허락할 터였다. 그러니 문제는 세라가 그것을 견딜 만큼 충분히 강인한 여성인가에 달려 있었다.

"이제, 다음으로 넘어가겠습니다." 판사가 말했다. "배심원 선정과 공판 일정에 대해 우선 얘기해보도록 하죠. 그런 다음, 증거물건에 대해 논의하겠습니다."

판사는 배심원 선정 예비 청문회를 어떤 식으로 이끌어갈지에 대해 간략하게 설명했다. 우선 양측 모두 배심원 후보에게 질문할 수는 있지만, 시간을 엄격하게 지켜야 했다. 또한 판사는 재판일까지 가능한 한 속도를 내고 싶어했다. 그는 양측에서 각각 거부할 수 있는 전단적 기피자, 다시 말해 아무 이유 없이 거부할 수 있는 배심원 후보자 수는 12명으로 제한한다고 했다. 예비 배심원은 여섯 명을 뽑기를 원했다. 자신은 공판 중에 부정행위를 저지르거나, 고질적으로 늦거나, 증언을 듣는 중에 감히 꾫아 떨어지는 등의 행위를 하는 배심원은 바로 교체해버리기 때문이라고 설명했다.

"난 예비 배심원을 넉넉하게 두길 바랍니다. 보통은 그들이 늘 필요하더라고요."

그녀가 말했다. 전단적 기피 기회가 너무 적고, 예비 배심원 수가 너무 많다는 사실에 검찰과 피고 측, 양쪽에서 이의를 제기했다. 판사는 마지못해 전단적 기피 기회를 두 번씩 더 주었지만, 자신은 배심원 선정 청문회가 진창에 빠지는 상황을 절대로 허락하지 않을 것이라는 경고 또한 잊지 않았다.

"나는 배심원 선정이 금요일 저녁까지 마무리되기를 바랍니다. 만약 내 일정을 뒤로 잡아끌었다가는 여러분의 일정도 뒤처지게 될 테니 명심하세요. 해야만 한다면 금요일 밤까지라도 모든 배심원 후보자와 양측 대리인을 여기에 붙잡아둘 겁니다. 나는 월요일 아침에 가장 먼저 모두진술을 들을 수 있기를 바랍니다. 여기에 이의 있습니까?"

양측 모두 판사의 기세에 눌린 모양이었다. 그는 자기 법정의 군기를 확실히 잡고 있었다. 다음으로 판사는 공판의 대략적인 일정을 설명했다. 증언은 매일 아침 9시 정각에 시작해 오후 5시까지 이어질 예정이며, 중간에 90분의 점심시간과 15분씩의 오전, 오후 휴식시간이 있을 터였다.

"그렇게 되면 하루에 증언 시간이 정확히 6시간이 됩니다." 그녀가 말했다. "그보다 길어지면, 배심원단이 지루함을 느끼게 돼요. 그러니 하루 6시간이라는 규칙은 반드시 지킬 생각입니다. 매일 아침 9시 정각에 내가 저 문을 통해 들어설 때 여러분도 이 자리에 나와 있는 것은 여러분 각자의 책임입니다. 질문 있나요?"

없었다. 그러자 브리트만은 양측에 각각 어느 정도의 재판 일정이 필요한지 물었다. 할러는 검찰 측 증인들의 반대심문 시간에 따라 달라지겠지만, 자신은 나흘 이상은 필요치 않다고 대답했다. 이것은 세라 앤 글리슨에게 맹공을 가할 목적으로 짜놓은 로이스의 계획을 정확히 겨냥한 답변이었다.

로이스는 자신은 이틀이면 충분하다고 대답했다. 판사는 나름의 계산법으로 나흘과 이틀이라는 기간을 감안해 닷새라는 일정을 내놓았다.

"음, 월요일 아침에 있을 모두진술은 양측에 각각 한 시간씩 드리겠습니다. 이 말은, 금요일 오후까지는 재판 일정이 모두 끝나게 되고, 그다음 주 월요일에 바로 최후진술이 있을 거라는 뜻입니다."

어느 쪽도 판사의 계산에 이의를 제기하지 않았다. 그녀의 요점은 명확했다. 지체 말고 나아갑시다. 시간을 아낄 방법을 찾아봅시다. 물론 소송이란 유동적인 것이고, 예기치 못한 무언가가 튀어나올 가능성도 배제할 수 없었다. 따라서 양측 모두 오늘 청문회에서 약속한 사항을 이행하지 못할 수도 있다. 하지만 어느 쪽이든 재판이 지속적인 속도를 유지하지 못하게끔 방해하는 측은 판사에게서 그에 합당한 제재나 불이익을 당하리라는 사실을 모두가 잘 알고 있었다.

"그럼 마지막으로 증거물건과 전자장비에 대해 이야기해보겠습니다." 판사가 말했다. "양측 모두 서로가 제출한 목록을 보고 있으리라 믿습니다. 혹시 그중에 이의를 제기하고 싶은 항목이 있습니까?"

할러와 로이스 둘 다 자리에서 일어섰다. 판사는 로이스 쪽으로 고개를 끄덕여 보였다.

"그쪽부터 하세요, 로이스 변호사."

"예, 판사님. 변호인 측은 검찰 측이 멜리사 랜디의 시체를 찍은 수많은 사진을 벽걸이 스크린을 통해 보여주겠다는 계획에 이의를 제기합니다. 그것은 야만적이고 부당할 뿐 아니라, 편파적이기까지 한 행위입니다."

판사는 앉은 자리에서 몸을 돌려 할러를 바라봤다. 그는 아직 자리에 서 있었다.

"존경하는 재판장님, 법정에 시체 사진을 제시하는 일은 검찰의 의무입니다. 우리 모두를 이곳으로 데려온 범죄가 대체 어떤 것인지 보여주는 것이니까요. 검찰 측이 절대로 하고 싶지 않은 일이 바로 부당하고 편파적인 행위입니다. 물론 시체 사진을 보여주는 일이 매우 아슬아슬하게 선을 넘어갈 위험성이 있다는 점은 인정하겠지만, 검찰 측은 절대로 그 선을 넘어서지 않으리라는 것 또한 장담할 수 있습니다."

로이스는 한 번 더 시도를 했다.

"이번 사건은 24년 전에 일어났습니다. 그런데 1986년에는 벽걸이 스크린은 물론이고 이런 할리우드식의 물건들은 세상에 존재하지도 않았습니다. 따라서 이런 물건은 제 의뢰인이 공정한 재판을 받을 권리를 침해하는 것입니다."

할러 역시 다시 답변할 준비가 돼 있었다.

"사건이 얼마나 오래되었는지는 이 문제와 아무 상관이 없습니다. 하지만 저희 피고 측은 이러한 증거물건을 얼마든지 과거의 방식으로……."

맥퍼슨이 갑자기 할러의 소맷부리를 잡아끌어 그의 말을 중단시켰다. 그가 허리를 숙이자, 그녀가 귀에 대고 무슨 말인가를 속삭였다. 할러는 재빨리 허리를 펴고 섰다.

"죄송합니다, 존경하는 재판장님, 제가 실언을 했습니다. 저희 검찰 측은 이러한 증거물건을 얼마든지 과거의 방식으로, 그러니까 1986년에 가능했던 방식으로 배심원단 앞에 제시할 용의가 있습니다. 증거 사진을 컬러 사진으로 인화해 배심원단에게 보여주는 방식도 기꺼이 수용하겠습니다. 하지만 일찍이 나눈 대화에서 재판장님은 그 방법을 선호하지 않는다는 사실을 확실히 하셨습니다."

"그래요, 나는 그런 사진을 배심원단에게 직접 건네주는 것이 훨씬 더 부당하고 피고에게 불리하다고 봅니다." 브리트만이 말했다. "로이스 변호사가 원하는 게 그런 방식인가요?"

로이스는 제 꾀에 제가 넘어가고 말았다.

"아닙니다, 판사님. 저도 판사님 의견에는 동의합니다. 피고 측은 단지 그러한 사진의 범위와 사용을 제한하고자 했을 뿐입니다. 할러 검사의 목록에는 거대한 스크린에 투사해 보여주고자 하는 사진이 30장 이상 포함돼 있습니다. 그건 상식을 벗어난 정도라는 걸 말씀드리고 싶었습니다."

"브리트만 판사님, 이것들은 시체가 발견된 장소뿐 아니라, 검시 과정에서 찍은 사진들입니다. 각각의 사진이……."

"할러 검사." 판사가 낮게 불렀다. "이제 그만하셔도 됩니다. 범죄 장소를 찍은 사진은 적절한 근거와 증언이 함께한다면 허용하겠습니다. 하지만 배심원들에게 그 가여운 소녀의 검시 사진까지 보여줄 필요성은 느끼지 못하겠군요. 그건 허용하지 않겠습니다."

"알겠습니다, 존경하는 재판장님."

할러가 말했다. 그리고 로이스가 반쪽의 승리와 함께 자리에 앉는 동안 그대로 서 있었다. 브리트만 판사는 무언가를 적으며 계속 말을 이었다.

"그리고 로이스 변호사의 증거물건 목록에 이의가 있습니까, 할러 검사?"

"그렇습니다, 존경하는 재판장님. 피고 측의 증거물건 목록에는 글리슨 씨가 한때 가지고 있었다고 여겨지는 다양한 마약용품이 포함돼 있습니다. 또한 목록에는 글리슨 씨의 사진과 비디오도 포함돼 있습니다. 검찰은 아직 그것들을 검토해볼 기회조차 얻지 못했지만, 분명히 검찰 측이 재판에서 인정하고 증인의 직접 심문을 통해서도 충분히 끌어낼 수 있는 모든 사항이 들어 있으리라 믿어 의심치 않습니다. 그것만으로도 배심원단은 글리슨 씨가 한때 정기적으로 마약을 복용했다는 사실을 얼마든지 알 수 있습니다. 그녀가 마약을 사용하는 사진이나 그것을 흡입하는 데 이용한 파이프 사진까지 봐야 할 필요는 전혀 없습니다. 그것이야말로 선동적이고 불리한 증거입니다. 따라서 검찰 측이 최대한 양보한다고 해도 전혀 필요 없는 증거물건입니다."

로이스가 다시 자리에서 일어나 반격에 나설 준비를 했다. 판사는 그에게 발언권을 주었다.

"재판장님, 그 증거물건은 피고 측의 변론에 지극히 중요한 요소들입니다. 검찰 측은 장기간 마약중독자였던 사람의 증언에 필사적으로 매달리고 있지만, 그는 진실을 말하는 것은 고사하고 진실을 기억해내리라고도 신뢰할 수도 없는 사람입니다. 이러한 증거물건이 배심원단으로 하여금 이 증인이 상당히 오랜 기간 불법적인 약물을 사용해왔다는 사실을 깊이 있고 폭넓게 이해할 수 있도록 도울 것입니다."

로이스가 답변을 끝냈음에도, 판사는 여전히 증거물건 목록을 조용히 들여다보고 있었다.

"좋아요." 그녀가 마침내 서류를 옆으로 밀어놓고 입을 열었다. "양측 다 설득력 있는 주장을 펼쳤습니다. 따라서 증거물건은 한 번에 하나씩 처리하도록 하겠습니다. 다시 말해, 피고 측이 증거물건을 제시하고 싶으면, 우선 배심원단이 듣지 못하도록 우리끼리 먼저 상의하도록 하죠. 그런 다음 내가 결정을 내리겠습니다."

양측 모두 자리에 앉았다. 보슈는 고개를 절레절레 흔들고 싶은 심정이었지만, 판사의 관심을 끌고 싶지 않아 그만두었다. 하지만 판사가 이 문제로 변호인을 마구 비난하지 않았다는 사실 때문에 여전히 속이 부글부글 끓었다. 여동생이 앞마당에서 납치당하는 모습을 목격한 후 24년이 지나갔다. 그럼에도 세라 앤 글리슨은 자신의 인생을 송두리째 바꿔버린 그 끔찍하고 악몽 같은 순간에 대해 기꺼이 증언하겠다고 나서주었다. 한데 그러한 희생과 노력은 전혀 안중에도 없이, 판사는 세라가 한때 지독한 고통에서 달아나기 위해 사용했던 유리 파이프와 장비를 이용해 변호사가 그녀를 공격하겠다는 요청을 실제로 만족시켜주려 하고 있었다. 보슈가 보기에는 전혀 공정하지 않았다. 아니, 공정함 근처에도 못 가는 그런 결정이었다.

그 후 청문회는 곧 끝났고, 양측도 가방을 챙겨 문으로 우르르 몰려나갔다. 보슈는 뒤에 남아 있다가 제섭의 뒤쪽 무리 속으로 끼어 들어갔다. 그는 아무 말도 않았지만, 제섭은 곧 자기 뒤에 누군가 있다는 사실을 깨닫고 뒤를 돌아봤다.

보슈를 보았을 때 그는 히죽거리며 웃었다.

"이런, 보슈 형사님, 날 따라오시는 건가?"

"내가 그래야 하나?"

"글쎄, 그거야 모르는 거지. 수사는 어떻게 진행되십니까?"

"곧 알게 될 테니 걱정 마."

"그래, 걱정……."

"그와 대화하지 말아요!"

로이스였다. 그가 돌아서서 끼어들었다.

"그리고 당신도 내 의뢰인과 대화하지 말아요." 그가 보슈를 손가락질하며 말했다. "계속 내 의뢰인을 괴롭히면, 판사에게 진정을 넣을 테니 알아서 해요."

보슈는 전혀 건드릴 의사가 없음을 표현하기 위해 양손을 들어 올려 보였다.

"물론입니다, 변호사. 그냥 몇 마디 나눈 거예요."

"경찰과는 얘기 나눌 일 없어요."

로이스가 팔을 뻗어 제섭의 어깨를 감싸더니 앞으로 끌어당겨 보슈에게서 멀찍이 떼어놓았다.

법정 밖 복도에서 그들은 기자와 카메라에 에워싸여 휴게실 쪽으로 곧장 움직여갔다. 보슈는 그들을 그냥 지나쳤지만, 마침 다시 고개를 돌렸을 때 제섭의 표정이 변하는 것을 볼 수 있었다. 강철 같은 시선으로 맹수처럼 노려보던 그의 두 눈은 피해자의 상처받은 눈으로 재빠르게 변했다.

기자들이 그의 주변으로 빠르게 몰려들었다.

3부

진실 찾기와 공정한 평결

25 미키 할러의 선제공격

4월 5일 월요일, 오전 9시

나는 배심원단이 안으로 들어와 배심원석의 지정된 자리를 찾아가 앉는 모습을 바라봤다. 그동안 그들의 시선에 초점을 맞춰 한 명 한 명을 면밀히 살폈다. 피고를 어떤 식으로 바라보는지 알아내고자 함이었다. 몰래 살피듯이 바라보는지, 강렬한 평가의 시선으로 바라보는지, 그들의 시선을 따라가다 보면 많은 것을 확인할 수 있다.

배심원 선정은 일정대로 마무리되었다. 첫째 날 우리는 90명의 배심원 후보 중에 첫 번째 모둠을 평가했지만, 언론을 통해 얻은 사건에 대한 지식 때문에 거의 대부분을 제외시키고 겨우 11명만 남겨두었다. 두 번째 모둠도 역시 선정과정이 만만치 않게 어려웠다. 그리하여 금요일 저녁 5시 40분이 돼서야 마지막 16명의 명단을 결정할 수 있었다.

나는 배심원 도표를 앞에 놓아두고 누가 누구인지 암기하기 위해 눈으로 배심원석에 앉은 얼굴과 내 포스트잇에 적어놓은 이름 사이를 쉴 새 없이 오갔다. 이미 이름과 얼굴을 대부분 연결시킬 수 있었지만, 그래도 그들의 이름이 제2의 천성처럼 입에 착착 달라붙게끔 하고 싶었다. 그들

을 친구나 이웃을 대하듯이 바라보고, 친구나 이웃에게 말하듯이 진술할
수 있기를 바랐다.

판사는 자리에 앉아 9시 정각에 재판을 시작할 만반의 준비가 되어 있
었다. 그녀는 양측 재판 대리인에게 혹시 새로운 사실이나 아직 더 언급
하고 넘어가야 할 일이 있는지 물었다. 아무도 대답이 없자, 판사는 마침
내 배심원단을 불러들였다.

"좋습니다, 이제 다 모였군요." 그녀가 말했다. "배심원단 여러분과 다른
모든 분들에게 시간을 엄수해 모여주신 데 대해 감사의 인사를 먼저 전합
니다. 우리는 양측 소송대리인의 모두진술을 시작으로 재판을 진행해 나
갈 것입니다. 모두진술은 증거로 인정되지 않으며, 단지……."

판사가 말을 멈추고 배심원석 뒷줄에 시선을 고정시켰다. 한 여성이 주
저하며 손을 들어 올렸다. 판사가 오랫동안 그쪽을 바라보다가 마침내 고
개를 숙여 앞에 놓은 좌석표를 확인하고는 대답했다.

"투치 씨? 질문이 있나요?"

나는 내 도표를 확인했다. 10번, 칼라 투치. 아직 이름과 얼굴을 외우지
는 못했지만, 내 배심원단 중 하나였다. 동부 할리우드에서 온 칙칙한 갈
색 머리칼에 나이는 31살이었고, 아직 미혼이었으며, 개인병원에서 접수
계원으로 근무하고 있었다. 색채로 분류해놓은 내 도표에 따르면, 나는
그녀를 배심원단 중에서 성격이 강한 사람이 있으면 휘둘릴 만한 사람으
로 분류해놓았다. 물론 그것이 딱히 나쁘다는 의미는 아니었다. 강인한
성격의 배심원들이 유죄평결을 주장할지, 그 반대일지에 달린 문제였다.

"아무래도 제가 봐서는 안 될 것을 본 것 같다는 생각이 들어서요."

그녀가 겁을 집어먹은 목소리로 말했다. 브리트만 판사는 잠시 고개를
숙인 채로 있었고, 나는 그 이유를 알았다. 상황이 난감해진 것이다. 우리
는 이미 재판에 들어갈 준비를 마쳤는데, 아직 모두진술 내용이 기록되지

도 않은 시점에서 재판이 미뤄질지도 모를 위험에 처하지 않았는가.

"좋아요, 그럼 이 문제를 빨리 처리해봅시다. 배심원 여러분은 제자리에 앉아 계시길 바랍니다. 그 외의 분들도 다 자리에 앉아 계시고 투치 씨와 양측 대리인과 나만 방으로 들어가서 이 문제의 해결 방안을 찾아보겠습니다."

우리가 자리에서 일어섰을 때, 나는 배심원 도표를 확인해봤다. 여섯 명의 예비 후보가 있었다. 나는 그중 세 명을 검사 측에 도움이 되는 배심원으로 표시해두었고, 두 명은 중립, 그리고 한 명은 피고 측으로 기울어져 있다고 표시했다. 만약 투치가 앞으로 털어놓을 어떤 부당행위로 인해 배심원단에서 방출되는 일이 생긴다면, 그녀를 대체할 배심원은 예비 후보자들 중에서 무작위로 선출될 터였다. 그것은 다시 말해, 여섯 명의 후보 중에 오직 한 명만이 피고 측에 호의적이었기에, 그녀를 대신해서 들어올 배심원은 검사 측에 호의적일 가능성이 훨씬 크다는 의미였다. 수행단을 따라 집무실 안으로 들어섰을 때, 나는 이 기회가 마음에 든다는 판단을 내리고 투치가 배심원단에서 방출되도록 할 수 있는 최선의 노력을 다하리라 다짐했다.

방에 들어가자, 판사는 자신의 책상 뒤로 돌아 들어갈 생각조차 하지 않았다. 이 일이 단지 사소한 질문 때문에 잠시 시간을 잡아먹는 일에 불과하기를 바라는 듯했다. 우리는 판사 집무실 한가운데에 모여 서 있었다. 법원 속기사만이 타이핑을 치기 위해 팔걸이 없는 작은 의자에 걸터앉았다.

"좋아요, 기록을 시작하세요." 판사가 말했다. "투치 씨, 무엇을 봤고, 무엇이 본인의 마음에 걸리는지 말씀해주세요."

배심원이 바닥을 내려다보며 앞으로 양손을 들어 올렸다.

"오늘 아침에 지하철을 타고 오는데, 맞은편에 앉은 남자가 신문을 읽

고 있었어요. 그가 신문을 위로 펼쳐 들고 있어서 저도 1면을 보게 됐고
요. 보려고 의도했던 것은 아니지만, 법정에 선 그 사람 사진과 기사 제목
을 보고 말았어요."

판사가 고개를 끄덕였다.

"그 사람이란 제이슨 제섭을 의미하겠군요, 맞나요?"

"네."

"어떤 신문이었죠?"

"《타임스》였던 것 같아요."

"제목으로는 뭐라고 쓰여 있던가요, 투치 씨?"

"제섭의 새로운 소송, 낡은 증거."

나는 오늘 아침 자 《L.A. 타임스》를 읽어보지는 않았지만, 그 기사는 이
미 온라인을 통해 읽은 후였다. 검찰 측에 가까운 익명의 소식통의 말을
인용하고 있는 그 기사는 제이슨 제섭을 상대로 하는 검찰의 소송이 전적
으로 첫 번째 소송에서 제출됐던 증거와 피해자 언니가 제공했던 용의자
지목에만 과도하게 의존할 예정이라는 내용을 담고 있었다.

"기사 내용도 읽어봤나요, 투치 씨?"

브리트만이 물었다.

"아니요, 판사님. 잠시 바라보다가 사진이 눈에 들어왔을 때 시선을 돌
렸습니다. 사건에 대해서는 아무것도 읽지 말라고 말씀하셨잖아요. 그 기
사도 제 의지와는 상관없이 그냥 제 앞에 갑자기 나타난 것이었어요."

판사가 알았다는 듯이 고개를 끄덕였다.

"좋습니다, 투치 씨. 잠시만 복도에 나가 계시겠어요?"

배심원이 밖으로 나가자 판사가 문을 닫았다.

"기사 제목이 내용을 말해주고 있네요, 안 그런가요?"

판사가 물었다. 그리고 로이스를 바라보고 나서 내 쪽으로 시선을 돌렸

다. 우리 중에 누가 재정 신청을 하거나 뭔가 제안을 하지는 않을지 보려는 듯했다. 로이스는 아무 말도 하지 않았다. 내 생각에는 그도 10번 배심원을 나와 마찬가지로 평가한 듯했다. 하지만 그는 예비 배심원 여섯 명의 성향은 고려하지 않고 있을지도 모르는 일이었다.

"제가 보기에는 이미 배심원 자격에 손상을 입은 듯합니다, 판사님." 내가 말했다. "앞서 재판이 한 번 열렸었다는 사실을 알게 됐지 않습니까. 사법체계에 관해 기본적인 지식만 있으면 누구라도 무죄판결을 받을 경우 피고를 재심하지 않는다는 사실을 알고 있습니다. 그러니 10번 배심원은 이미 제섭이 한 번 유죄를 선고받았었다는 사실을 알고 있습니다. 그런 선입견이 검찰 쪽에 득이 될지는 몰라도, 공정한 재판을 위해 그녀는 물러나야 할 것입니다."

브리트만이 고개를 끄덕였다.

"로이스 변호사?"

"할러 검사가 선입견에 관해 평가한 내용에는 동의합니다. 하지만 그가 소위 공정한 재판을 언급했다는 사실은 믿기가 어렵군요. 그는 단지 10번 배심원을 방출하고 독실한 기독교인 배심원을 그 자리에 대신 앉히고 싶을 뿐입니다."

나는 미소를 지으며 고개를 저었다.

"그건 정식 답변으로 받아들이지 않을게요. 10번 배심원을 내보내고 싶지 않으면 그렇게 해요. 난 상관없으니까."

"하지만 그건 양측 대리인이 결정할 사항이 아닙니다."

판사가 말했다. 그리고 문을 열고 배심원을 다시 안으로 불러들였다.

"투치 씨, 정직하게 말해줘서 고마워요. 배심원실로 돌아가서 짐을 챙겨주세요. 그리고 돌아가셔도 좋습니다. 그전에 배심원 회합실에 가서 그쪽에도 보고해주시고요."

투치가 머뭇거리며 서 있었다.

"그 말씀은……?"

"예, 맞습니다. 안타깝게도 투치 씨는 배심원단에서 제외됐습니다. 신문 기사의 제목이 투치 씨가 알아서는 안 될 이 사건의 내용을 담고 있다는 판단하에 내린 결정입니다. 제섭 씨가 같은 범죄로 이미 한 번 재판을 치렀었다는 사전 지식을 가지고 있으면 피고에게 불리한 판결을 내릴 수 있으니까요. 따라서 투치 씨를 계속 배심원단에 포함시킬 수가 없습니다. 돌아가셔도 좋습니다."

"죄송합니다, 판사님."

"그래요, 저도 마찬가지입니다."

투치가 마치 방금 전에 범죄 혐의로 기소라도 된 사람처럼 어깨를 축 늘어뜨리고 머뭇거리는 발걸음으로 판사실에서 나갔다. 문이 닫힌 후, 판사가 우리를 바라봤다.

"적어도 이 일이 나머지 배심원들에게 올바른 메시지를 전해주기는 하겠네요. 이제 예비 배심원이 다섯 명으로 줄었습니다. 아직 재판은 시작하지도 않았는데 말이에요. 하지만 덕분에 우리는 언론이 우리 재판에 어떤 영향을 미칠 수 있는지 확실히 봤습니다. 난 투치 씨가 봤다는 그 기사를 아직 읽어보지 않았지만, 읽을 겁니다. 그리고 만약 이 방 안에 있는 사람 중에 누구라도 그 기사의 문구를 인용한다면, 정말 실망하게 될 거예요. 그리고 나를 실망시키는 사람은 보통 그에 합당한 처분을 받는다는 사실을 기억하시길 바랍니다."

"판사님." 로이스가 말했다. "저는 아침에 그 기사를 읽어봤습니다. 그런데 누구라고 이름을 밝히지는 않았지만, 검찰 측에 가까운 소식통이 가져온 소식이라며 그 내용을 기사에 인용하고 있더군요. 그래서 실은 판사님에게 그 기사를 보여드릴 생각이었습니다."

나는 다시 고개를 저었다.

"그건 변호사들이 교과서처럼 사용하는 정말 낡디낡은 수법입니다. 기사 뒤에 숨어 기자와 흥정하는 거죠. 검찰 측에 가까운 소식통이라고요? 그는 법정 안에서 저와 1미터쯤 떨어진 맞은편에 앉아 있는 사람일 겁니다. 그 정도면 기자가 보기에는 검찰 측에 충분히 가까운 거리겠지요."

"존경하는 재판장님!" 로이스가 언성을 높였다. "저는 이 기사와 하등의……."

"우린 지금 재판을 지연시키고 있습니다." 브리트만이 그의 발언을 가로막으며 말했다. "이제 법정으로 돌아가시죠."

우리는 터벅거리며 다시 걸어갔다. 법정으로 돌아갔을 때 나는 방청석 쪽을 훑어보았고, 두 번째 줄에 앉아 있는 솔터스 기자와 시선이 마주쳤다. 나는 즉시 시선을 돌렸고, 그 짧은 마주침이 아무런 정보도 노출시키지 않았기를 기도했다. 내가 바로 그녀의 소식통이었다. 내 목표는 로이스 변호사가 기사를 읽고 그릇된 자신감을 품을 수 있도록 조종하는 것이었다. 다시 말해, 솔터스 기자의 표현을 빌리자면 '장면을 만드는 사람'이 되고자 했을 뿐, 배심원단의 구성을 바꿀 의도는 전혀 없었다.

자리로 돌아가서 판사는 용지 위에 뭔가를 적어두고 배심원단 쪽으로 돌아서서 사실을 통보했다. 그리고 다시 한 번 배심원단에게 신문을 읽거나 TV 뉴스 프로그램을 시청하지 말라고 당부하는 것도 잊지 않았다. 그런 다음 서기 쪽으로 돌아섰다.

"오드리, 사탕 그릇 좀 건네주세요."

서기가 책상 앞에 놓인 카운터에서 하나씩 개별 포장된 새콤한 알사탕이 담긴 그릇을 집어서 판사에게 전달했다. 판사는 앞에 놓인 법률용지한 장을 찢어내더니 그것을 여섯 조각으로 잘라 각각의 종이에 글자를 적었다.

"여기에 1부터 6까지 숫자 하나씩을 적어 넣었습니다. 이제 무작위로 하나를 골라서 여섯 명의 예비 배심원 중에 10번 배심원이 앉았던 자리에 앉을 사람을 선정할 겁니다."

판사가 여섯 개의 종잇조각을 사탕 그릇 안에 집어넣었다. 그러고는 그릇을 한 손으로 돌린 후 머리 위로 치켜들었다. 다음에는 다른 손으로 접힌 종잇조각 하나를 집어 들어 펼친 후 소리 내어 읽었다.

"6번 예비 배심원." 브리트만이 말했다. "소지품을 챙겨서 배심원석에 있는 10번 자리로 옮겨주십시오. 감사합니다."

나는 가만히 앉아 지켜보는 수밖에 없었다. 새로 뽑힌 10번 배심원은 필립 킨스라는 사람으로 영화와 TV에서 엑스트라로 활동하는 36세의 남성이었다. 엑스트라 연기자라는 사실은 당연히 그가 아직 배우로 성공하지 못했음을 의미했다. 그는 생계를 이어가기 위해 촬영 현장에서 병풍이나 다름없는 엑스트라라는 직업을 선택했다. 다시 말해, 그는 매일 일하러 나가기는 해도 배경에 가만히 서서 영화 만드는 사람들의 모습이나 지켜보다가 들어온다는 의미이기도 했다. 그런 삶은 가진 자와 못 가진 자 사이에 튀어나와 있는 육지에서 좀 더 환경이 열악한 쪽으로 그를 데려다 놓았을 터였다. 그러니 필립 킨스는 피고 측, 다시 말해 검찰을 상대로 싸우는 약자 편에 더 가깝게 서 있을 게 분명했다.

킨스가 자신의 새로운 자리에 가서 앉는 동안, 매기가 검찰석에서 내 귀에 속삭였다.

"그 기사와 당신이 아무 상관도 없기를 빌어, 할러. 왜냐하면 우린 방금 한 표를 잃었거든."

당연히 그 기사와는 아무 관련도 없다는 의미로 내가 양손을 들어 보였지만, 매기는 그것을 믿는 것 같지 않았다.

판사가 의자를 배심원석 쪽으로 완전히 돌려 앉았다.

"마침내 재판을 시작할 준비를 마친 것 같군요." 그녀가 말했다. "우리는 양측 소송대리인의 모두진술을 시작으로 재판을 진행해 나갈 것입니다. 모두진술은 증거로 인정되지 않습니다. 단지 검찰과 피고 측이 앞으로 증거가 배심원단에게 무엇을 말해줄지 기대하는 바를 진술하는 기회가 됩니다. 또한 재판이 진행되는 동안 배심원 여러분이 무엇을 보고 듣게 될지 예상할 수 있는 개략적인 윤곽을 보여주는 수단이 될 것입니다. 그리고 배심원단이 평결 숙의 과정 중에 진지하게 고려해볼 증거와 증인을 모두진술 시간에 제시해야 하는 것은 양측 소송대리인의 의무입니다. 그럼 검찰 측부터 시작해보죠. 할러 검사?"

나는 자리에서 일어나 검찰석과 배심원석 사이에 놓인 발언대 쪽으로 걸어갔다. 손에는 노트나 작은 수첩은 물론 아무것도 들고 있지 않았다. 나는 배심원단에게 나를 먼저 홍보하고 그다음에 소송에 관해 언급하는 것이 훨씬 효과적이라고 믿었다. 그러기 위해서는 배심원단에게서 시선을 돌리지 말아야 했다. 모두진술 내내 나는 직접적이고 개방적이며 정직해야만 했다. 그런 방식으로 간단하게 핵심만 짚는 진술을 할 예정이었다. 따라서 수첩 같은 것은 필요치 않았다.

나는 우선 나 자신과 매기를 배심원단에게 소개했다. 그다음에는 검사석 뒤쪽 난간에 있는 의자에 앉은 해리 보슈를 가리키며 사건 담당 수사관이라고 소개했다. 그런 다음 소송 이야기로 들어갔다.

"우리는 오늘 단 한 가지를 하기 위해 이곳에 모였습니다. 더는 자기 자신에 관해 이야기할 수 없는 누군가에 대해 이야기하기 위해서입니다. 12세의 멜리사 랜디는 1986년 자신의 집 앞마당에서 유괴되었습니다. 그리고 몇 시간 뒤에 멜리사의 시체는 대형 쓰레기 수거함 속에서 쓰레기봉투처럼 버려진 채 발견되었습니다. 이 끔찍한 범죄를 저지른 혐의로 기소된 남자는 지금 저기 피고 측 탁자 앞에 앉아 있습니다."

나는 지난 몇 년 동안 검사들이 내 의뢰인을 향해 손가락을 겨누었던 것처럼 제섭을 향해 비난의 손가락을 겨누었다. 아무리 살인자라 해도 누군가를 향해 손가락질한다는 행위 자체는 내가 느끼기에 상당히 가식적이었다. 하지만 그럼에도 난 멈추지 않았다. 나는 제섭을 손가락질하는 데서 그치지 않고, 사건을 요약하는 과정에서 내가 불러낼 증인들과 그들이 무슨 말을 하고 또 무엇을 보여주게 될지에 관해 배심원단에게 설명하는 동안, 반복해서 그를 지목하고 또 지목했다. 나는 멜리사의 유괴범을 지목했던 목격자가 있고, 제섭의 견인트럭 안에서 피해자의 머리카락이 발견됐다는 사실을 정확히 짚어가면서 빠르게 진술을 이어갔다. 그리고 마침내 거창한 마무리에 도달했다.

"제이슨 제섭은 멜리사 랜디의 생명을 앗아갔습니다. 그는 집 앞뜰에서 놀고 있는 그 소녀를 유괴함으로써 가족으로부터 떼어놓았을 뿐 아니라, 이 세상에서 영원히 사라지게 만들었습니다. 그는 이 아름다운 어린 소녀의 목에 손을 올리고 숨통을 조여 목숨을 끊어버렸습니다. 그는 멜리사의 과거와 미래를 강탈해갔습니다. 소녀의 모든 것을 빼앗았습니다. 그리고 검찰은 이 사실을 여러분 앞에서 합리적이고 의심의 여지 없이 모두 밝혀낼 것입니다."

나는 그 약속을 강조하듯이 다시 한 번 고개를 끄덕이고는 내 자리로 돌아왔다. 전날 판사는 우리에게 모두진술은 간단하게 해달라고 요구했었다. 그럼에도 내 진술의 간단명료함에는 적잖이 놀란 모양이었다. 내가 진술을 끝내고 내려온 뒤에도 잠시 멍하니 앉아 있었으니 말이다. 곧 판사가 정신을 차리고 로이스에게 일어서라고 요구했다.

당연히 그러리라 예상했던 바대로, 로이스는 자신의 차례를 미뤘다. 다시 말해, 그는 피고 측의 증인 심문이 시작될 때까지 자신의 모두진술을 유보하겠다고 했다. 그러자 판사는 다시 내 쪽으로 관심을 돌렸다.

"그럼 좋습니다. 할러 검사, 검사 측 첫 번째 증인을 부르세요."

나는 발언대로 돌아갔고, 이번에는 노트와 인쇄물을 들고 나갔다. 배심원 선정이 시작되기 전인 지난주 내내 나는 증인들에게 물어볼 질문을 준비하며 시간을 보냈다. 본업이 피고 측 변호사인 까닭에 나는 검찰 측 증인을 상대로 검사가 이끌어낸 증언을 이리저리 상처 내며 반대심문하는 데 매우 익숙했다. 그것은 직접 심문과는 상당히 다른 임무였고, 증거와 증거물건을 소개하기 위해 기초를 쌓아가는 과정이었다. 그리고 무엇보다도 나는 무언가를 세우는 것보다 무너뜨리는 과정이 훨씬 더 쉽다는 사실을 확실히 인식하고 있었다. 하지만 이 사건에서 나는 세우는 사람이 될 예정이었기에 단단히 준비해야만 했다.

"검찰 측은 윌리엄 존슨을 증인으로 신청합니다."

나는 법정 뒤쪽을 돌아봤다. 내가 발언대로 나가자 보슈가 증인 대기실에서 존슨을 데려오기 위해 법정을 떠났다. 그리고 곧 증인을 데리고 다시 나타났다. 존슨은 자그마하고 비쩍 마른 데다 안색도 짙은 마호가니 색깔만큼이나 칙칙했다. 나이는 59세였지만, 머리가 완전한 하얗게 세어 훨씬 늙어 보였다. 보슈가 그를 이끌고 문을 통해 들어와서는 증인석 쪽을 가리키며 그쪽으로 가도록 안내했다. 존슨은 서기의 지시에 따라 재빨리 선서를 마쳤다.

나는 긴장했다는 사실을 인정하지 않을 수 없었다. 매기가 결혼 초기에 여러 차례 설명하려 하던 것이 무엇인지 이제야 제대로 느낄 수 있었다. 매기는 언제나 그것을 '입증 책임'이라고 불렀다. 사법적인 책임이 아니었다. 그것은 내가 국민을 대변하는 검찰 측의 대표로 서 있다는 사실을 아는 데서 오는 심리적인 책임감이었다. 나는 그녀가 설명하려 하던 그 부담감을 이기적인 것으로 치부해버리곤 했다. 검사는 늘 승리를 예측하는 쪽이다. 국민의 대리인이다. 그런 위치에 무슨 부담감이 있단 말인가.

설혹 있다 해도 누군가의 자유를 손에 쥐고 홀로 싸워야 하는 피고 측 변호사의 부담감에는 댈 것도 아니다. 이렇게 반박하며 나는 매기가 내게 어떤 말을 하려 하는지 전혀 이해하려 하지 않았다.

지금 이 순간을 맞기 전까지는.

이제 나는 그 의미를 이해했다. 그것을 느꼈다. 지금 나는 배심원단 앞에서 내 첫 번째 증인에게 질문을 하려고 한다. 그리고 지금 나는 로스쿨을 졸업하고 나서 첫 소송에 나섰을 때처럼 긴장한 상태였다.

"안녕하세요, 존슨 씨." 내가 입을 열었다. "오늘 기분은 어떠세요?"

"좋습니다, 그럼요."

"다행이군요. 직업적으로 어떤 일을 하는지 말씀해주시겠습니까?"

"예, 검사님. 저는 윌셔 대로에 있는 엘레이 극장의 사업본부장입니다."

"그럼 '사업본부장'이란 어떤 자리인가요?"

"극장의 모든 업무가 제대로 돌아가도록 총괄하는 직책입니다. 무대 조명부터 화장실 변기에 이르기까지 전부 제 책임 소관이에요. 그러니까 뭐랄까, 전기기사를 시켜서 조명을 관리하게 하고, 배관공에게는 변기를 손보게 하는 거죠."

그가 예의 바른 미소를 띠고 점잖게 웃으며 대답했다. 그의 어투에는 카리브 해 억양이 살짝 묻어났지만 말은 알아듣기 쉽고 이해하기도 수월했다.

"엘레이 극장에서는 얼마나 오래 일하셨습니까, 존슨 씨?"

"올해로 36년째가 됩니다. 1974년에 이 일을 시작했으니까요."

"우와, 그건 상당한 성취라 할 만하군요. 축하드립니다. 그럼 그 기간 내내 사업본부장으로 계셨습니까?"

"아니요, 승진해온 거죠. 관리인부터 시작한걸요."

"그럼 이제부터 존슨 씨의 관심을 1986년으로 옮겨가 볼까 합니다. 그때에도 엘레이 극장에서 근무하셨죠, 맞습니까?"

"예, 맞습니다. 당시에는 관리인이었어요."

"좋습니다. 그렇다면 그 특정 해의 2월 16일을 기억하시나요?"

"기억합니다."

"일요일이었습니다."

"예, 기억해요."

"왜 기억하는지 법정에 계신 분들께도 말씀해주시겠습니까?"

"그날이 바로 제가 엘레이 극장 뒤편에 있는 쓰레기 수거함에서 한 어린 소녀의 시체를 발견했던 날이거든요. 정말 끔찍한 날이었죠."

나는 배심원단 쪽을 돌아봤다. 모두의 시선이 증인에게 못 박혀 있었다. 지금까지는 성공이었다.

"예, 그날이 끔찍한 날이었다는 사실은 저도 충분히 짐작할 수 있을 것 같습니다, 존슨 씨. 이번에는 그 어린 소녀의 시체를 어떻게 발견했는지, 그 경위를 법정에 계신 분들께 설명해주시겠습니까?"

"그때 우리는 극장에서 작업 중이었어요. 여자 화장실에 물이 샌다고 해서 석고판 하나를 새로 덧대는 일을 하고 있었죠. 그래서 나는 화장실에서 뜯어낸 것들, 그러니까 낡은 벽판이나 썩은 나뭇조각 같은 것을 손수레에 하나 가득 싣고 대형 쓰레기 수거함에 가져다 버리는 일을 맡았습니다. 그런데 수거함 뚜껑을 열자 거기에 그 가여운 어린애 시체가 있었어요."

"이미 수거함에 들어 있던 폐자재 더미 위에 놓여 있었죠?"

"맞습니다."

"쓰레기나 자재 더미 같은 게 위에 덮여 있기는 했습니까?"

"아닙니다, 전혀 아무것도 덮여 있지 않았습니다."

"그곳에 아이를 가져다 버린 자가 누구든 간에 매우 서둘렀기 때문에 시체를 덮을 시간조차도……."

"이의 있습니다!"

로이스가 벌떡 일어섰다. 나는 그가 이의를 제기하리라는 사실을 이미 알고 있었다. 그런데 하마터면 배심원을 향해 그런 생각과 그것이 시사하는 바를 입 밖으로 소리 내어 말할 뻔했다.

"할러 검사는 본인이 원하는 결론 쪽으로 증인을 이끌어가기 위해, 전혀 증인의 전문 분야가 아닌 쪽에 관해 질문하고 있습니다."

로이스가 주장했다. 나는 판사가 로이스의 이의를 받아들이기도 전에 그 질문을 철회했다. 배심원들 앞에서 판사가 변호사 편을 들게 하는 것은 결코 권장할 만한 일이 아니었다.

"존슨 씨, 그때가 그날 쓰레기 수거함에 공사 잔해를 버리러 처음 갔던 건가요?"

"아닙니다. 그전에 벌써 두 번이나 쓰레기를 버렸습니다."

"시체를 발견했던 때 말고, 그전에 마지막으로 쓰레기 수거함에 갔던 건 언제였나요?"

"대략 1시간 반쯤 전이었을 겁니다."

"그때도 쓰레기 더미 위에 시체가 놓인 것을 목격하셨나요?"

"아니요, 그때는 시체 같은 건 없었습니다."

"그럼 시체는 90분이라는 시간 내에, 그러니까 존슨 씨가 마지막으로 쓰레기를 버리고 간 시점부터 시체를 발견한 시점 내에 그곳에 버려졌겠군요, 맞습니까?"

"예, 맞습니다."

"좋습니다, 존슨 씨. 그럼 이번에는 화면을 봐주십시오."

법정 안에는 배심원석 맞은편으로 두 대의 거대한 평면스크린 모니터가 벽에 높이 걸려 있었다. 스크린 하나는 법정의 방청객들도 디지털로 제시되는 증거물을 볼 수 있도록 방청객석 쪽으로 살짝 돌아가 있었다. 매기가 노트북 컴퓨터에서 파워포인트 프로그램을 이용해 화면에 자료사진을 띄우고 있었다. 우리가 검찰 측의 법정 진술을 준비하는 동안 매기는 주말도 반납하고 2주 동안이나 이 프레젠테이션 준비를 맡아서 했다. 사건 파일에 들어 있던 모든 사진을 스캔해서 프로그램에 저장해두는 것은 그녀의 몫이었다. 이제 매기는 소송의 첫 번째 사진 증거물을 화면에 띄웠다. 멜리사 랜디의 시체가 발견된 쓰레기 수거함의 사진이었다.

"이 수거함이 그 작은 소녀의 시체를 발견했던 쓰레기 수거함이 맞습니까, 존슨 씨?"

"맞습니다."

"무엇을 보고 그렇게 확신하시죠?"

"저쪽 옆에 스프레이 프린트로 적은 5515라는 주소요. 제가 써놓은 겁니다. 그게 극장 주소거든요. 그리고 저기가 엘레이 극장 뒤편이라는 것도 확실히 알아볼 수 있습니다. 제가 오랫동안 일해온 곳이잖아요."

"좋습니다. 그리고 이 장면이 존슨 씨가 뚜껑을 들어 올려 안쪽을 들여다봤을 때 목격한 장면이 맞습니까?"

매기가 다음 사진으로 넘어갔다. 법정은 이미 조용했지만, 쓰레기 수거함에 놓인 멜리사 랜디의 사진이 화면에 올라갔을 때는 완전한 정적에 휩싸여 버린 듯했다. 제9 항소법원에서 최근 내린 판결에 의해 정해진 현재의 증거 규칙하에서, 나는 과거의 증거와 증거물건을 현재의 배심원단에게 내보일 수 있는 방법을 찾아야 했다. 수사 기록에만 의존할 수는 없었다. 과거까지 연결되어 있는 다리 역할을 해줄 만한 증인을 찾아야 했고, 존슨이 바로 그 첫 번째 다리였다.

존슨은 잠시 아무 대답이 없었다. 그도 역시 법정 안의 다른 사람들과 마찬가지로 사진을 빤히 들여다보고만 있었다. 그때 예상치도 못했던 눈물 한 방울이 그의 칙칙한 피부 위로 흘러내렸다. 완벽했다. 만약 내가 변호인석에 앉아 있었다면, 지금 이 상황을 냉소적으로 바라봤을지도 모른다. 하지만 나는 존슨의 반응이 진심에서 우러나온 것이라는 사실을 알았고, 바로 그 점 때문에 나는 그를 내 첫 번째 증인으로 불러냈던 것이었다.

"그 아이네요." 그가 마침내 말했다. "맞아요, 내가 본 모습입니다."

존슨이 신의 가호를 비는 동안 나는 고개를 끄떡여 보였다.

"그럼 이 소녀를 보았을 때 존슨 씨는 어떤 조치를 취했습니까?"

"당시에는 휴대전화가 없었어요, 아실 겁니다. 그래서 안으로 뛰어 들어가서 무대 전화로 911에 전화를 걸었어요."

"경찰은 빨리 도착했나요?"

"벌써부터 그 아이를 찾고 있었는지 정말 빨리 왔습니다."

"마지막으로 한 가지만 더 묻겠습니다, 존슨 씨. 저 쓰레기 수거함을 윌셔 대로에서도 보셨습니까?"

존슨이 단호하게 고개를 저었다.

"아니요. 극장 뒤에 있던 겁니다. 그리고 뒷길이나 작은 골목에나 들어가야 볼 수 있어요."

그 순간 나는 잠시 망설였다. 사실 나는 이 증인에게서 좀 더 많은 것을 끌어낼 수 있었다. 첫 재판에서 제시되지는 않았지만, 재수사 과정에서 보슈가 모아놓은 정보들이었다. 그리고 로이스가 아직 알아내지 못한 정보일지도 몰랐다. 난 단지 그 정보를 끌어낼 미끼가 될 만한 질문을 던지거나, 아니면 그냥 모든 걸 운에 맡기고 변호인이 반대심문에서 스스로 그 문을 여는지 지켜보기만 할 수도 있었다. 어느 쪽이든 드러나는 정보는 같을 테지만, 배심원단이 보기에 변호인이 그것을 고의적으로 감추려 했다고 믿게 할 수만 있다면 엄청난 무게가 실리게 될 정보였다.

"고맙습니다, 존슨 씨." 나는 마침내 말했다. "이만 질문을 마치겠습니다."

이제 증인은 로이스 손으로 넘겨졌다. 그는 내가 자리에 앉는 동안 발언대 쪽으로 걸어나갔다.

"저는 몇 가지만 묻겠습니다." 그가 말했다. "누가 쓰레기통 안에 피해자의 시체를 버렸는지 목격하셨습니까?"

"아니요, 못 했습니다."

존슨이 말했다.

"그럼 911에 전화하셨을 때, 누가 살인을 저질렀는지는 모르셨겠네요, 맞습니까?"

"맞습니다."

"그날 이전에 피고를 한 번이라도 만난 적이 있습니까?"

"글쎄요, 만난 적이 없는 것 같네요."

"고맙습니다."

그게 끝이었다. 로이스는 변호사가 피고 측에 별 가치 없는 증인이라 평가되는 경우 전형적으로 수행하는 틀에 박힌 반대심문만을 했다. 존슨은 살인자를 본 적이 없었다. 따라서 로이스는 그 사실을 기록에 올렸다. 하지만 그는 존슨을 그냥 지나가게 했어야만 했다. 살인사건 전에 제섭을 본 적이 있느냐고 물어봄으로써, 그는 스스로 문을 열고 말았다. 따라서 나는 그 문을 통과해 지나가기 위해 다시 자리에서 일어섰다.

"더 심문할 사항이 있습니까, 할러 검사?"

판사가 물었다.

"간단하게 하겠습니다, 존경하는 재판장님. 존슨 씨, 우리가 이야기하고 있는 이 기간으로 다시 돌아가서, 당시엔 일요일에도 자주 근무를 하셨습니까?"

"아니요, 보통 일요일은 휴무였습니다. 그렇지만 특별히 할 일이 있으면 일요일에도 근무하라는 지시를 받기도 했죠."

로이스는 내 질문이 그가 반대심문에서 질문한 내용의 범위를 넘어선다는 사실을 근거로 들어 이의를 제기했다. 나는 그렇지 않다고, 당연히 그의 반대심문 범위에 속하는 질문이며, 곧 그 사실이 명백해질 것이라고 판사에게 약속했다. 판사는 내 말을 믿어주고 로이스의 이의를 기각했다. 나는 다시 존슨에게로 시선을 돌렸다. 사실 난 로이스가 이의를 제기하기를 내심 바라고 있었다. 그래야 잠시 후면 그가 검찰 측이 제섭의 신뢰성에 흠집을 낼 정보를 얻지 못하게 하려고 일부러 내 질문을 막아선 것처럼 보일 테니 말이다.

"존슨 씨는 시체를 발견했던 그 쓰레기 수거함이 골목 끝에 위치해 있다고 말씀하셨습니다. 혹시 엘레이 극장에는 주차장이 없습니까?"

"있기는 하지만, 엘레이 극장에 속한 주차장이 아닙니다. 뒷문과 그 쓰레기 수거함 쪽으로 갈 수 있는 골목길에 있는 주차공간을 사용하고 있습니다."

"그럼 그 주차공간은 누구의 소유입니까?"

"시 전역에 주차장을 가지고 있는 회사 겁니다. 시티 파크라는 곳이에요."

"그럼 골목길과 주차공간을 가르는 벽이나 울타리 같은 것이 설치돼 있습니까?"

로이스가 다시 일어섰다.

"존경하는 재판장님, 계속 아무 의미 없는 질문이 이어지는데, 이건 제가 존슨 씨에게 질문했던 내용과는 아무 관련이 없는 사항입니다."

"존경하는 재판장님." 내가 말했다. "앞으로 두 가지만 더 질문하면 바로 그 지점에 도달합니다."

"대답해도 좋습니다, 존슨 씨."

브리트만 판사가 말했다.

"울타리가 있습니다."

존슨이 대답했다.

"그렇다면……." 내가 말했다. "엘레이 극장 뒤편의 골목길에서, 그러니까 구체적으로 말해 쓰레기 수거함이 놓인 위치에서 인접한 주차공간을 바라볼 수 있겠군요. 그건 다시 말해 그 주차공간에 있는 사람이라면 쓰레기 수거함도 얼마든지 볼 수 있다는 말이고요, 제 말이 맞습니까?"

"네, 맞습니다."

"그럼, 존슨 씨가 시체를 발견했던 날 이전에 혹시 일요일에 출근해서 극장 뒤편 주차공간에 차가 주차돼 있는 것을 본 적이 있습니까?"

"예, 그보다 한 달 전쯤이었을 겁니다. 제가 출근해보니 거기 차들이 잔뜩 세워져 있었는데, 견인트럭 두 대가 차들을 계속 끌어다가 그곳에 대고 있더라고요."

나는 로이스와 제섭이 당혹감에 움찔하고 있으리라 짐작했고, 그 사실을 내 눈으로 확인하지 않고는 견딜 수 없을 것만 같았다. 그래서 그들이 있는 쪽을 흘깃 돌아봤다. 이제 나는 첫 번째 선제공격에 돌입할 참이었다. 그들은 존슨이 전혀 중요하지 않은 증인이라고 간주해버렸다. 그 말은 존슨이 살인이 일어났다는 사실과 그 장소만 확인해줄 수 있을 뿐 그외에는 아무 도움도 되지 않으리라 짐작했음을 의미했다.

하지만 그들이 틀렸다.

"그때 무슨 일인지 확인해봤습니까?"

내가 물었다.

"예." 존슨이 대답했다. "대체 무슨 일이냐고 물었더니, 견인트럭 운전사 한 명이 인근 도로에 불법 주차해놓은 차들을 그곳으로 끌어다 두는 거라고 대답했습니다. 그럼 나중에 사람들이 와서 벌금을 물고 차를 찾아가게 될 거라고요."

"그럼 그곳이 임시 견인차량 보관소로 이용되고 있던 거네요. 존슨 씨도 그런 의미로 말씀하신 게 맞습니까?"

"네."

"그리고 그 차량견인 회사의 이름이 뭔지 알고 있습니까?"

"예, 그 트럭들에 적혀 있었어요. '아드바크 토잉'이라는 이름이었죠."

"트럭들이라고 말씀하셨는데, 그날 한 대 이상의 트럭을 보신 건가요?"

"예, 제가 본 것만 두세 대 정도 됐습니다."

"그들이 무엇을 하고 있는지 설명을 들은 뒤에는 운전사들에게 뭐라고 말씀하셨죠?"

"사장님께 말씀드렸더니, 그분이 시티 파크에 전화를 걸어 그 회사에서도 이미 알고 있는 일인지 확인해봐야겠다고 했죠. 보험 관련 문제가 생길지도 모른다면서요. 특히 차를 견인해갔다는 사실에 화가 잔뜩 난 사람들이 어떻게 나올지 모르니까요. 그래서 확인해보니 아드바크 토잉은 거기에 차를 끌어다 놓을 수 없게 되어 있더라고요. 그럴 권한이 아예 없었습니다."

"그래서 어떻게 됐나요?"

"아드바크 토잉에서 그 주차공간을 더는 이용하지 못하게 됐죠. 사장이 제게 일요일에 근무하게 되면 그들이 주차공간을 이용하는지 잘 지켜보라고 지시했습니다."

"그래서 그들이 극장 뒤쪽의 주차장을 더는 사용하지 않았습니까?"

"예, 맞아요."

"그리고 그곳이 바로 나중에 존슨 씨가 멜리사 랜디의 시체를 발견하게 된, 극장 뒤편에 놓인 쓰레기 수거함이 바라다 보이는 그 주차공간이 맞나요?"

"예, 맞습니다."

"로이스 변호사가 살인사건이 일어나기 전에 피고를 본 적이 있느냐고 질문했을 때, 존슨 씨는 만난 적이 없는 것 같다고 대답했습니다, 맞습니까?"

"맞습니다."

"아니라고 확실하게 답변한 게 아니라, 만난 적이 없는 것 같다고 대답하셨죠? 왜 확신을 못 하신 건가요?"

"왜냐하면 그 사람이 그때 내가 봤던, 극장 뒤편 골목 주차장에 차를 끌어다 대던 운전사들 중에 한 명이었을 수도 있다는 생각이 들거든요. 그래서 전에 그를 본 적이 없다고 확신하지는 못하겠습니다."

"고맙습니다, 존슨 씨. 이만 질문을 마치겠습니다."

26 망자의 증언

조사에 참여해달라는 부탁을 받고 이 사건에 발을 들여놓은 이래, 보슈는 처음으로 멜리사 랜디가 안심하고 믿어도 좋을 만한 사람들 손에 맡겨졌다는 기분이 들었다. 그는 방금 법정에서 미키 할러가 첫 득점을 올리는 모습을 지켜봤다. 할러는 보슈가 가져다준 아주 작은 퍼즐 조각 하나를 손에 쥐고 그것을 이용해 선제공격을 날렸다. 결코 상대가 나가떨어질 만큼 강력한 주먹은 아니었지만, 앞뒤를 단단히 연결시키는 역할을 했다. 엘레이 극장 뒤편에 있는 주차장과 쓰레기 수거함을 제이슨 제섭이 잘 알고 있었다는 사실을 증명해 보일 수 있는 첫걸음이었다. 적어도 재판이 끝나기 전까지는, 배심원단에게 그 중요성을 확실히 전달할 수 있을 터였다. 하지만 보슈에게 더 인상적으로 다가온 것은 보슈가 제공한 정보를 할러가 이용하는 방식이었다. 할러는 그 정보를 피고 측이 의도적으로 은폐하려 하는 듯이 만들었다. 마치 변호사가 그 정보가 드러날 사건의 진실을 일부러 애매하게 만들어버리려 시도한 것처럼 보이게 한 것이다. 상당히 매끄러운 솜씨였다. 덕분에 보슈는 검사로서 할러에 대한 믿음이 크게 강화되었다.

그는 문에서 존슨을 맞아 법정에서 복도로 데리고 나온 후 그에게 악수를 청했다.

"안에서 정말 잘해주셨습니다, 존슨 씨. 어떻게 감사의 말씀을 드려야 할지 모르겠어요."

"벌써 하셨어요. 그 어린애를 죽인 살인범을 법정에 세우셨잖아요."

"아직은 갈 길이 멀지만, 그래도 계획은 있습니다. 하지만 대부분의 사람들이 신문을 읽고 우리가 무고한 사람을 쫓고 있다고 생각하는 것 같아서 그게 좀 마음에 걸리네요."

"아니요, 진범을 잡으신 겁니다. 난 확신해요."

보슈는 고개를 끄덕였지만, 다소 쑥스러웠다.

"그럼 건강하십시오, 존슨 씨."

"형사님, 재즈 좋아하시죠, 그렇죠?"

보슈는 이미 법정으로 들어가기 위해 몸을 돌린 참이었다. 하지만 다시 돌아서서 존슨을 바라봤다.

"어떻게 아셨어요?"

"그냥 추측이에요. 극장에서 가끔 재즈 공연도 합니다. 뉴올리언스 재즈요. 혹시 엘레이에서 하는 공연 티켓이 필요하면, 저한테 연락하세요."

"예, 그러죠. 고맙습니다."

보슈는 법정 뒤로 통하는 문을 손으로 밀어 열었다. 존슨이 그가 좋아하는 음악을 추측해서 맞춘 것을 생각하자 절로 미소가 지어졌다. 그런 것을 추측해 맞힐 정도라면, 배심원단이 제섭에게 유죄평결을 내리리라는 그의 추측도 맞을 것 같았다. 보슈가 통로를 따라 걷고 있을 때, 판사가 할러에게 다음 증인을 부르라고 청하는 소리가 들렸다.

"검찰은 레지나 랜디를 증인으로 신청합니다."

보슈는 할러가 그렇게 하리라는 사실을 알고 있었다. 이 신청은 피고 측의 반대에도 불구하고 한 주 전에 판사가 허락한 사안이었다. 레지나 랜디는 이미 사망한 사람이기에 증언대에 설 수 없었다. 그러나 첫 재판에서는 그녀도 증언을 했고, 판사는 그 증언 내용을 현재의 배심원들에게 읽어주어도 좋다고 허락했다.

브리트만이 자초지종을 설명하기 위해 배심원단 쪽으로 돌아앉았다. 이미 이 사건에 대한 재판이 과거에 진행된 적이 있다는 사실이 드러나지 않도록 조심하면서 그녀가 설명을 시작했다.

"신사숙녀 여러분, 검찰 측이 신청한 증인은 더는 증언할 수 없는 상황에 처해 있습니다. 하지만 미리 선서 증언을 해둔 것이 있기에 그것을 오늘 여러분에게 읽어드리려 합니다. 이 증인이 왜 증언할 수 없는지, 그리고 미리 해놓은 선서 증언의 출처가 어디인지에 대해서는 전혀 고려하지 마시길 당부드립니다. 여러분은 증언 그 자체에만 관심을 기울이시면 됩니다. 더불어 본인이 피고 측의 반대에도 불구하고 이 증언을 들려드리는 것을 허락했다는 사실도 알려드려야겠군요. 미국 헌법은 피고가 그의 고소인들에게 질문할 수 있는 권리를 인정합니다. 그러나 앞으로 보시게 되겠지만, 이 증인은 앞서 제섭 씨의 대리를 맡았던 변호인의 질문을 받았습니다."

판사가 법정 쪽으로 돌아앉았다.

"시작하세요, 할러 검사."

할러는 보슈를 증인석으로 불러냈다. 그는 선서하고 자리에 앉아 마이크를 제 위치로 끌어당겼다. 그가 증인석에 가지고 올라간 푸른색 서류철을 열자 할러가 질문을 던졌다.

"보슈 형사님, 법 집행관으로 지내온 본인의 경력을 법정에 계신 분들께 조금만 이야기해주시겠습니까?"

보슈가 배심원석 쪽으로 돌아앉아 배심원단의 얼굴을 하나하나 바라보며 이야기를 시작했다. 그는 예비 배심원들도 꼼꼼하게 바라봤다.

"저는 36년간 경찰공무원으로 근무해왔습니다. 그리고 그 기간 중에 25년 이상을 살인사건을 수사하며 보냈습니다. 또한 그중 200건 이상의 살인사건에서 수사팀장을 맡았습니다."

"그리고 지금 이 사건 수사에서도 팀장을 맡고 계신가요?"

"예, 맞습니다. 하지만 초동수사에는 참여하지 않았습니다. 이 사건 수사에 참여한 것은 올해 2월입니다."

"고맙습니다, 형사님. 형사님의 수사 내용에 관해서는 나중에 재판에서 다시 다루겠습니다. 1986년 10월 7일에 있었던 레지나 랜디의 증언 기록을 읽어줄 준비가 됐습니까?"

"물론입니다."

"좋습니다. 제가 당시 개리 린츠 검사와 찰스 버나드 변호사가 했던 질문을 읽어드리면, 형사님은 증인의 답변을 읽어주시면 됩니다. 그럼, 린츠 검사의 직접 심문부터 시작하겠습니다."

할러는 잠시 멈춰서 앞에 놓인 기록 등본을 살펴봤다. 보슈는 자신이 여성 증인의 증언 내용을 읽는 것에 무슨 문제라도 있는 것은 아닐까 궁금해졌다. 1주 전에 증언 읽는 것을 허락하겠다고 결정하면서, 판사는 레지나 랜디가 증언 중에 드러냈다고 묘사돼 있는 감정 표현을 공개하는 것은 허락지 않았다. 그러나 보슈는 현재의 배심원들에게 그 사실을 알려줄 수는 없을 터였다.

"시작하겠습니다." 할러가 말했다. "랜디 부인, 피해자 멜리사 랜디와 부인의 관계를 설명해주시겠습니까?"

"'저는 그애의 엄마입니다.'" 보슈가 읽었다. "'그애는 내 딸이었어요……. 내게서 그애를 빼앗아가기 전까지는요.'"

27 존재하지도 않는 씨앗

4월 5일 월요일, 오후 1시 45분

1심에서 레지나 랜디가 했던 증언을 다 읽고 나자 바로 점심시간이 되었다. 그 증언은 누가 피해자이고 누가 아이의 신원을 확인했는지 확실히 하는 데 필요했다. 그러나 부모의 증언에 당연히 수반되는 감정의 표현 없이 보슈가 읽어 내려가는 증언은 그저 절차상의 과정으로만 인식될 뿐이었다. 따라서 그날의 첫 번째 증인이 희망을 품을 이유를 주었다면, 두 번째 증인은 무덤에서 울려 나오는 목소리가 아마도 그렇게 들릴지 모르겠다는 생각이 들 만큼 앞서의 희망을 푹 꺾어놓았다. 나는 보슈가 읽어주는 레지나 랜디의 증언은 딸의 살인범으로 지목된 자의 재판에 왜 그녀가 출석하지 않았는지에 대한 설명이 제공되지 않은 상태에서는 배심원단에게 그저 혼란스러움밖에 전해주지 못했을 것이라 짐작했다.

검찰 팀은 더피스에서 점심을 먹었다. 형사재판소 건물과 가까워서 편리하기는 해도, 혹여 배심원단도 그곳으로 들어오지는 않을까 걱정하지 않을 수 없을 만큼 법원에서 멀지 않은 장소였다. 재판의 시작이 좋았다고 흥분하는 사람은 없었다. 사실 그 정도는 모두 예상한 바였기 때문이다.

나는 교향 모음곡 〈세에라자드〉처럼 처음에는 천천히 조용하게 시작해서 마지막에는 모든 소리와 음악과 감정이 어우러지며 최고조에 달하게끔 증거를 펼쳐놓을 계획을 세워두고 있었다.

첫날은 사실을 증명하는 날이었다. 나는 배심원 앞으로 시체를 끌어다 놓아야만 했다. 이 사건에는 피해자가 있었으며, 그 아이는 자신의 집에서 유괴되어 후에 시체로 발견되었고 살해당했다는 사실을 확실하게 각인시켜야 했다. 오전 증인들과 함께 나는 그중 두 가지 사실을 공략했다. 이제 오후 공판에서는 우리 측 증인으로 나설 사건 당시 검시관과 함께 검찰 측 주장을 완벽하게 증명하고 나서, 피고 쪽으로, 그리고 피고를 범인으로 묶어놓을 증거 쪽으로 방향을 바꿀 참이었다. 그때쯤 되면 검찰 측 증인 심문에 활기가 넘치게 될 터였다.

점심 후에는 보슈와 나만 법정으로 돌아갔다. 매기는 우리의 스타 증인인 세라 앤 글리슨과 오후 시간을 보내기 위해 체커스 호텔로 갔다. 보슈가 토요일에 워싱턴으로 가서 일요일 아침 비행기로 그녀와 함께 이곳으로 왔다. 세라는 수요일 아침까지는 증언 일정이 없었지만, 나는 그녀를 가까운 곳에 두고 싶었으며, 매기도 재판에서 세라를 심문할 준비를 하는 데 가능한 한 많은 시간을 쓸 수 있기를 바랐다. 매기는 이미 두 번이나 워싱턴에 가서 세라와 시간을 보냈지만, 나는 두 사람이 함께 보내는 시간이 많으면 많을수록 내가 둘 사이에 존재하길 바라는 끈끈한 유대감도 커지리라 믿었고, 그것을 배심원단이 알아볼 수 있기를 바랐다.

매기는 마지못해 우리 둘만 남겨두고 떠났다. 그녀는 자기가 차석 검사 자리에서 지켜보고 있지 않으면 내가 실수라도 할까 봐 걱정했다. 나는 검시관 직접 심문은 혼자서도 얼마든지 잘해낼 수 있으며, 만약에 무슨 문제라도 생기면 즉시 전화를 걸겠다고 그녀를 안심시켰다. 나는 이번 증인의 증언이 앞으로 얼마나 중요해질지 아직은 전혀 모르고 있었다.

오후 공판은 점심식사 후 제시간에 돌아오지 않은 배심원 때문에 10분 정도 늦게 시작했다. 배심원단이 모두 모여 법정으로 돌아왔을 때, 브리트만 판사는 시간 엄수에 대해 한바탕 잔소리를 늘어놓았고, 앞으로 남은 공판 동안에는 배심원단이 늘 단체로 식사할 것을 지시했다. 그는 또한 법정 경찰에게 점심시간이 되면 배심원들을 호위하도록 했다. 그래야 아무도 무리에서 낙오되지 않아 시간에 늦는 일이 없으리라는 것이었다.

점심식사 관련 연설을 끝내고, 판사는 내게 무뚝뚝한 목소리로 다음 증인을 부르라고 지시했다. 내가 고개를 끄덕여 보이자, 보슈가 데이비드 아이젠바흐를 데려오기 위해 증인 대기실로 향했다.

기다리는 동안 판사는 점점 참을성을 잃어갔지만, 아이젠바흐를 법정으로 데려오는 데엔 대부분 증인이 법정으로 와서 증인석까지 걸어가는 시간보다 더 긴 시간이 필요했다. 아이젠바흐는 79살의 노인이었고, 지팡이에 의지해 걸어야 했다. 그는 또한 대경기장에서 미식축구를 관람하러 가는 사람처럼 손잡이가 달린 베개도 하나 들고 들어왔다. 선서를 하고 나서 그는 딱딱한 증인석 목제 의자 위에 베개를 내려놓고는 그 위에 자리 잡고 앉았다.

"아이젠바흐 씨." 내가 심문을 시작했다. "배심원단에게 선생님의 직업에 대해 말씀해주시겠습니까?"

"지금은 퇴직해서 검시 자문을 하며 수입을 얻고 있습니다. 변호사들이 흔히 말하는 청부업자죠. 검시 결과를 검토해서 변호사나 배심원에게 검시관이 뭘 제대로 했고, 어떤 건 잘못했는지 말해주고 그 대가를 받아 생계를 이어간다는 말입니다."

"그럼 퇴직 전에는 무슨 일을 하셨습니까?"

"로스앤젤레스 카운티의 부검시관이었습니다. 그 직업에 30년을 종사했어요."

"그러니까 시체 부검을 하셨다는 말이군요?"

"맞습니다. 그걸 했어요. 30년 동안 2만 건이 넘는 검시를 했습니다. 죽은 사람도 엄청나게 많아요."

"맞는 말씀입니다, 아이젠바흐 씨. 그동안 수행하신 검시 내용을 다 기억하고 있나요?"

"그건 당연히 아니죠. 지금 당장 떠오르는 건 몇 개 안 돼요. 나머지는 내 공책을 봐야 기억이 날 것 같네요."

판사의 허락을 받은 후, 나는 증인석으로 다가가서 40쪽짜리 문서를 그의 앞에 놓아주었다.

"지금 앞에 놓아드린 문서를 한번 살펴봐 주시면 고맙겠습니다. 혹시 무슨 문서인지 알아보시겠습니까?"

"예, 1986년 2월 18일 자 검시 요강이군요. 사망자는 멜리사 테레사 랜디라고 적혀 있네요. 내 이름도 적혀 있는 걸 보니, 내 문서 중 하나군요."

"그 말씀은 아이젠바흐 씨가 수행한 부검이란 뜻인가요?"

"예, 그런 뜻입니다."

나는 이런 식으로 부검 절차와 살해당하기 전 피해자의 일반적인 건강 상태를 확인하기 위한 일련의 질문을 해나갔다. 로이스는 유도신문이라는 용어를 사용하며 여러 차례 이의를 제기했다. 물론 판사는 그의 이의를 거의 받아들이지 않았지만, 요는 그게 아니었다.

로이스는 자신의 방해가 유효하든 그렇지 않든 간에 끊임없이 끼어들어 이의를 제기함으로써 내 심문의 리듬을 흐트러뜨리는 전술을 사용하는 중이었다.

이러한 방해 작전에도 불구하고 아이젠바흐는 멜리사 랜디가 갑작스러운 죽음을 맞기 전까지 완벽하게 건강했다는 사실을 증언할 수 있었다. 그는 검시를 통해 확인할 수 있는 바로는 피해자가 성폭행당하지 않았다고 말했다. 이전에 성행위 경험이 있음을 나타내는 징후도 전혀 없었다고 덧붙였다. 다시 말해, 아이는 동정(童貞)이었다. 그는 멜리사의 사망 원인이 질식사라고 말했다. 목과 목구멍의 부러진 뼈가 아이가 매우 강력한 힘, 다시 말해 남자의 한 손에 의해 목이 졸렸음을 보여주는 증거라고 했다.

레이저 포인터를 이용해 검시 과정에서 찍은 시체 사진 위를 이리저리 옮겨 다니면서, 아이젠바흐는 피해자의 목 위에 나타난 멍 자국이 남자가 한 손으로 목을 움켜잡았음을 나타내는 확실한 징표임을 확인해주었다. 그는 소녀의 목 오른쪽에 생긴 엄지손가락 자국과 왼쪽에 생긴 네 손가락 자국을 레이저 포인터로 따라가며 그리듯이 보여주었다.

"범인이 피해자를 목 졸라 살해하는 데 어느 쪽 손을 이용했는지 결론을 내리셨나요?"

"그럼요, 살인자가 소녀를 목 졸라 살해하는 데 오른손을 사용했다는 것은 쉽게 결론 내릴 수 있습니다."

"한 손으로요?"

"예, 맞습니다."

"어떤 식으로 했을지도 알 수 있을까요? 그러니까 아이가 목이 졸리는 동안 공중에 떠 있지는 않았을까요?"

"아니요. 부상을 보면, 특히 부서진 뼛조각을 보면, 살인자가 아이의 목에 손을 올리고 저항력이 있는 어떤 표면에 대고 눌렀다는 걸 알 수 있습니다."

"그게 차량의 의자 등받이일 수도 있겠네요?"

"그렇죠."

"그럼 남자의 다리는 어떻습니까?"

로이스는 내 질문이 순전한 추측에 의거한다는 이유로 이의를 제기했다. 판사는 그의 말에 동의했고 내게 다음 질문으로 넘어갈 것을 지시했다.

"증인은 2만 건의 검시를 진행했다고 했습니다. 제가 생각하기에는 그 중 다수가 질식사 관련 살인사건이 아니었을까 싶은데요. 살인자가 피해 자를 목 졸라 살해하는 데 한 손만 사용하는 경우가 극히 드물게 일어나 는 일인가요?"

로이스가 다시 이의를 제기했다. 이번에는 그 질문이 증인의 전문 분 야를 벗어나는 대답을 요한다는 이유였다. 그러나 판사는 내 편을 들어주 었다.

"증인은 2만 건의 부검을 수행한 사람입니다." 판사가 말했다. "그 정도 경험이면 상당히 폭넓은 전문성을 확보하고 있으리라 생각되는군요. 따 라서 질문을 허락합니다."

"질문에 답해주시겠습니까, 아이젠바흐 씨?" 내가 말했다. "그게 특이한 경우인가요?"

"꼭 그렇지만은 않습니다. 많은 살인사건이 보통 몸싸움을 하는 도중이 나 이런저런 상황에서 일어납니다. 그전에도 한 손으로 목 조른 사건을 본 적이 있어요. 한쪽 손이 뭔가를 잡고 있거나 쓸 수가 없는 상황이라면, 나머지 한 손만으로도 충분합니다. 우린 지금 40킬로그램 남짓 나가는 12살 먹은 소녀 얘기를 하고 있는 거예요. 살인자가 왼손으로 뭔가를 하 고 있었다면 한 손만 사용해도 얼마든지 제압할 수 있었을 겁니다."

"운전도 그 범주에 들어갈까요?"

"이의 있습니다." 로이스가 물었다. "이번에도 마찬가지 상황입니다."

"나도 마찬가지 결정을 내리겠습니다." 브리트만이 말했다. "답변하세 요, 아이젠바흐 씨."

"예." 아이젠바흐가 대답했다. "한 손으로 차량을 운전하고 있었다면, 나 머지 한 손으로 피해자를 목 조를 수 있었을 겁니다. 그것도 한 가지 가능 성에 해당합니다."

그쯤에서 나는 아이젠바흐에게 얻어낼 수 있는 것을 모두 얻었다고 믿었다. 그래서 직접 심문을 끝내고 증인을 로이스에게 인도했다. 내게는 안타까운 일이지만, 아이젠바흐는 모두가 필요로 하는 것을 다 가지고 있는 증인이었다. 이번에는 로이스가 그것을 얻기 위해 나섰다.

"한 가지 가능성이라고 하셨습니다. 그렇게 말씀하신 게 맞죠, 아이젠바흐 씨?"

"뭐라고 하셨죠?"

"할러 검사가 묘사한 시나리오 말입니다. 한 손으로 운전대를 잡고 다른 한 손은 목에 올려놓은 그 상황이 한 가지 가능성이라고 하셨습니다. 맞습니까?"

"예, 그것도 한 가지 가능성입니다."

"하지만 증인이 거기 있었던 게 아니니 확실히 안다고는 말씀 못 하시겠네요. 그렇지 않나요, 아이젠바흐 씨?"

"예, 맞습니다."

"증인은 한 가지 가능성이라고 말씀하셨는데, 그렇다면 다른 가능성에는 어떤 게 있을까요?"

"글쎄…… 잘 모르겠네요. 저는 그저 검사님 질문에 답변했을 뿐입니다."

"담배는 어떻습니까?"

"네?"

"살인자가 오른손으로 소녀의 목을 조르는 동안 왼손으로 담배를 피우고 있었다면요?"

"예, 그럴 수도 있겠죠."

"그렇다면 음경은요?"

"그의……."

"그의 음경 말입니다, 아이젠바흐 씨. 살인자가 오른손으로 소녀의 목을 조르는 동안 왼손으로는 자신의 음경을 잡고 있었다면요?"

"그건…… 예, 그것도 가능성에 해당하겠네요."

"그가 한 손으로는 자위행위를 하면서 다른 손으로는 소녀의 목을 조를 수도 있었겠네요, 맞습니까?"

"뭐든 가능하지만, 검시 보고서에는 그런 사실을 뒷받침할 만한 징후가 전혀 없습니다."

"보고서에 들어 있지 않은 사항은 어떻습니까, 아이젠바흐 씨?"

"그건 잘 모르겠습니다."

"아까 언급하셨던 청부업자라는 게 바로 이런 걸 의미하나요, 아이젠바흐 씨? 사실이야 어떻든 간에 검찰 측에 유리한 진술을 하는 거요?"

"늘 검찰 측에서만 증언을 서는 건 아닙니다."

"그렇다면 다행이군요."

내가 자리에서 일어섰다.

"존경하는 재판장님, 지금 변호인은 증인을 괴롭히고……."

"로이스 변호사." 판사가 말했다. "정중한 태도를 유지해주세요. 그리고 핵심에서 벗어나지 말고요."

"알겠습니다, 존경하는 재판장님. 아이젠바흐 씨, 지금껏 수행했던 2만 건의 부검 중에 얼마나 많은 수가 성적인 동기에 의한 폭력의 피해자였습니까?"

아이젠바흐가 바닥을 가로질러 나를 바라봤지만, 내가 그를 위해 해줄 수 있는 것은 아무것도 없었다. 보슈가 검찰석에서 매기의 자리에 앉아 있었다. 그가 내 쪽으로 몸을 기울여 속삭였다.

"지금 변호인이 뭘 하자는 거지? 우리 측 주장을 대신 해주는 건가?"

나는 로이스와 아이젠바흐 사이에 오가는 대화에 계속 주의를 기울이기 위해 한 손을 들어 올렸다.

"아니요, 자기주장을 하고 있어요."

내가 작은 소리로 대꾸했다. 아이젠바흐는 여전히 아무 대답도 안 하고 있었다.

"아이젠바흐 씨." 판사가 끼어들었다. "질문에 대답하십시오."

"일일이 세어보진 않았지만, 많은 수가 성적 동기에 의한 범죄였습니다."

"그럼 이번 사건은 어떤가요?"

"부검 결과에 따르면, 이 사건은 그렇게 결론 내릴 수가 없었습니다. 하지만 어린아이를 검시할 때면, 특히 여성의 경우, 낯선 사람에 의한 유괴 사건에서는 거의 대부분이……."

"그 말씀은 제 질문에 대한 대답을 회피하려는 시도처럼 보이는군요." 로이스가 증인의 말을 자르고 들어왔다. "추측에 의한 답변은 증거가 될 수 없습니다."

판사는 로이스의 주장을 고려해보는 듯했다. 나는 답변하기 위해 자리에서 일어섰지만, 아무 말도 하지 않았다.

"아이젠바흐 씨, 변호인이 질문한 사항에만 답변해주십시오."

판사가 말했다.

"이것도 마찬가지인 것 같은데요."

아이젠바흐가 말했다.

"그럼 제가 더 구체적으로 설명해보죠." 로이스가 다시 입을 열었다. "증인은 멜리사 랜디의 시체에서 성폭행이나 성폭력의 흔적은 발견하지 못했습니다. 맞습니까?"

"맞습니다."

"그렇다면 피해자의 옷에서는 발견한 게 있습니까?"

"저는 시체만 다룹니다. 옷은 법의학 팀에서 조사합니다."

"물론 그렇겠죠."

로이스가 잠시 주저하다가 자신의 공책을 내려다봤다. 나는 그가 얼마나 더 나아갈지에 대해 결정을 내리려 고민하고 있음을 알 수 있었다. 이번 심문은 그에게 '지금까지는 아주 좋았어. 여기서 좀 더 위험을 감수해도 될까?'를 고민하게 했다.

마침내 그가 결정을 내렸다.

"그렇다면 조금 전에 내가 증인의 답변에 이의를 제기했을 때, 증인은 이 사건을 낯선 사람에 의한 유괴 사건이라고 말씀하셨습니다. 부검 결과에서 그 주장을 뒷받침하는 증거로는 어떤 게 있습니까?"

아이젠바흐가 오랫동안 생각했고, 심지어 앞에 놓인 부검 보고서를 들여다보기까지 했다.

"아이젠바흐 씨?"

"아, 검시 결과만 가지고는 그 주장을 뒷받침하는 증거를 떠올릴 수가 없습니다."

"사실상 검시 결과는 오히려 그와 정반대의 결론을 뒷받침하고 있습니다, 그렇지 않나요?"

아이젠바흐는 정말로 혼란스러운 모양이었다.

"무슨 말씀이신지 잘 모르겠군요."

"검시 요강 8쪽을 한번 봐주시겠습니까? 시체 예비조사 항목입니다."

아이젠바흐가 문서를 넘기는 동안 로이스가 잠시 기다려주었다. 나 역시 페이지를 넘기기는 했지만 사실 그럴 필요도 없었다. 로이스가 무엇을 할 예정인지 이미 알고 있었기 때문이다. 하지만 그를 멈출 수는 없었다. 나는 단지 적절한 순간에 이의를 제기할 준비만 하고 있을 뿐이었다.

"아이젠바흐 씨, 보고서에는 피해자의 손톱 밑에서 긁어낸 부스러기에는 혈액이나 피부조직이 발견되지 않았다고 적혀 있습니다. 8쪽에 그 부분을 보고 계신가요?"

"예, 내가 손톱 밑을 긁어냈지만 깨끗했습니다."

"이건 피해자가 자신을 공격한 사람, 즉 살인자를 할퀴지 않았다는 뜻입니다, 맞습니까?"

"예, 그런 사실을 지시할 수도 있겠죠, 맞습니다."

"그리고 소녀가 그 공격자와 안면이 있었다는……."

"이의 있습니다!"

나는 벌떡 일어섰지만, 충분히 빠르지 않았다. 로이스는 이미 그 암시를 입 밖으로, 그리고 배심원에게 던져놓았기 때문이었다.

"추측에 의한 내용은 증거가 될 수 없습니다." 내가 말했다. "존경하는 재판장님, 피고 측 변호인은 전혀 존재하지도 않는 씨앗을 배심원단에게 심어놓으려 하고 있습니다."

"인정합니다. 로이스 변호사, 경고합니다."

"예, 존경하는 재판장님. 피고 측은 이번 검찰 측 증인에게 이만 질문을 마치겠습니다."

28 피고 측 증인 목록

4월 5일 월요일, 오후 4시 45분

보슈가 804호실 방문을 두드리고는 외부로 향한 문구멍을 똑바로 응시했다. 맥퍼슨이 재빨리 문을 열었다. 그녀는 보슈가 들어올 수 있게 뒤로 물러서며 시계를 확인했다.

"왜 미키와 함께 법정에 있지 않고 이리로 왔어요?"

그녀가 물었다. 보슈는 안으로 들어섰다. 방은 그랜드 가와 빌트모어 뒤쪽이 시원하게 내려다보이는 전망 좋은 스위트룸이었다. 소파 하나와 의자 두 개가 놓여 있었고, 세라 앤 글리슨은 의자 하나를 차지하고 앉아 있었다. 보슈가 고개를 끄덕여 그녀에게 인사를 건넸다.

"거기엔 내가 필요 없어서 왔어요. 난 여기에 더 필요할 겁니다."

"무슨 일이에요."

"로이스가 자기 패를 내보였어요. 그것 때문에 세라와 얘기를 좀 나눠야 할 것 같아요."

그가 소파 쪽으로 걸음을 옮겨놓으려 했지만, 맥퍼슨이 그의 팔을 잡아서 멈춰 세웠다.

"잠깐만요. 세라와 얘기하기 전에 나와 상의부터 해요. 무슨 일이에요?"

보슈가 고개를 끄덕였다. 그녀의 말이 옳았다. 그는 주위를 둘러봤지만, 스위트룸 안에는 은밀히 대화를 나눌 만한 공간이 없었다.

"잠깐 산책이나 나가죠."

맥퍼슨이 커피탁자로 가서 전자식 키 카드를 집어 들었다.

"금방 올게요, 세라. 뭐 필요한 거 없어요?"

"아니요, 난 괜찮아요. 그냥 여기 있을게요."

세라가 스케치용 공책을 들어 보였다. 그것이 친구가 돼주리라는 뜻이었다. 보슈와 맥퍼슨은 방을 나가서 승강기를 타고 로비로 내려갔다. 바가 하나 있었지만, 술값을 할인해 파는 특별서비스 시간대가 되려면 아직 먼 이른 시간대였음에도 이미 술꾼으로 붐비고 있었다. 하지만 두 사람은 정문 옆에 조용한 자리를 찾을 수 있었다.

"좋아요, 로이스가 어떻게 자기 패를 내보였는데요?"

맥퍼슨이 물었다.

"아이젠바흐 검시관을 반대심문하면서, 로이스가 미키가 했던 질문을 반복해서 물었어요. 살인자가 아이를 목 조르기 위해 오른손을 사용한 게 맞느냐는 질문 말이에요."

"그래요, 운전하는 동안 경찰 무전을 듣고 두려워서 아이를 죽인 거죠."

"맞아요, 그게 검찰의 이론이죠. 그런데 로이스는 이미 피고 측의 이론을 짜놓았더군요. 반대심문에서 살인자가 한 손으로 자위하는 동안 다른 손으로 아이를 살해할 수 있겠느냐고 질문했어요."

맥퍼슨은 그 말의 의미를 파악하느라 아무 말도 하지 않았다.

"그건 예전 검찰 측의 이론이잖아요." 그녀가 말했다. "첫 재판에서 검찰이 주장했던 거예요. 자위행위를 하는 동안 살인을 저질렀다는 거죠. 미키와 나는 일단 로이스가 모든 증거자료를 확보한 후에 그 DNA가 양아버지 것이라는 사실을 알게 되면 그런 식으로 나오리라고 이미 예측하고 있었어요. 양아버지를 허수아비로 만드는 거죠. 그가 아이를 죽였다고 주장할 테고, DNA가 그 주장을 뒷받침하겠죠."

맥퍼슨이 가슴 앞으로 팔짱을 끼고는 계속 이야기해나갔다.

"그게 유리한 주장 같겠지만, 거기에는 두 가지 오류가 있어요. 세라와 머리카락 증거. 그러니 우리가 뭔가 놓치고 있는 게 분명해요. 로이스는 세라가 범인을 지목한 사실이 신빙성 없다는 사실을 보여줄 어떤 증거나 증인을 확보하고 있을 거예요."

"그래서 내가 여기에 온 겁니다. 로이스의 증인 목록을 가져왔어요. 이 사람들은 계속 숨바꼭질을 하며 숨어다녀서 내가 전부 다 만나보지는 못했어요. 세라가 이 목록을 한번 살펴보고 내가 어떤 증인에게 초점을 맞춰야 할지 알려줘야 할 것 같아요."

"세라가 무슨 수로 그걸 알겠어요?"

"그래도 해봐야 해요. 여기 적힌 자들은 다 그녀의 사람이에요. 전 남자친구들, 전 남편들, 함께 마약을 하던 사람들이라고요. 다들 전과기록도 있어요. 그들은 세라가 새 삶을 찾기 이전에 함께 어울리던 사람들이에요. 여기 적힌 주소들은 다 마지막으로 알려진 것들인데 하나같이 쓸모가 없어요. 로이스가 그들을 숨겨두고 있는 게 분명해요."

맥퍼슨이 고개를 끄덕였다.

"그래서 모두 그를 클레버 클라이브라고 부르는 거겠죠. 좋아요, 세라와 얘기해보죠. 내가 먼저 할게요, 알았죠?"

맥퍼슨이 자리에서 일어섰다.

"잠깐만요."

보슈가 다급하게 부르자, 그녀가 돌아봤다.

"왜 그래요?"

"만약 변호인 측의 이론이 정말 맞는 거라면 어떡해요?"

"지금 장난해요?"

그는 대답하지 않았고, 맥퍼슨도 오래 기다리지 않았다. 그녀는 승강기 쪽으로 걷기 시작했다. 보슈도 자리에서 일어나 그녀를 따라갔다.

그들은 다시 방으로 돌아갔다. 보슈는 두 사람이 나가 있는 동안 세라가 공책에 튤립 한 송이를 스케치해둔 것을 보았다. 그는 세라 맞은편 소파에 자리 잡고 앉았다. 맥퍼슨은 세라 옆에 있는 의자에 앉았다.

"세라." 맥퍼슨이 불렀다. "얘기를 좀 나눠야 할 것 같아요. 아까 우리가 함께 얘기 나누던 세라의 잃어버린 세월 있잖아요, 그 기간 동안 세라가 알고 지내던 누군가가 피고 측을 도우려는 것 같아요. 그래서 그가 누구고, 증인으로 나와 대체 무슨 얘기를 하려 하는지 알아둬야 할 것 같아요."

"난 이해를 못 하겠네요." 세라가 말했다. "이 사건이 우리 가족에게 일어났을 때, 나는 13살이었어요. 그 이후에 누가 내 친구였는지가 이 사건과 무슨 상관이 있다는 거죠?"

"실은 그들이 세라가 했던 일이나 했던 말에 관해 증언할 수 있기 때문에 상관이 있어요."

"어떻게 증언한다는 거예요?"

맥퍼슨이 고개를 저었다.

"그래서 우리가 지금 골머리를 앓는 거예요. 우리도 확실히는 몰라요. 단지 오늘 법정에서 변호인이 세라 동생의 죽음을 양아버지 짓으로 몰아가겠다는 의도를 명확히 드러냈다고 해요."

세라가 마치 날아오는 주먹을 피하려는 듯이 양손을 들어 올렸다.

"그건 미친 짓이에요. 내가 거기 있었어요. 그 남자가 동생을 데려가는 걸 내가 봤다고요!"

"우리도 알아요, 세라. 하지만 배심원단에게 어떤 사실을 전달하는가와 배심원단이 무엇을, 그리고 누구를 믿어주느냐가 재판에서는 가장 중요해요. 이제 보슈 형사가 피고 측 증인 목록을 보여줄 거예요. 그걸 자세히 들여다보고 어떤 이름이 세라에게 의미 있게 다가오는지 우리에게 알려주세요."

보슈가 서류가방에서 증인 목록을 꺼냈다. 그것을 맥퍼슨에게 전달하자, 그녀가 세라에게 다시 넘겨주었다.

"미안합니다, 옆에 적혀 있는 메모는 내가 다 끼적여놓은 거예요." 보슈가 말했다. "한 명씩 확인하는 작업을 하고 있었거든요. 일단 이름들을 한번 훑어봐 주세요."

보슈는 이름들을 읽기 시작하면서 세라의 입술이 조금씩 움직이는 모습을 바라봤다. 그러다가 입술이 멈추더니 세라가 종이를 뚫어질 듯이 바라보기만 했다. 세라의 눈에서 눈물이 흘러내렸다.

"세라?"

맥퍼슨이 즉각 반응을 보였다.

"이 사람들……." 세라가 기어들어가는 목소리로 말했다. "다시는 이 사람들을 볼 일이 없을 거라고 생각했어요."

"다시 볼 일은 없을 거예요." 맥퍼슨이 말했다. "이 목록에 들어 있다고 해서, 다 법정에 불려 나온다는 보장은 없어요. 그냥 이런저런 기록에서 이름들을 가져다가 우리가 혼란스럽게끔 죄다 적어놓았을 뿐이에요. 그걸 건초 더미 쌓기 작전이라고 해요. 그 안에 진짜 증인들을 숨겨두는 거죠. 그럼 우리 수사관들, 구체적으로 보슈 형사가 불필요한 사람들을 확인하느라 시간을 낭비하게 되니까요. 하지만 그중에 적어도 이름 하나 정도는 중요해 보이는 게 있을 거예요. 그게 누군가요, 세라? 도와주세요."

그녀가 아무 대답도 없이 목록만 계속 들여다봤다.

"가까운 관계였다고 자신 있게 말할 수 있는 그런 사람이요. 함께 많은 시간을 보내고, 비밀도 털어놓았던 사람이요."

맥퍼슨이 다시 말했다.

"난 남편은 아내에 반하는 증언을 할 수 없도록 돼 있는 줄 알았어요."

"한쪽 배우자가 상대 배우자에 반하는 증언을 하게끔 강요할 수는 없어요. 그런데 세라, 지금 무슨 얘기를 하는 거예요?"

"이 사람이요."

그녀가 목록에 있는 이름 하나를 가리켰다. 보슈는 몸을 기울여 그것을 읽었다. 에드워드 로만. 보슈는 세라가 마지막 투옥 이후 9개월을 보냈던 북부 할리우드에 있는 한 제재형 재활치료기관까지 그를 추적해갔었다. 보슈가 추측할 수 있었던 한 가지 사실은 세라와 그가 그룹 상담치료 시간에 서로를 만났으리라는 것이었다. 로이스가 제공한 마지막으로 알려진 주소는 밴 나이스에 있는 어느 모텔이었지만, 로만은 이미 그곳을 떠난 지 오래였다. 보슈는 그 지점에서 더는 나아갈 수 없었기에 그 이름 역시 로이스가 쌓아놓은 건초 더미의 일부라고 간주하고 그냥 무시해버렸다.

"로만이군요." 그가 말했다. "재활기관에서 함께 생활했죠, 맞나요?"

"네." 글리슨이 말했다. "그다음에 우린 결혼했어요."

"그게 언제인데요?" 맥퍼슨이 물었다. "그건 전혀 기록에 남아 있지 않아요."

"재활원에서 나온 후에요. 그가 아는 목사가 있었어요. 그래서 해변에서 결혼식을 올렸어요. 그런데 오래가지는 않았죠."

"이혼한 건가요?"

맥퍼슨이 물었다.

"아니요……. 이혼하려고 해본 적도 없었어요. 그냥 마약에서 완전히 손을 끊은 후에는 그에게 다시 돌아가고 싶지 않았어요. 왜 살다 보면 완전히 차단해버리고 싶은 그런 관계가 있잖아요. 바로 그런 경우였어요.

아예 처음부터 일어나지도 않은 일처럼요."

맥퍼슨이 보슈를 바라봤다.

"법적으로 결혼이 성립된 게 아니었을지도 몰라요." 그가 말했다. "카운티 기록에는 전혀 남아 있지 않았거든요."

"그게 합법적이고 아니고는 중요한 문제가 아니에요." 맥퍼슨이 말했다. "그가 자발적으로 증언하겠다고 나섰으니, 당연히 세라에게 불리한 증언일 테죠. 문제는 그가 어떤 증언을 하는가예요. 그가 무슨 말을 할 것 같아요, 세라?"

세라가 천천히 고개를 저었다.

"모르겠어요."

"그럼 동생과 양아버지에 관해서 그에게 뭐라고 말한 적이 있나요?"

"모르겠어요. 그 당시에는…… 그때 있었던 일은 기억나는 게 거의 없어요."

잠시 침묵이 흘렀다. 그리고 곧 맥퍼슨이 목록에 있는 나머지 이름들을 계속 살펴봐 달라고 세라에게 요청했다. 그녀는 시키는 대로 했고 잠시 후 고개를 저었다.

"모르는 이름도 꽤 돼요. 어떤 사람들은 그냥 길거리 이름으로만 알고 지냈거든요."

"그렇지만 에드워드 로만은 확실히 아는 거죠?"

"네, 함께 살았으니까요."

"기간은 얼마나 됐나요?"

글리슨이 당황스러워하며 고개를 저었다.

"길지 않았어요. 재활기관에 있을 때, 우린 서로에게 천생연분이라고 생각했어요. 그런데 퇴소를 하고 보니, 잘 안 맞더군요. 아마 석 달쯤 갔을 거예요. 그러다 난 다시 체포됐고, 교도소에서 나와 보니 그는 사라지고 없었어요."

"그게 합법적인 결혼이 아니었을 가능성은 있나요?"

글리슨은 잠시 생각에 잠기는 듯하더니 건성으로 어깨를 으쓱했다.

"뭐든 가능할 것 같아요."

"좋아요, 세라. 보슈 형사하고 잠시만 다시 나갔다 올게요. 에드워드 로만에 대해 좀 생각해보고 있어요. 뭐라도 기억해낼 수 있으면 도움이 될거예요. 금방 돌아올게요."

맥퍼슨이 세라에게서 증인 목록을 받아 들더니 다시 보슈에게 넘겨주었다. 그들은 방을 나가기는 했지만, 복도를 몇 걸음 걸어가다가 멈춰 서서 소곤거리며 대화를 시작했다.

"아무래도 그를 찾아내야 할 것 같아요."

맥퍼슨이 말했다.

"그래도 소용없을 겁니다." 보슈가 말했다. "만약 그가 로이스의 스타 증인이라면 나와는 아예 말도 섞지 않으려 할 테니까요."

"그럼 그에 관한 걸 모두 찾아내세요. 그래서 때가 되면 그를 아예 뭉개 버리면 되잖아요."

"알겠습니다."

보슈가 돌아서서 승강기 있는 쪽으로 걸어가기 시작했다. 그때 맥퍼슨이 그를 부르며 따라갔다. 보슈는 걸음을 멈추고 돌아봤다.

"아까 그 말 진심이었어요?"

맥퍼슨이 물었다.

"뭐가요?"

"로비에서 했던 말이요. 내게 물어봤잖아요. 24년 전에 정말 세라가 모든 걸 다 지어낸 거면 어떡하냐는 의미로 묻지 않았어요?"

보슈는 맥퍼슨을 오랫동안 바라보다가 어깨를 으쓱해 보였다.

"모르겠어요."

"그렇다면 트럭에서 나온 머리카락은요? 그게 세라의 주장을 공고히 해주지 않나요?"

보슈가 손바닥을 편 채 한 손을 들어 올렸다.

"그건 정황증거일 뿐이에요. 그리고 그걸 찾아냈을 때, 난 거기에 없었고요."

"대체 그게 무슨 뜻이에요?"

"가끔 피해자가 어린아이일 때는 그런 일도 일어날 수 있다는 의미예요. 그리고 그걸 찾아냈을 때, 난 그 자리에 없었다는 의미고요."

"세상에, 차라리 피고 측과 함께하지 그랬어요?"

보슈가 손을 아래로 떨어뜨렸다.

"그들도 이런 사실에 대해 이미 다 생각해봤을 겁니다."

그가 다시 승강기 쪽으로 돌아서서 복도를 걸어가기 시작했다.

29 정의의 수레바퀴

4월 6일 화요일, 오전 9시

때로 정의의 수레바퀴는 부드럽게 굴러간다. 이틀째 공판은 정확히 일
정대로 시작됐다. 배심원단은 모두 제자리에 앉아 있었고, 판사도 들어와
있었으며, 제이슨 제섭과 그의 변호사는 피고 측 탁자 앞에 앉아 있었다.
나는 일어서서 검찰 측에 생산적인 하루를 선사하리라 기대되는 내 첫 번
째 증인을 신청했다. 심지어 해리 보슈도 이지 고든을 법정으로 데려와
심문할 준비를 마친 상태였다. 9시 5분쯤 그녀는 선서하고 증인석에 앉았
다. 그녀는 눈이 커다랗게 확대되어 보이는 검은 테 안경을 낀 자그마한
체구의 여성이었다. 내 기록에는 나이가 50세라고 적혀 있었지만, 훨씬
젊어 보였다.

"고든 씨, 배심원단에게 본인의 직업에 대해 말씀해주시겠습니까?"

"예, 저는 로스앤젤레스 경찰국 소속 법의학 실험 기사이자, 범죄 현장
감독관입니다. 1986년부터 법의학 팀에서 근무해왔습니다."

"그해 2월 16일에도 법의학 팀에 있었습니까?"

"예, 맞습니다. 그날이 저의 첫 근무일이었습니다."

"그럼 그날은 어떤 임무를 지시받았나요?"

"그날은 보고 배우라는 지시를 받았습니다. 당시 범죄 현장 감독관에게 배정되어 그분 밑에서 훈련받게끔 되어 있었습니다."

이지 고든은 검찰의 주요 증인이었다. 당시 두 명의 실험 기사와 한 명의 감독관이 멜리사 랜디 사건과 관련된 세 군데 범죄 현장, 즉 윈저에 있는 소녀의 집, 엘레이 극장 뒤편의 쓰레기 수거함, 제섭이 몰았던 견인트럭을 맡아 작업했다. 고든은 감독관과 함께 다니도록 지시받았고, 덕분에 세 군데 범죄 현장을 다 살펴볼 수 있었다. 당시의 감독관은 오래전에 세상을 떴고 다른 실험 기사는 은퇴했으며, 세 군데 장소 모두에 관한 증언을 할 수도 없었다. 고든을 찾아냄으로써 우리는 범죄 현장에서 찾아낸 증거를 능률적으로 소개할 수 있게 되었다.

"그때 감독관은 누구였습니까?"

"아트 도너번 씨였습니다."

"그리고 고든 씨는 그날 그분과 함께 현장에 출동하셨죠?"

"예, 맞습니다. 살인사건으로 변한 유괴 사건이었습니다. 결국 그날 우리는 현장에서 현장으로 계속 돌아다녔습니다. 세 군데 관련 장소였죠."

"좋습니다. 그럼 그 장소들을 하나씩 살펴보기로 하죠."

그 후 90분 동안, 나는 1986년 2월 16일 일요일에 고든이 돌아다녔던 범죄 현장을 그녀와 함께 다시 짚어갔다. 그녀를 도관으로 이용해서 나는 범죄 현장을 찍은 사진과 비디오, 증거 보고서 등을 전달할 수 있었다. 로이스는 내가 전달하는 정보가 배심원단에게 막힘없이 흘러들어 가는 것을 어떻게든 막아보려고 끊임없이 이의를 제기하고 나섰다. 그러나 그는 아무 소득도 없이 판사의 짜증만 잔뜩 돋우고 말았다. 그것이 내 눈에도 확연히 보였으므로 나는 그의 행동에 아무런 불만도 제기하지 않았다. 나는 판사의 짜증이 곪아 터지기를 바랐다. 그렇게 되면 마지막에는 검찰 측에 도움이 될 터였다.

초반에 고든이 랜디의 집 앞뜰에서 신발 자국이나 다른 증거의 흔적을 찾아내기 위해 아무 성과도 없는 노력을 기울이던 이야기를 들려주는 동안, 그녀의 증언은 상당히 단조로웠다. 하지만 그녀가 새로운 범죄 현장, 즉 엘레이 극장 뒤쪽의 쓰레기 수거함으로 출동 명령을 받은 사실을 증언할 때쯤에는 이야기가 좀 더 극적으로 변했다.

"시체가 발견됐을 때, 우리는 그쪽으로 가라는 출동 명령을 받았습니다. 가족이 집 안에 있었기 때문에, 쉬쉬거리며 명령이 전달됐죠. 그곳에 있는 시체가 그 어린 소녀가 맞다는 사실이 확인되기 전까지는 가족을 흥분시키고 싶지 않았거든요."

"고든 씨와 도너번 씨가 엘레이 극장으로 갔나요?"

"예, 클로스터 수사관과 함께 갔습니다. 그곳에 가니 부검시관이 나와 있더군요. 이제는 살인사건이 돼버린 거죠. 그래요, 법의학 팀에서도 몇 명이 더 나와 있었습니다."

고든의 증언에서 엘레이 극장 부분은 내가 상부 스크린을 통해 비디오 자료와 피해자 사진을 좀 더 보여줄 수 있는 좋은 기회가 되어주었다. 최소한 나는 배심원석에 앉아 있는 모든 사람들이 그들이 보고 있는 것에 분노를 느껴주기를 바랐다. 인간의 기본적인 본능 중 하나인 복수심에 불을 지피는 것이 내 목적이었다.

나는 로이스의 이의 제기도 계속되리라 예상했고, 그는 내 추측대로 움직였다. 하지만 그때쯤에는 판사의 인내심이 한계에 다다랐고, 결국 내가 제시하려는 사진의 이미지가 너무 생생할 뿐 아니라 지나치게 양도 많다는 그의 주장은 무시되고 말았다. 판사는 사진을 제시할 수 있도록 허락했다.

마침내 이지 고든은 우리를 마지막 범죄 현장인 견인트럭으로 데려갔다.

그리고 어떻게 자신이 좌석 틈새에 끼어 있던 세 가닥의 긴 머리카락을 발견해서 도너번에게 수거하게끔 알려주었는지 설명하기 시작했다.

"그래서 그 머리카락들은 어떻게 됐습니까?"

내가 물었다.

"하나씩 따로 증거품 보관 봉투에 넣어서 꼬리표를 달고, 비교분석을 위해 과학수사 전담반으로 가져갔습니다."

고든의 증언은 매끄럽고 효율적이었다. 우리가 피고 측에 그녀를 넘겨주었을 때, 로이스도 나름대로 최선을 다했다. 그는 수거한 증거물품에 대해 굳이 공격해오지 않았다. 대신 피고 측이 딛고 선 이론의 발판을 다시 한 번 공고히 다지려 시도했다. 그렇게 하기 위해 그는 처음 두 군데의 범죄 현장은 건너뛰고 마지막 견인트럭으로 곧장 나아갔다.

"고든 씨, 아드바크 토잉 사업장에 도착하셨을 때, 이미 경찰이 그곳에 와 있었습니까?"

"예, 물론입니다."

"몇 명이나 됐죠?"

"세어보지는 않았지만, 서너 명은 됐을 거예요."

"그렇다면 수사관은요?"

"예, 수사관도 있었어요. 수색영장을 가져와서 회사를 전체 다 수색하는 중이었죠."

"그럼 그 수사관들이 앞서 두 군데의 범죄 현장에서 마주쳤던 사람들이었습니까?"

"그랬을 거예요, 맞아요. 만났던 분들 같기는 하지만, 정확히는 기억나지 않습니다."

"하지만 다른 사항들은 꽤 정확하게 기억하더군요. 어떤 수사관과 함께 작업했는지 기억할 수 있겠습니까?"

"이 사건에는 여러 명이 참여하고 있었습니다. 클로스터 수사관이 선임이었지만, 그는 세 군데 범죄 현장을 다 지휘하고 있었고, 증인으로 나왔던 소녀도 직접 면담했어요. 그래서 내가 아드바크 토잉에 처음 도착했을 때 그분이 거기 있었는지는 기억나지 않지만, 한참 일하다 보니 그곳에 있기는 했어요. 범죄 현장 참석 인원을 기록해놓은 일지를 참조하면 누가 어떤 현장에 언제 나가 있었는지 확실히 알 수 있을 겁니다."

"그렇다면 그걸 참조할 수 있게 해드리죠."

로이스가 증인석으로 다가가 고든에게 문서 세 건과 연필 한 자루를 건네주었다. 그리고 발언대로 돌아왔다.

"그게 무슨 서류인가요, 고든 씨?"

"범죄 현장 참관 인원 기록 일지입니다."

"어느 범죄 현장에 관한 건가요?"

"제가 일했던 랜디 사건과 관련된 세 군데 현장입니다."

"그 일지를 잠시 확인해보고 제가 드린 연필로 세 군데 현장에 모두 등장하는 이름에 동그라미를 쳐주십시오."

고든이 그 임무를 완수하는 데엔 1분이 채 걸리지 않았다.

"끝났습니까?"

로이스가 물었다.

"예, 이름이 네 개네요."

"읽어주겠습니까?"

"예, 저와 제 감독관 아트 도너번 씨, 그리고 클로스터 형사와 그의 파트너 채드 스타이너 씨입니다."

"그날 세 군데 범죄 현장에 모두 있었던 사람은 네 명뿐이군요, 맞습니까?"

"맞습니다."

매기가 내게로 몸을 기울여서 속삭였다.

"교차 현장 오염을 주장하려는 거군."

나는 고개를 살짝 저으며 그녀에게 작은 소리로 대답했다.

"그건 과실에 의한 오염이지. 지금 로이스는 증거를 의도적으로 심어놓았다는 주장을 하려는 거야."

매기가 고개를 끄덕이더니 몸을 똑바로 폈다. 로이스가 다음 질문을 던졌다.

"세 군데 현장에 모두 자리했던 네 명의 인원 중 한 명이니, 고든 씨는 이 범죄와 그것이 의미하는 바를 매우 예리하게 이해하고 있었겠네요. 제 말이 맞습니까?"

"무슨 뜻으로 하는 말씀인지 이해를 못 하겠습니다."

"경찰 대원들과 함께 작업하셨으니, 범죄 현장에서 감정이 매우 고조돼 있지 않으셨나요?"

"글쎄요, 모두가 직업정신이 투철한 사람들이었습니다."

"그 말은 아무도 죽은 소녀가 12살짜리 아이라는 사실에 신경 쓰지 않았다는 뜻인가요?"

"아니요, 당연히 신경 썼죠. 그리고 적어도 처음 두 군데 현장에서는 감정적으로 그랬다고 말할 수 있을 겁니다. 한 군데에서는 가족과 함께 있었고, 두 번째 현장에서는 어린 소녀의 시체와 함께였으니까요. 그렇지만 세 번째 견인트럭 회사에서는 감정이 그 정도로 고조돼 있었는지 확실히 기억나지 않습니다."

틀린 답변이군, 나는 생각했다. 고든은 피고 측이 들어설 문을 열어주었다.

"좋습니다." 로이스가 말했다. "하지만 처음 두 군데 현장에서는 감정이 매우 고조돼 있었다고 말씀하셨죠, 맞습니까?"

나는 자리에서 일어섰다. 로이스에게 필요한 1회분의 약을 처방해주기 위해서였다.

"이의 있습니다. 이미 질문하고 답변한 사항입니다, 존경하는 재판장님."

"인정합니다."

로이스는 전혀 기죽지 않았다.

"그렇다면 그런 감정이 어떻게 밖으로 드러나던가요?"

그가 물었다.

"음, 우린 대화를 나눴어요. 아트 도너번 씨가 계속 전문가로서의 냉정함을 유지해야 한다고 일러주었거든요. 이 사건이 어린 소녀의 살인사건이니 우리가 할 수 있는 최선을 다해야 한다는 말도 했습니다."

"클로스터와 스타이너 형사는 어땠습니까?"

"그분들도 같은 얘기를 했습니다. 멜리사를 위해 모든 수단을 강구해서 철저히 수사해야 한다고요."

"피해자를 이름으로 불렀습니까?"

"예, 그렇게 불렀던 걸로 기억합니다."

"클로스터 형사가 얼마나 화가 나고 초조해 있었는지 말씀해주실 수 있겠습니까?"

나는 자리에서 일어나 이의를 제기했다.

"추측에 의한 내용은 증거나 증언이 될 수 없습니다."

판사는 내 이의를 인정하고 로이스에게 다음 질문으로 나아가라고 지시했다.

"고든 씨, 아직 앞에 있는 범죄 현장 참관 인원 기록 일지를 참조해서 각 경찰대원이 도착하고 떠난 시각이 기록되어 있는지 말씀해주시겠습니까?"

"예, 맞습니다. 각 대원의 이름 옆에 도착하고 떠난 시각이 기록돼 있습니다."

"앞서 고든 씨는 본인과 감독관을 제외하고는 클로스터 형사와 스타이너 형사가 모든 현장에 모습을 드러냈던 유일한 대원들이라고 말씀하셨습니다."

"예, 그분들이 사건 담당 수사관이었으니까요."

"그들이 고든 씨와 도너번 씨보다 먼저 모든 사건 현장에 도착했습니까?"

고든은 목록에 적힌 정보를 확인하느라 잠시 문서를 들여다보았다.

"예, 그렇습니다."

"그럼 그들이 고든 씨와 감독관이 엘레이 극장에 도착하기 전에 피해자의 시체에 먼저 접근할 수 있었겠네요, 그런가요?"

"'접근'한다는 표현을 어떤 의미로 사용하시는지 모르겠지만…… 예, 맞습니다. 그분들이 먼저 현장에 도착했습니다."

"그렇다면 마찬가지로 고든 씨가 견인트럭에 도착해 편리하게도 좌석 틈새에 떡 하니 끼어 있는 세 가닥의 머리카락을 발견하기 전에 그들이 먼저 견인트럭에 접근했을 수도 있겠군요?"

나는 이의를 제기했다. 로이스의 질문이 증인이 목격하지도 않은 사실을 추측하게끔 요구하고 있으며, '편리하게도'라는 단어를 사용하여 마치 증인에게 시비를 걸 듯 질문하고 있다고 주장했다. 로이스는 확실히 배심원단에게 장난을 치고 있었다. 판사는 로이스에게 질문과 직접적인 관련이 없는 용어는 사용하지 말고 다시 문장을 만들어 질문하라고 지시했다.

"고든 씨와 감독관이 그곳에 도착해서 가장 먼저 좌석 틈새에 끼어 있던 세 가닥의 머리카락을 발견하기 전에 두 명의 수사관이 먼저 견인트럭에 접근할 수 있었을 겁니다, 맞나요?"

고든은 내가 제기한 이의에서 힌트를 얻었는지 정확히 내가 원하는 방식으로 답변했다.

"모르겠습니다. 그때 저는 거기에 없었으니까요."

그래도 어쨌든 로이스는 배심원단에게 자신의 관점을 전달했다. 뿐만 아니라, 내게도 자신의 논거를 확실하게 피력했다. 이제 그가 경찰이, 정확히 꼬집어 말하자면 클로스터나 스타이너가, 혹은 둘이 함께 그 머리카락 증거를 차에 심어놓았다는 이론을 제시하리라는 사실은 충분히 짐작하고도 남았다. 로이스는 13살 먹은 세라가 제섭을 범인으로 지목한 후에, 제섭을 기소할 안전장치를 마련하기 위해 경찰이 음모를 꾸민 것이라고 주장할 터였다. 더 나아가서 변호인은 세라가 제섭을 범인으로 지목한 것도, 멜리사가 양아버지의 손에 사고로 혹은 고의로 죽임을 당했다는 사실을 숨기기 위해 랜디 가족이 의도적으로 꾸민 일이 분명하다고 주장할 게 뻔했다.

결코 쉽게 나아갈 수 있는 길은 아니었다. 그의 작전이 성공하기 위해서는 배심원단 중에 적어도 한 명이 두 가지 음모가 서로 아무런 관계 없이 독자적으로 일어났으나, 결국에는 그 둘이 협력 관계를 형성했다는 이론을 믿어줘야만 했다. 그러나 나는 그 일을 해낼 만한 능력 있는 변호사는 LA에서 오직 두 명밖에 떠올릴 수 없었다. 그리고 그중 한 명이 바로 로이스였다. 나는 그런 사태에 대비해야만 했다.

"증인이 견인트럭 좌석에서 그 머리카락을 발견한 후에는 무슨 일이 있었는지 기억하나요?"

로이스가 증인에게 물었다.

"감독관에게 그걸 가리켜 보여줬습니다. 그분이 증거를 수집하는 일을 했거든요. 저는 현장을 관찰하고 경험을 쌓으려고 그곳에 나가 있을 뿐이었습니다."

"클로스터와 스타이너 형사도 그것을 보게끔 그 자리로 불려왔습니까?"

"예, 그랬을 겁니다."

"혹시 그때 그들이 무슨 행동을 했는지 기억하시나요?"

"머리카락 증거와 관련해서 그들이 뭔가 행동을 취했던 기억은 없습니다. 그건 그들의 사건이었고, 따라서 발견한 증거에 관해 통보를 받은 건데, 무슨 문제가 있었겠어요."

"본인은 만족스러웠나요?"

"무슨 질문인지 의미를 모르겠습니다."

"법의학 기술자로 첫 출근에 첫 현장이었는데, 그 머리카락 증거를 발견했으니 기쁘지 않으셨을까 질문한 겁니다. 자랑스러우셨나요?"

고든은 대답하기 전에 혹시라도 그의 질문이 어떤 함정은 아닐지 잠시 주저하는 듯했다.

"저도 사건 수사에 기여하게 된 것 같아 기뻤습니다, 물론이에요."

"그럼 경험 많은 감독관과 다른 두 명의 수석 수사관이 있는데, 왜 현장에 처음 나온 신참인 본인이 좌석 틈새에서 머리카락을 발견하게 됐을지 궁금하게 여겨보지는 않으셨습니까?"

고든은 다시 주저하는 듯했지만, 곧 아니라고 답변했다. 로이스는 그것으로 질문을 마치겠다고 말했다. 뛰어난 반대심문이었다. 그는 나중에 피고 측에 도움이 될, 무언가 더 커다란 것으로 활짝 피어날 수도 있는 여러 개의 씨앗을 심어놓았다.

나는 재직접 심문에서 내가 할 수 있는 일을 했다. 나는 고든에게 멜리사 랜디의 시체가 발견된 장소에서 기록된 현장 참관 인원 기록 일지를 보고 클로스터와 스타이너보다 앞서 현장에 도착한 것으로 적혀 있는 여섯 명의 정복 경찰관 이름과 다른 두 명의 수사관 이름을 불러달라고 요구했다.

"그러니 가설에 근거해보자면, 만약 클로스터나 스타이너 형사가 어딘가에 심어놓기 위해 피해자에게서 머리카락을 뽑기를 원했다면, 여덟 명의 다른 법 집행관의 코앞에서 그런 짓을 저지르거나 다른 경관을 시켜서 했어야 했다는 의미가 되겠네요. 제 말이 맞습니까?"

"예, 그런 것 같네요."

나는 증인에게 감사의 인사를 전하고 자리에 앉았다. 그러자 로이스가 재반대 심문을 하기 위해 다시 발언대로 나갔다.

"역시 가설에 근거해보자면, 만약 클로스터나 스타이너 형사가 세 번째 범죄 현장에 피해자의 머리카락을 심어놓기를 원했다고 한다면, 그것을 꼭 피해자의 머리에서 뽑아올 필요는 없었을 테지요. 만약 머리카락을 다른 곳에서 구할 수 있었다면요, 그렇지 않습니까?"

"다른 곳에서 구할 수 있었다면 그랬겠죠."

"예를 들어, 피해자의 집에 있던 빗에서 머리카락을 수거할 수도 있었을 테니까요, 안 그런가요?"

"그럴 것 같네요."

"피해자의 집에도 머리카락은 있었습니다, 그렇지 않나요?"

"예, 그곳도 머리카락 증거가 수거된 장소 중 하나입니다."

"더는 질문 없습니다."

로이스는 내게 결정타를 날렸고, 나는 이 문제를 다시는 추적하지 않겠다고 결론 내렸다. 내가 증인에게서 무엇을 끌어내든 간에 로이스는 다시 돌아와 끝장을 보려 들 터였다.

고든은 증인석을 떠났고, 판사는 점심 휴정을 알렸다. 나는 보슈에게 점심식사 후에 클로스터의 증언 기록을 읽어야 하니 증인석에 올라야 한다고 알려주었다. 그리고 피고 측의 이론에 관해 얘기도 나눌 겸 함께 점심을 들겠느냐고 물었지만, 그는 꼭 할 일이 있어 그럴 수가 없다고 대답했다.

매기는 세라 앤 글리슨과 점심을 먹기 위해 호텔로 돌아가야 했기에 나는 홀로 남고 말았다.

혹은, 그렇게 됐다고 생각했다.

내가 법정 뒷문을 향해 중앙 통로를 걸어가고 있을 때, 한 매력적인 여성이 맨 뒷줄에서 빠져나와 앞으로 걸어왔다. 그리고 미소를 지으며 내게 다가왔다.

"할러 검사님, FBI의 레이철 월링이라고 합니다."

처음에는 무슨 일인지 영문을 알 수 없었지만, 곧 그 이름을 어디선가 들어봤다는 생각이 들었다.

"예, 그 범죄 심리 분석관이시군요. 제이슨 제섭이 연쇄살인범이라는 이론으로 내 수사관의 정신을 산만하게 만들어버린 분."

"음, 정신만 산만하게 한 게 아니라 도움도 되길 바라고 있습니다."

"그건 좀 더 두고 봐야 알 것 같네요. 그런데 뭘 도와드릴까요, 월링 요원?"

"점심식사나 함께 하자고 말씀드리려던 참이었어요. 그런데 저를 정신이나 산만하게 하는 사람으로 간주하시니, 그냥 용건만⋯⋯."

"저기요, 월링 요원, 운이 굉장히 좋으시네요. 마침 제가 시간이 빕니다. 함께 식사하시죠."

나는 문 쪽을 가리켰고, 우리는 밖으로 나갔다.

30 트럭에서 발견된 머리카락

4월 6일 화요일, 오후 1시 15분

이번에는 판사가 법정에 늦게 나타났다. 검찰과 피고 측은 정해진 시각에 자리에 착석해서 모든 준비를 마쳤지만, 브리트만 판사는 나타날 기미를 보이지 않았다. 그리고 서기에게서는 왜 판사가 늦는지, 개인적인 일 때문인지 재판에 관계된 일 때문인지 알아낼 만한 조짐이 전혀 보이지 않았다. 해리 보슈가 난간에 붙은 자기 자리에서 일어나 할러에게 다가오더니 그의 등을 두드렸다.

"해리, 이제 곧 시작할 거예요. 준비됐죠?"

"난 준비됐네. 그런데 잠깐 얘기 좀 하지."

"무슨 일이에요?"

보슈가 피고 측 탁자 쪽에 등이 보이도록 돌아서더니 거의 알아듣기도 어려울 정도의 속삭임으로 목소리를 낮추었다.

"점심시간에 SIS 대원들을 만나보러 갔었는데, 그들이 뭔가를 보여줬어. 그런데 자네가 꼭 봐야만 할 것 같아."

그는 과하다 싶을 정도로 조심스러웠다. 하지만 라이트 부서장이 지난

밤 감시 작전 중에 찍어서 보슈에게 보여준 사진들이 문제였다. 제섭은 뭔가를 꾸미고 있는 게 분명했고, 그게 무엇이든 간에 곧 실천에 옮길 것이 분명해 보였다.

할러가 미처 대답하기 전에 법정 안의 웅성거림이 잦아들더니 판사가 자리로 나왔다.

"끝나고 얘기하죠."

할러가 작은 소리로 말했다. 그러고는 법정 앞쪽으로 다시 돌아앉았고, 보슈도 자기 자리로 돌아갔다. 판사는 법정 경찰에게 배심원단을 착석시키라고 말했고, 곧 모두가 제자리로 들어와 앉았다.

"우선 사과부터 드리겠습니다." 브리트만이 말했다. "재판이 늦어진 건 제 책임입니다. 개인적인 문제가 생겼는데, 그것을 처리하는 데 예상보다 시간이 오래 걸렸습니다. 할러 검사, 다음 증인을 불러주세요."

할러가 일어서서 도랄 클로스터를 증인으로 신청했다. 판사가 다시 한 번 검찰 측에서 신청한 증인은 법정에 출석할 수가 없기에 보슈와 할러가 이전 증언 내용을 대신 읽어주게 되리라는 사실을 설명하는 동안 보슈가 일어서서 증인석으로 향했다. 비록 이 모든 상황이 공판 전 단계 심리에서 결정되었으며 검찰 측의 이의도 이미 처리된 상태였음에도, 로이스는 다시 한 번 일어서서 이의를 제기했다.

"로이스 변호사, 이 문제는 이미 논의된 사항입니다."

판사가 대답했다.

"재판장님, 이런 식의 증언은 제섭 씨가 자신의 고소인과 대면할 수 있는 헌법상의 권리를 누릴 수 없도록 만듭니다. 따라서 부디 판사님의 결정을 다시 한 번 숙고해주시기를 부탁드립니다. 당시 클로스터 형사는 현재 피고 측이 사건을 바라보는 시각에 근거해 물어볼 만한 질문을 전혀 받지 않았습니다."

"다시 한 번 말하지만, 로이스 변호사, 이 문제는 이미 결론을 내린 사안인데 배심원단 앞에서 다시 한 번 그대로 반복하고 싶은 생각이 전혀 없습니다."

"그렇지만 재판장님, 제 입장에서는 완전한 변호를 할 수 있는 기회를 박탈당하고 있습니다."

"로이스 변호사, 지금까지 나는 변호사가 배심원단 앞에서 어떤 식으로 행동하든 매우 관대하게 대해왔습니다. 하지만 점점 내 인내심이 한계에 달하려 하는군요. 자리에 앉아주시죠."

로이스가 판사를 빤히 바라봤다. 보슈는 그의 의도가 무엇인지 잘 알았다. 배심원단 앞에서 연극을 하는 것이었다. 그는 배심원단이 자신과 제섭을 약자로 여겨주길 바라고 있었다. 또한 단지 검찰뿐 아니라 판사도 제섭에게 적대적이라는 사실을 배심원단이 알아주길 원했다. 그가 자신의 담력이 허락하는 시간 내에서 판사를 노려보다가 마침내 시선을 거두고는 다시 입을 열었다.

"재판장님, 제 의뢰인의 자유가 위험에 처한 상태에서는 절대로 자리에 앉을 수가 없습니다. 이는 실로 지독한⋯⋯."

브리트만이 분노한 나머지 엄청나게 큰 소리를 내며 손으로 탁자를 내리쳤다.

"이미 결론 내린 상황을 배심원단 앞에서 재현해 보이지 않겠다고 말하지 않았습니까, 로이스 변호사. 배심원 여러분은 잠시 회합실로 돌아가주시기 바랍니다."

법정을 휘감은 긴장감에 눈을 커다랗게 뜨고 깜짝 놀란 채로 배심원단이 열 지어 밖으로 나갔다. 나가는 중에도 그들 뒤에서 벌어지는 일을 확인하느라 어깨너머로 계속 뒤쪽을 흘끔거렸다. 그동안 로이스는 판사를 노려보는 시선을 거두지 않았다. 보슈는 그의 그런 행위가 전부 다 연극이라는 사실을 잘 알았다. 이것은 정확히 로이스가 원하는 바였다. 자신의 주장을 펼쳐 보였다고 해서 박해받고 저지당하는 모습을 배심원단이 봐주기를 원하고 있었다. 배심원단이 회합실에 격리돼 있어도 상관없었다. 이제 그들은 로이스가 판사에게 호되게 매질을 당할 참이라는 사실을 잘 알고 있지 않은가.

배심원실의 문이 닫히고 나자, 판사가 로이스를 돌아봤다. 배심원단이 법정을 다 빠져나가는 데 걸린 30초 동안 판사는 확연히 기분을 진정시킨 듯 보였다.

"로이스 변호사, 이 소송이 끝나고 나면 우린 법정모독 청문회를 열게 될 겁니다. 거기서 오늘 로이스 변호사의 행위에 대해 검토하고 처벌을 논의할 겁니다. 그때까지, 만약 내가 앉으라고 지시했는데 또다시 그것을 거부할 경우, 나는 법정 경찰을 시켜 강제로 변호사를 자리에 앉히겠습니다. 그때는 배심원단이 자리에 있든 없든 상관하지 않을 겁니다. 내 말 이해했나요?"

"예, 존경하는 재판장님. 그리고 순간적인 감정을 다스리지 못하고 그대로 드러낸 데 대해 사과드리겠습니다."

"좋습니다, 로이스 변호사. 이제는 자리에 앉으시죠. 배심원단을 불러들이겠습니다."

그들은 오랫동안 서로 눈싸움을 하다가 마침내 로이스가 시선을 거두고 자리에 앉았다. 그러자 판사는 법정 경찰에게 배심원단을 들어오게 하라고 지시했다.

보슈는 안으로 들어오는 배심원단의 표정을 살펴봤다. 그들은 모두 로이스를 바라보고 있었다. 피고 측 변호사의 도박이 효과를 본 것이다. 배심원단의 눈에는 공감의 빛이 서려 있었다. 마치 자신들도 언제든 판사의 심기를 건드려 비슷한 질책을 받을 수 있음을 잘 안다는 표정이었다. 그들은 자신들이 방에 들어가 문을 닫고 앉아 있는 동안 무슨 일이 있었는지 알지 못했지만, 로이스가 마치 교장실에 불려갔다가 돌아와서 휴식시간에 모두에게 그 사실을 털어놓아야 하는 어린아이라도 된다는 듯이 여기고 있었다.

판사는 재판을 속개하기 전에 배심원단을 향해 말했다.

"배심원 여러분, 재판 중에는 종종 자연스럽게 감정이 고조되는 일이 일어난다는 점을 이해해주시기 바랍니다. 로이스 변호사와 나는 그 문제에 대해 논의했고, 해결을 봤습니다. 그러니 배심원 여러분도 이 문제에 더는 신경 쓰지 마시기를 바랍니다. 그럼 이전 선서 증언을 읽는 일을 계속 진행하겠습니다. 할러 검사?"

"예, 존경하는 재판장님."

할러가 자리에서 일어나서 도랄 클로스터의 증언을 인쇄한 문서를 들고 발언대로 나갔다.

"보슈 형사님, 아직 선서 중이라는 사실을 기억해주십시오. 도랄 클로스터 수사관이 1986년 10월 18일 선서하에 증언한 내용을 기록한 원고를 가지고 있습니까?"

"예, 가지고 있습니다."

보슈가 증인석 탁자 위에 기록 등본을 내려놓고 양복 상의 안주머니에서 돋보기를 꺼내 썼다.

"좋습니다. 그럼 다시 한 번 제가 개리 린즈 검사가 선서한 증인 클로스터 수사관에게 질문했던 내용을 읽어드리겠습니다. 그럼 형사님은 증인의 답변을 읽어주시기 바랍니다."

클로스터 형사에 관한 기본적인 정보를 밝히는 일련의 질문과 답변이 오간 후에, 증언은 멜리사 랜디 살인사건 수사로 빠르게 옮겨갔다.

"그럼 다음 질문입니다. 형사님은 윌셔 지부 수사계 소속이었죠, 맞습니까?"

"예, 살인과 강력사건 부서에 속해 있었습니다."

"그리고 이 사건은 처음에는 살인사건으로 신고된 게 아니었죠?"

"예, 그렇지 않았습니다. 제 파트너와 저는 퇴근해서 집에 있다가 경찰 지구대가 랜디 씨의 집에 파견된 후에 출동 명령을 받았습니다. 낯선 사람에 의한 유괴 사건 같다는 예비수사 결과가 나왔을 때였죠. 그건 강력사건에 해당하기 때문에 우리에게 연락이 온 거였습니다."

"랜디 가족의 집에 도착했을 때 무슨 일이 있었습니까?"

"처음에 우리는 가족들을 한 명씩 따로 있게 했습니다. 그리고 피해자의 엄마, 아빠, 언니 세라를 각각 면담했죠. 그런 다음 가족을 한데 모이게 해서 합동으로 면담을 진행했습니다. 종종 그런 방식이 가장 효과가 좋은데, 그때도 그랬습니다. 합동 면담에서 우리는 수사 방향을 찾아 나갈 수 있었습니다."

"그것에 대해 좀 더 말씀해주시겠습니까. 어떻게 방향을 찾으셨다는 건가요?"

"개인별 면담에서 세라는 동생과 자신이 함께 숨바꼭질 놀이를 하고 있었고, 자신은 집 앞 한쪽 구석에 있는 덤불 뒤쪽에 숨어 있었다는 사실을 털어놨습니다. 그 덤불이 거리에서 그녀의 모습이 보이지 않게 했던 거죠. 아이는 쓰레기청소 트럭이 지나가는 소리를 들었고, 청소부 한 명이 앞마당을 가로질러와 자기 동생을 붙잡아 가는 것을 목격했습니다. 이 사건은 일요일에 일어났기 때문에, 우리는 시 소속 쓰레기 수거 트럭은 지나다니지 않았으리라 짐작했습니다. 하지만 세라가 들려준 이야기를 제가 아이의 부모 앞에서 다시 얘기하자, 아이의 아빠가 일요일 아침이면 견인트럭이 주정차 차량을 단속하느라 인근에 여러 대 돌아다니는데, 그 운전사들이 시 소속 쓰레기 청소 직원들처럼 어깨끈이 달린 작업복을 입고 다닌다고 재빨리 말했습니다. 그래서 그게 첫 번째 단서가 됐죠."

"그럼 그 단서를 어떻게 추적하셨습니까?"

"우리는 시에서 허가받아 윌셔 지역에서 견인트럭 회사를 운영하는 업체의 목록을 입수했습니다. 제가 더 많은 수사관을 지원받은 후에는 그 목록을 나누어 가지고 수사를 시작했습니다. 그날 견인트럭이 돌아다녔던 회사는 딱 세 곳밖에 없었습니다. 두 명의 수사관이 한 팀이 되어 각각 한 군데씩 맡아 찾아갔습니다. 저와 파트너는 아드바크 토잉이라는 업체에서 운영하는, 라브렝 대로에 있는 견인차량 보관소를 맡았습니다."

"그곳에 가서는 무슨 일이 있었습니까?"

"찾아가니 마침 그날 일정이 모두 끝나 막 문을 닫으려 하고 있었습니다. 사실 교회 주변의 주차금지 구역만 주로 단속하는 업체라서 정오쯤 되면 일이 끝난다고 하더군요. 운전사는 모두 세 명이었는데, 우리가 도착했을 때는 이미 뒷정리를 마치고 밖으로 나서려던 참이었습니다. 세 명 모두 자발적으로 신분을 밝히고 우리의 질문에 답변하는 데 동의했습니다. 파트너가 예비 질문을 하는 동안, 저는 그들의 범죄 기록을 확인하기 위해 순찰차로 돌아가서 중앙지령실에 그들의 이름을 불러줬습니다."

"그 사람들은 누구누구입니까, 클로스터 형사?"

"그들의 이름은 윌리엄 클린턴, 제이슨 제섭, 데릭 윌번입니다."

"그리고 범죄사실 조회기록 결과는 어떻게 나왔습니까?"

"윌번만 체포 기록이 있었습니다. 기소까지는 가지 않은 강간미수였습니다. 제 기억으로는 4년쯤 된 사건이었고요."

"그 사실이 윌번을 멜리사 랜디 유괴 사건의 용의자로 만들었나요?"

"예, 그랬습니다. 세라가 우리에게 설명했던 일반적인 묘사와도 대부분 일치했습니다. 커다란 트럭을 몰았고, 작업복을 입고 있었습니다. 그리고 성범죄 관련 체포 기록도 있었죠. 그런 사실이 그를 강력한 용의자로 간주하게끔……."

"그다음에는 무슨 일이 있었습니까?"

"파트너에게 돌아가 보니 그는 세 사람을 한데 모아놓고 그룹 면담을 진행하고 있었습니다. 저는 시간이 가장 중요한 요소라는 걸 알았죠. 이 어린 소녀는 여전히 행방불명 상태였으니까요. 여전히 어딘가에 있을 텐데, 보통 이런 종류의 사건은 실종 기간이 길어질수록 좋은 결과를 기대할 만한 기회도 훨씬 적어집니다."

"그래서 뭔가 결정을 내리셨군요, 맞나요?"

"예, 저는 세라 랜디가 데릭 윌번을 봐야만 한다고 결정했습니다. 아이가 그를 유괴범으로 지목하는지 봐야 하니까요."

"그래서 아이가 볼 수 있도록 용의자 대열을 구성하기로 하셨나요?"

"아니요, 그렇지 않습니다."

"그렇지 않다고요?"

"예, 그럴 만한 시간이 없다고 생각했습니다. 일단은 상황이 멈추지 않고 진전되도록 해야 했습니다. 아이를 찾는 게 급선무였죠. 그래서 세 명의 운전사에게 다른 장소로 옮겨가서 면담을 진행해도 되겠느냐고 물었습니다. 그랬더니 다들 좋다고 하더군요."

"전혀 주저하지 않던가요?"

"전혀요. 모두 동의했습니다."

"어쨌든 다른 수사관들이 윌셔 지역에서 영업하는 다른 차량견인 회사에 방문했을 때는 무슨 일이 있었습니까?"

"용의 선상에 올릴 만한 사람을 찾거나 면담하지 못했습니다."

"범죄 기록을 가진 사람이 하나도 없었다는 뜻인가요?"

"범죄 기록이 있는 사람도 없었고, 면담 중에 의심스러운 점이 포착된 사람도 전혀 없었습니다."

"그럼 계속 데릭 윌번에게만 집중했겠군요?"

"맞습니다."

"그럼 윌번과 다른 두 명이 다른 장소에서 면담하는 데 동의한 후에는 어떻게 했습니까?"

"순찰차량 두 대를 불러서 제섭과 클린턴을 한 대의 차량 뒷좌석에 함께 타게 하고, 윌번은 다른 차량 뒷좌석에 혼자 태웠습니다. 그런 다음 아드바크 토잉 견인차량 보관소의 문을 닫은 다음 우리 차량을 타고 그곳을 떠났습니다."

"그럼 형사님이 랜디 양의 집에 먼저 도착하셨나요?"

"일부러 그렇게 했습니다. 순찰차량을 모는 경관들에게는 윈저에서 랜디 양의 집까지 우회로를 타라고 일러두었습니다. 그래야 우리가 먼저 도착할 테니까요. 그 집에 도착했을 때, 저는 세라와 위층으로 올라가서 아이 방으로 들어갔습니다. 방이 집 전면에 배치돼 있어서 앞마당과 거리가 내다보였거든요. 저는 블라인드를 닫고 세라가 블라인드 틈새로 밖을 내다볼 수 있게 해주었습니다. 그래야 견인트럭 기사들이 아이의 모습을 볼 수 없을 테니까요."

"그다음에는 어떤 일이 있었습니까?"

"제 파트너는 집 앞쪽에 계속 남아 있었습니다. 순찰차량이 도착했을 때, 저는 그에게 세 남자를 차에서 내리게 해서 보도에 나란히 세워달라고 했죠. 그리고 세라에게 그들 중에서 범인처럼 보이는 사람이 있는지 물었습니다."

"아이가 지목하던가요?"

"처음에는 아니었습니다. 하지만 세 명 중에 한 명이, 그러니까 제섭이 야구 모자를 쓰고 모자챙으로 얼굴을 가린 채 바닥을 내려다보고 있었습니다."

보슈가 그 시점에서 증언 기록 두 장을 뒤로 넘겼다. 한 장에 크게 ×
표시가 되어 있었기 때문이었다. 거기에는 제섭의 태도와 모자로 얼굴을
가리려는 시도에 관한 질문이 여러 개 담겨 있었다. 그 질문들은 당시 제
섭의 담당 변호사에 의해 이의가 제기돼서 담당 판사가 이의를 인정한 후
질문을 재구성해서 다시 물었지만, 다시 이의가 제기된 것들이었다. 공판
전 청문회에서 로이스는 현재의 배심원단은 그 질문조차도 듣게 해서는
안 된다고 주장했고, 브리트만 판사는 그의 말에 동의해주었다. 이것이
로이스가 주장했던 여러 쟁점 중에 유일하게 받아들여진 사안이었다.

할러는 그 언쟁이 끝나는 시점에 있는 질문을 보슈에게 던졌다.

"좋습니다, 형사님. 그다음에는 무슨 일이 있었는지 배심원단에게 말씀
해주시겠습니까?"

"세라가 제게 모자를 쓴 남자에게 모자 좀 벗어달라고 요구할 수 있겠
느냐고 물었습니다. 그래서 제가 파트너에게 무전해서 제섭이 모자를 벗
게 하라고 했습니다. 그리고 그가 모자를 벗자마자, 세라가 저 사람이라
고 지목했습니다."

"동생을 유괴해간 그 사람을 말하는 겁니까?"

"예."

"잠시만요. 아까 형사님은 데릭 윌번을 용의자라고 생각했다고 했는
데요."

"예, 그가 이전에 성범죄 혐의로 체포된 경력이 있다는 사실에 근거해
서였습니다. 그래서 그를 가장 유력한 용의자라고 생각했었습니다."

"세라가 자신의 지목에 흔들림이 없던가요?"

"제가 그 지목에 확신하는지 여러 번 물었습니다. 그때마다 세라는 그
렇다고 대답했습니다."

"그다음에는 어떻게 했습니까?"

"세라를 방에 그대로 두고 저만 아래층으로 내려갔습니다. 그리고 밖으로 나가 제이슨 제섭을 체포했습니다. 수갑을 채운 다음 순찰차 뒷좌석에 태웠죠. 그리고 다른 경관들에게 윌번과 클린턴을 다른 순찰차에 태워 윌셔 지부로 태워가라고 지시했습니다. 그곳에서 다시 면담할 생각이었습니다."

"그 시점에서 제이슨 제섭을 심문했습니까?"

"예, 했습니다. 다시 한 번 말씀드리지만, 시간이 가장 중요했거든요. 그래서 그를 윌셔 지부까지 태워가서 정식 심문 과정을 밟을 만한 시간적 여유가 없다고 생각했습니다. 대신 그를 차에 태우고 미란다 원칙을 읽어준 후에 저와 대화하겠느냐고 물었습니다. 그는 그러겠다고 하더군요."

"그 심문을 녹음했습니까?"

"아니요, 못 했습니다. 솔직히 말씀드리면 깜빡 잊었습니다. 상황이 너무 빠르게 진행되기도 했고, 제 머릿속에는 그 어린 소녀를 찾아야 한다는 생각밖에 없었거든요. 주머니에 녹음기를 넣어두고 있었는데도 그 대화를 녹음해야 한다는 사실을 잊었습니다."

"알겠습니다. 어쨌든 제섭을 심문하기는 한 거죠?"

"제가 질문하기는 했지만, 그는 거의 대답하지 않았습니다. 유괴와 관련돼 있다는 사실을 전면 부인했습니다. 자신이 그날 아침에 인근 지역의 불법 주정차 차량 단속을 하고 다녔다는 사실은 인정했고, 랜디의 집 근처를 운전해 다녔을 수도 있지만, 윈저 대로를 운전해 다녔다고 확실히 기억하지는 못한다고 했습니다. 저는 할리우드 광고판을 본 기억이 나는지 물었습니다. 윈저 대로에 가면 거리 위쪽으로 언덕 꼭대기에 그 광고판이 정면으로 보이거든요. 그는 할리우드 광고판을 본 기억이 없다고 했습니다."

"그 심문은 얼마나 오랫동안 지속됐습니까?"

"그렇게 길지는 않았습니다. 약 5분 정도 됐을 겁니다. 중간에 방해를 받았거든요."

"무엇이 방해를 했나요?"

"제 파트너가 차창을 두드렸는데, 표정을 보니 무슨 말을 하려는지는 몰라도 무척이나 중요한 사실이라는 것을 짐작할 수 있었습니다. 저는 차에서 내렸고, 그때 그가 말하더군요. 아이를 찾았다고. 한 소녀의 시체가 월셔에 있는 대형 쓰레기 수거함 속에서 발견됐다고요."

"그게 모든 걸 바꿔버렸겠군요."

"예, 모든 걸 바꿔놓았죠. 저는 제섭을 시내로 태우고 가서 지문 날인과 사진 촬영을 할 수 있게 중앙 등재소에 데려다 놓은 후, 바로 시체가 발견된 장소로 이동했습니다.

"그곳에 가서는 무엇을 발견했습니까?"

"대략 12살에서 13살쯤 돼 보이는 어린 소녀의 시체가 쓰레기 수거함 속에 버려져 있었습니다. 그때는 아직 신원 파악이 되지 않은 상태였지만, 멜리사 랜디처럼 보였습니다. 그 아이의 사진을 가지고 있었거든요. 그래서 시체가 멜리사라는 사실을 확신했습니다."

"그럼 수사의 초점을 그 장소로 옮기셨나요?"

"물론입니다. 범죄 현장 감식반과 부검 팀이 시체를 담당하게 하고 저와 파트너는 주변 사람들을 면담했습니다. 그리고 곧 극장 뒤편에 인접한 주차장이 있고 그곳이 얼마 전까지만 해도 견인 회사가 견인한 차량을 임시로 끌어다 두는 장소로 이용됐었다는 사실을 알게 됐습니다. 그리고 그 회사가 바로 아드바크 토잉이라는 사실도요."

"그게 형사님께는 어떤 의미였나요?"

"이제 소녀의 살인과 아드바크 토잉 간에 두 번째 관련성이 생겼음을 의미하는 것이었죠. 우리에게는 아드바크 토잉의 기사들 중 한 명을 범인으로 지목한 목격자 세라 랜디가 있었고, 이제는 아드바크 토잉의 기사들이 임시로 이용했던 주차장 옆에 있는 쓰레기 수거함에서 피해자의 시체가 발견된 것이었습니다. 제가 보기에는 사건이 하나둘씩 이가 맞아가고 있었습니다."

"그럼 다음 단계는 무엇이었습니까?"

"그 시점에서 저와 파트너는 개별적으로 수사하기로 했습니다. 그는 범죄 현장에 남아 있었고, 저는 수색영장을 발부받기 위해 월셔 지부로 돌아갔습니다."

"무엇을 수색하기 위한 영장이었나요?"

"하나는 아드바크 토잉 부지 전체를 수색하기 위한 것이었고, 또 하나는 그날 제섭이 몰았던 견인트럭을 수색하기 위한 것이었습니다. 그리고 제섭의 집과 개인 차량을 수색하기 위한 영장 두 개도 필요했습니다."

"그래서 영장은 발부받았나요?"

"예, 그렇습니다. 리처드 피트먼 판사가 당번이었는데, 마침 월셔 컨트리클럽에서 골프를 치는 중이었습니다. 그래서 제가 영장을 가지고 가서 9번 홀에서 서명을 받았죠. 그런 다음 우리는 아드바크 토잉부터 수색을 시작했습니다."

"형사님도 그 수색에 참가했습니까?"

"예, 그랬습니다. 저와 파트너가 수사 책임을 맡고 있었으니까요."

"그리고 어느 정도 시간이 지나고 나서 특별히 사건에 중요한 단서가 돼줄 만한 증거를 발견했습니까?"

"예, 얼마 후 법의학 팀 감독관인 아트 도너번이 제이슨 제섭이 그날 몰고 나갔던 견인트럭에서 길이가 30센티미터 이상 되는 갈색 머리카락 세 가닥을 발견했다고 제게 알려왔습니다."

"구체적으로 트럭의 어느 부분에서 그 머리카락 표본이 발견됐다고 도너번 씨가 알려주던가요?"

"예, 트럭 벤치 시트(하나씩 분리되지 않고 길게 이어져 있는 좌석—옮긴이)의 높은 부분과 낮은 부분 사이의 틈새에서 발견됐다고 말해줬습니다."

보슈는 거기서 기록 등본을 닫았다. 클로스터의 증언은 계속 이어졌지만, 할러가 멈추고 싶어했던 부분에 도달했기 때문이었다. 할러는 거기까지만 해도 기록 등본에서 자신이 필요로 하는 내용은 모두 얻게 된다고 말했다.

판사는 로이스에게 기록에 있는 변호사의 반대심문 내용을 읽고 싶은지 물었다. 로이스는 집게로 집어놓은 두 개의 서류를 들고 자리에서 일어섰다.

"공식적으로는 제가 이의를 제기했던 절차에 참여하는 것이 꺼려지기는 하지만, 재판장님이 판결을 내리신 것이니 저도 참여하기로 하겠습니다. 지금 제 손에는 클로스터 형사의 반대심문 내용을 간단히 정리한 자료 두 건이 들려 있습니다. 강조해놓은 부분만 읽을 수 있도록 보슈 형사에게 이것을 전달해도 될까요? 그편이 읽기가 훨씬 수월할 듯한데요."

"좋습니다."

판사가 허락하자 법정 경찰이 로이스에게서 서류를 받아 보슈에게 전달했다. 보슈는 서류를 빠르게 훑어봤다. 겨우 두 장짜리 증언 기록이었다. 두 개의 질문과 대답이 노란색 형광펜으로 표시돼 있었다. 보슈가 그것을 읽는 동안, 판사가 배심원단에게 로이스가 제섭의 이전 변호사인 찰스 버나드가 했던 질문을 읽게 될 테고, 보슈가 계속해서 도랄 클로스터 형사가 했던 답변을 읽게 되리라는 점을 설명해주었다.

"진행해도 좋습니다, 로이스 변호사."

"고맙습니다, 존경하는 재판장님. 그럼 이제 기록 등본의 내용을 읽겠습니다. '형사님, 아드바크 토잉 문을 닫고 나와 자물쇠까지 채운 후에 세 명의 운전사를 원저로 데리고 갔다가 수색영장을 받아 돌아올 때까지 총 어느 정도의 시간이 걸렸습니까?"

"사건 연대표를 참조해도 되겠습니까?"

"물론입니다."

"2시간 35분 걸렸습니다."

"그러면 아드바크 토잉을 떠날 때, 어떻게 그곳을 잠갔습니까?"

"우선 차고 문들을 닫고, 운전사 중에 한 명이, 그러니까 클린턴 씨 같은데, 그분이 열쇠를 가지고 있었습니다. 그래서 열쇠를 빌려 문을 잠갔습니다."

"그럼 나중에 그분에게 열쇠를 돌려줬습니까?"

"아니요, 당분간 제가 가지고 있어도 될지 물었더니 그래도 된다고 해서 가지고 있었습니다."

"그럼 수색 영장에 서명을 받아서 돌아왔을 때 이미 열쇠를 가지고 있었으니 간단하게 자물쇠를 따고 들어갔겠군요."

"예, 맞습니다."

로이스가 자신이 가진 서류를 한 장 넘기고는 보슈에게도 그렇게 하라고 말했다.

"좋습니다, 그럼 이번에는 반대심문 기록에 남은 다른 질문을 읽어보겠습니다. '클로스터 형사님, 그날 제섭이 운전했던 견인트럭에서 발견된 머리카락 표본에 관해 전해 들었을 때 어떤 결론을 내리셨습니까?'"

"아무런 결론도 내리지 않았습니다. 그 표본은 아직 누구의 것인지 파악되지 않은 상태였으니까요."

"그렇다면 나중에 누구 것인지 확인된 후에는 어떤 결론을 내리셨습니까?"

"이틀 후에 과학수사대에서 연락을 받았습니다. 모발과 섬유 분석 전문가가 그 머리카락을 분석해보니 피해자에게서 채취한 샘플과 거의 비슷하게 일치한다고 하면서, 피해자의 머리카락이라는 가능성을 배제할 수 없다고 말했습니다."

"그럼 그때 뭐라고 대답했습니까?"

"멜리사 랜디가 그 트럭에 타고 있었던 것 같다고 말했습니다."

"트럭에서 제섭 씨와 피해자를 연결할 만한 다른 증거가 발견된 것이 있습니까?"

"다른 증거는 없었습니다."

"혈액이나 다른 종류의 체액은요?"

"없었습니다."

"피해자의 옷에서 묻어난 섬유 조각도 없었습니까?"

"없었습니다."

"그 외에 다른 것은요?"

"없었습니다."

"그 외에 범죄 사실을 확증할 만한 다른 증거를 트럭에서 전혀 찾아내지 못한 상태에서 그 머리카락 증거가 트럭에 심어져 있었을지도 모른다는 생각은 전혀 해보지 않았습니까?"

"사건의 모든 양상을 고려하는 방식으로 그 점에 대해서도 역시 고려해봤습니다. 하지만 유괴 현장을 목격한 증인이 제섭을 범인으로 지목했고, 그 트럭이 제섭이 운전하던 것이라 그 점은 다시 신경 쓰지 않았습니다. 그리고 저는 그 증거가 심어졌다고 생각지 않습니다. 제 말은, 대체 누가 심는다는 거죠? 그를 함정에 빠트리려는 사람은 아무도 없었습니다. 그는 피해자 언니에 의해 범인으로 지목됐습니다."

반대심문 자료는 거기서 끝나 있었다. 보슈는 배심원석을 흘깃 돌아봤다. 재판에서 가장 지루한 과정이 분명한 순간에 모두가 주의를 잔뜩 기울이고 있는 모습이 눈에 들어왔다.

"더 없습니까, 로이스 변호사?"

판사가 물었다.

"이상입니다, 재판장님."

로이스가 대답했다.

"좋습니다." 브리트만이 말했다. "그럼 이쯤에서 오후 휴정을 해야겠군요. 15분 후에 모두 제자리에 착석해주시기를 바랍니다. 그리고 저도 제 시간에 도착하도록 주의를 게을리하지 않겠습니다."

법정이 비워지기 시작했고, 보슈는 증인석에서 내려섰다. 그는 맥퍼슨과 바짝 붙어서 대화를 나누고 있는 할러에게 곧장 걸어갔다. 그리고 그들의 소곤대는 대화에 끼어들었다.

"앳워터 차례지, 맞나?"

할러가 고개를 들어 그를 바라봤다.

"예, 맞아요. 15분 후에 준비시키세요."

"저기, 오늘 공판 끝나고 나와 잠깐 얘기 좀 나눌 수 있을까?"

"시간 내볼게요. 나도 점심시간에 흥미로운 대화를 나눈 게 있어서 해리와 대화 좀 해야겠어요."

보슈는 그들을 두고 복도로 나갔다. 승강기 옆에 있는 작은 구내매점 내의 커피 주전자 앞에는 보나 마나 줄이 길게 늘어서 있을 터였다. 공판에 참석 중인 배심원들도 다 그리로 몰려가 있을 테니 말이다. 그래서 그는 층계를 내려가 다른 복도에서 커피를 구해야겠다고 결심했다. 하지만 그러려면 우선 화장실부터 다녀와야 했다.

화장실에 들어섰을 때, 그는 세면대 한쪽에 서 있는 제섭을 목격했다. 몸을 숙이고 손을 씻는 중이었다. 그의 시선은 거울선 아래쪽으로 내려가 있었기에 보슈가 뒤에 서 있다는 사실을 알아차리지 못했다.

보슈는 제섭이 시선을 들어 그를 바라보면 무슨 말을 해야 할까 생각하며 가만히 서서 잠시 기다렸다.

그러나 제섭이 고개를 들어 거울 속으로 보슈의 모습을 보았을 때, 마침 왼쪽에 있는 화장실 문 하나가 열리더니 10번 배심원이 밖으로 나왔다. 세 명 모두 아무 말 않고 서 있는 동안 어색한 침묵이 흘렀다.

마침내 제섭이 종이수건을 하나 빼내어 손을 닦고는 쓰레기통에 던져 넣었다. 그가 문 쪽으로 향하는 동안 배심원은 세면대에 자리를 잡았다. 보슈는 소변기 쪽으로 조용히 움직여갔지만, 제섭이 문을 밀고 나가는 동안 뒤를 돌아봤다.

보슈는 손가락을 들어 그의 등을 쏘는 시늉을 해보였다. 그러나 제섭은 그것을 보지 못했다.

31 DNA 분석 결과

4월 6일 화요일, 오후 3시 5분

휴식시간 동안 나는 다음 증인을 확인하고 그녀가 증언대에 오를 만반의 준비가 돼 있는지 확실히 해두었다. 시간이 몇 분 정도 남은 듯해서, 나는 아래층 매점에서 커피를 사기 위해 줄 서 있는 보슈를 따라갔다. 6번 배심원이 그보다 두 명 앞에 서 있었다. 나는 보슈의 팔꿈치를 잡아 멀리로 끌고 갔다.

"커피는 나중에 마셔요. 지금 그거 마시고 있을 시간이 없어요. 알려줄게 있는데, 내가 아까 FBI에 있는 해리의 여자친구와 함께 점심을 먹었거든요."

"뭐라고, 누구?"

"월링 요원이요."

"월링은 내 여자친구가 아니야. 그런데 그녀가 왜 자네하고 점심을 먹었어?"

나는 그를 계단실로 데려갔고, 우리는 다시 위층으로 걸어 올라가는 동안 대화를 나누었다.

"그게 말이죠, 내 생각에는 내가 아니라 해리와 식사하고 싶었던 것 같은데, 우리가 너무 빨리 흩어져서 그냥 나와 식사했던 것 같아요. 우리에게 경고해주고 싶어하던데요. 그녀 말로는 자기가 이번 재판을 계속 지켜보면서 신문 기사도 살펴봤는데, 제섭이 곧 일을 치를 것 같은 느낌이 들었대요. 머지않았답니다. 그가 압박감에 반응을 보이는데, 지금 받는 부담감보다 더한 압박감은 지금껏 느껴본 적이 없을 거래요."

보슈는 고개를 끄덕였다.

"그게 내가 해리와 미리 상의를 좀 했으면 하는 사항이에요."

그가 아무도 듣는 사람이 없음을 확인하기 위해 주변을 둘러봤다.

"SIS 대원들 말에 따르면 제섭의 밤 시간 활동도 재판이 시작되고 나서 확연히 증가했다고 하네. 이제는 매일 밤 나간다고 해."

"해리의 집 근처에 또 갔었나요?"

"아니, 거기엔 다시 오지 않았어. 한 주 동안 멀홀랜드 드라이브의 다른 곳에도 나타나지 않았지. 그렇지만 지난 이틀 밤 동안에는 새로운 일을 하고 있더라고."

"새로운 일이라는 게 뭔데요, 해리?"

"예를 들어, 일요일에는 SIS 대원들이 베니스에서부터 해안을 따라 쭉 미행했는데, 그가 산타모니카 방파제 아래에 있는 낡은 저장시설에 몰래 들어갔다고 해."

"저장시설이요? 그게 무슨 뜻인가요?"

"시 소유의 낡은 저장시설인데, 만조 때마다 너무 여러 번 물이 차서 지금은 아예 잠가서 방치해놓은 시설이지. 그런데 제섭이 낡은 목재 벽널 하나를 뜯어내고는 그 아래로 기어들어갔다는군."

"왜요?"

"그걸 누가 알겠나? SIS 대원들은 들어가 볼 수가 없잖아. 그랬다가는 감시 상황이 노출될 위험이 커서 말이야. 그런데 그건 진짜 뉴스 축에 끼지도 못해. 진짜 놀라운 소식은 어젯밤에 그가 베니스에 있는 타운하우스라는 술집에서 남자 둘을 만나 해변에 있는 주차장 중 하나에 세워놓은 차 있는 곳으로 함께 갔다고 해. 그리고 남자들 중 하나가 트렁크에서 수건으로 감싼 무언가를 꺼내서 제섭에게 건네줬다는 거야."

"총인가요?"

보슈가 어깨를 으쓱했다.

"뭐든 간에 감시팀은 그걸 볼 수 없었지만, 차량 번호판을 조회해서 남자 둘 중 한 명의 신원을 알아냈지. 마셜 대니얼스. 1990년대 제섭과 같은 시기에 샌쿠엔틴 교도소에 수감돼 있던 자야."

나는 그제야 보슈가 느끼는 긴장감과 긴박감을 어느 정도 감지할 수 있었다.

"서로 아는 사이일 수 있겠군요. 대니얼스는 무슨 죄목으로 거기 수감됐었나요?"

"마약과 무기."

나는 시계를 확인해봤다. 법정 안으로 들어가 봐야 할 시각이었다.

"그럼 이제 우린 제섭에게 무기가 있다고 가정해야만 하겠네요. 유죄선고를 받은 흉악범과 어울렸으니 그의 OR를 끝내버릴 수도 있겠어요. 제섭과 대니얼스가 함께 있는 사진을 찍은 것이 있나요?"

"사진은 찍어둔 게 있지만 그렇게 하는 게 최선인지는 잘 모르겠어."

"그가 총을 가지고 있다면…… 제섭이 어떤 시도를 하거나 누군가에게 피해를 입히기 전에 SIS가 그를 멈출 수 있을 거라고 확신해요?"

"물론이지. 그렇지만 그가 어떤 시도를 할지 우리가 미리 알고 있다면 더욱 도움이 되겠지."

우리는 복도로 걸어 나왔고, 나는 복도에 배심원단이나 공판에 참석하는 사람 중 누구도 나와 있지 않다는 사실을 깨달았다. 나를 제외하고 모두가 법정으로 돌아가 있었다.

"이 얘기는 나중에 다시 하죠. 안에 들어가 봐야겠어요. 안 그러면 판사가 이번에는 내 엉덩이를 걷어차려고 달려들 거예요. 난 로이스와는 달라요. 배심원단에게 모범을 보이지 않았다는 이유로 법정모독 청문회를 감당할 여력이 없다고요. 가서 앳워터를 법정으로 데리고 오세요."

나는 서둘러 제112호 법정 쪽으로 걸어갔고, 문을 통과해 들어가는 동안 문간에서 느리게 서성이며 가로막는 몇몇 사람들을 무례하게 밀쳐냈다. 브리트만 판사는 나를 기다리고 있지 않았다. 나를 제외한 모두가 제자리에 있었고 배심원단도 모두 착석해 있었다. 나는 통로를 빠르게 움직여가서 난간에 설치된 낮은 문을 열고 매기의 옆자리로 미끄러져 들어갔다.

"아슬아슬했어." 매기가 속삭였다. "나는 판사가 상황을 바로잡겠다고 당신에게 한바탕 잔소리를 늘어놓을 거라고 생각했어."

"아직도 그럴 생각인지 모르지."

판사가 배심원단 쪽에서 시선을 돌렸고, 그제야 검찰석에 앉아 있는 나를 알아봤다.

"이런, 오후 재판에 참석해주셔서 대단히 감사합니다, 할러 검사. 그래, 바깥나들이는 즐거우셨나요?"

나는 자리에서 일어섰다.

"죄송합니다, 존경하는 재판장님. 개인적인 문제가 생겼는데, 그것을 처리하는 데 예상보다 시간이 오래 걸렸습니다."

그녀가 비난의 말을 퍼부으려고 막 입을 열려고 하다가 내가 한 말이 자신이 오전 공판에서 했던 말, 그러니까 자신이 늦은 데 대해 늘어놓았던 변명을 그대로 따라한 것이라는 사실을 깨닫고는 그대로 멈춰버렸다.

"다음 증인이나 부르세요."

판사가 간단히 말했다. 나는 리사 앳워터를 증인으로 신청했다. 그리고 보슈가 그 DNA 분석 전문가를 통로로 안내해 들어오는지 보기 위해 고개를 돌렸고, 동시에 뒷벽에 걸린 시계도 확인했다. 내 목표는 오늘 재판을 마치기 전에 앳워터가 모든 기본적인 사항들을 상세히 털어놓게 함으로써 남은 공판 시간을 그녀의 증언으로 모두 소진하는 것이었다. 그렇게 되면 로이스는 반대심문을 준비할 하룻밤이라는 충분한 시간을 얻게 될 테지만, 나는 그 정도는 내어줄 각오가 되어 있었다. 모든 배심원들이 제이슨 제섭이 멜리사 랜디 살인사건에 확실히 관련돼 있음을 여지없이 증명해 보이는 증거에 대한 지식을 안고 집으로 돌아가게 될 테니 말이다.

내가 요청한 대로, 앳워터는 LA 경찰국 연구소에서 입는 실험실 가운을 그대로 입고 법정에 출두했다. 밝은 푸른색 가운은 그냥 봐서는 전혀 전문직에 종사하는 여성처럼 보이지 않는 그녀를 매우 자신감 있고 전문적인 여성처럼 보이게끔 해주었다. 앳워터는 31살밖에 되지 않은 매우 젊은 DNA 분석 전문가로 금발머리 한쪽에는 탈색해서 분홍색으로 염색한 머리칼 몇 가닥이 띠처럼 길게 늘어져 있었다. TV 범죄 드라마에 등장하는 매력적인 실험실 연구원의 모습을 그대로 따라한 것이었다. 처음 그녀를 만나본 이후, 나는 그 분홍색 머리칼을 어떻게든 포기하게 하려 애썼지만, 앳워터는 무슨 일이 있어도 자기 개성만은 포기하지 않겠다고 선언했다. 그녀의 말에 따르면 배심원단은 그녀가 누구고 어떤 사람이든 간에 무조건 있는 그대로 받아들여야만 했다.

어쨌든 적어도 실험실 가운은 분홍색이 아니었다.

앳워터는 자신을 소개하고 선서를 했다. 그녀가 증인석에 자리 잡고 앉은 후, 나는 그녀의 교육 이력과 경력에 관해 질문을 시작했다. 평소 증인들에게 하는 것보다 적어도 10분 이상을 더 할애한 소개였다. 하지만 그럼에도 계속 그 분홍색 띠가 눈에 거슬렸다. 나는 할 수 있는 시도는 다해서 그 분홍색 띠가 전문성과 성취의 배지로 보일 수 있게끔 만들어야 한다고 생각했다.

마침내 나는 그녀가 증언을 시작할 수 있도록 이끌었다. 내가 신중하게 만들어 던진 질문을 듣고, 앳워터는 자신이 유전자 감식을 시행했으며, 랜디 사건에서 나온 두 개의 완전히 다른 증거 샘플도 비교했다고 대답했다. 나는 좀 더 어려운 분석부터 증언을 들어보기로 했다.

"앳워터 씨, 멜리사 랜디 사건에서 처음 배정받았던 DNA부터 말씀해주시겠습니까?"

"예, 2월 4일에 피해자가 살해당하던 순간 입고 있던 원피스에서 잘라낸 천 조각 하나를 받았습니다."

"어디서 건네준 것인가요?"

"LA 경찰국 재물과에서 건네받았습니다. 출입이 엄격히 관리되는 증거품 보관소에 보관돼 있던 겁니다."

그녀의 대답은 사전에 신중하게 연습해둔 것이었다. 따라서 앳워터는 이 사건이 이전에 재판을 거쳤다거나 제섭이 24년 동안 교도소에 수감돼 있었다는 사실을 전혀 드러내지 않았다. 행여 그렇게 하면 제섭을 향한 편견을 조장하거나 재판상의 착오를 불러일으킬 수 있기 때문이었다.

"그들이 그 천 조각을 왜 보낸 건가요?"

"24년 전에 LA 경찰국 법의학 팀에서 정액으로 확인했던 얼룩이 묻어 있었기 때문입니다. 제가 수행해야 할 과제는 그 유전자를 추출해서 분석하는 것이었습니다."

"그 번져 있는 얼룩을 검사했을 때, 유전자 물질이 분해되거나 오염돼 있지는 않았던가요?"

"그렇지 않았습니다. 온전히 보존돼 있었습니다."

"좋습니다. 그렇다면 앳워터 씨는 멜리사 랜디의 원피스에 묻어 있던 그 얼룩에서 유전자를 추출해냈겠군요. 지금까지 제 말이 맞습니까?"

"맞습니다."

"그런 다음에는 어떻게 했습니까?"

"그 유전자 정보를 암호화해서 CODIS 정보은행에 집어넣었습니다."

"CODIS란 뭔가요?"

"FBI에서 운영하는 복합 DNA 색인체계(Combined DNA Index System), 즉 유전자 정보은행을 일컫는 표현입니다. 국가의 유전자 기록 정보센터라고 생각하면 됩니다. 법 집행기관이 수집한 모든 DNA 서명이 그리로 들어가기 때문에 상호 비교해볼 수 있게 되는 거죠."

"그럼 멜리사 랜디가 살해당하던 순간 입고 있던 원피스에 묻어 있던 정액의 DNA 서명을 그곳에 입력했겠군요, 맞습니까?"

"맞습니다."

"일치하는 게 있었나요?"

"예, 있었습니다. 그 유전자 정보는 아이의 양아버지, 켄싱턴 랜디의 것이었습니다."

법정은 넓은 공간이다. 그곳에는 늘 적당한 소음과 에너지가 존재한다. 귀에 정확히 들리거나 물리적으로 감지할 수는 없어도 그곳에 있는 사람들은 늘 그 존재를 느낄 수 있다. 방청석에서 사람들이 낮은 목소리로 웅성거리는 소리, 서기와 법정 경찰이 걸려오는 전화를 처리하는 소리, 기자들이 속기용 타자를 치는 소리 등이었다. 그러나 리사 앳워터가 그 말을 입 밖으로 소리 내어 말한 후에 그 소리와 에너지는 완전히 제112호 법정에서 사라져버렸다. 나는 이것으로 이번 소송의 최저점을 찍었다는 사실을 알았다. 그 한 가지 답변으로 나는 사실상 제이슨 제섭 사건을 폭로해버린 것이다. 하지만 지금부터 이 사건은 그의 사건이 아니라 내 사건이, 그리고 멜리사 랜디의 사건이 될 터였다. 나는 그 아이를 절대로 잊지 않으리라 다짐했다.

"왜 켄싱턴 랜디의 DNA가 CODIS 정보은행에 저장돼 있었습니까?"

내가 물었다.

"캘리포니아 주는 중범죄로 체포된 모든 용의자에게 DNA 샘플을 제출하도록 하는 법이 있습니다. 2004년 랜디 씨는 뺑소니 상해죄로 체포된 이력이 있었습니다. 결국에는 훨씬 가벼운 혐의로 유죄를 인정했지만, 어쨌든 처음에는 중범죄인으로 기소됐던 까닭에 DNA 법에 따라 유전자를 등록해야 했던 거죠. 그래서 그의 DNA가 정보은행에 들어 있었습니다."

"좋습니다. 그럼 이제 피해자의 원피스와 그 위에 묻어 있던 정액 문제로 되돌아가 보죠. 그 정액이 어떻게 해서 멜리사 랜디가 살해당하던 날 입고 있던 옷에 묻었다고 결론 내리셨습니까?"

처음에 앳워터는 내 질문을 잘 이해하지 못한 듯 굴었다. 그 역시도 기술적으로 연출된 장면이었다.

"저는 결론 내린 바 없습니다." 그녀가 말했다. "언제 그것이 묻었는지 정확히 알아내는 건 불가능하거든요."

"아이가 죽기 일주일 전에 묻었을 수도 있다는 의미인가요?"

"그렇습니다. 그걸 알 수 있는 방법은 없습니다."

"그렇다면 한 달 전은 어떻습니까?"

"그것도 역시 가능합니다. 왜냐하면……."

"그렇다면 1년 전은요?"

"역시 그것도 가능……."

"이의 있습니다!"

로이스가 일어섰다. 시간을 딱 맞췄군, 나는 생각했다.

"재판장님, 이 초점을 벗어난 질문이 얼마나 오랫동안 지속돼야 하는 건가요?"

"질문을 철회하겠습니다, 재판장님. 로이스 변호사가 맞습니다. 제가 초점을 많이 벗어났습니다."

나는 앳워터와 내가 이제 새로운 방향으로 움직여 가리라는 사실을 강조해 보여주기 위해 잠시 말을 멈추고 기다렸다.

"앳워터 씨, 최근에 멜리사 랜디 사건과 관련해 두 번째 DNA 분석을 하셨다고요, 맞습니까?"

"예, 맞습니다."

"그것은 어떤 실험 과제를 수반하는 것이었는지 설명해주시겠습니까?"

대답하기 전에 그녀는 분홍색 머리칼을 귀 뒤로 찔러 넣었다.

"예, 그것은 피해자 멜리사 랜디의 머리카락 표본에서 DNA를 추출해 내서 비교하는 임무였습니다. 머리카락 표본 하나는 피해자의 부검 과정에서 채취해두었던 것이고, 또 하나는 피고 제이슨 제섭이 운전했던 견인 트럭에서 수거한 증거품이었습니다."

"그럼 각각 몇 개씩의 머리카락 표본을 분석에 이용했습니까?"

"각각 하나씩이었습니다. 우리의 목표는 핵 DNA를 추출해내는 것이었습니다. 그건 오직 머리카락 샘플의 뿌리에서만 채취할 수 있는 것입니다. 우리가 가진 표본 중에서 견인트럭에서 수거한 머리카락은 오직 하나만 핵 DNA 추출에 적합했습니다. 그래서 그 머리카락의 뿌리에서 추출한 DNA와 부검 키트에서 가져온 머리카락 샘플의 뿌리에서 추출한 DNA를 비교했습니다."

나는 가능한 한 설명을 간단하게 유지하려 애쓰며 앳워터의 증언을 이끌어 나갔다. TV를 볼 때처럼 신경을 곤두세우지 않아도 그럭저럭 이해할 수 있도록 내용을 풀어나갔다. 그렇게 나는 모두가 TV 앞에 행복하게 모여앉아 있다는 사실을 확인하기 위해 한 눈으로는 증인을 바라보고 또

한 눈으로는 배심원석을 주시했다.

마침내 우리는 첨단 유전과학이라는 터널의 반대편 끝에 도달해서 리사 앳워터의 결론을 들을 준비를 마쳤다. 그녀는 몇 개의 색깔로 분류해놓은 도표와 그래프를 화면에 띄워놓고 세심하게 설명했다. 하지만 무엇을 도구로 이용하든 결론은 늘 같았다. 느끼고자 한다면, 배심원단은 귀 기울여 들어야만 했다. 증인이 법정에 가지고 온 가장 중요한 것은 바로 그녀의 말이었다. 모든 도표가 화면에 등장한 후에, 그것을 한 마디로 요약해 전달하는 것도 그녀의 말이었다.

나는 돌아서서 시계를 바라봤다. 미리 예상한 일정에 착착 맞아 들어가고 있었다. 20분 후면, 판사가 오늘 공판 일정이 끝났음을 선언할 터였다. 나는 다시 돌아서서 마지막 치명타를 날리기 위해 움직였다.

"앳워터 씨, 지금까지 증언하신 유전자 일치 정보에 관해 조금의 주저함이나 의심되는 사항이 있나요?"

"아니요, 없습니다."

"멜리사 랜디의 머리카락이 1986년 2월 16일 피고가 운전했던 견인트럭에서 수거한 머리카락 표본과 유일하게 일치하는 접합쌍이라는 사실을 의심의 여지 없이 확신합니까?"

"예, 그렇습니다."

"그럼 그 유일한 일치 사실을 수량화하여 설명할 수 있는 방법이 있을까요?"

"예, 있습니다. 앞서도 설명했듯이, 우리는 CODIS 실험 계획안에 있는 13개의 유전자 표지 중 9개가 일치한다는 사실을 확인했습니다. 이 9개의 특정 유전자 표지 조합은 1조6억 명 분의 1이라는 비율로 나타납니다."

"그 말은 피고가 운전했던 견인트럭에서 발견된 그 머리카락이 멜리사 랜디가 아닌 다른 사람의 것일 확률이 1조6억 분의 1이라는 뜻인가요?"

"예, 그렇게 표현해도 되겠죠, 맞습니다."

"앳워터 씨, 혹시 현재 세계 인구가 얼마나 되는지 알고 있습니까?"

"70억 명에 육박하고 있습니다."

"고맙습니다, 앳워터 씨. 이상으로 질문을 마치겠습니다."

나는 자리로 돌아가서 앉았다. 그리고 즉시 파일과 서류를 쌓아올려 서류가방에 넣은 뒤 집에 돌아갈 준비를 했다. 오늘 일정은 모두 끝났지만, 내일 있을 재판을 준비해야 하기에 내 앞에는 아직 긴 밤이 남아 있었다. 판사는 내가 10분쯤 일찍 끝냈다는 사실을 그다지 못마땅해하지 않는 듯했다. 그녀도 하루를 마치고 배심원단을 집으로 돌려보낼 작정일 터였다.

"앳워터 씨에 대한 피고 측 반대심문은 내일 계속 이어가기로 하겠습니다. 오늘의 증언에 모두 세심한 주의를 기울여 집중해주신 데 대해 감사의 인사를 드립니다. 그럼 내일 아침 9시 정각에 다시 개정하는 것으로 하고 오늘은 이만 휴정하겠습니다. 다시 한 번 말씀드리지만, 배심원 여러분은 어떠한 경우라도 TV 뉴스 프로그램이나……."

"존경하는 재판장님?"

나를 파일에서 고개를 들어 올렸다. 로이스가 자리에서 일어나 있었다.

"예, 로이스 변호사?"

"말씀 도중에 끼어들어 죄송합니다, 브리트만 판사님. 하지만 제 시계에 따르면 시간이 아직 4시 40분밖에 되지 않았습니다. 그리고 제가 알기로 판사님께서는 그날그날 가능한 한 많은 증언을 듣는 것을 선호하십니다. 그러니 제가 지금 증인을 반대심문하도록 허락해주시기를 바랍니다."

판사는 아직 증인석에 그대로 앉아 있는 앳워터를 바라봤다가, 다시 로이스 쪽으로 시선을 돌렸다.

"로이스 변호사, 내 생각에는 지금 반대심문을 시작해서 10분 만에 다시 끝내는 것보다는 내일 아침에 정식으로 시작하는 것이 더 나을 것 같군요. 배심원단을 5시 이후까지 잡아둘 수는 없습니다. 그것은 제가 절대로 깨트리지 않는 규칙입니다."

"그 사실은 잘 알고 있습니다, 재판장님. 하지만 저도 그 규칙을 깨트릴 생각이 없습니다. 저는 단지 5분만 증인을 심문하면 됩니다. 그러면 앳워터 씨는 내일 아침에 법정으로 나오시지 않아도 됩니다."

판사는 도저히 믿을 수 없다는 표정을 지으며 오랫동안 로이스를 빤히 바라봤다.

"로이스 변호사, 앳워터 씨는 검찰의 주요 증인입니다. 그런데 반대심문을 5분 만에 끝내겠다는 건가요?"

"음, 물론 증인의 답변이 얼마나 길어질지에 달린 문제이기는 하지만, 저는 단지 몇 개만 질문할 생각입니다, 존경하는 재판장님."

"그럼 좋습니다. 진행하세요. 앳워터 씨는 아직 선서 중임을 기억하십시오."

로이스가 발언대 쪽으로 걸어갔고, 나는 변호사의 책략에 판사만큼이나 어리둥절한 기분이었다. 나는 로이스가 내일 오전 공판의 대부분을 앳워터의 반대심문에 사용하리라 예상하고 있었다. 지금 그의 행동은 속임수가 틀림없었다. 그의 증인 목록에도 DNA 전문가가 포함돼 있었지만, 그렇다고 검찰 측 증인을 심문할 기회를 포기해버린다는 것은 말도 되지 않았다.

"앳워터 씨." 로이스가 질문을 시작했다. "견인트럭에서 수집한 머리카락 표본으로 그동안 수행했던 모든 실험과 분석과 추출 과정이 어떻게 그 머리카락이 트럭 안에 놓이게 되었는지에 관해 앳워터 씨에게 말해주는 것이 있었습니까?"

시간을 벌기 위해 앳워터는 로이스에게 다시 질문해달라고 요청했다. 그러나 그 질문을 두 번째 듣고 나서도 그녀는 판사가 끼어들기 전까지 아무런 대답을 하지 않았다.

"앳워터 씨, 질문에 답해주시겠습니까?"

브리트만이 요구했다.

"음, 예, 죄송합니다. 제 대답은 '그렇지 않다'입니다. 제가 수행했던 연구실 작업은 어떻게 그 표본이 견인트럭 안에서 발견되었는지 판단하는 일과는 아무 관련이 없습니다. 그건 제 책임 소관이 아닙니다."

"답변 고맙습니다." 로이스가 말했다. "그 사실을 확실히 하기 위해 덧붙이자면, 앳워터 씨는 배심원단에게 그 머리카락이, 그러니까 앳워터 씨가 피해자의 머리카락이라고 확실히 분석해냈던 그 머리카락이 어떻게 그 트럭에 놓여 있게 되었는지, 혹은 누가 그것을 거기에 가져다 두었는지에 대해 확실히 말할 수 없다는 것이죠, 맞습니까?"

나는 자리에서 일어섰다.

"이의 있습니다. 순전한 추측에 의거한 질문입니다."

"인정합니다. 질문을 다시 해주겠습니까, 로이스 변호사?"

"예, 알겠습니다, 존경하는 재판장님. 그렇다면 앳워터 씨는 지시받은 일을 했을 뿐, 본인이 실험했던 그 머리카락이 어떻게 그 견인트럭 안에 놓이게 됐는지에 관해서는 전혀 모르겠군요, 맞습니까?"

"네, 맞습니다."

"그렇다면 그 머리카락이 멜리사 랜디의 것이라는 사실은 확인해줄 수 있지만, 그 머리카락이 어떻게 견인트럭 안에 놓이게 됐는지에 관해서는 같은 정도의 확신을 가지고 증언할 수 없겠네요, 맞습니까?"

나는 다시 자리에서 일어섰다.

"이의 있습니다." 내가 물었다. "이미 질문하고 답변한 사항입니다."

"내 생각에는 증인이 답변해도 될 듯합니다." 브리트만이 말했다. "앳워터 씨?"

"네, 맞습니다." 앳워터가 말했다. "저는 그 머리카락이 어떻게 트럭 안에 놓이게 됐는지에 관해서는 그 어떤 증언도 할 수 없습니다."

"그럼 이상으로 질문을 마치겠습니다. 고맙습니다."

나는 고개를 돌려 시간을 확인했다. 아직 2분이 남아 있었다. 배심원단을 제자리로 돌려놓길 원한다면 나는 그 대책을 재빨리 생각해내야만 했다.

"재직접 심문이 있습니까, 할러 검사?"

판사가 물었다.

"잠시만 기다려주십시오, 존경하는 재판장님."

나는 옆으로 돌아 매기 쪽으로 몸을 기울여 속삭였다.

"내가 어떻게 해야 해?"

"아무것도 하지 마." 그녀가 역시 소곤거림으로 대꾸했다. "그냥 내버려둬. 안 그랬다가는 더 망치게 될 거야. 당신은 요점을 충분히 피력했어. 로이스도 마찬가지고. 그렇지만 멜리사를 제섭의 트럭 안에 데려다 놓은 당신의 심문이 훨씬 중요하게 전달됐어. 그 상태로 놔둬."

지금 상태로 내버려두어서는 안 된다고 무언가가 계속 내게 말을 걸어오는 기분이었지만, 머릿속은 백지처럼 텅 비어버린 듯했다. 나는 배심원단을 로이스의 논리에서 멀어져 다시 내 논리 쪽으로 돌아오게 만들 만한, 로이스의 반대심문에서 파생돼 나온 질문을 도저히 생각해낼 수가 없었다.

"할러 검사?"

판사가 초조하게 다시 물었고, 나는 결국 포기하고 말았다.

"이번에는 질문이 없습니다, 존경하는 재판장님."

"좋습니다. 그럼, 이것으로 오늘 재판을 휴정하겠습니다. 법정은 내일 아침 9시에 다시 시작합니다. 배심원단 여러분은 이 재판에 관해 언급한 신문기사는 물론이고 TV 뉴스도 시청하지 마시기 바라며, 가족이나 친구와도 이 재판에 관해 대화하지 마시기 바랍니다. 그럼 모두 평안한 밤 보내십시오."

그 말을 신호로 배심원단이 자리에서 일어나 열 지어 법정을 빠져나가기 시작했다. 나는 자연스러운 태도로 피고 측을 흘낏 돌아봤고, 로이스가 제섭에게 축하받는 모습을 볼 수 있었다. 그들은 만면에 미소를 짓고 있었다. 나는 복부에 야구공만 한 구멍이 뻥 뚫려버린 기분이었다. 하루 종일, 거의 6시간에 걸친 증인 심문을 완벽에 가깝게 이끌어왔음에도, 9회 말 5분을 버티지 못해 마지막 공을 양다리 사이로 빠져나가게 놓쳐버린 느낌이었다.

나는 가만히 앉아서 로이스와 제섭은 물론이고 다른 모두가 법정을 빠져나가기를 기다렸다.

"갈 거지?"

매기가 뒤에서 물었다.

"금방 갈게. 사무실에서 보자."

"같이 걸어가자."

"지금 나와 함께 가면 기분만 안 좋을 거야."

"그러지 말고 털어버려, 할러. 당신은 오늘 하루 종일 정말 잘했어. 우리 모두 잘했다고. 로이스는 마지막 5분만 잘한 거야. 배심원도 그 정도는 알아."

"그래, 알았어. 조금만 있다가 사무실에서 보자."

그러자 매기는 포기하고 돌아섰고, 나는 그녀가 떠나는 소리를 들을 수 있었다. 몇 분 후, 나는 앞에 쌓아놓은 서류 더미 맨 위에 놓인 파일로 손을 뻗어 그것을 반쯤 열어봤다. 멜리사 랜디의 졸업사진이 폴더 안에 끼워져 있었다. 카메라를 향해 미소를 짓고 있었다. 멜리사는 내 딸아이와 닮은 구석이라고는 조금도 없었지만, 왠지 그 사진을 보니 헤일리가 떠올랐다.

나는 다시는 로이스가 나보다 한 수 앞서도록 허락지 않겠다고 조용히 맹세했다.

몇 분 후 누군가 법정 안의 전등을 꺼버렸다.

32 산타모니카 방파제

4월 6일 화요일, 오후 10시 15분

보슈는 산타모니카 방파제 남쪽으로 800미터쯤 떨어진 곳에 설치돼 있는 그네와 미끄럼틀 옆에 서 있었다. 그의 왼편으로는 태평양의 검은 물이 판자를 깔아 만든 길 끝쪽에 서 있는 대회전식 관람차의 빛과 색깔을 반사하며 춤추듯이 일렁였다. 놀이공원은 15분 전에 폐장했지만, 차가운 어둠 속에서 사람들의 넋을 빼놓는 커다란 바퀴 위의 변하는 패턴을 전자식으로 표시하는 현란한 빛의 쇼는 밤새도록 펼쳐질 터였다.

해리는 전화기를 들고 SIS 대원에게 전화를 걸었다. 일찌감치 출근해서 제섭을 감시하고 있는 대원이었다.

"다시 보슈네. 우리 꼬마는 뭘 하고 있나?"

"계속 집에 있을 모양입니다. 오늘 재판에서 완전히 진을 빼놓으신 모양이에요. 형사 재판소에서 나와서는 랠프스에 들러 장을 좀 봤고, 그길로 곧장 집으로 들어갔습니다. 그러고는 코빼기도 안 보이는데요. 이 시각에 집에 틀어박혀 있기는 닷새 만에 처음입니다."

"그렇군. 계속 집 안에만 있을 거라고 너무 확신하지 말게. 뒷문 쪽에도 인원 배치해뒀겠지, 그런가?"

"창과 차량, 자전거까지도 감시하고 있습니다. 옴짝달싹도 못 하게 붙들고 있으니 걱정하지 마십시오."

"그래, 그러지. 자네, 내 전화번호 가지고 있지? 그가 움직이는 것 같으면 바로 연락하게."

"알겠습니다."

보슈는 전화기를 다시 집어넣고 방파제 쪽을 향해 걸어갔다. 그 거대한 구조물 가까이에 다가가는 동안, 바람이 강하게 물살을 밀어 올려, 옅은 물보라가 얼굴과 눈에 밀려들었다. 방파제는 꼭 해변으로 쓸려온 항공모함 같았다. 길쭉하고 넓었다. 그곳에는 커다란 주차장과 다양한 식당 및 기념품점이 자리해 있었다. 그 한가운데엔 롤러코스터와 근사한 대회전식 관람차까지 갖춘 놀이공원이 조성돼 있었다. 그리고 바다 쪽으로 멀리 나아간 곳에는 전통적인 낚시터가 자리하고 있어서 미끼를 파는 상점과 운영 사무소와 또 하나의 식당이 들어서 있었다. 그 모든 것을 차가운 물 속에 깊이 박힌 굵은 나무말뚝의 숲이 지지하고 있었는데, 그것은 육지에서 시작해 방파제 넘어 바다 쪽으로 200미터 이상 뻗어 나가 있었다.

육지 쪽에 박힌 말뚝의 숲은 물막이 판자로 에워싸인 채 산타모니카 시에 반쯤 안전한 저장시설을 제공하고 있었다. 반쯤만 안전하다고 표현한 데엔 두 가지 이유가 있었다. 첫째는 그 저장 공간이 연안에서 지진이 이는 동안 가끔씩 밀어닥치는 극도로 높은 파도에는 안전하지 못하다는 점이었다. 또한 방파제는 해안으로 100미터 정도 뻗어 나가 있었는데, 그렇게 하기 위해 축축한 모래 속에 물막이 판자를 박아 넣어야만 했다. 그 나무판자가 늘 부식과정을 거치느라 쉽게 부서져 버렸다. 결과적으로 그 저장시설은 시에서 정기적으로 소탕 작전을 벌이는 비공식적인 노숙인 숙박시설이 되어버렸다.

SIS 감시팀에서는 제이슨 제섭이 전날 밤 방파제 남쪽 벽 밑으로 몰래 미끄러져 들어가서는 저장시설 내부에서 30분 정도 머물다 나왔다고 보고했다.

보슈는 방파제에 도착해서 제섭이 아래로 기어들어갔다는 나무판자 지점이 어디인지 찾기 위해 처음부터 끝까지 걸어가기 시작했다. 그는 작은 맥라이트 손전등을 들고 있었기에 생각보다 빠르게 벽 아랫부분에 모래가 움푹 패여 있는 부분을 찾아낼 수 있었다. 일부는 다시 모래로 덮어 놓은 모습이었다. 그는 몸을 웅크리고 앉아 손전등으로 구멍을 비춰보고는 자신이 기어들어가기에는 너무 좁다고 결론지었다. 그래서 손전등을 옆에 내려놓고 몸을 구부려 마치 마당에서 탈출하려는 개처럼 모랫바닥을 파헤치기 시작했다.

곧 구멍이 커다랗게 뚫렸고, 그는 안으로 기어들어갔다. 옷은 이미 그런 일에 어울리게끔 차려입고 나온 참이었다. 낡은 블랙진과 작업용 장화, 그리고 긴소매 티셔츠를 입고 그 위에는 비닐 재질의 레이드 재킷(기습 작전용 재킷-옮긴이)을 걸치고 있었지만, 앞뒤에 인쇄돼 있는 밝은 노란색 LA 경찰국 표시를 감추기 위해 뒤집어 입고 있었다.

그는 구덩이를 빠져나와 어둡고 동굴 같은 공간 안에 들어섰다. 주차장으로 이용하는 위쪽 판자 사이로 빛줄기가 몇 가닥 비쳐들고 있었다. 그는 일어서서 옷에 묻은 모래를 털어버리고 손전등으로 주변을 비춰보았다. 원래가 근접 거리에 있는 대상을 비춰보는 용도로 만들어진 것이라서 멀리 있는 공간까지는 빛줄기가 닿지 않았다.

축축한 냄새가 났고, 겨우 25미터 정도 떨어져 있는 나무 말뚝들 사이로 부서지는 파도 소리가 막힌 공간 속에서 크게 메아리치며 울려왔다. 보슈는 손전등으로 위쪽을 비춰보았다. 방파제 대들보 위에 곰팡이가 더께 지어 앉아 있었다. 그는 어두운 안쪽으로 걸음을 옮겼고, 곧 방수포를 덮어놓은 보트 한 척에 가 닿았다. 방수포 끝자락을 들어올려 보니 낡은 인명 구조용 보트였다. 그는 계속 움직여갔고, 이번에는 부표 더미에 다다랐다. 그다음에는 교통 통제용 바리케이드와 이동식 차단장벽이 서 있었다. 모두 '산타모니카 시'라는 글자가 등사돼 있었다.

다음으로 그의 눈에 비계 세 무더기가 보였다. 방파제에 페인트칠을 하고 보수 작업을 하는 데 이용하는 장비였다. 모두 오랫동안 사용하지 않고 방치돼 있었던 듯했고, 천천히 모래 속으로 가라앉는 중이었다.

창고 공간 뒤편으로는 칸막이로 막아놓은 방들이 죽 늘어서 있었지만, 시간이 흐르며 나무판이 다 갈라지고 쪼개져서 그 안쪽에 있는 저장 공간이 훤히 다 보일 만큼 구멍이 숭숭 뚫려 있었다.

문짝들은 잠겨 있지 않았다. 보슈는 그곳으로 다가가 각각의 방들을 들여다보았다. 방은 모두 텅 비어 있었지만, 마지막에서 두 번째에 있는 방만 예외였다. 문짝에는 반짝이는 새 자물쇠가 걸려 있었다. 그는 손전등을 판자의 쪼개진 틈새로 비추며 안쪽을 들여다보려 했다. 담요 끝자락처럼 보이는 게 눈에 들어왔지만, 알아볼 수 있는 건 그게 다였다.

보슈는 다시 문 쪽으로 가서 자물쇠 앞에 무릎을 꿇고 앉았다. 손전등을 입에 물고 지갑에서 자물쇠 따는 꼬챙이 두 개를 꺼내 들었다. 작업을 시작하고 얼마 지나지 않아 그는 자물쇠의 회전판이 네 개밖에 되지 않는다는 사실을 확인했다. 5분도 걸리지 않아 문이 열렸다.

창고 안으로 들어섰지만 그곳도 역시 거의 비어 있었다. 바닥에 접힌 담요가 한 장 깔려 있었고, 그 위에 베개가 하나 놓여 있었지만, 그게 다였다. SIS 보고서에는 전날 제섭이 담요 한 장을 들고 해변을 따라 걸었다고 적혀 있었다. 그가 그것을 방파제 아래에 두고 갔다는 말은 없었다. 게다가 베개에 관한 내용은 보고서 어디에도 적혀 있지 않았다.

해리는 자기가 제섭이 들어왔던 같은 장소에 들어온 것이 맞는지조차 확신할 수 없었다. 그는 손전등을 들어 벽을 비춰보고, 다시 천장으로 들어 올려 방파제 바닥면을 비춘 채로 가만히 서 있었다. 그의 눈에 문의 윤곽이 들어왔다. 들창형 문짝이었다. 역시 새것처럼 보이는 자물쇠로 아래쪽에서 잠겨 있었다.

보슈는 자신이 방파제 주차장 아래쪽에 서 있다는 것을 거의 확신했다. 방파제를 찾았던 사람들이 집으로 돌아갈 때면 위쪽에서 차량이 움직이는 소리가 들려오곤 했다. 그는 위쪽의 들창문이 주차장에서 창고에 저장할 물건을 내리는 용도로 사용되었으리라 짐작했다. 그는 비계를 하나 가져와서 위로 올라가 그 두 번째 자물쇠를 조사해볼 수도 있었지만, 그러지 않기로 했다. 대신 돌아서서 방을 나갔다.

그가 자물쇠를 이용해 다시 문을 잠그고 있을 때, 전화기가 주머니에서 진동하는 것이 느껴졌다. 보슈는 재빨리 전화기를 꺼내 들었다. 제섭이 밖으로 움직인다는 SIS 대원의 연락이리라 기대했다. 하지만 화면에 뜬 전화번호는 딸이었다. 그는 전화기를 열어서 받았다.

"어이, 딸."

"아빠? 들려요?"

딸의 목소리는 낮았고 부서지는 파도 소리는 상당히 시끄러웠다. 보슈는 소리를 질렀다.

"그래, 들려. 무슨 일이야?"

"아빠 집에 언제 오실 거예요?"

"금방 갈게, 딸. 아직 할 일이 좀 남았거든."

딸아이가 목소리를 아까보다도 더 낮췄고, 보슈는 딸의 목소리를 듣기 위해 다른 손으로 반대편 귀를 막아야 했다. 수화기 저편 배경에서는 고속도로의 차량 지나는 소리가 들렸다. 딸애가 뒤편 베란다에 나가 있는 것이 분명했다.

"아빠, 선생님이 다음 주까지 하면 되는 숙제를 자꾸 지금 다 해놓으라고 귀찮게 한단 말이에요."

보슈는 딸애를 다시 한 번 수 뱀브로 교감선생님에게 맡겨놓고 나온 참이었다.

"그럼 다음 주에는 선생님께 고마워하게 되겠네. 다른 애들은 숙제하는데 너는 이미 해놓았으니까."

"아빠, 나 오늘 밤 내내 숙제만 하고 있다고요!"

"그럼 내가 선생님께 너 좀 쉬게 해주라고 말해줬으면 좋겠어?"

딸은 대답이 없었고, 보슈는 그 의미를 알아챘다. 아이는 자신이 당하고 있는 끔찍한 고통을 그가 알아주기를 바라기에 전화를 걸어온 것이었다. 하지만 그렇다고 아빠가 그에 대해 어떤 조치를 취하는 것은 바라지 않았다.

"내 말 들어봐." 그가 말했다. "아빠가 이따가 집에 가서 뱀브로 선생님에게 네가 집에 있을 때는 학교에 있는 게 아니니까 종일 공부만 할 필요는 없다고 말해줄게, 그럼 됐지?"

"아마도요. 저 그냥 로리네 집에 있으면 안 돼요? 이거 정말 공평하지 않아요."

"다음번에는 생각해볼게. 아빠 지금 가봐야 하거든. 내일 다시 얘기하면 안 될까? 오늘은 아빠 집에 들어갔을 때 넌 자고 있는 거야."

"몰라요."

"잘 자, 매들린. 문 앞뒤로 다 잘 잠그고 뒤편 베란다 문도 잊지 마. 그럼 내일 보자."

"네, 아빠도요."

목소리에 담긴 못마땅한 기미는 놓치기가 어려웠다. 아이는 보슈가 전화를 끊기도 전에 먼저 통화를 끝냈다. 그가 전화기를 닫아서 막 주머니에 집어넣었을 때, 금속 부품을 쨍그랑거리는 듯한 소음이 들려왔다. 보슈가 창고 안으로 기어들어 온 바로 그 방향에서 들리는 소리였다. 그는 즉시 손전등을 끄고, 보트를 덮어놓은 방수포 쪽으로 재빨리 움직였다.

보트 뒤에 웅크리고 앉은 채, 그는 사람의 형상이 벽 옆에 허리를 펴고 서더니 손전등도 없이 어둠 속으로 걸어 들어오는 모습을 보았다. 그 형상은 새 자물쇠를 달아놓은 창고 구역을 향해 전혀 주저하는 기색도 없이 걸어 들어갔다.

위쪽 주차장에는 가로등이 설치돼 있었다. 그 등불이 판자를 깔아 만든 주차장 바닥의 수축되어 갈라진 틈새로 은색 불빛을 비추고 있었다. 사람의 형상이 그 사이로 움직여 오는 동안, 보슈는 그가 제섭이라는 사실을 알아차렸다.

그는 낮게 몸을 웅크리고, 총이 제자리에 있는지 확인하기 위해 본능적으로 손을 허리춤으로 가져갔다. 다른 손으로는 전화기를 꺼내서 무음 버튼을 눌렀다. 제섭이 움직이면 전화해달라고 부탁해놓은 것을 SIS 대원이 갑자기 기억해내서 그에게 전화를 걸어오는 상황이 벌어져서는 안 되기 때문이었다.

보슈는 제섭이 상당히 무거워 보이는 커다란 가방을 운반해오고 있음을 알아봤다. 그는 잠겨 있는 방으로 곧장 다가가서 자물쇠를 따고 문을 활짝 열어젖혔다. 열쇠를 가지고 있는 것이 분명했다.

제섭이 뒤로 물러섰다. 보슈는 그가 혼자라는 사실을 확인하기 위해 창고 구석구석을 살펴보려고 돌아설 때 한 줄기 빛이 그의 얼굴을 가로지르는 것을 보았다.

몇 초 동안 아무 소리도 들리지 않았고, 움직임도 없었다. 그러다가 제섭이 다시 문간에 모습을 드러냈다. 그가 문밖으로 나와 문을 닫고 다시 자물쇠를 걸었다. 그런 다음 불빛 속으로 다시 걸어 들어가서 넓은 창고 안을 180도 빙 둘러봤다. 보슈는 아까보다도 더 몸을 낮췄다. 그는 자신이 창고 안으로 들어오느라 새로 파헤쳐놓은 벽 아래쪽 구멍을 제섭이 발견하고는 의심하기 시작했다고 짐작했다.

"안에 누가 있나?" 제섭이 소리 질렀다. 보슈는 움직이지 않았다. 숨조차도 내쉬지 않았다. "어서 이리 나와봐!"

보슈는 레이드 재킷 안으로 손을 집어넣어 권총 손잡이 가까이에 가져갔다. 그는 제섭이 무기를 지니고 있다는 징후를 알아봤다. 만약 그가 보슈가 있는 방향으로 움직이는 척만 해도, 보슈는 총을 뽑아들어 먼저 발사할 준비를 해야만 했다.

하지만 그런 일은 일어나지 않았다. 제섭이 아까 들어왔던 입구 쪽으로 재빨리 움직여가서 어둠 속으로 사라져버렸다. 보슈는 귀를 기울이며 듣고 있었지만, 그가 들을 수 있는 소리라고는 부서지는 파도 소리뿐이었다. 그는 30초쯤 계속 움직이지 않고 기다리다가 벽에 있는 구멍 쪽으로 다가가기 시작했다. 손전등을 켜지는 않았다. 제섭이 정말 떠난 것인지 아직 확신할 수가 없었다.

비계 틀 쌓아놓은 곳을 돌아 나가다가 비계 무더기에서 쑥 빠져나와 있는 금속 파이프에 정강이를 세게 부딪혔다. 왼쪽 다리 위쪽으로 갑작스러운 통증이 전해져왔고, 동시에 쌓아놓은 금속 틀 무더기의 균형이 흐트러졌다. 맨 위에 놓인 틀 두 개가 시끄러운 소리를 내며 미끄러져 내려 모래 위로 떨어졌다. 보슈는 비계 더미 옆 모래 바닥으로 몸을 던지고는 기다렸다.

그러나 제섭은 나타나지 않았다. 이미 가버린 것이다.

보슈는 천천히 몸을 일으켰다. 고통스럽기도 했고, 화가 치밀어 오르기도 했다. 그는 전화기를 꺼내 감시 임무 중인 SIS 대원에게 즉각 전화를 걸었다.

"제섭이 움직이면 내게 전화하라고 했잖아!"

그는 화난 소리로 속삭였다.

"예, 알고 있습니다." 대원이 말했다. "그런데 아직 움직임이 없습니다."

"뭐라고? 지금 거기 나와 있는 책임자가 누구야? 전화 바꿔봐."

"죄송합니다만, 보슈 형사님, 그건……."

"잘 들어, 이 머저리 같은 녀석아. 제섭은 방 안에 틀어박혀 있는 게 아니야. 내가 방금 놈을 봤어. 그리고 거의 총격까지 가할 뻔했다고. 그러니 지금 나와 있는 책임자 바꿔. 아니면 집에 들어가 있는 라이트 부서장에게 전화를 걸 줄 알아."

책임자가 전화 받기를 기다리는 동안, 보슈는 창고 밖으로 나가기 위해 측면 벽 판자 쪽으로 움직여 갔다. 다리가 심하게 쑤시는 통에, 절뚝거리며 걸어야 했다.

어둠이 너무 짙어서 그는 벽 아래 파놓은 구멍을 찾을 수가 없었다. 어쩔 수 없이 손전등을 켜고, 빛이 아래쪽으로 향하도록 낮게 유지했다. 마침내 구멍이 있던 자리를 찾아내기는 했지만, 구멍에는 이미 모래가 덮여 있었다. 전날과 마찬가지로 제섭이 구멍을 메워놓은 것이었다.

수화기 너머에서 마침내 목소리가 들려왔다.

"보슈 형사님? 자케즈입니다. 우리 목표를 방금 봤다고 주장하신다면서요?"

"봤다고 주장하는 게 아니라, 진짜 봤어. 지금 대원들은 다 어디 있는 거야?"

"제로(Zero)에서 감시하고 있습니다. 그는 아직 움직이지 않고 있습니다."

제로는 감시 대상의 집을 의미했다.

"헛소리 마. 내가 방금 산타모니카 방파제 아래서 그를 봤어. 대원들 모두 이리로 모이라고 해. 지금 당장."

"우리가 그의 제로를 물샐틈없이 지켜보고 있었습니다. 절대로 그럴 리가……."

"잘 들어, 잭애스(자케즈를 질책하기 위해 그의 이름과 발음이 비슷한 Jackass[멍청이, 얼간이]라는 속어 표현을 쓰고 있다—옮긴이). 제섭은 내 사건이야. 내가 그놈을 잘 알아. 놈이 날 거의 해치울 뻔했어. 당장 대원들 모아서 어떤 녀석이 담당 위치를 벗어났었는지 찾아내. 안 그러면……."

"제가 다시 걸겠습니다."

자케즈가 무뚝뚝하게 말하고는 전화를 끊었다. 보슈는 전화를 다시 벨소리 모드로 바꾸고 주머니에 집어넣었다.

다시 한 번 그는 무릎을 꿇고 앉아서 손으로 재빨리 구멍을 파기 시작했다. 그런 다음 몸을 밖으로 밀어냈다. 판자 반대편으로 나가면 제섭이 기다리고 있을지도 모른다고 반쯤 예상했다.

그러나 제섭의 흔적은 어디에도 없었다. 보슈는 두 발로 일어서서 베니스가 있는 남쪽 방향을 가만히 응시했다. 대회전 관람차의 불빛 속에는 아무도 서 있지 않았다. 그는 다시 돌아서서 해안을 따라 호텔과 아파트 건물이 모여 있는 쪽을 바라봤다. 몇몇 사람이 빌딩숲 앞쪽의 해변을 따라 걷고 있었지만, 제섭처럼 보이는 사람은 하나도 없었다.

방파제 위쪽으로 25미터쯤 나아간 곳에 위쪽 방파제 주차장 쪽으로 곧장 향하는 층계가 설치돼 있었다. 보슈는 여전히 심하게 다리를 절뚝거리며 그쪽으로 나아갔다. 층계를 반쯤 올라갔을 때 전화벨이 울렸다. 자케즈였다.

"좋습니다, 그는 어디 있나요? 우리가 그쪽으로 가겠습니다."

"바로 그게 문제라고, 이 친구야. 내가 그를 놓쳤어. 몸을 숨겨야 했다고. 난 자네들이 그를 감시하고 있다고 생각했어. 지금 방파제 위로 올라가고 있네. 젠장, 뭐가 어떻게 된 일이야, 자케즈?"

"한 대원이 화장실에 가느라고 자리를 비웠습니다. 배탈이 나서 어쩔 수가 없었답니다. 오늘 이후로 그는 감시대에 남아 있지 않을 겁니다."

"빌어먹을!"

보슈는 층계 맨 위에 올라선 후 텅 빈 주차장으로 걸음을 옮겼다. 역시 제섭의 흔적은 느껴지지 않았다.

"좋아, 난 이제 방파제로 올라왔어. 그는 보이지 않아. 곧 나타나겠지."

"알겠습니다. 우리도 2분 후면 거기 도착할 겁니다. 그리고 흩어져서 찾아보겠습니다. 반드시 찾아낼 겁니다. 그는 차도 자전거도 가져가지 않았으니, 걸어 다니고 있을 겁니다."

"저쪽에 있는 호텔 중 하나에서 택시를 잡아탔을 수도 있어. 그러니 지금 그가 어디 있는지는……."

보슈는 갑자기 뭔가를 깨달았다.

"가봐야겠네. 놈을 찾는 대로 바로 연락하게, 자케즈. 내 말 알아들었지?"

"예, 알겠습니다."

보슈는 전화를 끊고, 단축번호를 눌러 즉시 집으로 전화를 걸었다. 시계를 확인해보니 11시가 지나 있었기에 수 뱀브로가 전화를 받으리라 예상했다.

하지만 딸이 전화를 받았다.

"아빠?"

"그래, 딸, 왜 아직 안 자고 있어?"

"아까 말했잖아요. 다음 주 숙제까지 다 해야 했다니까요. 그래서 좀 쉬고 있었어요."

"그래, 잘했어. 저기 말이야, 뱀브로 선생님 좀 바꿔줄래?"

"아빠, 나 지금 내 방에서 파자마만 입고 있어요."

"그래도 괜찮아. 그냥 문으로 가서 선생님께 부엌에 있는 전화기로 전화 좀 받으시라고 말씀드려. 꼭 통화해야 하거든. 그리고 넌 그동안 옷 챙겨 입고 있어. 어딜 좀 가야 하니까."

"네? 아빠, 지금 어딜……."

"매들린, 아빠 말 잘 들어. 중요한 일이야. 내가 뱀브로 선생님께 아빠가 도착할 때까지 널 선생님 집에 데려가 있으라고 부탁할 거야."

"왜요?"

"넌 이유까지는 알 필요 없어. 그냥 아빠가 하라는 대로 해. 그리고 어서 뱀브로 선생님 좀 바꿔줘."

아이는 아무 대답도 하지 않았지만, 그는 딸의 방문이 열리는 소리를 들었다. 그리고 딸의 목소리가 들려왔다.

"선생님, 전화 받으세요."

잠시 후 부엌에 있는 수화기를 들어 올리는 소리가 들렸다.

"여보세요?"

"수, 해리예요. 부탁할 일이 하나 있어서 전화했어요. 매디를 수의 집으로 데려가 줬으면 해요. 지금 당장이요. 내가 한 시간 내로 애를 데리러 갈게요."

"무슨 말이에요?"

"수, 들어봐요. 우리가 지금, 내가 어디 사는지 알고 있는 어떤 남자를 감시 중이거든요. 그런데 그의 행방을 놓쳤어요. 그렇지만 겁먹을 필요는 없어요. 그가 우리 집으로 간다고 믿을 만한 근거도 없고요. 그렇지만 그냥 조심하고 싶어서 그래요. 그러니 매디를 데리고 집에서 나가줬으면 해요. 지금 당장이요. 수의 집으로 가 있으면 내가 그리로 찾아갈게요. 그렇게 해줄 수 있겠어요?"

"지금 당장 나갈게요."

그는 수의 목소리에서 힘이 느껴지는 것이 좋았다. 그리고 그 힘이 공립학교 제도 속에서 교사이자 교감선생님이라는 직위를 맡고 있는 데서 나오는 것이 분명하다는 사실을 깨달았다.

"좋아요, 나도 지금 가는 중이에요. 집에 도착하는 대로 내게 전화 좀 주세요."

그러나 사실 보슈는 집으로 갈 생각이 아니었다. 전화를 끊고 나서 그는 전화기를 다시 넣어두고 해변 쪽으로 층계를 다시 걸어 내려갔다. 그리고 아까 기어 나왔던 창고 벽 아래쪽 구멍으로 돌아갔다. 그는 구멍으로 다시 기어들어갔고, 이번에는 손전등을 이용해서 자물쇠가 걸려 있던 방을 찾아갔다. 다시 자물쇠 따는 꼬챙이를 이용해 문을 따기 시작했고, 그동안 내내 감시망을 뚫고 도망친 제섭을 생각했다. SIS 감시대원이 자리를 비운 사이에 그가 아파트를 나온 것이 단지 우연에 지나지 않았을까, 아니면 그가 자신이 감시당하고 있다는 사실을 알고 있었으며 기회를 엿보고 있다가 몰래 빠져나온 것일까?

처음보다 시간이 오래 걸리기는 했지만, 마침내 자물쇠가 열렸다. 그는 창고 방 안으로 들어갔고, 전등으로 바닥에 깔린 담요와 베개를 비추어봤다. 제섭이 가져다 놓은 가방이 그곳에 있었다. 한쪽에 '랠프스'라는 글씨가 쓰여 있었다. 보슈가 무릎을 꿇고 앉아 가방을 열어보려는 순간 전화기가 진동했다. 자케즈였다.

"그를 찾았습니다. 오션 파크에 있는 닐슨에 있습니다. 집으로 걸어가는 것으로 보입니다."

"그럼 이번에는 절대 놓치지 말게, 자케즈. 그만 끊겠네."

그는 자케즈의 대답도 듣지 않고 전화를 끊었다. 그리고 재빨리 딸의 휴대전화로 전화를 걸었다. 아이는 수 뱀브로와 함께 차 안에 있었다. 보슈는 차를 돌려 집으로 다시 돌아가도 좋다고 말해주었다. 그러나 이 소식이 그다지 긴장감을 완화시켜주지는 않은 듯했다. 딸은 겁에 질린 채 여전히 화가 나 있었다. 보슈는 딸을 탓할 수도 없었지만, 계속 수화기를 붙들고 있을 수도 없었다.

"아빠도 1시간 내로 집에 갈 거야. 그때까지 안 자고 있으면 그때 아빠랑 다시 얘기하자. 금방 갈게."

그는 전화를 끊고 가방 쪽으로 다시 시선을 돌렸다. 가방은 담요 옆에 놓여 있었다. 그는 전혀 위치를 움직이지 않은 채 조심스럽게 가방 입구를 열었다.

가방 안에는 1인분씩 포장된 10여 개의 과일통조림이 들어 있었다. 시럽을 잔뜩 친 복숭아 통조림, 잘게 다진 파인애플 통조림, 그리고 과일 메들리라는 이름의 통조림 등이었다. 가방 안에는 포장된 플라스틱 수저도 들어 있었다. 보슈는 가방 안의 것들을 오랫동안 바라봤다. 그러고 나서 눈을 벽 위쪽으로 들어 올려 천장의 잠겨 있는 들창문을 바라봤다.

"여기로 대체 누굴 데려올 작정인 거야, 제섭?"

그가 낮은 소리로 중얼거렸다.

33 무대에 선 두 여인

모든 시선이 법정 뒤쪽으로 향해 있었다. 이제 본경기가 치러질 차례였다. 링 옆에 자리 잡고 앉아 있는 동안에는 나도 다른 모두와 마찬가지로 그저 한 명의 관중에 불과했다. 구경꾼 역할이 내게 잘 어울리는 것은 아니었지만, 그래도 그것이 내가 수용한 사안이었고, 신뢰할 수 있는 선택이었다. 문이 열리자 해리 보슈가 우리의 주요 증인을 법정 안으로 안내해 들어왔다. 세라 앤 글리슨은 자신의 옷장에 원피스 종류가 하나도 없으며, 증언을 위해 새 옷을 장만하고 싶은 생각도 없다고 말했다. 그래서 검은색 진과 자주색 실크 블라우스 차림이었다. 그녀는 아름답고 자신감에 차 보였다. 우리도 원피스 같은 것은 필요 없었다.

보슈는 계속 그녀의 오른편에 서 있었고, 증인석으로 통하는 게이트를 열어주는 동안에는 제섭과 그녀의 사이를 몸으로 가로막았다. 제섭은 자신의 주요 고소인이 들어서는 동안 다른 모든 사람과 마찬가지로 옆으로 돌아앉아 있었다.

문을 열어준 후, 보슈는 그녀가 혼자 앞으로 나아가게 해주었다. 매기 맥피어스는 이미 발언대에 나가 있었고, 자신의 증인이 곁을 스쳐 지날 때 따뜻한 미소를 지어 보였다. 이 순간은 매기의 시간이기도 했다. 나는 그녀의 미소가 두 여인 모두에게 행운을 빌어주는 것으로 해석했다.

우리는 오전 시간에 과거 견인트럭 기사였던 빌 클린턴을 증인으로 불렀고, 그다음에는 사건 수사를 맡았던 보슈를 증인석에 불러 점심시간 직전까지 좋은 결과를 얻어냈다. 클린턴은 살인사건이 일어나던 날 자신에게 있었던 이야기를 들려주었고, 윈저 대로에 있는 피해자의 집 바깥에서 예기치 않았던 용의자 대열 구성에 참여하게 됐을 때, 제섭이 자신의 다저스 모자를 빌려 갔던 이야기도 증언했다. 그는 또한 아드바크 토잉 기사들이 엘레이 극장 뒤편에 있는 주차장을 자주 이용한 까닭에 그곳에 매우 친숙했다는 사실은 물론이고 살인이 일어나던 날 아침 제섭이 윈저 대로를 자신의 구역이라 주장했었다는 사실도 증언했다. 그의 주장은 검찰의 입장에서는 상당히 결정적인 증거에 해당했다. 게다가 클린턴은 로이스의 반대심문에서도 전혀 허점을 드러내지 않았다.

그런 다음 보슈가 공판이 시작하고 세 번째로 증인석에 올랐다. 그리고 이번에는 이전 증언을 읽은 것이 아니라, 이 사건에 관한 자신의 최근 수사 내용을 증언했다. 그리고 24년 전 체포 당시 압수해 보관했던 제섭의 소지품에서 찾아온 BC라는 이름 약자가 새겨진 다저스 야구 모자를 증거품으로 제시했다. 우리는 그 모자가 지난 24년 동안 제섭의 다른 소지품과 함께 샌쿠엔틴 교도소 내의 소지품 보관실에 들어가 있었다는 사실을 직접적으로 언급할 수 없어서 계속 말을 이리저리 빙빙 돌려야 했다. 그 정보를 폭로하는 것은 제섭이 이전에 멜리사 랜디의 살인죄로 유죄판결을 받았다는 사실을 폭로하는 셈이 되기 때문이었다.

그리고 이제 세라 글리슨이 검찰 측의 마지막 증인이 될 참이었다. 그녀를 통해 이 사건은 내가 한껏 기대하고 있는 감정적인 절정에 이르게 될 예정이었다. 언니가 오래전에 잃어버린 동생을 위해 증인석에 나와 있었다. 나는 내 전처이자 지금껏 내가 마주쳤던 그 어떤 검사보다도 뛰어난 검사인 매기가 우리를 이끌어가는 모습을 보기 위해 의자에 등을 기대고 앉았다.

글리슨은 선서를 하고 증인석에 자리 잡고 앉았다. 그녀는 자그마했기에 법정 경찰은 마이크의 위치를 낮춰주었다. 매기가 목소리를 가다듬고 심문을 시작했다.

"안녕하세요, 글리슨 씨. 오늘 기분은 어떠세요?"

"좋습니다."

"배심원단에게 본인 소개를 간략하게 해주시겠습니까?"

"음, 저는 37살입니다. 결혼은 안 했고, 워싱턴의 포트 타운센드에서 올해로 7년째 살고 있습니다."

"하시는 일은 어떻게 되나요?"

"유리공예 기술자입니다."

"그럼 멜리사 랜디와는 어떤 관계인가요?"

"멜리사가 제 동생이었습니다."

"멜리사가 증인보다 몇 살이나 어렸습니까?"

"13개월 어렸습니다."

매기는 벽걸이 스크린에 두 자매의 사진을 검찰 측 증거물건으로 올려놓았다. 사진에는 웃고 있는 두 소녀가 크리스마스트리 앞에 서 있었다.

"이 사진을 알아보시겠습니까?"

"네, 저와 멜리사가 크리스마스트리 앞에 서 있는 사진입니다. 동생이 잡혀가기 바로 직전에 찍은 거예요."

"그럼 저게 1985년 크리스마스겠네요?"

"맞습니다."

"제가 보기에는 두 소녀의 체격이 거의 비슷하군요."

"네, 사실 동생이라고 하기에는 멜리사가 많이 컸어요. 저와 체격이 거의 맞먹을 정도였으니까요."

"그럼 둘이 옷도 같이 입었겠네요?"

"같이 입는 옷도 있었지만, 각자 아끼는 옷은 절대로 빌려주지 않았어요. 그래서 늘 옷 때문에 싸우곤 했죠."

그녀가 미소 지었고, 매기는 무슨 말인지 잘 안다는 듯이 고개를 끄덕였다.

"아까 사진 속의 날짜 이후에 동생이 잡혀갔다고 말씀하셨는데, 그게 동생이 유괴되어 살해당했던 날짜, 그러니까 사진을 찍은 다음 해 2월 16일을 의미하시는 건가요?"

"네, 맞습니다."

"좋습니다. 세라, 정말 고통스러운 일이 되겠지만, 그날 세라가 무엇을 봤고, 무엇을 했는지 배심원단 여러분께 말씀해주실 수 있을까요?"

글리슨이 고개를 끄덕였다. 마치 앞으로 무엇이 닥쳐오든 자신은 마음을 단단히 먹고 있다는 의미 같았다. 나는 배심원단 쪽을 확인해봤다. 모두 세라에게 시선을 고정하고 있었다. 나는 다시 고개를 돌려 이번에는 피고 측을 바라봤고, 제섭과 시선이 마주쳤다. 하지만 시선을 돌리지 않았다. 그의 도전적인 시선을 마주 보며 내 메시지가 그에게 정확히 전달되기를 바랐다. 저 두 여성, 한 명은 질문하고 한 명은 대답하는 그들이 너를 그 자리에서 끌어내리게 되리라고.

마침내 제섭이 먼저 시선을 돌렸다.

"음, 그날은 일요일이었어요." 글리슨이 말했다. "우리는 교회에 갈 준비를 하고 있었습니다. 가족 모두가요. 멜리사와 나는 원피스를 차려입은 후라서 엄마는 우리에게 집 앞에 나가서 놀고 있으라고 했죠."

"왜 뒷마당으로 가지 않았습니까?"

"양아버지가 뒷마당에 수영장을 만들고 있었기 때문에 마당 한가운데에 커다란 구멍이 뚫려 있었고, 바닥도 진흙투성이였거든요. 엄마는 우리가 넘어져서 옷을 더럽힐까 봐 걱정했습니다."

"그래서 앞마당으로 나갔군요."

"네."

"그럼 그때 부모님은 어디에 계셨나요, 세라?"

"엄마는 여전히 2층에서 준비하고 있었고, 양아버지는 TV 방에 있었습니다. 운동경기를 시청하는 중이었어요."

"TV가 놓인 방이 집 안 어디쯤이었나요?"

"집 뒤편 부엌 옆이었습니다."

"좋습니다, 세라. 이제 제가 사진 한 장을 보여드릴 겁니다. 검찰 측 제 11호 증거물건입니다. 이것이 윈저 대로에 있던 어린 시절 집 전면에서 찍은 사진이 맞나요?"

모두의 시선이 상부 스크린으로 향했다. 노란 벽돌집이 화면에 넓게 등장했다. 멀리 거리 쪽에서 찍은 사진으로, 깊숙이 자리한 앞마당과 높이가 3미터쯤 되는 덤불 울타리가 마당 양쪽으로 뻗어 나가 있는 모습이 보였다. 집의 폭 전체를 따라 설치된 전면 테라스도 보였지만 장식용으로 심어놓은 식물에 대부분 가려 있었다. 바깥의 보도에서부터 연결돼 들어가는 포장도로가 잔디를 가로질러 전면 테라스 층계까지 이어져 있었다. 재판을 준비하는 과정에서 나는 검찰 측 증거물건을 여러 차례 검토했다. 하지만 그 포장로가 시작 부분부터 테라스 층계에 닿는 부분까지 한가운데가 길게 금이 가서 갈라져 있다는 사실은 처음 알아차렸다. 그 집에서 일어났던 일을 생각해보니, 왠지 이유 있는 갈라짐처럼 보였다.

"예, 우리 집이었습니다."

"그날 앞마당에서 무슨 일이 있었는지 말씀해주시겠어요, 세라?"

"음, 우리는 부모님을 기다리는 동안 숨바꼭질을 하기로 했습니다. 제가 먼저 술래가 되어 테라스 우측에 숨어 있던 멜리사를 찾아냈습니다."

그녀가 아직 화면에 떠 있는 증거물건 사진을 가리켰다. 나는 세라의 증언을 위해 준비해두었던 레이저 포인터를 그녀에게 건네주는 걸 깜빡했다는 사실을 기억해냈다. 나는 재빨리 매기의 가방을 열어 그것을 찾아냈다. 그리고 자리에서 일어나 매기에게 그것을 전했다. 판사의 허락을 얻어 그녀가 증인에게 포인터를 전달했다.

"좋습니다, 세라. 그 레이저 포인터를 이용해서 우리에게 위치를 가리켜 보여주시겠어요?"

매기가 요청했다. 글리슨이 전면 테라스의 북쪽 모퉁이에 있는 울창한 덤불 쪽을 붉은 레이저 점을 움직여 지시해 보였다.

"그럼 멜리사가 그곳에 숨어 있던 것을 세라가 찾아냈군요?"

"네, 그런 다음에는 멜리사가 술래가 되었어요. 저는 멜리사가 숨었던 장소에 그대로 숨기로 했죠. 거기를 동생이 가장 먼저 찾아보지는 않을 거라고 생각했거든요. 동생이 눈을 감고 숫자를 다 센 후에, 층계를 내려와서 정원 한가운데에 섰습니다."

"숨어 있던 장소에서 동생의 모습이 보였나요?"

"네, 덤불 사이로 동생을 볼 수 있었습니다. 멜리사는 저를 찾기 위해 몸을 반쯤 돌리고 있었어요."

"그때 무슨 일이 일어났나요?"

"음, 처음에 저는 트럭이 지나가는 소리를 들었고, 그다음에는……."

"죄송하지만, 잠시만 멈춰주십시오, 세라. 방금 트럭이 지나가는 소리를 들었다고 말씀하셨는데, 눈에 보이지는 않았나요?"

"네, 제가 숨어 있던 곳에서는 보이지 않았습니다."

"그게 트럭 소리라는 건 어떻게 알았나요?"

"굉장히 시끄럽고 무거운 소리였습니다. 마치 작은 지진처럼 바닥이 울리는 걸 느낄 수 있었거든요."

"그랬군요. 트럭 소리를 들은 후에는 무슨 일이 있었습니까?"

"갑자기 남자 하나가 마당에 들어왔습니다……. 그가 동생에게 곧장 다가가더니 팔목을 움켜잡았어요."

글리슨이 시선을 떨어트리고 좌석 앞에 놓인 탁자 위에서 양손을 마주 잡았다.

"세라, 아는 사람이었나요?"

"아니요, 모르는 사람이었습니다."

"그럼 전에 본 적이라도 있었나요?"

"아니요, 없었습니다."

"그가 무슨 말을 하던가요?"

"예, '너 나와 함께 가야 해'라고 말했어요. 그리고 동생은…… 동생은 '왜 그러세요?'라고 말했어요. 그게 다예요. 남자가 무슨 말인가 또 하기는 했지만, 저는 들을 수 없었습니다. 그가 동생을 끌고 갔어요. 도로 쪽으로요."

"세라는 계속 숨어 있었나요?"

"예, 저는…… 이유는 모르겠지만, 움직일 수가 없었어요. 도움을 청할 수도 없었고, 아무것도 할 수 없었어요. 너무 겁이 났어요."

검사와 증인의 목소리를 제외하고는 법정 안에서 아무 소리도 들을 수 없었다. 절대적인 침묵 속에 찾아오는 흔치 않은 엄숙한 순간이었다.

"그 외에 다른 것을 보거나 듣지는 못했나요, 세라?"

"차 문이 닫히는 소리가 들렸고, 그다음에는 트럭이 떠나는 소리가 들렸어요."

세라 글리슨의 양볼 위로 눈물이 흘러내렸다. 나는 법정 경찰도 그 사실을 눈치챘음을 알아차렸다. 그가 자신의 책상 서랍에서 크리넥스 상자를 꺼내더니 그것을 들고 법정을 가로질러 걸어갔기 때문이었다. 하지만 그는 세라에게 가는 것이 아니라, 역시 눈물을 흘리고 있는 2번 배심원에게로 향했다. 오히려 잘된 일이었다. 나는 세라의 얼굴에 계속 눈물자국이 남아 있기를 바랐다.

"세라, 숨어 있던 덤불에서 나와 부모님께 누군가 동생을 데려갔다고 알리기까지 시간이 얼마나 걸렸나요?"

"채 1분도 안 걸렸지만, 이미 늦어버렸죠. 동생이 이미 사라진 후였으니까요."

그 진술 이후에 이어진 침묵은 거대한 빈 공간처럼 느껴졌다. 목숨마저도 영원히 집어삼킬 수 있을 만큼 거대한 공간.

매기는 그다음 30분 동안 글리슨이 기억을 더듬어가서 그 이후에 어떤 일이 일어났는지 진술할 수 있도록 이끌었다. 그녀의 양아버지가 절망적으로 911과 경찰에 걸었던 전화, 그녀가 수사관과 했던 면담, 그다음에 2층 침실 창문 뒤에 숨어 일렬로 서 있는 남자들 사이에서 제이슨 제섭을 목격하고 동생을 납치해간 범인으로 그를 지목했던 일까지.

이제부터 매기는 매우 조심해야만 했다. 지금껏 우리는 첫 재판에 출석했던 선서한 증인들의 증언을 모두 이용했다. 첫 재판의 모든 기록은 로이스 역시 전부 이용할 수 있었다. 그리고 나는 로이스가 제섭의 맞은편에 앉은 자신의 동료 변호사를 시켜 세라 글리슨이 지금 말하는 증언과 첫 재판에서 했던 증언을 철저히 비교해보라고 지시했다는 사실을 믿어 의심치 않았다. 만약 그녀가 지금 하는 증언에서 약간의 뉘앙스만 바꾸어도, 로이스는 반대심문을 하는 동안 세라가 방금 했던 증언이 과거의 증언과 일치하지 않는다고 주장하며 그녀를 거짓말쟁이로 몰아세워 온갖 공세를 퍼부어댈 것이 틀림없었다.

내가 보기에 세라의 증언은 전혀 사전연습 없이 자연스럽게 흘러나오는 듯이 보였다. 이것은 두 여인이 그동안 준비해온 노력의 증거였다. 매기는 매끄럽고 효과적인 솜씨로 세라를 이끌어가서 그녀가 제섭을 범인으로 지목했던 순간을 다시 한 번 확신하게끔 했다.

"1986년 사건 당시 동생을 납치해간 남자로 제이슨 제섭을 지목했을 때, 세라의 마음에는 일말의 회의나 의심이 일지 않았었나요?"

"그런 마음은 전혀 일지 않았습니다."

"매우 오래전 일이긴 합니다만, 세라, 법정을 한번 둘러본 후에 1986년 2월 16일 동생을 납치해간 그 남자를 지금 이 법정 안에서 알아볼 수 있는지 배심원단에게 말씀해주실 수 있겠습니까?"

"네, 저 사람이에요."

세라가 조금의 주저함도 없이 손가락으로 제섭을 가리켰다.

"그가 어디에 앉아 있고 어떤 옷을 입었는지 우리에게 설명해주시겠어요?"

"로이스 변호사 옆에 앉아 있고, 진한 청색 넥타이에 밝은 푸른색 셔츠를 입었어요."

매기가 잠시 말을 멈추고 브리트만 판사를 바라봤다.

"증인이 피고를 지목했다는 사실을 기록에 남겨주시기 바랍니다."

이렇게 말한 후, 매기는 곧장 세라에게로 관심을 돌렸다.

"상당히 오랜 세월이 지났는데, 그가 동생을 데려간 남자라는 사실에 조금도 망설임이 없으신가요?"

"전혀 없습니다."

매기가 고개를 돌려 판사를 바라봤다.

"존경하는 재판장님, 다소 이른 감이 없지 않지만, 제가 보기에는 지금이 오후 휴정을 하기에 시기적으로 적절할 듯합니다. 이 시점부터 증인과 함께 다른 방향으로 증언을 이끌어 나갈 생각이어서요."

"좋습니다." 브리트만이 말했다. "그럼 15분간 휴정하겠습니다. 모두 2시 35분까지 제자리로 돌아와 주시기 바랍니다. 고맙습니다."

세라는 화장실에 가고 싶다고 말하고는, 보슈를 보호자로 대동한 채 법정을 나섰다. 중간에 제섭과 복도에서 마주치지 않도록 하기 위함이었다. 매기가 검찰 측 탁자로 돌아와 앉았고, 우리는 다시 머리를 맞댔다.

"정말 잘했어, 매기. 이게 바로 다들 한 주 내내 손꼽아 기다리던 증언이야. 그러니 그들이 기대하는 것보다 훨씬 대단해야만 해."

매기는 내가 배심원단을 언급한다는 사실을 알았다. 그녀는 내 승인이나 격려가 필요치 않았지만, 그럼에도 나는 용기를 북돋워주고 싶었다.

"이제부터가 정말 어려울 거야." 매기가 말했다. "세라가 잘 견뎌줬으면 좋겠어."

"지금까지는 굉장히 잘해줬어. 그리고 지금 해리도 세라에게 그 말을 해주고 있을 거야."

매기는 아무런 대답도 하지 않고, 사건 조사내용과 이런저런 사항을 적어둔 황색 법률용지 철을 들춰보기 시작했다. 그리고 곧 이어질 다음 심문 준비에 빠져들었다.

34 그해 여름에 있었던 일

4월 7일 수요일, 오후 2시 30분

세라 글리슨이 화장실에서 나왔을 때, 보슈는 기자들을 물리치려 애쓰고 있었다. 몸으로 카메라를 가로막으며 그는 세라를 법정 쪽으로 이끌어 갔다.

"세라, 오늘 정말 잘하고 있어요." 그가 말했다. "계속 그렇게만 해주면, 그는 자기가 있던 곳으로 다시 돌아가게 될 거예요."

"고마워요. 하지만 지금까지는 쉬운 부분이었어요. 이제부터가 정말 힘들어질 거예요."

"자신을 속이지 마요, 세라. 쉬운 부분은 없어요. 계속 동생 멜리사만 생각해요. 누군가는 그녀를 위해 애써야만 합니다. 그리고 지금 당장은 세라가 그 당사자가 된 거예요."

그들이 법정 문 앞에 도착했을 때, 보슈는 그녀가 화장실에서 담배를 피웠다는 사실을 깨달았다. 세라에게서 냄새가 풍겨왔다.

법정 안에 들어선 후 그는 중앙통로로 세라를 이끌어가서 게이트 앞에서 기다리고 있는 매기 맥피어스에게 데려다주었다. 그리고 그녀에게 고개를 끄덕여 보였다. 매기도 자신의 역할을 정말 잘해내고 있었다.

"끝장 내버려요."

그가 말했다.

"그럴게요."

매기가 대답했다. 증인을 넘겨준 후, 보슈는 중앙통로를 되돌아가 여섯 번째 줄 좌석에 가서 앉았다. 그 줄 한가운데에 레이철 월링이 앉아 있는 것이 보였다. 그녀에게 가기 위해 그는 몇몇 기자와 방청객 앞으로 몸을 밀치며 나아갔다. 레이철의 옆자리는 비어 있었고 그는 그곳에 자리 잡고 앉았다.

"해리."

"레이철."

"내 생각에는 여기 앉았던 분이 곧 돌아올 것 같은데요."

"상관없어요. 재판이 속개되면 나도 다시 앞으로 가야 해요. 온다고 미리 알려주지 그랬어요. 이전날도 왔었다고 미키가 그러던데."

"시간이 있을 때마다 들러보는 거예요. 지금까지는 정말 긴장을 늦출 수가 없네요."

"음, 배심원단은 긴장을 늦추지 못하는 것 이상이길 빌어보자고요. 나는 이자를 샌쿠엔틴으로 다시 보내야만 해요. 직감만으로도 얼마나 나쁜 놈인지 알 수 있어요."

"제섭이 밤마다 돌아다닌다고 미키가 알려줬어요. 지금도 여전히……." 제섭이 통로를 따라 걸어 들어와 피고 측에 있는 자신의 자리로 돌아가는 것을 목격하고는 그녀가 목소리를 최대한 낮추었다. "그러고 다녀요?"

보슈도 마찬가지로 목소리를 낮추었다.

"예, 어젯밤에는 우리 앞에서 완전히 모습을 감췄어요. SIS 감시대가 놓쳐버렸거든요."

"어머, 말도 안 돼요."

판사실의 문이 열리더니 브리트만이 밖으로 걸어 나와 판사석으로 걸어 올라갔다. 모두가 자리에서 일어섰다. 보슈는 만에 하나라도 검찰 측에 도움이 필요할 경우를 대비해 자신도 검찰 측 탁자로 돌아가야 한다는 사실을 알았다.

"하지만 내가 찾아냈어요." 그가 말했다. "이제 가봐야겠네요. 레이철은 오후까지 여기 있을 거죠?"

"아니에요, 사무실로 돌아가야 해요. 지금 잠깐 시간이 비어서 나온 거예요."

"그래요, 알았어요. 와줘서 고마워요. 나중에 얘기해요."

사람들이 자리에 앉는 동안, 그는 앉아 있던 줄에서 벗어나 재빨리 통로를 따라 내려가서 게이트를 열고 들어가 검찰 측 바로 뒤에 놓인 의자 열에 가서 앉았다.

맥퍼슨이 세라 앤 글리슨의 직접 심문을 다시 시작했다. 보슈는 지금까지는 검사와 증인 둘 다 드물게 뛰어난 활약을 해왔다고 생각했다. 하지만 그는 이제 그들이 새로운 영역으로 옮겨가고 있으며, 만약 이제부터 하는 증언이 견고하고 신뢰할 만한 논리로 전달되지 않는다면 이전에 했던 증언까지 아무런 효력을 발휘하지 못하리라는 사실을 잘 알고 있었다.

"세라." 맥퍼슨이 말했다. "어머니가 켄싱턴 랜디 씨와 재혼한 것은 언제였나요?"

"제가 여섯 살 때였어요."

"세라는 켄싱턴 랜디 씨를 좋아했나요?"

"아니요, 별로요. 처음에는 그냥 견딜 만했지만, 나중에는 모든 게 변해버렸어요."

"실은 세라가 동생의 죽음이 있기 몇 달 전에 가출을 시도했었다고 하던데, 사실인가요?"

"네."

"제가 검찰 측의 제12호 증거물건을 보여드리겠습니다. 1985년 11월 30일 자 경찰 보고서입니다. 배심원단에게 이게 무엇인지 설명해주실 수 있겠어요?"

맥퍼슨이 보고서 사본을 증인과 판사와 피고 측에 전달했다. 보슈는 사건기록을 조사하던 중에 그 보고서를 발견했다. 행운이 아닐 수 없었다.

"실종 신고 보고서예요." 글리슨이 말했다. "제가 실종됐다고 어머니가 신고하셨거든요."

"그럼 경찰이 세라를 발견했나요?"

"아니요, 제가 그냥 집으로 돌아갔습니다. 갈 곳이 없었거든요."

"왜 집에서 도망을 쳤나요, 세라?"

"왜냐하면 제 양아버지가…… 저를 성폭행했습니다."

맥퍼슨은 고개를 끄덕이고는 그 대답이 오랫동안 법정에 남아 있도록 했다. 사흘 전만 하더라도 보슈는 로이스가 이 부분에서 벌떡 일어나 이의를 제기하며 공세를 벌이리라 예상했지만, 지금은 피고 측도 이 증언을 이용해 먹으려고 준비 중이라는 사실을 잘 알았다. 켄싱턴 랜디는 피고 측의 허수아비였기에 그 시나리오를 든든하게 지지해줄 증언이라면 어떤 것이든 그들에게도 환영이었다.

"그게 언제 시작됐나요?"

맥퍼슨이 마침내 다시 질문을 했다.

"제가 가출했던 그해 여름이요." 글리슨이 대답했다. "멜리사가 납치되기 전 해 여름이었어요."

"세라, 그런 끔찍한 기억을 다시 떠올리게 해서 정말 미안합니다. 오전에 세라는 본인과 멜리사가 서로의 옷을 바꿔 입기도 했었다고 말했습니다, 제 말이 정확한가요?"

"예."

"멜리사가 붙잡혀가던 날 입었던 원피스, 그것도 세라의 것이었죠, 맞습니까?"

"예, 맞습니다."

그러자 맥퍼슨은 검찰 측의 다음 증거물건으로 그 원피스를 제시했다. 보슈는 배심원석 앞에 가져다 둔 머리 없는 마네킹에 그 옷을 입혀 배심원들이 잘 볼 수 있도록 배치해두었다.

"이게 그 원피스가 맞습니까, 세라?"

"예, 맞습니다."

"지금 보시면 원피스 앞쪽 아랫부분 솔기가 사각형 모양으로 잘려나간 것을 알 수 있을 겁니다. 그 부분이 보이세요, 세라?"

"네."

"저 부분이 왜 잘려나갔는지 알고 있나요?"

"네, 그들이 저 부분에서 정액을 발견했습니다."

"그들이란 법의학 수사관들을 말씀하시는 건가요?"

"네."

"그렇다면 동생이 살해됐을 당시에도 지금 말한 사실을 알고 있었습니까?"

"아니요, 근래 알게 됐습니다. 당시에는 아무도 그런 사실을 말해주지 않았습니다."

"그럼 그 정액이 유전자 분석 결과 누구의 것으로 확인됐는지도 알고 있나요?"

"예, 제 양아버지의 것이라고 들었습니다."

"그 사실을 들었을 때, 놀랐나요?"

"안타깝게도, 그렇지 않았습니다."

"그렇다면 어떻게 그 정액이 본인의 원피스에 묻게 되었는지 설명해주실 수 있겠습니까?"

드디어 로이스가 이의를 제기하고 나섰다. 그는 맥퍼슨의 질문이 증인의 추정을 요하고 있다고 주장했다. 또한 그것은 증인이 피고 측의 이론에서 벗어나는 답변을 해야 한다는 사실도 의미했지만, 그는 그 점을 언급하지 않았다. 브리트만은 이의를 인정했고, 맥퍼슨은 목적지로 나아가기 위해 다른 길을 찾아야만 했다.

"세라, 동생이 유괴되던 날 아침에 그 원피스를 빌려 가기 전에, 세라는 언제 그것을 마지막으로 입었나요?"

로이스가 자리에서 일어나 다시 한 번 이의를 제기했다.

"이번에도 역시 증인의 추정을 요하고 있습니다. 우리는 24년 전에 일어난 사건을 추정하고 있고, 당시 증인은 겨우 13살에 지나지 않았습니다."

"존경하는 재판장님." 맥퍼슨이 끼어들었다. "로이스 변호사는 소위 말하는 그 추정이 피고 측의 계획에 맞아 들어갈 때는 아무런 이의를 제기하지 않았습니다. 그러다가 이제 우리가 문제의 핵심에 가까워지려 하니 계속 이의를 제기하고 있습니다. 이것은 추정이 아닙니다. 글리슨 씨는 자기 삶의 가장 어둡고 슬픈 나날에 대해 진솔한 증언을 하는 중입니다. 그러니……."

"이의를 기각합니다." 브리트만이 말했다. "증인은 대답해도 좋습니다."

"고맙습니다, 존경하는 재판장님."

맥퍼슨이 같은 질문을 다시 했을 때, 보슈는 배심원단을 살펴봤다. 그는 왜 피고 측 변호사가 증인이 진실을 향해 나아가려는 것을 계속 방해하는지 배심원들도 볼 수 있기를 바랐다. 그리고 지금까지는 세라 글리슨의 증언이 그들에게 전적으로 설득력을 얻고 있다는 사실을 확인할 수 있었다. 그는 세라가 해야만 하는 말을 그들이 들을 수 있기를 바랐다. 그리하여 배심원단이 그와 같은 배를 타고 세라의 증언을 막으려 하는 변호사의 노력을 의심의 눈초리로 바라봐 주길 진심으로 기원했다.

"그 이틀 전에 입었습니다."

글리슨이 말했다.

"그럼 14일 금요일, 그러니까 밸런타인데이였겠군요."

"맞습니다."

"왜 그 원피스를 입었었나요?"

"엄마가 근사한 밸런타인데이 저녁식사를 준비하고 있기 때문에, 양아버지가 예쁜 옷을 차려입어야 한다고 말했습니다."

글리슨은 배심원단과 시선을 맞추지 못하고 다시 시선을 떨어트렸다.

"바로 그날 밤 양아버지가 세라를 성폭행했나요?"

"네."

"그때 그 옷을 입고 있었습니까?"

"네."

"세라, 당시에 아버지가……"

"그 사람은 내 아버지가 아니에요!"

세라가 소리를 질렀다. 그 목소리가 이제는 그녀의 어두운 비밀을 알고 있는 100여 명의 사람들 주위로 메아리치며 진동했다. 보슈는 맥퍼슨을 보았고, 그녀가 배심원단의 반응을 살피는 것을 알아차렸다. 그제야 보슈는 그 실수가 의도적인 것이었음을 알아차렸다.

"미안합니다, 세라. 양아버지라고 말한다는 것이, 정말 미안합니다. 다시 질문하겠습니다. 당시 양아버지가 세라를 겁탈하는 중에 사정을 했습니까?"

"예, 그리고 정액 일부가 원피스에 묻었습니다."

맥퍼슨이 황색 법률용지를 몇 장 넘기면서 메모해둔 내용을 살펴봤다. 그녀는 세라의 마지막 대답이 오랫동안 그곳에 머물러 있기를 바랐다.

"세라, 집에서 세탁은 누가 했나요?"

"일하는 아주머니가 오셨어요. 애비라는 분이었습니다."

"그럼 밸런타인데이가 지나고, 그 원피스를 세탁기에 집어넣었습니까?"

"아니요."

"왜 그러지 않았나요?"

"애비 아줌마가 그걸 찾아내서 무슨 일이 있었는지 알게 될까 봐 겁이 났습니다. 아줌마가 엄마에게 말하거나 경찰에 신고할지도 모른다고 생각했어요."

"그렇게 하는 것이 왜 안 좋다고 생각했나요, 세라?"

"난…… 당시 엄마는 행복했습니다. 엄마의 삶을 망치고 싶지 않았습니다."

"그럼, 그날 밤 원피스를 어떻게 했나요?"

"정액이 묻은 곳을 닦아내고 다시 옷장에 걸어뒀습니다. 동생이 그걸 입게 되리라고는 생각지 못했습니다."

"그럼 이틀 후에 동생이 그 옷을 입겠다고 했을 때, 세라는 뭐라고 얘기했나요?"

"제가 봤을 때는 이미 동생이 그 옷을 입고 있었습니다. 내가 입을 거라고 말했지만, 동생은 이미 늦었다고 안 된다고 했습니다. 그건 제가 동생과 공유해 입는 옷들 중 하나였거든요."

"원피스에 묻은 얼룩이 눈에도 보이던가요?"

"아니요. 제가 살펴봤는데, 솔기 부분에 묻어 있어서 눈에는 전혀 보이지 않았습니다."

맥퍼슨은 다시 멈추었다. 보슈는 증언 준비 과정을 모두 지켜본 사람이

었다. 따라서 맥퍼슨이 지금 던지는 일련의 질문을 통해 배심원단에게 드
러내 보이고자 하는 모든 요점을 찬찬히 다 짚어가고 있음을 잘 알았다.
그녀는 지금 법정에 나와 앉아 있는 모든 사람들이 가장 궁금해하는
DNA의 출처에 대해 충분히 설명하고 있었다. 이제 맥퍼슨은 세라 글리
슨을 과거의 어두운 여정으로 더 깊숙이 이끌어가야만 했다. 그녀가 그렇
게 하지 않는다면, 로이스가 그렇게 할 게 분명했기 때문이었다.

"세라, 여동생의 죽음 이후에 양아버지와 세라의 관계에 변화가 있었
나요?"

"네."

"어떻게 변했나요."

"그 이후로는 내게 손대지 않았습니다."

"왜 그런지 이유를 알고 있나요? 그것에 대해 그와 대화를 나눠본 적이
있나요?"

"왜인지도 모르고, 그 주제로 그와 대화를 나눠본 적도 없습니다. 그냥
다시는 그런 일이 일어나지 않았고, 양아버지는 애초에 그런 일은 있지도
않았다는 듯이 행동했습니다."

"그렇지만 세라의 입장에서는 이 모든 일, 그러니까 양아버지 일이나
동생의 죽음으로 엄청난 타격을 입었을 텐데요, 그렇죠?"

"맞습니다."

"어떤 식으로 타격이 왔나요, 세라?"

"음, 그러니까, 난 마약에 빠져들기 시작했고, 다시 가출을 했습니다. 아
니, 솔직히 말해, 수도 없이 가출을 했어요. 그리고 섹스에도 탐닉했습니
다. 원하는 것을 얻기 위한 수단으로 그걸 이용하기 시작했죠."

"체포된 경력은 없습니까?"

"여러 번 체포됐죠."

"무엇 때문에요?"

"대부분은 마약 때문이었어요. 한번은 잠복 경찰에게 호객행위를 하다가 체포되기도 했죠. 그리고 도둑질로도 한 번 걸렸고요."

"세라는 청소년기에 여섯 번, 그리고 성인이 되어 다섯 번 더 체포됐습니다. 제 말이 맞나요?"

"세어보지는 않아서 정확히는 잘 모르겠어요."

"주로 어떤 약물을 복용했나요?"

"대부분은 크리스털메스였어요. 그렇지만 다른 게 있으면 그것도 그냥 사용했죠. 그게 제가 살아온 방식이에요."

"상담치료를 받거나 갱생시설에 들어갔던 적은 없습니까?"

"많아요. 처음에는 아무 효과가 없었는데, 나중에는 효과를 봤습니다. 완전히 치유됐거든요."

"그게 언제쯤인가요?"

"7년 전쯤입니다. 제가 서른이 되던 해였죠."

"그럼 7년 동안 깨끗하게 살아오신 거네요."

"예, 맞습니다. 지금은 완전히 다른 삶을 살고 있습니다."

"제가 증인에게 검찰 측 증거물건 제13호를 보여드리겠습니다. 로스앤젤레스에 있는 파인스라는 사설재활기관 입원 지원 평가 서류입니다. 거기에 입원했던 사실은 기억하시나요?"

"예, 제가 16살 때 엄마가 입원시켰습니다."

"그게 처음 빗나가기 시작했을 때였나요?"

"맞습니다."

맥퍼슨이 평가 서류 복사본을 판사와 서기와 피고 측에 전달했다.

"좋습니다, 세라. 제가 입원 지원 서류의 평가 부분에 노랗게 강조 표시를 해놓은 문장에 관심을 기울여주시기 바랍니다. 배심원단에게 그 부분을 소리 내어 읽어주실 수 있나요?"

"지원자는 3년 전에 발생한 여동생의 살인사건으로 인해 PTSD 증상을 보이고 있다. 살인사건과 관련된 풀리지 않는 죄책감에 고통받고 있으며, 성폭력 희생자들에게서 전형적으로 나타나는 행동양상이 분명하게 드러난다. 전반적인 심리, 신체 평가를 받아볼 것을 권장하는 바이다."

"고맙습니다, 세라. PTSD가 무슨 의미인지 아나요?"

"외상 후 스트레스 장애요."

"당시 파인스에서 권장하는 평가를 받았나요?"

"예."

"양아버지의 성폭력에 대해서도 논의가 됐습니까?

"아니요. 제가 거짓말을 했거든요."

"왜 그랬나요?"

"그때쯤 저는 다른 남자들과도 자고 다녔기 때문에, 양아버지에 대해서는 언급하지 않았습니다."

"오늘 법정에서 그 사실에 대해 폭로하기 전에, 양아버지에 관해서, 그러니까 그가 세라를 성폭행했다는 사실에 대해 다른 사람에게 털어놓은 적이 있습니까?"

"검사님과 보슈 형사님이 전부입니다. 그 외에는 없습니다."

"결혼은 했나요?"

"네."

"한 번 이상이요?"

"네."

"그리고 남편들에게도 그 이야기는 전혀 하지 않았고요?"

"네. 여기저기 떠벌리고 다닐 만한 얘깃거리가 아니잖아요. 혼자만 알고 있어야 할 것 같았습니다."

"고맙습니다, 세라. 이상으로 심문을 마치겠습니다."

맥퍼슨이 자신의 법률용지를 집어 들고 자리로 돌아오자, 할러가 그녀의 팔을 꽉 쥐며 환영해주었다. 그것은 배심원단에게 보이기 위해 의도된 몸짓이었지만, 사실 법정의 모든 시선은 로이스에게로 향해 있었다. 이제 그의 차례였고, 보슈가 법정을 둘러보고 내린 결론에 따르면, 세라 글리슨은 모두를 자신의 편으로 끌어들여 놓은 듯했다. 로이스가 그녀를 짓밟기 위해 어떤 노력을 벌이든 간에, 그 노력이 오히려 그의 의뢰인에게 역공이 되어 돌아갈 위험부담이 상당히 컸다.

따라서 로이스는 현명한 판단을 내렸다. 그는 모두의 감정이 진정될 시간을 하룻밤 정도 내어줄 작정이었다. 그는 자리에서 일어나서 글리슨을 증인으로 요청할 권리를 피고 측 공판 일정까지 미루어두겠다고 판사에게 말했다. 사실상 반대심문을 미루겠다는 뜻이었다. 그러고 나서 그는 자리에 앉았다.

보슈는 시간을 확인했다. 4시 15분이었다. 판사는 할러에게 다음 증인을 부르라고 말했지만, 보슈는 다음 증인이 없다는 사실을 알고 있었다. 할러는 맥퍼슨을 바라보았고, 그들은 함께 고개를 끄덕였다. 할러가 자리에서 일어섰다.

"존경하는 재판장님." 그가 말했다. "이상으로 검찰 측 공판을 모두 마치겠습니다."

35 '할러 저택'에서의 저녁식사

4월 7일 수요일, 오후 7시 20분

검찰 측은 '할러 저택'에서 저녁을 먹었다. 나는 상점에서 구입한 소스를 기본으로 하고 나비넥타이 모양의 파스타 면을 삶아서 걸쭉한 볼로네즈를 만들었다. 매기는 나름의 조리법으로 시저 샐러드를 준비했다. 그것은 함께 결혼생활을 하던 당시 내가 무척이나 좋아했으나, 최근 몇 년간은 거의 맛보지 못했던 음식이었다. 보슈가 딸과 함께 가장 마지막에 도착한 손님이었다. 재판이 끝난 후 세라를 호텔에 데려다주고 밤새 안전하게 묵을 수 있도록 만전을 기한 후에, 집으로 가서 딸을 데려와야 했기 때문이었다.

우리의 딸들은 그 만남에 부끄러워하고 당황스러워했다. 부모들이 얼마나 오랫동안 그 순간을 보기 위해 기다려왔는지 너무도 노골적으로 드러내고 있는 탓이었다. 두 아이는 부모들 곁에서 사라져야 한다는 사실을 본능적으로 깨닫고는 과제를 해야 한다는 표면적 이유를 내세워 뒤편에 있는 내 업무용 서재로 들어갔다. 그리고 얼마 지나지 않아 우리는 복도로 울려 퍼지는 웃음소리를 들을 수 있었다.

나는 파스타와 소스를 커다란 유리그릇에 담아 함께 버무렸다. 그런 다음 먼저 딸들을 불러내서 먹을 만큼 그릇에 덜어 서재로 가지고 들어가라고 일렀다.

"그건 그렇고 안에서는 뭐 하고 있었어?" 아이들이 접시에 음식을 더는 동안 내가 물었다. "숙제는 잘하고 있는 거야?"

"아빠."

헤일리는 마치 내 질문이 사생활을 대단히 침해하기라도 한다는 듯이 무시하는 투로 날 불렀다. 그래서 나는 그 사촌에게 다시 물었다.

"매디?"

"음, 저는 숙제 거의 다 했어요."

두 아이가 서로 마주 보더니 큰 소리로 웃어젖혔다. 마치 내 질문이나 그에 대한 대답이 대단히 재미있기라도 하다는 듯했다. 아이들이 종종걸음으로 부엌을 빠져나가 서재로 돌아갔다.

나는 어른들이 앉아 있는 탁자 위에 모든 음식을 가져다 놓았다. 내가 마지막으로 한 일은 서재 문이 확실히 닫혀 있음을 확인하는 것이었다. 아이들이 우리의 대화를 듣지 못하게 하고, 우리도 아이들의 대화를 엿듣지 않기 위해서였다.

"자." 내가 보슈에게 파스타를 건네며 입을 열었다. "오늘로 우리는 검찰 측 증인 심문을 모두 끝냈습니다. 이제 정말 힘든 시간이 찾아왔어요."

"그런데 말이야." 매기가 말했다. "로이스는 세라에게 대체 어떤 공격을 퍼부어댈 작정일까?"

나는 잠시 대꾸할 말을 생각하며 내 첫 번째 나비넥타이를 맛봤다. 자랑스러워해도 좋을 만큼 맛이 좋았다.

"세라에게 던져댈 수 있는 건 뭐든 집어 던지겠지. 그 정도는 이미 짐작하고 있던 바잖아." 내가 마침내 대답했다. "세라가 이번 사건의 열쇠나 다름없으니까."

보슈가 외투 주머니에 손을 넣더니 접힌 종이쪽지 하나를 꺼냈다. 그리고 탁자 위에 그것을 펼쳐놓았다. 피고 측의 증인 목록이었다.

"오늘 재판 마지막에 로이스가 자신은 하루 만에 피고 측 공판을 마치겠다고 했잖아." 그가 말했다. "그러면서 증인은 딱 네 명만 부를 거라고 했는데, 여기에는 이름이 무려 23개나 적혀 있어."

"그렇다고 해도 목록에 있는 이름 대부분이 우릴 혼란스럽게 하려고 적어 넣은 거라는 사실쯤은 우리도 알고 있잖아요." 매기가 말했다. "분명히 로이스는 뭔가를 숨기고 있어요."

"좋아, 먼저 세라가 다시 법정에 서게 될 거야." 내가 손가락 하나를 세워 보이며 말했다. "그다음에는 제섭이 증언할 테고. 나는 로이스가 그를 증언대에 세워야 한다는 사실을 알고 있으리라 생각해. 그럼 두 명이야. 또 누가 있을까?"

대답하기 위해 매기는 입 안 가득 물고 있던 음식을 먼저 삼켜야 했다.

"우와, 정말 맛있다, 할러. 이거 만드는 건 어디서 배웠어?"

"소위 '뉴먼의 조리법'이라고 부르는 상표 덕 좀 봤지."

"아니야, 그 맛이 아닌걸. 당신이 뭔가 더 넣은 게 있어. 우리가 결혼했을 때는 왜 한 번도 요리를 안 했어?"

"이건 단지 필요에 의해 습득한 기술이야. 편부모 가정의 아버지잖아. 해리는 어때요? 할 줄 아는 요리가 있어요?"

보슈는 마치 우리 둘이 미치기라도 했다는 듯이 바라봤다.

"달걀은 부칠 줄 알지." 그가 말했다. "그것도 요리라고 쳐준다면."

"다시 재판 얘기해요." 매기가 말했다. "내 생각에 로이스는 제섭과 세라를 반드시 증언대에 세울 거예요. 그런 다음에 우리가 찾아내지 못한 비밀 증인도 준비해두고 있을 거예요. 난 그게 마지막 재활기관의 남자라고 생각해요."

"에드워드 로만."

보슈가 말했다.

"맞아요. 로만. 그러면 셋이 되는데, 네 번째는 로이스의 수사관이나 마약 전문가일지도 모르지만, 허풍일 가능성도 커요. 난 네 번째는 없다고 봐요. 로이스가 하는 일은 대부분 잘못된 방향으로 모두의 시선이 향하게 하는 거잖아요. 자신의 전리품에 다른 사람의 시선이 닿는 걸 원치 않는 거죠. 그러니 진실 이외의 방향으로 모두의 시선을 돌리려는 거예요."

"그럼 로만은 어때?" 내가 말했다. "우리가 그를 찾아내지는 못했지만, 그가 무슨 증언을 할지는 대충 알아내지 않았나?"

"길게 봐서는 그렇지도 않아." 매기가 말했다. "내가 세라와 함께 여러 번 짚어봤는데, 세라도 그가 무슨 증언을 할지 전혀 짐작도 못 하는 것 같아. 동생에 관해서는 단 한 번도 그와 얘기를 나눈 적이 없다고 했어."

"로이스가 제출한 증거자료 요약본을 보면, 로만이 세라의 어린 시절 '관계'에 대해 증언할 거라고 되어 있어요." 보슈가 말했다 "그 외의 자세한 내용은 전혀 없더군요. 물론 로이스는 그와 면담을 진행하는 동안에도 자신은 아무것도 적어두지 않았다고 주장하고 있죠."

"저기." 내가 말했다. "우린 그의 범죄 기록을 가지고 있잖아요. 그러니 정확히 어떤 인간을 다루고 있는지 안다고요. 그는 로이스가 원하는 대로 움직일 겁니다. 간단해요. 피고 측에 도움이 된다면 무슨 말이라도 할 거라고요. 당연히 그의 입에서 나오는 말은 다 거짓말일 테죠. 그러니 로만이 무슨 증언을 할지에 대해서는 별로 걱정 안 해도 될 겁니다. 대신에 어떻게 하면 그를 증인석에서 쫓아버릴까를 고민해봐야 해요. 거기에 대해 뭐 좋은 생각 없어요?"

매기와 나는 둘 다 보슈를 바라봤고, 그는 우리를 위해 대답할 준비가 돼 있었다.

"나한테 한 가지 생각이 있기는 해. 그래서 오늘 밤 누굴 좀 만나보고 와야 할 것 같아. 제대로만 되면 아침에 결과를 볼 수 있을 거야. 그때 자세한 건 얘기해주지."

보슈의 수사방식이나 소통방식에 대해 내내 품어왔던 내 불만이 그 순간 끓어 넘치고 말았다.

"해리, 제발 이러지 좀 말아요. 우린 한 팀이에요. 무슨 비밀 수사대 같은 방식은 매일 법정에서 위태롭게 줄타기를 하는 우리 상황에는 전혀 어울리지 않아요."

보슈가 자신의 접시를 가만히 내려다봤다. 나는 그의 표정이 파스타 소스만큼이나 어두워지는 것을 알아차렸다.

"자네가 위태롭게 줄타기를 한다고?" 그가 말했다. "난 제섭이 자네 집 바깥에서 돌아다닌다는 내용은 감시보고서 어디에서도 읽어본 적이 없어, 할러. 그러니 자네가 위태로운 상황에 처해 있다는 말은 내게 하지 말라고. 자네 일은 법정 안에 있는 거야. 그건 멋지고 안전한 일이지. 가끔은 자네가 이기고, 또 가끔은 질 때도 있겠지. 그렇지만 무슨 일이 일어나든 자네는 다음 날이면 다시 법정으로 돌아갈 거야. 진짜 위태로운 게 어떤 건지 알고 싶나? 그렇다면 저 밖에서 한번 일해보지그래."

그가 창밖으로 보이는 도시의 전망을 손가락으로 가리키며 말했다.

"이러지들 말고, 두 사람 다 진정해요." 매기가 재빨리 말했다. "해리, 무슨 일이에요? 제섭이 다시 우드로 윌슨에 나타난 거예요? 그렇다면 그의 보석을 취소하고 다시 가둬버리는 게 좋겠어요."

보슈가 고개를 저었다.

"내가 사는 거리에 나타났던 건 아니에요. 그때 처음 나타났던 이래로 다시 나타나지는 않았어요. 그리고 멀홀랜드에 가지 않은 지도 거의 한 주가 넘어요."

"그럼 무슨 일인데요?"

보슈가 포크를 내려놓고 음식 접시를 뒤로 밀었다.

"SIS가 교도소에 수감됐던 무기 거래상과 제섭이 만나는 걸 목격한 이후로 제섭이 총을 가지고 있을 확률이 크다는 건 우리도 알고 있잖아요. 감시대는 그가 무기 거래상에게서 무엇을 건네받았는지 확인은 못 했지만, 수건에 감싸여 있던 걸로 봐서는 물건이 뭐였을지 추측하기 어렵지는 않아요. 그러고 나서 어젯밤에 무슨 일이 있었어요. 둘 다 그게 무슨 일인지 알고 싶다는 거잖아요? 감시대원 하나가 볼일을 보기 위해 화장실에 가느라 자기 위치를 벗어나면서 아무에게도 알리지 않았던 거예요. 그리고 그때 제섭이 감시망을 벗어났어요."

"그래서 그를 놓친 거예요?"

매기가 물었다.

"예, 그러다가 내가 그에게 발각되기 직전에 그를 먼저 발견했어요. 내가 먼저 발각됐다면 상황이 그다지 좋게 나아가지는 않았을 겁니다. 그런데 그가 무슨 일을 하고 있는지 알아요? 누군가를 가두기 위해 지하 감옥을 만들고 있었어요. 그리고 내가 아는 바로는……."

그가 탁자 앞으로 몸을 숙이고 긴박한 목소리로 말을 끝냈다.

"그게 내 아이를 가두기 위한 장소일지도 모른다는 겁니다!"

"세상에, 잠깐만요, 해리." 매기가 말했다. "다시 돌아가 보죠. 그가 지하 감옥을 만들고 있다고요? 어디에요?"

"방파제 아래요. 그곳에 창고 저장시설 같은 게 있어요. 그 문에 자물쇠를 걸어놓고 어젯밤에 통조림을 잔뜩 가져다 뒀어요. 마치 누군가 거기서 지낼 준비를 하는 것 같았어요."

"세상에, 정말 끔찍하네요." 매기가 말했다. "그렇지만 해리의 딸이라고요? 그건 모르는 거예요. 그가 해리의 집 앞에는 딱 한 번밖에 가지 않았다고 했잖아요. 그런데 왜 그런 생각을……."

"왜냐하면 도저히 그 생각을 안 할 수가 없거든요. 내 말 이해해요?"

매기가 고개를 끄덕였다.

"예, 이해해요. 그렇다면 난 좀 전에 내가 한 말을 다시 한 번 해야겠어요. 제섭이 전과가 있는 무기 거래상과 어울려서 보석 규칙을 위반했으니 우린 그의 OR 석방을 철회할 수 있어요. 재판도 며칠밖에 남지 않았으니, 그도 보나 마나 맘먹은 일을 실행하지는 못할 거예요. 하더라도 우리가 예상하듯이 뭔가 실수를 하게 될 거라고요. 그냥 안전하게 가죠. 재판이 끝날 때까지 가둬두자고요."

"그러다가 우리가 유죄판결을 못 받아내면 어떻게 되죠?" 보슈가 말했다. "그때는 무슨 일이 일어나는 겁니까? 놈이 자유롭게 걸어 나오면 감시도 그날로 끝날 텐데요. 그렇게 되면 놈은 지켜보는 눈 하나 없이 맘대로 휘젓고 다닐 수 있게 돼요."

그 말이 방 안에 침묵을 가져왔다. 나는 보슈를 바라봤다. 그리고 그가 받고 있는 압박감을 이해할 수 있었다. 사건, 딸에게 가해지는 위협, 집에 그를 도울 만한 아내도 전처도 없다는 사실.

보슈가 마침내 그 불편한 침묵을 깼다.

"매기, 오늘 밤 헤일리를 집으로 데려갈 거예요?"

매기가 고개를 끄덕였다.

"네, 이따가 여기서 나갈 때 집으로 데려갈 거예요."

"그럼 오늘 밤 매디도 함께 데려가 줄래요? 가방에 갈아입을 옷은 챙겨 왔어요. 내가 내일 아침에 학교 갈 시간 맞춰서 데리러 갈게요."

그 요청이 매기를 놀라게 한 모양이었다. 특히 두 아이가 만난 지 얼마 되지도 않은 참이라 더욱 그랬다. 보슈가 다시 부탁했다.

"오늘 밤 누구를 좀 만나봐야 하는데, 일이 어떻게 전개될지 아직 알 수가 없어서 그래요." 보슈가 말했다. "어쩌면 그 만남이 로만까지 이어질지도 모르겠어요. 그래서 아이 걱정 없이 돌아다닐 수 있어야 해요."

매기가 고개를 끄덕였다.

"그럼요, 걱정 마세요. 보아하니 애들도 벌써 친구가 된 것 같으니까요. 저러다가 밤새 안 자고 깨어서 노는 건 아닌지 모르겠네요."

"고마워요, 매기."

30초쯤 침묵이 흐른 후, 내가 입을 열었다.

"그 지하 감옥에 대해 좀 더 얘기해줘요, 해리."

"어젯밤에 내가 그 안에 들어가 있었네."

"그런데 왜 산타모니카 방파제죠?"

"내 생각에는 그 위에 있는 것을 노리는 것 같았어."

"먹잇감 말이군요."

보슈가 고개를 끄덕였다.

"그런데 소음은요? 그 장소가 방파제 바로 아래에 있다고 하지 않았어요?"

"인간의 소음을 통제할 수 있는 방법엔 여러 가지가 있지. 그리고 어젯밤에는 방파제 아래 박아놓은 나무 말뚝에 부서지는 파도 소리가 너무 시끄러워서, 그 아래서 밤새 비명을 질러댄다고 해도 아무도 들을 수 없겠더라고. 심지어 그 아래서 총을 쏜다고 해도 아무도 못 들을 것 같았어."

보슈의 말 속에는 세상의 여러 어두운 장소와 그 안에 깃든 악의 권위가 담겨 있었다. 나는 입맛이 달아나서 접시를 옆으로 밀어놓았다. 갑자기 두려움이 내면으로 밀려들었다.

멜리사 랜디를 위한 두려움이자 세상의 다른 모든 피해자를 위한 두려움이었다.

36 보슈의 전략

4월 7일 수요일, 오후 11시

길버트와 설리번이 샌페르난도 도로의 북쪽 경계선 근처에 있는 랭커심 대로에 세워둔 차 안에서 그를 기다리고 있었다. 그곳은 중고차 시장과 자동차 수리점이 몰려 있는 매우 지저분한 지역이었다. 이 싸구려 산업단지의 한가운데에 주당 50달러짜리 방이 있다고 광고하는 다 쓰러져가는 모텔이 한 채 서 있었다. 모텔 전면에는 이름도 붙어 있지 않았다. 단지 '모텔'이라는 글자만 덩그러니 쓰인 간판에 불이 들어와 있을 뿐이었다.

길버트와 설리번은 길거리 마약단속반인 밸리 수사팀에 속한 마약전담 수사관 길버트 레이예스와 존 설리번을 함께 부르는 이름이었다. 에드워드 로만을 찾는 동안 보슈는 마약단속반에 속한 모든 수사대원에게 그의 목표가 무엇인지 확실히 전달했다. 로만의 기록을 보고 보슈가 세운 가정은 세라 글리슨과는 달리 로만이라는 인간은 절대로 마약중독자의 삶에서 벗어나지 못하리라는 것이었다. 그러니 마약단속반에 속한 수사관들 중에 누군가는 반드시 그에게 끈이 닿아 있을 게 분명했다.

그의 그런 가정은 길버트 레이예스의 전화로 보상을 받았다. 레이예스와 그의 파트너는 로만을 표적으로 장악하고 있지는 않았지만, 과거 거리에서의 인연으로 그를 알고 있었으며, 현재 그의 가짜 동거녀가 어디에 숨어서 로만이 돌아오기를 기다리는지도 알았다. 오랫동안 마약중독자로 살아온 자들은 종종 매춘부와 동거하면서 여자를 보호해준다는 명목하에 그녀가 벌어들인 돈으로 구입한 마약을 제공받곤 했다.

보슈는 그 마약전담 수사관들의 차 뒤로 자신의 차를 끌고 가 주차했다. 그리고 차에서 내려 그들의 차 쪽으로 다가가서 두 수사관이 최근 신고 다녔던 사람들이 차에 구토해놓거나 다른 쓰레기를 던져놓은 것이 없는지 확인한 후에 뒷자리에 올라탔다.

"보슈 형사님이 맞겠죠?"

운전석에 앉은 사람이 물었고, 보슈는 그가 레이예스 수사관이리라 추측했다.

"예, 반갑습니다."

그가 주먹을 앞좌석 사이로 들이밀자 두 사람이 자기소개를 하며 그의 주먹에 자신들의 주먹을 부딪쳐왔다. 보슈의 추측이 빗나갔다. 라틴계로 보이는 사람이 존 설리번이었고, 하얀 밀가루 빵 덩어리처럼 보이는 사람이 레이예스였다.

"길버트와 설리번(빅토리아 시대에 활동했던 뮤지컬계의 두 거장, 윌리엄 길버트 경과 아서 설리번 경을 함께 부르던 명칭이다-옮긴이)이라고요?"

"우리가 파트너가 됐을 때 다들 그렇게 부르더라고요." 설리번이 말했다. "이젠 모두 입에 붙어버렸어요."

보슈는 고개를 끄덕였다. 그 정도면 초면의 어색함을 깨는 인사로는 충분했다. 모두가 별명이 있고 그에 따르는 이야기가 있었다. 이들은 둘의 나이를 합해도 보슈보다 어릴 듯했고, 따라서 길버트와 설리번이 대체 뭐

하는 사람인지도 알지 못할 게 분명했다.

"그래, 두 분이 에디 로만을 알고 있다고요?"

"예, 기쁘게도 그렇습니다." 레이예스가 말했다. "세상에 굴러다니는 여러 인간쓰레기 중 하나죠."

"그렇지만 전화로 말씀드렸듯이, 거의 한 달 정도 그를 보지 못했습니다." 설리번이 덧붙였다. "그래서 그와 가장 가까운 사람이 있는 곳으로 모시고 온 겁니다. 로만이 기둥서방질을 하며 데리고 있는 애죠. 3호실에 있습니다."

"여자 이름이 뭔가요?"

설리번이 웃음을 터트렸지만, 보슈는 이해를 못 했다.

"여자 이름은 소니아 레이예스예요." 레이예스 수사관이 대답했다. "저와는 아무 관계도 아닙니다."

"그 정도는 보슈 형사님도 알아."

설리번이 덧붙였다. 그러면서 또다시 웃음을 터트렸지만, 보슈는 무시했다.

"철자를 좀 불러주세요." 그가 말하고는 주머니에서 수첩을 꺼내 받아 적었다. "그런데 여자가 안에 있는 건 확실합니까?"

"물론입니다."

레이예스가 말했다.

"좋습니다. 그럼 안에 들어가기 전에 내가 좀 더 알아둬야 할 게 있을까요?"

"아니요." 레이예스가 말했다. "그렇지만 우리도 함께 들어갈 겁니다. 형사님을 보면 여자가 난리법석을 떨어댈지도 모르거든요."

보슈가 앞으로 몸을 기울여 그의 어깨를 꽉 잡았다.

"아니요, 혼자 갈게요. 방 안이 붐비는 건 원치 않습니다."

레이예스가 고개를 끄덕였다. 무슨 말인지 이해했다는 뜻이었다. 보슈는 안에서 자신이 취하게 될지도 모를 행동에 어떤 목격자도 남기고 싶지 않았다.

"그렇지만 도움을 주셔서 고맙습니다. 기억하고 있겠습니다."

"중요한 사건인가 보죠?"

설리번이 물었다. 보슈는 문을 열고 차에서 내렸다.

"사건이야 다 그렇죠."

그는 대답하고 문을 닫은 후 자동차 지붕을 두 번 두드리고 나서 걸음을 옮겨놓았다.

모텔 주위에는 2.5미터 높이의 안전 울타리가 둘러쳐져 있었다. 보슈는 버저를 누르고 카메라에 경찰 배지를 들어 보였다. 삑 소리와 함께 그는 부지 안으로 들어섰다. 그리고 사무실을 지나쳐 곧장 나아가서 객실로 이어지는 옥외 통로를 따라 걷기 시작했다.

"이봐요!"

뒤에서 목소리가 그를 불러 세웠다. 뒤돌아보니 한 남자가 단추를 채우지 않은 셔츠 차림으로 모텔 사무실 문짝에서 몸을 내밀고 서 있었다.

"대체 어딜 맘대로 들어가는 거야, 친구?"

"안으로 들어가서 문 닫아. 경찰 업무야."

"난 그런 거 신경 안 써, 이 양반아. 누가 안 들여보낸데? 여긴 사유지라고. 그러니까 그냥 맘대로 들락거릴……."

보슈는 사무실 쪽을 향해 빠른 걸음으로 다시 걷기 시작했다. 남자는 바로 분위기를 파악했는지, 보슈가 더는 입을 열지 않았음에도 자진해서 뒤로 물러섰다.

"신경 쓰지 마쇼. 그냥 들어가요."

그러고는 재빨리 안으로 들어가 문을 닫았다. 보슈는 뒤로 돌아 걸어가

다가 별 어려움 없이 3호 객실을 찾았다. 그는 혹시라도 무슨 소리가 들리지 않을까 싶어 문설주에 귀를 바짝 가져다 댔다. 아무 소리도 들리지 않았다.

문에는 안쪽에서 바깥을 내다볼 수 있는 구멍이 뚫려 있었다. 그는 구멍을 손가락으로 막고 문을 두드렸다. 인기척이 없었다. 다시 문을 두드렸다.

"소니아, 문 열어요. 에디가 보냈어요."

"누군데요?"

의심하는 듯한 갈라진 여자 목소리였다. 보슈는 어떤 문이든 통과할 수 있는 보편적인 암호를 댔다.

"그건 알 필요 없고, 에디가 자기가 없는 동안 당신이 버틸 수 있게 뭔가를 보냈어요."

다시 대답이 없었다.

"좋아요, 소니아. 가서 당신이 아무 관심도 없어 한다고 말할게요. 이거 원하는 사람은 얼마든지 있으니 난 상관없어요."

그가 구멍에서 손가락을 떼고, 걸어가기 시작했다. 그러자 거의 즉시 뒤에서 문이 열렸다.

"잠깐만요."

보슈는 뒤돌아섰다. 문은 15센티미터 정도 열려 있었다. 푹 꺼진 한 쌍의 눈이 그를 바라보고 있었고, 뒤에서는 흐린 불빛이 비쳐 나왔다.

"보여줘요."

"뭐요? 여기서?" 그가 말했다. "사방에 카메라가 달렸잖아요."

"에디가 모르는 사람한테 문 열어주지 말라고 했어요. 게다가 당신은 꼭 경찰처럼 보여요."

"글쎄요, 그럴지도 모르죠. 그렇지만 그게 에디가 날 보냈다는 사실을 바꾸지는 않아요."

보슈가 다시 돌아서서 걷기 시작했다.

"아까도 말했지만, 난 노력했는데, 당신이 관심 없어 했다고 에디에게 말할 거예요. 좋은 밤 보내요."

"알았어요, 알았다고요. 들어와도 좋지만, 그냥 물건만 놓고 가요. 꾸물 거리지 말고."

보슈는 다시 문 쪽으로 걸어갔다. 여자가 뒤로 물러서며 문을 활짝 열었다. 안으로 들어서서 여자 쪽으로 돌아섰을 때, 그는 총을 보았다. 낡은 리볼버였다. 드러난 약실에는 총알이 보이지 않았다. 보슈는 양손을 가슴 높이로 들어 올렸다. 그는 여자가 몹시 고통스러워하고 있음을 눈치챘다. 그녀는 마약중독자만이 보일 수 있는 맹목적인 믿음에 근거해서 누군가 를 너무 오랫동안 기다리고 있는 중이었다.

"그럴 필요 없어요, 소니아. 그리고 난 에디가 당신에게 총알을 남겨두 고 갔을 것 같지 않은데요."

"하나 있어요. 확인해보고 싶어요?"

아마도 자신을 위해 하나를 보관해두었던 듯했다. 여자는 피골이 상접 해 있었고, 거의 한계점에 이르러 있었다. 마약중독자치고 제명대로 살다 가는 사람은 없었다.

"이리 내놔요." 여자가 요구했다. "어서요."

"알았으니까 진정하라고요. 바로 여기 있어요."

그가 오른손을 코트 주머니에 집어넣고 미키 할러의 주방에서 꾸깃꾸 깃 둥글게 말아온 알루미늄 포일을 꺼내 들었다. 그는 그것을 몸의 오른 쪽으로 들어 올렸다. 여자의 필사적인 시선이 그것을 따라 움직이리라는 사실을 알고 있었기 때문이었다. 보슈는 왼팔을 빠르게 뻗어서 여자의 손 에서 총을 빼앗았다. 그런 다음 앞으로 나아가 그녀를 거칠게 침대 위로 밀어 넘어뜨렸다.

"입 다물고, 움직이지 마."

그가 명령했다.

"대체 뭐……."

"입 다물라고 했잖아!"

그가 약실을 밖으로 꺼내 안쪽을 확인해봤다. 여자의 말이 맞았다. 총 알이 하나 남아 있었다. 그는 손바닥에 총알을 빼내서 주머니에 집어넣었 다. 그런 다음 총을 벨트에 끼워 넣었다. 그리고 배지 지갑을 꺼내 여자의 눈앞에서 열어 보였다.

"당신 짐작이 맞았어."

그가 말했다.

"원하는 게 뭐예요?"

"곧 알게 될 거야."

보슈는 침대 주변을 돌며 새로울 것도 없는 방 안을 둘러보았다. 담배 와 땀 냄새 같은 것이 풍겼다. 여자의 소지품이 담긴 비닐봉지가 바닥에 몇 개 놓여 있었다. 하나에는 신발이 들어 있었고, 몇 개에는 옷가지가 들 어 있었다. 침대 한쪽 옆에 놓인 작은 탁자 위에는 담배꽁초가 수북이 쌓 인 재떨이와 유리 파이프 하나가 놓여 있었다.

"대체 뭘 그렇게 애타게 기다리고 있지, 소니아? 코카인? 헤로인? 아니 면 메스?"

여자는 대답하지 않았다.

"당신이 필요로 하는 게 뭔지 알면 내가 도울 수도 있어."

"당신 도움 같은 거 필요 없어요."

보슈가 돌아서서 그녀를 바라봤다. 지금까지는 정확히 그가 예상한 시 나리오대로 흘러가고 있었다.

"정말?" 그가 말했다. "정말 내 도움이 필요치 않아? 설마 에디 로만이 당신에게 돌아올 거라고 믿고 있는 건가?"

"돌아올 거예요."

"내가 들려줄 소식이 하나 있는데, 놈은 이미 사라졌어. 내 생각에는 그들이 에디의 전과를 다 없애준 것 같아. 그래서 그들이 원하는 걸 다 해주고 나면 에디는 다시 이곳으로 돌아오지 않을 거야. 그들이 에디에게 후한 대가를 지불할 테니까. 그리고 그 돈이 다 떨어지면, 그때 가서 새로 살림을 차리면 되겠지."

그는 잠시 말을 멈추고 여자를 바라봤다.

"누군가가 사고 싶어할 무언가를 여전히 가지고 있는 어떤 여자와 함께 말이지."

보슈의 말이 끝나자 그녀의 눈이 진실을 알고 있는 이의 시선처럼 먼 곳을 응시했다.

"날 그냥 내버려둬요."

그녀가 쉰 목소리로 말했다.

"내가 말하는 사실을 당신도 이미 다 깨닫고 있었다는 걸 나도 잘 알아. 당신은 처음에 그러리라 생각했던 것보다 에디를 더 오랫동안 기다리는 중이었잖아, 안 그래? 이 방에는 얼마나 더 오래 머물 수 있을 것 같아?"

그가 여자의 눈에서 답을 읽어냈다.

"이미 날짜가 지났잖아, 그렇지? 어쩌면 여기 계속 머물려고 이미 사무실에 있는 남자에게 방세 대신 입으로 해주고 있을지도 모르지. 그게 얼마나 오래 지속될 것 같아? 머지않아 저 남자도 그냥 돈으로 내놓으라고 할걸."

"가라고 했잖아요."

"갈 거야. 그렇지만 나와 함께 가지, 소니아. 지금 당장."

"원하는 게 뭐예요?"

"당신이 에디 로만에 대해 알고 있는 전부."

4부

침묵하는 증인

37 변호인 측의 모두진술

4월 8일 목요일, 오전 9시 1분

판사가 배심원단을 불러들이기 전에, 클라이브 로이스는 자리에서 일어나서 판사에게 제섭의 무죄방면을 결정해달라고 요청했다. 그는 입증책임을 지고 있는 검찰 측이 그 의무를 완수하는 데 실패했다고 주장했다. 그러면서 검찰 측이 제시한 증거는 유죄의 문지방을 합리적이고 의심의 여지 없이 넘어서지 못했다고 덧붙였다. 나는 일어서서 검찰 측의 주장을 펼치려고 했지만, 판사가 손을 들어 올려 내게 그대로 앉아 있으라는 신호를 보냈다. 그러고는 재빨리 로이스의 신청을 해결했다.

"신청을 기각합니다." 브리트만이 말했다. "본인은 검찰이 제시한 증거가 배심원단이 고려해볼 만한 충분한 가치가 있다고 판단합니다. 로이스 변호사, 피고 측 공판을 시작할 준비가 됐습니까?"

"예, 그렇습니다, 존경하는 재판장님."

"좋습니다. 그럼 배심원단을 다시 불러들이도록 하죠. 모두진술을 준비했나요?"

"간단하게 하겠습니다, 존경하는 재판장님."

"좋아요. 그 약속은 지키도록 하세요."

배심원단이 안으로 들어와 지정된 자리에 가서 앉았다. 그들 중 많은 얼굴에 기대감이 서려 있었다. 나는 그것을 좋은 징조로 받아들였다. 검찰 측이 잔뜩 가져다 부어놓은 온갖 증거 더미를 헤치고 대체 변호사가 어떻게 자신의 길을 찾아 나갈지 배심원단이 궁금해하고 있다는 증거였기 때문이다. 물론 그것은 단지 내 희망사항에 지나지 않을지도 몰랐다. 하지만 성인이 되고 나서 대부분의 시간을 나는 배심원의 표정을 파악하며 보냈을 뿐 아니라, 그들의 표정을 바라보는 것을 좋아하기도 했다.

배심원단을 맞아들인 후, 판사는 로이스에게서 몸을 돌려 법정을 바라봤다. 그러고는 배심원단에게 이어질 변호사의 연설은 모두진술이기에 후에 증언과 증거가 뒷받침되지 않는 한은 사실로 인정되지 않는다는 점을 상기시켰다. 로이스가 자신 있게 성큼성큼 걸어 발언대로 다가갔다. 손에는 법률용지 철은 물론이고 파일도 들려 있지 않았다. 나는 모두진술을 하는 데 있어서는 그도 나와 같은 철학을 품고 있음을 잘 알았다. 배심원단의 눈을 똑바로 응시해야 하고, 움찔거리지 말 것이며, 펼쳐놓은 논리가 아무리 진실과 동떨어지고 황당하더라도 한번 뱉어놓은 말은 절대로 철회하지 않는다. 무조건 믿게 하라. 만약 배심원들이 내가 내 논리를 믿는다고 생각지 않게 되면, 그들도 절대 그것을 믿지 않을 것이다.

피고 측 공판이 시작되는 시점으로 자신의 모두진술을 미룬 그의 전략은 이제 큰 이득이 되어 돌아갈 터였다. 이제부터 로이스는 그동안 법정에 울려 퍼졌던 모든 증언을 기이한 것으로 만들어버릴 수도 있는 진술을 배심원단에게 들려주며 하루를, 그리고 자신의 공판을 시작하려 하고 있었다. 그 진술은 구태여 사실일 필요가 없었다. 어떡하든 배심원단의 관심만 계속 끌고 갈 수 있다면, 문제 될 것은 전혀 없었다.

"배심원 여러분, 안녕하십니까. 이제 재판이 새로운 국면으로 접어들었습니다. 피고 측을 위한 국면입니다. 이제 우리는 배심원 여러분께 우리 쪽의 이야기를 들려드릴 것입니다. 그리고 단언컨대, 그것은 지난 사흘간 검찰 측이 여러분께 들려드리고 보여드린 거의 모든 것의 대척점에 있을 것입니다.

저는 여러분의 시간을 많이 빼앗지는 않을 생각입니다. 저와 제이슨 제섭 씨는 검찰 측이 찾아내는 데 실패했거나 여러분에게 보여주지 않기로 선택했던 증거들을 피고 측이 제시할 수 있게 됐다는 사실에 매우 들떠 있습니다. 지금 이 시점에서는 그것이 어떤 증거인지는 중요치 않습니다. 중요한 것은 여러분이 그것을 듣게 될 것이며, 그럼으로써 1986년 2월 16일 윈저 대로에서 무슨 일이 일어났는지 그 전말을 확실히 볼 수 있게 되리라는 사실입니다. 저는 여러분께 열심히 듣고 자세히 살펴보시라고 감히 요구드립니다. 그렇게 하신다면, 서서히 드러나는 진실을 보실 수 있을 것입니다."

나는 로이스가 모두진술을 하는 동안 매기가 노트에 낙서해놓은 것을 흘낏 바라봤다. 커다란 글씨체로 그녀는 '수다쟁이!'라고 써놓았다. 나는 그녀가 아직 로이스의 수다를 맛도 보지 못했다는 사실에 내기라도 걸고 싶었다.

"이 사건은……." 로이스가 계속 말을 이었다. "단 한 가지에 관한 것입니다. 한 가족의 어두운 비밀에 관한 것이죠. 여러분은 검찰 측의 재판이 진행되는 동안 오직 그 일부만을 흘낏 바라볼 수 있었을 뿐입니다. 검찰 측 공판은 그 빙산의 일각만을 보여주었습니다. 오늘 여러분은 그 차갑고 단단한 진실을 모두 보실 수 있게 됩니다. 제이슨 제섭이 진정한 피해자라는 사실이 오늘 밝혀질 것입니다. 그는 어두운 비밀을 감추고자 했던 한 가족의 욕망, 그 욕망의 피해자일 뿐입니다."

매기가 내 쪽으로 몸을 기울여 속삭였다.

"마음 단단히 먹어."

나는 고개를 끄덕였다. 나는 우리가 어디로 향하고 있는지 정확히 알고 있었다.

"이 재판은 한 어린아이를 살해한 괴물에 관한 것입니다. 그 괴물은 어린 소녀를 더럽히고 나서 상황이 어긋나자 그 아이를 살해한 후 다음 단계로 나아갔습니다. 이 재판은 한 가족에 관한 것입니다. 그들은 그 괴물을 너무도 두려워한 나머지 그의 범죄를 덮어버릴 계획에 동참해 다른 곳을 향해 손가락질하고 말았습니다. 바로 저 무고한 남자를 향해서 말입니다."

로이스는 이 마지막 주장을 하며 제섭을 향해 야심 차게 손가락을 내밀었다. 매기는 역겨움에 고개를 저었다. 배심원단에게 보이기 위한 계산된 행동이었다.

"제이슨 제섭 씨, 자리에서 일어나 주시겠습니까?"

로이스가 말했다. 그의 의뢰인은 변호사의 지시대로 자리에서 일어나 배심원단을 향해 돌아섰다. 그의 시선은 대담하게 배심원 한 명 한 명을 훑어 나갔다. 마주 보는 시선에도 전혀 움찔하지 않았고, 눈길을 외면하지도 않았다.

"제이슨 제섭 씨는 무고한 사람입니다." 로이스가 목소리에 적절한 분노를 담아 말했다. "그는 희생양에 불과합니다. 이 무고한 남성이 한 어린아이의 생명을 앗아간, 세상에서 가장 끔찍한 범죄를 은폐하려던 괴물의 즉흥적인 계획에 말려들었습니다."

제섭이 자리에 앉았고, 로이스는 자신의 주장이 배심원의 의식 속으로 파고들 시간을 주기 위해 잠시 말을 멈췄다. 상당히 과장된 어조였지만, 그 역시도 계획된 바였다.

"이 사건에는 두 명의 피해자가 있습니다." 그가 마침내 말했다. "멜리사 랜디는 피해자입니다. 그녀는 목숨을 잃었습니다. 제이슨 제섭 역시 피해자입니다. 그들이 그의 생명을 앗아가려 하고 있기 때문입니다. 멜리사의 가족은 그를 모함하기로 공모했고, 경찰도 그들이 이끄는 대로 따라갔습니다. 그들은 증거를 무시하고 자신들의 증거를 심어놓았습니다. 그리고 이제 24년이 흐른 후, 증인은 사라지고 기억은 희미해진 후에, 그들은 제이슨 제섭을……."

로이스가 마치 진실의 무게가 너무 무거워 감당할 수 없다는 듯이 고개를 떨어뜨렸다. 나는 이제 그가 마무리하려 한다는 사실을 알았다.

"배심원 여러분, 우리는 오직 한 가지 이유로 이곳에 앉아 있습니다. 진실을 찾는 것이죠. 오늘이 다 가기 전에, 여러분은 윈저 대로에서 일어났던 그 사건의 진실을 알게 될 것입니다. 제이슨 제섭이 무고한 사람임을 알게 될 겁니다."

로이스가 다시 말을 멈추었다. 그러고는 배심원단에게 감사의 인사를 하고 자기 자리로 돌아갔다. 그러자 제섭이 자기 변호사의 어깨에 팔을 두르고 꼭 안아주며 고마움을 표현했다. 나는 그것이 미리 연습된 장면임을 잘 알았다.

하지만 판사는 로이스가 그 순간을, 혹은 매끈하게 마무리된 그의 모두 진술의 여운을 좀 더 만끽하게 내버려두지 않았다. 그녀는 로이스에게 첫 번째 증인을 부르도록 했다. 나는 자리에 앉은 채로 몸을 돌려 보았고, 법정 뒤쪽에 서 있는 보슈의 모습을 볼 수 있었다. 그가 고개를 끄덕여 보였다. 내가 법원에 도착하자마자 로이스가 세라 앤 글리슨을 자신의 첫 번째 증인으로 세우겠다고 알려왔고, 나는 그녀를 데려오게끔 보슈를 호텔로 보냈다.

"피고 측은 세라 앤 글리슨을 첫 번째 증인으로 신청합니다."

로이스는 자신의 선택이 아무도 예기치 않았을 반전이라는 사실을 암시하기 위해 피고 측이라는 단어를 강조하며 말했다.

보슈가 법정 밖으로 나가 재빨리 글리슨을 데리고 돌아왔다. 그는 통로로 그녀를 안내해 들어가 게이트를 통과하게 했다. 세라는 나머지 길을 혼자 걸어가 증인석으로 갔다. 그녀는 오늘도 법정에 서기에는 다소 어울리지 않는 흰색 페전트블라우스에 청바지 차림이었다.

판사가 그녀에게 아직 선서 중임을 상기시켰고, 세라 글리슨은 로이스 쪽으로 돌아앉았다. 발언대로 나오는 로이스의 손에 이번에는 두툼한 파일과 황색 법률용지 철이 들려 있었다. 보나 마나 대부분, 적어도 파일은, 단지 글리슨을 겁주기 위한 용도임이 분명했다. 그녀가 살아오며 저질렀던 수많은 잘못에 관해 모두 모아놓은 두툼한 파일을 그가 가지고 있다고 믿게끔 하려는 것일 터였다.

"안녕하십니까, 글리슨 씨."

"안녕하세요."

"글리슨 씨는 어제 본인이 양아버지인 켄싱턴 랜디의 손에 성폭행당했다고 증언하셨습니다, 맞습니까?"

"네."

세라의 첫 번째 대답에서 나는 두려움의 흔적을 감지해냈다. 그녀는 로이스의 모두진술을 듣지 못했지만, 우리는 피고 측의 공판이 어떤 식으로 나아갈지에 대해 글리슨이 미리 대비할 수 있게 해주었다.

벌써부터 두려움을 드러내서는 배심원단에게 좋은 인상을 심어줄 수가 없었다. 매기나 내가 해줄 수 있는 것은 아무것도 없었다. 세라는 혼자 모든 것에 대처해야만 했다.

"그렇다면 삶의 어느 시기에 그 성폭행이 시작됐습니까?"

"제가 12살 때였습니다."

"그리고 언제 끝났습니까?"

"제가 13살 때요. 동생이 죽고 나서부터였습니다."

"'동생이 살해됐다'라고 표현하지 않으시는군요. '동생이 죽고 나서'라고 말씀하셨습니다. 그렇게 표현하시는 이유라도 있나요?"

"대체 무슨 말씀이신지 이해를 못 하겠습니다."

"음, 글리슨 씨의 동생은 살해됐습니다, 안 그런가요? 그건 사고가 아니었습니다, 맞죠?"

"네, 그건 살인사건이었어요."

"그런데 왜 좀 전에는 '동생이 죽고 나서'라고 말씀하셨습니까?"

"잘 모르겠습니다."

"동생에게 일어난 일을 혹시 혼동하고 계신 건 아닌가요?"

글리슨이 대답하기 전에 매기가 일어나서 이의를 제기했다.

"변호인은 증인을 괴롭히고 있습니다." 그녀가 말했다. "그는 대답이 아니라 감정적인 반응을 끌어내는 데만 관심을 두고 있습니다."

"존경하는 재판장님, 저는 단지 어떻게, 그리고 왜, 현재 이 범죄를 바라보는 증인의 관점이 생겨났는지 알아보려는 것입니다. 이것은 증인의 마음상태와도 관련이 있습니다. 저는 제가 질문한 사항에 대한 답변 외에는 그 어떤 것도 끌어낼 생각이 없습니다."

판사는 잠시 생각해보더니 판결을 내렸다.

"질문을 허락하겠습니다. 증인은 질문에 대답해주십시오."

"다시 질문하겠습니다." 로이스가 말했다. "글리슨 씨, 동생에게 일어난 일을 혹시 혼동하고 계신 건 아닌가요?"

판사와 변호사가 대화를 나누는 동안 글리슨은 해결 방법을 찾아낸 듯했다. 그녀는 로이스를 도전적인 시선으로 빤히 바라보며 단호하게 대답했다.

"아니요, 난 동생에게 일어난 일을 전혀 혼동하고 있지 않습니다. 난 거기에 있었어요. 동생은 당신의 의뢰인에게 납치됐고, 그 이후로 나는 동생을 다시 보지 못했어요. 그 사실에 관해서는 전혀 혼동하지 않아요."

나는 벌떡 일어나서 박수라도 치고 싶었다. 하지만 그럴 수 없었기에 대신 혼자 고개를 끄덕였다. 훌륭한, 정말 훌륭한 답변이었다. 그러나 로이스는 세라가 던진 토마토에 자신은 절대로 맞은 적이 없다는 듯이 굴며 다음 질문으로 넘어갔다.

"그렇지만 살아오는 동안 여러 번 혼란스러웠던 시기가 있었을 테죠, 맞습니까?"

"제 여동생과, 그날 일어난 일과, 누가 동생을 납치해갔는가 하는 점에 있어서 말인가요? 한 번도 없었습니다."

"저는 지금 글리슨 씨가 정신요양시설에 입원해 있던 시기와 구치소나 교도소 내의 정신병동에 수감돼 있던 시기에 관해 이야기하는 것입니다."

글리슨은 과거 속에 묻어버렸던 자신의 지난 삶을 완전히 뒤집어 공개하지 않고는 이 재판에서 빠져나갈 길이 없으리라는 뼈아픈 사실을 깨달으며 고개를 떨어뜨렸다. 나는 그녀가 매기와 함께 준비해온 방식으로 대답할 수 있기만을 바랄 뿐이었다.

"여동생이 살해당한 이후 제 삶은 많은 것이 뒤틀려버렸습니다." 이렇게 답한 후, 세라가 고개를 들고 로이스를 똑바로 바라보며 말을 이었다. "예, 맞아요. 저는 그런 종류의 시설을 전전하며 삶의 한때를 보냈습니다. 그리고 그런 삶이 멜리사에게 일어났던 일 때문이라고 생각합니다. 그것은 저를 상담했던 분들도 마찬가지로 동의하는 사항입니다."

훌륭한 대답이야, 나는 생각했다. 세라는 맞서 싸우고 있었다.

"예, 그 부분에 대해서는 곧 다시 얘기하도록 하겠습니다." 로이스가 말했다. "하지만 동생에 관한 부분으로 다시 돌아가서, 멜리사는 살해되던 당시에 12살이었습니다, 맞습니까?"

"맞습니다."

"그렇다면 글리슨 씨가 양아버지에게 성폭행을 당하기 시작했던 시기와 같은 나이가 됩니다. 제 말이 맞나요?"

"네, 그 나이쯤이었죠, 맞습니다."

"동생에게 양아버지에 대해 경고해주었습니까?"

글리슨은 대답할 말을 찾느라 오랫동안 입을 다물고 있었다. 사실 그 질문에 좋은 대답 같은 건 없었기 때문이었다.

"글리슨 씨?" 판사가 불렀다. "질문에 대답해주십시오."

"아니요, 경고하지 않았습니다. 겁이 났었거든요."

"뭐가 겁이 났나요?"

로이스가 물었다.

"그가요. 이미 지적하셨듯이, 저는 살아오면서 수많은 치료과정을 거쳐야 했습니다. 따라서 어린아이가 다른 사람에게 그런 이야기를 털어놓지 못하는 것은 지극히 당연한 일이라는 사실을 잘 알고 있습니다. 그 행위에 갇히고, 두려움에 갇혀버리게 되거든요. 그런 이야기를 지금껏 수도 없이 들었습니다."

"다시 말해서, 남들처럼 적당히 어울려 평범하게 살기 위해 털어놓지 않았다는 거군요."

"말하자면요. 하지만 그렇게 말하는 건 너무 단순화시켜버리는 게 되겠죠. 그건 사실……."

"어쨌든 글리슨 씨는 당시에 엄청난 두려움을 안고 살아갔던 거군요?"

"네, 저는……."

"양아버지가 자신이 한 짓을 아무에게도 말하지 말라고 하던가요?"

"네, 그는……."

"협박도 했습니까?"

"만약 그가 한 짓을 다른 사람에게 말하면 엄마와 동생을 다시는 못 보게 될 거라고 했습니다. 마치 엄마가 이미 그 사실을 알고 있었음에도, 전혀 아무런 조치를 취하지 않은 것처럼 보이게 만들겠다고 했어요. 그러면 경찰이 엄마가 나를 양육할 자격이 없는 것으로 결론 내려서 멜리사와 나를 어딘가로 데려가 버릴 거라고요. 그리고 그렇게 되면 보통 아동위탁 가정에서는 두 아이를 한꺼번에 받아들이지 않으니까 멜리사와 나도 뿔뿔이 헤어져야 할 거라고 했어요."

"그의 말을 믿었습니까?"

"예, 저는 12살이었어요. 그러니 믿을 수밖에요."

"그리고 두려웠겠군요, 그렇죠?"

"네. 저는 가족과 함께 살고……."

"혹시 그 두려움이, 양아버지가 멜리사를 죽이고 난 다음에, 글리슨 씨더러 남들처럼 적당히 어울려 평범하게 살아가라고 강요했을 때, 그때 느꼈던 두려움과 비슷하지 않았습니까?"

매기가 다시 벌떡 일어나서 로이스의 질문이 유도신문일 뿐 아니라 순전한 추측에 의거한다고 이의를 제기했다. 판사도 그 말에 동의하고 이의를 인정했다.

그럼에도 아무런 거리낌 없이, 로이스는 끈질기게 글리슨을 물고 늘어졌다.

"증인과 증인의 어머니가 멜리사의 살인에 관한 진실을 덮기 위해 양아버지가 증인에게 했던 말을 그대로 실천하고, 또 그 말을 그대로 반복해 말했다는 것이 사실입니까?"

"아니요, 그건……."

"그는 증인에게 범인은 견인트럭 운전사이고, 경찰이 그 운전사들을 집으로 데리고 오면 증인이 그들 중 한 명을 범인으로 지목해야 한다고 말했습니다."

"아니요! 그는 그런 말을……."

"이의 있습니다!"

"멜리사와 증인은 집 밖에서 숨바꼭질 같은 건 하지도 않았습니다, 그렇죠? 증인의 동생은 집 안에서 퀸싱턴 랜디에게 살해당했습니다. 그게 진실 아닙니까!"

"재판장님!" 이제 매기는 거의 고함을 질러대고 있었다. "변호인은 끊임없는 유도신문으로 증인을 괴롭히고 있습니다. 그는 증인의 대답 같은 건들을 생각도 없습니다. 단지 배심원들에게 자신의 거짓말만을 전달하고자 할 뿐입니다!"

판사의 시선이 매기에게서 로이스 쪽으로 움직였다.

"좋습니다. 모두 진정하세요. 이의를 받아들입니다. 로이스 변호사, 한번에 한 가지 질문만 하고, 증인에게 대답할 시간을 주시기 바랍니다. 그리고 더는 유도신문을 허락지 않겠습니다. 노파심에 다시 한 번 상기시켜 드리자면, 변호인은 글리슨 씨를 증인으로 신청한 겁니다. 유도신문을 하고자 했다면, 기회가 주어졌을 때 반대심문을 하셨어야죠."

로이스는 최선을 다해 뉘우치는 표정을 지어 보였다. 모르긴 해도 무척이나 힘들었을 터였다.

"너무 흥분했던 것을 사과드립니다, 존경하는 재판장님." 그가 말했다. "다시는 이런 일이 없도록 주의하겠습니다."

이런 일이 다시 일어나고 말고는 이제 문제가 아니었다. 로이스는 이미 자신이 목적하는 바를 완수했다. 그의 목적은 글리슨에게서 어떤 대답을 얻어내는 것이 아니었다. 아니, 실은 그녀에게는 아무것도 기대하지 않았다. 그의 목적은 배심원단에게 그의 이론을 주입시키는 것이었다. 그리고 그 점에 있어서는 지금까지 매우 성공적이었다.

"좋습니다. 다음 질문으로 넘어가겠습니다." 로이스가 말했다. "앞서 글리슨 씨는 성인이 되고 나서 상당 기간을 마약 때문에 상담받거나 재활원 신세를 지는 건 물론이고, 심지어 투옥까지 됐었다고 진술했습니다, 그게 사실인가요?"

"어느 시점까지는요." 글리슨이 말했다. "그 이후에는 재활에 성공해서 완전히 새로운……."

"제가 질문한 사항에만 답변해주십시오."

로이스가 재빨리 끼어들었다.

"이의 있습니다." 매기가 말했다. "글리슨 씨는 변호사의 질문에 답변하려 하고 있지만, 오히려 변호사가 제대로 된 답변을 하지 못하게 막고 있습니다."

"답변하게 하세요, 로이스 변호사." 브리트만이 피곤하다는 듯이 말했다. "계속하십시오, 글리슨 씨."

"저는 7년 동안 깨끗하게 생활해왔고, 생산적인 사회의 일원으로 지내 왔다는 말을 하려 했습니다."

"고맙습니다, 글리슨 씨."

그런 다음 로이스는 비극적이고 추악한 삶의 역사 속으로 글리슨을 이 끌어갔다. 그녀가 거듭 체포를 당하면서 참으로 오랫동안 파묻혀 지냈던 타락의 구렁텅이 같은 삶의 모든 세부 사항을 폭로해 나갔다. 매기는 그런 내용이 세라가 제섭을 지목했다는 사실과는 아무런 관련이 없다고 주장하며 자주 이의를 제기했지만, 브리트만은 로이스의 질문을 대부분 허락하며 심문을 진행하게 했다.

마침내 로이스가 글리슨에 대한 심문을 마무리하며 슬슬 자신의 다음 증인을 불러낼 준비를 하기 시작했다.

"북부 할리우드에 있는 재활기관 시절로 되돌아가 보면, 글리슨 씨는

1999년 그곳에서 5개월을 지냈습니다, 맞습니까?"

"언제였는지, 얼마나 오래 있었는지는 기억나지 않네요. 그 앞에 기록을 가지고 있을 것 같은데요?"

"그렇지만 그곳에서 다른 환자를 만났던 기억은 나죠? 다들 에디라고 부르는 에드워드 로만을 만났습니까?"

"예, 만났습니다."

"그럼 그를 잘 알겠네요?"

"네."

"그를 어떻게 만났습니까?"

"집단 상담치료를 함께 받았습니다."

"당시 본인과 에디 로만의 관계를 어떻게 설명할 수 있겠습니까?"

"글쎄요, 상담받는 동안 우리는 둘이 공동으로 친분이 있는 사람도 몇 명 있고, 취미도 비슷하다는 사실을, 제 말은 같은 마약을 좋아한다는 사실을 알게 됐습니다. 그래서 함께 어울리기 시작했고, 기관을 나온 후에도 관계가 지속됐습니다."

"로맨틱한 관계였습니까?"

글리슨이 유머가 아니라 어이없음을 전달하기 위한 웃음을 터뜨렸다.

"두 마약중독자 사이에서는 로맨스로 통하는 그런 관계였죠." 그녀가 말했다. "제 생각에는 조력자라는 말이 더 어울릴 것 같네요. 그냥 함께해서 도움이 되는 사이였죠. 그렇지만 로맨스라는 단어는 전혀 어울리지 않는 것 같네요. 가끔 섹스를 하기는 했어요. 물론 할 수 있을 때는요. 그렇지만 로맨스 같은 건 없었습니다, 로이스 변호사님."

"그렇지만 사실 두 사람은 어느 시점이 돼서 결혼까지 하지 않았나요?"

"에디가 자칭 목사라는 사람을 데려다가 해변에서 뭔가를 준비하기는 했어요. 그렇지만 진짜 결혼식은 아니었고, 법적으로 부부가 되지도 않았어요."

"그렇지만 당시에는 결혼이라고 생각했겠죠, 맞나요?"

"네."

"그럼 그와 사랑에 빠져 있었겠군요?"

"아니요, 그를 사랑한 적은 없습니다. 그냥 그가 저를 보호해줄 수도 있을 거라고 생각했어요."

"그래서 결혼을 했군요, 혹은 결혼했다고 생각했군요. 그 이후로 함께 살았습니까?"

"네."

"어디서요?"

"밸리에 있는 여러 모텔을 전전하면서요."

"그동안 내내 그와 함께였으니, 에디에게 비밀도 털어놓았겠군요, 그런가요?"

"몇 가지 정도는요, 맞아요."

"여동생의 살인사건에 관해서 그에게 털어놓은 적이 있습니까?"

"예, 물론이에요. 그걸 비밀로 간직한 적은 없어요. 북부 할리우드 재활기관에서 집단 상담치료를 받을 때도 털어놨었는데, 그때 그도 거기 있었으니까요."

"양아버지가 동생을 죽였다는 사실도 그에게 말해준 적이 있습니까?"

"아니요, 왜냐하면 그런 일은 일어난 적이 없으니까요."

"그렇다면 만약 에디 로만이 이 법정에 출두해서 글리슨 씨가 그에게 그렇게 털어놓았다고 증언한다면, 그가 거짓말하는 것이겠군요?"

"네."

"하지만 글리슨 씨는 어제도, 그리고 오늘도 상담사와 경찰에게 거짓말했었다고 증언했습니다. 또한 살아오면서 도둑질도 하고 여러 범죄도 저질렀다고 했습니다. 그렇지만 여기서는 거짓말하는 게 아니라고 주장하는군요. 그걸 우리가 믿어야 하는 걸까요?"

"저는 거짓말하는 게 아닙니다. 변호사님은 제가 한때 그런 짓들을 저질렀던 사실을 얘기하는데, 그것까지 부인하지는 않겠습니다. 그때 저는 인간쓰레기였어요, 맞습니다. 그렇지만 저는 그 시기를 지나왔습니다. 그것도 오래전에 지나왔습니다. 그리고 지금은 거짓말하고 있지 않습니다."

"좋습니다, 글리슨 씨. 이상으로 질문을 마치겠습니다."

로이스가 자리로 돌아가 앉았을 때, 매기와 나는 머리를 모으고 소곤거렸다.

"세라가 정말 잘 버텨줬어." 매기가 말했다. "우린 그냥 이 상태로 가만히 두는 게 좋을 것 같아. 내가 간단히 몇 가지만 질문하고 끝낼게."

"좋은 생각이야."

"맥퍼슨 검사?"

판사가 부르자 매기가 자리에서 일어섰다.

"예, 존경하는 재판장님. 몇 가지만 간단히 질문하겠습니다."

그녀가 자신의 법률용지 철을 들고 발언대로 나아갔다. 그리고 사족은 건너뛰고, 바로 원하는 핵심으로 치고 들어갔다.

"세라, 이 에디 로만이라는 사람과의 어리석은 결혼, 그건 누가 생각해낸 건가요?"

"에디가 제게 결혼하자고 말했습니다. 함께 팀으로 일하면서 모든 걸 공유하자고 했어요. 그리고 자기가 날 보호해주면, 나중에 체포되더라도 경찰이 우리가 서로에게 불리한 증언을 하게끔 강요할 수 없다고 했습니다."

"그럼 당시의 상황에서 함께 팀으로 일한다는 게 무슨 의미였나요?"

"음, 저는…… 그는 제가 매춘을 하기를 원했습니다. 그럼 마약과 모텔을 전전할 돈이 생기니까요."

"그럼 에디를 위해 그렇게 했나요?"

"잠시 그런 생활을 했어요. 그러다가 체포됐죠."

"에디가 세라의 보석금을 내주었나요?"

"아니요."

"재판에는 찾아왔던가요?"

"아니요."

"기록을 보면 당시 세라는 호객행위에 대한 유죄를 인정하고 이미 복역
한 기간만으로 석방되었습니다, 맞나요?"

"예."

"기간은 얼마나 됐죠?"

"13일간 복역했습니다."

"그럼 구치소에서 나오니 에디가 기다리고 있었나요?"

"아니요."

"그 후로 그를 다시 본 적이 있습니까?"

"아니요, 없습니다."

매기가 노트를 몇 장 뒤로 넘기며 내용을 확인하다가 찾고 있는 것을
발견했다.

"좋습니다, 세라. 오늘 증언을 해오는 동안 세라는 로이스 변호사가 마
약중독자 시절에 일어났던 일에 관해 질문하자 날짜나 일어난 사건에 관
해서 정확히 기억하지 못한다는 말을 몇 차례나 했습니다. 그게 마약중독
자들의 당연한 특징인가요?"

"예, 맞습니다."

"오랫동안 마약을 하고, 상담을 받고, 재활기관에 들어가 있어 보니 동
생 멜리사에게 일어났던 일을 잊을 수 있던가요?"

"아니요, 절대로 아니었습니다. 그 일은 매일 생각했어요. 그리고 지금도 매일 합니다."

"그렇다면 세라가 덤불 속에 숨어 있는 동안 집 앞마당을 가로질러 들어와서 동생을 움켜잡아 끌고 갔던 그 남자에 대해서는 잊어본 적이 있습니까?"

"아니요, 없습니다. 그 남자에 대해서도 매일 생각했고, 지금도 매일 생각합니다."

"그 남자를 동생의 유괴범으로 지목했던 그 순간에 대해 의심을 품어본 적이 있습니까?"

"없습니다."

매기가 돌아서서 날카로운 시선으로 제섭을 노려봤다. 그는 고개를 숙인 채 보나 마나 의미 없는 낙서에 불과할 무언가를 법률용지 철에 끼적이고 있었다. 매기는 제섭에게 시선을 고정한 채 기다렸다. 그리고 제섭이 대체 무엇이 재판을 정지시키고 있는지 확인하기 위해 막 고개를 쳐들었을 때, 마지막 질문을 던졌다.

"단 한 번의 의심도 해본 적이 없나요, 세라?"

"단 한 번도 없습니다."

"고맙습니다, 세라. 이상으로 질문을 마치겠습니다."

38 '진실'의 다른 버전

세라 글리슨의 증언이 끝나자 판사는 오전 휴정을 선언했다. 보슈는 로이스와 제섭이 자리에서 벗어나 통로로 움직일 때까지 난간 앞의 자기 자리에 앉아 기다렸다. 그러다가 분노를 꾹꾹 눌러 참으며 자리에서 일어나 증인을 데려오기 위해 움직였다. 제섭이 곁을 스쳐 지날 때, 보슈는 그의 팔을 꽉 움켜잡았다.

"이걸 어쩌나, 화장이 다 지워지고 있는 것 같네, 제이슨."

그는 미소를 지어 보이며 이렇게 말했다. 제섭은 그의 조롱에 걸음을 멈추고 돌아서서 맞대응하려 했으나, 로이스가 그의 다른 팔을 움켜쥐고 앞으로 잡아끌었다.

보슈는 증인석에서 글리슨을 데려오기 위해 앞쪽으로 움직였다. 이틀간이나 증인석에서 시달렸던 탓에 그녀는 정서적, 육체적으로 모두 탈진해 있는 듯했다. 의자에서 일어나는 데도 도움의 손길이 필요해 보였다.

"세라, 정말 잘해줬어요."

보슈가 말했다.

"고마워요. 제 말을 누가 믿어줄지 모르겠네요."

"모두 다 믿고 있어요, 세라. 모두 다."

그가 검찰 측 탁자로 그녀를 데리고 갔고, 그곳에서 할러와 맥퍼슨도 글리슨의 증언에 대해 보슈와 비슷한 평가를 내려주었다. 맥퍼슨이 자리에서 일어나 세라를 꼭 안아주었다.

"세라는 제섭에 맞서고, 동생을 위해 싸워줬어요." 그녀가 말했다. "이제 남은 생애 내내 그 사실을 자랑스러워해도 돼요."

글리슨이 갑자기 눈물을 터트리며 두 손으로 얼굴을 감쌌다. 맥퍼슨은 재빨리 그녀를 다시 안아주었다.

"알아요, 나도 알아요. 정말 강단 있게 버텨주었어요. 그러니 이제 울어도 괜찮아요."

보슈가 배심원석으로 걸어가 크리넥스 상자를 집어왔다. 그것을 글리슨에게 전해주자, 그녀가 눈물을 닦아냈다.

"이제 거의 다 왔어요." 할러가 말했다. "세라는 증언을 완전히 마쳤으니, 이제 우리가 할 일은 법정에 앉아 재판을 지켜보는 거예요. 에디 로만이 증언할 때 세라도 우리와 함께 여기 앞자리에 앉아서 지켜봅시다. 그런 다음 오늘 오후에는 집에 돌아갈 수 있도록 비행기에 태워줄게요."

"좋아요. 그런데 왜 저도 있어야 하죠?"

"왜냐하면 그는 당신에 관해 거짓말을 할 겁니다. 따라서 그가 정말로 거짓말을 늘어놓을 작정이라면, 당신 면전에서 거짓말해야만 할 거예요."

"그런 거 신경 쓸 사람이 아니에요. 과거에도 그랬으니까요."

"그럼 배심원단은 세라가 어떻게 반응하는지 보기를 원할 거예요. 물론 그가 어떻게 반응할지도 보고 싶겠죠. 그리고 걱정 말아요. 우리도 에디를 깜짝 놀라게 할 뭔가를 준비해두고 있으니까요."

그 말을 하고 나서 할러가 보슈를 돌아봤다.

"준비됐어요?"

"언제든 신호만 주라고."

"뭐 좀 물어봐도 되겠어요?"

글리슨이 말했다.

"물론이에요."

할러가 대답했다.

"제가 오늘 비행기에 오르지 않으면 어떻게 되나요? 평결을 보고 가겠다면요? 동생을 위해서요."

"우린 얼마든지 환영이에요, 세라." 매기가 말했다. "원하는 만큼 얼마든지 오래 머물러도 돼요."

보슈는 법정 밖 복도에 서 있었다. 그는 한 손가락으로 천천히 문자메시지를 찍고 있었다. 그러나 곧 문자 하나가 도착하면서 그의 노력을 방해했다. 할러가 보낸 메시지였고, 단 한 단어였다.

지금.

그는 전화기를 집어넣고 증인 대기실로 걸어갔다. 소니아 레이예스가 고개를 숙인 채 의자에 무너지듯 앉아 있었다. 그녀 앞에는 빈 커피컵 두 개가 놓여 있었다.

"좋아요, 소니아. 일어나서 기운 차려요. 이제 시작할 겁니다. 괜찮은 거죠? 준비됐어요?"

그녀가 피곤한 시선을 들어 그를 바라봤다.

"질문이 너무 많네요, 경찰 아저씨."

"좋아요, 하나씩 할게요. 기분은 어때요?"

"보면 모르겠어요? 병원에서 나한테 줬던 거, 혹시 그거 지금 가지고 있어요?"

"아까 준 게 다였어요. 그렇지만 여기서 볼일을 다 보고 나면 다른 사람 시켜서 바로 그리로 데려다주라고 할게요."

"맘대로 해요, 경찰 아저씨. 지난번 카운티 구치소에 수감됐을 때 이후로 이렇게 일찍 일어나본 건 처음이에요."

"글쎄요, 그렇게 이른 시간도 아니에요. 갑시다."

보슈는 소니아가 일어서도록 도와주었고, 그들은 제112호 법정으로 향했다. 소니아 레이예스는 소위 말하는 침묵하는 증인이었다. 그녀는 재판에서 증언하지는 않을 터였다. 그럴 상태도 아니었다. 그렇지만 보슈는 에드워드 로만이 그녀의 존재를 알아차리게끔 그녀를 법정 중앙 통로로 이끌어가서 첫 번째 줄에 앉힐 예정이었다. 검찰 측의 희망사항은 소니아의 존재가 로만을 게임에서 끌어내는 것이었다. 그렇게만 된다면 로만이 게임의 판도를 바꾸어버리게 될지도 몰랐다. 그들은 로만이 연방증거 규칙을 모른다는 사실에 기대를 걸었다. 다시 말해, 소니아가 방청석에 등장했다는 것은 그녀가 증언대에 설 수 없음을 의미하며, 따라서 그의 거짓말을 폭로할 수도 없다는 사실을 그는 모르고 있었다.

해리는 법정 문을 주먹으로 쿵 쳐서 열었다. 그래야만 안에 있는 사람들의 관심을 끌 수 있기 때문이었다. 그런 다음, 그는 소니아 레이예스를 안으로 이끌어서 통로를 따라 걸어가게 했다. 에드워드 로만은 이미 선서를 하고 증인석에 앉아 증언하고 있었다. 로이스의 의뢰인 전용 옷장에서 빌려 입은 맞지도 않는 양복을 걸치고, 말끔하게 면도를 하고, 짧게 깎은 머리칼은 단정히 빗어 넘긴 모습이었다. 소니아가 법정에 들어서는 모습을 보고 그는 말을 더듬었다.

"우리는 집단 상담치료를 두 번 받…… 받았어요."

"단 두 번입니까?"

로이스가 물었다. 그는 뒤쪽에 에디 로만의 주의를 산만하게 하는 무언가가 있다는 사실을 아직 눈치채지 못하고 있었다.

"뭐라고요?"

"세라 글리슨과 집단 상담치료를 단 두 번만 받았다고 말씀하셨죠?"

"아니요, 하루에 두 번 받았다고요."

보슈가 미리 맡아두었던 자리로 레이예스를 이끌었다. 그런 다음 그녀 옆에 자리 잡고 앉았다.

"그럼 상담 시간은 대략 어느 정도 됐습니까?"

로이스가 물었다.

"한 번에 50분쯤 됐을걸요, 아마 그럴 거예요."

로만은 객석에 앉은 레이예스에게 시선을 고정한 채 대답했다.

"두 사람은 얼마나 오랫동안 함께 상담을 받았습니까? 한 달, 1년, 어느 정도였나요?"

"어, 다섯 달이요."

"그럼 재활기관에 있는 동안 두 사람이 연인 관계로 발전했습니까?"

로만이 시선을 낮추었다.

"어…… 예, 맞아요."

"어떻게 관계를 유지해갈 수 있었나요? 제가 알기로는 환자들끼리 서로 사귈 수 없다는 규칙 조항이 있을 텐데요."

"음, 하고자 하는 의지만 있으면, 길이야 늘 있는 법이죠. 알잖아요? 적당히 시간도 내고, 장소도 찾아내고 그랬어요."

"그 관계가 두 사람이 기관에서 나온 후에도 계속됐습니까?"

"예, 그녀가 나보다 2주 정도 먼저 나갔어요. 그런 다음 내가 나가서 또 관계가 지속됐죠."

"함께 살았습니까?"

"어…… 어."

"그렇다는 뜻인가요?"

"예, 뭐 하나만 물어봐도 돼요?"

로이스는 대답이 없었다. 이런 상황은 예기치 못하고 있었기 때문이다.

"아니요, 로만 씨." 판사가 말했다. "질문은 하실 수 없습니다. 로만 씨는 이 재판의 증인 자격으로 나오신 겁니다."

"그렇지만 저 여자는 왜 여기에 데려다 놓은 거예요?"

"누구 말씀이신가요, 로만 씨?"

로만이 객석 쪽으로 팔을 들어 올려 레이예스를 가리켰다.

"저기요."

판사가 레이예스를 바라봤고, 그다음 그녀 옆에 앉아 있는 보슈에게로 시선을 옮겼다. 그녀의 얼굴에 짙은 의심의 기운이 스쳐 지나갔다.

"배심원 여러분, 배심원실로 잠시 퇴장해주시길 부탁드립니다. 오래 걸리지는 않을 겁니다."

배심원단이 열 지어 배심원실로 물러났다. 마지막 배심원이 문을 닫은 순간, 판사가 보슈를 뚫어지게 쳐다봤다.

"보슈 수사관." 그가 자리에서 일어섰다. "왼쪽에 앉아 있는 여자분은 누구인가요?"

"존경하는 재판장님." 할러가 말했다. "제가 답변드려도 되겠습니까?"

"해보세요."

"보슈 수사관 옆에 앉아 있는 여성은 증인 컨설턴트 자격으로 검찰 측을 돕는 데 동의한 소니아 레이예스라는 분입니다."

판사는 할러에게서 레이예스로, 다시 할러에게로 시선을 옮겼다.

"다시 한 번 설명해주겠습니까, 할러 검사?"

"재판장님, 레이예스 씨는 증인과 잘 아는 지인입니다. 피고 측이 고의로 손을 써놓은 까닭에, 오늘 증언이 있기까지 검찰 측은 로만 씨와 아예 접촉조차 할 수 없었습니다. 따라서 그의 반대심문을 진행하기 위해 검찰 측은 레이예스 씨에게 조언을 달라는 도움을 요청했습니다."

할러의 설명에도 브리트만의 의심스러운 표정은 전혀 변하지 않았다.

"그 조언에 대가를 지불하기로 했나요?"

"재활병원에 입원하는 것을 돕기로 동의했습니다."

"꼭 그러길 바랍니다."

"존경하는 재판장님." 로이스가 말했다. "저도 한 말씀 드려도 되겠습니까?"

"하세요, 로이스 변호사."

"제 생각에 이 상황은 검찰이 로만 씨를 위협하려는 시도가 분명합니다. 이것은 갱단이나 할 법한 짓입니다, 재판장님. 검찰에서 하리라 기대했던 그런 일은 단연코 아닙니다."

"글쎄요, 저는 그런 주장에 강력히 이의를 제기합니다." 할러가 말했다. "컨설턴트를 고용해 이용하는 것은 재판 진행과 윤리에 관한 규범 내에서 완벽히 수용 가능한 조치입니다. 로이스 변호사는 지난주에 배심원 컨설턴트를 고용했었고, 그 역시도 완벽히 수용 가능했습니다. 하지만 이제 자신의 증인이 거짓말쟁이이며 여성을 먹잇감으로 삼아 살아가는 비열한 자라는 사실을 폭로하게끔 도울 컨설턴트를 검찰 측이 고용했다고 해서 그 사실에 이의를 제기하고 있습니다. 모든 예의를 갖추어 말씀드리지만, 제가 보기에는 그것이 바로 갱단이나 할 법한 짓입니다."

"좋습니다. 지금은 이 사안에 대해 길게 토론하고 있을 시간이 없습니다." 브리트만이 말했다. "내가 보기에는 검찰 측이 지정된 범위 내에서 레이예스 씨를 컨설턴트로 이용하고 있음이 확실하군요. 배심원단을 들어오게 하세요."

"고맙습니다, 판사님."

할러가 자리에 앉으며 말했다. 배심원단이 지정된 좌석을 찾아가 앉는 동안, 할러는 뒤돌아서 보슈를 바라봤다. 그리고 살짝 고개를 끄덕여 보였고, 보슈는 할러가 기뻐하고 있음을 알 수 있었다. 판사와 나눈 대화는 로만에게 메시지를 전달하기에 더없이 좋은 수단이 돼주었다. 그 메시지란 바로 검찰이 네가 하려는 게임을 이미 알고 있으며, 곧 검찰 측이 질문을 퍼부어댈 차례가 오게 될 테니 머지않아 배심원단도 모든 것을 알게 되리라는 것이었다. 이제 로만은 선택해야만 했다. 피고 측에 계속 남아 있든가, 아니면 검찰 측 대표 선수로 뛰든가.

배심원단이 자리에 앉고 나자 증언이 계속되었다. 로이스는 로만과 세라 글리슨의 관계가 거의 1년이나 지속되었으며, 그 기간 동안 그들은 마약뿐 아니라 개인사까지 서로 나누는 사이였다는 사실을 로만이 빠르게 털어놓도록 이끌어갔다. 하지만 그 개인사라는 것을 털어놓을 때가 되자, 로만은 로이스를 당황스럽게 하며 황급히 도망만 치려 했다.

"그럼, 글리슨 씨가 동생의 살인사건에 대해 한 번이라도 털어놓은 적이 있습니까?"

"한 번이요? 수도 없이 많았어요. 수시로 그 얘기를 했다고요."

"그렇다면 그녀가 '진실'이라고 할 만한 세부 사항을 로만 씨에게 털어놓은 적이 있습니까?"

"예, 했었어요."

"그녀가 로만 씨에게 뭐라고 말했는지, 법정에서 말씀해주실 수 있겠습니까?"

로만이 대답을 주저하면서 턱밑을 긁어댔다. 보슈는 지금이 바로 그의 노력이 보상을 받거나 무(無)로 돌아갈 수 있는 갈림길의 순간이라는 사실을 알았다.

"동생하고 자기가 집 마당에서 숨바꼭질을 하는데 한 남자가 나타나서 동생을 잡아갔고, 자기가 그걸 처음부터 끝까지 다 봤다고 말했어요."

보슈는 법정 안을 눈으로 훑었다. 먼저 배심원단을 확인했다. 심지어 그들도 로만이 뭔가 다른 내용을 이야기하리라 기대하고 있었던 듯했다. 그런 다음, 그는 검찰석을 바라봤다. 맥퍼슨이 할러의 팔을 뒤에서 꽉 움켜잡는 모습이 보였다. 그리고 마지막으로 로이스 변호사를 바라봤다. 이제는 그가 주저하고 있었다. 마치 학생에게서 정답을 이끌어내지 못해 좌절에 빠진 교사처럼 발언대에 서서 한쪽 손을 꼭 움켜쥔 채 엉덩이에 가져다 대고 법률용지 철을 내려다보고 있었다.

"그게 재활기관에 입원해 있을 때 세라 글리슨이 집단 상담치료시간에 했던 이야기군요, 맞습니까?"

그가 마침내 물었다.

"예, 맞아요."

"하지만 좀 더 사적인 공간에 둘만 있을 때, 그녀가 '진실'이라고 불렀던 다른 버전의 이야기를 로만 씨에게 들려주지 않았나요?"

"음, 아니요. 늘 거의 같은 내용의 얘기만 반복해서 했어요."

보슈는 맥퍼슨이 다시 한 번 할러의 팔을 꽉 움켜쥐는 것을 보았다. 재판의 향방이 갈리는 순간이었다.

로이스는 다이빙 보트가 떠나버린 후 물속에 홀로 남겨진 사람 같았다. 물 위에 떠 있으려 애쓰고는 있었지만, 망망대해에서 물속으로 가라앉는 것은 시간문제일 따름이었다. 그는 자신이 할 수 있는 것을 했다.

"로만 씨, 올해 3월 2일, 본인이 제 사무실로 직접 연락해와서 피고 측 증인으로 나서겠다고 제안했었죠?"

"날짜는 잘 모르지만, 그래요, 내가 전화했어요, 맞아요."

"그리고 제 수사관 카렌 레벨레 씨와 이야기를 나누었죠?"

"어떤 여자하고 얘기는 했는데, 이름은 기억 안 나요."

"그리고 그 여성에게는 방금 말한 것과는 상당히 다른 이야기를 들려주지 않았나요?"

"그렇지만 그때는 선서도 뭣도 안 했잖아요."

"예, 그건 맞습니다. 하지만 어쨌든 카렌 씨에게 다른 이야기를 들려준 건 맞죠?"

"그랬을지도 모르지만, 기억 안 나요."

"당시 카렌 씨에게 글리슨 씨가 동생을 죽인 사람은 양아버지라고 털어놓았다고 말하지 않았나요?"

할러가 자리에서 일어나 이의를 제기했다. 로이스가 증인을 유도신문하고 있을 뿐 아니라, 제기하는 질문의 근거도 없으며, 목격자가 진술하기 꺼리는 내용을 배심원단에게 전달하려 시도한다고 주장했다. 판사는 할러의 이의를 받아들였다.

"존경하는 재판장님." 로이스가 말했다. "피고 측은 증인과 상의하기 위해 잠시 휴정을 요청합니다."

할러가 이의를 제기하기도 전에 판사가 그의 요청을 거부했다.

"오늘 오전에 증인이 직접 했던 증언에 따르면, 피고 측은 3월 2일부터 오늘 있을 증언을 준비해왔습니다. 앞으로 정확히 35분 후에 점심시간 휴정에 들어갈 테니, 증인과는 그때 필요한 논의를 하기 바랍니다. 다음 질문 하세요."

"감사합니다, 존경하는 재판장님."

로이스가 자신의 법률용지 철을 내려다봤다. 보슈가 앉은 자리에서는 로이스가 텅 빈 용지를 바라보고 있다는 것을 알 수 있었다.

"로이스 변호사?"

판사가 재촉했다.

"예, 존경하는 재판장님, 날짜를 다시 한 번 확인해봤습니다. 로만 씨, 3월 2일에 왜 제 사무실로 전화를 했나요?"

"음, TV에서 이 사건과 관련된 뭔가를 봤어요. 아니, 실은 변호사님을 봤어요. 로이스 변호사님이 TV에 나와서 이 사건에 관해 얘기하는 걸 본 거죠. 그런데 난 전에 세라에게서 들었던 게 있잖아요. 그래서 혹시 날 필요로 할지도 모른다는 생각이 들어서 전화를 걸었던 거예요."

"그런 다음에 제 사무실로 찾아왔습니다, 맞나요?"

"예, 맞아요. 날 데려오라고 그 여자분을 보냈잖아요."

"그리고 그날 제 사무실에 와서는 지금 배심원단에게 털어놓은 이야기와는 다른 이야기를 했습니다, 맞습니까?"

"아까도 말했지만, 내가 그날 무슨 얘기를 했는지 잘 기억도 안 난다니까요. 난 마약중독자 아닙니까, 변호사님. 내가 떠들어놓고도 기억 못하는 얘기가 한두 가지가 아니에요. 그리고 사실 아무 생각 없이 하는 말도 많아요. 기억하는 거라고는 나를 찾아왔던 여자분이 근사한 호텔에 묵게 해주겠다고 말한 거예요. 그때 난 어디서 하룻밤 묵을 돈도 없었거든요. 그래서 그냥 일러준 대로 말하겠다고 한 거죠."

보슈는 주먹을 쥐고 자신의 허벅지를 강하게 내리쳤다. 이 상황은 피고 측에 완전한 재앙이었다. 그는 제섭을 건너다봤다. 방금 상황이 자신에게 얼마나 불리하게 바뀌어버렸는지 그가 깨달았을까? 제섭이 보슈의 눈길을 감지한 듯했다. 고개를 돌려 보슈의 시선을 마주하는 그의 눈동자가 커져가는 분노와 깨달음으로 어둡게 변했다. 보슈는 앞으로 몸을 기울이고 천천히 손가락 하나를 위로 치켜들었다. 그리고 목을 가르는 시늉을 해보였다.

제섭이 고개를 돌렸다.

39 카드로 만든 집

4월 8일 목요일, 오전 11시 30분

　나는 법정에서 짜릿한 기쁨의 순간을 여러 번 경험해봤다. 그런 순간이면 나는 내가 잘 싸워준 덕분에 자신들이 곧 자유를 되찾게 되리라는 사실을 알고 있는 사람들의 옆자리에 서 있었다. 배심원석 앞에 위치한 변호인석에 서서 진실과 정의의 찌릿함이 등골을 타고 오르는 것을 느꼈다. 그리고 나는 증인석에 앉은 거짓말쟁이들을 한 치의 자비도 없이 무참히 짓밟아버렸다. 그런 순간들이 바로 내가 법조인으로 살아가는 주된 목적이었다. 그러나 지금껏 겪어온 그 어떤 순간도, 제이슨 제섭의 변호사가 에드워드 로만의 증언으로 완전히 무너져 내리는 모습을 목격하는 지금 이 순간에는 전혀 비교가 되지 않았다.

　로만이 증언대 위에서 피고 측을 보기 좋게 박살 내버리는 동안, 내 전 처이자 검찰 측 동료인 매기는 내 팔을 고통스러울 정도로 꽉 움켜쥐었다. 그녀도 어쩔 수 없었으리라. 매기 역시 알고 있었다. 이것이야말로 로이스가 도저히 회복해 나올 수 없는 무엇이라는 사실을. 이미 취약하고 허술한 변론으로 변해가기 시작한 논쟁의 주요 부분이 그의 눈앞에서 무너져 내리고 있었다. 그것은 단지 그의 증인이 태도를 180도 바꿔버렸기 때문이 아니었다. 오히려 그의 변론이 명백히 거짓 위에 그 기반을 두고 있다는 사실을 배심원단이 알아버렸기 때문이었다. 배심원단은 이 사실을 절대 용서하지 않을 터였다. 이제 재판은 끝나고, 나는 법정 안의 모든 사람, 판사부터 방청석 맨 뒷줄에 앉아 있는 법원의 뜨내기에 이르기까지 모두가 그 사실을 알고 있으리라 믿었다. 제섭은 추락하고 있었다.

나는 보슈와 그 순간을 함께하기 위해 뒤돌아봤다. 침묵하는 증인과 관련된 모든 조치가 전부 보슈의 머릿속에서 나온 생각이었다. 그리고 나는 그가 제섭을 바라보며 모든 게 끝났다는 의미를 전달하는 국제적인 몸짓인 목을 긋는 시늉을 하는 것을 때마침 볼 수 있었다.

나는 다시 앞쪽을 바라봤다.

"로이스 변호사." 판사가 말했다. "이 증인 심문을 계속하겠습니까?"

"잠시만 기다려주십시오, 존경하는 재판장님."

로이스가 말했다. 판사의 질문은 타당했다. 이 시점에서 로이스가 로만과 할 수 있는 일은 거의 없었다. 그만 로만을 놓아주고 심문을 끝내는 게 좋을 터였다. 아니면, 판사에게 로만을 적대적인 증인으로 선언해달라고 요청할 수도 있을지 모르겠다. 그것이야말로 내가 불러온 증인이 적대적인 증인일 경우 언제라도 써먹을 수 있는 유용한 조치가 아닌가. 그렇게 하면 로이스는 로만이 처음 피고 측 수사관에게 했던 말이 무엇이고 왜 지금은 그 주장을 숨기려 하는지 폭로하는 데 필요한 유도신문을 던질 수 있는 여지가 커질 터였다. 하지만 거기에는 위험이 따랐다. 특히 피고 측은 증거개시 과정에서 로만을 꼭꼭 숨겨두기 위해 그와의 초기 면담을 녹음해두지도, 그와 관련된 서류를 남겨두지도 않았기에 더욱 위험했다.

"로이스 변호사!" 판사가 소리 질렀다. "법정 시간은 대단히 귀중합니다. 부디 다음 질문을 해주길 바라고, 질문이 없다면 할러 검사의 반대심문으로 바로 넘어가겠습니다."

로이스가 결론에 도달했는지 혼자 고개를 끄덕였다.

"죄송합니다, 존경하는 재판장님. 우선 이상으로 질문을 마치겠습니다."

로이스가 맥없이 자리로 걸어 들어가, 지금 벌어진 상황에 잔뜩 화가 난 자신의 의뢰인 옆으로 갔다. 나는 판사가 증인을 내 쪽으로 넘겨주기도 전에 자리에서 일어나 발언대 쪽으로 걸어갔다.

"로만 씨." 내가 말했다. "지금까지 로만 씨의 증언이 제 입장에서는 좀 혼란스럽습니다. 그러니 제가 다시 상황을 정리해보도록 하죠. 증인은 배심원단에게 세라 앤 글리슨이 자신의 양아버지가 여동생을 죽였다는 말을 했다고 말씀하시는 건가요, 아니면 그런 말을 하지 않았다고 말씀하시는 건가요?"

"그런 말 안 했어요. 그건 그냥 그들이 말하라고 했던 내용이에요."

"'그들'이란 정확히 누구를 말씀하시는 건가요?"

"피고 측이요. 그 여자 수사관이랑 로이스 변호사."

"오늘 그런 내용을 증언하면, 호텔 방 이외에 다른 걸 제공받기로 하지는 않았습니까?"

"그냥 알아서 챙겨주겠다고 했어요. 돈이 엄청 많다면서……."

"이의 있습니다!" 로이스가 소리 지르며 자리에서 벌떡 일어섰다. "이 증인은 확실히 피고 측에 적대적이며 상상 속에서 만들어낸 보복성의 허구 상황을 재현해 보이고 있습니다."

"로만 씨는 피고 측의 증인입니다, 로이스 변호사. 계속하십시오, 로만 씨."

"자기들이 돈이 엄청 많다고 하면서 날 알아서 챙겨주겠다고 했어요."

로만이 말했다. 상황이 갈수록 내게 유리해졌고, 제섭에게는 악몽으로 변해가고 있었다. 그러나 나는 배심원들의 눈에 너무 신이 나 보이거나 피고에게 앙심을 품은 듯이 보이지 않기 위해 애써야 했다. 따라서 목표를 다시 정하고 중요한 사실에 초점을 맞추기로 했다.

"그렇다면 과거에 세라 글리슨 씨가 들려주었던 이야기는 어떤 것입니까, 로만 씨?"

"아까도 말했지만, 그녀와 동생이 마당에서 놀고 있었고, 세라는 숨어 있었는데, 누군가 와서 동생을 데려갔고, 세라가 그걸 다 봤다고 했어요."

"그녀가 범인을 잘못 지적했다는 얘기를 한 적이 있습니까?"

"아니요."

"경찰이 누구를 지목해야 한다고 미리 언질을 주었다는 말을 한 적은 있습니까?"

"아니요."

"그녀가 단 한 번이라도 무고한 남자가 동생의 살인죄를 뒤집어썼다는 말을 한 적은 있습니까?"

"아니요."

"이상으로 질문을 마치겠습니다."

나는 자리로 돌아가면서 시간을 확인했다. 점심시간까지는 아직 20분이나 남아 있었다. 일찍 휴정을 하는 대신, 판사는 로이스에게 다음 증인을 부르라고 요청했다. 그는 자신의 수사관 카렌 레벨레를 증인으로 신청했다. 나는 그가 어떻게 나올지 짐작하고 있었기에 그에 맞설 준비를 했다.

레벨레는 남성 같은 외모의 여성으로 바지와 스포츠 재킷 차림이었다. 전직 경찰관이라는 사실이 그녀의 뚱한 표정에 여지없이 드러나 보였다. 레벨레가 선서한 후에, 로이스는 바로 본론으로 들어갔다. 보나 마나 배심원들이 점심을 먹으러 가기 전에 자신이 망쳐놓은 재판의 출혈을 멈추려는 작정 같았다.

"하시는 일이 어떻게 되나요, 레벨레 씨?"

"로이스 합동 법률사무소의 수사관으로 근무하고 있습니다."

"저를 위해 일하고 있죠, 맞습니까?"

"맞습니다."

"올해 3월 2일, 에드워드 로만이라는 사람과 전화 면담을 시행했죠?"

"예, 그렇습니다."

"그때 그가 무슨 얘기를 하던가요?"

내가 일어서서 이의를 제기했다. 그리고 앞으로 나가 잠시 모여서 이의 사항을 논의하게 해달라고 판사에게 요청했다.

"올라오세요."

판사가 대답했고, 매기와 나는 로이스를 따라 판사석 옆으로 걸어갔다. 판사는 내 이의 내용을 들려달라고 했다.

"제 첫 번째 이의는 로만과 나누었던 대화에 관해 이 증인이 진술하는 내용은 모두 전해 들은 것이므로 증언으로 허락해서는 안 된다는 겁니다. 하지만 그보다 더 큰 이의는 로이스 변호사가 자신이 신청한 증인의 진술 내용에 의혹을 제기하고 있는 사실입니다. 그는 레벨레 수사관을 이용 해 로만의 신빙성을 공격하려 할 테지만, 그건 절대로 허용해서는 안 되 는 일입니다, 재판장님. 두 명의 증인 중 한 명은 선서를 했음에도 거짓을 말하는 것이 분명하기 때문입니다. 그런데도 로이스 변호사는 두 증인을 모두 신청했습니다. 지금 이 상황은 로이스 변호사 측에서 위증을 하도록 사주한 것이나 다름없습니다!"

"저는 할러 검사의 마지막 주장에 강력히 이의를 제기합니다." 로이스 가 앞으로 몸을 기울여 판사에게 가까이 다가서며 말했다. "위증을 사주 한다고요? 저는 오랫동안 법률가로……."

"우선, 뒤로 물러나세요, 로이스 변호사. 지금 내 공간을 침범하고 있습 니다." 브리트만이 엄숙하게 말했다. "그리고 둘째, 본인 잇속만 차리려는 그 이의는 다음을 기약하고 따로 보관해두기 바랍니다. 어느 면으로 따져보나 할러 검사의 말이 맞습니다. 내가 이 증인의 증언을 계속하도록 허락한다면, 로이스 변호사는 전해 들은 말을 증거로 제시하게 될 뿐 아니라, 우리는 선서했음에도 거짓말하는 증인을 맞이해야 하는 상황에 처합니다. 절대로 둘 다 가질 수는 없을 뿐 아니라, 거짓말하는 사람을 증언대에 앉힐 수도 없습니다. 그러니 나는 이렇게 하겠습니다. 로이스 변호사는 본인의 수사관을 증언대에서 불러 내리세요. 그리고 증인이 진술한 내용이 거의 없기는 하지만, 어쨌든 할러 검사는 그 증언 내용을 삭제해달라는 신청을 제기해주세요. 그럼 내가 그 신청을 받아들이겠습니다. 그런 다음 점심 휴정에 들어가죠. 그동안 로이스 변호사는 의뢰인과 상의해서 다음 행동을 결정해주기 바랍니다. 하지만 내가 보기에는 지난 30분 동안 피고 측의 선택사항이 상당히 줄어든 듯하네요. 이상입니다."

판사는 우리의 대답을 기다리지도 않았다. 간단히 의자를 돌려 사이드바에서 멀어져 버렸다. 로이스는 판사의 충고에 따라 레벨레의 심문을 끝냈다. 나는 판사가 제안한 신청을 제기하고 그걸로 끝이었다. 30분 후에 나는 워터 그릴에서 매기와 세라 글리슨과 함께 앉아 있었다. 내가 사건을 처음 받아들였던 장소였다. 우리는 제이슨 제섭 사건의 결말로 향하는 시작점이 될 듯해 보이는 사건을 기념하기 위해 최고급 식사를 하기로 결정했다. 게다가 워터 그릴은 세라의 호텔 바로 맞은편에 있었다. 식탁에서 빠진 사람은 보슈뿐이었는데, 그는 우리 측의 침묵하는 증인인 소니아 레이예스를 카운티 USC 의료센터에 있는 마약 재활시설에 데려다주고 올 예정이었다.

"우와." 세 사람 모두 자리에 앉았을 때, 내가 입을 열었다. "그동안 난 오늘 봤던 장면 비슷한 것도 법정에서 본 적이 없어."

"나도 마찬가지야."

매기가 말했다.

"음, 나도 몇 차례 법정에 서보기는 했지만, 오늘 일어난 일이 다 무슨 의미인지는 잘 모르겠어요."

글리슨이 말했다.

"그건 이제 거의 끝에 다다랐다는 의미예요."

매기가 말했다.

"피고 측이 안에서부터 붕괴되기 시작했다는 의미이기도 하죠." 내가 덧붙였다. "사실 피고 측의 주장은 상당히 간단했어요. 양아버지가 딸을 죽였고, 가족이 그 범죄 사실을 덮기 위해 공모했다. 그리고 경찰이 양아버지를 의심하지 못하도록 두 딸이 술래잡기를 하는데 어떤 남자가 와서 아이를 데려갔다는 얘기를 지어낸 거다. 그런 다음 피해자의 언니가, 세라 당신이겠죠, 제섭을 허위로 지목했다. 그가 저지르지도 않은 살인사건에 그를 대충 끼워 맞춘 거다."

"그렇지만 견인트럭에서 발견된 멜리사의 머리카락은 어쩌고요?"

글리슨이 물었다.

"변호사는 누가 그걸 일부러 심어뒀다고 주장하고 있어요." 내가 말했다. "경찰과 공모해서든, 가족들이 범죄 사실을 덮기 위해 개별적으로 했든 둘 중 하나라는 거죠. 경찰은 자신들에게 사건을 기소할 만큼 충분한 증거가 없다는 사실을 깨달았어요. 13살짜리 소녀의 지목 외에는 아무것도 없는 거잖아요. 그래서 시체나 머리빗에서 머리카락을 가져다가 견인 트럭에 심어뒀다는 겁니다. 점심 후에, 만약 로이스가 이 재판을 지속해 나갈 만큼 어리석다면, 아마 경찰 수사일지 보고서와 시간 기록을 제출할 겁니다. 그걸로 클로스터 형사가 수색영장을 발급받고 법의학 팀이 트럭을 열어보기 전에 견인트럭에 허위 증거를 심어놓을 충분한 시간이 있었다는 사실을 증명하려 들 테죠."

"그렇지만 그건 말도 안 돼요."

글리슨이 말했다.

"그럴지도 몰라요." 매기가 말했다. "하지만 그게 그들의 주장이고 에디 로만은 피고 측의 핵심 증인이었어요. 세라가 동생을 죽인 사람이 양아버지라는 말을 했다고 증언할 예정이었으니까요. 그가 의심의 씨앗을 심어 놓는 역할을 할 사람이었거든요. 하지만 그를 무너뜨리는 데엔 그리 많은 게 필요치 않았어요, 세라. 아주 작은 의심, 그거 하나면 됐죠. 객석에 앉은 사람들 중에 단 한 사람, 소니아 레이예스를 발견한 순간, 그는 자신이 곤란에 처했다는 사실을 깨달은 거예요. 세라에게 했던 것과 똑같이 그는 소니아도 이용해먹었거든요. 만나서 접근해 가까워지고, 자신에게 마약을 구해다 줄 수 있도록 매춘을 하게 등을 떠밀었죠. 그녀가 방청석에 앉아 있는 모습을 본 순간, 그는 자신이 골치 아픈 상황에 말려들었음을 알게 됐어요. 왜냐하면 만약 소니아가 증인석에 올라가서 세라가 했던 것과 똑같은 말을 하게 된다면, 배심원단은 그가 거짓말쟁이에 여자를 등쳐먹는 인간이라는 사실을 알게 될 테고, 그럼 그가 하는 말을 단 한 마디도 믿지 않을 테니까요. 게다가 그는 소니아와 함께 저지른 범죄에 대해 그녀가 어떤 말을 할지도 전혀 알 수 없었잖아요. 그러니 차라리 진실을 증언하는 게 최선책이라고 생각한 거죠. 피고 측을 물먹이고 검찰 측을 기쁘게 하자. 그래서 증언 내용을 바꾼 거예요."

글리슨이 상황을 이해하고는 고개를 끄덕였다.

"정말로 로이스 변호사가 그에게 무슨 말을 할지 미리 알려주고 그대로 거짓을 증언하면 대가를 지불하겠다고 했을까요?"

"물론이에요."

매기가 말했다.

"난 그건 잘 모르겠어." 내가 재빨리 말했다. "클라이브를 꽤 오랫동안 알아왔거든. 그런데 그건 그의 방식이 아닌 것 같아."

"무슨 소리야?" 매기가 물었다. "그럼 에디 로만이 그런 말을 혼자 지어 냈다는 거야?"

"아니, 그렇지만 로만은 로이스를 만나기 전에 그 수사관을 먼저 만났 잖아."

"그럴듯한 부인이야. 할러, 당신은 지금 너무 관대하게 구는 거라고. 사람들이 아무 이유도 없이 그를 클레버 클라이브라고 부르는 게 아니야."

세라는 자신이 두 검사를 이 재판이 있기 오래전부터 있어왔던 논쟁의 영역으로 밀어 넣었다는 사실을 감지한 듯했다. 그래서 대화의 주제를 바꾸려 시도했다.

"정말 끝났다고 생각하세요?"

그녀가 물었다. 나는 그 질문을 잠시 생각해보다가 고개를 끄덕였다.

"만약 내가 클레버 클라이브라면, 의뢰인에게 무엇이 최선일까 생각해 보고 이 사건이 평결까지 넘어가도록 두지는 않을 겁니다. 난 그가 협상 안을 제시해오지 않을까 생각해요. 어쩌면 점심시간 중에 전화를 걸어올 지도 모릅니다."

나는 로이스의 전화를 받을 준비를 해놓으면 실제로 전화기가 울리기 라도 할 듯, 전화기를 꺼내서 식탁 위에 올려놓았다. 거의 그와 동시에 보슈가 나타나서 매기 옆자리에 앉았다. 나는 물 잔을 들어 그를 향해 높이 쳐들었다.

"건배해요, 해리. 오늘 제대로 한 건 했어요. 지금 제섭의 카드로 만든 집이 무너지고 있는 중입니다."

보슈가 잔을 들어 내 잔에 부딪쳤다.

"로이스 말이 맞았어, 그거 알지?" 그가 말했다. "정말 갱단이나 할 법한 짓이었다고. 실제로 예전에 〈대부(Godfather)〉 시리즈에서 봤던 기억도 난다고."

그렇게 말하고 나서 보슈는 두 여인을 향해 잔을 치켜들었다.

"어쨌든 건배합시다." 그가 말했다. "두 분이 진짜 스타예요. 어제 정말 잘해줬고, 오늘도 멋졌습니다."

우리는 모두 잔을 부딪쳤지만, 왠지 세라만 주저하고 있었다.

"왜 그래요, 세라?" 내가 물었다. "설마 유리 쨍그랑거리는 소리를 무서워한다는 말을 하려는 건 아닐 테죠."

내가 스스로의 유머에 만족스러워하며 미소 지었다.

"아무것도 아니에요." 그녀가 말했다. "사실 물로 건배를 하면 불운이 온다고들 하거든요."

"글쎄요." 내가 재빨리 말을 받았다. "지금의 판도를 바꾸어놓으려면 물로 하는 건배보다는 훨씬 센 게 필요할걸요."

보슈가 주제를 바꾸었다

"이제 다음 순서는 뭐지?"

그가 물었다.

"지금 막 세라에게 재판이 배심원 평결까지 가지는 않을 것 같다고 말해주던 참이었어요. 클라이브는 이제 협상을 고려해야 해요. 다른 선택의 여지가 없잖아요."

보슈가 심각한 표정을 지었다.

"돈이 걸린 문제고, 자네 상관은 그게 최우선 순위라고 생각하리라는 건 나도 잘 아네. 그렇지만 제섭은 반드시 감옥으로 돌아가야만 해."

"물론이에요."

매기가 말했다.

"당연하죠." 내가 덧붙였다. "게다가 오늘 법정에서 일어난 일 덕분에, 이제 우리 쪽으로 모든 권한이 넘어왔어요. 그러니 제섭은 뭐가 됐든 우리가 제시하는 걸 받을 수밖에…….”

내 전화기가 진동하기 시작했다. 스크린에는 '발신자 표시 제한'이라는 글자가 떠 있었다.

“악마와 대화할 시간이야.”

매기가 말했다. 나는 세라를 바라봤다.

“어쩌면 오늘 밤 비행기로 집에 돌아갈 수 있을지도 모르겠어요, 세라.”

나는 전화기를 열고 이름을 말했다.

“미키, 나 윌리엄스네. 잘 지내는가?”

나는 다른 사람들을 향해 고개를 저어 보였다. 로이스가 아니라는 뜻이었다.

“잘 지내죠, 게이브. 어떻게 지내세요?”

내가 격의 없이 이름을 부르며 대화를 시도했지만, 그는 전혀 동요하지 않았다.

“오늘 아침에 법정에서 근사한 일이 있었다는 소식이 들리더군.”

그의 말은 내가 내내 의심하고 있던 바를 확인시켜주었다. 윌리엄스는 법정에 단 한 번도 얼굴을 비치지 않았지만, 방청석에 첩자를 하나 심어두었던 것이 분명했다.

“예, 그러기를 바랍니다. 점심시간이 지나면 어느 방향으로 나아가게 될지 좀 더 확실히 알게 되겠죠.”

“협상을 고려하고 있나?”

“음, 아직은 아닙니다. 변호사에게 아직 아무런 소식도 듣지 못했거든요. 그렇지만 곧 논의하게 되겠죠. 아마 지금쯤 자기 의뢰인하고 대화를 나누고 있을 겁니다. 제가 변호사라면 그렇게 했을 테니까요.”

“그래, 어떤 협상안으로 가든 간에 합의에 도달해서 서명하기 전에 내게 먼저 보고를 해주게.”

나는 그의 마지막 말을 곰곰이 생각해보며 잠시 대답을 미루었다. 보슈가 전화를 받기 위해 재킷 안주머니로 손을 집어넣어 휴대전화를 꺼내 드는 모습이 보였다.

"그런데 말입니다, 게이브. 특별검사 자격으로 이 사건을 맡았으니, 계속 독립적으로 해결하는 게 나을 것 같은데요. 일단 합의가 되면 연락드리겠습니다."

"아니, 나도 그 합의 과정에 참여하겠네."

윌리엄스가 주장했다. 보슈의 눈동자에 어둠이 드리우고 있었다. 나는 이제 전화를 끊어야 할 시간이라는 걸 본능적으로 깨달았다.

"제가 다시 전화 드리겠습니다, 지검장님. 전화가 또 들어와서요. 클라이브 로이스일지도 모르거든요."

나와 거의 동시에 전화를 끊은 보슈가 자리에서 일어섰다.

"무슨 전화예요?"

매기가 물었다. 보슈의 얼굴이 창백해져 있었다.

"로이스 변호사 사무실에서 총격이 있었답니다. 바닥에 네 명이 쓰러져 있다는군요."

"제섭도 거기 포함되는 건가요?"

내가 물었다.

"아니……. 제섭은 사라졌어."

40 충격 사건

4월 8일 목요일, 오후 1시 5분

보슈가 운전을 했고, 맥퍼슨은 그와 함께 가겠다고 고집을 부렸다. 할 러는 두 사람과 헤어진 후 글리슨과 함께 다시 법정으로 돌아갔다. 보슈 가 지갑에서 스티븐 라이트 부서장의 명함을 꺼냈다. 그리고 자기 전화기 와 함께 명함을 맥퍼슨에게 전해주며 번호를 눌러달라고 부탁했다.

"신호가 가고 있어요."

그녀가 말했다. 그가 전화기를 받아 들어 막 귀에 가져다 댔을 때, 라이 트 부서장이 전화를 받았다.

"보슈입니다. 감시대원들이 제섭을 지켜보고 있다고 말해줘요."

"나도 그랬으면 좋겠어."

"제기랄! 대체 무슨 일이 있었던 겁니까? 왜 SIS가 그를 감시하고 있지 않았던 거예요?"

"흥분하지 좀 마, 보슈. SIS가 그를 감시하고 있었어. 로이스의 사무실 에 쓰러져 있는 사람들 중에 하나가 내 부하야."

그 말이 강한 주먹처럼 보슈를 강타했다. 피해자들 중에 경찰이 끼어 있으리라고는 생각지도 못했던 탓이었다.

"지금 어디 계세요?"

보슈가 물었다.

"그리로 가는 중이야. 3분 후면 도착하네."

"상황을 어디까지 알고 계십니까?"

"젠장, 아는 것도 별로 없어. 원래 공판이 열리는 시간에는 그리 빡빡하게 감시를 붙이지 않았거든. 공판 전후로는 감시 인원이 전원 투입됐지만, 공판 중에는 한 팀만 남겨뒀어. 오늘 점심시간에는 감시팀이 법정에서 로이스의 사무실까지 따라갔었네. 제섭과 로이스 일행은 걸어서 갔지. 그들이 사무실로 들어가고 몇 분 지나지 않아 부하들이 총소리를 들은 거야. 안으로 들어가라는 지시를 받고 감시 중이던 대원이 안으로 들어갔네. 한 명이 총에 맞아 쓰러지면서 나머지 한 명도 거길 뜨지 못한 거야. 제섭이 뒷문으로 도망쳤지만, 남아 있던 한 명은 쓰러진 동료에게 심폐소생술을 시행하느라 움직일 수가 없었거든. 그래서 제섭을 가게 내버려둘 수밖에 없었어."

보슈는 고개를 저었다. 딸에 대한 걱정이 다른 걱정을 모두 밀어내고 있었다. 아이는 앞으로 90분 동안 학교에 있을 터였다. 따라서 딸아이는 안전하리라는 생각이 들었다. 당분간은.

"또 누가 총에 맞았습니까?"

그가 물었다.

"내가 아는 바로는……." 라이트가 말했다. "로이스와 그의 수사관과 다른 변호사 한 명이라고 하네. 여자 변호사. 그래도 운이 좋았던 게, 점심시간이라 사무실에 다른 사람은 아무도 없었다더군."

보슈는 제섭이 네 사람을 살해하고 총을 든 채 어딘가로 도망쳐버린 상황이 그다지 운이 좋았다는 생각은 들지 않았다. 라이트가 계속 말을 이었다.

"난 변호사 두 명 죽은 건 별로 안타깝지 않네. 그렇지만 쓰러진 내 부하는 집에 어린 자식이 둘이나 있는 친구야. 절대로 일어나서는 안 될 일이었다고."

보슈가 1번가로 차를 꺾어서 손전등 불빛이 보일 때까지 계속 올라갔다. 로이스의 사무실은 일본인 거리 끄트머리에 있는 교토 그랜드 호텔 뒤로 나 있는 막다른 골목의 상가 앞에 있었다. 법원에서 걸어가기에 좋은 위치였다.

"제섭의 차는 방송으로 수배했습니까?"

"그래, 내보냈으니 누군가는 목격할 거야."

"나머지 대원들은 다 어디 있습니까?"

"다들 현장으로 향하고 있네."

"아니요, 제섭을 찾아보게 하세요. 그가 들렀던 장소는 모두 뒤져보라고 하세요. 공원이며 전부 다. 집에도 가보라고 하시고요. 감시대원까지 다 현장에 있을 필요는 없어요."

"거기서 만나기로 했으니, 내가 만나보고 내보내지."

"그럼 시간만 낭비하는 겁니다, 부서장님."

"다들 현장부터 들르겠다는 걸 내가 막을 수 있을 거라고 생각하나?"

보슈는 라이트 부서장도 어쩔 수 없는 상황이라는 것을 이해했다.

"나는 이제 차를 대고 있네." 그가 말했다. "자네가 도착하면 만나세."

"2분이면 도착합니다."

보슈는 전화를 끊었다. 맥퍼슨은 라이트 부서장이 무슨 말을 했는지 물었고, 그는 순찰차 뒤에 차를 세우는 동안 재빨리 내용을 요약해서 들려줬다.

보슈는 배지를 꺼내 보이고 노란 테이프 밑으로 들어갔고, 맥퍼슨도 마찬가지로 했다. 총격이 발생한 지 25분밖에 되지 않아서, 범죄 현장에는 사건 보고를 가장 먼저 받은 정복 경찰만 대거 나와 있을 뿐, 정신이 하나도 없었다. 보슈는 범죄 현장을 보존하라는 지시를 내리고 있는 경사 한 명을 발견하고 그리로 다가갔다.

"경사, RHD의 해리 보슈네. 누가 담당 수사관인가?"

"형사님 아닌가요?"

"아니네. 관련 사건을 맡고 있기는 하지만, 이건 내 사건이 되지 않을 거야."

"그럼 저도 모르겠습니다, 보슈 형사님. RHD가 맡을 거라는 말만 들었습니다."

"알았네. 그럼 지금 오고 있는 중이겠군. 안에는 누가 있나?"

"중앙지부에서 나온 사람이 두 명 있습니다. 로슈와 스타우트라고 하던데요."

보모들이군, 보슈는 생각했다. RHD가 도착하면 바로 현장에서 나가게 될 사람들이었다. 그는 전화기를 꺼내 들어 직속상관에게 전화를 걸었다.

"갠들 부서장입니다."

"부서장님, 교토 호텔 옆에서 일어난 사건에 누굴 보내실 겁니까?"

"보슈? 어딘가?"

"현장에 와 있습니다. 제가 수사하던 사건의 피의자가 범인입니다. 제 섭이요."

"젠장, 무슨 일이 있었던 거야?"

"저도 몰라요. 대체 누굴 보냈고, 지금 어디 있는 겁니까?"

"네 명을 보내줄게. 펜즐러, 커시바움, 크리코리안, 러셀. 그런데 지금은 다들 버즈에서 점심을 먹고 있어. 나도 함께 갈 테지만, 자넨 거기 있을 필요가 없네, 해리."

"압니다. 오래 있지 않을 거예요."

보슈가 전화를 끊고 맥퍼슨이 어디 있나 보기 위해 사방을 둘러봤다. 범죄 현장의 혼란 속에서 그녀를 놓쳐버린 듯했다. 그때 맥퍼슨의 모습이 눈에 들어왔다. 로이스의 사무실 옆 보석금 채권 가게 앞의 연석에 앉아 있는 한 남자 옆에 웅크리고 앉아 있었다. 보슈는 그가 누군지 알아봤다. 맥퍼슨이 제섭의 감시 차량에 동승해 나갔던 날 봤던 감시대원이었다. 그의 양손과 셔츠에는 피가 묻어 있었다. 동료를 살리기 위해 애쓴 흔적이었다. 보슈는 그쪽으로 다가갔다.

"……그들이 여기 도착했을 때, 제섭이 자기 차에 다녀갔어요. 아주 잠깐이었습니다. 안에 들어갔다가 바로 나왔거든요. 그런 다음에 사무실로 들어갔어요. 그리고 즉시 총소리가 들려왔습니다. 우린 안으로 달려 들어갔고, 문을 열자마자 매니가 총에 맞았죠. 난 총 두 발을 쏘고 매니를 도우려고……."

"그럼 제섭이 자기 차에서 총을 가지고 나온 게 틀림없겠네요, 그렇죠?"

"틀림없습니다. 법원에는 금속 탐지기가 있으니까, 오늘 법정에는 가지고 들어가지 못했을 거예요."

"하지만 총을 직접 보지는 못했고요?"

"예, 무기를 직접 보지는 못했습니다. 우리가 그걸 봤다면, 다른 식으로 대응했을 겁니다."

보슈는 그들을 떠나 로이스의 사무실 문 쪽으로 걸어갔다. 문 앞에 다다랐을 때 라이트 부서장이 보였다. 그들은 함께 안으로 들어갔다.

"아……."

문 안쪽 바닥에 쓰러져 있는 부하의 시체를 보고 라이트가 탄식을 내뱉었다.

"이 친구 이름이 어떻게 됩니까?"

보슈가 물었다.

"마누엘 브랜슨. 다들 매니라고 불렀지. 애가 둘이나 있는 친구인데, 이제 내가 가서 부인을 만나봐야 한다고."

브랜슨은 등을 바닥에 대고 누워 있었다. 왼쪽 목 부분과 왼쪽 뺨 윗부분에 총알 사입구가 보였다. 주변에 피가 흥건했다. 목에 맞은 총알이 경동맥을 가르며 지나간 것 같았다.

보슈는 라이트를 그곳에 남겨두고 접견실을 지나 오른쪽 복도를 따라 내려가기 시작했다. 양 끝에 문이 하나씩 달린 유리 벽이 길게 서 있었고, 그 안쪽은 회의실이었다. 나머지 피해자들은 그 안에 있었다. 장갑을 끼고 장화를 신은 두 명의 수사관이 클립보드에 뭔가를 적어 넣고 있었다. 로슈와 스타우트였다. 보슈는 첫 번째 문 앞에 서 있었지만, 안으로 들어가지는 않았다. 두 수사관이 그를 바라봤다.

"누구시죠?"

"RHD에서 나온 보슈라고 합니다."

"사건 담당이신가요?"

"정확히는 아닙니다. 관련 사건을 담당하고 있습니다. 담당자들은 지금 오는 중입니다."

"참 나, 여기서 PAB는 겨우 두 블록밖에 떨어져 있지 않아요."

"거기서 오는 게 아닙니다. 할리우드에서 점심을 먹고 있었답니다. 그렇지만 걱정 마십시오. 금방 올 겁니다. 좀 늦는다고 이 사람들이 어디로 가버리는 건 아니잖아요."

이렇게 말하며 보슈가 시체들을 내려다봤다. 클라이브 로이스는 긴 회의탁자 상석에 앉은 채로 죽어 있었다. 그의 머리는 마치 천장을 바라보듯이 뒤로 넘어가 있었다. 이마에는 핏자국이 전혀 보이지 않는 총구가 하나 나 있었다. 두개골 뒤쪽의 총알이 빠져나간 곳에서 흘러내린 피가 그의 상의와 의자 뒤쪽을 적시며 흐른 듯했다.

카렌 레벨레 수사관은 반대편 문 근처 바닥에 쓰러져 있었다. 총을 맞기 전에 도망치려 애쓴 흔적이 보였다. 얼굴을 바닥으로 하고 쓰러져 있었으며, 보슈는 그녀가 어디를 몇 방이나 맞았는지 알 수 없었다.

로이스의 예쁜 동료 변호사는 이제 더는 예쁘지 않았다. 보슈는 그녀의 이름을 기억하지 못했다. 그녀의 시체는 로이스와 대각선 방향에 있었고, 상체가 탁자 위로 쓰러진 자세였다. 두개골 뒤쪽에 사입구 하나가 보였다. 총알이 오른쪽 눈 밑으로 빠져나가면서 그녀의 얼굴을 파괴해버렸다. 총알은 늘 들어갈 때보다 나갈 때 더 큰 손상을 입힌다.

"어떻게 생각하세요?"

중앙부서에서 나온 수사관 중 한 명이 물었다.

"보아하니 총격을 가하려고 안으로 들어온 듯하네요. 이 둘을 먼저 쏘고 나서 마지막에 저 문으로 도망치려 하는 저 여성을 쏜 겁니다. 그런 다음 복도로 나가서 마침 안으로 들어오던 SIS 대원들과 마주쳐 그들 중 한 명을 쐈고요."

"예, 그렇게 보이네요."

"난 나가서 나머지 장소들을 확인해보겠습니다."

보슈는 복도를 따라 계속 걸어가면서 텅 빈 사무실 안으로 열려 있는 몇 개의 문 안쪽을 들여다봤다. 문밖의 벽에는 명패들이 붙어 있었고, 그제야 보슈는 로이스의 동료 변호사 이름이 드니스 그레이던이었다는 사실을 기억해냈다.

복도는 휴게실에서 끝나 있었다. 안에는 부엌용품과 냉장고, 전자레인지 등이 구비돼 있었다. 공용 탁자도 하나 놓여 있었다. 그리고 비상구가 하나 있었는데, 7~8센티미터 정도 열려 있었다.

보슈는 팔꿈치를 이용해서 문을 밀어 열었다. 그리고 쓰레기통이 줄지어 늘어서 있는 골목 안으로 들어섰다. 골목 양쪽을 다 살펴보니, 오른쪽으로 반 블록쯤 떨어진 곳에 유료 주차장이 보였다. 그곳이 바로 제섭이 차를 주차해두었다가 총을 찾으러 갔던 곳인 듯했다.

그는 다시 안으로 들어갔고, 이번에는 사무실을 하나하나 오랫동안 살펴봤다. 경험상 그는 자신이 회색지대에 발을 들여놓았다는 사실을 알고 있었다. 다시 말해, 이곳은 법률 사무소였기에, 변호사들이 죽었건 그렇지 않건 간에, 그들의 의뢰인은 여전히 비밀 보장의 권리와 변호사-의뢰인 간의 기밀유지 특권을 누릴 권리가 있었다. 보슈는 아무것도 손대지 않았고, 서랍이나 파일도 열어보지 않았다. 그는 단지 사물의 표면 위로 시선만 움직이며 명백히 보이는 것만 보고 읽어나갔다.

레벨레의 사무실에 들어갔을 때, 맥퍼슨의 목소리가 들려왔다.

"뭐 하세요?"

"그냥 살펴보고 있습니다."

"이곳 사무실에 함부로 들어갔다간 곤란해질 수도 있어요. 저는 검찰 직원이라서……."

"그럼 밖에서 기다리세요. 아까 말했듯이, 나도 그냥 살펴보기만 하는 겁니다. 현장이 안전하게 보존되고 있는지 확실히 하려는 거예요."

"알았어요. 나는 문 앞에 나가 있을게요. 지금 언론에서 벌 떼처럼 몰려와 있어요. 꼭 서커스장 같아요."

보슈는 고개도 들지 않고 레벨레의 책상 위로 몸을 숙인 채 대꾸했다.

"어련하겠습니까."

맥퍼슨이 막 방을 떠나는 순간, 보슈는 책상 한쪽에 놓인 전화기 옆에서 무언가를 보았다. 쌓아놓은 파일 더미 맨 위에 올라가 있는 법률용지철에 적힌 것이었다.

"매기? 이쪽으로 와봐요."

그녀가 돌아섰다.

"이것 좀 봐요."

맥퍼슨이 책상을 돌아와서 용지 철의 첫 장에 적어놓은 것을 읽기 위해 몸을 구부렸다. 용지 철에는 대충 휘갈겨놓은 듯한 메모와 전화번호, 이름 등이 적혀 있었다. 어떤 것에는 동그라미가 쳐져 있었고, 어떤 내용은 찍찍 그어놓은 것이 보였다. 레벨레가 전화 통화를 하던 중에 적어놓은 것 같았다.

"뭘 보라는 거예요?"

맥퍼슨이 물었다. 용지 철을 건드리지 않은 채, 보슈가 오른쪽 모퉁이 아래쪽에 적어놓은 것을 손으로 가리켰다. 적혀 있는 내용이라고는 '체커스, 804'가 전부였다. 하지만 그것만으로도 충분했다.

"젠장!" 맥퍼슨이 말했다. "세라는 예약도 자기 이름으로 하지 않았어요. 대체 레벨레가 이걸 어떻게 알아냈을까요?"

"재판이 끝나고 우릴 미행한 게 틀림없어요. 누군가에게 돈을 주고 방 번호를 알아다 달라고 했겠죠. 제섭도 이 정보를 가지고 있다고 가정해야 해요."

보슈가 전화기를 꺼내 들고 미키 할러의 단축번호를 눌렀다.

"나 보슈네. 아직 세라와 함께 있나?"

"예, 아직 법원에 있어요. 함께 판사를 기다리는 중입니다."

"내 말 잘 듣게. 세라를 겁먹게 하지는 말고, 일단 호텔로 돌아가지 못하게 해야 해."

"알았어요. 무슨 일인데요?"

"제섭이 세라가 투숙하는 장소를 알고 있다는 걸 암시하는 정보가 있어. 그러니 우리도 거기에 대비해야 할 것 같아."

"그럼 내가 어떻게 하면 돼요?"

"내가 자네와 세라 두 사람을 위해 법원으로 보호감호팀을 보내지. 그럼 그들이 뭘 어떻게 해야 할지 알고 있을 거야."

"세라만 보호하라고 하세요. 난 필요 없어요."

"그건 자네가 알아서 하게. 난 자네도 보호감호를 받으라고 권해주고 싶어."

그가 전화를 끊고 맥퍼슨을 바라봤다.

"난 법원으로 보호감호팀을 보내는 일을 처리할 테니까, 매기가 내 차를 가지고 가서 매들린과 헤일리를 데리고 어딘가 안전한 곳에 데려가 줘요. 가서 내게 전화를 주면 내가 그쪽으로도 한 팀을 보내줄게요."

"내 차도 두 블록만 가면 있어요. 그냥 걸어가서……."

"그러면 시간이 너무 걸려요. 내 차 가지고 지금 당장 출발해요. 내가 학교로 전화해서 지금 매들린을 데리러 매기가 간다고 일러놓을게요."

"알았어요."

"고마워요. 안전한 곳으로 가자마자 전화……."

그때 사무실 앞쪽에서 고함 지르는 소리가 들려왔다. 화난 남자들의 목소리였다. 보슈는 그것이 매니 브랜슨의 동료들 목소리라는 것을 알았다. 그들은 바닥에 쓰러져 있는 동료의 모습을 바라보며 끓어오르는 분노와 피 냄새로 범인에 대한 살의에 기름을 붓는 중이었다.

"가죠."

보슈가 말했고, 그들은 사무실을 통과해 앞문 쪽으로 나아갔다. 앞문 바깥쪽에 라이트 부서장이 서서 분노한 채 눈물을 흘리는 두 명의 감시대원을 위로하고 있었다. 보슈는 브랜슨의 시체를 돌아 문밖으로 나갔다. 그리고 라이트 부서장의 팔꿈치를 톡톡 두드렸다.

"잠시만요, 부서장님."

라이트가 두 부하에게서 떨어져 나와 그를 따라갔다. 보슈는 조용히 애기할 수 있는 장소를 찾아 몇 미터쯤 걸어갔다. 하지만 다른 사람이 엿들을까 걱정할 필요는 전혀 없었다. 하늘에는 적어도 넉 대쯤 되는 언론사 헬리콥터가 범죄 현장을 돌며 그 주변에서 나누는 대화는 무엇이 됐든 전부 은밀한 것이 될 수 있도록 엄청난 소음을 뿌려대고 있었다.

"최정예 대원 두 명만 지원해주십시오."

보슈가 라이트의 귀 가까이에 대고 말했다.

"좋네. 뭘 하려고 그러나?"

"피해자 중 한 명의 책상 위에 메모가 놓여 있습니다. 우리 측 주요 증인의 호텔 이름과 방 번호가 적혀 있는 거예요. 우린 총을 쏜 범인이 그 정보를 알고 있으리라 가정해야 합니다. 안에서 벌인 총격 사건은 그가 재판과 관련 있는 모든 사람들을 살해하려 한다는 사실을 암시하고 있습니다. 자신을 불리하게 만들었다고 생각되는 모든 사람들을요. 인원이 적지 않지만, 그중에서도 우리 측 증인이 그 목록의 최상위에 올라 있을 겁니다."

"알았네. 호텔에서 대기해주길 바라는군."

보슈는 고개를 끄덕였다.

"예, 한 명은 바깥에, 나머지 한 명은 내부에, 그리고 저는 방 안에 있을 겁니다. 그가 나타나는지 지켜봐야죠."

라이트가 고개를 저었다.

"네 명을 데려가게. 둘은 안에, 둘은 바깥에. 하지만 방 안에는 들어갈 필요 없어. 절대로 우리 감시망을 그냥 지나치지는 못할 테니까. 대신 자네와 나는 높은 곳에 시야를 확보하고 본부를 설치하면 되네. 그게 더 나은 방법이야."

보슈는 고개를 끄덕였다.

"좋습니다. 가시죠."

"한 가지 일러둘 것이 있네."

"뭔가요?"

"이 작전에 끼워주는 대신, 자네는 뒤로 물러나 있는 거야. 부하들이 그를 처치하게 해주라고."

보슈는 그의 말 속에 감춰진 의미가 무엇인지 읽어내려 애쓰며 그의 표정을 가만히 들여다봤다.

"물어볼 게 몇 가지 있습니다." 보슈가 말했다. "프랭클린 캐니언과 다른 장소들에 관해서요. 그래서 제섭과 꼭 얘기를 나눠봐야 합니다."

라이트가 보슈의 어깨너머를 바라보다가 다시 로이스의 사무실 문 쪽으로 시선을 옮겼다.

"이보게, 내가 아끼던 최정예 대원 중 하나가 저 안에서 죽어 바닥에 쓰러져 있어. 따라서 아무것도 약속할 수가 없네. 내 말 이해하겠나?"

보슈는 대답 없이 가만히 서 있다가 고개를 끄덕였다.

"알겠습니다."

41 판결 전 검찰 측 의견

4월 8일 목요일, 오후 1시 50분

재판이 열린 이래로 그 어느 때보다도 많은 언론이 법정에 들어와 있었다. 방청석의 앞쪽 두 줄에는 기자와 카메라맨이 빼곡히 자리를 차지하고 있었고, 나머지 줄에는 클라이브 로이스에게 무슨 일이 일어났는지 전해 들은 법원 직원과 변호사로 인산인해를 이루었다.

세라 글리슨은 법정 경찰의 책상이 놓인 옆줄에 앉아 있었다. 원래는 법 집행관들을 위해 남겨두는 자리였지만, 법정 경찰은 기자들이 그녀를 괴롭히지 못하도록 그곳에 자리를 마련해주었다. 그동안 나는 마치 무인도에 표류한 사람처럼 검찰석에 홀로 앉아 판사를 기다렸다. 보슈도 없었고, 피고 측도 텅 비어 있었다. 나 혼자였다.

"미키."

누군가 뒤에서 속삭이는 소리가 들렸다. 고개를 돌려보니 《타임스》 기자 케이트 솔터스가 난간 앞으로 몸을 기울이고 있었다.

"지금은 대화할 수 없어요. 여기서 무슨 말을 해야 할지부터 생각해야 해요."

"그렇지만 오늘 아침에 당신이 피고 측 증인을 완전히 부숴버린 것이 지금 일어난 사건의……."

그때 판사가 들어와 나를 구해주었다. 브리트만이 법정으로 들어서더니 판사석으로 곧장 올라가 자리에 앉았다. 솔터스도 자기 자리에 가서 앉아야 했기에, 나는 남은 생애 동안 내내 피해 다니고 싶은 그 질문에 당분간은 대답하지 않아도 되게끔 자유를 얻었다.

"캘리포니아 대 제섭의 재판 녹음을 다시 시작하겠습니다. 마이클 할러 씨가 검찰 측을 대변합니다. 하지만 배심원단이나 변호사, 그리고 피고는 출석하지 않았습니다. 나는 아직 확인되지 않은 언론 보도를 통해 지난 90분 동안 로이스 변호사의 사무실에서 무슨 일이 생겼는지 전해 들었습니다. 내가 TV에서 보고 들은 내용에 덧붙일 만한 내용이 있습니까, 할러 검사?"

나는 판사에게 대답하기 위해 자리에서 일어섰다.

"존경하는 재판장님, 이런 시기에 왜 언론을 법정에 들여보냈는지 알 수 없지만, 저는 이 사건 재판에 참여하던 로이스 변호사와 그 동료 변호사 그레이던 씨가 점심시간에 사무실에서 총격을 받아 사망했다는 사실을 확인했습니다. 카렌 레벨레 수사관도 역시 숨졌고, 총격을 듣고 현장으로 들어갔던 경찰관 한 명도 사망했습니다. 살해 용의자는 제이슨 제섭으로 확인되었고, 아직 붙잡히지 않았습니다."

뒤쪽에서 들리는 수군거림으로 판단하건대, 모두 기본적인 사항은 대충 짐작하고 있었지만, 아직 언론에서 확인된 바는 없는 모양이었다.

"실로 슬픈 소식이 아닐 수 없군요."

브리트만이 말했다.

"그렇습니다, 존경하는 재판장님." 내가 말했다. "정말 슬픈 일입니다."

"하지만 지금은 감정적으로 동요할 때가 아니라, 신중하게 행동해야 할 때라는 생각이 드는군요. 문제는, 이제 이 재판을 어떤 식으로 진행해 나가야 할지 결정해야 한다는 겁니다. 물론 나는 이 질문에 대한 답을 확실히 알고 있다고 자신하지만, 판결을 내리기 전에 검찰 측의 의견을 듣고 싶군요. 하실 말씀이 있나요, 할러 검사?"

"예, 있습니다, 재판장님. 저는 오늘 재판을 휴정하고 새로운 소식이 좀더 들어올 때까지 기다릴 것을 요청드립니다. 그동안 배심원단도 따로 격리되어 있게끔 조치해주십시오. 또한 제섭의 보석도 취소하고 체포 영장을 발부해주시기를 부탁드립니다."

판사는 대답하기 전에 내 요청을 상당히 오랫동안 고민해보았다.

"피고의 보석 허가를 취소하고 체포 영장을 발부해달라는 신청은 승인하겠습니다. 하지만 배심원단을 격리시킬 필요는 전혀 없을 것 같네요. 유감스럽게도 나는 이 재판의 경우 재판 무효 결정 외의 대안은 없다고 봅니다."

나는 그것이 판사가 가장 처음 내리게 될 결론이라는 사실을 이미 알고 있었다. 따라서 법원으로 돌아온 이후로 계속 이 순간이 오면 어떤 대답을 해야 할지 생각해두었다.

"검찰 측은 재판 무효 결정에 반대합니다, 재판장님. 제이슨 제섭 씨는 자발적으로 재판에 출석하지 않음으로써 이 재판을 계속할 수 있는 자신의 권리를 포기했습니다. 그 사실은 너무나도 명백합니다. 오늘 오전에 피고 측이 제출했던 자료에 따르면, 그는 피고 측의 마지막 증인으로 예정돼 있었습니다. 하지만 그가 증언하지 않기로 작정했음은 너무도 명백해 보입니다. 따라서 이 모든 정황을……."

"할러 검사, 미안하지만 잠시 멈춰주세요. 내 생각에 할러 검사는 방정식에서 한 부분을 빠트리고 있는 듯합니다. 안타깝지만 내가 보기에는 이미 때가 늦었습니다. 내가 일전에, 그러니까 월요일에 배심원 중 한 명이 점심식사를 하고 늦게 들어왔을 때, 소랜츠 법정 경찰을 시켜서 배심원들의 점심식사를 인솔하라고 지시했던 걸 할러 검사도 기억할 겁니다."

"예, 기억합니다."

"그런데 로스앤젤레스 시내 한복판에서 18명이 한꺼번에 식사를 주문한다는 것은 대단히 큰일이죠. 소랜츠 법정 경찰은 매일 배심원단이 함께 버스로 이동해가서 클리프턴 카페테리아에서 식사를 하게끔 일정을 챙겼습니다. 레스토랑에는 TV가 몇 대 있었지만, 소랜츠 씨는 늘 배심원단이 지역 채널을 시청하지 않도록 신경 썼습니다. 그런데 안타깝게도 오늘 한 대의 TV가 CNN 채널에 맞춰져 있었는데, 그 방송사에서 로이스 변호사의 사무실에서 발생한 사건을 생방송으로 방영하기로 결정한 겁니다. 그래서 소랜츠 법정 경찰이 채 TV를 끄기도 전에 몇 명의 배심원이 그 생방송 보도를 보고 사건의 요점을 알게 되었습니다. 짐작하겠지만, 소랜츠 법정 경찰은 지금 자기 자신을 몹시도 책망하고 있고, 나도 그리 기분이 좋지는 않습니다."

나는 고개를 돌려 법정 경찰의 책상 쪽을 바라봤다. 소랜츠는 어찌할 바 모르고 시선을 떨어뜨리고 있었다. 나는 다시 판사를 바라봤다. 이제는 판사를 설득할 방법이 없다는 사실을 잘 알고 있었다.

"그럼에도, 배심원단을 격리해두자고 했던 할러 검사의 제안은 매우 타당했습니다. 물론 조금 늦기는 했지만요. 따라서 모든 사항을 고려해봤을 때, 나는 이 재판에 참여하고 있는 배심원단이 법원 밖에서 발생한 사건 때문에 이 사건에 대해 편견을 갖게 되었다는 사실을 알게 되었습니다. 그러니 일단은 재판 무효를 선언하고, 제이슨 제섭 씨가 다시 이 법정으로 불려 올 때 다시 재판을 계속하기로 하겠습니다."

판사는 내가 이의를 제기하는지 보기 위해 잠시 멈춰 있었지만, 나 역시도 판사의 결정이 옳고 어쩔 수 없는 상황이라는 사실을 잘 알았다.

"배심원단을 안으로 불러들이세요."

그녀가 말했다. 곧 배심원단이 자리에 가서 앉았다. 많은 수가 텅 빈 피고 측 자리를 흘끔거리고 있었다. 모두가 자리에 앉자, 판사는 녹음을 지시하고 의자를 배심원단 쪽으로 돌려 앉았다. 그리고 착 가라앉은 목소리로 그들을 향해 말했다.

"배심원 여러분, 지금 현재로서는 여러분께 상세히 알려드릴 수 없지만, 곧 명백해질 어떤 요인들 때문에, 저는 캘리포니아 대 제이슨 제섭의 재판이 무효화되었음을 여러분께 선언하고자 합니다. 하지만 이곳에 모인 모든 사람들이 이 재판에 얼마나 많은 시간과 노력을 투자해왔는지 잘 알기에 애석한 마음 또한 금할 길이 없습니다."

판사가 잠시 말을 멈추고는 혼란스러운 표정을 지어 보이는 눈앞의 얼굴들을 찬찬히 바라봤다.

"마지막에 그 결과를 볼 수 없다면 누구도 재판에 그토록 많은 시간과 노력을 쏟아 부으려 하지 않을 것입니다. 이 점에 대해 정말 죄송하게 생각합니다. 하지만 그간의 의무를 다해주신 데 대해서는 진심으로 감사드립니다. 여러분 모두 믿음직한 분들이고, 거의 매일 제시간에 자리를 지켜주셨습니다. 증언이 진행되는 동안 제가 살펴본 여러분의 모습은 참으로 열성적이기도 했습니다. 더는 감사의 뜻을 표할 수 없을 만큼 여러분의 노고에 감사드립니다. 지금 이 순간부터 여러분은 배심원 임무에서 벗어나 자유롭게 법원을 나가실 수 있습니다. 모두 집으로 돌아가 주십시오."

배심원단이 천천히 배심원실로 열 지어 들어가는 동안 몇몇 배심원들은 마지막으로 법정을 돌아봤다.

"할러 씨, 그냥 내 생각이기는 하지만, 지금까지 검사 역할을 상당히 잘 해내셨습니다. 이런 식으로 끝이 나서 정말 안타깝지만, 언제든 법정에서, 그리고 판사석의 좌우 어느 곳에서든 할러 씨를 만나면 무척이나 반가울 것 같습니다."

"고맙습니다, 판사님. 몸 둘 바를 모르겠습니다. 저 혼자 한 일이 아니라, 곁에서 많은 도움을 받았습니다."

"그렇다면 검사팀 전부를 칭찬해드려야겠네요."

그 말을 끝으로 판사가 일어나서 자리를 떠났다. 나는 오랫동안 그곳에 앉아 뒤쪽에서 객석이 비워지는 소리를 들으며, 브리트만이 마지막에 했던 말을 생각해보았다. 도대체 왜, 그리고 무슨 영문으로 법정에서는 나무랄 데 없이 잘해냈던 재판이 로이스의 사무실에서 일어난 그런 끔찍한 사건으로 끝맺게 되었는지 궁금할 따름이었다.

"할러 씨?" 나는 기자 중의 한 명이리라 예상하며 뒤돌아봤다. 그렇지만 뒤에는 정복 경찰 두 명이 서 있었다. "보슈 형사가 보내서 왔습니다. 할러 씨와 글리슨 씨 두 분을 보호감호소로 모시고 갈 겁니다."

"아니요, 글리슨 씨만 모시고 가면 됩니다. 저쪽에 있는 분이에요."

세라는 소랜츠의 책상 옆 의자에 앉아 기다리고 있었다.

"세라, 이분들을 따라가세요. 제이슨 제섭이 잡힐 때까지 세라를 안전하게……."

나는 말을 마칠 필요도 없었다. 세라가 자리에서 일어나 우리 쪽으로 걸어왔다.

"그럼 이제 재판은 없는 거예요?"

그녀가 물었다.

"맞아요. 판사가 재판 무효를 선언했잖아요. 만약 제섭이 잡힌다면, 그때 다시 시작하게 될 겁니다. 새로운 배심원들과 함께요."

그녀는 고개를 끄덕였지만, 말문이 막힌 표정이었다. 그동안 순진하게 사법제도 속으로 들어섰던 수많은 사람들의 얼굴에서 목격했던 표정이기도 했다. 그들은 방금 무슨 일이 일어난 것인지 의아해하며 법원을 떠나곤 했다. 세라 글리슨도 다르지 않으리라.

"지금 이분들하고 함께 가세요, 세라. 다음에 무슨 일이 있을지 알게 되면 바로 연락드릴게요."

세라는 단지 고개를 끄덕이고는 문 쪽으로 향했다.

나는 홀로 법정에 남아 잠시 기다리다가 복도로 나가기 위해 걸음을 옮겨놓았다. 몇몇 배심원들이 기자들과 인터뷰하고 있었다. 그 모습을 잠시 보고 있을 수도 있었지만, 그 순간에는 다른 사람이 재판에 관해 왈가왈부하는 말을 전혀 듣고 싶지 않았다. 더는 아니었다.

케이트 솔터스가 나를 보고는 무리에서 빠져나와 다가왔다.

"미키, 얘기 좀 나눌 수 있어요?"

"지금은 그럴 기분이 아니에요. 내일 전화해요."

"오늘 일어난 일이에요, 믹."

"난 신경 안 써요."

나는 그녀를 밀치고 승강기 쪽으로 걸어갔다.

"어디로 가세요?"

나는 대답하지 않았다. 그저 승강기 쪽으로 다가가서 열려 있는 문 안으로 뛰어들었다. 승강기 구석으로 움직이다가 나는 층수를 누르는 패널 앞에 한 여인이 서 있는 것을 보았다. 그녀도 솔터스와 같은 질문을 내게 던졌다.

"어디로 가세요?"

"집이요."

내가 말했다. 그녀가 1층을 누르자 승강기가 아래로 내려갔다.

5부

급습

42 작전 지휘본부

보슈는 체커스 호텔 맞은편의 빌린 사무실 안에서 라이트와 함께 대기 중이었다. 그곳이 작전 지휘본부였다. 비록 제섭이 호텔 정문으로 걸어 들어갈 만큼 어리석다고 생각하는 사람은 아무도 없었지만, 그래도 그 위치에서는 호텔 전체 부지가 다 눈에 들어왔으며 다른 두 곳의 감시 위치도 잘 관찰할 수 있었다.

"난 모르겠네." 라이트가 창밖을 뚫어져라 바라보며 말했다. "이자가 영리한 거 맞지?"

"그런 것 같아요."

보슈가 말했다.

"그렇다면 나는 그가 여기로는 오지 않을 것 같아. 자넨 어떻게 생각하나? 올 수 있었다면 이미 왔을 거야. 어쩌면 지금쯤 멕시코로 달려가고 있을 텐데, 우린 이렇게 넋 놓고 앉아 있는지도 모르는 거라고."

"어쩌면요."

"내가 그놈이라면, 멕시코로 넘어가서 숨어 지낼 거야. 경찰이 날 찾아서 다시 샌쿠엔틴에 집어넣기 전에 가능하면 많은 시간을 해변에서 보낼 거라고."

보슈의 전화기가 울렸고, 그는 딸의 번호라는 것을 확인했다.

"잠깐 나가서 전화 좀 받고 올게요." 그가 라이트에게 말했다. "혼자 있어도 되겠죠?"

"그럼, 걱정 마."

보슈는 복도로 나가기 위해 사무실을 떠나면서 전화를 받았다.

"어이, 딸. 다 괜찮은 거지?"

"밖에 경찰차가 와 있어요."

"그래, 나도 알아. 아빠가 보낸 거야. 그냥 예방 차원이니까 걱정 마."

그들은 1시간 전에 매기 맥퍼슨이 두 소녀를 포터 랜치에 있는 한 친구의 집으로 안전하게 데리고 갔을 때 이미 한 번 전화 통화를 했다. 그는 딸에게 제섭이 도망쳤으며, 로이스의 사무실에서 무슨 일이 있었는지 다 이야기해주었다. 딸은 2주 전 제섭이 한밤중에 그들 집 앞에 다녀갔던 사실은 알지 못했다.

"그럼 아직 그 사람 못 잡은 거예요?"

"지금 수색 중이야. 그리고 아빠가 지금 뭐 하던 중에 나왔어. 매기 숙모 가까이에 붙어서 안전하게 있어야 해. 이 일 끝나면 바로 데리러 갈게."

"알았어요. 그리고 잠깐만요. 숙모가 바꿔달래요."

맥퍼슨이 전화를 받았다.

"새로운 소식 없어요?"

"아직은 없어요. 지금 수색하는 중이고, 놈이 다녀갔던 장소는 전부 감시대가 지키고 있어요. 나는 세라의 호텔 밖에서 라이트와 함께 대기 중이에요."

"조심하세요."

"말이 나와서 말인데, 미키는 어디 있어요? 보호감호를 거절했거든요."

"지금 집에 있는데, 곧 이리로 오겠다고 했어요."

"좋아요. 그럼 됐네요. 나중에 다시 통화하죠."

"새로운 소식이 있으면 연락 주세요."

"그럴게요."

보슈는 전화를 끊고 나서 사무실로 돌아갔다. 라이트는 여전히 창가에 있었다.

"내 생각에는 아무래도 우리가 시간만 낭비하는 것 같아. 여긴 철수하는 게 좋겠어."

그가 말했다.

"왜요, 무슨 일인데요?"

"방금 무전이 들어왔는데, 제섭이 운전하던 차를 발견했대. 베니스에서. 놈은 이 근처에 없는 거야, 보슈."

보슈는 베니스에 차를 버리고 달아난 것은 단지 수사에 혼선을 주기 위한 책략일 수 있다는 사실을 알았다. 해변으로 운전해가서 차를 버리고 시내까지 택시를 타고 돌아오면 그만 아닌가. 그럼에도 보슈는 자신이 라이트의 주장에 동의하고 있음을 알아차렸다. 그들은 이곳에서 시간만 낭비하고 있는 것이다.

"빌어먹을."

그가 말했다.

"걱정 말게. 놈을 꼭 잡고 말 테니까. 한 팀은 여기에 계속 배치해두고, 한 팀은 자네 집으로 보내자고. 다른 팀은 모두 베니스로 움직일 거야."

"산타모니카 방파제는요?"

"이미 나가 있어. 해안에 두 팀이 대기하고 있으니까, 그들 눈에 띄지 않고는 아무도 들어가고 나올 수 없을 거라고."

라이트가 SIS에 무전을 쳐서 대원들을 재배치하기 시작했다. 그는 라이트의 통화 소리를 듣는 동안, 방 안을 오락가락 움직여 다니며 제섭이 어디 있을지 짐작해보려 애썼다. 그러다가 얼마 후 그는 라이트 부서장을 방해하지 않고 전화를 걸기 위해 다시 복도로 나갔다. 그는 RHD의 직속 상관 래리 갠들 부서장에게 전화를 걸었다.

"보슈 형사입니다. 확인차 전화했습니다."

"아직 호텔에 있나?"

"예, 그렇지만 이제 철수하고 해안으로 갈 겁니다. 제섭의 차가 발견됐다는 소식은 들으셨죠?"

"그래, 방금까지 거기 있다가 왔네."

보슈는 깜짝 놀랐다. 로이스의 사무실에 네 명의 피해자가 누워 있으니, 갠들은 아직 살인사건 현장에 남아 있으리라 짐작했기 때문이었다.

"차는 깨끗하더군." 갠들이 말했다. "제섭이 아직 무기를 가지고 있는 거야."

"지금은 어디 계세요?"

보슈가 물었다.

"고속도로 위에 있네." 갠들이 말했다. "막 제섭이 사용하던 방을 수색하고 나오는 중이야. 수색영장을 발부받는 데 시간이 좀 걸렸어."

"거긴 아무것도 없던가요?"

"아직까지는 발견된 게 없네. 그런데…… 아, 정말 빌어먹을 놈 같으니라고. 자네는 법정에서 놈이 양복을 쫙 빼입고 있는 모습만 봤을 테니, 아마도……. 글쎄, 자네는 어떻게 생각할지 모르겠지만, 사실 놈은 완전히 짐승처럼 살고 있었어."

"그게 무슨 뜻입니까?"

"통조림 깡통이 사방에 널렸는데, 그 안에 음식이 남아서 썩어가고 있더라니까. 카운터 위에도 쓰레기통에도 썩은 음식 천지야. 창문은 담요로 막아놓아서 집이 꼭 동굴 같아. 한마디로 감방이라니까. 심지어 벽에 글씨도 써놨더군."

갑자기 보슈는 무언가를 깨달았다. 그는 제섭이 방파제 아래에 지하 감옥을 만들고 있었다는 사실을 떠올렸다.

"어떤 음식인데요?"

그가 물었다.

"뭐가?"

갠들이 되물었다.

"통조림에 들어 있던 음식이요. 그게 무슨 음식이었어요?"

"몰라, 아마 과일이었을걸. 복숭아도 있었고, 슈퍼에서 통조림으로 구할 수 있는 건 다 있었던 것 같아. 그렇지만 어쨌든 그걸 다 통조림으로만 구입했어. 꼭 교도소에서처럼."

"잘 알았습니다, 부서장님."

보슈는 전화를 끊고 재빨리 사무실로 돌아갔다. 라이트 부서장도 무전을 끝낸 참이었다.

"감시대원들이 방파제 아래로 들어가서 창고 방을 확인했습니까? 아니면 지금 그곳을 계속 감시하고 있나요?"

"거기까지 엄중 감시를 하고 있지는 않아."

"그 말은 아직 방파제 아래쪽은 확인 안 했다는 거네요?"

"그 주변만 확인했어. 벽널 아래로 누군가 들어갔다는 흔적이 전혀 보이지 않았거든. 그래서 멀찍이 떨어져 감시하고 있네."

"제섭은 거기에 있어요. SIS 대원들이 놓친 겁니다."

"자네가 어떻게 알아?"

"그냥 알아요. 어서 가죠."

43 10번 배심원

4월 8일 목요일, 오후 6시 35분

나는 거실 끝에 있는 커다란 전망 창 앞에 서서 해가 지는 도시를 내다
봤다. 제섭은 저 도시 어딘가에 있을 터였다. 미친개처럼 쫓겨 다니다가
구석으로 몰릴 테고, 그러다가 제압당하리라는 사실을 나는 믿어 의심치
않았다. 그것이 그가 벌여놓은 장난의 피할 수 없는 결말이었다.

법적으로는 제섭이 오늘 벌어진 사건의 주범임이 분명했다. 하지만 나
는 그 끔찍한 사건이 벌어지기까지 내가 저지른 과오도 적지 않다는 생각
을 떨쳐버릴 수가 없었다. 법적인 면에서가 아니라, 개인적이고 내재적인
면에서 그러했다. 처음 게이브리얼 윌리엄스 지검장과 마주 앉아서 몸뿐
아니라 마음도 법정 맞은편으로 자리를 옮겨가기로 동의했던 그날, 내가
이 모든 사건이 일어나도록 의식적으로 시동을 걸었던 것은 아니었을지,
나는 나 스스로에게 질문해봐야만 했다. 어쩌면 제섭에게 자유를 허락함
으로써, 나는 그와 로이스와 다른 사람들의 운명을 결정해버렸는지도 모
를 일이었다. 나는 피고 측 변호사이지 검사가 아니었다. 검찰이 아니라,
약자 편에 서 있던 사람이었다. 어쩌면 나는 이 사건에 평결이 내려지지

않도록 하기 위해, 그리하여 내 기록과 양심에 평생 그것을 얹어놓고 살아가지 않아도 되기 위해 한 발 한 발 의식적인 과정을 밟아오며 재판을 조정해왔는지도 모를 일이었다.

이것이 죄책감에 시달리는 한 남자의 명상이었다. 하지만 그런 생각도 오래가지는 않았다. 곧 전화기가 진동했고, 나는 도시의 풍경에서 시선을 떼지 않은 채 주머니에서 전화기를 꺼내 받았다.

"할러, 전화 받았습니다."

"나야. 여기로 온다고 했잖아."

매기 맥피어스였다.

"금방 갈게. 끝내야 할 일이 좀 있어서. 다 괜찮은 거지?"

"나야 물론 그렇지. 하지만 제섭은 아닐걸. 지금 TV 뉴스 보고 있어?"

"아니, 뉴스에서 뭐라 그러는데?"

"경찰이 산타모니카 방파제에서 사람들을 대피시키고 있어. 5번 채널에서 그 위로 헬기를 띄워놨거든. 제섭과 관련된 일이라고 확신은 못 하지만 LA 경찰국의 SIS 감시대가 탈주자 체포를 위해 산타모니카 경찰국의 허가를 기다리고 있대. 지금 해안으로 움직여 들어가는 중이야."

"그 지하 감옥? 제섭이 누굴 잡고 있는 거야?"

"만약 그렇더라도 방송에서는 말 안 하겠지."

"해리와 통화해봤어?"

"전화를 걸어보기는 했는데, 안 받더라고. 아마 그도 지금쯤 해변에 나가 있을 거야."

나는 창문에서 떨어져 나와 커피탁자 위에 놓인 TV 리모컨을 움켜잡았다. 그리고 즉시 TV를 켜고 숫자 5를 눌렀다.

"TV 켰어."

내가 매기에게 말했다. 화면에는 상공에서 찍은 방파제와 해안 주변이

비치고 있었다. 해안에 남자들의 모습이 보였고, 그들이 북쪽과 남쪽에서 방파제 아래쪽으로 나아가고 있었다.

"당신 말이 맞네." 내가 말했다. "제섭일 거야. 방파제에 만들어놨다는 지하 감옥이 실은 자기 자신을 위한 장소였던 거지. 도망쳐 숨을 수 있는 안전가옥 같은 거 말이야."

"익숙한 교도소 감방 같은 곳이겠지. 자길 잡으려고 경찰이 다가가고 있다는 걸 그도 알런지 모르겠어. 헬리콥터 소리는 들을 수 있을 텐데 말이야."

"해리 말로는 파도 소리가 너무 시끄러워서 총소리도 들을 수 없다고 했잖아."

"그래, 곧 알게 되겠지 뭐."

우리는 잠시 침묵 속에 TV를 보다가 내가 먼저 입을 열었다.

"매기, 아이들도 지금 TV 보고 있어?"

"아니, 말도 안 되지! 지금 다른 방에서 게임 하고 있어."

"다행이네."

그들은 조용히 TV를 시청했다. 화면에 보이는 장면을 무의미하게 설명하는 뉴스 진행자의 목소리가 메아리쳤다. 한참 후 매기가 오후 내내 마음속에 담아두고 있었을 질문을 던졌다.

"이런 식으로 결론이 날지도 모른다는 생각, 혹시 해봤어?"

"아니, 당신은?"

"나도 물론 아니지. 난 무슨 일이 일어나든 다 법정 안에서 벌어질 줄 알았어. 늘 그렇듯이 말이야."

"그래."

"적어도 제섭이 평결의 수모에서 우리를 구해주기는 했네."

"그게 무슨 말이야? 우리가 이긴 재판이었어. 제섭도 그걸 알았다고."

"배심원들이 인터뷰한 거 TV에서 하나도 안 봤구나?"

"뭐라고? TV에서?"

"그래. 10번 배심원이 TV방송국마다 인터뷰를 해서 자신은 무죄 쪽에 투표할 생각이었다고 말했단 말이야."

"킨스 배심원 말이야?"

"그래. 예비 배심원이었다가 배심원석으로 옮겨간 사람. 다른 사람들은 다 유죄, 유죄, 유죄라고 했어. 그런데 킨스만 무죄라고 했다니까. 우리가 자기를 확신시키지 못했다나. 보나 마나 그가 만장일치 평결을 막았을 거야, 할러. 만약 그랬다면, 윌리엄스가 2심까지 나아가게 서명하지 않았으리라는 거 당신도 잘 알잖아. 그럼 제섭은 그냥 걸어나갔겠지."

나는 매기의 마지막 말을 가만히 생각해보다가 고개를 저어 털어버렸다. 그 모든 노력이 허사였다니. 사회에 반감을 품은 단 한 명의 배심원에게 모든 게 달려 있었고, 그 덕분에 제섭은 무죄로 걸어나갈 뻔했다니. 나는 TV에서 고개를 들어 저 멀리 서쪽 지평선을 바라봤다. 산타모니카 해안이 태평양 끄트머리를 감싸 안고 있는 곳이었다. 마치 하늘을 돌고 있는 언론사 헬기도 눈으로 볼 수 있을 것만 같은 기분이었다.

"제섭이 그 사실을 알게 되기는 할지 궁금하네."

44 방파제 아래의 지하 감옥

4월 8일 목요일, 오후 6시 55분

태양이 태평양 위로 낮게 내려앉아 수면을 가로지르는 밝은 녹색 길을 불태우고 있었다. 보슈는 방파제에서 남쪽으로 100여 미터쯤 떨어진 해안에서 라이트 부서장 곁에 서 있었다. 두 사람은 라이트의 앞가슴 주머니에 들어 있던 5×5 비디오 화면을 내려다보는 중이었다. 라이트 부서장은 SIS 대원들에게 제이슨 제섭의 기습체포 작전을 지시하고 있었다. 화면에는 흐리게 불을 밝힌 방파제 아래쪽 저장시설의 어두침침한 모습이 보였다. 보슈는 이어폰을 끼고 있었지만, 마이크는 사용할 수 없었다. 작전 중에 나누는 대화를 들을 수 있지만, 그 작전에 기여할 수는 없다는 의미였다. 그가 하는 말은 모두 라이트 부서장을 통해 전달되어야 했다.

통신장비를 통해 들려오는 목소리는 알아듣기가 어려웠다. 배경음으로 들리는, 방파제 아래에서 부서지는 파도 소리 때문이었다.

"여기는 다섯, 안으로 들어왔습니다."

"시야를 확보하게."

라이트가 명령했다. 비디오의 초점은 흔들리지 않았기에 보슈는 카메라가 방파제 시설 뒤쪽에 개별적으로 막아놓은 방들을 목표로 하고 있음을 알 수 있었다.

"이겁니다."

그가 제섭이 들어가는 것을 목격했던 문을 손으로 가리켰다.

"좋아." 라이트가 말했다. "우리의 목표는 오른쪽 두 번째 문이다. 반복한다. 오른쪽 두 번째 문이다. 안으로 들어가 위치를 잡아라."

화면이 새로운 위치까지 들썩거리며 움직였다. 이제 카메라는 목표에 훨씬 더 가까워졌다.

"셋과 넷은……."

나머지 소리는 부서지는 파도 소리 때문에 들리지 않았다.

"셋과 넷, 반복하라."

라이트가 말했다.

"셋과 넷은 위치 잡았습니다."

"내가 신호할 때까지 기다려라. 위쪽, 준비됐나?"

"위쪽, 준비됐습니다."

민간인을 대피시킨 방파제 위쪽에도 한 팀이 대기 중이었는데, 그들은 제섭이 들어가 있는 걸로 생각되는 창고 방 위쪽 들창문 한쪽 모퉁이에 작은 폭발물을 설치해놓고 있었다. 라이트가 명령을 내리면 그들이 들창문을 폭파하고 위아래서 동시에 안으로 침투해 들어갈 예정이었다.

라이트는 턱밑으로 선을 이어놓은 마이크를 양손으로 감싸 쥐고 보슈를 바라봤다.

"자네도 준비됐나?"

"준비됐습니다."

라이트가 마이크를 잡았던 손을 풀고 대원들에게 명령을 내렸다.

"좋다, 그에게 먼저 기회를 주도록 하자. 셋, 스피커 준비됐나?"

"예, 스피커는 준비됐습니다. 셋을 거꾸로 세겠습니다. 셋, 둘…… 하나."

라이트가 말을 시작했다. 100미터쯤 떨어진 어두운 방 안에 숨어 있는 남자에게 이제 포기하라고 설득하기 위해서였다.

"제이슨 제섭, 나는 로스앤젤레스 경찰국의 스티븐 라이트 부서장이다. 네 위치는 위아래로 모두 포위됐다. 두 손을 머리에 얹어 깍지 끼고 밖으로 걸어 나와라. 기다리고 있는 경찰 쪽으로 움직이면 된다. 만약 이 명령에 불복하면 사살하겠다."

보슈는 이어폰을 빼고 라이트의 말에 귀를 기울였다. 방파제 아래쪽에서 라이트의 말소리가 윙윙거리며 흘러나오는 게 들렸다. 제섭이 아래에 있다면 그 명령을 들었을 게 분명했다.

"앞으로 1분을 주겠다."

라이트가 제섭에게 마지막 통보를 했다. 그런 다음 시계를 보며 기다렸다. 30초가 지났을 때, 라이트는 방파제 아래쪽에 있는 대원들에게 상황을 확인했다.

"아무 기척도 없나?"

"여기는 셋. 아무 기척 없습니다."

"여기는 넷, 없습니다."

라이트가 보슈에게 안타까운 시선을 보냈다. 이런 식으로 결론 나기를 바라지 않았다는 표정이었다.

"좋다, 내가 신호하면 들어간다. 정신 바짝 차리고 십자포화는 하지 말도록. 위쪽, 사격할 때 누구에게 총을 쏘는지 확실히……."

비디오 화면에 움직임이 감지됐다. 창고 방 중에서 문 하나가 활짝 열렸다. 그러나 그들이 목표로 삼고 있던 방의 문은 아니었다. 카메라가 갑작스럽게 왼쪽으로 덜컥거리며 움직여 목표를 바꾸었다. 보슈는 열린 문 뒤쪽의 어둠 속에서 제섭이 나타나는 것을 보았다. 그가 팔을 위로 들어

올리더니 전투태세를 취하며 양손을 모았다.

"총이다!"

라이트가 소리 질렀다. 그 뒤 일제 사격은 채 10초도 이어지지 않았다. 그러나 그동안에 방파제 아래에 있는 대원들 중 적어도 네 명이 들고 있던 무기를 비워버렸다. 점점 커지던 총성은 위쪽에서 터뜨린 불필요한 폭발로 정점을 찍었다. 그때쯤 보슈는 이미 포화 속에 쓰러져 있는 제섭을 보았다. 총살 집행대 앞에 서 있는 사람처럼, 처음에 그의 시체는 사방에서 날아오는 수많은 충격에 의해 거의 위로 들려지는 듯했다. 그런 다음 중력이 그를 모래 바닥으로 쓰러뜨렸다.

잠시 침묵이 흐른 후, 라이트가 다시 통신을 시도했다.

"모두 안전한가? 번호를 불러보게."

방파제 위아래에 배치돼 있던 전 대원이 안전했다.

"용의자를 확인하라."

비디오를 통해 보슈는 두 경관이 제섭의 시체 쪽으로 다가가는 것을 보았다. 한 명이 시체 위에 팔을 얹고 있는 동안 나머지 한 명이 맥박을 확인했다.

"사망했습니다."

"무기를 확보하게."

"알겠습니다."

라이트가 비디오를 끄고 보슈를 바라봤다.

"이렇게 끝났군."

그가 말했다.

"네."

"대답을 듣지 못하게 된 거 미안하게 생각하네."

"저도 죄송합니다."

그들은 방파제 쪽으로 걸어가기 시작했다. 라이트가 시간을 확인하고는 무전기를 통해 공식 총격 시간이 오후 7시 18분이었음을 선언했다.

보슈는 왼쪽으로 멀리 바다 쪽을 바라봤다. 이제 해는 저물어 있었다.

6부

마지막에 남은 것들

45 다시 멀홀랜드 드라이브

4월 9일 금요일, 오후 2시 20분

해리 보슈와 나는 법의학 발굴 팀이 땅을 파는 동안 피크닉 탁자를 사이에 두고 마주 앉아 있었다. 그들은 제이슨 제섭이 촛불을 켜두었던 프랭클린 캐니언에 있는 나무 밑을 파는 중이었고, 그곳이 세 번째 발굴지였다.

나는 딱히 그곳에 있을 필요가 없었지만, 원해서 앉아 있었다. 제이슨 제섭의 악행을 드러낼 만한 증거가 좀 더 발견되기를 바랐다. 마치 그렇게 되면 지금까지 일어난 일을 좀 더 쉽게 받아들일 수 있기라도 할 듯이 말이다.

하지만 지금까지 세 군데 발굴 장소에서는 아무것도 나오지 않았다. 작업은 천천히 진행됐다. 한 번에 2~3센티미터 깊이의 흙을 떠내서 체에 거르고 그렇게 제거된 흙을 전부 자세히 분석했다. 우리는 아침 내내 그곳에 나와 있었고, 내 희망은 차가운 냉소 속에 점점 희미해지고 있었다. 제섭이 감시를 당하는 동안 밤마다 이곳에 올라와 하던 행동은 아무 의미도 없는 짓이리라는 확신이 점차 강하게 들기 시작했다.

하얀 캔버스 천이 나무에서부터 수색지역 바깥에 꽂아놓은 두 개의 기둥 위에 펼쳐져 있었다. 그것이 발굴 팀에게 그늘을 제공해주었을 뿐 아니라, 위쪽에 떠 있는 언론 헬기로부터 방패막이도 돼주었다. 누군가 수색에 관한 정보를 흘린 모양이었다.

보슈는 탁자 위에 실종 사건에서 가져온 파일을 잔뜩 쌓아두고 있었다. 인간의 유골이 발견되기만 하면 실종된 소녀들에 관한 기록과 특징을 훑어볼 준비를 하는 중이었다. 나는 조간신문만 들고 빈손으로 왔기에, 1면 기사만 벌써 두 번째 읽어보는 중이었다. 전날 일어난 사건에 관한 기사가 《타임스》지의 주요 기사였고, 산타모니카 방파제에서 열린 들창문 속으로 총을 겨누고 있는 SIS 대원들의 컬러 사진이 함께 실려 있었다. 그리고 역시 관련 기사로 SIS에 관한 내용을 1면에서 다루고 있었다. 제목은 '**또 하나의 사건, 또 한 번의 총격, SIS의 피 묻은 역사**'였다.

나는 그것이 불티나게 팔려나갈 기사라는 확신이 들었다. 지금까지는 제섭이 총을 구했다는 사실을 SIS가 미리 알고 있었다는 것을 언론에서는 전혀 모르고 있었다. 만약 그 사실이 알려진다면, 물론 나는 알려지리라 확신하지만, 어쨌든 그런다면 논쟁의 불길이 일어 추가 조사로 이어지고, 경찰위원회 심리로 이어지리라는 사실에는 의심의 여지가 없었다. 주요 질문은 다음과 같을 터였다. '그자가 무기를 가지고 있다는 사실이 거의 확실시된 상황에서 왜 그를 계속 자유롭게 풀어두었는가?'

따라서 나는 아무리 일시적인 고용 관계였다 할지라도, 이제 더는 내가 검찰 측에 고용된 사람이 아니라는 사실이 무척이나 기뻤다. 관료주의적인 조직 내에서 그런 식의 질문을 받고 그에 답해야 한다는 것은, 한 마디로 밥줄이 끊길 위험에 처해 있음을 의미하는 경향이 있기 때문이었다.

하지만 나는 그런 식의 취조를 받는다고 해도 그 결과가 어떻게 나오느냐에 따라 생계가 막막해질까 봐 걱정할 필요가 없었다. 다시 내 사무실,

그러니까 내 링컨 타운카의 뒷자리로 돌아갈 작정이었기 때문이다. 그리고 다시 피고 측을 대변하는 변호사 일을 할 생각이었다. 그 일이 훨씬 깨끗하고, 임무도 명확했다.

"매기 맥피어스도 올 건가?"

보슈가 물었다. 나는 신문을 탁자 위에 내려놓았다.

"아니요, 윌리엄스가 밴 나이스로 다시 돌려보냈어요. 우리 재판에서 할 일은 끝났잖아요."

"윌리엄스가 시내로 안 보내고 그리로 보낸 거야?"

"우리가 유죄판결을 받아내면 매기를 시내로 보내주기로 했는데, 결과적으로 그러질 못했잖아요."

나는 신문을 손가락질해 가리켰다.

"게다가 재판이 끝까지 갔어도 유죄는 못 받아냈을 거예요. 이 예비 배심원이 아무한테나 대고 자기는 무죄를 선고할 생각이었다고 떠들고 다니잖아요. 그러니 게이브리얼 윌리엄스는 약속 하나는 철석같이 지키는 사람이라고 봐도 될 겁니다. 매기는 이제 고속 승진하기 그른 것 같아요."

그게 바로 정치와 법이 결탁하면 생기는 일이었다. 그리고 내가 다시 저주받은 이들의 수호자로 어서 빨리 돌아가길 바라는 이유이기도 했다.

우리는 한동안 아무 말 없이 앉아 있었고, 그동안 나는 전처에 대해 생각해봤다. 그리고 그녀를 도와 승진하게 하려던 내 노력이 어떤 식으로 비참하게 실패해버렸는지에 대해서도 생각했다. 혹시 그녀가 내 노력을 못마땅해하지는 않을지 궁금하기도 했다. 부디 그러지 않기를 바랄 뿐이었다. 매기 맥피어스가 나를 미워하는 세상에서 살아간다는 것은 내게 너무도 가혹한 일이 될 테니까.

"뭔가 찾은 것 같은데."

보슈가 말했다. 나는 상념에서 고개를 들고 발굴 팀 쪽을 바라봤다. 대원 한 명이 핀셋을 이용해 흙 속에서 무언가를 꺼내더니 증거품 보관용 비닐봉지에 집어넣었다. 그러고는 일어서서 그것을 들고 우리 쪽으로 향했다. 법의학 팀 고고학자 캐시 콜이었다.

그녀가 보슈에게 봉지를 건네주자 그는 위로 들어 올려 살펴봤다. 은색 팔찌였다.

"뼈는 없네요." 콜이 말했다. "그것만 나왔어요. 지금까지 80센티미터를 파 내려갔는데, 살인사건에서 피해자를 그보다 더 깊게 파묻는 경우는 매우 드물어요. 여기도 다른 두 곳과 거의 비슷해 보이네요. 좀 더 파볼까요?"

보슈가 봉지에 들어 있는 팔찌를 흘깃 바라보고는 다시 콜을 바라봤다.

"한 30센티미터 정도만 더 파보면 어떨까요? 그래도 괜찮겠습니까?"

"하루를 현장에서 보내나 사무실에서 보내나 그게 그거죠 뭐. 계속 파 보길 원하시면 그렇게 할게요."

"고맙습니다, 박사님."

"뭘요."

그녀가 다시 구덩이 쪽으로 돌아갔고, 보슈는 증거품 봉지를 내 쪽으로 내밀어 살펴보게 했다. 장식이 달린 팔찌가 들어 있었다. 장식을 연결한 부위마다 흙덩이가 끼어 있었다. 테니스 채와 비행기 모양의 장식을 알아볼 수 있었다.

"이걸 본 적이 있어요?" 내가 물었다. "실종된 소녀들 중의 하나가 차고 있던 건가요?"

보슈가 탁자 위에 쌓아놓은 파일 더미를 몸짓으로 가리켰다.

"아니, 저 목록 중에는 장식이 달린 팔찌에 관해 언급된 건 없었던 것 같아."

"그럼 누가 여기서 잃어버린 걸 수도 있겠네요."

"그게 흙 속에 80센티미터나 깊이 파묻혀 있었다고?"

"그럼 제섭이 파묻어뒀다고 생각하는 거예요?"

"그럴 수도 있지. 여기까지 와서 빈손으로 포기하고 싶지는 않아. 놈은 이유가 있어서 여기에 왔던 게 분명해. 이곳에 아이들을 파묻지 않았다면, 이곳이 살해 장소일 수도 있어. 그건 모르는 거야."

나는 비닐봉지를 그에게 돌려주었다.

"내 생각에는 지금 너무 낙관적으로 생각하고 있는 것 같아요. 평소 해리답지 않아요."

"글쎄, 그렇다면 자네는 제섭이 매일 밤 여기 올라와서 대체 뭘 하고 있었다고 생각하는데?"

"내 생각에는 그와 로이스가 우릴 가지고 놀았던 것 같아요."

"로이스가? 무슨 말을 하는 거야?"

"우리가 당한 거예요, 해리. 현실을 직시해요."

보슈가 증거품 봉지를 다시 들여다보다가 흔들어서 흙을 털어냈다.

"상대를 엉뚱한 방향으로 몰아가는 전형적인 방식이잖아요." 내가 말했다. "실력 있는 변호사가 써먹기에 좋은 첫 번째 규칙이죠. 재판에 들어가기 전에 자신의 논리부터 공격하라. 그렇게 논리의 약점을 발견해서 수정하고 나면, 다음으로 그 약점에서 상대의 관심이 멀어지도록 할 방법을 찾아라."

"무슨 말인지 알겠네."

"피고 측 공판에서 가장 큰 약점은 바로 에디 로만이었어요. 로이스는 거짓말쟁이에 마약중독자인 사람을 증언대에 세울 예정이었죠. 그런데 시간만 충분하다면 해리가 로만을 찾아내거나 그와 관련된 어떤 정보를 알아내거나, 혹은 두 가지 다 찾아낼 수 있으리라는 사실을 로이스도 알았던 거예요. 그래서 주의를 분산시킬 뭔가가 필요했던 거죠. 코앞으로 닥쳐온 재판 외의 무언가에 해리를 잡아둘 필요가 있었던 겁니다."

"그럼 우리가 제섭을 감시하고 있다는 걸 그가 이미 알았다는 건가?"

"그 정도는 쉽게 추측했을 겁니다. 제가 그의 OR 석방 요청에 전혀 반대하지 않았잖아요. 당연히 로이스는 뭔가 이상하다는 낌새를 챘을 거예요. 그래서 혹시 미행이 따라붙는지 보려고 제섭을 밤마다 내보냈던 거죠. 이미 전에도 고려해본 사항이기는 하지만, 제섭을 해리의 집 앞으로 보낸 것도 보나 마나 로이스였을 거예요. 행여 무슨 반응이 나오지 않을까 기대했을 테죠. 그럼 감시당하고 있다는 게 확실해질 테니까요. 그런데 아무 반응이 없었던 거죠. 우리 쪽에서 아무런 조치도 취하지 않았잖아요. 그제야 로이스는 자신이 잘못 짚었다는 걸 깨닫고는 의심을 거둔 거예요. 그날부터 제섭이 밤마다 이곳에 올라오던 걸 멈췄잖아요."

"그래, 그래서 제섭이 방파제 아래에 지하 감옥을 만들어놓아도 안전하겠다는 생각을 하게 된 거군."

"말이 되잖아요, 안 그래요?"

보슈는 오랫동안 대답하지 않았다. 그는 자신의 손을 파일 더미 위에 올려놓았다.

"그렇다면 실종된 이 아이들은 다 어떻게 된 거지?" 그가 물었다. "이게 다 우연일 뿐일까?"

"나도 모르겠어요. 어쩌면 우린 영원히 알 수 없을지도 몰라요. 우리가 아는 거라고는 그 아이들이 아직 실종 상태라는 사실이고, 만약 제섭이 거기 관련됐다고 해도 어젯밤 그의 죽음과 함께 그 비밀도 영원히 묻혀버렸다는 사실이에요."

보슈가 편치 않은 표정을 지으며 자리에서 일어섰다. 손에는 여전히 증거품 봉지를 들고 있었다.

"미안해요, 해리."

"그래, 나도 미안하네."

"이제 어디로 갈 거예요?"

보슈가 어깨를 으쓱했다.

"다음 사건으로. 들어오는 사건을 돌아가면서 맡는 직업이잖아. 자네는?"

내가 양손을 펼쳐 보이며 미소 지었다.

"잘 아시잖아요."

"정말 그러길 원하는 거야? 자넨 정말 뛰어난 검사라고."

"네, 어쨌든 칭찬은 고마워요. 그렇지만 배운 게 도둑질이라는 말도 있잖아요. 제가 할 일은 피고를 변호하는 거예요. 게다가 검찰에서 다시는 날 자기들 편에 세우려 하지 않을걸요. 이번 사건 때문에 더더욱 그렇다고요."

"무슨 말이야?"

"이 모든 일에 책임을 지울 사람이 필요할 텐데, 저야말로 적임자 아니겠어요. 제섭을 풀어준 것이 저니까요. 두고 보세요. 경찰,《타임스》지, 심지어 게이브리얼 윌리엄스까지도 그 사건에 대한 책임을 제 앞으로 밀어놓을 겁니다. 그렇지만 매기를 건드리지만 않는다면 내겐 어떤 책임을 물려도 상관없어요. 난 이 세상에서 내가 있을 자리가 어딘지 알고 있고, 그리로 다시 돌아가면 되니까요."

보슈가 고개를 끄덕였다. 다 옳은 말이라 딱히 대꾸할 말도 없었다. 그가 장식 달린 팔찌가 들어 있는 비닐봉지를 흔들더니 표면에 묻어 있는 흙을 좀 더 털어내기 위해 손가락으로 장식 부분을 긁어냈다. 그러다가 봉지를 들어 올리고는 자세히 들여다보기 시작했다. 무언가를 발견했음이 틀림없었다.

"뭐예요?"

그의 안색이 변했다. 시선은 장식품 중 하나에 못 박은 채, 비닐봉지 바깥쪽에서 흙을 털어내는 중이었다. 그런 다음 내게 봉투를 건네줬다.

"한번 보게. 그게 뭐 같은가?"

흙을 털어내긴 했어도 장식은 여전히 더럽고 색도 변해 있었다. 크기가 1센티미터가 조금 넘는 은제 사각형이었다. 한쪽 면에는 가운데에 작은 회전 고리가 박혀 있었고, 반대편에는 그릇이나 컵처럼 보이는 것이 달려 있었다.

"사각 접시에 놓인 찻잔 같은데요." 내가 말했다. "확실히는 잘 모르겠어요."

"아니, 돌려봐. 지금 보고 있는 쪽이 바닥으로 가야 해."

나는 시키는 대로 했고, 그가 본 것을 보았다.

"이건…… 사각모군요. 졸업식 모자. 그리고 이 회전판처럼 보이는 곳에는 솔이 달려 있었겠네요."

"그래. 솔이 떨어져 나갔어. 분명히 흙 속에 남아 있을 거야."

"좋아요. 이게 무슨 의미인데요?"

보슈가 다시 의자에 앉아서 파일을 들춰보기 시작했다.

"기억 안 나? 내가 자네와 매기에게 보여줬던 그 첫 번째 소녀, 발레리 슐리히터 말이야. 그 아이가 리버사이드 고등학교 졸업식 한 달 후에 사라졌잖아."

"좋아요. 그래서 해리는……."

보슈가 파일을 찾아 열었다. 얇은 파일이었다. 발레리 슐리히터의 사진석 장이 들어 있었는데, 그중 하나가 졸업식 모자를 쓰고 가운을 입은 사진이었다. 그는 파일에 첨부된 몇 장의 서류를 재빨리 훑어봤다.

"장식 달린 팔찌에 대해서는 아무런 언급이 없군."

그가 말했다.

"어쩌면 그애 것이 아닐 수도 있잖아요." 내가 말했다. "이건 거의 승산이 없는 수사예요. 그렇게 생각지 않아요?"

보슈는 내가 아무 말도 하지 않았다는 듯이 굴었다. 반대 의견에는 완전히 마음을 닫아버린 듯했다.

"실종된 장소에 가봐야겠어. 엄마와 남동생이 있다고 했거든. 가서 아직 남아 있는 사람이 있는지 보고, 이걸 알아보는지도 확인해야겠어."

"해리, 정말 이걸⋯⋯."

"내게 선택의 여지가 있다고 생각하나?"

그가 자리에서 일어나 증거품 봉지를 내게서 가져가더니 파일을 챙기기 시작했다. 그의 혈관으로 아드레날린이 뿜어져 나오는 소리가 거의 귀에 들릴 것만 같았다. 뼈다귀를 입에 문 한 마리 개라고나 할까. 이제는 보슈가 움직일 차례였다. 그의 앞에는 험난한 길이 펼쳐져 있었지만, 길이 아예 없는 것보다는 나았다. 어쨌든 그 길을 따라 계속 움직여갈 수는 있을 터였다.

나도 자리에서 일어나 발굴 현장으로 그를 따라갔다. 그는 콜에게 자신은 가서 팔찌에 관해 조사해보겠다고 말했다. 그리고 구덩이에서 뭔가 더 발견되는 것이 있으면 전화를 달라고 부탁했다.

우리는 자갈이 깔린 주차장 쪽으로 향했다. 보슈는 빠르게 걷고 있었다. 내가 아직 자신과 함께 있는지 확인하기 위해 뒤돌아보는 수고조차도 하지 않았다. 우리는 각자 자신의 차를 타고 이곳으로 왔었다.

"해리." 내가 그를 불렀다. "기다려봐요!"

그가 주차장 한가운데에서 발길을 멈췄다.

"왜 그러나?"

"아직은 엄연히 내가 제섭 사건을 맡고 있는 검사예요. 그러니 그렇게 서둘러 가버리기 전에, 지금 무슨 생각을 하고 있는지 말해줘요. 제섭이 여기에 피해자가 아닌, 피해자의 팔찌를 묻었다? 그게 말이 되기는 하는 거예요?"

"내가 팔찌의 주인을 찾기 전까지 말이 되는 건 아무것도 없어. 만약 누군가 그게 피해자의 것이라고 말한다면, 그때는 우리도 뭔가를 알게 되겠지. 기억하게. 제섭이 여기 왔을 때, 우리는 그에게 가까이 다가갈 수가 없었어. 너무 위험했기 때문이지. 그러니 그가 여기서 뭘 하고 있었는지 우리는 알 수가 없네. 그가 이걸 찾고 있었을 수도 있는 거야."

"좋아요. 그럴 수도 있겠죠."

"이만 가봐야 해."

그가 자신의 차 쪽으로 다시 발길을 옮겼다. 그의 차는 내 링컨 옆에 주차돼 있었다. 내가 그를 다시 불렀다.

"나한테도 경과 알려줘요, 알았죠?"

그가 차 앞에 도착하자 뒤를 돌아보며 대답했다.

"그러지. 알려줄게."

그러고는 차 안에 탔고, 차에 시동이 걸리는 소리가 들려왔다. 보슈는 걸어왔던 것처럼 재빨리 차를 빼서 먼지와 자갈을 공중으로 튕겨내며 빠르게 돌진해갔다. 사명감을 띤 남자라. 나는 링컨에 올라타고 공원 바깥으로 그를 따라 나가서 멀홀랜드 드라이브를 따라 위쪽으로 올라갔다. 머지않아 굽은 도로상에서 나는 그의 차를 놓쳤다.

〈끝〉

감사의 말

이 책을 기획하고 쓰는 데 많은 도움을 주신 아샤 머치닉, 마이클 피치, 파멜라 마셜, 빌 매시, 제인 데이비스, 섀넌 번, 대니얼 데일리, 로저 밀스, 릭 잭슨, 팀 마샤, 데이비드 램킨, 데니스 뵈치에호프스키, 존 호튼, 주디스 샴페인 판사, 테릴 리 랭포드, 존 르윈, 제이 스테인, 필립 스피처, 린다 코넬리 등 여러 분들에게 감사의 마음을 전합니다.

또한 케빈 데이비스의《저주받은 이들을 변호한다는 것 : 형사사법제도의 어두운 모퉁이에서(Defending the Damned: Inside a Dark Corner of the Criminal Justice System)》를 읽고 실로 많은 도움을 받았음을 밝혀둡니다.

파기환송_미키 할러 시리즈 Vol.3

1판 1쇄 발행 2016년 2월 18일
1판 4쇄 발행 2020년 4월 28일

지은이 마이클 코넬리
옮긴이 전행선

발행인 양원석
편집장 김건희
디자인 남미현, 김미선
영업마케팅 조아라, 신예은
독자교정 김찬식, 함형준

펴낸 곳 ㈜알에이치코리아
주소 서울시 금천구 가산디지털2로 53, 20층 (가산동, 한라시그마밸리)
편집문의 02-6443-8902   도서문의 02-6443-8800
홈페이지 http://rhk.co.kr
등록 2004년 1월 15일 제2-3726호

ISBN 978-89-255-5836-3 (04840)
      978-89-255-5591-1 (set)

※ 이 책은 ㈜알에이치코리아가 저작권자와의 계약에 따라 발행한 것이므로
   본사의 서면 허락 없이는 어떠한 형태나 수단으로도 이 책의 내용을 이용하지 못합니다.

※ 잘못된 책은 구입하신 서점에서 바꾸어 드립니다.

※ 책값은 뒤표지에 있습니다.